U0092492

林繼中　注譯

新譯杜詩菁華（下）

三民書局

國家圖書館出版品預行編目資料

新譯杜詩菁華／林繼中注譯.——初版二刷.——臺北市：三民，2022
面； 公分.——(古籍今注新譯叢書)

ISBN 978-957-14-6035-2 （上冊:平裝）
ISBN 978-957-14-6040-6 （下冊:平裝）

851.4415 104012074

古籍今注新譯叢書

新譯杜詩菁華（下）

注譯者 林繼中
發行人 劉振強
出版者 三民書局股份有限公司
地址 臺北市復興北路 386 號 (復北門市)
臺北市重慶南路一段 61 號 (重南門市)
電話 (02)25006600
網址 三民網路書店 https://www.sanmin.com.tw

出版日期 初版一刷 2015 年 8 月
初版二刷 2022 年 10 月
書籍編號 S034000
ISBN 978-957-14-6040-6

著作權所有，侵害必究
※ 本書如有缺頁、破損或裝訂錯誤，請寄回敝局更換。

三民書局

新譯杜詩菁華　目次

下冊

卷五

卷六

卷七

卷八

篇目索引

卷五

聞官軍收河南河北（七律）

【題解】此詩作於代宗廣德元年（西元七六三年）春，杜甫在梓州。是年正月，史朝義自縊，部將李懷仙斬其首來獻，並以幽州降唐，安史之亂告一段落。杜甫聽到這一消息，不禁驚喜欲狂，寫下這首衝口而出，一往奔騰的七律，被稱為是杜甫「生平第一快詩」。

劍外忽傳收薊北，初聞涕淚滿衣裳❶。
卻看妻子愁何在？漫卷詩書喜欲狂❷！
白日放歌須縱酒，青春作伴好還鄉❸。
即從巴峽穿巫峽，便下襄陽向洛陽❹。

【注釋】❶劍外二句　劍外，即劍南，此指杜甫漂泊的蜀地。薊北，即河北，為安、史叛軍的老巢。《峴傭說詩》：「『劍外忽傳收薊北』，今人動筆，便接『喜欲狂』矣。忽拗一筆云：『初聞涕淚滿衣裳』，以曲取勢。」此淚，應是悲喜交集之淚，飽含往昔的流離艱辛，當然也傾瀉出巨大的驚喜。《讀杜心解》曰：「八句詩，其疾如飛，題事只一句，餘俱寫情。」❷卻看二句　上句以妻子的心情見出自己相似的心情，這是老杜常見手法，也是患難夫妻情感多默契的真實體現。如「入門依舊四壁空，老妻睹我顏色同。」「老妻書數紙，應悉未歸情。」只不過這回是難得的同樣高興。漫卷，隨便捲起，意為書也無心看了。❸白日二句　放歌，放聲高歌。縱酒，開懷痛飲。白日、青春，皆虛寫，就好比今人好言「陽光燦爛，春光明媚」，用以襯喜情耳，與「中興諸將收山東，捷書夕報清晝同」可互訓。❹即從二句　巴峽，指四川東北部巴江中的峽。《太平御覽》引《三巴記》：「閬、白二水合流，自漢中至始寧城下，入武陵，曲折三曲，有如巴字，亦曰巴江，經峻峽中，謂之巴峽。」巫峽，長江三峽之一，在湖北巴東西。襄陽，今湖北襄樊。洛陽，宋刻本《杜工部集》尾句自注：「余田園在東京。」東京即洛陽。《唐詩別裁》評云：「一氣流注，不見句法字法之跡。」

【語　譯】劍南忽傳官軍收河北，乍聞涕淚灑衣裳。回看老妻愁盡散，詩書胡捲我喜欲狂！朗朗白日高歌須痛飲，浩浩春光伴我好回鄉。就從巴峽放舟穿巫峽，直指襄陽去洛陽！

【研　析】韓愈曾說過這樣的話：「歡愉之辭難工，而窮苦之言易好。」（〈荊潭唱和詩序〉）明末張煌言的解釋是：「蓋詩言志，歡愉則其情散越，散越則思致不能深入；愁苦則真情沉著，沉著則舒籟發聲，動與天會。」（〈曹雲霖詩序〉）所謂「動與天會」，用現在的說法就是：附合社會存在的普遍現實。只要人類還有這麼多的苦難，愁苦之言就容易得到共鳴。至於歡愉之情雖然「散越」，但只要你用情深摯，充滿嚮往之情，一樣能做到「思致深入」，表達出真性情，同樣能感人至深——「難工」不等於「不能工」。杜甫此詩寫情感，選在愁苦與歡愉的交接處下手，是所謂的「樂極而悲」的剎那間，這種矛盾糾結的情感最能動人。且老杜善於將情感寓於行動，是《讀杜心解》所說：「題事只一句，餘俱寫情。」即「初聞涕淚滿衣裳」一句以下六句都以具體細節來表情，尤其是聚焦在「還鄉」一事上。《杜臆》指出：「其喜在還鄉，而最妙在束語直寫還鄉之路，他人決不敢道。」意為二句皆想像中還鄉一路之情景，虛事而實寫。陳貽焮《杜甫評傳》說：「『巴峽』、『巫峽』、『襄陽』、『洛陽』是沿途相距不近的四個地點。詩人標出它們，然後用『即從』、『穿』、『便下』、『向』這樣一些表示快速的字眼將它們串聯起來，就不僅從意思上，也從急促的節奏上將行旅的神速和渴望還鄉心情的急迫表現出來了。」這種寫法，與「散越」的歡愉之情是合拍的，卻又能做到「思致深入」，形散神凝，貫氣如注。誠如黃生所評：「（杜詩）言愁者真使人對之欲哭，言喜者真使人讀之欲笑，蓋能以其性情達之紙墨，而後人之性情類，為之感動故也。」於是情至文生，文從字順，一氣鼓蕩，雖律詩也能寫得法極無跡，歡愉之辭亦能工矣！這也許是杜甫寫歡愉之情成功的奧秘，也是度人之金針。

春日梓州登樓二首（五律）

【題解】此詩當作於代宗廣德元年（西元七六三年）春，即其作〈聞官軍收河南河北〉之後。

其一

行路難如此，登樓望欲迷❶。
身無卻少壯，跡有但羈棲❷。
江水流城郭，春風入鼓鼙❸。
雙雙新燕子，依舊已銜泥❹。

【章旨】首章記登樓興感，歎衰老漂泊，返鄉路難。

【注釋】❶行路二句　難如此，仇注：「杜律首句，有語似承上，卻是突起者。如『杖錫何來此，秋風已颯然』，『故人亦流落，高義動乾坤』，『行路難如此，登樓望欲迷』，既飄忽，又陡健，此皆化境語也。」望欲迷，言望遠返鄉路難，遂迷茫不知所歸，為下一首「思吳」伏筆。❷身無二句　不說「卻無身少壯，但有跡羈棲」，偏倒轉一字造成句法拗澀扞格的效果，表達當時的苦澀心境。❸江水二句　江水，指涪江。鼓鼙，小鼓；或以鼓鼙指戰鼓。鄧紹基《杜詩別解》認為：「入」作「納」解。則句謂春風中納入鼓鼙之聲。《杜臆》：「春風今入鼓鼙，轉殺氣為生氣矣。」時官軍已搗叛軍老巢河北，太平有望，故云。❹雙雙二句　以燕子春又歸來反襯自己有家回不得。

【語　譯】行路難喲難如此，登樓遠望增我迷茫意。此身不復有少壯，行蹤只在他鄉寄。涪江猶自繞城流，鼓鼙漸消春風裡。雙雙新燕已歸來，依舊築巢銜春泥。

其二

天畔登樓眼，隨春入故園❶。
戰場今始定，移柳更能存？
厭蜀交遊冷，思吳勝事繁❷。
應須理舟楫，長嘯下荊門❸。

【章　旨】次章由思鄉化為展望，懷去蜀遊吳之思。

【注　釋】❶天畔二句　登樓眼，《杜臆》：「心之所至，目亦隨之，故登樓一望，而天畔之眼，遙入故園。」李白詩：「南風吹歸心，吹墮酒樓前」、「狂風吹我心，西掛咸陽樹」，與之同一機杼。❷思吳句　吳，古國名，即今長江下游一帶。勝事繁，盛事多。杜甫年青時曾「東下姑蘇臺」，憑弔虎丘、劍池，懷想王謝風流，故云。❸長嘯句　長嘯，發聲清越而舒長者謂之嘯，此指嘯歌，即放聲吟唱也。荊門，山名，在今湖北宜都西北，長江南岸，與虎牙山對峙，為古楚國西方門戶。

【語　譯】天邊登樓望穿眼，眼隨春風飛故園。戰場烽煙初熄滅，看看昔日移柳可保全？交遊冷落厭居蜀，遊吳盛事憶華年。我呀真該買條船，放歌直過荊門山！

【研　析】杜甫畢竟是個很現實的人，剛寫下〈聞官軍收河南河北〉，一陣浪漫過了，就回落到現實中，面對北歸洛陽的實際問題。細細想來：若以衰病之身，再度拖兒帶女攀越蜀山隴阪，且旅費無着，難！杜甫登高興歎，熱情頓時冷了一大半。回去吧，「行路難如此」；不回去吧，又於心不甘。他不久前說過：「不死會歸秦！」何況如今的處境是「賤子何人記？迷方着處家」（〈遠遊〉）誰還記得你這窮光蛋？你只能走到哪兒算哪兒。「厭蜀交遊冷」一句，含着萬千悲傷與無奈。杜甫年青時曾「東下姑蘇臺」，憑弔虎丘、劍池，懷想王謝風流，至晚年還在〈壯遊〉一詩中寫下「越女天下白，鑒湖五月涼。剡溪蘊秀異，欲罷不能忘」這樣深情的詩句。如今，在無望的苦盼中，吳地勝事又海市蜃樓般出現了。

詩歌啊，你緩解了杜甫多少痛苦，伴着他在這苦難深重的大地上流浪！

送路六侍御入朝（七律）

【題　解】廣德元年（西元七六三年）春作於梓州。侍御，唐人稱殿中侍御史與監察御史為侍御，司糾察百官、承詔推鞫等職。路六御史，排行第六的路姓御史，據詩中所云，是杜甫童年時代的朋友，多年不見，乍逢又別，因作是詩。

童稚情親四十年，中間消息兩茫然。
更為後會知何地，忽漫相逢是別筵❶。
不分桃花紅勝錦，生憎柳絮白於綿❷。
劍南春色還無賴，觸忤愁人到酒邊❸。

【注　釋】❶童稚四句　四，一作三。《唐宋詩舉要》稱：「起四句幾跌幾斷，第三句倒插一語尤奇。」其實四句「奇」不在什麼「倒插」，而在寫出久別重逢、乍逢又別、別後難逢，這三者匯聚點上的複雜心情，誠如朱東潤主編《歷代文學作品選》所指出：「充滿着亂世人生的感慨」，且能做到曲折條達而脈理分明。故仇注引朱瀚曰：「始而相親，繼而相隔，忽而相逢，俄而相別，此一定步驟也。能翻覆照應，便覺神彩飛動。」❷不分二句　不分，或作不忿。嫌惡的意思。生憎，猶云偏憎、最憎。盧照鄰〈長安古意〉：「生憎帳額繡孤鸞。」《杜詩解》：「『桃花紅勝錦，柳絮白於綿』，豈復成詩？詩在『不忿』、『生憎』字。加四俗字，便成佳筆。」蓋加此四字，則恰到好處地與下聯春色之「無賴」相呼應，故佳。參看下注。❸劍南二句　此聯意為：愁人欲以酒消愁，偏春色似無賴小兒不肯放過，以其爛漫撩人，致使到脣之酒也消不了愁。無賴，即「無賴春色到江亭」之「無賴」，乃以狡獪小兒形容撩人之春色。觸忤，冒犯。

【語　譯】與君兒時即相親，四十年來無音訊。再逢何時復何地？一飯相聚又相分！討厭桃花之紅勝於錦，可憎柳絮之白於綿亦難比倫。蜀地撩人春色真無賴，不許愁人酒入脣。

【研　析】紀曉嵐曾批評「不分桃花紅勝錦，生憎柳絮白於綿」一聯「究非雅音」。將俗語入詩，固然是「俗」，難免有人以「村夫子」目之，但也有人看出其中的道理，如宋人吳可《藏海詩話》云：「老杜詩云：『一夜水高二尺強，數日不可更禁當。南市津頭有船賣，無錢即買繫籬傍。』與《竹枝詞》相似，蓋即俗為雅。」事實上是將「雅」詩引向俗世間，是件大事。《文心雕龍・通變》不有云乎：「文辭氣力，通變則久，此無方之數也。……斯斟酌乎質文之間，而檃括乎雅俗之際，可與言通變矣。」文學演進的規律就是要通變，有所繼承有所革新，其中不斷調整雅與俗的矛盾是一個重要方面。從總體上看，俗文化充滿活力，是促變的積極因素。杜甫對漢魏樂府的學習，對下層社會的深入，使之自覺地吸取俗文化的營養，以摩天巨刃開劈新路徑。「子美集開詩世界」，杜甫正是從俗文化的切入口打開新世界的大門，鼓蕩起中唐以後「由雅入俗」的文學浪潮（詳參拙著《文化建構文學史》）。我們可別小看了杜詩中「當時語」的運用呵！

登牛頭山亭子（五律）

【題解】廣德元年（西元七六三年）春，杜甫仍客寓梓州，但頻往周邊諸縣及閬州、鹽亭、綿州、漢州、涪州諸地旅遊，寫下一些詩，此為其中一首。牛頭寺在牛頭山，《太平寰宇記》稱：「牛頭山，在梓州郪縣西南二里，高一里，形似牛頭，四面孤絕，俯臨州郭，下有長樂寺。樓閣煙花，為一方勝概。」雖經千載人世滄桑，古寺舊亭早已泯滅，但山勢壁立，仍可下俯城中而「窺萬井」。

路出雙林外，亭窺萬井中❶。
江城孤照日，山谷遠含風，
兵革身將老，關河信不通❷。
猶殘數行淚，忍對百花叢❸。

【注釋】❶路出二句　雙林《大般涅槃經》稱釋迦牟尼入滅於拘尸那國阿利羅拔提河邊娑羅雙樹間，後因稱佛寺為雙林。上句言亭子在寺的上頭。萬井，古指水井為人家，此則謂千家萬戶。❷江城四句　寫亭中向外眺望情景，句格雄健老蒼。江城，梓州在涪江畔，故稱。兵革，兵器戰甲，用指戰事。關河，關山江河，用指路途上的障阻。此時各地戰事尚未全平，且吐蕃日見侵擾，故云。《讀杜心解》乃云：「由『孤』字影出『身』字，由『遠』字影出『信』字。要是由身孤信遠，才於寫景處落得此兩字下也。蓋景情相生，篇法乃融。」意謂感慨是從眺望中引發，而眼中景色也是帶上主觀情感色彩，這就叫情景相生，全篇情景融合有味。❸猶殘二句　承上二句的意思，言淚已在長期戰亂中流盡矣，所剩只這幾行，又怎忍心以此面對「樓閣煙花」的牛頭山春色？《瀛奎律髓》引何義門云：「春和景麗，忽若悲風颯至，真深如也！」

【語譯】寺外山路遠上，亭子俯瞰萬戶。日照孤峭江城，風蕩遠處山谷。戰火頻，身將老。關河阻，書信無。還剩幾行老淚，豈忍對花傾注！

【研析】年青時讀《紅樓夢》，頗覺「還淚」之神奇：「絳珠仙草」為還報那位「神瑛使者」灌溉之恩，轉生為林黛玉，為賈寶玉而常常以淚洗臉，至臨死前焚詩稿，竟無滴淚可流——這就是所謂的「還淚」。如今讀杜詩「猶殘數行淚」，才知道杜甫早就認為人生的淚水是有「定量」的。在人生苦難的歷程裡，杜甫已流過太多的淚水，如今已所剩無幾。

是的，杜甫之前曾寫下許多感人的痛哭場面，如「泣血迸空回白頭」、「此老無聲淚垂血」、「感時花濺淚」、「少陵野老吞聲哭」等等。無論如何，總算是哭出來了，情感有所宣洩。而「猶殘數行淚，忍對百花叢」，則是把淚水倒吞回去，讀了反讓人心裡堵得慌。這裡有情感與理性的張力。大凡人要是艱難備嘗之後，總會變得「男兒有淚不輕彈」。是更堅強了，不是麻木了。從中我們感受到「兵革身將老」這句詩有水銀般的比重：杜甫大半輩子經歷過怎樣的痛苦啊！就像西方某個美學家說的：「我們看到一種比苦難還要堅強得多的靈魂。」

如果說《紅樓夢》的「還淚」神話將痛苦化為淒美，那末杜詩則將痛苦化為崇高。「江城孤照日」頗具象徵性。

上兜率寺（五律）

【題解】廣德元年（西元七六三年）春作。兜率寺，在梓州南山牛頭寺附近，一名長壽寺。蘇東坡詩云：「牛頭與兜率，雲木鬱堆壟。」侯圭〈東山觀音寺記〉稱：梓州佛寺大小有十二座；故杜甫此期詩多涉佛寺題材。

兜率知名寺，真如會法堂❶。

江山有巴蜀，棟宇自齊梁❷。

庾信哀雖久，周顒好不忘❸。
白牛車遠近，且欲上慈航❹。

【注　釋】❶兜率二句　兜率，佛家語，意為知足。有所謂兜率天，其內院為彌勒菩薩之淨土，此為寺名。唐初王勃有〈梓州郪縣兜率寺浮圖碑〉，稱其林泉糾合之勢，山川表裡之形，抽紫岩而四絕，疊丹崖而萬變。連溪拒壑，所以控引太虛；蒸雲駕雨，所以盪洩元氣。真如，佛家稱宇宙萬有之本體為真如。《成唯識論》：「真，謂真實，顯非虛妄；如，謂如常，表無變易。」❷江山二句　二句從時空兩方面寫寺之曠遠，氣象函蓋。其中「有」、「自」鍊虛作實，為詩眼，深得歷代好評。上句趙次公注：「江山自有巴蜀時便有之，此乃使羊叔子所謂『自有宇宙來便有此山』之義。」《杜臆》云：「本是巴蜀有江山而倒言之，見此江山不囿於巴蜀耳。」下句言寺建於齊梁，而王勃〈梓州郪縣兜率寺浮圖碑〉稱：「兜率寺者，隋開皇中所建也。」杜甫或未詳考。❸庾信二句　二句咸自寓，謂雖有庾信鄉關之思，但不忘周顒所好之佛法，即仍嚮往奉佛也。庾信，北周文學家，以南朝人而仕北朝，詩賦多鄉關之思。代表作為〈哀江南賦〉。周顒，南齊人，長於佛理，雖有妻子而獨居山舍。❹白牛二句　二句歸結到詩題的「上」字，上兜率寺即上慈航，將登覽與參佛合一。白牛，《法華經》云：有太白牛，肥重多力，形體殊好，以駕寶車；即所謂「大乘」者。遠近，言無論遠近皆可到達。上句喻佛法能普渡眾生。慈航，謂佛以慈悲心渡人離苦海，如航船之濟眾。

【語　譯】兜率寺呵知名的寺，佛國真如會法堂。江山漠漠有巴蜀，棟宇悠悠自齊梁。思鄉久懷庾信哀，好佛周顒何曾忘。大乘普渡無遠近，登山只想上慈航。

【研　析】聞一多《唐詩雜論》說，唐人有「夐絕的宇宙意識」；「江畔何人初見月？江月何年初照人？」是「詩人與『永恆』猝然相遇，一見如故」。精彩。杜甫自然也具有這種「文化基因」。「江山有巴蜀，棟宇自齊梁。」江山廟宇，似乎同處於本然狀態，無言而獨化，永恆自在。而這一切竟靜靜地臥在「有」、「自」二字間。《石林詩話》極稱之：「遠近數千里，上下數百年，只在『有』與『自』兩字間，而呑納山川之氣，俯仰古今之懷，皆見於言外。」詩中無邊的佛理與些小的感慨，竟被罩在這兩句靜謐的輝光中。

舟前小鵝兒（五律）

【題解】題下原注：「漢州城西北角官池作。」官池即房公湖。據《方輿勝覽》，房公湖，乃漢州西湖，為房琯任漢州刺史時所鑿。此詩當是廣德元年（西元七六三年）春，杜甫遊漢州房公湖時所作。

鵝兒黃似酒❶，對酒愛新鵝。
引頸嗔船逼，無行亂眼多❷。
翅開遭宿雨，力小困滄波。
客散層城暮，狐狸奈若何❸。

【注釋】❶鵝兒句　以小鵝兒絨毛之嫩黃與杯中酒色之嫩黃作對比，相映成趣。《方輿勝覽》載：漢州有鵝黃酒，蜀中無能及者。按，當是後人因此詩而名酒。❷引頸二句　今人劉征賞析云：「嗔」字活畫出小鵝兒與小孩子一樣嬌頑可愛；「多」字寫出小鵝兒東一個西一個，令人眼花繚亂。二句為小鵝兒傳神。❸狐狸句　對小鵝兒表示擔心：狐狸來了我可該把你們怎麼辦。

【語譯】鵝兒黃，黃似酒，可愛新鵝對酒看。船近便驚怪，四散眼繚亂。晾翅因夜雨，力小任波轉。高城暮色客將散，狐狸來了怎麼辦？

【研析】詠物詩貴在能巧構形似之言，且能傳神起興，生氣遠出。此詩以新鵝之色擬諸酒之色，出人意表卻恰當不易，又為讀者留下想像空間，是所謂「不類之類」；且小鵝兒寫來憨態可掬，而作者對弱小者愛護之情亦從中泌出，實在是詠物之上乘也。

涪城縣香積寺官閣 （七律）

【題　解】廣德元年（西元七六三年）春末作於涪城縣。《新唐書・地理志》載涪城本隸綿川，大曆三年改屬梓州，其縣治今屬四川三臺。香積寺，在涪城縣東南三里之香積山。官閣，公家樓閣，非私有者。仇注：「詩作三層看，便明。山下有江，山腰有閣，山上有寺也。」

寺下春江深不流，山腰官閣迥添愁❶。
含風翠壁孤雲細，背日丹楓萬木稠❷。
小院回廊春寂寂，浴鳧飛鷺晚悠悠。
諸天❸合在藤蘿外，昏黑應須到上頭。

【注　釋】❶寺下二句　深不流，江水淵深，故不覺其流。迥，遠也。迥添愁，就山腰而言，下臨深淵，上遠離山頂寺院，兩頭不着，故添愁。《義門讀書記》：「通篇無一句不切山腰也。」❷背日句　《讀杜心解》：「春無丹楓，反照映之故赤，著一『背』字，晚景可想。」則「丹楓」在這裡不是實指，只是用來比喻萬木背着夕陽而被染上紅色，有如那丹楓一般。❸諸天　天神所居之天，此指供諸神像的佛殿。

【語　譯】寺下春江深，如潭不流動。山腰官閣懸，上下愁添胸。翠壁風輕雲如縷，萬樹背日成丹楓。小院回廊春已寂，浴鳧飛鷺晚從容。佛寺該在藤蘿外，昏黑須到最高峰！

【研　析】讀此詩頗似欣賞元代大畫家王蒙的巨幅全景山水：其細密處溪谷宛曲，藏亭露釣；崇宏處山重嶺複，嵐靄浮動。由山腳仰觀，空間漸次延展，呈向上湧動之勢，望之蒼茫深秀，令人神旺！此詩亦從山腳寫起，「深不流」傳春山溪澗豐沛之神。視平線落在山腰，平視翠壁含風，萬木背日，廊院寂寂，野禽悠悠，自然是望之深秀。再仰止諸天，佛國瑤臺，心嚮往之，更是王蒙畫不能到之妙境了！

喜雨（五古）

春旱天地昏，日色赤如血❶。
農事都已休，兵戈況騷屑❷。
巴人困軍須，慟哭厚土熱❸。
滄江夜來雨，真宰罪一雪❹。
穀根小蘇息，沴氣❺終不滅。
何由見寧歲❻？解我憂思結。
崢嶸群山雲，交會未斷絕❼。
安得鞭雷公，滂沱洗吳越❽。

【題　解】廣德元年（西元七六三年）作於梓州。仇注引孫季昭曰：「皆是一片濟世苦心。」

【注　釋】❶日色句　趙次公注曰：「日赤色如血，公極言旱日之可畏。乃晉光熙元年五月壬辰癸巳，日光四散，赤如血流，照地皆赤。甲午又如之，占曰：『君道失明。』」古人常將氣象與政治聯繫起來，杜甫〈說旱〉一文中，同樣也將蜀之大旱與「怨氣積，冤氣盛」聯繫起來，勸嚴武決獄放囚以救旱。❷騷屑　紛擾貌。❸巴人二句　巴人，居住在巴地（今四川東部）的百姓。厚土，大地。下句謂因大旱，故連深厚的大地也被曬熱，巴人為之痛哭。❹滄江二句　二句謂久旱逢雨，老天爺造下的孽總算暫時得以洗清。滄江，青蒼色的江水，此指涪江。真宰，造物主；老天爺。❺沴氣　趙注：「沴氣，陰陽錯謬之氣也。」旱災屬天氣不正常，故曰沴氣。❻寧歲　太平日子。❼崢嶸二句　二句言空中的雲團如高峻的群山，在空中滾動交會，卻未能繼續下雨。崢嶸，高峻貌。❽安得二句　安得，切望之詞。鞭雷公，鞭策司雨之神。滂沱，大雨貌。吳越，今江浙一帶。此時杜甫已有「厭蜀交遊冷，思吳勝事繁。應須理舟楫，長嘯下荊門」的想法，所以特別屬意吳越，希望那兒也像巴蜀來場及時雨，救民於水火；但最終目的還在「何由見寧歲」，則如注❶所云，春旱是「君道失明」所致，朝廷政策失誤引起，所以此詩又寓期盼朝廷改善政治之意。

【語　譯】天地發昏春旱重，赤日炎炎似血紅。無奈農事盡休歇，何況戰事猶騷屑。巴人軍須不得減，熱土淚乾慟欲絕。滄江夜雨來如撫，老天罪責算一贖。稻根得水稍復甦，暑氣終是未根除。天下太平何時來？心結為我一解開！雲峰高峻似群山，洶湧交會猶不散。恨不鞭雷公，驅此雲去聲隆隆；喜雨滂沱下，吳越一洗同。

【研　析】宋本《杜工部集》該詩句末原注：「時聞浙右多盜賊。」錢注乃云：「寶應元年八月，台州賊袁晁陷台州，連陷浙東。廣德元年四月，李光弼奏生擒袁晁，浙東盡平。」錢氏只是坐實「時聞」的具體事件乃指「賊袁晁」陷浙東事，並未明確言及「鞭雷公」何指。至後人方承其說，捉住一個「賊」字，遂加發揮，以為「鞭雷公」乃杜公促李光弼出兵滅袁；今人亦以杜甫是否主張「鎮壓農民起義」為議題而眾說紛紜。

初讀錢注及後人促李滅袁之解，頗似完美，「毫無疑義」。但將此解置諸全篇及該時期所存杜詩之整體中，則大可商榷。蓋比興體總是雙線並行，喻之載體與喻之所指要合作給出一個意義。就此篇而言，一是作為喻體的雨，由旱而雨，使穀根稍蘇息而百姓稍安，老天爺的罪孽得以自贖矣。又見烏雲猶積，『交會未斷絕』，遂欲驅之東馳以惠及吳越，亦天下「何由見寧歲」之主旨，順勢而下，並無轉折；一是喻指所向，以春旱喻

「君道失明」，朝廷失政，人禍重於天災：「兵戈況騷屑」、「巴人困軍須」才是要害，所以雖有夜雨來，「沴氣終不滅」。要根本解決，就得息兵戈而「見寧歲」。矛頭所向本是朝政，如錢注的發揮者云云，則矛頭突然指向袁晁。「真宰罪一雪」明明是怪罪老天爺，而錢注發揮者解「安得鞭雷公，滂沱洗吳越」，卻忽轉而嫁罪於反抗橫徵暴斂之農民《資治通鑑》寶應元年八月條：「台州賊帥袁晁……民疲於賦斂者多歸之。」），還要「鞭雷公」，滅之恨晚。到底誰之罪？前後兩說成何邏輯？「真宰罪」三字須慎思。

再進一步從此詩前前後後，杜甫連貫的思想看，去年（寶應元年，西元七六二年）蜀大旱，杜公寫下〈說旱〉，認為是「獄吏只知禁繫，不知疏決，怨氣積，冤氣盛」所引起，勸嚴武要決獄放囚，遣吏存問疾苦，才是正道。今年（廣德元年，西元七六三年），又寫下〈為閬州王使君進論巴蜀安危表〉，認為「惟獨劍南，自用兵以來，稅斂則殷，瓊林諸庫，仰給最多。」強烈要求朝廷「敕天下徵收赦文，減省軍用外，諸色雜賦名目，伏願省之又省之，劍南諸州，亦困而復振矣！」乃至呼籲：「重斂之下，免出多門，西南之人，有活望矣！」這不就是「罪真宰」而「鞭雷公」嗎？作此詩之明年（廣德二年，西元七六四年）春，又作〈傷春五首〉，有云：「君臣重修德，猶足見時和」；又作〈有感五首〉云：「不過行儉德，盜賊本王臣。」其中云云，矛頭所指，乃朝廷朝政，對百姓小民只有同情，毫無責怪之意。我們豈可不顧詩人再三申明之大義，不顧文本中隱喻之內在邏輯，只捉住與「自注」相關的某一歷史事件，斷章取義，另起爐灶？所謂杜公的「階級局限」，並不在這裡，幸勿望風捕影，冤枉了杜公。

關於宋本原注，也有必要在此說明一下。宋本《杜工部集》保留一些舊注，有些是杜甫自注，有些則不是。除明顯標明「介甫云」、「東坡嘗云」者外，如卷十一〈梅雨〉「南京」句下注云：「『西』一作『犀』。明皇以成都為南京，犀浦乃屬邑」；同卷〈野老〉「片雲何意」下注：「一作『事』，又云『行雲幾處』」；諸如此類，都是注家口吻，非杜自注。至如卷九〈憶幼子〉題下注：「字驥子，時隔絕在鄜州。」而卷十六〈宗武生日〉詩後又注云：「宗武小名驥子，曾有詩『驥子好男兒』。」老杜總不至於連自己兒子的字與小名都混為一談吧？二者至少有一注非杜自注。又，卷十三〈玉臺觀〉同題二首，中間只隔一〈滕王亭子〉，前一首題下注云：「滕王作」；後一首題下注云：「滕王造」。後注意思明確，謂玉臺觀為滕王所建造；前注則意思不明：是說此詩為滕王所作，抑此亭子為滕王所造？如後一義，則何必兩首題下皆注？只此數例，可明舊注未必皆杜甫自注也。至若此詩之原注，即使是杜甫自注，也如以上分析，不能坐實「促李滅袁」說。

述古三首 （五古，選一）

【題解】黃鶴定此篇為廣德元年（西元七六三年）代宗即位後作，時公在梓州。趙次公曰：「述古者，引古事以諷今也。」

赤驥頓長纓，非無萬里姿❶。
悲鳴淚至地❷，為問馭者誰。
鳳凰從天來，何意復高飛。
竹花不結實❸，念子忍朝饑。
古時君臣合，可以物理❹推。
賢人識定分，進退固其宜❺。

【注釋】❶赤驥二句　二句謂千里馬不為人所識。赤驥，駿馬名，周穆王「八駿」之一，即所謂騏驥。頓長纓，要掙斷長韁繩。嵇康〈與山巨源絕交書〉：「長而見羈，則狂顧頓纓。」喻賢士不願受拘束。❷悲鳴句　語本《後漢書．楊震傳》：「有大鳥高丈餘，集震喪前，俯仰悲鳴，淚下沾地。」❸竹花句　竹罕開花，結實尤難，傳鳳凰非竹實不食。《韓詩外傳》：

「黃帝即位，……鳳乃蔽日而至，……止帝東園，集帝桐樹，食帝竹實。」❹物理　事物之常理，指上述種種現象。❺賢人二句　二句謂賢智之人應根據是否合乎名分來決定進退，是所謂「有道則見，無道則隱」，不勉強。這是杜甫多次碰壁後的體會，但從千里馬被羈之慘與鳳凰不合則颺的對比中，可看出杜甫強調的其實是籲請君要識臣，量才錄用，給臣以尊重與信任。定分，確定的名分。

【語　譯】騏驥為何要掙斷駕車的韁繩？因為牠明白自己是呀千里足。牠俯仰悲鳴淚沾地，哎哎呀無知的是哪個車夫？鳳凰鳳凰從天來歸，怎麼來了又要飛去？哎哎呀竹花不結實，誰能長此來忍飢！古時君臣遇合須默契，用此常理可以推。賢人自知名分各有定，或進或退取相宜。

【研　析】仇注引趙次公曰：「肅宗初立，任用李泌、張鎬、房琯諸賢，其後或罷或斥或歸隱，君臣之分不終，故言驥非善馭則頓纓，鳳無竹實則飛去，君臣遇合其難如此，賢者可不明於進退之義乎？」其中也不無詩人自己不遇之感慨。事實上老杜自在秦州發出「唐堯真自聖」以後，就很少再提「致君堯舜上」，而是降而求其次，希望皇帝能信任賢臣而已。此詩以騏驥與鳳凰雙意象表達這一意思，從君與臣雙方說，形成張力，比較豐滿有味。

陪章留後侍御宴南樓（五排）

【題　解】題下注：「得風字。」此為唱和之作，廣德元年（西元七六三年）夏於梓州作。章留後侍御，即梓州刺史章彝。寶應元年（西元七六二年）六月嚴武還朝，以章彝為東川節度留後。《通典》：「節度使若朝覲，則置留後，擇其人以任之。」侍御，官名。章彝為梓州刺史兼侍御史，故稱。詩人借唱和一抒世亂途窮之恨，律細情豪。

絕域長夏晚，茲樓清宴同❶。
朝廷燒棧北，鼓角漏天東❷。
屢食將軍第，仍騎御史驄。
本無丹灶術❸，那免白頭翁。
寇盜狂歌外，形骸痛飲中❹。
野雲低渡水，簷雨細隨風。
出號❺江城黑，題詩蠟炬紅。
此身醒復醉，不擬哭途窮❻。

【注釋】❶絕域二句　絕域，邊遠區域，此指梓州。長夏，農曆六月稱長夏。茲樓，此樓，指梓州南城樓。同，陪同。❷朝廷二句　二句言戰事仍多。燒棧，被燒毀了的棧道。入蜀多棧道，戰亂時往往焚之以絕交通。朱注：「《通鑑》：上元二年二月，奴刺、党項寇寶雞，燒大震關。廣德元年秋七月，吐蕃入大震關，陷蘭、廓、河、鄯、洮、岷、秦、成、渭等州，故有『燒棧』二句。」漏天，地名，在今四川雅安境內，梓州處其東，因多雨似天漏，故名。❸丹灶術　即煉丹術。道士煉丹求長生不老。❹寇盜二句　仇注：「寇盜付狂歌之外，亂且莫愁；形骸寄痛飲之中，老可暫忘。」❺出號　《通鑑》注：凡用兵下營，就主帥取號。號，猶今軍中之「口令」。❻此身二句　此二句言託身醉鄉，窮途免哭，其實是表現詩人倔強的性格。哭途窮，《魏氏春秋》：阮籍常率意獨駕，不由徑路，車跡所窮，輒慟哭而返。後用指逆境中的悲傷。

【語譯】邊城六月傍晚中，主客清宴歡與共。朝廷更在燒棧北，鼓角已聞漏天東。屢承款待貴府上，長騎君家廄裡驄。本無求仙煉丹術，難免白頭成老翁。憂心已託狂歌去，老病且借痛飲空。野外低雲輕渡水，簷前飄雨細隨風。江城人夜傳口令，分韻賦詩燭正紅。任從此身醒復醉，不作阮籍哭途窮！

【研　析】這是又一種尷尬與無奈。杜甫幾乎大半輩子寄人籬下，靠友朋接濟，依權貴「打秋風」度日，「強將笑語供主人」，有多少無奈與愧疚！而此際正值代宗初立而內憂外患不絕，且巴蜀春旱剛過，戰亂的腳步聲已逼近，地方軍閥卻仍醉生夢死。側身其中的老杜情何以堪，筆又如何下？不意老杜於應酬之中，以精嚴的排律分韻的形式，仍能吐出胸中壘塊，字字皆響，實屬難能可貴。「寇盜狂歌外，形骸痛飲中」一聯尤為生色，化無奈為放達，尾聯「此身醒復醉，不擬哭途窮」又翻出新意，以不哭為哭，直顯出倔強的真性情。

送陵州路使君赴任（五排）

【題　解】廣德元年（西元七六三年）秋，在梓州所作。陵州，今四川仁壽。路使君，姓路的陵州刺史，名未詳。漢人稱太守為使君，唐人亦稱刺史為使君。《瀛奎律髓》引查慎行曰：「一篇有韻之文，感時策動，托意深厚。」

王室比多難，高官皆武臣❶。
幽燕通使者，岳牧用詞人❷。
國待賢良急，君當拔擢新。
佩刀成氣象，行蓋出風塵❸。
戰伐乾坤破，瘡痍府庫貧❹。

眾寮宜潔白，萬役但平均❺！
霄漢瞻佳士，泥塗任此身❻。
秋天正搖落，回首大江濱❼。

【注釋】❶王室二句　王室，朝廷。比，猶近來。多難，主要指安史之亂。下句言武將多在高位。《舊唐書・房琯傳》：「時多以武將兼領刺史，法度墮廢。」❷幽燕二句　二句承上一轉，言如今安史亂平，故朝廷開始起用詞人。詞人猶文人，針對「高官皆武臣」而言，表露杜甫的文治思想。幽燕，今河北北部與遼寧南部，本為安、史叛軍老巢，今官軍已收河北，故使者能通往來。岳牧，傳堯、舜時有四岳十二牧，後因稱州郡官為岳牧。❸佩刀二句　佩刀，《晉書・王覽傳》載：「呂虔有佩刀，工相之，以為必登三公可服此刀。虔謂祥曰：『苟非其人，刀或為害。卿有公輔之量，故以相與。』」氣象，指人的氣局。上句用此以期待路使君事業有成。蓋，車蓋。因方赴任，故曰「行蓋」。下句言路使君於亂世出任刺史。❹戰伐二句　言天下因戰爭而破敗，府庫因百姓受創傷嚴重而無收入。❺眾寮二句　二句勸勉路使君應對困境的為政之道。眾寮，眾官。❻霄漢二句　二句喻路使君與己地位懸殊。朱瀚評「戰伐乾坤破」以下數語云：「一段悲憫深心，隨風雅溢出。告誡友朋，若訓子弟！不如此，則詩不真；不如此，則詩不厚。又云『霄漢瞻佳士，泥塗任此身』，則人我之相都融，拯救之思益切矣！」言己不顧地位相殊而進言如此。霄漢，雲霄、天河。泥塗，同「泥途」。❼秋天二句　二句點送別之時與地，又動之以友誼。《讀杜心解》云：「結語，望其念我流寓，正欲其思我箴規也。」搖落，指樹葉飄零。大江，此指涪江。

【語譯】近歲朝廷多難戰事頻，高官儘是用武臣。如今幽燕平定通使者，刺史也該用文人。國家徵聘賢士急，君當其時始履新。呂虔佩刀三公相，馳車上任出風塵。天下戰後已破敗，百姓創深府庫貧。府中官吏宜清廉，各種賦役要平均。君是佳士在霄漢，老朽泥途自沉淪。秋風飄葉一為別，惆悵回首涪江濱。

【研析】《瀛奎律髓》引無名氏曰：「以史筆為詩，醒快奪目。辭嚴義正，不粉飾一筆。」此詩是以文為詩的典型。這種詩講究氣勢，行雲流水，醒快奪目，通體渾成，如《杜詩鏡銓》引邵云：「杜此等詩，不必盡有警語，要是深渾難到。」其實更難到的還在於處於困頓之中的老杜，仍無處不發其愛國病民之心，將道義與友情和成一團。

九　日（七律）

【題　解】廣德元年（西元七六三年）秋，在梓州所作。九日，農曆九月九日，即重陽節。六朝以後，登高逐漸成為重陽節之風俗。去年詩人也曾在梓州城北登高，有〈九日登梓州城〉詩云：「伊昔黃花酒，今日白髮翁。……弟妹悲歌裡，朝廷醉眼中。」今年再登高，仍滿目悲涼，憂思轉深。這是一首拗體七律。

去年登高郪縣❶北，今日重在涪江濱。
苦遭白髮不相放，羞見黃花無數新❷。
世亂鬱鬱久為客，路難悠悠常傍人❸。
酒闌卻憶十年事，腸斷驪山清路塵❹。

【注　釋】❶郪縣　古縣名，今屬四川三臺，唐時為梓州治所。❷苦遭二句　上句言老不饒人，下句言愧對歲月。以口語作對仗，頗生動。黃花，菊花。❸路難句　路難，人生之路艱難。悠悠，漫長貌，言老是靠人生活，沒個盼頭。陳貽焮《杜甫評傳》解此句中隱衷云：「一個地方住久了易惹主人生厭，經常換換地方，多少會顯得新鮮些，這是寄人籬下者的竅門和悲哀。這也許就是老杜年來萍蹤不定的一個原因吧！」深得老杜「路難悠悠」心事。❹酒闌二句　二句反省玄宗的驕奢荒淫是禍根。仇注乃曰：「兩句中，含多少悲傷。酒闌以後，忽憶驪山往事，蓋嘆明皇荒游無度，以致世亂路難也。末作推原禍本，方有關係，若徒說追思盛事，詩義反淺矣。」甚是。酒闌，酒罷。十年事，《杜臆》：「天寶十四年冬，公自京師歸奉先，路經驪山，玄宗方幸華清宮，安祿山反，然後還京，至此十年矣，所以憶之而腸斷也。」清路塵，皇帝出行要清道。

【語譯】去年登高在梓州，今日登高仍在此。白髮催老不饒人，愧對黃花空度日。世亂為客長伊鬱，艱難傍人何由止？酒後卻憶十年前，可悲驪山荒遊是天子！

【研析】白髮本是人衰老所至，老的象徵。現在將它「獨立」出來，「苦遭白髮不相放」，似乎是它纏着你，害你變衰老了。老杜常用這種反客為主的手法，如「文章憎命達」、「秋天不肯明」、「紅入桃花嫩」云云，使事物也具有了活潑潑的獨立的生命。由於此聯以情對景十分貼切有味，後人也就將「白髮」對「黃花」當成現成思路，「九日詩」無不以「白髮」對「黃花」，皆本老杜。雖然陳陳相因不是什麼好事，卻襯出了老杜的首創性。

倦夜（五律）

竹涼侵臥內，野月滿庭隅。
重露成涓滴，稀星乍有無。
暗飛螢自照，水宿鳥相呼❶。
萬事干戈裏，空悲清夜徂❷。

【題解】此詩《杜詩鏡銓》編在〈九日〉詩後，未知何據，姑仍其舊。倦夜，夜不寐而疲倦。

【注釋】❶暗飛二句　《杜臆》：「暗飛之螢自照，不能照物也；水宿之鳥相呼，人或不如鳥也。」則二句暗寓飄零無助之感。❷萬事二句　二句謂整夜所思萬事，皆是與戰亂相關之事，夜就在憂思中漸漸消逝。《義門讀書記》：「此詩前三句上半夜，下三句後半夜，以『徂』字結裹，以見徹夜不寐，悲且倦也。」徂，往也；逝也。

【語　譯】竹子分涼入臥房，山野月移滿庭院。露滴盈盈重，疏星隱忽現。暗渡流螢光自照，一遞一聲水邊宿鳥相呼喚。萬事騰湧儘是干戈亂，徹夜空悲歎！

【研　析】《東坡志林》：「司空表聖自論其詩，以為得味外味。『綠樹連村暗，黃花入麥稀』此句最善……若杜子美『暗飛螢自照，水宿鳥相呼』……則才力富健，去表聖之流遠矣。」司空圖那聯只是寫景，其實沒多少可回味的東西。杜詩之勝，就在不但寫物傳神（「螢自照」三字移他物不得），而且兼有比興。《杜臆》說得好：「題曰『倦夜』，是無情無緒，無可自寬，亦無從告語，故此詩亦比興，非單詠夜景也，但不宜逐句貼解。」這就是說，此詩寫景，不是以此物比彼物，而是環譬託諷，以整個夜景形成的氛圍，襯出自家當下「無情無緒，無可自寬，亦無從告語」之情緒，是《瀛奎律髓彙評》引李天生所謂：「寫倦意俱在景上說，不用羈孤疲困之意，所以為高。」讀此類佳作，必得反覆涵詠，從整個氛圍中去感受詩情畫意，不可摘句而論。

順便提一下，仇注題下引趙次公曰：「此詩無情無緒，是比興，非專詠夜景也。」此條與上引《杜臆》字句差不多，但《杜臆》更連貫完整，不似引趙注者；反之，所引趙注則似概括《杜臆》語者，當或仇注張冠李戴，誤為趙次公注。

王閬州筵奉酬十一舅惜別之作（五排）

【題　解】廣德元年（西元七六三年）秋，在閬州所作。王閬州，姓王的閬州刺史。閬州，漢代為巴郡，唐時州治在今四川南充閬中。十一舅，杜甫母為崔氏，則此族舅為崔某排行第十一者。此詩為陪王刺史宴別舅氏時酬唱之作，卻寫出自己的真性情來。

萬壑樹聲滿，千崖秋氣高❶。
浮舟出郡郭，別酒寄江濤❷。
良會不復久，此生何太勞。
窮愁但有骨，群盜尚如毛❸。
吾舅惜分手，使君寒贈袍❹。
沙頭暮黃鵠，失侶亦哀號❺。

【注釋】❶萬壑二句　壑，山谷；坑溝。秋氣，宋玉〈九辯〉：「悲哉秋之為氣也！蕭瑟兮草木搖落而變衰。」「蕭瑟」乃秋風吹枯葉之聲，則秋氣其實就是秋聲。自宋玉成功地以秋氣之蕭條表達人之哀怨情感，這一意象便成為一種原型意象為後人所習用。❷浮舟二句　二句言王刺史在江上設宴為崔某餞行。寄，不僅指宴別在江上，還隱含別情似江水之長湧。江，此指嘉陵江。❸窮愁二句　但有骨，即貧到骨。下句言天下猶亂象叢生，如其時不但吐蕃大舉入侵，僕固懷恩勾結回紇反叛種種，且各地軍閥如四川徐知道、廣州呂太一等作亂，還有百姓起義等，不勝枚舉，故曰「尚如毛」。❹吾舅二句　惜分手，則題所示「十一舅惜別之作」，言舅氏以詩惜別。下句言王刺史以袍贈舅氏，以示惜別。❺沙頭二句　亦，一作「自」。《杜詩說》認為「『亦』字舉物以見人。」則二句承上「惜分手」、「寒贈袍」而言，謂舅氏與王刺史或作詩或贈袍，各有所示，而自己則「窮愁但有骨」，不能設宴，又無可贈者，但亦如黃鵠以哀號惜別也。《杜詩說》：「蘇武詩『願為雙黃鵠，送子俱遠飛。』詩人多襲用其語，獨此說得靈活，可悟推陳出新之法。」

【語　譯】萬壑風樹漲秋聲，秋氣欲上千崖平。泛舸淼淼出城去，濤上別筵別有情。惜此良會哪得久，此生奔波何頻仍！窮愁已是貧到骨，於今群盜尚叢生。吾舅賦詩惜分手，刺史寒袍為送行。我是沙頭失侶孤黃鵠，暮色蒼茫號一聲！

【研　析】《後山詩話》：「世稱杜牧『南山與秋色，氣勢兩相高』為警絕，而子美才用一句，語益工，曰『千崖秋氣高』也。」杜牧句誠得自杜詩之啟發，但能以實對虛，則別有佳境。而杜詩亦須兩句合看：「秋氣高」從「樹聲滿」出。蓋秋風吹樹作秋聲，千山萬壑皆響，便覺秋氣漲出千崖矣。重要的還在於，這一開頭就像宋玉〈九辯〉之以「悲哉秋之為氣也」陡起，先聲奪人，其意緒直貫全篇，聲情並茂。所以黃生《杜詩說》亟稱其「起調激厲」，楊倫《杜詩鏡銓》也說是：「起語聳絕，已覺黯然神傷。」

開篇固奇，詩的着力點尤奇：不是要送別的舅氏，也不是設宴的使君，而是亂世中窮愁潦倒的自己。無力設宴，無物可贈，無以為情，唯有黃鵠般的一聲哀號，則情何以堪！回顧首聯，不覺空谷迴響，滿紙秋聲矣。

放　船（五律）

【題　解】廣德元年（西元七六三年）秋，在閬州所作。放船，讓輕舟順流直下，詩就寫這一種感覺。

送客蒼溪縣，山寒雨不開❶。
直愁騎馬滑，故作泛舟回❷。
青惜峯巒過，黃知橘柚來❸。
江流大自在，坐穩興悠哉。

【注　釋】❶送客二句　蒼溪縣，因縣界蒼溪谷而得名。屬閬州，處其北，為嘉陵江中游，放船順流可達閬州。下句句法顛倒，實為「雨寒山不開」。❷直愁二句　謂回來時因下雨路滑危險，乃改為乘船。此聯合二句只一意，為流水對，或稱十字格。❸青惜二句　言船順流快速行駛，目不暇給，唯第一印象是「青」，隨即悟知是峯巒之色；緊接着看到前方的「黃」，漸近方明白是橘柚之色。先感而後思，是乘輕舟觀物「當下」的感覺。以這種獨特的語序（即以經驗過程的先後為序）表達出來，是杜詩特殊的傳意手法。

【語譯】送客直到蒼溪縣，寒雨籠罩山不開。因怕騎馬路太滑，便乘輕舟順流回。一抹青色眼前過，可惜峯巒行已改。黃雲一片撲欲至，知是橘柚迎面來。顧盼自若放中流，穩坐船頭興悠哉！

【研析】整首詩緊扣「放船」，一氣流注。頸聯起着點睛的作用，使通體皆活。李因篤云：「三聯『惜』字『知』字，正寫出放船之駛，用加一倍法；結句亦翻跌出之。」是的，此聯極富動感，但「青」、「黃」二字置諸句首，也大有講究（參看注❸）。蓋將「青」、「黃」二字置於句首者，不但突出對實景第一眼的強烈印象，且緊接着「惜」、「知」二字寫目不暇接的主觀感受，可見船行之速。整聯似「意識流」按感覺先後而不是按語法要求安排語序，是成功的奧秘。仇注引吳子良〈偶談〉云：「錢起詩『山來指樵火，峰去惜花林』，不如此詩『青惜峯巒過，黃知橘柚來。』」關鍵就在杜詩能按輕舟順流而下的真實感受安排語序，由虛而實，由朦朧而清晰，凸現主觀感受的過程，傳情達意，而不是刻意造句，為求奇而奇，故佳。

說到刻意造句，「山寒雨不開」一句倒是有之。《杜詩說》云：「山宜曰『不開』而曰『寒』，雨宜曰『寒』而曰『不開』，與『竹寒沙碧』四字，皆句中自相搏換法。」什麼是「自相搏換法」，說明白點，這只是古代文學中數見的特殊句法。名篇如江淹〈別賦〉有「使人意奪神駭，心折骨驚」之句，王力《古代漢語》的解釋是：詞序顛倒，實際是「骨折心驚」，但因平仄、押韻的要求而作調整：「心」對「意」，平對仄；「骨」對「神」，仄對平。同時，「驚」與上文「名」、「盈」，與下文「精」、「英」等字押韻。歐陽修〈醉翁亭記〉也有「臨溪而魚，溪深而魚肥；釀泉為酒，泉香而酒洌」之句。「泉香而酒洌」應為「酒香而泉洌」，同樣是出於對仗的要求：「洌」對「肥」，仄對平。不過除技術上的原因外，「文如看山不喜平」，這種錯位的句法，也能造出陌生化的效果。當然，作為一種作文之變通，偶一為之可也，但須恰到好處。

嚴氏溪放歌行　（七古）

【題解】廣德元年（西元七六三年）秋，在閬州作。嚴氏溪，以閬州大姓嚴氏為名，在閬州東。

天下甲馬未盡銷，豈免溝壑常漂漂。
劍南歲月不可度，邊頭公卿仍獨驕❶。
費心姑息是一役，肥肉大酒徒相要❷。
嗚呼古人已糞土❸，獨覺志士甘漁樵。
況我飄轉無定所，終日慽慽忍羈旅。
秋宿霜溪素月❹高，喜得與子長夜語。
東遊西還❺力實倦，從此將身更何許。
知子松根長茯苓，遲暮有意來同煮❻。

【注釋】❶天下四句　四句謂天下猶動亂，百姓不自保。而巴蜀多亂象，且邊遠地區的軍閥也普遍驕縱。故爾杜甫覺得巴蜀不可久居。溝壑，此以坑溝指代死亡。《孟子・梁惠王下》：「凶年饑歲，君之民，老弱轉乎溝壑。」謂民飢死棄荒野也。漂漂，亦漂轉溝壑之謂。劍南，指巴蜀。邊頭公卿，遠離京城的軍閥們。❷費心二句　姑息，遷就。《禮・檀弓》：「細人之愛人也以姑息。」一役，一個廝役，打雜的下人。《漢書．張耳陳餘傳贊》：「其賓客廝役，皆天下俊傑。」上句謂「邊頭公卿」表面上對你很用心、很遷就，甚至尊重，但心裡頭只不過是把你當成一個清客，甚至廝役而已。徒，指空頭的東西，沒什麼實際意義。要，邀請。下句謂他們時或邀你大塊肉大碗酒吃一頓罷了，並不真正重視你，故曰：「徒」。❸糞土　化為糞土，指早已消逝。❹素月　明月。❺東遊西還　指此期杜甫多次奔波於梓州與閬州之間。❻知子二句　此二句示宿處主人以歸隱之意。「秋宿霜溪素月高」以下數句，由議論轉入抒情，天真中帶沉痛，卻見含蓄。老杜七古長句往往能寫來明白如話，一氣盤旋且沉着不迫，氣象雍容，便是得力於此種沉鬱頓挫的功夫。茯苓，菌類植物，塊球狀，據說食之不飢。遲暮，暮年。

【語　譯】天下兵戈鐵馬尚未全銷，百姓難免流離失所死於荒郊。入蜀的日子實在難熬，山高皇帝遠這兒的軍閥特別矜驕。別看他似乎盡心盡意，其實骨子裡只把你當清客差役瞧。嗚呼！惜人才的古人都已化為糞土，有見識的志士便甘願歸隱漁樵。何況我羈旅漂轉無依靠，整天價慘慘慽慽忍受旅途遙。秋來明月高照宿霜溪，喜得與您抵足傾談長夜裡。梓州閬州往返奔走令人疲，此身此後何處棲？得知貴地松根長茯苓，衰年有意來此與您同煮此物長不飢！

【研　析】此詩似率意而成，實歸乎率真。中間「費心姑息是一役，肥肉大酒徒相要」兩句，算是將「邊頭公卿」看透而一語道盡，不為其留顏臉，其中包括東川節度留後梓州刺史章彝。章彝頗善待杜甫，且為其東下出資，但是杜甫除寫下〈山寺〉、〈冬狩行〉諷章氏以其佞佛不如撫士卒，以其射獵不如練兵禦吐蕃，以此為報答外，仍不滿其驕矜不能真正用賢。後來有〈將適吳楚留別章使君留後兼幕府諸公〉詩云：「常恐性坦率，失身為杯酒。近辭痛飲徒，折節萬夫後。昔如縱壑魚，今如喪家狗。」這才是其率真處。古往今來，多少落拓文人都充當過清客與差役之間的角色。他們有得與失的掙扎，寵與辱的計較，卻少有內心的掙扎、自尊的計較。杜甫可貴之處並不在清高，就在無奈中有懺悔、有內心的掙扎，不迷失自我。如〈狂歌行贈四兄〉對早年干謁的懺悔云：「兄將富貴等浮雲，弟竊功名好權勢。長安秋雨十日泥，我曹備馬聽晨雞。公卿朱門未開鎖，我曹已到肩相齊。」沒有痛入肺腑的懺悔就難有內心的掙扎。晚年作〈秋日荊南述懷三十韻〉猶云：「苦搖求食尾，常曝報恩腮。」寄食權貴的恥辱深深地烙在他的記憶中。孟子曰：「人不可以無恥。無恥之恥，無恥矣。」恥於無恥，則無可恥之累也。以此詩為發牢騷，亦輕乎讀之矣！

對雨（五律）

【題　解】廣德元年（西元七六三年）秋，在梓州將往閬州作。時吐蕃入寇，邊防正嚴。《舊唐書・代宗本紀》：「廣德元年七月，吐蕃陷隴右諸州。」詩人因對雨感懷。

莽莽天涯雨，江邊獨立時。
不愁巴道路，恐濕漢旌旗❶。
雪嶺防秋急，繩橋戰勝遲❷。
西戎甥舅禮，未敢背恩私❸。

【注　釋】❶不愁二句　二句言自己倒是不擔心去閬州的路因下雨泥濘難行；只擔心下雨怕要妨礙唐軍的行動。巴，巴州，即閬州一帶。漢旌旗，指唐軍旗幟。唐人往往以漢指代唐。❷雪嶺二句　二句承上「漢旌旗」而言，謂岷山前線防務正緊急，繩橋通行受限制，加上遇雨一路泥濘，部隊恐怕難及時趕到，要打勝戰當然得推遲了。雪嶺，即岷山。防秋，游牧民族秋後馬肥，往往入侵，屆時邊軍特加警戒，稱防秋。繩橋，竹索橋，以篾索五條，布板其上，架空而度，又稱五繩橋。❸西戎二句　西戎，指吐蕃。甥舅禮，唐太宗以文成公主嫁吐蕃贊普，爾後吐蕃尊唐帝為舅，自稱甥。〈秦州雜詩〉其十八：「西戎外甥國，何得迕天威！」杜甫一直以中國的「禮義」來看待與其他民族的關係，難免儒生習氣。

【語　譯】莽莽蒼蒼的秋雨無涯際，對雨獨自江邊立。不愁去閬州的路不好走，只怕風雨濕了我唐軍旗。那邊雪嶺如今軍備急，繩橋道隘苔滑妨礙咱部隊得勝利。但願吐蕃能懂舅甥禮，不敢背恩作叛逆！

【研　析】這首詩表達了頗為複雜的愁思。杜甫早在秦州時就表現出對吐蕃邊患的憂慮，隨着唐軍在平叛戰爭中軍力的嚴重削弱，吐蕃的坐大，已成唐西疆最大的威脅。廣德元年（西元七六三年）七月，吐蕃入大震關，陷隴右諸州。這詩大概寫於此時。在〈為閬州王使君進論巴蜀安危表〉中，杜甫說：「昨竊聞諸道路云，吐蕃已來，草竊岐隴，逼近咸陽。似是之間，憂憤隕迫，益增尸祿寄重之懼，寤寐報效之懇。」詩中表現的正是這種「似是之間」的「憂憤隕迫」之情。一方面是期盼能在蜀擊敗吐蕃，形成牽制；另一方面又希企吐蕃能識「甥舅禮」，知難而退。固然這是儒生有些迂闊之見，但根子還在意識到戰爭畢竟會給百姓帶來苦難，所以有此幻想。詩中充滿焦慮，借「恐濕漢旌旗」的聯想，如繭抽絲般寫出，甚是感人。所以《瀛奎律髓彙評》引馮舒曰：「此等詩俱無與晴雨。」

王命（五律）

【題　解】仇注：「題曰『王命』，望王朝之命將也。」《唐書》載，廣德元年（西元七六三年）七月，吐蕃陷秦、成、渭三州，入大震關，陷蘭、廓、河、鄯、洮、岷等州。吐蕃與唐王朝的矛盾急劇上升為當時的主要矛盾。杜甫於是有〈為閬州王使君進論巴蜀安危表〉，對吐蕃入侵與巴蜀安危深表憂慮，懇請朝廷速以親賢出鎮。此意正是此詩主旨。詩當於廣德元年作於閬州（今四川閬中）。

漢北豺狼滿，巴西道路難❶。
血埋諸將甲，骨斷使臣鞍❷。

牢落新燒棧，蒼茫舊築壇❸。
深懷喻蜀意，慟哭望王官❹。

【注　釋】❶漢北二句　漢北，指處於漢水上游之北的隴西。史載，寶應元年（西元七六二年），吐蕃陷臨洮，取秦、成、渭等州。次年（即廣德元年），又取蘭、河諸州，盡得唐隴西之地。豺狼滿，言漢北盡為吐蕃兵所佔據。巴西，古郡名，即川西。下句言因戰事而川西道路難行。❷血埋二句　二句寫將士與吐蕃浴血苦戰，使臣來往勞頓，但戰、和咸無功。血埋，極言戰死者之多。骨斷，骨折，言使臣鞍馬往來，骨為之折。《通鑑》載廣德元年「遣兼御史大夫李之芳等使於吐蕃，為虜所留，二年乃得歸。」❸牢落二句　牢落，零落。此形容被燒後棧道殘破狀。棧，棧道。新燒棧，大概為防吐蕃深入而自行燒斷。《通鑑》載，上元二年（西元七六一年）二月，奴刺、党項寇寶雞，燒大散關。朱注以此即所謂「新燒棧」，錄供參考。壇，將壇。漢高祖曾築壇拜韓信為大將。下句因戰事想起築壇拜將的故事，即題目求命將之意。「蒼茫」形容此事之遙遠難及。❹深懷二句　二句上承「舊築壇」，杜甫以此切盼代宗任命一位能「哀罷（疲）人以安反仄」的鎮蜀人選，也就是〈諸將〉中所說的：「西蜀地形天下險，安危須仗出群才。」喻蜀，漢武帝命唐蒙通夜郎，發巴蜀吏卒千人，運糧者萬人，民多逃亡。武帝因遣司馬相如使蜀，相如作〈喻巴蜀檄〉，言明那都不是朝廷本意，巴蜀乃安。

【語　譯】隴西豺狼之師漫，川西行路難上難。將士血肉帶甲埋，使者脊梁鞍上斷。築壇拜將事茫茫，新燒棧道已零亂。卻憶相如一檄能安蜀，揮淚只把朝廷命官盼！

【研　析】杜甫慎言戰爭，他認為最根本還是要「哀罷（疲）人以安反仄」，只有百姓安定，才能有效支持衛國戰爭。而要做到這一點，主要還在用人得當。在〈為閬州王使君進論巴蜀安危表〉中有詳說，請參看【附錄】。

然而，我們更感興趣的是：這首詩與〈為閬州王使君進論巴蜀安危表〉為我們提供了難得的同一作者、同一時段、同一題材的詩與文對讀的範本。它使我們明白了杜甫的「詩史」，是將「史」釀而為「詩」，使之具有濃濃的情思。你看，當時唐朝與吐蕃戰、和皆不利而進退維谷的局勢，只「血埋諸將甲，骨斷使臣鞍」

一句，便化跡為情，讓人刻骨銘心。而「蒼茫舊築壇」，「蒼茫」二字又將朝廷向來不信任良將如郭子儀、李光弼、嚴武輩的老毛病委婉道出，充滿既惆悵又巴望之情。「深懷喻蜀意」則將〈為閬州王使君進論巴蜀安危表〉中反覆闡明的「哀罷人以安反仄」的意思濃縮點明，發人深省。這是帶着血絲的思想。我們於是體會到詩歌意在言外、永言和聲的文體特點。

【附錄】

為閬州王使君進論巴蜀安危表

杜甫

仇注：廣德元年作

臣某言：伏自陛下平山東，收燕薊，洎海隅萬里，百姓感動，喜王業再康，瘡痏蘇息，陛下明聖，社稷之靈，以至於此。然河南河北，貢賦未入，江淮轉輸，異於曩時。惟獨劍南，自用兵以來，稅斂則殷，部領不絕，瓊林諸庫，仰給最多。是蜀之土地膏腴，物產繁富，足以供王命也。近者，賊臣惡子，頻有亂常，巴蜀之人，横被煩費，猶自勸勉，充備百役，不敢怨嗟。吐蕃今下松維等州，朱鶴齡注：事在廣德元年。成都已不安矣。楊琳師再脅普合，顒顒兩川，不得相救，百姓騷動，未知所裁。況臣本州，山南所管，初置節度，庶事草創，豈暇力及東西兩川矣。伏願陛下聽政之餘，料巴蜀之理亂，審救援之得失，定兩川之異同，問分管之可否，度長計大，速以親賢出鎮，哀罷人以安反仄。犬戎侵軼，群盜窺伺，庶可遏矣。而三蜀，大一作天府也，徵取萬計，陛下忍坐見其狼狽哉！不即用之，臣竊恐蠻夷得恣屠割耳。實為陛下有所痛惜，必以親王，委之節鉞，此古之維城磐石之義明矣。陛下何疑哉？在選擇親賢，加以醇厚明哲之老為之師傅，則萬無覆敗之跡，又何疑焉？其次付重臣舊德，智略經久，舉事允愜，不隕穫於蒼黃之際，臨危制變之明者，觀其樹動庸於當時，扶泥土於已墜，整頓理體，竭露臣節，必見方面小康也。今梁州既置節度，與成都足以久遠相應矣。東川更分管數州，於內幕府取給，破弊滋甚，若兵馬悉付西川，梁州益坦為聲援，是重斂之下，免出多門，西南之人，有活望矣。必以戰伐未息，勢資多軍，應須遣朝廷任使舊人，授之使節，留後之寄，綿歷歲時，非所以塞眾望也。臣於所守封界，連接梓州，正可為成都東鄙，其中別作法度，亦不足成要害哉，徒擾人矣。伏惟明主裁之，敕天下徵收赦文，減省軍用外，諸色雜賦名目，伏願省之又省之，劍南諸州，亦困而復振矣。將相之任，內外交遷，西川分閫，以仗賢俊，愚臣特望以親王總戎者，意在根固流長，國家萬代之利也，敢輕易而言。次請慎擇重臣，亦願任使舊人，鎮撫不缺。借如犬戎傲擾，臣素知之。臣之兄承訓，自沒蕃以來，長望生還，偽親信於贊普，探其深意，意者報復摩彌青海之役決矣。朱註：《唐書》鄯州註：度西月河一百十里，至多彌國。摩彌，疑即多彌。同謀誓眾，於前後沒落之徒，曲成翻動，陰合應接，積有歲時。每漢使回，蕃使至，帛書隱語，累嘗懇論。臣皆封進，上聞屢達。臣兄承訓，憂國家緣邊之急，願亦勤矣。況臣本隨兄在蜀向二十年，兄既辱身蠻夷，相見無日。臣比未忍離蜀者，望兄消息時通，所以戮力邊隅，累踐班秩，補拙之分淺，待罪之日深，蜀之安危，敢竭聞見。臣子之義，貴有所盡於君親。愚臣迂闊之說，萬一少裨聖慮，遠人之福也，愚臣之幸也。昨竊聞諸道路云，吐蕃已來，草竊岐隴，逼近咸陽。仇注：《唐書》：廣德元年七月，吐蕃入大震關。八月，寇奉天武功。似是之間，憂憤隕迫，益增尸祿寄重之懼，寤寐報效之懇。謹冒死具巴蜀成敗形勢，奉表以聞。

西山三首（五律）

【題解】 此組詩廣德元年（西元七六三年）作於閬州，時松州被吐蕃所圍。西山，今名雪寶頂，岷山主峰。山頂終年積雪，故亦稱雪嶺，在今四川松潘。連嶺而西，不知其極。東去成都青城山百里，杜詩名句「窗含西嶺千秋雪」，即此。山巉崛，捍阻羌夷，為全蜀巨障。此詩背景請參閱上一首之【附錄】〈為閬州王使君進論巴蜀安危表〉。

其一

夷界荒山頂，蕃州積雪邊❶。
築城依白帝，轉粟上青天❷。
蜀將分旗鼓，羌兵助鎧鋋❸。
西南背和好❹，殺氣日相纏。

【章旨】此章記西山形勢，言守戰之艱，漢、羌須同仇敵愾防備吐蕃。

【注釋】❶夷界二句　二句謂西山是西蜀控吐蕃的戰略要地。唐與吐蕃的分界，此指西山。《元和郡縣志》：「雪山當吐蕃之界，所以隔中外也。」蕃州，指山那一邊的吐蕃，言其逼近也。❷築城二句　二句言西山軍城倣白帝城築在高山，運糧極其艱難，是杜甫憂心之所在。高適〈請減三城戍兵疏〉：「平戎以西數城，邈若窮山之巔，蹊隧險絕，運糧於束馬之路，坐甲於無人之鄉。」則「築城」之城當指此「平戎以西數城」。依白帝，趙次公注：「公孫述自號白帝，其所築城在高山上，本曰白帝城是已；今公言高山之上築城，依倣白帝，所以轉粟之艱難如上青天也。」❸蜀將二句　言西山警急，蜀將分兵增援，而附唐的羌兵也來助戰。旗鼓，指代部隊。鎧鋋，甲兵。❹西南句　西南，指吐蕃及臣服吐蕃的南詔（見【附錄】）。背和好，唐太宗與吐蕃和親，有盟約，即杜詩所謂「西戎舅甥禮，未敢背恩私」；如今吐蕃入侵，是為背和好矣。

【語譯】唐夷分界就在雪山巔，吐蕃便在山那邊。軍城仿照白帝築在高山上，蹊隘路險運糧難於上青天！蜀將分兵急增援，羌人同仇敵愾來助戰。吐蕃如今背盟約，西南殺氣竟日相糾纏。

其二

辛苦三城戍，長防萬里秋❶。
煙塵侵火井，雨雪閉松州❷。
風動將軍幕，天寒使者裘。
漫山賊營壘，回首得無憂？

【章旨】此首直寫對三城之重要性的肯定，對松州之圍的憂心。

【注釋】❶辛苦二句　三城，即松、維、保三城，是為唐防備吐蕃戍所。長防句，《資治通鑑》：「唐自武德以來，開拓邊境，地連西域……軍城戍邏，萬里相望。」三城在此邊防線上，故云「長防萬里」。防秋，游牧民族秋季馬肥，往往發動侵略戰爭，防秋遂為邊防專用語。❷煙塵二句　煙塵，行急塵起，以此指代吐蕃兵來。火井，唐縣名，屬邛州，在今四川邛崍西北。雨雪句，暗示松州之圍。松州，唐貞觀二年（西元六二八年）置都督府，轄羌族部落羈縻州，治所在今四川松潘，為防吐蕃之戰略要地。《資治通鑑》廣德元年十二月條：「吐蕃陷松、維、保三州及雲山新築二城」；則松州之圍當在十二月前。

【語譯】三城戍衛真辛苦，萬里邊疆急防秋。敵軍煙塵滾滾襲火井，夾雨帶雪圍松州。風振將軍幕，寒透使者裘。漫山遍野賊營壘，如此形勢怎能不擔憂！

其三

子弟❶猶深入，關城未解圍。

蠶崖鐵馬瘦，灌口米船稀❷。
辯士安邊策，元戎決勝威❸。
今朝烏鵲喜，欲報凱歌歸。

【章旨】此詩一方面很現實地憂慮兵疲糧盡，一方面又心存幻想，希企戰勝，寫出忐忑心情。

【注釋】❶子弟 即〈東西兩川說〉中所說的羌族「堪戰子弟」前來助戰者。❷蠶崖二句 二句謂兵疲糧盡。蠶崖，關名，在導江縣（今四川都江堰市西）。《元和郡縣圖志》稱：「其處江山險絕，鑿崖通道，有如蠶食，因以為名。」灌口，鎮名，在成都西五十里。《方輿勝覽》云：「吐蕃、南詔合入寇，必出灌口。」❸辯士二句 二句期盼或如謀士言和，或如主帥力戰，必有一成。故下聯祈以早奏凱歌，也只是自我寬慰的話。辯士，謀士。元戎，主帥。

【語譯】雖然子弟兵深入西山救援，松州至今仍未解圍。蠶崖道上兵疲馬瘦，灌口江面米船疏稀。但願謀士有策安邊，統帥或能決勝取威。今晨聽得喜鵲聲聲，盼是捷報傳來凱歌歸！

【研析】仇注：「公抱憂國之懷，籌時之略，而又洊逢亂離，故在梓閬間有感於朝事邊防，凡見諸詩歌者，多悲涼激壯之語。而各篇精神煥發，氣骨風神，並臻其極。此五律之入聖者，熟復長吟，方知為千古絕唱也。」仇注說得很深透，頗中肯綮。杜詩好議論，卻是如葉燮所謂理、事、情並發，識、才、膽、力俱足。必須補充說明的是：杜之理、之識，是與情一體化而為「情志」的，正如肉含着血，共為活體，無先後、無彼此、無體用之別。這才是杜甫憂國之懷、籌時之策入詩而能悲涼激壯、精神煥發的主因。試讀「煙塵侵火井，雨雪閉松州。風動將軍幕，天寒使者裘」，四句皆從「辛苦三城戍，長防萬里秋」中來，既存防秋之理，濟國之志，亦見戍者辛苦之情；且「煙塵」之「侵」，「雨雪」之「閉」，「風動」、「天寒」，無不情中有景，景中有情。情志便是羅網一切之胸襟。誠如葉燮《原詩》所指出：「（杜詩）隨所遇之人、之境、之事、之物，無處不發其思君王、憂禍亂、悲時日、念友朋、弔古人、懷遠道，凡歡愉、幽愁、離合、今昔之感，一一觸類而起，因遇得題，因題達情，因情敷句，皆因甫有其胸襟以為基。」熟復長吟三詩，可悟杜詩之本體。

【附錄】

東西兩川說（節錄）

杜甫

舊注：廣德二年嚴武幕中作。

聞西山漢兵，食糧者四千人，皆關輔山東勁卒，多經河隴幽朔教習，慣於戰守，人人可用。兼羌一作差堪戰子弟，向二萬人，實足以備邊守險。脫南蠻侵掠，朱注：《唐書・南蠻傳》：南詔，本哀牢夷後，烏蠻別種也，居永昌姚州之間，鐵橋之南，西北與吐蕃接，天寶後臣吐蕃。邛雅子弟不能獨制，但分漢勁卒助之，不足撲滅，是吐蕃憑陵，本自足支也，摧量西山、邛、雅兵馬，卒畔援形勝明矣。頃三城失守，罪在職司，非兵之過也，糧不足故也。今此輩見闕兵馬使，八州素歸心於其世襲刺史，獨漢卒自屬裨將主之。竊恐備吐蕃在羌，漢兵小眠，而釁郄隨之矣。況軍須不足，姦吏減剝未已哉。愚以為宜速擇偏裨主之；主之勢，明其號令，一其刑賞，申其哀恤，致其歡欣，宜先自羌子弟始，自漢兒易解人意，而優勸旬月，大浹洽矣。

遣憂（五律）

【題解】詩當於廣德元年（西元七六三年）作於閬州。仇注引盧曰：「廣德元年，吐蕃入寇，邊將告急，程元振皆不以聞。十月深入，上方治兵，吐蕃已度便橋。上出幸陝州，吐蕃入京師，焚燒一空。公聞而心傷，故曰遣憂。」

亂離知又甚❶，消息苦難真。
受諫無今日，臨危憶古人❷。
紛紛乘白馬，攘攘著黃巾❸。
隋氏留宮室，焚燒何太頻❹。

【注釋】❶亂離句　安史之亂後，再陷吐蕃，故云「又甚」。❷受諫二句　總結歷史教訓，指出皇帝不聽勸告的嚴重後果，但詩人不忍明言，乃託之古人。❸紛紛二句　二句寫遍地亂象。乘白馬，《梁書．侯景傳》載梁末有童謠云「青絲白馬壽陽來」，後果有侯景作亂，乘白馬，兵戴青巾。杜詩屢以乘白馬指叛將。黃巾，東漢末張角起義，徒眾皆以黃巾裹頭。❹隋氏二句　借隋言唐。《資治通鑑》載吐蕃人長安，「剽掠府庫市里，焚閭舍，長安中蕭然一空。」又柳伉上疏曰：「劫宮闈，焚陵寢。」未見焚宮室，故曰「留宮室」；但「焚閭舍」、「焚陵寢」，故曰「何太頻」。

【語譯】雖知這次禍亂更甚，只苦消息尚是模糊。早聽勸告就不會有今日，事到臨危才會想起當初。現在是紛紛亂象，官割據來民顛覆。京城宮室幸保留，市井陵寢可恨燒無數！

【研析】「受諫無今日，臨危憶古人。」錢注：「明皇幸蜀，妃子既死，一日登高山望秦川，謂高力士曰：『吾取張九齡言，不至於此。』遣使祭之。」仇注引盧曰：「是年四月，郭子儀數為上言，吐蕃、党項不可忽，宜早為之備。上狃於和好而不納。至還京，勞子儀曰：『用卿不早，亦已晚矣。』代宗之勞子儀，猶明皇之思九齡也。公不忍明言，故托之古人。」玄宗不聽張九齡的勸告，釀成安史之亂；代宗不聽郭子儀的勸告，釀成吐蕃之禍。這是歷史的教訓，也是老杜親身的經驗：他之所以棄朝廷西行，正因為肅宗讜言不入。

他在〈秦州雜詩〉中曾憤激地說：「唐堯真自聖，野人復何知！」專制帝王猜忌臣下、剛愎自用本是通性，雖危難中或有悔過，但決不會自新，同樣的錯誤還是屢教不改。杜甫將它鑄成警句「受諫無今日，臨危憶古人」，可為歷史之鑒戒，這也正是「詩史」的反思特質。

有感五首（五律）

【題解】這組詩當作於廣德元年（西元七六三年）史朝義正月已滅之後，吐蕃十月未陷京師之前，是對時事的感慨與對歷史的反思。由於議論精警，感慨深沉，所以是杜詩中成功的議論之作。黃生稱之為「在公生平為大抱負，即全集之大本領」，甚是。

其一

將帥蒙恩澤，兵戈有歲年。
至今勞聖主，何以報皇天！
白骨新交戰，雲臺舊拓邊❶。
乘槎斷消息，無處覓張騫❷。

【章旨】首章斥責將帥深受國家恩澤，卻未能平定戰亂，今又讓吐蕃入侵，戰和失據。

【注釋】❶白骨二句　二句言因邊疆新開戰，又添白骨，而此地原是當年功臣開拓而來，言外之意謂如今守都守不住。雲臺，漢築雲臺，上繪功臣像。此指唐初開邊之功臣。❷乘槎二句　槎，木筏。《史記‧大宛列傳》載漢武帝令張騫尋河源；又，

《博物志》載海客乘槎至天河；後人牽合二事為一事。此喻廣德元年御史大夫李之芳出使吐蕃後來被扣留一事。趙次公注：「詩意當是廣德元年史朝義正月已滅之後，吐蕃十月未陷京師之前。句有言胡滅，則指史朝義也。新交戰，則吐蕃也。覓張騫，則指奉使吐蕃者也。」

【語　譯】將帥蒙恩久，戰事卻連綿。至今累天子，如何對蒼天！新啟戰場添白骨，原是開國功臣所拓邊。和蕃使者斷消息，能通西域憶張騫。

其二

幽薊餘蛇豕，乾坤尚虎狼❶。
諸侯春不貢，使者日相望❷。
慎勿吞青海，無勞問越裳❸。
大君先息戰，歸馬華山陽❹。

【章　旨】二章主張因內亂未定，先應息戰，讓百姓恢復元氣。以下諸詩正是圍繞休兵說事。

【注　釋】❶幽薊二句　幽薊，幽州、薊州，指安史叛將的老巢河北。餘蛇豕，喻殘存的安史叛將。蓋唐軍收復河北，但當初的叛將仍被求苟安的朝廷就地任命為掌實權的軍閥，由此開啟了中唐的藩鎮割據時代，故有下句。❷諸侯二句　諸侯，指藩鎮。不貢，不向中央交納賦稅。下句謂朝廷前往催督的使者不絕於道。❸慎勿二句　二句謂目前不要考慮對它們用兵，即下聯所說「先息戰」。青海，地名，今青海省，當時已為吐蕃佔據。越裳，古國名，此指南詔（今雲南省一帶），當時依附吐蕃。❹大君二句　大君，指皇帝，即當時的唐代宗。先，先事；首要之事。息戰，謂休兵養息。《尚書・武成》：「歸馬于華山之陽，放牛於桃林之野，示天下弗服（乘用）。」黃生《杜詩說》云：「此詩言河北之孽尚存，四方之盜又熾，諸道貢獻不至，而出使者四督之，朝廷之艱窘亦甚矣。然理亂絲者必有其緒，目前時事宜且勿急平賊，自用兵以來，賦斂橫加，民困已極，誅求所迫，轉徙逃亡，適足為盜資耳。後半云云，特以休兵之說進。其未盡之旨，則見於後數章焉。」黃生的提示很重要，「先息戰」的真意要放在組詩中體會。關於息戰有不少不同解釋，詳【研析】。

【語　譯】河北敵巢雖收有餘孽，海內尚有軍閥似虎狼。君看諸侯春至不進貢，各路使者催督往來忙。局勢不定且莫攻青海，問罪南詔暫時不用忙。皇上首要之事是息戰，昭示天下放馬華山陽。

其　三

洛下舟車入，天中貢賦均❶。
日聞紅粟腐，寒待翠華春❷。
莫取金湯固，長令宇宙新❸。
不過行儉德，盜賊本王臣❹。

【章　旨】三章認為遷不遷都並不重要，重要的是行儉德，得人心。

【注　釋】❶洛下二句　洛下，洛陽。舟車入，謂洛陽水陸交通暢達。天中，古人認為洛陽居天下之中，四方納貢至此路程均等。《史記・周本紀》：「此天下之中，四方入貢道里均。」❷日聞二句　紅粟腐，《漢書・食貨志》：「大倉之粟，陳陳相因，腐敗而不可食。」翠華，天子之旗，指代天子。下句謂當地百姓等待天子到來，猶如寒冬等待春天。歷來注家多認為此詩為當時程元振議遷都洛陽一事而發，是概括了郭子儀反對遷都的意見。但《杜臆》提出異議：「前四亦追論往事。若在當時，諸侯已不貢，安得紅腐之粟？」的確，洛陽於安史亂後已成戰場，「井邑榛棘，豺狼所嗥，既乏軍儲，又鮮人力。」（郭子儀語）所以「紅粟腐」只是歷史的記憶，表明洛陽曾是個富庶的地區。此詩並非一事一議，而具有更深廣的憂憤與反思。上四句只是複述議遷都洛陽者的意見，下四句才是作者的意見。❸莫取二句　金湯，「金城湯池」的略詞。金湯固，城牆如鐵、護城河如湯池，形容城池之堅固。賈誼〈過秦論〉：「自以為關中之固，金城千里，子孫帝王萬世之業。」又，《漢書・蒯通傳》：「皆如金城湯池，不可攻也。」下句是由上句引發出來的大議論，是帶有規律性的警句。歷史經驗表明：險固不足恃，惟有想辦法經常保持國富民強、政治處於生機勃勃的狀態，這才是長治久安之道。❹不過二句　二句言要做到「宇宙新」並不難，只要提倡、實行節儉（在封建社會也就是「有限剝削」），不要「官逼民反」，天下就會大治。須知所謂「盜賊」，原是王朝的百姓啊！儉德，不奢侈無度，能體恤民情。王臣，臣民。《詩・北山》：「率土之濱，莫非王臣。」

【語　譯】洛陽水陸通，四方貢賦來正中。舊傳倉滿粟常爛，今議天子春遷東。城堅地險不可憑，要在舉國氣象新。不難只是倡節儉，須知「盜賊」原我民。

其四

丹桂風霜急，青梧日夜凋❶。
由來強幹地，未有不臣朝❷。
受鉞親賢往，卑宮制詔遙❸。
終依古封建，豈獨聽〈簫韶〉❹。

【章　旨】四章主張分封制，依靠李姓親藩強化中央集權。

【注　釋】❶丹桂二句　二句謂唐王室正迅速衰敗。丹桂，喻皇室。青梧，喻皇家宗親。❷由來二句　強幹，強壯的主幹，喻中央集權。歷史學家陳寅恪《唐代政治史述論稿》認為：唐太宗依靠皇室為核心、團結功臣世家而形成的「關隴集團」，強幹弱枝，實行「關中本位政策」，內重外輕，「舉天下不敵關中」，所以地方反叛很容易平息。杜甫這裡強調的「主幹」，從下文看來似乎只是皇族，即〈為閬州王使君進論巴蜀安危表〉所謂「必以親王，委之節鉞，此古之維城磐石之義明矣」。不臣，不願稱臣，指叛亂者。❸受鉞二句　受鉞，古代命將，授予斧鉞，象徵授權。卑宮，簡陋的王宮，此指「行儉德」的朝廷。制詔遙，謂王命遠傳無阻。❹終依二句　古封建，即分封制度。簫韶，舜所制樂曲名。《尚書・益稷》：「〈簫韶〉九成，鳳凰來儀。」象徵教化完成。

【語譯】皇室如丹桂呵風吹霜打，宗藩似青梧呵日見凋零。關中向來是強幹似的中央所在地，哪容弱枝般的方鎮成叛臣！只要親王受命鎮四方，皇室遙控邊遠令必申。歸根須行分封制，其效豈止聽〈韶〉教化遵。

其五

胡滅人還亂，兵殘將自疑❶。
登壇名絕假❷，報主爾何遲。
領郡輒無色，之官皆有詞❸。
願聞哀痛詔，端拱問瘡痍❹。

【章旨】五章對朝廷苟冀無事而使方鎮坐大貽害將來的政策進行批評，並盼昏君翻然自新關心民病。

【注釋】❶胡滅二句　盜滅，安史之亂平。兵殘，指安史叛軍只剩殘兵敗將。將自疑，《通鑑》廣德元年（西元七六三年）載僕固懷恩恐賊平寵衰，故奏留降將帥河北，自為黨援。此即「將自疑」的一個典型事例，但肅宗、代宗不能勝任功臣，只用內寵佞臣，已是老問題了，後來李光弼不敢入關勤王，又是一例。二句指出問題已不在安史叛軍，而在朝廷未能安人心，取信於軍民。❷登壇句　登壇，指拜將。名絕假，即實封，指安史降將受實封擁有土地、財賦及軍、政大權。❸領郡二句　二句謂當時武人攬權，士大夫不樂為地方官，所以聽到任命就失色，說到赴任就找託詞拖延不想去。領郡，受命為郡守。之官，赴任。❹願聞二句　哀痛詔，即罪己詔。端拱，拱手端坐，指嚴肅認真地對待。問瘡痍，關心百姓疾苦。

【語譯】雖說叛軍平，人心仍惶亂。安史殘兵敗將不足道，可怕還在將帥遭忌存疑怨。降人拜將還實封，爾等報主何其慢？朝臣聞道出守就色變，一說赴任推託又遷延。啊，但願皇上能下罪己詔，認真關心民病是關鍵！

【研 析】〈有感五首〉是杜甫唐代宗廣德年間在梓州一帶所作的重要組詩，但是從繫年到句解，歧見甚多。拙作〈杜甫「有感五首」求是〉（《杜甫研究學刊》二〇一二年第三期）作了探討，此不贅。這裡要敬請關注的是：作於廣德元年秋之〈為閬州王使君進論巴蜀安危表〉從總體上與〈有感五首〉一氣相通（該文見本卷〈王命〉【附錄】），兩相比照，此表與〈有感五首〉從內容到情感上的一致性，一望可知。其中對誅求、病民反覆言之，對親賢出鎮期盼殷殷，致意再三；〈有感五首〉與其說是「正檃栝汾陽（指郭子儀）論奏大意」，不如說是「檃栝」此表大意。

然而，以今日的眼光觀之，便感到詩中休兵、封建的主張似不切實際，而以「行儉德」、「哀痛詔」期待昏君，更屬「與虎謀皮」。總之，是透出一股「書生氣」。事實上讀安史之亂前後這段唐史，總覺得面對驕兵悍將與昏庸猜忌的君主，當時的儒生們實在是拿不出多少新辦法，多少也都透出一股書生氣。難怪今之學者要批評當時思想界的平庸，安史之亂是場「文化危機」。《劍橋中國隋唐史》則從制度、經濟、社會結構各種變化入手，揭示了該時期社會的深層矛盾，建立了全新的參照系，對李林甫、元載、第五琦等做了全新的評價。這些當然是歷史學的進步，不過從以大一統為特點的中國歷史發展的進程看，正是張說、張九齡直至房琯、顏真卿、楊綰、賈至、柳伉、獨孤及等等一大批主張「文治」的儒生們的「書生氣」，阻礙着各色各樣的分裂勢力，漸積地鼓動了後來的新儒學思潮，引導出北宋的「文官政治」，自有其特殊的歷史意義，絕非李林甫、元載輩所能替代。茲錄《資治通鑑》幾則史料如下：

代宗廣德元年（西元七六三年）條：

太常博士柳伉上疏，以為：「犬戎犯關度隴，不血刃而入京師，劫宮闈，焚陵寢，武士無一人力戰者，此將帥叛陛下也。陛下疏元功，委近習，日引月長，以成大禍，群臣在廷，無一人犯顏回慮者，此公卿叛陛下也。陛下始出都，百姓填然，奪府庫，相殺戮，此三輔叛陛下也。自十月朔召諸道兵，盡四十日，無隻輪入關，此四方叛陛下也。內外離叛，陛下以今日之勢為安邪，危邪？若以為危，豈得高枕，不為天下討罪人乎！臣聞良醫療疾，當病飲藥，藥不當病，猶無益也。陛下視今日之病，何繇至此乎？必欲存宗廟社稷，獨斬元振首，馳告天下，悉出內使隸諸州，持神策兵付大臣，然後削尊號，下詔引咎，曰：『天下其許朕自新改過，宜即募士西赴朝廷；若以朕惡未悛，則帝王大器，敢妨聖賢，其聽天下所往。』如此，而兵不至，人不感，天下不服，臣請闔門寸斬以謝陛下。」上以元振嘗有保護功，十一月，辛丑，削元振官爵，放歸田里。

同上，十二月丁亥條：

車駕發陝州。左丞顏真卿請上先謁陵廟，然後還宮，元載不從，真卿怒曰：「朝廷豈堪相公再壞邪！」載由是銜之。

永泰元年（西元七六五年）三月條：

左拾遺洛陽獨孤及上疏曰：「陛下召冕等待制以備詢問，此五帝盛德也。頃者陛下雖容其直，而不錄其言，有容下之名，無聽諫之實，遂使諫者稍稍鉗口飽食，相招為祿仕，此忠鯁之人所以竊嘆，而臣亦恥之。今師興不息十年矣，人之生產，空於杼軸。擁兵者第館亘街陌，奴婢厭酒肉，而貧人羸餓就役，剝膚及髓。長安城中白晝椎剽，吏不敢詰，官亂職廢，將惰卒暴，百揆隳刺，如沸粥紛麻，民不敢訴於有司，有司不敢聞於陛下，茹毒飲痛，窮而無告。陛下不以此時思所以救之之術，臣實懼焉。今天下惟朔方、隴西有吐蕃、僕固之虞，邠涇、鳳翔之兵足以當之矣。自此而往，東洎海，南至番禺，西盡巴、蜀，無鼠竊之盜而兵不為解。傾天下之貨，竭天下之穀，以給不用之軍，臣不知其故。假令居安思危，自可厄要害之地，俾置屯禦，悉休其餘，以糧儲扉屨之資充疲人貢賦，歲可減國租之半。陛下豈可持疑於改作，使率土之患日甚一日乎！」上不能用。

不同時、不同地、不同人，但濟世之策與杜甫〈有感〉約略相似（如休戰養民、下罪己詔等），尤其是那「臨危莫愛身」（〈奉送嚴公入朝十韻〉）的「折檻」（死諫）精神，更是與老杜一氣如虹。王元化《思辨隨股筆》釋「情志」有云：「情志應該合理地理解作在人的內心中所反映的時代精神。」〈有感五首〉之美，尚不在議論如何高明，展示了杜甫議政的「大本領」，而更在乎體現了杜甫生平為民請命的「大抱負」，須知詩中「情志」才是詩的生命力所在。然而杜詩畢竟不是柳伉輩的諫書。我同意：沒有詩意的「詩」不是詩。然而什麼是詩意？詩意不僅僅是在「灞橋風雪中驢子背上」，更在人的內心。哲理與詩，就好比山的兩面坡，在山頂上合為山脊。帶哲理性的東西本身就有詩意。「莫取金湯固，長令宇宙新」、「不過行儉德，盜賊本王臣」、「由來強幹地，未有不臣朝」、「胡滅人還亂，兵殘將自疑」等，都表達得十分警策，富有歷史哲理的同時富有語言上的個性，它就像那蚌病成珠，美麗中包裹着多少痛苦！

早花 （五律）

【題解】 詩當於廣德元年（西元七六三年）冬末作於閬州，見早花而傷國難。《通鑑》載，是年冬十月，吐蕃寇涇州，刺史高暉降，引吐蕃深入，遂陷長安，焚掠一空。代宗先期奔陝州（今河南陝縣），至十二月方還都。時杜甫遠在巴蜀，因「不見一人來」，故不知長安之安定與否，詩抒惶惑中的憤懣。

西京安穩未❶？不見一人來。
臘月巴江曲，山花已自開❷。
盈盈當雪杏，豔豔待春梅❸。
直苦風塵暗，誰憂客鬢催❹。

【注　釋】❶西京句　西京，長安。安穩未，指吐蕃陷長安，如今不知情況如何。史載，杜甫作此詩的這一個月，即廣德元年（西元七六三年）十二月，唐代宗已從陝州回到長安。巴蜀僻遠，直至明年杜甫寫〈傷春五首〉時，猶說「再有朝廷亂，難知消息真。近傳王在洛，復道使歸秦」，其惶惑不安可知。❷臘月二句　臘月，陰曆十二月。蜀中氣暖，故臘月花開早。巴江，指嘉陵江。曲，水灣，指閬州。嘉陵江繞着閬州，故云。「自」字以物無情襯人有情，杜詩常用此法。❸盈盈二句　當雪杏，冒雪怒放之杏花。待春梅，梅早發，似搶在前頭等待春來。❹直苦二句　直苦，但苦。客鬢，客居人之鬢髮。催，催白鬢髮。風塵暗，言世道因戰亂而黑暗。仇注引《杜臆》：「早花有二意。一是因聞報之遲，而傷花開之早。一是見花開之早，而感年華之易邁。但憂亂為重，不暇憂老耳。」

【語　譯】長安安定了嗎？怎麼連個報信的也沒有！巴江臘月暖氣浮，山花早已自開自秀。杏花盈盈冒雪開，梅也豔豔待春來。但苦世道黑暗漫風塵，誰還顧得上羈旅愁促兩鬢白！

【研　析】仇注：「此詩上四散行，下四整對，亦『藏春格』也。」律詩往往是中間二聯寫景，工對；首尾二聯多用散行。此詩有意變化，前散後整，從形式上有效地輔助情緒變化的表達：心情由惶惑不安趨向堅定——如冒雪開放的早花，耐心等待春的到來。末句對家國情懷與個人安頓的孰重孰輕作出判斷，是其儒生不移的信念。

天邊行（七古）

【題　解】廣德元年（西元七六三年）作於閬州。詩取篇首二字為題，寫戰亂之痛，骨肉分離之悲，也寫出對歷史大事件之反思，復有比興。

天邊老人❶歸未得，日暮東臨大江哭。

隴右河源不種田，胡騎羌兵入巴蜀❷。
洪濤滔天風拔木，前飛禿鶖後鴻鵠❸。
九度附書向洛陽，十年骨肉無消息❹。

【注釋】❶天邊老人　處邊遠地區的老人，詩人自謂。❷隴右二句　上句謂隴右一帶已不事農業生產，下句則言吐蕃帥諸族兵入侵巴蜀，言史之未言。隴右，隴山以西，黃河以東之地，約今甘肅省南部一帶。河源，黃河之源，在今青海省境內。胡騎羌兵，泛指吐蕃、党項羌、奴剌等游牧民族部隊。❸洪濤二句　未必是江邊所見實景，因為既有拔木之風，鶖鵠是不可能前飛後隨的。則二句是比興，上句承「胡騎羌兵入巴蜀」，喻敵軍來勢洶洶；下句喻百姓惶悚，恨不能插翅如鶖鵠飛去。❹九度二句　二句謂因戰亂而多次寄信家鄉，問在洛陽的弟妹之下落，十年間竟無消息。九度，多次。九，言其多，非實數。十年，天寶十四載（西元七五五年）安史之亂起至廣德元年，恰十年。

【語譯】天邊一老，欲歸無路。大江日暮，面東慟哭。隴右河源已胡化，有田不肯種麥菽。胡騎與羌兵，聯手入巴蜀。如洪濤滔天，似黑風拔木。百姓仰天羨雙翼，前飛禿鶖隨鴻鵠。哎！信寄洛陽一次次，弟妹十年消息無。

【研析】「隴右河源不種田」有深意焉。《通鑑》廣德元年七月條，載吐蕃入大震關，盡取河西、隴右之地。胡注：「先已為吐蕃所陷，史因其入大震關而備言之。」吐蕃對河西、隴右的侵蝕是長期的。杜甫在秦州時已對隴右民族雜居表示憂慮：「降虜兼千帳，居人有萬家。馬驕朱汗落，胡舞白題斜。年少臨洮子，西來亦自夸。」「羌童看渭水，使客向河源。煙火軍中幕，牛羊嶺上村。」「羌女輕烽燧，胡兒掣駱駝。」「華夷相混合，宇宙一羶腥。」隴右的胡化加速了吐蕃的坐大，遂有「吐蕃帥吐谷渾、党項、氐、羌二十餘萬眾，彌漫數十里」來襲之事。故《通鑑》追述此事又云：「唐自武德以來，開拓邊境，地連西域，皆置都督、府、州、縣。……及安祿山反，邊兵精銳者皆徵發入援，謂之行營，所留兵單弱，胡虜稍蠶食之；數年間，西北數十州相繼淪沒，自鳳翔以西，邠州以北，皆為左衽矣！」所謂「隴右河源不種田」，不是有田因亂不得種，而是因從事游牧而不肯種。寫的正是「胡化」的現象，牧民是不事農業的。

對胡化現象與唐政權興衰之關係，史家陳寅恪《唐代政治史述論稿》給予高度的重視，指出「精神文化方面尤為融合複雜民族之要道」。胡化，唐因之而昌，亦因之而亂。杜甫以其詩人之敏感，早早就接觸到這一帶根本性的問題，再次證明杜之「詩史」不僅是寫時事，更是以其詩「直顯出一時氣運」、「慨世還是慨身」（浦起龍語），即由己身感受時代的脈搏，重在對史的反思，以史跡見民情詩心也。

冬狩行（七古）

【題　解】宋本題下原注：「時梓州刺史章彝兼侍御史留後東川。」狩，打獵。此詩廣德元年（西元七六三年）冬作於梓州。《通鑑》載廣德元年十月，吐蕃入寇，唐代宗奔陝州，太常博士柳伉上疏曰：「犬戎犯關度隴，不血刃而入京師，劫宮闈，焚陵寢，武士無一人力戰者，此將帥叛陛下也。陛下疏元功，委近習（指宦官），日引月長，以成大禍，群臣在廷，無一人犯顏回慮者，此公卿叛陛下也。陛下始出都，百姓填然，奪府庫，相殺戮，此三輔叛陛下也。自十月朔召諸道兵，盡四十日，無隻輪入關，此四方叛陛下也。」當時君昏臣庸四方離心如此，正是杜甫所焦慮者，詩中可見。《杜詩鏡銓》引張上若云：「以流寓一老，正詞督強鎮為敵愾勤王之舉，真過人膽力，真有用文章。」

君不見東川節度兵馬雄，校獵亦似觀成功❶。

夜發猛士三千人，清晨合圍步驟同❷。

禽獸已斃十七八，殺聲落日迴蒼穹❸。
幕前生致九青兕，馲駝㠥峗垂玄熊❹。
東西南北百里間，髣髴蹴踏❺寒山空。
有鳥名鸜鵒❻，力不能高飛逐走蓬。
肉味不足登鼎俎，胡為見羈虞羅中❼。
春蒐冬狩侯得同，使君五馬一馬驄❽。
況今攝行大將權，號令頗有前賢風。
飄然時危一老翁，十年厭見旌旗紅❾。
喜君士卒甚整肅，為我迴轡擒西戎❿。
草中狐兔盡何益？天子不在咸陽宮⓫。
朝廷雖無幽王禍，得不哀痛塵再蒙⓬？
嗚呼，得不哀痛塵再蒙！

【注釋】❶君不見二句　東川節度，寶應元年（西元七六二年）嚴武被召入朝京，以梓州刺史章彝為東川節度留後，故云。校獵，用軍隊圍獵。觀成功，檢閱凱旋之師。❷清晨句　此句稱其部隊訓練有素。合圍，四面包圍。步驟同，步調一致。❸落日迴蒼穹　《淮南子・覽冥》：「魯陽公與韓構難戰酣，日暮，援戈而撝之，日為之反（返）三舍。」後人用以形容戰鬥之劇烈，這裡移來形容校獵激烈的場面。❹幕前二句　幕，將軍的帳篷。生致，活捉。青兕，如野牛而青。馲駝，即駱駝。礌嵬，高大貌。玄熊，黑熊。❺蹴踏　踐踏。❻鸜鵒　鳥名，俗稱八哥。❼肉味二句　俎，盛祭品的器皿。胡為，何為；為什麼。見羈，被捕。虞羅，虞旗與羅網，為古代誘捕鳥的一套工具。❽春蒐二句　春蒐冬狩，天子春、秋圍獵，春稱蒐，冬稱狩。後來諸侯亦倣之。侯，諸侯，以比刺史。五馬，漢制，太守（即唐之刺史）之車馭五馬。一馬驄，御史乘驄馬，此指章彝兼侍御史。《後漢書・桓典傳》載：桓典拜侍御史，常乘驄馬，京師畏憚，為之語曰：「行行且止，避驄馬御史。」二句諷章彝講排場，露驕態。❾飄然二句　一老翁，詩人自指。十年，自安史之亂起（西元七五五年）至廣德元年（西元七六三年），近十年，此舉整數。旌旗紅，用指戰事。❿為我句　迴轡，回馬。西戎，指吐蕃。⓫咸陽宮　秦漢時宮殿，指代唐之長安皇宮。⓬朝廷二句　幽王禍，西元前七一七年，周幽王被犬戎殺死在驪山下。二句言代宗雖然還不至於如此，但因西戎而出奔陝州，也夠慘了。或謂「幽王禍」指幽王寵褒姒而亡，玄宗亦因寵楊妃而國破，目前代宗雖無「女禍」，卻也出逃，能不哀痛。此亦一說，錄供參考。塵再蒙，安史之亂玄宗出逃，此次代宗出逃，三代天子兩次蒙塵，故曰「再」。

【語　譯】哦哦，你看東川節度使的兵馬有多英雄，圍獵就像是在檢閱凱旋奏成功！猛士三千連夜發，清晨合圍步調真協同。原野倒斃的禽獸十有七八，一片殺聲將落日喚回天穹。將軍帳前有活捉的九隻青兕，駱駝背上沉沉甸甸垂下斷氣的黑熊。東西南北方圓盡百里，一片狼籍寒山鳥獸空。有鳥名八哥，無力不得高飛竄入蓬草叢。此鳥味差不足充祭品，怎地也被驅入羅網中？天子春蒐秋狩諸侯繼其踵，你身為刺史可駕五馬更兼御史加匹驄。何況如今攝行節度留守握大權，發號施令還挺有前賢風。我呵不過是飄零在危世的一個窮老翁，十年來已經厭見四海戰旗紅。不過您的部隊紀律嚴明我喜歡，但願能回師西向擒西戎。草中狐兔趕盡殺絕有何用？須知天子如今蒙難不在京城中！朝廷雖然尚不至幽王慘，天子再次蒙難還不夠哀痛？啊啊，天子再次蒙難還能不哀痛！

【研　析】驕兵悍將、方鎮割據，是安史亂後最大的最普遍的問題。從章彝一次圍獵中，杜甫已看出這個苗頭。然而寄人籬下使他不能不注意提出批評的口氣，「主文而譎諫」（用隱約含蓄的話進行勸告）本來就是專制體制下弱勢者的策略。率真高於直率，更不等於使氣罵座。此詩採用曉之以理、動之以情的方式，誘導其向善，講究效果，宅心忠厚。我不反對這種「溫柔敦厚」。詩先正面寫其威武，卻略帶微詞，如「校獵亦似觀成功」，見章彝之講排場，為下面「春蒐冬狩侯得同，使君五馬一馬驄」顯諷之伏筆。「有鳥」四句，小中見大，又為下面「草中狐兔盡何益」伏筆。而「喜君士卒甚整肅，為我迴轡擒西戎」一聯，不是一味指責，而是肯定其治兵之才，再引導其明大義，做大事，不啻一篇《孟子・梁惠王》也。有了這些漸進式的鋪墊，至「天子不在咸陽宮」，則急轉直下，責以天子蒙難，朝廷播遷，你卻在這裡打獵取樂，與「自十月朔召諸道兵，盡四十日，無隻輪入關」的中原諸侯有何不同？且天子兩次蒙難，國之大恥，為臣子者能不哀痛！能不哀痛！曉之以大義，動之以至情，不為所動者豈當時的正常人耶？

桃竹杖引 （七古）

【題解】題下自注：「贈章留後。」章留後，即梓州刺史東川節度留後章彝。詩當作於廣德元年（西元七六三年），於梓州。桃竹，一名桃枝竹，今名棕竹，幹細節密而堅韌，可製手杖。「引」是曲調之名，漢樂府有〈箜篌引〉。詩由贈杖發興，奇想凌空，筆力橫絕，直追李太白。

江心蟠石生桃竹，蒼波噴浸尺度足❶。
斬根削皮如紫玉，江妃水仙❷惜不得。
梓潼使君❸開一束，滿堂賓客皆嘆息。
憐我老病贈兩莖，出入爪甲鏗有聲❹。

老夫復欲東南征，乘濤鼓枻白帝城❺。
路幽必為鬼神奪，拔劍或與蛟龍爭。
重為告曰❻：杖兮杖兮，
爾之生也甚正直，慎勿見水踴躍學變化為龍❼。
使我不得爾之扶持，滅跡於君山湖上之青峰❽。
噫！風塵澒洞兮豺虎咬人，忽失雙杖兮吾將曷從❾？

【注釋】❶江心二句　蟠石，即磐石，扁厚的大石。尺度足，長短已符合拄杖的尺度要求。❷江妃水仙　傳說中的女神。《杜臆》：「只江妃句便奇，後來俱從此脫出。」❸梓潼使君　指梓州刺史章彝。梓潼，梓州西倚梓林而東枕潼水，天寶年間曾為梓潼郡，乾元元年復為梓州。❹出入爪甲鏗有聲　爪甲，指桃竹杖着地一端。鏗有聲，形容堅杖拄地有聲。❺老夫二句　東南征，杜公時有東下吳楚的打算，有〈將適吳楚留別章使君留後兼幕府諸公〉詩。鼓枻，划槳。白帝城，在今重慶奉節東瞿塘峽口。❻重為告曰　《杜詩說》：「一轉用『重為告曰』，蓋詩之變調，而其源出於騷賦者也。」重曰、告曰，都是辭賦常用語，樂府中也有用「亂曰」的，此詩既為「引」，也就有樂府的性質。大體上有兩重義：一是就內容而言，篇章既成，撮其大要，突出重點；二是就音樂節奏而言，是尾聲。❼爾之二句　爾，指桃竹杖。《後漢書・費長房傳》：「長房辭歸，翁（壺公）與一竹杖曰：『騎此任所之，則自至矣。既至，可以杖投葛陂中也。』長房乘杖，須臾來歸。即以杖投陂，顧視則龍也。」又《晉書・張華傳》：晉時斗牛間常有紫氣，張華問雷煥，知是劍氣，乃以煥為豐城令。煥到縣，乃掘縣獄深四丈餘，得劍兩枚，一送張華，一自佩。華誅，失劍所在；煥卒，其子持劍過延平津，「劍忽於腰間躍出墮水，使人沒水取之，不見劍，但見兩龍，各長數丈。」這一句實兼用這兩個故事。❽滅跡句　此句言失杖之扶持，使不得遊歷君山（也就是實現上文所云「東南征」）。滅跡，猶絕跡。君山，在洞庭湖中。❾風塵二句　澒洞，猶瀰漫。豺虎，喻寇盜。曷從，何從。《杜臆》：「至『重為告』以下，又換一意，變幻恍惚，不可端倪。總是感章公用情之厚，以雙杖比之，恃之而得以安居於蜀；出蜀便失所恃，欲再覓一章留後而不可得，故賦此為贈，非賦竹杖也。」是。或以為詩諷章氏勿為軍閥之割據，亦推測之詞，難以坐實，舉供參考。

【語　譯】磐石在江心，上有桃竹生。江波噴，江水浸，取做手杖夠尺寸。斬根削皮見紫玉，江神水仙難護惜。梓州刺史堂上開一束，滿座賓客皆咤異。使君憐我老多病，贈我兩根扶我立。桃竹之杖鐵爪堅，出入鏗然聲回壁。老夫正想東南赴吳楚，船下白帝瞿塘峽口驚濤急。路途幽僻必有鬼神來相奪，敢對蛟龍拔劍擊。請再聽我歌尾聲：桃竹杖啊桃竹杖！你呀生來正且直，切莫一見水喲就想踴躍變化學為龍，使我不得你扶持，到不了那洞庭湖上君山青青之秀峰！噫！風塵滾滾浪洶洶，豺虎咬人令人悚。忽失雙杖，我將何適何從？

【研　析】《杜詩鏡銓》云：「長短句公集中僅見，字字騰擲跳躍，亦是有意出奇。」這裡點出兩個特點：一是節奏感強，「字字騰擲跳躍」；一是「有意出奇」，充滿奇思妙想。二者又是相互相成的。

先說節奏感。這首詩標明是「引」，原屬樂府相和歌辭。據郭茂倩《樂府詩集》的解釋：「古有六引，其宮引、角引二曲闕，宋為箜篌引有辭，三引有歌聲而辭不傳。梁具五引，有歌有辭。凡相和，其器有笙、笛、節歌、琴、瑟、琵琶、箏七種。」如此看來，杜甫這首〈桃竹杖引〉是可以伴奏而歌唱的歌辭了。今天我們雖然無從聽到演唱與伴奏的音樂，但從文字本身依然可感受到那兔起鶻落般流暢而騰擲跳躍的節奏（同時也明白了「重為告曰」不但是「再次向桃竹杖說」，而且是樂曲的格式，標示歌的尾聲）。朱光潛在其《詩論》中有一個著名的論點：「音律的目的就是要在詞的文字本身見出詩的音樂。」詩和音樂本來就是內外交感相得益彰，但詩不配樂時也自有其節奏感，讀來朗朗上口。所謂「長短句」，也正是要使詩的語言更富彈性，強化其節奏感，尤便於抒發詩人熱烈噴薄的情感，故為李太白所獨鍾。這種風格在杜詩中雖然不多，但並不是沒有，本詩便是明證，「重為告曰」以下尤其典型。其句式從一字逗、四字逗，到八字偶句、十一字長句，加上「爾之生也甚正直」、「使我不得爾之扶持」之類的散文句法，參錯突兀，章法從上半篇的流暢倏忽轉入拗崛，其出入變幻直追李太白的〈遠別離〉。

再說「有意出奇」。林庚先生說：「感受是瞬息萬變的，詩的語言也必須具備這種飛躍性，這是詩歌語言的能力問題，有了這種能力，才有表現的自由。」（《唐詩綜論》）老杜這首詩之奇，就在於飛躍性。那種聯想奇思，借助於一個又一個意象的剪接，就好比長臂猿在一棵棵樹木之間蕩躍，雖無跡可求卻一氣連貫。前十二句從桃竹之生，江妃之惜，賓客之歎，爪甲之聲，鬼神之奪，蛟龍之爭等各個截然不同的視角，及車輪戰也似的罕譬妙喻，極寫其珍奇。後半則與雙杖對話，掏心掏肺，亂世中託雙杖以生死，一奇也；恐杖之化龍，匪夷所思，二奇也。然細思之，卻是奇中有情理，誠如王嗣奭《杜臆》所說：「總是感章公用情之厚，以雙杖比之，恃之而得以安居於蜀；出蜀便失所恃，欲再覓一章留後而不可得，故賦此為贈，非賦竹杖也。」對杖便是對章氏。這就是貫穿外在的意象、節奏的內在情感線索，所以必須合二者觀之：節奏之多變與想像之飛躍，在「感章公用情之厚」的作用下竟是如此渾然一體，互相生發，的是杜集中之奇葩。

歲暮（五律）

【題解】詩或作於廣德元年（西元七六三年）年底，故曰「歲暮」。

歲暮遠為客，邊隅還用兵。
煙塵犯雪嶺，鼓角動江城❶。
天地日流血，朝廷誰請纓❷？
濟時敢愛死？寂寞壯心驚❸！

【注　釋】❶煙塵二句　煙塵，指戰事。史載廣德元年（西元七六三年）十二月，吐蕃攻陷松、維、保三州。雪嶺，即西山。江城，梓州、閬州皆臨江，均可稱江城。❷天地二句　二句言天下受戰禍，朝中卻無大臣挺身而出，自請靖亂。天地之間，即人間、世間。請纓，自請從軍殺敵。《漢書・終軍傳》：終軍對漢武帝說：「願受長纓，必羈南越王而致闕下。」❸濟時二句　二句言人間日夜在流血，濟世扶眾，我豈惜一死？但朝廷棄我不用，使我雄心無着落而深感孤寂無奈。愛死，惜死。

【語　譯】客居遠方一歲盡，邊城至今仍戰爭。吐蕃興兵犯雪嶺，鼓角淒厲震江城。人間日夜流鮮血，朝廷何人敢請纓？我欲濟世不惜死，報國無門壯心驚！

【研　析】在杜甫詩中，情感世界與物理世界已從對應走向融合，體現為語言的直覺化（這一特點在其高密度的五言律詩中尤其顯著）。不說「人間日流血」，卻說「天地日流血」，以厚實的天地取代概念化的人間，這就更具直覺性，這樣的流血就更令人觸目驚心。戰爭的陰影籠罩全詩，化為時空寂寞。末句那悖論式的對立——為濟時不惜一死，但有誰來理你？這種空寂更令人絕望。這是古往今來多少志士仁人共同的感受啊！

傷春五首（排律）

【題　解】廣德二年（西元七六四年）春，作於閬州。仇注於題下引原注：「巴閬僻遠，傷春罷，始知春前已收宮闕。」則此詩仍當以吐蕃陷長安為背景。《楚辭・招魂》：「目極千里兮傷春心。」故以「傷春」為題。排律嚴整華麗，舊時多用於酬贈，杜甫卻以排律組詩寫時事，實屬獨創。

其一

天下兵雖滿，春光日自濃。
西京疲百戰，北闕任群凶❶。

關塞三千里，煙花一萬重❷。
蒙塵清露急，御宿且誰供❸？
殷復前王道，周遷舊國容❹。
蓬萊足雲氣，應合總從龍❺。

【章　旨】首章憂亂傷春，提明吐蕃陷京、皇帝出奔，結尾則期望其復國。

【注　釋】❶西京二句　疲百戰，疲於百戰，既指此次吐蕃來襲，也包括安史之亂以來長安歷經百戰，已大傷元氣。闕，宮闕，指代長安之宮殿。因巴蜀在南，故以長安為北闕。任群凶，謂京城任吐蕃及降將高暉等寇盜作踐。❷關塞二句　謂巴蜀與長安遠隔關山，中間有春花重重，屬以麗句寫哀傷者。下句承「春光日自濃」而言。宋人陳與義將下句與李白名句「白髮三千丈」合成一聯曰：「孤臣霜髮三千丈，每歲煙花一萬重。」情景相對，更具衝擊力。❸蒙塵二句　二句謂皇帝出奔，風餐露宿，不知有沒有人接待。蒙塵，指唐代宗出奔陝州。御宿，皇帝的生活起居。誰供，誰來負責供給。《通鑑》載唐代宗奔陝州，「車駕至華州，官吏奔散，無復供擬，扈從將士不免凍餒。」可見杜甫的憂慮是很現實的。❹殷復二句　上句期待唐代宗能吸取教訓，再現中興；下句暗喻代宗之奔陝州，也含有恢復國容的意思。殷復，殷商復興。《史記・殷本紀》載殷高宗勵精圖治，復先王之政，致殷中興。周遷，《史記・周本紀》載周平王東遷洛邑，以避犬戎。洛邑本周公營建，故曰「舊國」。❺蓬萊二句　二句謂唐氣數未盡，合該中興。蓬萊，長安大明宮有蓬萊殿。杜甫曾有詩曰：「雲近蓬萊常五色」。謂祥雲繚繞，亦〈哀王孫〉「五陵佳氣無時無」的意思。《易・乾》：「雲從龍。」龍，此指唐皇帝。

【語　譯】雖然遍地戈與鉞，春色日日自濃烈。長安百戰已疲憊，群寇任意踐宮闕。關塞遙遙三千里，煙花重重一萬疊。朝廷風餐露宿奔逃急，皇上吃住安排無疏缺？殷王勵精圖治始復興，周遷舊都終不滅。蓬萊宮上祥雲在，我唐氣運不應絕！

其二

鶯入新年語❶，花開滿故枝。
天青風卷幔，草碧水通池。
牢落官軍速❷，蕭條萬事危。
鬢毛元自白，淚點向來垂。
不是無兄弟，其如有別離。
巴山春色靜，北望轉逶迤❸。

【章　旨】二章寫巴地春色依然，但官軍不堪一擊，遂使萬事皆危，身衰家散，北望而傷神。

【注　釋】❶鶯入句　不說新年鶯又語，偏說是「鶯入新年語」，「入」字化時間為空間，好像舊年與新年只隔一堵短牆，鶯兒可從那邊飛來這邊似的，更具感覺化。此亦王灣所創「江春入舊年」句式。❷牢落句　牢落，司馬相如〈上林賦〉：「牢落陸離。」郭璞注：「群奔走也。」上句形容官軍遇吐蕃作鳥獸散，奔走之速。《通鑑》廣德元年十月條載：「上方治兵，而吐蕃已度便橋，倉猝不知所為。丙子，出幸陝州，官吏藏竄，六軍逃散。」即官軍奔逃之速的實錄。速或作「遠」，誤。❸巴山二句　「靜」字內涵豐富，既寫巴山實境，亦襯長安之亂象，並轉入下句見出憂朝廷之心緒愈煩。北望，望長安也。逶迤，綿遠不絕。轉逶迤，謂北望則山脈轉為綿遠不絕，暗示在寂靜中內心對朝廷的憂思由焦慮轉為長愁而無已時，即【題解】引《杜臆》所謂「時不去心」者也。

【語　譯】鶯兒飛入新年唱，花兒開滿舊時枝。天晴風捲窗前幔，草已綠來水注池。官軍一擊便潰散，萬事不振國已危！我本衰病兩鬢白，一直以來淚常垂。不是沒有親兄弟，奈何長恨遠別離。巴山無語春色靜，北望朝廷愁逶迤。

其三

日月還相鬬，星辰屢合圍❶。
不成誅執法，焉得變危機❷！
大角纏兵氣，鉤陳出帝畿❸。
煙塵昏御道，耆舊把天衣❹。
行在諸軍闕，來朝大將稀❺。
賢多隱屠釣，王肯載同歸❻？

【章旨】三章借天象言時事，主張誅佞用賢，重拾人心。用語似晦實顯，頗見疾惡如仇的性情。

【注釋】❶日月二句　日月相鬬，主戰亂。《晉書・天文志》：「數日俱出，若鬬，天下兵起，大戰。日鬬，下有拔城。」星辰合圍，亦主戰亂。舊說金、木、水、火、土五星，若中有二星合，必有戰亂或天災，見《晉書・天文志》。又，《漢書・天文志》亦稱：高祖七年，月暈圍參畢七重，是年高祖至平城，為單于所圍。❷不成二句　二句謂不殺把持朝政的佞臣，又怎能轉變當下的危機。執法，星名，即熒惑星，借指當時把持朝政的宦官程元振。《星經》：執法四星，主刑獄之人，又為刑政之官，助宣王命，內常侍官。❸大角二句　二句謂皇帝遭兵災，攜後宮逃出京城。大角，星名。象徵天子。鉤陳，星名。《晉書・天文志》：「鉤陳，後宮也。」帝畿，京城。❹煙塵二句　二句謂天子奔逃，大道上塵埃四起，而父老牽衣挽留。御道，皇帝行走的大道。耆舊，父老。天衣，皇帝的衣服。❺行在二句　行在，天子外出駐紮處。朝，朝見。諸軍闕、大將稀，史載，代宗奔陝，各路將領因懼怕宦官程元振陷害，都不敢勤王，即柳伉奏疏所說：「自十月朔召諸道兵，盡四十日，無隻輪入關。」❻賢多二句　上句謂在野還有許多濟世人才，下句期盼代宗能禮賢下士重用這些人才。隱居釣，傳說呂尚七十歲在朝歌宰牛，八十歲在渭水垂釣，九十歲時遇周文王，被重用。

【語　譯】日月相鬥星辰合，天怒人怨災禍隨。不殺把持朝政奸佞臣，怎能轉變當下的危機！大角星晦纏兵氣，鉤陳星現皇室將逃離。御道倉黃煙塵起，父老擋駕牽帝衣。御營護衛兵馬少，來朝勤王大將稀。如今賢人多隱退，君王肯否禮賢下士同載歸？

其　四

再有朝廷亂❶，難知消息真。
近傳王在洛，復道使歸秦❷。
奪馬悲公主，登車泣貴嬪❸。
蕭關迷北上，滄海欲東巡❹。
敢料安危體，猶多老大臣❺。
豈無嵇紹血❻，沾灑屬車塵！

【章　旨】四章傷乘輿遠出，悲朝中缺少謀國大臣與死節之士。

【注　釋】❶再有朝廷亂　安史之亂叛軍曾陷長安，唐玄宗逃蜀；此次吐蕃又陷長安，唐代宗奔陝州，故曰「再」。❷近傳二句　代宗在洛，程元振有勸都洛陽之議；又郭子儀請出藍田取長安，代宗許之，故有二句云云，但屬傳聞，故用「近傳」、「復道」等疑似之語氣。❸奪馬二句　想像代宗後宮出逃時的混亂與狼狽：公主在混亂中馬匹被搶奪，貴嬪上車後泣不成聲。❹蕭關二句　二句借盛時皇帝出獵與出巡指代唐代宗的逃難，是中國歷來常用的避諱語言，可笑也可悲。蕭關，在今甘肅固原東南。迷，迷路。《漢書・武帝紀》：「元封四年武帝北出蕭關，獵新秦中。」東巡，《史記・秦始皇本紀》載始皇曾東巡，臨海濱。❺敢料二句　二句謂我輩小臣豈敢謀國，皇帝身旁自有許多老大臣可出謀劃策，與「唐堯真自聖，野老復何知」一個樣，語含悲憤與諷刺。正應着柳伉奏疏所言：「群臣在廷，無一人犯顏回慮者，此公卿叛陛下也。」安危體，國家安危大事體。❻嵇紹血　《晉書・嵇紹傳》載晉惠帝北征，敵軍至御輦前，嵇紹以身護帝，血濺帝衣。

【語譯】京師再次遭亂，消息傳來難分假與真。說是皇帝近日在洛陽，又道已經派人攻入秦。逃難想必亂紛紛：公主馬被搶奪唯悲憤，嬪妃登車淚濕裙。敢情是漢武出獵迷路蕭關北？敢情是秦皇東巡欲往海之濱？國家安危豈敢料，朝中不是還有諸多老大臣？難道其中無人比嵇紹，不惜灑血御輦沾路塵！

其五

聞說初東幸，孤兒卻走多❶。
難分太倉粟，競棄魯陽戈❷。
胡虜登前殿，王公出御河❸。
得無中夜舞，誰憶〈大風歌〉❹？
春色生烽燧，幽人泣薜蘿❺。
君臣重修德，猶足見時和。

【章旨】末章傷軍人不能力戰，祈願君臣重修德、圖中興。

【注釋】❶孤兒句　孤兒，指皇帝護衛羽林軍。蓋漢武帝時，選戰死軍士之子孫，養在羽林，教習武藝，稱「羽林孤兒」。此指扈從將士。卻走多，《通鑑》廣德元年（西元七六三年）條載：「丙子，出幸陝州，官吏藏竄，六軍逃散。」❷難分二句上句言軍士在逃難中缺糧。太倉，國家的儲糧倉。魯陽戈，《淮南子・覽冥》：魯陽揮戈，日返三舍。此指兵器。下句意謂：本為勇士魯陽使用的武器，如今也被競先拋棄。❸胡虜二句　登前殿，《通鑑》廣德元年九月條載：「吐蕃入長安，立故邠王守禮之孫承宏為帝，改元，置百官。」下句言王公紛紛逃出皇城。❹得無二句　二句歎如今國難，豈無奮發圖強，願保家衛國的勇士？言外之意是要當今皇帝學漢高祖〈大風歌〉求猛士的精神，廣求人才。中夜舞，《晉書・祖逖傳》載祖逖與劉琨，中夜聞雞起舞，奮發圖強。祖逖後來為晉北伐，立大功。大風歌，漢高祖劉邦作〈大風歌〉云：「安得猛士兮守四方！」❺春色二句　二句言春色中戰事火急，而像我這樣的在野之人，報國無門，唯獨泣而已。烽燧，報警的烽火臺。薜蘿，薜荔與女蘿，兩種植物名。此指代隱者深居處。

【語　譯】聽說當初皇帝東奔，羽林軍逃散了許多。糧食難供受凍餒，競先棄甲又丟戈。吐蕃另立皇帝登大殿，王公紛紛出城過御河。豈無英雄奮起思救國？誰憶高祖為求猛士曾作〈大風歌〉？春色無邊有烽火，隱者悲泣在薜蘿。君臣自應重修德，不難中興致時和。

【研　析】《杜臆》評曰：「五首皆感春色而傷朝廷之亂也。公詩凡一題數首，必有次第，而脈理相貫；此不然，總哀乘輿播越，而時不去心，有觸即發，非一日之作，故語不嫌其重復也。」所言甚是。五首各取一個視角，都投向同一核心，就是吐蕃陷京師而代宗奔陝所激起的情感波瀾。它們好比水墨畫之層層渲染，加深加厚，有悲傷，有憎恨，有慷慨，有柔情，有期盼，情感色階非常豐富；又如雕塑之注重立體各部位自內至外的突出感。這就是——無論是愛是憎，是悲是恨，是諷刺是期待，都發自內心對家國的至愛，由此鼓起各種情緒。反覆吟誦這一組詩，可使我們對杜詩沉鬱頓挫風格如何達成有更深的領會。

釋悶（七排）

【題　解】詩云「十年」，當作於廣德二年（西元七六四年）春，蓋自天寶十四載（西元七五五年）安祿山亂起至此，凡十年。時在閬州，擬由嘉陵江入長江出峽。釋悶，猶排悶。

四海十年不解兵，犬戎也復臨咸京❶。
失道非關出襄野，揚鞭忽是過湖城❷。
豺狼塞路人斷絕，烽火照夜屍縱橫。
天子亦應厭奔走，群公固合思昇平❸。
但恐誅求不改轍，聞道嬖孽能全生❹。
江邊老翁錯料事❺，眼暗不見風塵清。

【注釋】❶四海二句　咸京，指長安。秦都咸陽，故以咸京指代之。犬戎，指吐蕃。也復，玄宗時安史叛軍曾陷長安，如今連「舅甥國」的吐蕃居然也再次攻陷長安，故云。「也」字有蔑視且痛心的意思在。❷失道二句　此聯用二典故：《莊子・徐无鬼》：「黃帝將見大隗於具茨之山，至於襄城之野，七聖皆迷，無所問途。」因代宗出奔不同於黃帝訪道迷路，故云：「非關」。又《晉書・明帝紀》載明帝嘗微行至於湖，陰察王敦營壘。杜甫以明帝微行喻代宗出奔，算是婉言隱語，替皇帝保留點面子。「忽是」二字畢竟露出點奔走的狼狽。湖城，今安徽蕪湖。朱注：蕪湖縣有王敦城，即此詩所云湖城。❸天子二句　亦應、固合，用推測語氣表示不滿，是說諸位也該反省反省了！可謂婉而多諷。❹但恐二句　誅求，橫徵暴斂。轍，車輪印跡，此指原有的政策。嬖孽，受寵佞臣，指程元振。《通鑑》載廣德元年「驃騎大將軍判元帥行軍司馬程元振，專權自恣，人畏之甚於李輔國。諸將有大功者，元振皆忌疾欲害之。吐蕃入寇，元振不以時奏，致上狼狽出幸。……上以元振嘗有保護功，十一月辛丑削元振官爵，放歸田里。」❺江邊句　江邊老翁，詩人自指。錯料事，誅求不去而佞臣不除，彼處理乖謬，卻謂自己「錯料事」，怪歎之詞。

【語譯】十年海內動亂不曾停，吐蕃於今也敢寇京城。出走本非黃帝襄城迷道路，更不是明帝微行暗察王敦營。兵匪如狼行人絕，烽火夜照屍骨橫。天子也該厭奔逃，袞袞諸公理當反省如何致太平。只怕還是橫徵暴斂不撤手，聽說誤國佞臣居然能保命！唉唉，是我江邊老頭看走眼，昏昏難見撥亂反正風煙澄。

【研析】排律是長篇對偶，比律詩更受束縛，容易流於呆板沉悶。此詩多用虛字插入，如「也復」「非關」「忽是」「亦應」「固合」「但恐」之類，使語氣得以舒張從容，細膩而富有表現力，故《杜臆》稱：「此排律體，……然語排而氣勢流走，意不排也。」

然而，還有一項語言方面的技巧尚未引起注意，這就是反諷。反諷，修辭學上相當於「倒辭」，即陳望道《修辭學發凡》所說：「或因情深難言，或因嫌忌怕說，便將正意用了倒頭的語言來表現，但又別無嘲弄諷刺等意思包含在內的。」英美新批評派則以之作為抒情語體的一種技巧，「反諷性觀照」是詩的必要條件。它指通常互相矛盾衝突的方面在詩人手中結合成一個穩定平衡狀態。這些意見無疑是有助於我們對這首反諷式七言排律的理解。代宗廣德元年（西元七六三年）十月，吐蕃陷長安，帝奔陝州，不久，杜甫寫下這首排律。首聯所營造的危機感彌漫全詩，形成語境壓力。次聯反用兩則典故（見注❷），黃帝與明帝皆出於主動，代宗卻是被迫出逃。「天子亦應厭奔走，群公固合思昇平」一聯的反諷意味更明顯。至「但恐誅求不改轍，聞道嬖孽能全生」一聯，「思昇平」而「誅求不改轍」，無異南轅北轍；而「嬖孽」卻在朝廷庇護下「全生」，也屬悖論語。末聯又以自嘲口吻表達內心沉痛，進一步強化詩人的價值判斷與現實之間的矛盾衝突，與篇首形成的危機感相激成章。通篇以悖論、反諷、自嘲等反常化的處理方式敘述，通過對仗的形式將互相排斥的矛盾雙方納於一體，由對應、對比達成統一的語境。可見反諷、悖論、自嘲可以是一種修辭方法，然而一旦成為觀察、提示事物本質的整體思維，則上升為內結構，左右全局。反諷是後期杜詩常見手法。

憶昔二首（七古）

【題解】這兩首詩當作於廣德二年（西元七六四年）在閬州時。題目雖曰憶昔，其實是諷今。

其一

憶昔先皇巡朔方，千乘萬騎入咸陽❶。
陰山驕子汗血馬，長驅東胡胡走藏❷。
鄴城反覆不足怪，關中小兒壞紀綱，
張后不樂上為忙❸。
至今上猶撥亂，勞心焦思補四方。
我昔近侍叨奉引，出兵整肅不可當❹。
為留猛士守未央，致使岐雍防西羌❺。
犬戎直來坐御床，百官跣足隨天王❻。
願見北地傅介子，老儒不用尚書郎❼！

【章　旨】憶唐肅宗因寵信張皇后與宦官李輔國，致使失去平叛機會，禍亂不斷；而代宗重蹈覆轍，引來吐蕃陷長安。

【注　釋】❶憶昔二句　先皇，指肅宗。巡朔方，指唐肅宗在靈武即位。咸陽，指代長安。下句寫肅宗收復兩京。❷陰山二句　陰山，在今內蒙古自治區內，為當時回紇聚居處，陰山驕子即指回紇。《漢書・匈奴傳》：「北有強胡者，天之驕子也。」汗血馬，一種駿馬，漢謂之天馬，此指回紇騎兵。東胡，指安史叛軍。❸鄴城三句　鄴城反覆，指乾元元年（西元七五八年）

冬，唐軍九節度使圍鄴城潰敗。關中小兒，《唐書・宦官傳》：「輔國，閑廄馬家小兒，為僕，事高力士。」《通鑑》卷二一八胡注：「時監牧、五坊、禁苑之卒，率謂之小兒。」紀綱，國家法度。張后，《唐書・后妃傳》：「張后寵遇專房，與輔國持權禁中，干預政事，帝頗不悅，無如之何。」上，指肅宗。此句竟直接調侃當朝皇帝，唐以後是不可思議的事。❹我昔二句　上句指為拾遺時在皇帝左右掌供奉扈從。下句指代宗當時以廣平王拜天下兵馬元帥，先後收復兩京，故曰「不可當」。叨，忝也，謙詞。❺為留二句　未央，漢宮名，在長安。上句翻用劉邦〈大風歌〉：「安得猛士兮守四方。」朝廷將邊防軍抽調入關中守衛京城，「守四方」的猛士成了「守未央」的門衛，致使吐蕃乘虛而入。杜甫早就注意到這一問題，〈秦州雜詩二十首〉其八云：「東征健兒盡，羌笛暮吹哀。」不幸而言中，四年後的廣德元年（西元七六三年），吐蕃攻入關中，陷京師。岐雍，岐州及其治所雍（即鳳翔府），屬京畿。西羌，即吐蕃。❻犬戎二句　犬戎，指吐蕃。御床，皇帝的寶座。跣足，打赤腳。下句指百官倉皇隨代宗出奔陜州。❼願見二句　傅介子，《漢書・傅介子傳》載傅介子北地人，曾斬樓蘭王頭，懸之北闕。老儒，詩人自稱。下句套用〈木蘭辭〉：「可汗問所欲，木蘭不用尚書郎」，意謂只要能湔雪國恥，富貴不足道。

【語　譯】先帝當年即位在北方，千軍萬馬收長安。天驕回紇騎着汗血馬，趕得安史叛軍直躲藏。鄴城形勢翻轉不足怪——為有李輔國那飼馬小兒亂朝綱，先帝一見張后生氣便發慌。害得至今天子仍在忙撥亂，勞心積慮補過救四方。我曾有幸近侍先帝充扈從，親見今上出兵整肅其勢不可當！可惜徵調邊兵盡，致使眼下京畿成邊防。吐蕃逕來搶龍椅，百官赤腳狼狽出逃隨唐皇。當下誰是能斬敵酋的傅介子？老儒我欲學木蘭從軍不為求個尚書郎！

其　二

憶昔開元全盛日：小邑❶猶藏萬家室。
稻米流脂粟米白，公私倉廩俱豐實。
九州道路無豺虎，遠行不勞吉日出。

齊紈魯縞車班班，男耕女桑不相失❷。
宮中聖人奏〈雲門〉，天下朋友皆膠漆❸。
百餘年間未災變，叔孫禮樂蕭何律❹。
豈聞一絹直萬錢，有田種穀今流血！
洛陽宮殿燒焚盡，宗廟新除狐兔穴❺。
傷心不忍問耆舊，復恐初從亂離說❻。
小臣魯鈍無所能，朝廷記識蒙祿秩❼。
周宣中興望我皇，灑血江漢長衰疾❽。

【章旨】通過今昔對比突顯詩的主旨：盼望中興。浦注：「但遠追盛事，以冀今之克還其舊耳。」

【注釋】❶小邑　小城。❷稻米六句　六句寫開元盛世之豐足。《新唐書・食貨志》稱：「是時海內富足，米斗之價錢十三，青、齊間斗才三錢。絹一匹，錢二百。道路列肆，具酒食以待行人。店有驛驢，行千里不持尺兵。天下歲入之物，租錢二百餘萬緡，粟千九百八十餘萬斛，庸調絹七百四十萬匹，綿百八十餘萬屯（綿六兩為屯），布千三十五萬餘端。」詩與正史對開元盛世的記述有誇大的成分，古人往往是將往昔的昌盛當作理想，浦起龍說得是：「述開元之民風國勢，津津不容於口，全為後幅想望中興樣子也。」齊紈魯縞，齊地所產之熟絹與魯地所產之生絹。班班，車聲。不相失，百姓各安其業，無背井離鄉之苦。❸宮中二句　聖人，唐人稱天子為「聖人」。雲門，樂名，周代六舞之一。《周禮・春官》：「大司樂……歌大呂，舞雲門，以祀天神。」此處謂天子能修禮樂，敬天敬祖。膠漆，以如膠如漆喻友好無間，以見人際之間尚義。❹百餘二句　二句謂玄宗能延續「貞觀之治」，乃在於倡禮樂。百餘年間，自唐高祖至玄宗開元年間，凡百餘年。災變，天災人禍。叔孫，西漢叔孫通，為漢高帝制禮樂，喻開元制禮事。蕭何，漢高帝之相國，高帝命其制定律令，以喻開元制律事。❺豈聞四句　寫安史亂後至吐蕃陷長安的動亂。直，同「值」。宗廟句，寫代宗廣德二年十二月返回長安，這才清除荒蕪重修宗廟。狐兔穴，形容宗廟破敗，成了野獸出沒的地方。顏之推〈古意二首〉：「狐兔穴宗廟。」❻傷心二句　謂怕向父老提起傷心事，會引出撫今思昔從頭說的悲痛。❼小臣二句　小臣，杜甫自謂。識，一作「憶」。蒙祿秩，指授京兆功曹。宋本《杜工部集》〈奉寄別馬巴州〉題下原注云：「時甫除京兆功曹，在東川。」❽周宣二句　周宣王承厲王之亂，能撥亂反正，是為周宣中興。灑血，極言自己盼中興之切迫。這是作詩的主旨。

【語　譯】當初開元盛世，小城就有萬戶。穀子白喲米出油，公家私人糧滿庫。九州道路無盜賊，遠行天天是吉日。齊魯車隊何隆隆，生絹熟絹來無數。男耕女織長廝守，朋友義氣膠漆固。天子宮中祀神祖，不廢西周〈雲門〉舞。一百多年沒災禍，制定禮樂成大治。誰知今日一絹值萬錢，農夫流血田荒蕪！洛陽宮殿被燒光，宗廟也才驅除狐兔新恢復。傷心不忍問父老，只怕哀哀亂離從頭訴。小臣我本無能性魯鈍，承蒙朝廷記憶授俸祿。身在巴蜀衰病唯灑淚，只盼我皇中興撥雲霧！

【研　析】蕭滌非先生論杜甫的忠君思想說：「在對待君主的態度上，杜甫也並非漫無差別，毫無條件，在不可動搖的絕對性中也有一定的相對性。」（《杜甫研究．再版前言》）他舉的例子，一是「唐堯真自聖，野老復何知」，一是「張后不樂上為忙」。其中透出對肅宗的失望與嘲諷，畢竟與對玄宗的歎惜有差別，與對代宗為廣平王時收兩京功勞的肯定，也有差別。明代王嗣奭《杜臆》云：「肅宗至靈武，與出奔無異，詩云『憶昔先王巡朔方』，語極冠冕。至『張后不樂上為忙』，明是懼內。繼云：『至今今上猶撥亂，勞心焦思補四方。』召亂者明是肅宗，而公俱不諱，真詩史也。」杜甫的確已達到士對君批評的臨界點。惜哉！後人罕能繼而承之，流為傳統，更談不上突破，即使是白居易的「諫官詩」，也等而下之。為什麼？這是一個值得反思的問題。

從富有批判性的實質內涵上說，杜詩的「正統」地位在專制日甚的明清時代是頗受質疑的。只要一讀蔣寅君〈杜甫是偉大詩人嗎？——歷代貶杜論的譜系〉一文，就明白了。王夫之《唐詩評選》對杜甫〈乾元中寓居同谷縣作歌七首〉的評語有云：「杜本色極致唯此『七歌』一類而已，此外如夔府詩則尤入丑俗。杜歌行但以古童謠及無名字人所作〈焦仲卿〉〈木蘭詩〉與俗筆贗作蔡琰〈胡笳詞〉為宗主，此即是置身失所處。」將杜詩繼承漢樂府及民間文人作品的風格視為「置身失所處」，可謂對杜詩精華的根本否定。王氏乃明代士大夫之佼佼者，倘且如此，餘不必論矣。滌非師在《漢魏六朝樂府文學史》第二章作結說：「則南朝亦為樂府史上最浪漫與最空虛之時期。唐人《新樂府》之發生，其機兆蓋伏於此。又自是而後，樂府始完全與政治、社會脫離關係，僅為一般賞心悅耳之具而為情歌豔曲所占領，大有非此不足以被諸管弦之勢。……其有歌詠民間疾苦之作如漢樂府者，非唯無入樂之機會，並其入樂之資格亦喪失之。每憶歐陽修嘲范希文為『窮塞主』之言，輒不禁憮然。凡此，皆樂府變遷之跡，亦吾國詩歌升降之所由，而南朝樂府實有以為之關鍵者也。」聯繫「老儒不用尚書郎」一句之批評，以小見大，亦值得言「傳統」者深思，蓋自來傳統是多元並行的，或有升降，切莫一例視之。

閬山歌（七古）

【題解】詩作於廣德二年（西元七六四年）春，時在閬州。閬山，即錦屏山，在今四川閬中南，上有杜工部祠。此詩與〈閬水歌〉為一時之作。此詩捉住一個「奇」字，造語峭麗生新，為蜀山傳神。

閬州城東靈山❶白，閬州城北玉臺❷碧。
松浮欲盡不盡雲，江動將崩未崩石❸。
那知根無鬼神會？已覺氣與嵩華敵❹。
中原格鬭且未歸，應結茅齋著青壁❺。

【注　釋】❶靈山　在閬州城東北十里，傳說蜀王鱉靈登此山，因名靈山。❷玉臺　玉臺山在閬州城北七里，上有玉臺觀，唐滕王李元嬰所造。❸松浮二句　寫浮雲、危石，皆取動勢。《義門讀書記》：「景色無窮，縮作二句，奇絕！」又，此詩中間四句對偶頗工，故《杜詩評注》引胡夏客曰：「此歌似拗體律詩。」❹那知二句　根，石根；山根。嵩華，嵩山與華山。仇注：「石根下盤，乃鬼神所護；雲氣上際，與嵩華並高。」杜詩：「千崖秋氣高」。以上四句用力處全在氣勢與動感。❺應結句　青壁，猶蒼崖。言中原戰亂歸不得，不如在蒼崖上搭個茅屋隱居。陳貽焮《杜甫評傳》云：「於『青壁』『著』一『茅齋』便成高棲勝境。這『著』字用得好，猶如魔杖，一揮而就，又如盆景，點綴即成，見詩人意趣的天真和手法的別致。」

【語　譯】閬州東，靈山繞雲白；閬州北，玉臺滿山碧。松間薄雲或有無，江上危石驚欲墜。豈知山根無鬼神？但覺雲氣升騰可與嵩華敵！中原戰亂歸不得，翠壁之上結個茅屋且隱逸。

【研　析】杜甫喜歡運古入律，又以律句入古體，如行如草，如真如隸，打破界限，另創新格。《杜詩鏡銓》引陳後山評曰：「二詩詞致峭麗，語脈新奇，句清而體好，在集中又另為一格。」堪稱的評。

閬水歌（七古）

嘉陵江色何所似？石黛碧玉相因依❶。
正憐日破浪花出，更復春從沙際歸❷。
巴童蕩槳欹側過，水雞銜魚來去飛❸。
閬中勝事可腸斷，閬州城南天下稀❹！

【題　解】詩作於廣德二年（西元七六四年）春，時在閬州。閬水，即嘉陵江閬州段。

【注　釋】❶石黛句　此句形容江水兼有黛、碧二色。石黛，即石墨。青黑色。相因依，相融和。❷正憐二句　寫岸景美不勝收：正賞愛日從波中躍出之美，又覺察春從沙灘上歸來。岸草先綠，故覺得春似從沙際來歸。❸巴童二句　巴童，巴地兒童。閬州古屬巴國，故云。欹側，傾斜。水雞，水鳥名。朱注：「聞蜀士云，狀如雄雞而短尾，好宿水田中，今川人呼為水雞公。」❹閬中二句　閬中，《舊唐書・地理志》：「閬水迂曲，經郡三面，故曰閬中。」勝事，美景。可腸斷，極言其美，猶「美死人了」。城南天下稀，閬州城南三里有錦屏山，錯繡如錦屏，號為天下第一。浦注：「苦愛『閬中』二句，似舊歌謠。」

【語　譯】嘉陵江，色如何？石墨碧玉相映輝。正賞紅日波中起，又喜青春沙際歸。巴童蕩槳側舟過，水雞公喲銜魚來去飛。閬中美景美煞人，天下少見城南錦繡堆。

【研　析】《唐詩歸》引譚云：「選杜詩，最要存此等輕清淡泊之派，使人知老杜無所不有也。」大家與名家之別，就在其難以企及的豐富性、多樣性。然而老杜風格多變、文體互滲，並非為變而變，而是由所要表現的內容決定其變與不變及如何變的。我到過隴右，到過閬中，兩地山水之美，截然不同。隴右地跨黃河、長江兩大流域，秦嶺橫貫其間，地貌、氣候、人文，複雜多變，故老杜隴右山水詩或峻峭或奇秀，或荒涼或明麗，波譎雲詭，且山水與異俗往往結合起來寫，誠如《後村詩話》所稱：「山川城郭之異，土地風氣所宜，開卷一覽，盡在是矣。」至若巴山閬水，則純屬長江流域風貌，奇麗明秀，一派生機；而多年漂泊，也使老杜的情感更深沉淡泊。二者相拍合，使這閬山閬水之歌呈現出一種帶有民歌味的清新鮮活，且如胡夏客所云：「此歌似拗體律詩。」對偶句如「松浮欲盡不盡雲，江動將崩未崩石」「正憐日破浪花出，更復春從沙際歸」，細膩、完整地表現詩人在同一瞬間對不同事物的觀感；而古風又使整體上呈現出流暢活潑的風格。如果說隴右山水組詩是線式展開的橫幅手卷「圖經」，這兩首山水歌則是高清剪接的「蒙太奇」。運律入古加上民歌風，便成為「集中又另為一格」（陳師道語）。

滕王亭子二首（七律、五律）

【題解】題下舊注：「在玉臺觀內，王調露年中任閬州刺史。」《方輿勝覽》載玉臺觀在閬州城北七里，唐滕王嘗遊，有亭及墓。滕王，指唐高祖第二十二子李元嬰，也就是那位在洪州（今南昌市）都督任上修建著名的「滕王閣」的王爺。此亭為其閬州刺史任內所建。詩作於廣德二年（西元七六四年）春，於閬州。

其一

君王臺榭枕巴山，萬丈丹梯尚可攀❶。
春日鶯啼脩竹裏，仙家犬吠白雲間❷。
清江錦石傷心麗，嫩蕊濃花滿目班❸。
人到於今歌出牧❹，來遊此地不知還。

【章旨】遊勝景而思往昔，以樂景寫哀情。

【注釋】❶君王二句　君王，指滕王。榭，建在臺上的房屋。巴山，此泛指閬州群山。丹梯，赤石階梯。《說文解字》：「丹，巴越之赤石也。」這裡兼寓求仙梯航之意，仇注引《杜臆》：「地志：閬中多仙聖游集之跡，城東有天目山，乃葛洪修煉之所，有文山，張道陵授徒符籙處，『萬丈丹梯』謂此。」❷春日二句　脩，長也。鶯啼脩竹，孫綽〈蘭亭詩〉：「啼鶯吟修竹。」寫實兼用事。仙家犬吠，《神仙傳》：淮南王白日升天，雞犬隨之，故雞鳴天上，犬吠雲中。這裡用來形容亭子高入雲端。❸清江二句　傷心麗，仇注：「江石麗而傷心，撫遺跡也。」將主觀感受（「撫遺跡」而「傷心」）附着在實景「清江錦石」之「麗」上，產生一種超現實之美，是杜甫詩歌語言的創造。班，通「斑」。雜色。《薑齋詩話》評「昔我往矣，楊柳依依；今我來思，雨雪霏霏」云：「以樂景寫哀，以哀景寫樂，一倍增其哀樂。」此聯亦是。❹人到句　出牧，指滕王李元嬰出任隆州（後避玄宗李隆基諱，改閬州）刺史。李元嬰史載其劣跡多端，這裡卻說「人到於今歌出牧」，似有稱頌之嫌，楊慎甚至批評杜甫說：「未足為詩史」。但「詩史」並非「歷史」，杜甫於亂世中重在撫遺跡而思盛世，故第二首又云：「尚思歌吹入，千騎把霓旌。」非羨其奢侈也，憶其盛時也。李白〈蘇臺覽古〉詩云：「舊苑荒臺楊柳新，菱歌清唱不勝春。只今唯有西江月，曾照吳王宮裡人。」可與此同參。

【語　譯】滕王亭子依巴山，萬丈階梯可登攀。春日鶯鳥啼高竹，又聞仙家雞犬在雲端。清江麗石傷心看，滿眼嫩蕊濃花色斑斕。至今人歌滕王思太平，來此流連皆忘還。

其　二

寂寞春山路，君王不復行。
古牆猶竹色，虛閣自松聲❶。
鳥雀荒村暮，雲霞過客情。
尚思歌吹入，千騎把霓旌❷。

【章　旨】上半寫滕王不再來而景色猶昔，下半寫當年滕王巡遊威儀可想，弔古傷今。

【注　釋】❶古牆二句　仇注：「此再寫弔古之意，情與景相因。」關鍵在「猶」、「自」二字，使「古牆」、「虛閣」彷彿成了有生命的主體。事實上詩人已不動聲色地將主觀感受通過二字注入，是所謂「風景不殊，正自有山河之異」，深寓着詩人的感慨。前人稱之為「以實為虛，化景物為情思」手段。❷尚思二句　二句因聽鳥雀、見雲霞而想像當初滕王出行之威儀。前六句極寫寂寞淒清，結句翻用麗句溯盛時，更見今日衰颯。把，一作「擁」。霓旌，彩旗，旌旗染五彩如虹霓也。

【語　譯】春遊時節山路寂，只為滕王不再來。古牆竹影今如昔，空閣松聲自徘徊。荒村日暮鳥雀噪，雲霞客情多變態。令人遙想滕王歌吹到，千騎開道彩旗蔽天如霓彩。

【研　析】陳貽焮《杜詩評傳》將這兩首詩與王勃〈滕王閣序〉做比較，說：「老杜也有〈滕王亭子〉等作，對後世卻不起多大影響。僅就這一點而論，老杜負王勃一局。」評得風趣。不過也「僅就這一點而論」，當不得真，如果只比單篇流傳上的影響大小，老杜一千四百多首詩又有幾篇能蓋卻〈滕王閣序〉？那就該說：「老杜負王勃千百局」了。在廈門大學讀書時，我曾聽鄭海夫先生說過：「一個詩人能在文學史上留下一句詩，就很了不起。」的確，詩是語言的藝術，要用語言鑄就一個讓人刻骨銘心的情感意象，談何容易！更何況一個飽含民族文化乃至人性特徵的「符號」，要經過多少個詩人連續不斷的鍛造才能臻美，而這一筆「股份」帳是不好算的。如「柳」，如「書劍」，如「關山月」，誠如林庚《唐詩綜論》所指出：「其中累積了多少人們的生活史，它們所能喚起的生活感受的深度與廣度，有多麼普遍的意義！」所以像「天若有情天亦老」、「紅杏枝頭春意鬧」，單那一個「老」字，一個「鬧」字，就是非凡的成就。從這個角度看，老杜這兩首詩也許只是弔古傷今的老話頭，但其表現手法卻具有開創性。如「清江錦石傷心麗」，「傷心麗」可說是一個情感與景物之「化合物」，「清江錦石」的「麗」，已然着上杜甫的「傷心」而不可磨滅。再如「影着啼猿樹」，是杜甫身羈峽內日依峽間之樹而聞乎啼猿的強烈印象，身影如同達摩面壁已着石裡一樣，五字斷斷不可分離。有人評名句「思婦樓頭柳」云：「除卻樓頭不是柳」。「思婦」與「樓頭柳」長一塊了，成了「連體兒」。「影着啼猿樹」亦復如是；「清江錦石傷心麗」亦復如是；「天畔登樓眼」、「畫圖省識春風面」、「月靜庾公樓」等等亦復如是。至若「古牆猶竹色，虛閣自松聲」，黃生《杜詩說》謂為「虛眼句」。也就是說，煉的是虛字。《詩藪》認為，其中「猶」、「自」，加上「孤嶂秦碑在，荒城魯殿餘」之「在」、「餘」，這四字「意極精深，詞極易簡。前人思慮不及，後人沾溉無窮。」的確，這些字眼本是常用字而已，但用在句中卻能喚人遐思。試想，百年老牆上依然與當初一般映出翠竹斑駁的倩影，而亭閣卻已荒廢無人，只有松濤陣陣自來自去，那份說不清的空寂感，卻用一個「猶」字，一個「自」字了得。尤其是這個「自」字，斬斷亭子與外部的一切聯繫，使之成為懸在讀者心口上的一片空白，時時發出空寂的感覺。這兩首詩在語言詩化上的貢獻還少嗎？「前人思慮不及，後人沾溉無窮。」是。

奉寄章十侍御

（七律）

【題　解】廣德二年（西元七六四年）春，作於閬州。章十侍御，即章彝。章排行第十，故稱章十。題下原注：「時（章彝）初罷梓州刺史，東川留後，將赴朝廷。」

淮海維揚一俊人，金章紫綬照青春❶。
指麾能事回天地，訓練強兵動鬼神。
湘西不得歸關羽，河內猶宜借寇恂❷。
朝覲從容問幽仄，勿云江漢有垂綸❸。

【注　釋】❶淮海二句　二句謂章彝是揚州傑出人士，官居顯要，非常風光。淮海維揚，維，通「惟」。《尚書・禹貢》「淮海惟揚州。」意為：淮河與黃海之間為揚州。惟是句中語氣詞，幫助判斷的語氣。後人摘取「維（惟）揚」為揚州別稱。金章紫綬，章，印章。《漢書・百官公卿表》載：三公徹侯，並金印紫綬。唐代三品以上用紫綬。❷湘西二句　湘西，陸機〈辨亡論〉謂漢主報（關）羽之敗，圖收湘西之地。注：「湘西，荊州地也。」不得歸關羽，蜀將關羽曾拜荊州都督。此以關羽比章彝，然而章彝已罷東川留後、梓州刺史，猶荊州卻不得歸關羽矣。河內，漢郡名。《後漢書・寇恂傳》載寇恂為河內太守，後移潁川，又移汝南。潁川盜起，百姓請借寇恂一年。這裡借示挽留章彝之意。❸朝覲二句　朝覲，朝見。從容，舉止得體。

此形容君王問臣下時的風度。幽仄，隱居者，詩人自謂。江漢，岷漢與西漢水（嘉陵江），借指巴蜀。垂綸，垂釣。仇注：「江漢垂綸，隱然以磻溪釣叟（姜尚）自命也。」二句從字面上講，是請章彝朝見時不要推薦自己，而且從「垂綸」的用典上看，還自比為八十歲垂釣渭水，九十歲終於被周文王重用的姜尚，志不在小；故下選〈奉寄別馬巴州〉則明確表示拒絕赴任京兆府功曹這一小官，請參看該詩注釋。

【語　譯】章將軍，一個傑出的揚州人，風風光光金印紫綬繫在身。指揮若定轉乾坤，能訓精兵驚鬼神。不得長守湘西如關羽，還應留官似寇恂。朝見君王或問隱居者，幸勿說出巴蜀有個垂釣臣。

【研　析】杜甫向來對章彝有批評也有肯定，但這首詩為了諷章氏向朝廷推薦自己，說了些恭維話，與前選〈冬狩行〉的批評與鼓勵兼之的寫法迥異，尤其「河內猶宜借寇恂」一句對章留後的挽留，與自己約略同期所寫〈為閬州王使君進論巴蜀安危表〉「留後之寄，綿歷歲時，非所以塞眾望也」的意見（詳〈王命〉【附錄】）相左。杜甫畢竟也不是聖人。然而「湘西不得歸關羽，河內猶宜借寇恂」一聯的用典頗具特色，值得一提。

用典是中國古代文學中構成隱喻的重要手段。高友工、梅祖麟《唐詩的魅力》認為：「一個典故有兩個極點：一個與現實問題相關，一個與歷史事件相聯，兩者互相比較，而比較的目的則在於顯示它們的相似之處，從而提供機會以使詩人描述或評論現實的問題。」對頭。就以「湘西不得歸關羽，河內猶宜借寇恂」這一聯來說吧（有關典故請參看注❷），歷史上關羽曾鎮守湘西（此指荊州），為一方最高長官；而現實中章彝本是東川留守、梓州刺史，也是一方最高長官，這是二者相似之處。但章彝現在被調赴朝廷，已免去東川留守與梓州刺史之職，不再是這一方的最高長官了，所以說「不得歸關羽」，這是二者不同之處。寇恂移官汝南，百姓挽留，這是歷史；而章彝也離職移官了，這又是二者相似之處。但現實是章彝並沒有百姓挽留，所以詩人說「猶宜」，表示還是應當挽留，屬「個人意見」，這又是二者不盡相同之處。用隱喻當然比直通通地講要婉轉含蓄得多，而且也更美更有回味。你想，關羽是何等英雄人物，拿章彝和關羽比，這一比不是抬高他了嗎？但有「用典」這層面紗遮一遮，就比較不會「諛」得肉麻。章彝是驕悍奢侈的武夫，說他像寇恂要百姓來挽留，也一樣是抬舉了他。用一下典，再「猶宜」一下，口氣當然就緩和多了。不管怎麼說，杜甫用典手法為後人言難言之言提供了一種美的形式。學杜的詩人李商隱就善用此法，《昭昧詹言》稱此聯用事精切，「李義山奉為圭臬」。你看：「竇融表已來關右，陶侃軍宜次石頭。」（〈重有感〉）將對一件能招殺身之禍的宮廷政變的意見按老杜的範式「微而顯」地表達出來，簡直到青出於藍而勝於藍的地步了（對該聯用典的分析請參考《唐詩的魅力》第三章）。飲水思源，老杜提供了該手法的藍本，功不可沒。

將赴荊南寄別李劍州（七律）

【題　解】廣德二年（西元七六四年）春，杜甫經較長時間的準備，終於決計離開巴蜀赴荊南，寄詩告別劍州李刺史。荊南，唐屬山南東道，治所荊州（今湖北江陵）。劍州，在閬州西北，今四川劍閣。

使君高義驅今古，寥落三年坐劍州。
但見文翁能化俗，焉知李廣未封侯❶。
路經灩澦雙蓬鬢，天入滄浪一釣舟❷。
戎馬相逢更何日，春風回首仲宣樓❸。

【注　釋】❶但見二句　文翁化俗，《漢書．循吏傳》載文翁為蜀郡守，重視教育，於成都建學宮，吏民大化。李廣未封侯，《史記．李將軍列傳》載漢大將李廣擊匈奴，歷七十餘戰，功勳卓著，卻始終未能封侯，自謂：「豈吾相不當侯耶？」大概李劍州也是個失意官僚，故云。❷路經二句　灩澦，險灘名，在長江瞿塘峽口，屬今四川奉節。上句想像赴荊南途中的艱辛，故曰「雙蓬鬢」。滄浪一釣舟，楚地古歌謠〈滄浪歌〉云：「滄浪之水清兮，可以濯吾纓；滄浪之水濁兮，可以濯我足。」《楚辭・漁父》中，漁父曾歌此勸屈原隱退自全，後人便以「滄浪釣舟」喻歸隱江湖；此句亦有此意。不過這裡的「滄浪」兼寫江水，故天光雲影入其中（〈奉寄別馬巴州〉：「南國浮雲水上多」），似乎天地也「入」舟中，小舟承載着天地，這就使人胸襟為之一開。❸戎馬二句　仲宣樓，三國時人王粲（字仲宣），作名篇〈登樓賦〉，相傳所登樓在荊州。因杜甫將赴荊南，故約李劍州於荊州冉會。又，〈登樓賦〉抒懷才不遇與久客思鄉之情，切合二人當時境遇，所以「仲宣樓」既點明地點又渲染了氣氛。

【語　譯】使君高義可與古今賢人並，三年寂寞劍州守冷清。只見移風易俗一似文翁施教化，哪知命蹇翻如李廣封侯總不成。別君此去灩澦風濤吹蓬鬢，天光雲影共我小舟滄浪行。戎馬亂世相逢在何日？荊州仲宣樓前回首春風獨伶俜。

【研　析】「路經灩澦雙蓬鬢，天入滄浪一釣舟。」又是一個令人着迷的句式。由於漢語言文字的獨特性，使每一個字詞都可能構成一個簡單意象，尤其在律詩中，字與字之間，詞與詞之間，是由詞序與對仗組織起來的，就像古代的拱橋，是靠每一塊石頭之間的張力而不是粘合物牢固地「拱」起來的，語法並不重要。老杜律詩於此用力最深，效果最好。這一聯就是典型。「路」與「灩澦」與「雙蓬鬢」之間並無邏輯關係，但「經」這一動作將之串起，這就有豐富的意義了。經驗直觀地告訴我們：一路要經歷多少像灩澦這樣的險灘，艱苦備嘗，必然是憔悴不堪，「雙蓬鬢」可知。下句則簡單意象間不確定的關係（「天入滄浪／一釣舟」，或「天入／滄浪一釣舟」？）使人有「天入小舟」的錯覺，胸襟為之一開！二句意象密集、造語跌宕歷落，造成氣勢；而語詞的「感覺化」又使我們擺脫概念，喚起想像，給出畫面，這就有了濃濃的詩情畫意。善於學杜的李義山也從中脫胎出一聯：「永憶江湖歸白髮，欲回天地入扁舟。」據說，王安石對此評價很高：認為此聯「雖老杜無以過也。」（《苕溪漁隱叢話》引《蔡寬夫詩話》）不過說句老實話，杜詩直接從逆境中動情發興而來，而義山此聯再好，也還是憑藉杜句的翻新，終隔一層。翻新畢竟不是創新，對不？

奉寄別馬巴州（七律）

【題　解】廣德二年（西元七六四年）春，作於閬州。題下自注：「時甫除京兆功曹，在東川。」宋人王洙〈杜工部集記〉：「（杜甫）入蜀，卜居成都浣花里，復適東川。久之，召補京兆府功曹，以道阻不赴，欲如荊楚。」從詩中「功曹非復漢蕭何」的表白看來，「道阻不赴」只是藉口，真正原因還在對朝廷不作為的失望，及功曹小吏難展平生之志耳。巴州，今四川巴中。馬巴州，姓馬的巴州刺史。

勳業終歸馬伏波，功曹非復漢蕭何❶。

扁舟繫纜沙邊久，南國浮雲水上多❷。

獨把漁竿終遠去，難隨鳥翼一相過❸。

知君未愛春湖色，興在驪駒白玉珂❹。

【注　釋】❶勳業二句　馬伏波，指東漢馬援，封伏波將軍，征交趾；此借指馬巴州。功曹，郡守的助手，漢代頗有實權，隋唐後已成掛職。句下自注：「甫曾任華州司功。」蕭何，漢代的開國名臣，輔劉邦成帝業，功居第一，曾任沛縣功曹。《史記》、《漢書》咸有傳。上句讚馬巴州，下句自歎。❷扁舟二句　上句謂自己已做好準備，將放舟赴荊楚；下句想像自己南去漂流如浮雲。南國，指荊楚（今湖北、湖南一帶）。❸獨把二句　上句言自己此去是歸隱，下句謂路遙難前往與你面辭。❹知君二句　湖，指洞庭湖。驪駒，黑馬。白玉珂，馬絡頭上的玉製飾物。張華詩：「乘馬鳴玉珂。」《杜詩鏡銓》：「時馬（巴州）必將赴京師，玉珂乃早朝事。」與上聯對比，言馬刺史不會愛上歸隱的，其志在赴京為朝官也。

【語　譯】看君勳業一如馬伏波，我聘功曹閒官豈比漢蕭何？沙灘久繫扁舟欲赴荊楚去，南國想必浮雲水上多。獨持釣竿終當歸隱遠，難隨飛鳥前往相別過。知君無心春來洞庭賞湖色，志在晉京早朝驪馬飾玉珂。

【研　析】《杜詩鏡銓》引李因篤曰：「用意甚曲而筆無不到，寫寄別遂無遺憾。」詩中敘事要清晰且有詩意，此詩為我們提供了成功的創作經驗。老話說：「一枝筆難寫兩頭事。」杜甫卻能輕鬆地交流電也似地一路道來。關鍵還在畫面的剪接。首聯兩個典故就簡潔地將自己不赴代宗召為京兆功曹的原因說清楚了：功曹我當過，不比你為一方小諸侯，我還能像漢代蕭何那樣幹出大事來？難表白的事一古腦兒撇清了。頷聯與頸聯連續用畫面表達了自己將赴荊楚歸隱的意向，扁舟雲水漁竿鳥翼的意象多清新！尾聯將對方的心事也揭出，卻用湖色驪駒這樣美的事物包裝，既表白了己方也理解了對方（與「馬伏波」對應），各言爾志。曲而不繁，疏而不漏，以明麗勝。此則敘事畫面化的優勢。

奉待嚴大夫

（七律）

【題　解】廣德二年（西元七六四年）春，作於閬州。就在杜甫將赴未赴荊楚之際，忽聞嚴武再鎮兩川，正合其〈為閬州王使君進論巴蜀安危表〉「請慎擇重臣，亦願任使舊人，鎮撫不缺」的期盼，自然是喜不自勝，因作此詩表達其欲與嚴氏相見晤談的迫切心情。嚴大夫，指嚴武。廣德二年以嚴武為黃門侍郎再拜成都尹充劍南東西川節度使，故稱。

殊方又喜故人來，重鎮還須濟世才。
常怪偏裨終日待，不知旌節隔年回[1]。

欲辭巴徼啼鶯合，遠下荊門去鷁催❷。
身老時危思會面，一生襟抱向誰開？

【注釋】❶常怪二句　偏裨，偏將與裨將，將佐通稱，當指嚴武的兩川舊部。旌節，旌旗與節符。唐制：節度使賜以雙旌雙節。這裡以旌節指代節度使。隔年回，嚴武於寶應元年（西元七六二年）秋入朝，至廣德二年（西元七六四年）春回蜀，故云。❷欲辭二句　徼，邊界。巴徼，邊遠的巴地，此指閬州。鷁，古籍中的鳥名，古人畫在船頭，用來嚇唬水怪。這裡指代船。

【語譯】他鄉又喜故人來，重鎮還要仗你濟世才。常怪將佐何以儼然終日待？哪知原是前年節度今再回！巴地鶯啼我欲去，遠下荊門行舟催。國事艱危身衰老，思君一吐盡開懷！

【研析】此詩雖然寫得一般，但嚴氏是杜甫在成都最重要的贊助者，何以《新唐書》本傳會說嚴武欲殺杜甫？而杜甫為何又對嚴武寄以重望？為何老杜雖代宗召之不赴，章彝留之不得，去蜀意決，卻因聞嚴武再鎮兩川而急回成都？且以杜之傲世嚴之急暴，二人如何又能惺惺相惜？「重鎮還須濟世才」、「身老時危思會面」，無論於公於私，嚴武對杜甫太重要了。「文章有神交有道」，研讀此詩有助於我們感受、理解作為古人的杜甫，是如何看待友情的。

別房太尉墓 （五律）

【題解】原注：「閬州。」房太尉，指房琯。廣德元年（西元七六三年）八月，曾經當過肅宗皇帝宰相的房琯卒於閬州僧舍，被追贈太尉。房被肅宗罷相時，杜為左拾遺，因疏救房，幾死；後被貶華州司功。這是杜甫政治上的大挫折，是其後半生不解的情結。房琯死後，杜甫作〈祭故相國清河房公文〉。廣德二年（西元七六四年）春，杜返成都前又至墓前祭別，寫下這首名作。

他鄉復行役，駐馬別孤墳❶。
近淚無乾土，低空有斷雲。
對棋陪謝傅，把劍覓徐君❷。
惟見林花落，鶯啼送客聞。

【注釋】❶他鄉二句　行役，出門遠行。《瀛奎律髓》：「第一句自十分好：他鄉已為客矣，於客之中又復行役，則愈客愈遠。」再加上下句「別孤墳」，又進一層悲哀。一聯有三層苦境矣。❷對棋二句　謝傅，指晉太傅謝安。安有大功於晉，死後贈太傅。《晉書・謝安傳》載「（苻）堅後率眾號百萬，次於淮肥，京師震恐。加安征討大都督。……（謝）玄等既破堅，有驛書至。安方對客圍棋，看書既竟，便攝放床上，了無喜色。」此以房琯比有大將風度的謝安。覓徐君，《說苑》載吳季札出使，北過徐君，心知徐君愛其劍，及還，徐君已歿，遂解劍繫塚而去。後人遂以掛劍比喻生死不渝的友誼。杜甫祭房琯文有曰：「撫墳日落，脫劍秋高。」以己比季札，房比徐君，用典貼切。

【語譯】已在他鄉更遠行，行前下馬別孤墳。淚揮近身無乾土，天低荒野有片雲。憶陪謝傅對棋日，竟學掛劍報徐君！紛紛只見林花落，啼鶯斷續不忍聞。

【研析】此詩再次證實了杜甫「文章有神交有道」。房琯曾被肅宗視為玄宗舊臣的「朋黨」頭頭（參看卷二所選〈洗兵馬〉【研析】），但在杜甫看來，他是儒臣文治的代表。為此，他曾冒死疏救之，從此政治上一蹶不起。對房琯與對嚴武，杜甫主要是從「濟世才」出發的。由於情中有思，是「線」，不是「點」，所以倍覺惆悵。這種惆悵浸漬全詩，難以句舉字取。首聯從自家苦中苦上再疊加一層「別孤墳」之苦，詩人心中漲滿壓鬱惆悵的情緒，由此瀰漫開來充滿時空：近處灑淚而無乾土，遠處低空只有斷雲孤飛；時間上則昔日曾陪房相，而今獨別孤墳；結尾情融入景，林花啼鳥無不增人惆悵。接下來，這種情緒也就彌漫向讀者心中。整體性的情緒渲染遠比「詩眼」之類浸人更深。

【附錄】

祭故相國清河房公文

黃鶴曰：考《舊史》，房琯以廣德元年八月四日卒於閬州僧舍，而權瘞於彼。時杜公在閬州，有祭文。明年春晚，有〈別房公墓〉詩。又明年焉永泰元年，房公啟殯而歸，時公在雲安，故有〈承聞歸葬東都〉之作。

維唐廣德元年歲次癸卯，九月辛丑朔，二十二日壬戌，京兆杜甫，敬以醴酒茶藕蓴鯽之奠，奉祭故相國清河房公之靈曰：嗚呼！純樸既散，聖人又沒。苟非大賢，孰奉天秩。唐始受命，群公間出。君臣和同，德教充溢。魏杜行之，夫何畫一。魏徵、杜如晦。婁宋繼之，不墜故實。婁師德、宋璟。百餘年間，見有輔弼。及公入相，紀綱已失。將帥干紀，煙塵犯闕。王風寖頓，神叛圮裂。關輔蕭條，乘輿播越。太子即位，揖讓倉卒。小臣用權，尊貴倏忽。趙次公曰：小臣二語，蓋謂李輔國也。公實匡救，忘餐奮發。累抗直詞，空聞泣血。時遭祲沴，國有征伐。車駕還京，朝廷就列。盜本乘弊，誅終不滅。高義沉埋，赤心蕩折。貶官厭路，讒口到骨。致君之誠，在困彌切。

天道闊遠，元精茫昧。偶生賢達，不必際會。明明我公，可去時代。賈誼慟哭，雖多顛沛。仲尼旅人，自有遺愛。二聖崩日，長號荒外。二聖，玄、肅兩宗。後事所委，不在臥內。謂不受託孤之命。因循寢疾，顑頷無悔。矢死泉塗，激揚風概。天柱既折，安仰翼戴。地維則絕，安放夾載。

豈無群彥，我心忉忉。不見君子，逝水滔滔。泄涕零谷，吞聲賊壕。有車爰送，有紼爰操。撫墳日落，脫劍秋高。我公戒子，無作爾勞。殮以素帛，付諸蓬蒿。身瘞萬里，家無一毫。數子哀過，他人鬱陶。水漿不入，日月其慆。

州府救喪，一二而已。自古所歎，罕聞知己。曩者書札，望公再起。今來禮數，為態至此。先帝松柏，故鄉枌梓。靈之忠孝，氣則依倚。拾遺補闕，視君所履。公初罷印，人實切齒。甫也備位此官，蓋薄劣耳。見時危急，敢愛生死。君何不聞，刑欲加矣。伏奏無成，終身愧恥。

乾坤慘慘，豺虎紛紛。蒼生破碎，諸將功勳。城邑自守，鼙鼓相聞。山東雖定，灞上多軍。憂恨展轉，傷痛氤氳。玄豈正色，白亦不分。培塿滿地，崑崙無群。致祭者酒，陳情者文。何當旅櫬，得出江雲。嗚呼哀哉！尚饗。

將赴成都草堂途中有作先寄嚴鄭公五首（七律）

【題解】此組七律於廣德二年（西元七六四年）春，由閬州還成都的途中所作。嚴鄭公，指嚴武。《新唐書》本傳載嚴武廣德元年（西元七六三年）為二聖山陵橋道使，封鄭國公；故稱嚴鄭公。《杜詩鏡銓》引邵長蘅曰：「五詩不作奇語高調，而情致圓足，景趣幽新，遂開玉谿（李商隱）、劍南（陸游）門戶。」

其一

得歸茅屋赴成都，直為文翁再剖符❶。

但使閭閻還揖讓❷，敢論松竹久荒蕪？

魚知丙穴由來美，酒憶郫筒不用酤❸。
五馬舊曾諳小徑，幾回書札待潛夫❹。

【章旨】首章申述自己回成都的原由是嚴武再鎮兩川，成都恢復秩序，且多次邀我歸來。

【注釋】❶直為句　文翁，《漢書‧循吏傳》載，文翁為漢景帝時蜀郡守，在成都開學校，行教化。此喻嚴武。符，古時朝廷命將、傳令時的信物，以金、玉、銅、竹、木諸材料製成，剖而為二，朝廷與臣屬各執其半，合之以驗真偽。故後人以剖符調任命重要的官職。❷但使句　此句謂希望嚴武能撥亂反正，恢復禮教秩序。《杜詩言志》釋二句曰：「今公再至，則必使治化再行，風俗再美，閭閻之間皆知揖讓，而無頑梗不率之夫。此誠吾所願適之樂土，雖松竹荒蕪，何足論耶？」閭閻，市井。揖讓，指禮儀教化。❸魚知二句　丙穴，地名。左思〈蜀都賦〉：「嘉魚出於丙穴。」此泛指成都附近產嘉魚。郫筒，酒名。《華陽風俗錄》載成都郫縣有郫池，池旁有大竹。郡人刳其節，傾春釀於筒，苞以藕絲，蔽以蕉葉，信宿香達於林外，然後斷之以獻。俗號郫筒酒。酤，買酒。❹五馬二句　上句言嚴武過去常來成都草堂，下句謂此番又幾回來信邀我回去。五馬，借指太守，此指成都尹嚴武。諳，熟悉。潛夫，東漢王符不得志，隱居著《潛夫論》，後以潛夫指隱居者，此處詩人自謂。

【語譯】得歸草堂返成都，只為濟世之才再鎮蜀。但願市井安定人禮讓，哪敢計較草堂松竹久荒蕪？心識蜀都嘉魚從來美，長憶郫筒好酒常送不必酤。使君五馬昔熟蓬篳路，今承幾回相邀待村夫。

其二

處處青江帶白蘋❶，故園❷猶得見殘春。
雪山斥候無兵馬，錦里逢迎有主人❸。
休怪兒童延俗客，不教鵝鴨惱比鄰❹。

習池未覺風流盡，況復荊州賞更新❺。

【章　旨】二章預想回到草堂時情景。

【注　釋】❶帶白蘋　白蘋如帶，形容沿江白蘋之多。白蘋，一種浮萍。❷故園　此指成都草堂。❸雪山二句　雪山，即成都西山，屬岷山山脈。斥候，此指偵察兵的哨所。錦里，地名，處成都西南，杜甫草堂在焉。主人，指草堂之舊鄰。《杜詩繫詁》：「〈草堂〉曰：『鄰里喜我歸，酤酒攜葫蘆；大官喜我來，遣騎問所需；城廓喜我來，賓客隘村墟。』可作此句注腳。」❹休怪二句　延，延請；引入。俗客，此指普通百姓。比鄰，近鄰。❺習池二句　習池，即習家池，在今湖北襄陽。晉代山簡鎮襄陽時，常來此地飲酒宴客。荊州，指鎮荊、湘、交、廣四州的山簡，以指代鎮成都的嚴武。

【語　譯】青江綠水處處萍如帶，回到草堂還能見殘春。但祈西山息戰無兵馬，錦里父老相迎更覺親。莫怪孩兒迎進老百姓，須知鵝呀鴨呀常會擾近鄰。敢擬習池風流今未盡，何況兩川節度您會再光臨！

其三

竹寒沙碧浣花溪，橘刺藤梢咫尺迷。
過客徑須愁出入，居人不自解東西❶。
書籤藥裹封蛛網，野店山橋送馬蹄❷。
豈藉荒庭春草色，先判一飲醉如泥❸。

【章　旨】三章設想草堂荒廢現狀。

【注　釋】❶過客二句　徑須愁出入，會為找不到路的出入口而發愁。下句則謂本處居民也會辨不清方向。❷書籤二句　書籤，指一函函的書，蓋線裝書用函裝，上有骨籤做的插銷固定。藥裹，藥囊。下句浦注認為是：「自指歸途言。」則赴成都心急，野店山橋速過不復停留，如送馬蹄耳。《杜律啟蒙》駁之曰：「店橋過客，知公不在，故不相訪，但送馬蹄之去耳。浦注以此句為公歸家之事，有此章法乎？」二說皆通，後說似更順。❸豈藉二句　藉，坐臥其上。判，同「拚」。不顧惜也。

【語譯】竹陰草碧浣花溪，橘刺纏藤咫尺已迷離。過往之人應愁找不到路，本地居民也難辨東西。惦記書呀藥呀罥蛛絲，野店山橋喲我馬不停蹄。到了荒庭一下就坐在春草地，先拚他個一飲醉如泥！

其四

常苦沙崩損藥欄，也從江檻落風湍❶。
新松恨不高千尺，惡竹應須斬萬竿❷！
生理只憑黃閣老，衰顏欲付紫金丹❸。
三年奔走空皮骨，信有人間行路難❹。

【章旨】四章預擬整理草堂之事，痛定思痛，語極沉着。

【注釋】❶常苦二句　苦，憂心。檻，軒前欄干。江檻即水檻，此指建在水面上的茅軒。落風湍，掉進急流中。杜甫可謂不幸而言中，回草堂不久即修此欄。〈水檻〉詩曰：「茅軒駕巨浪，焉得不低垂。」❷新松二句　預料竹叢會淹沒小松樹，打算回草堂好好整修一番。以上四句都是回草堂預想的工作，而「新松」一聯表現了杜甫扶善疾惡、愛恨分明的性格，可與魯迅「橫眉冷對千夫指，俯首甘為孺子牛」一聯互參。❸生理二句　生理，猶生計。黃閣老，《唐國史補》：「兩省（中書省與門下省）相呼為閣老。」門下省開元時稱黃門省，嚴武以黃門侍郎為成都尹，故稱「黃閣老」。下句言唯有仙丹可救我衰老，語帶幽默。《雲笈七籤》：「合丹法，火至七十日，藥成五色飛華，紫雪亂映，名曰紫金丹。」❹三年二句　三年奔走，指在梓、閬漂泊的日子。空皮骨，皮骨空存，言其消瘦。信有，相信有、果然有（這麼回事）。古樂府有〈行路難〉，昔聞其語，今歷其事，故曰「信有」。

【語　譯】我常擔心沙岸崩塌損藥壇，園荒任從茅軒圮敗落波瀾。新栽小松恨不長千尺，萬竿醜竹就該全砍完！一家生計全仗嚴侍郎，衰病之身只好靠仙丹。三年奔波耗乾身子骨，果然人間最是行路難！

其五

錦官城西生事微，烏皮几在還思歸❶。
昔去為憂亂兵入，今來已恐鄰人非。
側身天地更懷古，回首風塵甘息機❷。
共說總戎雲鳥陣，不妨遊子芰荷衣❸。

【章　旨】《杜甫評傳》：「這首收拾前文，約略回顧草堂去來心事，並以稱頌嚴武結束組詩。」

【注　釋】❶錦官二句　生事，可供謀生之事。烏皮几，蒙上黑色皮革的小桌子，古人設於座旁，倦時可以憑倚。《高士傳》：晉宋明不仕，杜門註黃老，孫登惠烏羔皮裹几。杜甫〈寄劉峽州〉詩：「憑几烏皮綻。」或云即今之髹漆器。❷側身二句　側身，形容空間太小，正面不能過，就側着身子過。天地之大，卻云「側身」，以見人世間這個「天地」不能容我。息機，不再存有機心，無所圖謀。《杜律啟蒙》：「側身天地，幾無容足之所矣，乃更懷古；回首風塵，蓋已艱苦備嘗矣，故甘息機。」❸共說二句　總戎，總司令。仇注引黃希曰：「唐人以節度為總戎。」雲鳥陣，相傳為古代兵家的一種陣法。據古代兵書《六韜》載，雲鳥陣，取其陣法如鳥散而雲合，變化無窮。芰荷衣，〈離騷〉：「製芰荷以為衣兮，集芙蓉以為裳。」後人以此象徵高士。

【語　譯】成都城西謀生手段稀而微，只為烏皮几在還思歸。當年離去但恐亂兵來，今日回轉就怕鄰屋猶在鄰人非。側足隘天狹地懷古羨明時，回顧人生道上風塵僕僕甘隱居。都說您親總三軍精韜略，何妨容我遊子學那高士穿荷衣。

【研　析】五首歷練慷慨，老筆縱橫。之所以有這種感覺，分而說之，一是由於在瀕於絕望之際，忽聞知交嚴武回來鎮蜀，使之喜出望外，希望再度燃燒，詩便在歷盡滄桑的沉鬱底色上老樹着花般綻出生機，遂有老筆高調的情趣；一是運古入律，順暢中多警句，猶如急流下亂石灘，不住不滑，且戰且走。詩中大量使用虛字，如但使、敢論、由來、猶得、況復、先判、常苦、也從、應須、只憑、信有、不妨等等，使得句與句之間一氣流轉。而一聯之中內容與形式水乳交融，世態人情，苦樂愛憎，景物事理，一一相形成趣，頗得二律背反之美：「但使閭閻還揖讓，敢論松竹久荒蕪」、「雪山斥候無兵馬，錦里逢迎有主人」、「書籤藥裹封蛛網，野店山橋送馬蹄」、「豈藉荒庭春草色，先判一飲醉如泥」、「新松恨不高千尺，惡竹應須斬萬竿」、「側身天地更懷古，回首風塵甘息機」；跳躍式的剪接與耐人尋味的意象又使人三讀而後得意。合而言之，句與句、聯與聯、篇與篇之銜接形成節奏與旋律，誠如李因篤所云：「五作處處是『將赴』，俱從草堂鋪敘，而寄嚴公意，每用一二語輕帶，古道至情，絕無湊泊，極似一筆揮成，卻有慘淡經營之致。」

草　堂（五古）

【題　解】此詩作於廣德二年（西元七六四年）春，自閬州重返成都草堂後。《杜詩鏡銓》引蔣弱六曰：「拉雜寫來，亂離之戚，故舊之感，依依之情，慰勞之意，一一俱見，自是古樂府神境。」

昔(ㄒㄧˊ)我(ㄨㄛˇ)去(ㄑㄩˋ)草(ㄘㄠˇ)堂(ㄊㄤˊ)，蠻(ㄇㄢˊ)夷(ㄧˊ)❶塞(ㄙㄜˋ)成(ㄔㄥˊ)都(ㄉㄨ)；

今我歸草堂，成都適無虞❷。
請陳初亂時，反覆乃須臾。
大將赴朝廷，群小起異圖❸。
中宵斬白馬，盟歃❹氣已粗。
西取邛南兵，北斷劍閣隅❺。
布衣數十人，亦擁專城居❻。
其勢不兩大，始聞蕃漢殊❼。
西卒卻倒戈，賊臣互相誅❽。
焉知肘腋禍，自及梟獍徒❾？

【章旨】首段回憶往事，言徐知道倡亂自敗。

【注釋】❶蠻夷　指寶應元年（西元七六二年）叛亂的劍南兵馬使徐知道。徐並非蠻夷，但在叛亂時引邊地少數民族入侵，故稱。❷適無虞　方才平定。❸大將二句　大將，指嚴武。群小，指徐知道及其同黨。❹盟歃　即歃血為盟，以口含血發誓。❺西取二句　二句言徐知道造反的軍事措施：西連邛南少數民族，以張聲勢；北斷劍閣，以絕朝廷的援軍。邛，邛州（今四川邛崍），在成都西，當時為羌、彝少數民族的雜居地。劍閣，在成都北。❻布衣二句　上句言幾十個無官無職的人，忽然被叛軍首領封為刺史。專城居，指太守，一城之主。漢樂府〈陌上桑〉：「四十專城居。」❼其勢二句　一句謂徐知道統領的漢兵與李忠厚統領的羌兵爭長，至是發生內訌。不兩大，互不服氣。❽西卒二句　西卒，指蕃兵。賊臣互相誅，謂徐知道為其部下李忠厚所殺，故曰。❾焉知二句　肘腋禍，指禍害來自內部。《晉書・江統傳》：「寇發心腹，害起肘腋。」梟獍徒，

《漢書・郊祀志》：「梟，鳥名，食母。破鏡（通作獍），獸名，食父。」此指徐知道輩。

【語譯】昔我離開草堂日，正是叛軍充塞成都時。今我歸草堂，成都亂剛止。請容說當初，事變倏然起。大將召赴朝廷去，小人群聚叛亂始。半夜殺白馬，歃血為盟氣正熾。西邊招引邛南兵，北邊切斷劍閣路。無名鼠輩幾十個，竟被叛軍封刺史。爭權奪利互不服，蕃漢開始鬥生死。西來的蕃兵忽倒戈，狗咬狗來相吞噬。怎知禍起近咫尺？逆賊自食其果人不齒！

義士皆痛憤，紀綱亂相逾。
一國實三公，萬人欲為魚⑩。
唱和作威福，孰肯辨無辜？
眼前列杻械⑪，背後吹笙竽。
談笑行殺戮，濺血滿長衢⑫。
到今用鉞地⑬，風雨聞號呼。
鬼妾與鬼馬，色悲充爾娛⑭。
國家法令在，此又足驚吁⑮！

【章旨】此段寫徐知道死後亂上添亂，殘害百姓令人髮指。

【注釋】⑩一國二句　上句謂徐知道死後，叛軍各立山頭各行其是，政令不一，無可適從。《左傳・僖公五年》：「一國三公，吾誰適從？」蕭先生注：「因借用成語，故著一『實』字，以明其果然如此。〈秋興詩〉『聽猿實下三聲淚』，與此同例。」下句謂百姓任從叛軍屠殺。《史記・項羽本紀》：「今人方為刀俎，我為魚肉。」⓫杻械　刑具，如手銬腳鐐之類。⓬長衢　長街。⓭用鉞地　殺人的刑場。鉞，一種如斧狀的兵器。⓮鬼妾二句　鬼妾與鬼馬，趙次公注：「已殺其主而奪之，故謂之鬼妾鬼馬，如匈奴以亡者之妻為鬼妻也。」下句謂悲傷的人與馬成為叛軍的玩物。⓯國家二句　仇注：「前亂未寧，後患加甚，故曰又足驚吁。」

【語譯】義士痛心疾首皆憤怒，逆賊法紀倫常競先踐踏視如無。各行其是亂添亂，百姓都成魚肉在刀俎。眾賊一唱一和作威福，還有誰敢為民辨無辜？眼前擺刑具，背後列樂隊。談笑之間揮刀斧，血肉橫飛長街汙。直至如今殺人場，天陰雨下冤魂呼。鬼之妻，鬼之馬，悲傷欲絕充玩物。國家法令今安在？如此暴行叫人一疊連聲驚怪呼不住！

賤子且奔走，三年望東吳⓰。
弧矢暗江海，難為遊五湖⓱。
不忍竟舍此，復來薙⓲榛蕪。
入門四松在，步屧萬竹疏。
舊犬喜我歸，低徊入衣裾。
鄰里喜我歸，沽酒攜胡蘆。
大官喜我來，遣騎問所須。

城郭喜我來，賓客隘村墟⑲。

【章旨】此段言流離終於歸來的喜悅。

【注釋】⑯賤子二句　賤子，詩人自稱。奔走，指流離梓州、閬州。望東吳，指杜甫往來梓閬，欲往吳越而不果事。⑰弧矢二句　弧矢，弓箭。上句言東吳也一樣處處戰亂。五湖，指今江蘇省的太湖，在東吳。⑱薙　除草。⑲舊犬八句　以上八句效法〈木蘭辭〉：「爺娘聞女來，出郭相扶將。阿姊聞妹來，當戶理紅妝。小弟聞姊來，磨刀霍霍向豬羊。」其中「大官喜我來，遣騎問所須」一聯，成善楷教授有別解，詳【研析】。

【語譯】貧賤遊子且逃離，三年只盼赴東吳。遙知刀箭滿江海，如何乘舟到五湖？不忍就此別草堂，且復歸來除荒蕪。入門四棵小松在，信步踏看萬竹疏。舊時家犬喜我歸，搖頭擺尾鑽長裾。鄰居父老喜我歸，且酤村酒提胡蘆。大官喜我來，派人快馬問須求。城郭故舊喜我來，滿村賓客難容足。

天下尚未寧，健兒勝腐儒。
飄飄風塵際，何地置老夫？
於時見疣贅⑳，骨髓幸未枯。
飲啄愧殘生，食薇不敢餘㉑。

【章旨】此段將個人感遇提升到對天下事的慨歎，表現了詩人貧賤不能移的真性情。

【注釋】⑳疣贅　是皮膚上長出的肉瘤，比喻多餘之物。《莊子・大宗師》：「彼以生為附贅懸疣。」承「天下尚未寧，健兒勝腐儒」而言，故杜甫自覺有如疣贅。㉑飲啄二句　二句承上「疣贅」而言，謂既無用於世，有口飯吃已覺慚愧，豈敢挑食。《莊子・養生主》：「澤雉十步一啄，百步一飲。」詩人自喻。食薇，吃野菜。薇，草名。高二三尺，嫩時可食。

【語　譯】天下未太平，丘八勝書生。飄搖風塵裡，老夫人生旅途何處停？如今於世居然成累贅，所幸猶有骨錚錚！殘生無用愧求食，雖吃野菜不敢剩。

【研　析】浦起龍《讀杜心解》云：「徐知道事，史俱不載，此詩可作史補。」的確，徐知道叛亂首尾，尤其是徐知道為其部下李忠厚所殺後叛軍慘絕人寰的大屠殺，史俱不載，是杜甫用血寫下這一段痛史！楊倫《杜詩鏡銓》乃云：「以草堂去來為主，而敘西川一時寇亂情形，並帶入天下，鋪陳終始，暢極淋漓，豈非詩史？」點出老杜詩史的特質：是「暢極淋漓」啊！是「帶入天下」啊！「眼前列杻械，背後吹笙竽。談笑行殺戮，濺血滿長衢。到今用鉞地，風雨聞號呼。鬼妾與鬼馬，色悲充爾娛。」這是血淋淋的犯罪現場，杜甫用義憤之釘將叛亂者殘殺無辜的反人類罪行釘在歷史的恥辱柱上，向世人昭示歷史上曾經有過的凶殘，也向世人昭示正義在人心，總有人直面兇殘，用筆向刀作出抗爭！杜詩這是化史跡為情理之證存。浦起龍說得好：「詩之妙，正在史筆不到處。」

至於「大官喜我來，遣騎問所須」一聯，成善楷教授有別解云：「〈草堂〉詩是廣德二年（七六四）三月，杜甫從閬州回到草堂，有感於嚴武『遣騎問所須』而寫給嚴武的明志詩。『得歸茅屋赴成都，直為文翁再剖符。但使閭閻還揖讓，敢論松竹久荒蕪』，這是杜甫回成都途中先寄嚴武五首之一開頭四句。杜甫回成都，是為了嚴武是濟世才，可以把西蜀治成禮義之邦，而不是託嚴武的庇蔭，在成都作寓公，這意思是再明白不過的。可是，回到草堂以後，嚴武僅僅『遣騎問所須』，連枉駕草堂都不肯，這就無怪杜甫要用『大官』這樣很見外的字眼來稱呼嚴武了。〈草堂〉最後一段說：『天下尚未寧……（略）』很顯然，杜甫是帶着非常失望的感情來抒發其對嚴武只從生活上、而不從政治上予以關心的不滿的。……對『三年奔走空皮骨』的杜甫，首先要幫助他解決生活上的困難。這當然也是迫不及待的問題習題。但對杜甫來說，這種只問米鹽，不問蒼生的待遇，他是怎麼也受不了的，於是他對嚴武失望了。〈草堂〉是杜甫有感於嚴武在他回成都後『遣騎問所須』而寫的一篇明志詩，也是研究杜甫和嚴武關係的重要篇章。」（《杜詩箋記》）成教授所取的角度新，雖屬揣測，也自有其道理，讀杜甫後來入嚴武幕有詩云：「束縛酬知己，蹉跎效小忠」（〈遣悶奉呈嚴鄭公〉），嚴、杜複雜的情感關係便知一二，因錄供參考。

題桃樹

（七律）

【題　解】此詩亦作於廣德二年（西元七六四年）春，自閬州重返成都草堂後。題，品題。趙次公云：「題止謂之題桃樹，非是專題詠桃，蓋因桃樹而題其所懷也。此詩含仁民愛物之心，與夫遏亂喜治之意。」

小徑升堂舊不斜，五株桃樹亦從遮❶。
高秋總饋貧人食，來歲還舒滿眼花❷。
簾戶每宜通乳燕，兒童莫信打慈鴉❸。
寡妻群盜非今日，天下車書正一家❹。

【注　釋】❶小徑二句　小徑升堂，升堂小徑之倒文。升，登上。舊不斜，指小徑離開草堂時原不斜。從，任從。下句言這次回來，桃樹已遮斷了路，使路只好斜出；但不忍剪伐，故曰「亦從遮」。❷高秋二句　饋，是以食物贈人。總饋、來歲，說明是年年如此。❸簾戶二句　二句由愛護桃樹進一步泛及他物，是詩人「民胞物與」之仁心的體現。乳燕，雛燕。信，信手；任意。慈鴉，傳說烏鴉能反哺其母，故曰慈鴉。❹寡妻二句　二句意為：如今形勢正趨向統一，不再是群盜橫行造成許多孤兒寡婦的年代了！吳見思云：「因桃樹而念及貧人，因貧人而兼及鴉燕，因鴉燕而遂及寡妻群盜，相連而下。」寡妻，寡婦。車書正一家，是說國家正走向統一。《禮記‧中庸》：「今天下車同軌，書同文。」

【語　譯】通向廳堂的小路原不偏，只為五株桃樹遮一邊。愛它秋實能供貧人飽，明年依舊花滿眼。敞開窗門為能穿雛燕，兒童切莫信手打鴉玩。如今不再觸目孤寡與匪盜，須知天下一家勢已然。

【研　析】王世貞《藝苑卮言》曾批評道：「〈題桃樹〉等篇，往往不可解。」此篇的確有些句式表達含混，如「寡妻群盜」，意思不明確，應屬不成功的句例。勉強解讀，似言群盜造成許多寡妻，或寡妻、群盜皆亂象也。不過總體上比興的意味還是很清晰的。顧宸云：「題屬桃樹，寓意卻甚大。公一生稷契心事，盡於此詩中。以堂中作天下觀，以天下作堂中觀。」詩無疑飽含古代的人道主義精神，但這種傳統手法能有新意，還在於如蕭先生所指出的：「妙在結合眼前實景和日常生活，故不流於說教。」

登樓（七律）

花近高樓傷客心，萬方多難此登臨❶。
錦江春色來天地，玉壘浮雲變古今❷。
北極朝廷終不改，西山寇盜莫相侵❸。
可憐後主還祠廟，日暮聊為〈梁甫吟〉❹。

【題　解】此為七律名篇，亦作於廣德二年（西元七六四年）春返成都後。《唐詩別裁》稱其「氣象雄渾，籠蓋宇宙，此杜詩之最上者」。可以說，在這首詩中，杜甫已將七律嚴整的形式美發揮到極致。

【注　釋】❶花近二句　首聯用倒裝句法，花近而傷心，乍看似反常理，錯愕間便覺起勢突兀，意興勃發。❷錦江二句　玉壘，山名，在灌縣（今四川都江堰市）西，為吐蕃往來之衝。詩人從「玉壘浮雲」中悟出「古今」之變的常理，引出下聯恐朝廷傾覆的心理。《唐詩選脈會通評林》引徐中行曰：「天地、古今，直包括許多景象情事。」所謂「氣象雄渾，籠蓋宇宙」的印象，主要是由這兩句生發開來。不妨說，二句正處於歷史與自然的交匯點上。❸北極二句　北極，指北極星。《論語・為政》：「為政以德，譬如北辰，居其所而眾星拱之。」這裡以眾星拱衛、亙古不變的北極星喻唐王朝。西山寇盜，指吐蕃。是時，吐蕃入侵是唐王朝最大的危機。❹可憐二句　後主，指三國蜀後主劉禪，諸葛亮死後他寵信宦官黃皓，為晉所滅。還祠廟，還有祠廟。後主廟在成都城外先主廟東側。此言後主昏庸而能有祠廟（象徵猶是一國之君）者，是由於有諸葛亮這樣的賢臣的輔助。詩人借劉後主事暗諷代宗任用宦官程元振、魚朝恩等，致招「蒙塵」之禍，同時又有勉其亡羊補牢，從此用賢的意思，猶〈傷春五首〉「君臣重修德，猶足見時和」。而其中不無自許為賢臣待用之意。梁甫吟，或作「梁父吟」。樂府楚調曲名，或謂係挽歌，或謂係琴曲。《三國志・諸葛亮傳》：「亮躬耕隴畝，好為〈梁甫吟〉。」《杜詩詳注》引朱瀚曰：「俯視江流，仰觀山色，矯首而北，矯首而西，切登樓情事。又矯首以望荒祠，因念及臥龍一段忠勤，有功於後主，傷今無是人，以致三朝鼎沸，寇盜頻仍，遂徬徨徙倚，至於日暮，猶為〈梁父吟〉，而不忍下樓，其自負亦可見矣。」

【語　譯】花近高樓觸目更傷心，怎堪萬方多難來此作登臨！無邊春色洶湧似趁錦江浪，玉壘浮雲變幻自古至於今。唯我大唐恆在猶如北極星，西山外的吐蕃休再來入侵。可憐後主賴有孔明存一廟，日暮我思賢徘徊且作〈梁甫吟〉。

【研　析】《增訂唐詩摘鈔》稱：「全詩以『傷客心』三字作骨。」其實不然，骨在「終不改」三字。縱橫千萬里，上下千百年，都由這對國家、民族的堅定信念撐起。全詩氣勢宏闊，卻又意象密集：溢出視野的「來天地」之春色，穿透歷史的「變古今」之浮雲，眾星拱衛的北極星辰；與個人的感傷，國事的憂慮，歷史的回顧，林林總總交叉共構一意蘊豐富的意象世界。依靠對仗的張力，意象與意象之間，句與句之間，產生了美的磁場。「錦江春色來天地，玉壘浮雲變古今。」錦江／春色／天地／玉壘／浮雲／古今，兩句六個意象，其密集可知。這些從現實的萬象中孤立出來的意象，以及歷史記憶深處的意象之間的邏輯關係與語法關係很微弱，一句中多個畫面的切換，春色既是錦江的春色，也是天地的春色，乃至是玉壘山的春色而無處不在。

來天地，自天地間來，又似天地浮江而來。浮雲，既是玉壘山上浮雲的實相，自古至今不停地變幻；同時又是古今變幻的世事之象徵，引出下聯「北極朝廷終不改」。其間語言的跳躍性跨度極大，切換突然，由此造成讀者瞬息萬變的感覺效果。至此，這些意象已經是寫現實而超現實的聯想意象。

再者，詩人又依靠律詩起承轉合的結構，聯與聯之間，首尾之間，形成對流，回環往復，氣象氤氳。《杜臆》於此頗有悟入：「此詩妙在突然而起，情理反常，令人錯愕；而傷之故，至末始盡發之，而竟不使人知，此作詩者之苦心也……首聯寫登臨所見，意極憤懣，詞猶未露，此亦急來緩受，文法固應如是。言錦江春水與天地俱來，而玉壘雲浮與古今俱變，俯視宏闊，氣籠宇宙，可稱奇傑。而佳不在是，止借作過脈起下。云『北極朝廷』如錦江水源遠流長，終不為改；而『西山寇盜』如玉壘浮雲，悠起悠滅，莫來相侵。曰『終不改』，亦幸而不改也；曰『莫相侵』，難保其不侵也。『終』、『莫』二字有微意在。」字字句句環環相扣順勢而下，前六句區區四十二字竟造成如許大的聯想空間。末二句更是在不確定的句式中蘊含着多義性。「可憐後主還祠廟，日暮聊為〈梁甫吟〉。」「還」，是後主「回到」祠廟，還是後主畢竟「還有」個祠廟？「吟」，誰在吟？是後主還是抒情主人公？〈梁甫吟〉，是指孔明當初吟的那首樂府，還是指代詩人剛寫丁的這首〈登樓〉詩？然而整首詩中多向、多義的意象群散而不亂，何哉？高友工〈律詩的美學〉說得好：「要將關係不明確的片斷組織起來，就需要我們把握杜甫對歷史力量的闡釋：連續與斷裂，動力與反動，或者簡單地表述為『連』與『斷』。」其整體性「是由他的歷史感所決定的，而且用作整首詩的基本結構。」這個「歷史感」的核心，就是我們前面說的：「骨在『終不改』三字。縱橫千萬里，上下千百年，都由這對國家、民族的堅定信念撐起。」

最後，我們不能忘了讀者諸君：夢幻般的多義性為讀者引發了自由聯想的樂趣。讓讀者加盟進來，讓思維插上翅膀，這正是詩成功的標誌。

歸雁 (五絕)

【題解】廣德二年(西元七六四年)春,返成都後作。小詩寫得清婉動人。

東來萬里客,亂定幾年歸❶?
腸斷江城❷雁,高高正北飛。

【注釋】❶東來二句 東來,杜甫家在東都洛陽,故云。亂定,指廣德元年「安史之亂」初定。❷江城 指成都,內江、外江繞之,故稱。

【語譯】萬里東來的遊子啊,「安史之亂」已平定,可家鄉哪年才得歸?江城讓人望之斷腸的雁兒啊,羨慕你喲,能高高向北飛!

【研析】鄉思隨雁飛去,留下揮之不去的落寞與惆悵。與當年亂定狂喜之作〈聞官軍收河南河北〉對讀,令人吁噓。

絕句二首 (五絕)

【題解】廣德二年(西元七六四年)暮春,作於成都草堂。

其一

遲日❶江山麗，春風花草香。
泥融飛燕子❷，沙暖睡鴛鴦。

【章　旨】詩中一句一景，皆煥發春天勃勃的生機，與杜甫經三年漂泊而後暫安的情懷，可謂內外氣象交融。

【注　釋】❶遲日　指春天的太陽，因春天的白天要比冬天長，故云「遲」。《詩・七月》：「春日遲遲」。毛傳：「遲遲，舒緩也」。❷泥融句　春泥粘濕，故燕子銜泥築巢頻飛。

【語　譯】春日遲遲江山麗，春風習習花草香。頻飛燕子銜濕泥，沙灘日暖睡鴛鴦。

其　二

江碧鳥逾❶白，山青花欲燃。
今春看又過，何日是歸年。

【章　旨】《唐詩箋注》引黃叔燦曰：「有惜春之意，有感物之情，卻含在二十字中，妙甚。」

【注　釋】❶逾　更。

【語　譯】春江碧色鳥更白，山花似火遠山青。眼看今年春又過，何年歸去無日程。

【研　析】羅大經《鶴林玉露》云：「杜少陵〈絕句〉云：『遲日江山麗，春風花鳥香。泥融飛燕子，沙暖睡鴛鴦。』或謂此詩與兒童之屬對何異。余曰：不然。上二句見兩間莫非生意，下二句見萬物莫不適性。於此而涵詠之，體認之，豈不足以感發吾心之真樂乎？大抵古人好詩，在人如何看，在人把做甚麼用。……只把做景物看亦可，把做道理看，其中亦盡有可玩索處，大抵看詩要胸次玲瓏活絡。」好詩也要有好讀者。四個畫面並列，不做任何交代（像第二首將惜春與思鄉聯繫起來之類），的確會讓冬烘腦袋的人認作「兒童屬對」了。這樣的詩「把做甚麼用」？不「言志」又寫它做甚？古人羅大經「只把做景物看亦可，把做道理看，其中亦盡有可玩索處」的說法，通達矣。意象化的一個重要目的，就是要將物我關係由「實用的」轉化為「審美的」。從現實中孤立出來的四個畫面已然割斷了與實用世界的種種聯繫，只呈露其春風中共有的和融怡蕩的一面，使你沉醉其間，使自己「失落」在物我兩忘中，得到一時的解脫。這正是人們恢復元氣的最好時機。詩，成了我們棲息的家園。

絕句六首（五絕，選二）

【題解】依黃鶴注編在廣德二年（西元七六四年），復歸草堂時作。

急雨捎溪足❶，斜暉轉樹腰。
隔巢黃鳥竝，翻藻白魚跳❷。

【注釋】❶急雨句　捎，掠過。溪足，指浣花溪下游。❷隔巢二句　竝，同「並」。一句中用兩個動詞叫「雙動法」，這一聯十個字連用四個動詞，畫面的快速轉接似有「動畫」般的效果。

【語譯】驟雨只掠過下游一段溪面，斜陽已轉曬到樹的半腰。一雙黃鸝隔巢對坐，一尾白魚翻出浮萍潑潑亂跳。

江動月移石，溪虛雲傍花❶。
鳥棲知故道，帆過宿誰家❷？

【注釋】❶江動二句　寫月與花的倒影引起人的錯覺：江波晃動月光，映在石上，疑是石動；溪水空明，雲影逐水，似雲已傍近花兒。❷鳥棲二句　歸鳥與旅人形成對比：鳥至夜而知返，而旅人反不知宿於何處；以見人之身不由己。

【語譯】江波動而石似移，雲落溪水近花嬉。鳥兒尚知返巢路，行舟旅客不知投宿誰。

【研析】一句一景，易落板實，此二詩則寫得靈動。前者用雙動法亟寫動態，雨掠日轉，藻翻魚跳，是動畫不是素描；後者化實為虛，認倒影為實相，形成錯覺。難怪仇注讚不絕口：「江動月翻，恍如移石而去，溪虛雲度，隱然傍花而迷；寫景俱在空際。」的確是別樣成功的寫法。

絕句四首（七絕）

【題解】依前編在廣德二年（西元七六四年），復歸草堂時作。《杜詩鏡銓》：「此皆就所見掇拾成詩，亦漫興之類。」

其一

堂西長筍別❶開門，塹北行椒❷卻背村。
梅熟許同朱老喫，松高擬對阮生論❸。

【章　旨】首章寫復歸草堂後，人與人之間、人與自然之間，一切都那麼可親，是「民胞物與」最直觀的體現。

【注　釋】❶別　另。❷行椒　成行的辣椒。❸梅熟二句　句下原注：「朱、阮，劍外相知。」喫，同「吃」。是所謂「俗字」。

【語　譯】草堂之西長滿筍要另開門，溝渠之北辣椒成行背靠江村。梅子熟了願同朱老一起吃，松長高了想與阮生樹下對坐談論。

其　二

欲作魚梁❶雲覆湍，因驚四月雨聲寒。
青溪先有蛟龍窟，竹石如山不敢安❷。

【章　旨】第二首寫築漁梁遇雨而停，流露出對大自然的敬畏之情。

【注　釋】❶魚梁　一種捕魚設施，用竹籠裝土石築成堤梁橫截水流，留缺口以笱承之，魚隨水流入笱中，不得復出。❷青溪二句　青溪，指浣花溪，春水綠，故曰。蛟龍窟，因上句有「雲覆湍」與「雨聲寒」，所以疑水中早先就有蛟龍之洞窟，遂引出下句不敢安放漁笱。

【語　譯】我想築個漁梁卻遇到雲壓水漫漫，四月裡竟然雨下個不停聲亦寒。青溪深處興許早有蛟龍窟，不敢築梁任它竹料石材堆如山。

其　三

兩箇❶黃鸝鳴翠柳，一行白鷺上青天。
窗含西嶺千秋雪，門泊東吳萬里船❷。

【章　旨】全詩四句皆對，一句一景，似各不相干，卻同構一種喜悅的情調。

【注　釋】❶箇　同「個」。❷窗含二句　西嶺，即雪嶺，其雪千年不化，故曰「千秋雪」。下句靜中蓄動勢，舟雖繫而放則萬里，隱約勾出一絲去蜀的情思。

【語　譯】兩隻黃鸝在翠柳上啼叫，一行白鷺直上青天。窗口含着西嶺上千年不化的白雪，門前泊着東吳可行萬里的航船。

其　四

藥條藥甲❶潤青青，色過棕亭入草亭。
苗滿空山慚取譽，根居隙地怯成形❷。

【章　旨】杜甫多病，隨所居種藥草，此即吟藥圃者。因心情好，便透出一點調侃意味。

【注　釋】❶藥條藥甲　藥條，藥草的枝條。藥甲，一作「菜甲」。甲，《文選》左思〈蜀都賦〉鄭玄注曰：「木實曰果……呼皮曰甲。」此處應指藥草之皮與葉片，故曰「潤青青」。至今閩南話稱菜的外圍較成熟的葉曰：「菜甲」。❷苗滿二句　二句調所種藥苗本是山中名貴藥草，乃擬其口吻自謙曰「慚取譽」；但因圃用隙地，根難舒張，不易成形，故又曰「怯成形」。慚、怯二字頗具幽默感。隙地，間隙之地，如屋前屋後的雜碎地。〈高楠〉：「近根開藥圃，接葉製茅亭。」可知草堂藥圃乃在楠樹根與茅亭之間，這種地往往不是好地，缺少陽光，多瓦礫。成形，藥草如伏苓、人參之類，根與塊莖可長成動物形與人形，以此為貴。

【語　譯】藥枝呀，藥葉呀，潤潤又青青，秀色穿過棕亭映茅亭。說來慚愧藥苗在山頗名貴，可惜根移隙地局促怕成形。

【研　析】杜詩語言，屬於那種「在我們內心引起圖像的語言」，所以一句一景，一景一事，都能引起我們的審美愉悅：通過畫面我們不但感受到美，也感受到詩人和悅的情緒。再者，杜甫也善用俗字，《詩人玉屑》云：「數物以『箇』，謂食為『喫』，甚近鄙俗，獨杜子美善用之。云『峽口驚猿聞一箇』；『兩箇黃鸝鳴翠柳』，『卻遺井桐添箇箇』，『臨岐意頗切，對酒不能喫』，『樓頭喫酒樓下臥』，『梅熟許同朱老喫』，蓋篇中大概奇特，可以映帶之也。」其實杜甫用俗語並不只是取其新奇，而是反映了他與野老田父「相狎」而深受其口語之影響的真性情，所以組詩內在地體現其對農村散漫生活的某種眷戀。這也是他下決心辭去幕府的一個不可忽略的原因。

丹青引

（七古）

【題　解】丹青，作畫用丹砂、花青等為顏料，故稱畫為丹青。引，一種曲調名，演為詩體，與歌、行近。題下自注：「贈曹將軍霸。」《歷代名畫記》：「曹霸，魏曹髦（曹操曾孫）之後，髦畫稱於後代，霸在開元中已得名，天寶末每詔寫御馬及功臣，官至左武衛將軍。」此詩約作於廣德二年（西元七六四年）。此詩八句一換韻，平、仄韻互換，換韻兼換意，自成段落，為杜甫七古中之創格。《唐風懷》引南村曰：「敘事歷落，如生龍活虎。」

將軍魏武之子孫，於今為庶為清門❶。

英雄割據雖已矣，文采風流今尚存。
學書初學衛夫人，但恨無過王右軍❷。
丹青不知老將至，富貴於我如浮雲❸。

【章旨】第一段敘說曹霸家世及學藝過程。

【注釋】❶將軍二句　魏武，魏武帝曹操。庶，平民。清門，寒門。曹霸於天寶末年得罪，削職為民，故云。❷學書二句　衛夫人，晉時人，名鑠，字茂猗，李矩之妻，王羲之嘗師之。王右軍，即王羲之。羲之書為古今之冠，官右軍將軍。無過，沒能超過。❸丹青二句　寫曹霸凝神於藝事，樂此不疲，是內行話。不知老將至，《論語・述而》：「其為人也發憤忘食，樂以忘憂，不知老之將至」。富貴於我如浮雲，《論語・述而》：「不義而富且貴，於我如浮雲」。《吳禮部詩話》稱二句化用經典若自己出。

【語譯】曹將軍呵曹將軍，本是魏武皇帝之子孫，如今成了寒門普通人。英雄割據成往事，文采風流在你身上依然存。書法初學衛夫人，只恨尚未超過王右軍。耽於畫藝不知老將至，富貴對我好比天上之浮雲。

開元之中常引見，承恩數上南熏殿❹。
凌煙功臣少顏色，將軍下筆開生面❺。
良相頭上進賢冠，猛將腰間大羽箭❻。
褒公鄂公❼毛髮動，英姿颯爽來酣戰。

【章　旨】第二段詳寫曹氏畫像栩栩如生的功夫。

【注　釋】❹開元二句　開元，玄宗年號。引見，被召見。南熏殿，在南內興慶宮中。❺凌煙二句　凌煙，凌煙閣，在西內三清殿側。閣內畫功臣像。《玉海》：「畫像皆北向，閣有隔，隔內北面寫功高宰輔，南面寫功高諸侯王，隔外次第圖畫功臣題贊」。唐太宗於貞觀十七年（西元六四三年），命閻立本圖畫功臣二十四人於凌煙閣，並自作贊文。少顏色，指舊畫褪色。開生面，指重畫新像，面目如生。❻良相二句　進賢冠，《後漢書・輿服志》：「進賢冠，古緇布冠也，文儒者之服也。」大羽箭，一種四羽大幹長箭。蔡夢弼云：「太宗嘗自製長弓大羽箭，皆倍常製，以旌武功。」❼褒公鄂公　褒公，褒國公段志玄。鄂公，鄂國公尉遲敬德。

【語　譯】開元年間明皇常召見，幾次三番直上南熏殿。凌煙閣裡功臣像褪色，將軍重畫開生面。良相頭戴進賢冠，猛將腰懸大羽箭。褒公鄂公鬚髮冉冉動，英姿颯爽起酣戰！

先帝御馬玉花驄，畫工如山貌不同❽。
是日牽來赤墀下，迥立閶闔生長風❾。
詔謂將軍拂絹素，意匠慘澹經營中❿。
斯須九重真龍出，一洗萬古凡馬空⓫！

【章　旨】第三段為曹氏在宮中作畫傳神寫照，極言其畫馬的神駿。

【注　釋】❽先帝二句　先帝，指玄宗。玉花驄，《明皇雜錄》：「上所乘馬有玉花驄、照夜白。」如山，形容畫工之眾。貌不同，畫不像。❾是日二句　赤墀，也叫「丹墀」，殿廷中的臺階塗丹泥，故云。迥立，昂頭卓立。閶闔，天子宮門。生長風，寫馬氣勢飛動。❿詔謂二句　二句言曹氏作畫胸有成竹，快且能嚴謹。拂絹素，在絹上作畫。「拂」字寫出曹霸畫得輕鬆迅捷，有把握。意匠，猶構思。⑪斯須二句　斯須，一會兒。九重，指皇宮，因為天子有九重門。真龍出，畫出的馬與真龍馬一般。《漢書・禮樂志》載〈郊祀歌〉：「天馬來，龍之媒。」一洗，猶一掃。

【語　譯】再畫先帝那匹玉花驄，濟濟畫工畫來畫去不能工。當天索性牽馬來階下，宮門之前卓立嘯長風。將軍承詔鋪絹一揮就，構思完美乃在慘淡經營中。剎那之間九重宮殿躍龍馬，萬古凡馬一掃空！

玉花卻在御榻上，榻上庭前屹相向⑫。
至尊含笑催賜金，圉人太僕皆惆悵⑬。
弟子韓幹早入室，亦能畫馬窮殊相⑭。
幹惟畫肉不畫骨，忍使驊騮氣凋喪⑮？

【章　旨】第四段用真馬、養馬人、弟子韓幹襯出曹畫之妙。

【注　釋】⑫玉花二句　玉花，玉花驄。不說畫馬的絹素放在御榻之上，偏說玉花驄立在御榻上，與「堂上不合生楓樹」同一機杼；下句則進一步說是畫馬與真馬相向屹立，故意把「逼真」認作真，是曲喻的手法。⑬圉人句　此句言因畫馬之神駿賽過真馬，頓使養馬官產生失落感。圉人，養馬的人。太僕，掌馬的官。⑭弟子二句　韓幹，《歷代名畫記》：「韓幹，大梁人，善寫貌人物，尤工鞍馬。初師曹霸，後自獨擅，遂為古今獨步。」入室，喻能得師之神髓。《論語》：「由（子路）也升堂矣，未入于室也。」窮殊相，曲盡變態。⑮幹惟二句　韓幹畫馬肥大，所以說「畫肉」。氣凋喪，言韓幹的畫馬臃腫失去風神。杜甫以此反襯曹霸畫馬重氣骨風神，也反映詩人自己重「瘦硬」的審美觀。

【語　譯】忽怪玉花驄在御榻上，榻上庭前兩馬立相向。皇帝含笑催賜金，養馬人與太僕一時失落色惆悵。有個入室弟子叫韓幹，也能畫馬盡百相。幹馬豐肥欠棱骨，可歎驊騮凜凜生氣全凋喪！

將軍盡善蓋有神，必逢佳士亦寫真⑯。
即今漂泊干戈際，屢貌尋常行路人。
窮途反遭俗眼白⑰，世上未有如公貧。
但看古來盛名下，終日坎壈⑱纏其身。

【章旨】第五段寫曹氏今日之落魄不偶，與開篇「為庶為清門」照應。

【注釋】⑯必逢句　此句言曹霸昔日不輕易為人畫像。佳士，出眾的人物。寫真，即寫生，此指為人畫像。⑰俗眼白　被庸俗的人所輕視。眼白，即白眼。《晉書・阮籍傳》：「籍又能為青白眼。見禮俗之士，以白眼對之。」⑱坎壈　困頓貌。

【語譯】將軍作畫樣樣皆傳神，必遇佳士才肯偶爾為寫真。如今刀口之間苦漂泊，街頭屢為過客畫像求生存。貴人末路反遭俗人侮，世上貧寒有誰能過君？自古盛名之下多困頓，終日窮愁潦倒纏其身！

【研析】此詩寫來波瀾疊起，卻又一氣呵成，首尾振盪奇警，其中又多襯托，如以書法襯畫，以真馬襯畫馬，以韓幹襯曹霸等，手法豐富，足資參考，故後人奉為七古範式。南宋名詩人楊萬里《誠齋詩話》曰：「雄偉宏放，不可捕捉，學詩者於李杜蘇黃詩中，求此等類，誦讀沉酣，深得其意味，則落筆自絕矣。」

詩中涉及的審美觀也值得一議。「弟子韓幹早入室，亦能畫馬窮殊相。幹惟畫肉不畫骨，忍使驊騮氣凋喪？」這幾句詩在唐代就出現反對意見，唐張彥遠不客氣地直指：「杜甫豈知畫者！徒以韓馬肥大，遂有畫肉之誚。」（張彥遠《歷代名畫記》卷九）另一個同為唐代著名書畫史家的朱景玄則將韓幹列在「神品下」，給予極高的評價（朱景玄《唐朝名畫錄・神品下》）。不過我們要記得，寫詩畢竟不是寫評論文章，同一個韓幹，可以當讚許的對象來寫，也可以是當曹霸的陪襯來寫。在〈畫馬贊〉中，杜甫就用另一種口吻寫韓幹了：「韓幹畫馬，毫端有神。驊騮老大，騕褭清新。魚目瘦腦，龍文長身。雪垂白肉，風蹙蘭筋。逸態蕭疏，高驤縱恣。

四蹄雷雹，一日天地……良工惆悵，落筆雄才。」韓之畫馬，在杜甫筆下顧盼神飛，哪有一點半點「畫肉不畫骨」的喪氣？而詩轉以貶韓來襯曹之意明矣。蓋詩最重視的是「當下」的感受，〈畫馬贊〉或當天寶年間與〈天狗賦〉、〈雕賦〉為一時之作，不乏「盛唐氣象」，其中對韓幹是首肯的。至若此詩，老杜已飽歷戰火困頓，面對「窮途反遭俗眼白，世上未有如公貧」的曹霸，感想自然不同，故不惜以韓幹為襯，一吐胸中壘塊。最後一點也是最重要的一點：它表露了杜甫乃至中唐後新審美意識之產生。盛唐人尚豐肥，有出土的女俑、三彩馬為證。韓幹的肥馬也是寫實的，朱景玄《唐朝名畫錄・神品下》載：「韓幹京兆人也，明皇天寶中召入供奉。上令師陳閎畫馬，帝怪其不同，因詰之。奏云：『臣自有師。陛下內廄之馬，皆臣之師也。』……開元後四海清平，外國名馬，重譯累至。然而沙磧之遙，蹄甲皆薄；明皇遂擇其良者，與中國之駿同頒，盡寫之。自後內廄有飛黃、照夜、浮雲、五花之乘，奇毛異狀，筋骨既圓，蹄甲皆厚。駕馭歷險，若輿輦之安也；馳驟旋轉；皆應〈韶濩〉之節。是以陳閎貌之於前，韓幹繼之於後，寫渥窪之狀，若在水中，移騕褭之形，出於圖上，故韓幹居神品宜矣。」當時韓幹如實寫出皇家馬廄中的肥馬，也是寫出太平時尚。安史之亂後，嚴峻的現實呼喚一種能振起士氣的新審美觀，偉大詩人杜甫應運而生。他的駿馬、瘦馬、病馬詩，風骨嶙峋，可謂開闢一方審美的新天地。後來作於夔州的〈李潮八分小篆歌〉云：「嶧山之碑野火焚，棗木傳刻肥失真。苦縣光和尚骨立，書貴瘦硬方通神。……況潮小篆逼秦相，快劍長戟森相向。八分一字直百金，蛟龍盤拿肉屈強。」他明確地倡漢碑，倡「骨立」、「瘦硬」的風骨，倡一種新的審美趣味，以復古圖革新，其影響後世無痕有聲，可謂「但開風氣不為師」，在文化史的進程中無疑屬先知先覺者，未可厚非。杜甫豈不知畫者！

院中晚晴懷西郭茅舍（七律）

【題　解】廣德二年（西元七六四年）秋，在嚴武幕府中作。西郭茅舍，即指成都西郊草堂。

幕府❶秋風日夜清，澹雲疏雨過高城。
葉心朱實看時落，階面青苔先自生❷。
復有樓臺銜暮景，不勞鐘鼓報新晴❸。
浣花溪裏花饒笑，肯信吾兼吏隱名❹？

【注釋】❶幕府　古代將軍府署稱「幕府」，此指嚴武的辦事與參謀機構所在地。❷葉心二句　上句言眼見樹葉中間的果實已紅透，不時地落下。先自生，一作「老更生」。❸復有二句　暮景，落日。鐘鼓報新晴，仇注：「俗以鐘聲亮為晴之占。」❹浣花二句　饒笑，多笑。兼吏隱名，仇注引楊德周曰：「晉山濤，吏非吏，隱非隱。公在幕府為吏，歸草堂為隱，兼有其名也。」

【語譯】清秋官署日夜風，高城時有淡雲疏雨通。葉間紅果眼前落，階上青苔趁雨生綠茸。雨過又見樓臺銜落日，何勞卜晴聽亮鐘？浣花溪畔花偷笑，誰信我吏隱一身能兼容？

【研析】廣德二年六月，嚴武薦杜甫為節度使署中參謀，檢校工部員外郎；杜甫於是成為嚴武的幕僚。有人怪嚴武只關心杜甫的物質生活而不關心老杜的仕進，有點冤枉了嚴武。杜的至交無論房琯還是高適，都不曾像嚴武這樣積極主動地推薦過杜甫：嚴氏初鎮蜀，曾勸杜曰：「莫倚善題〈鸚鵡賦〉，何須不着鵕鸃冠。」這是動員他出仕；後來嚴武到長安，又薦杜為京兆功曹；此次再鎮蜀，即薦之為節度使署中參謀，檢校工部員外郎，賜緋魚袋。恐怕問題還在小看了杜甫，所薦官太小，難展抱負一濟蒼生耳。你知道的，小官小吏不是人幹的活，詩人自然更不耐煩。杜勉強接受，除了添一份糊口的薪水外，也算是故人之情難卻。所以接着在〈遣悶奉呈嚴鄭公〉詩中便說道：「束縛酬知己，蹉跎效小忠」。此詩表現的正是這種矛盾心態。

還可以換個角度看問題。「自嘲」也許是人類情感的高級狀態，因為當一個人能夠站在「我」之外看「我」，並由此產生出幽默感，此人理性與感性之健全還用說嗎？杜甫就具有這一詩性（胡適卻將這種情感說成「滑稽」，實在令人失望）。我們已多次提到杜甫的「無可奈何」，它是理想與現實的落差，是「我」與「相反的自我」之間的相持不下。盧世隺曰：「此詩舉束縛蹉跎，無可奈何意，一痕不露，只輕輕結語云：『浣花溪裡花饒笑，肯信吾兼吏隱名。』」在這一看似輕鬆的話題裡，躲藏着中國文人的一個噩夢。當官，就得扭曲天性，「削足適履」，按官場的遊戲規則辦事做人；不當官，就會被邊緣化，一事無成。對生命的價值思考，在哈姆雷特是「活着還是死去」；在中國士大夫則是「出」還是「處」？可在杜甫這裡，此刻卻化為花兒輕輕的竊笑：對大自然來說，朱實該落便落，青苔該生便生；雨霽復晴，何勞相報？一切自自然然，何苦惱之有？反觀的結果，杜甫並沒有放棄真性情，相反，功利心已得到淨化，他只是回到原點。不久，杜甫辭別了幕府。

宿府

（七律）

【題解】與上一首同為廣德二年（西元七六四年）秋，在嚴武幕府中作。宿府，宿於幕府。

清秋幕府井梧寒，獨宿江城蠟炬殘❶。
永夜角聲悲自語，中天月色好誰看❷？
風塵荏苒❸音書絕，關塞蕭條行路難。
已忍伶俜十年事，強移棲息一枝安❹。

【注釋】❶清秋二句　井梧，井旁的梧桐。江城，指成都。❷永夜二句　永夜，長夜。中天，天的中央，月正當頭之意。

《唐宋詩舉要》引吳曰：「『永夜』二句皆中夜不眠淒惻之景。」角聲哀怨似人之自訴衷腸，而月色雖好只是自賞，皆因景生情。此聯雄壯工致，且獨宿之情宛然。❸荏苒　時光流逝。❹已忍二句　伶俜，孤單。十年，指安史之亂至今凡十年。一枝，《莊子．逍遙遊》：「鷦鷯巢於深林，不過一枝。」此句言勉強入幕。此詩八句皆作對仗。

【語　譯】秋來幕府井梧已着霜，江城獨宿看燭短。長夜角聲自哀怨，中天月好誰共賞？亂世漫漫音書斷，鄉關蕭索欲回難！孤苦至今十年忍，勉強移來此處暫依傍。

【研　析】《瀛奎律髓》：「此嚴武幕府秋夜直宿時也。三、四與『五更鼓角聲悲壯，三峽星河影動搖』同一聲調，詩之樣式極矣。」杜詩中這種典型沉鬱頓挫的律句被稱作「杜樣」，成為後學模仿的範式。這種句式往往法律嚴密且字字皆響，有很強的形式感。《峴傭說詩》乃云：「『永夜角聲悲自語，中天月色好誰看？』『悲』字、『好』字，作一頓挫，實七律奇調，令人讀之爛不覺耳。」「作一頓挫」不但是音節上的（二字在句腰拉長音調可強化詠歎效果），也是意義轉換上的。王嗣奭將自己的閱讀經驗寫了出來：「『永夜角聲悲』、『中天月色好』為句，而綴以『自語』、『誰看』，此句法之奇者，乃府中不得意之語。……余初箋將三、四聯『悲』、『好』，連上為句法之奇。今細思之，終不成語。蓋『悲』、『好』當作活字看。」（《杜臆》）應當說，「悲」字既寫出角聲哀怨如自語，也寫出自己獨自漂泊無依之悲情，是所謂「喻之兩柄」。「好」既接上為「月色好」，又連下為「好誰看？」是對當時的情緒下一轉語，身兼相反兩義。所以說，「當作活字看」。老杜自謂：「晚節漸於詩律細」，信然。

嚴鄭公宅同詠竹〔得香字〕（五律）

【題　解】廣德二年（西元七六四年）秋，在嚴武幕府中作。嚴鄭公，指嚴武。此詩為嚴武與屬下分韻唱和之作，甫分得「香」字為韻腳。

綠竹半含籜❶，新梢才出牆。
色侵書帙晚，陰過酒樽涼❷。
雨洗娟娟淨，風吹細細香。
但令無剪伐，會見拂雲長。

【注釋】❶籜 筍殼。此言新竹初長，尚帶筍殼。❷色侵二句 二句寫竹影：因是新梢色嫩，碧色能掩映書卷為時尚早，但其陰影過處，酒樽亦涼。書帙，裝有外函的線裝書。

【語譯】這是一株還帶着筍殼的綠竹，那新枝梢才剛探出牆外。再晚些時候碧色便能掩映書卷，綠陰過處酒樽已覺涼快。竿竿雨水洗過分外明秀，微微風動似聞細細香來。只要你不去修剪砍伐，就會看到它穿雲破霧直上九重！

【研析】粉節含籜，體物貼切。尤其是勁聯，由色生香，應屬「通感」，使人呼吸園中，亨盡雨後竹林清新空氣。這就夠了。末句寓意，不外是欲擺脫官場束縛耳，這怕難。

除草（五古）

【題解】題下舊注：「去⿱艹錟草也。⿱艹錟音潛，山韭。」或云當是蕁草，即蕁麻，毛刺能螫人。代宗永泰元年（西元七六五年）正月，杜甫辭去節度參謀的職務，回到草堂。這首詩應是回草堂後所作，借除草以喻除奸。

草有害於人，曾何生阻脩❶！
其毒甚蜂蠆，其多彌道周❷。
清晨步前林，江色未散憂。
芒刺在我眼，焉能待高秋❸！
霜露一霑凝，蕙葉亦難留❹。
荷鋤先童稚，日入仍討求。
轉致水中央，豈無雙釣舟？
頑根易滋蔓，敢使依舊丘？
自茲藩籬曠❺，更覺松竹幽。
芟夷❻不可闕，疾惡信如讎！

【注　釋】❶曾何句　曾，怎也。曾何，疊用詰責語氣，言此草何以要生來阻礙道路。脩，同「修」。長也。《詩・蒹葭》：「道阻且長。」❷其毒二句　甚，超過。蠆，蠍類。彌，滿也。道周，路邊。❸芒刺二句　二句謂疾惡如仇，除惡貴速，不能聽其自生自滅。芒刺，小刺。高秋，指九月。❹霜露二句　二句言至深秋霜下，香草也得死去。承上聯說明要先除惡草而後快，免得秋來美醜善惡同盡。蕙葉，指香草。❺自茲句　此句言除惡草棄之水中之後，始覺庭院內開闊清淨。自茲，自此。❻芟夷　鏟除。

【語　譯】蕁草你真害死人，為何橫梗長路到處有！毛刺螫人更比蜂蠍毒，路旁彌漫何其稠。清晨林前走，江邊秀色難消憂。你是芒刺扎我眼，哪能容你滋生到九秋！霜露一旦普天降，可憐香草雖好也難留。日出急扛鋤頭走在兒輩前，日落不依不饒還將惡草搜。更把草堆轉運棄水中，再窮還有這對釣舟。須知頑根容易死復生，豈能讓它殘存留土丘？從此庭院開闊復清淨，更覺滿園松竹幽。鏟除剪伐不鬆懈，疾惡確如對敵仇！

【研　析】中國人講仁義、講厚道，同時也講愛憎分明、講疾惡如仇。「新松恨不高千尺，惡竹應須斬萬竿。」「橫眉冷對千夫指，俯首甘為孺子牛。」「僧是愚氓猶可訓，妖為鬼蜮必成災。」這些都屬「中國話」。歷史有太多慘痛的教訓，有太多的「中山狼」，讓人不得不分別對待人群中的各色人等。寬容，須是不至於讓惡人繼續甚至更多更深地殘害善良的人為前提。疾惡，也應提防以此為藉口以暴易暴，恣意施暴。此詩表達的是杜甫愛憎分明的真性情，也是這一歷史時期中國人普適的道德觀。

春日江村五首（五律）

【題　解】詩作於唐代宗永泰元年（西元七六五年）春。江村，指浣花溪居所。從五首內容看，應是辭去幕府前夕的言志之作。

其一

農務村村急，春流岸岸深。
乾坤萬里眼，時序百年心❶。
茅屋還堪賦，桃源自可尋❷。
艱難賤生理，飄泊到如今❸。

【章旨】第一首見江村一片務農景象，由此起興，總結平生之失，決定安下心來務農。

【注釋】❶乾坤二句　萬里眼，指萬里外的家鄉只在望中。百年，指一生。下句謂時序流逝，平生事業無成，總在心中。❷茅屋二句　賦，賦詩。桃源，陶淵明有〈桃花源記〉，此借指江村。二句言：江村環境優美，相信務農可以卒歲。❸艱難二句　賤，一作「昧」。飄泊，同「漂泊」。二句為杜甫自己總結：一輩子用心都不在謀生手段上，不懂營生之道，又逢喪亂，以致漂泊依人直至今日。

【語譯】村村農事催人甚，條條溪流春水深。望穿鄉關茫茫萬里外，一生事業無成總上心。江村不啻桃源裡，茅屋自愛用詩吟。因輕經營常貧困，漂泊依人遂至今。

其二

迢遞來三蜀，蹉跎有六年❶。
客身逢故舊，發興自林泉❷。
過懶從衣結，頻遊任履穿❸。
藩籬無限景，恣意❹向江天。

【章旨】第二首寫自己在蜀經歷及入幕的苦衷，表達志在林泉的意向。

【注釋】❶迢遞二句　迢遞，遙遠。三蜀，漢初分蜀郡置廣漢郡，漢武帝又分置犍為郡。三郡合稱三蜀，這裡即指蜀地。蹉跎，歲月空度。六年，從乾元二年（西元七五九年）杜甫入蜀，到永泰元年（西元七六五年），計已六年。❷客身二句　二句與「肯信吾兼吏隱名」意同，上句言因故舊而入幕，下句言仍志在山林。故舊，指重來鎮蜀的嚴武。❸過懶二句　二句言己安貧任漂泊之意志。過懶，太懶。從衣結，衣服破了就隨便打個補丁。履穿，鞋子磨穿。❹恣意　任意；縱情。

【語　譯】我從遠方來到巴蜀，歲月空度已然六年。遊子入幕只因逢故友，可興趣啊還是在林泉。性子太懶任從衣百結，好漫遊隨它鞋底磨穿。柴扉竹籬自有無限風光，野老縱情擁抱大自然。

其　三

種竹交加翠，栽桃爛熳紅。
經心石鏡月，到面雪山風❶。
赤管隨王命，銀章付老翁❷。
豈知牙齒落，名玷薦賢中❸。

【章　旨】第三首寫蜀地春色，憶及兩次當官，自嗟失意。

【注　釋】❶經心二句　二句是所謂「眺遊」，從當下風月聯想蜀地他處風光。為倒裝句式。經心，此指印象深刻。石鏡，在成都西北角武擔山，相傳乃蜀王遣五丁於武都擔土葬妃子處。《蜀中名勝記》引《寰宇記》：「上有一石，厚五寸，徑五尺，瑩澈，號曰石鏡。」杜甫前此有〈石鏡〉詩云：「獨有傷心石，埋輪月宇間」，後又有詩憶之云：「石鏡通幽魄，琴臺點絳唇」；可見對此景點印象之深，故曰「經心」。雪山，岷山支脈，在成都西。❷赤管二句　二句言及兩次當官，早年當過皇帝侍從官，如今老了還當節度使參謀賜緋魚袋，頗有每下愈況之歎。赤管，紅桿筆。仇注引《漢官儀》：「尚書令僕丞郎，月給赤管大筆一雙，椽題曰：『北宮著作』。」銀章，銀印。漢時二千石以上官皆銀印青綬，唐代無賜印者，此借指隨身魚袋。杜甫時為節度使參謀，檢校工部員外郎，賜緋魚袋。老翁，詩人自指。❸豈知二句　豈知，豈料。玷，玷汙，謙詞，謂自己「榮登」嚴武的薦賢表是不符合條件的。但「牙齒落」才被薦，況且還是小官，其中不無自嘲自嗟意味。

【語　譯】種竹已成碧交錯，栽桃花開熳爛紅。縈心不去石鏡月，拂面陰涼雪山風。曾秉赤管大筆隨皇帝，今又緋魚袋來賜老翁。自訝名辱薦賢表，牙已落矣頭正童。

其四

扶病垂朱紱❶，歸休❷步紫苔。
郊扉存晚計，幕府愧群材❸。
燕外晴絲卷，鷗邊水葉開❹。
鄰家送魚鱉，問我數能來❺。

【章旨】第四首寫病休在家中，徘徊園林，鄰人餽問，終於下定決心辭去幕府歸去來。

【注釋】❶紱　繫佩玉或印章的絲帶。與上一首「銀章付老翁」相應，這裡繫的不是印章，仍是借指緋魚袋。❷歸休　請病假，或休沐（官定節假日）回家。❸郊扉二句　郊扉，指成都市郊草堂。存晚計，留作晚年退路。《杜臆》：「已將終老於此。」下句自謙，謂比不上幕府裡的眾英才，其實是表示要退出幕僚之列。❹燕外二句　燕外、鷗邊，燕、鷗的周邊。杜甫常用「外」、「邊」表示事物間並存的關係。晴絲，蛛絲一類的遊絲。水葉，此指浮萍。❺問我句　問，餽問；造訪。數能來，常能來。《杜臆》：「餽問殷勤，又得佳鄰，郊扉晚計，誠未為失也。」

【語譯】扶病回家休養，拖着緋魚袋緩步踏莓苔。郊園是我晚年的退路，幕府諸彥我豈敢並排。燕翔遠離蛛網張，鷗飛貼水浮萍開。鄰居送咱魚和鱉，感其餽問勤往來。

其五

群盜哀王粲，中年召賈生。

登樓初有作，前席竟為榮❶。
宅入先賢傳，才高處士名❷。
異時❸懷二子，春日復含情。

【章旨】末章以王粲、賈誼自喻作結。

【注釋】❶群盜四句　王粲，字仲宣，「建安七子」之首。漢末避亂荊州依劉表，曾登當陽城樓，作〈登樓賦〉，抒發思鄉與懷才不遇之情；又有〈七哀詩〉，首篇云：「西京亂無象，豺虎方遘患。」杜甫一、三兩句乃以王粲自喻，寫避亂入蜀，報國無門的苦悶。賈生，即漢代的賈誼，年十八，善文，人稱賈生。為漢文帝太中大夫，後貶長沙王太傅，多次上疏批評時政，是兩漢著名的政論家。前席，移坐而前。漢文帝坐宣室，召賈誼問鬼神事。至夜半，文帝前席。事見《漢書・賈誼傳》。二、四兩句則以賈誼自喻，歎賈生不幸，但終究有過被文帝召見密談之殊榮，更歎自己的不幸。中年，《杜臆》曰：「中年非以老少論也，公與賈皆以廢棄而收用，故云。」四句皆以古事敘今情，《杜臆》說得好：「公之妙在直將古人融作自己，而借以發其意。」❷宅入二句　宅，指王、賈二人寓所。二人客寓之地被載入典籍（如王粲樓、賈誼井，皆為有記載的著名古跡）。《杜工部詩集輯注》：「公依嚴武，似王粲荊州；官幕僚，似賈生王傳。故此詩以二子自況，因以自悲也。宅空載於先賢，名實同於處士，二語正為卜居草堂、吏隱使府發歎，寄感甚深。」❸異時　指自己與王、賈不同時代。

【語譯】王粲哀亂象，登樓一賦早成功。賈生召見晚，文帝前席終為榮。厝宅空入先賢傳，聲名不過處士同。歎子與我不同代，春日有懷草堂中。

【研析】「宅入先賢傳，才高處士名」二句，注家有歧解。《杜臆》云：「蓋公在院中失意而歸，其欲隱此江村，為農以沒世，俾後人知有少陵草堂而匹美前賢也。百世而後，竟符其志。」陳貽焮先生遂發揮道：「老杜卜宅花溪，並不打算在此久住，可是他當初栽幼松時確乎有為千載以後的人留紀念之意：『欲存老蓋千年意，為覓霜根數寸栽。』因此，說浣花草堂是老杜篳路藍縷為後代建的『公園』，也未嘗不可。今讀『宅入先賢傳，才高處士名』，更證實老杜果真自信名高，能像賈誼、王粲一樣留宅後世。」（《杜甫評傳》）古人「立德、立功、立言」說到底就是立名，這也是中國人對「永恆生命」的特殊認識，所以老杜立功不成想來個「宅入先賢傳」並不奇怪。只是從組詩整體看，從同時期詩中反映的焦慮看，都集中在吏與隱的矛盾上：「浣花溪裡花饒笑，肯信吾兼吏隱名」、「束縛酬知己，蹉跎效小忠」是也。所以我採用了朱鶴齡注：「宅空載於先賢，名實同於處士，二語正為卜居草堂、吏隱使府發嘆，寄感甚深。」才高如賈生、王粲尚且不過爾爾，尤其是賈生「前席竟為榮」，「為榮」的竟然只是李商隱所說的「不問蒼生問鬼神」，榮又如何？不榮又如何！作了然語正是下定決心辭職歸隱之兆。如此，則五首主旨、意脈煥然。是耶？非耶？留與讀者諸君評判。

赤霄行

（七古）

【題解】 舊注編在代宗永泰元年（西元七六五年），辭幕職歸草堂後作。詩成後，拈中間「赤霄」為題。

孔雀未知牛有角，渴飲寒泉逢牴觸。
赤霄玄圃須往來，翠尾金花不辭辱❶。
江中淘河嚇飛燕，銜泥卻落羞華屋❷。
皇孫猶曾蓮勺困，衛莊見貶傷其足❸。
老翁慎莫怪少年，葛亮〈貴和〉書有篇❹。
丈夫垂名動萬年，記憶細故❺非高賢。

【注　釋】❶赤霄二句　此二句謂孔雀高貴，往來於仙境，不與牛計較，甘受其辱。赤霄，有紅霞的高天。《楚辭・遠遊》：「譬若王僑之乘雲兮，載赤霄而淩太清。」玄圃，即懸圃，傳說在崑崙山，為仙人居處。翠尾金花，孔雀尾羽色金翠，帶金屬光澤，故云。❷江中二句　淘河，即「鵜鶘」，亦稱「塘鵝」，食魚。《莊子・秋水》：「鴟得腐鼠，鵷雛過之，仰而視之曰：『嚇！』」注：「嚇，怒而拒物聲」。此化用之，借言淘河疑燕來爭其魚而憤然嚇之。華屋，華麗的房屋，今所謂之豪宅。❸皇孫二句　皇孫，《漢書・宣帝紀》載：帝初為皇孫，嘗困於蓮勺鹵中。如淳曰：「為人所困辱。」蓮勺縣（故城在今陝西渭南東北）有鹽池，縱廣十餘里，鄉人名為鹵中。衛莊，衛當作鮑，指鮑莊子，齊國大夫。《左傳・成公十七年》載：靈公刖鮑牽（即鮑莊子；刖，斬足的酷刑）。孔子曰：「鮑莊子之智不如葵，葵尤能衛其足。」注：「葵傾葉向日，以蔽其根。」兩句以古人也曾受困自解。❹葛亮句　葛亮，指諸葛亮。貴和，書篇名。《三國志・諸葛亮傳》載：陳壽所上《諸葛亮集》目錄，有〈貴和〉篇。❺細故　小事。阮籍〈詠懷〉：「細故何足慮，高度跨一世。」

【語　譯】孔雀不知牛長角，泉邊喝水遭牛牴。孔雀往來在仙境，翠尾金花忍受欺。君看江中塘鵝守魚嚇飛燕，可憐飛燕羞回華屋只為失落所銜泥。噫！貴如宣帝兒時也曾被人辱，鮑莊刖足只因不識時。老漢我須慎之又慎切莫惹少年，孔明〈貴和〉篇中有勸規。大丈夫志在千秋業，計較瑣屑不是賢者之所為。

【研　析】這首自比孔雀的詩為後之大小聖賢所垢病，也是在所難免——詩人畢竟不是道德家。他有七情六欲，有憤怒也有怨氣，孔子不有云乎：「詩可以怨。」這首詩寫的也是真性情的一個特殊面，即怨憤中的克制。與道德家「責己」的修養不同之處是：他依然高傲而蔑視小人。仇注引申涵光說：「〈赤霄行〉，胸中有一段說不出之苦，故篇中皆作借形語。」為了表達胸中那段「說不出之苦」的雜糅情感，杜甫創構了這種近乎寓言的形式，選此聊備一格，以見杜甫隨物賦形的文心。

659　去蜀

（五律）

【題解】唐代宗永泰元年（西元七六五年）對杜甫來說，真是個黑色的年分：正月，高適病逝；四月，年方四十的嚴武亦卒。杜在蜀失去最後的依靠，原本就有的出蜀計畫馬上提上日程，因作是詩，感慨係之。去，離也。

五載客蜀郡，一年居梓州❶。
如何關塞阻，轉作瀟湘遊❷。
世事已黃髮，殘生隨白鷗❸。
安危大臣在，不必淚長流❹。

【注釋】❶五載二句　五載，指上元元年（西元七六〇年）、上元二年（西元七六一年）、寶應元年（西元七六二年）、廣德二年（西元七六四年）、永泰元年（西元七六五年）。一年，指廣德元年（西元七六三年）。張志烈主編《杜詩全集》指出：杜甫在成都居住的實際時間只有三年零九個月，避徐知道之亂流寓梓、閬的時間則為一年零九個月，這裡是指其略數，概而言之。蜀郡，即成都。❷如何二句　二句言北歸故里的關塞阻斷，只好轉由水路東進，作瀟湘之遊。瀟湘，瀟水、湘水皆在湖南境內。遊，與下聯「隨白鷗」之「隨」，同樣有「漂泊」的意味。❸世事二句　已、隨，句中作轉語：萬事如何？老大無成，休再提起；殘生又如何？歸宿無着，仍似白鷗漂泊。黃髮，髮白轉黃，形容衰老已久。殘生，餘生。❹安危二句　《杜詩鏡銓》：「結用反言見意，語似自寬，正隱諷大臣也。」其中隱寓詩人對蜀郡安危的憂患。事實是，嚴武死後不久，軍閥混戰，西川節度使成都尹郭英乂被殺，蜀中大亂。

【語譯】五年在成都，一年在梓州。奈何北邊關塞已斷阻，回鄉不成轉向瀟湘遊。萬事如何休再提，白髮轉黃已久愁。餘生如今欲何之？江湖漂泊隨白鷗！國家安危自有大臣謀，我輩野老何必淚不收。

【研析】《杜詩鏡銓》評云：「有篇無句，此方是老境。」整個烱，比燒烤更入味。只要看看上文所選種種苦心經營草堂之詩與〈春日江村五首〉，便知「去蜀」豈容易哉！「去蜀」二字當得「離騷」二字。

卷六

狂歌行贈四兄（七古）

【題解】永泰元年（西元七六五年）夏，杜甫離開成都開始其新一輪的漂泊，在嘉州作。四兄，指其排行第四的堂兄某。

與兄行年校一歲❶，賢者是兄愚者弟。
兄將富貴等浮雲，弟切功名好權勢❷。
長安秋雨十日泥，我曹鞴馬聽晨雞❸。
公卿朱門未開鎖，我曹已到肩相齊。
吾兄睡穩方舒膝，不襪不巾踏曉日❹。
男啼女哭莫我知，身上須繒腹中實❺。
今年思我來嘉州，嘉州酒重花繞樓❻。

樓頭喫酒樓下臥，長歌短詠迭相酬。
四時八節❼還拘禮，女拜弟妻男拜弟。
幅巾鞶帶❽不掛身，頭脂足垢何曾洗。
吾兄吾兄巢許倫❾，一生喜怒長任真。
日斜枕肘寢已熟，啾啾唧唧為何人？

【注釋】❶與兄句　行年，指年齡。校，相差。❷兄將二句　富貴等浮雲，《論語·述而》：「不義而富且貴，於我如浮雲。」弟，詩人自指。切，一作「竊」。❸我曹句　我曹，我輩。鞴馬，準備坐騎。❹踏曉日　曉起而行。❺男啼二句　意謂杜四對家事不聞不問，似乎不知道家人要穿暖吃飽。繒，帛之總名，此泛指衣服類。❻嘉州句　嘉州，今四川樂山市。重，一作「香」。❼四時八節　四時，指春、夏、秋、冬。八節，指立春、春分、立夏、夏至、立秋、秋分、立冬、冬至。這裡只是藉杜四要求兒女四時八節都講究禮數，來反襯杜四自己的不拘禮數，不必坐實。事實上杜甫在嘉州最多只過個端午節而已。❽幅巾鞶帶　頭巾皮帶。❾巢許倫　巢父、許由之類的人物。巢、許為古代著名的隱士。

【語譯】我和老兄相差只一歲，你最賢明我最蠢。兄看富貴如浮雲，弟求權勢好功名。長安秋雨十日陷泥濘，我輩趕早備馬等雞鳴。公卿朱門尚未啟，我輩已到排整齊。吾兄睡個夠來方伸腿，散髮赤足踏朝暉。兒女啼哭不掛心，只管自己吃穿過得去。今年想念老弟來嘉州，嘉州花開繞酒樓。樓上飲酒樓下醉，長歌短詠再三和。四時八節講禮數，呼來兒女拜弟與弟婦。兄則不衫亦不履，蓬頭垢足不拘束。我兄我兄能配巢與許，一生嬉笑怒罵任真樸。遲日枕肘正熟睡，何人吱吱喳喳煩耳目！

【研析】這是一首漫畫式的詩，三筆兩筆就勾勒出一個可悲、可笑、可憫的形象：「男啼女哭莫我知，身上須繒腹中實」一聯，足以透出杜四狂狷背後的悲哀。至如「兄將富貴等浮雲，弟切功名好權勢。長安秋雨十日泥，我曹鞴馬聽晨雞。公卿朱門未開鎖，我曹已到肩相齊。」一段，《杜詩鏡銓》評云：「明宗臣〈報劉一丈書〉所本。」宗臣寫謁見權貴一段云：「日夕策馬，候權者之門，門者故不入，則甘言媚詞作婦人狀，袖金以私之；即門者持刺入，而主者又不即出見，立廄中僕馬之間，惡氣襲衣袖，即飢寒毒熱不可忍，不去也。抵暮，則前所受贈金者出，報客曰：『相公倦，謝客矣，客請明日來。』即明日，又不敢不來。夜披衣坐，聞雞鳴，即起盥櫛，走馬抵門。門者怒曰：『為誰？』則曰：『昨日之客來。』則又怒曰：『何客之勤也？豈有相公此時出見客乎？』客心恥之，強忍而言之曰：『亡奈何矣，姑容我入。』門者又得所贈金，則起而入之，又立向所立廄中……」經宗臣的演繹，固然淋漓盡致，卻失去一種悲憫之心，是單向對事權貴者無情的鞭策；而杜詩則是雙向的自嘲：既寫出求仕之可笑，又寫出寒士仕途之艱辛與無奈，遂及懺悔，其中不無懷才不遇、報國無門的憤懣。表面上「頭脂足垢」的杜四是主角，骨子裡真率的杜甫才是主角。陳貽焮先生說得對：「寫四兄的疏放自適，非止稱讚對方，且用以為對照，增強自嘲以書憤的藝術效果。」（《杜甫評傳》）

題忠州龍興寺所居院壁（五律）

【題解】忠州，治所在今重慶忠縣。此詩作於永泰元年（西元七六五年）夏秋之交。因有族姪在此為刺史，故作停留。

忠州三峽內，井邑聚雲根❶。
小市常爭米，孤城早閉門❷。
空看過客淚，莫覓主人恩❸。

淹泊仍愁虎，深居賴獨園❹。

【注　釋】❶忠州二句　《讀杜心解》：「趙曰：三峽以明月峽為首，巴、巫峽之類為中，東突峽為盡。按：明月峽在渝州，巫峽等在夔外，忠州在夔、渝之間。」故謂「三峽內」。此「三峽」與今稱瞿塘峽、巫峽、西陵峽為三峽者異。雲根，趙次公注：「雲根言石也。張協詩：『雲根臨八極，雨足散四溟。』蓋取五岳之雲觸石而出。則石者，雲之根也。唐人詩多指雲根為石用之。」此謂縣城在深山中雲起處。❷小市二句　《杜臆》云：「市爭米者，荒也；城早閉者，盜也。此作客所最苦者。」❸空看二句　過客，自指。主人，忠州刺史杜某。杜甫有族姪為忠州刺史，杜甫有〈宴忠州使君姪宅〉詩，但後來未見關照，二句則表達失望之情。❹淹泊二句　淹泊，漂泊中的滯留。獨園，給孤獨園，指佛寺，即龍興寺。

【語　譯】忠州就在三峽內，市井聚處白雲深。圩集米少人爭購，孤城防盜早閉門。過客空流淚，主人吝施恩。漂泊常畏虎，佛寺藏此身。

【研　析】離開嘉州，下戎州、渝州，杜甫隨江水一路逶迤到忠州。在這裡，他又聽到老友高適過世的噩耗（其實早在永泰元年正月，高已亡，消息如此不靈，着實奇怪），加上當刺史的族姪某請了一餐之後便不再理會，生活仍無着落，心情不好可想而知。詩中依次呈現了冷僻的市井，米少盜多的小縣城，寡恩的地方官，老虎出沒，寺院深藏，無處不透出一種莫名的寂寞。用形象說話正是詩的特點。

禹　廟　（五律）

【題　解】永泰元年（西元七六五年）秋，作於忠州。《方輿勝覽》載，禹祠在忠州臨江縣南，過江二里。此為杜詩五律佳篇，《杜詩詳注》云：「四十字中，風景形勝，廟貌功德，無所不包；局法謹嚴，氣象宏壯，是大手筆。」

禹廟空山裏，秋風落日斜。
荒庭垂橘柚，古屋畫龍蛇❶。
雲氣生虛壁，江聲走白沙❷。
早知乘四載，疏鑿控三巴❸。

【注釋】❶荒庭二句　橘柚，《尚書・禹貢》：「厥包橘柚，錫貢。」《孟子・滕文公》：「（禹）驅龍蛇而放之菹。」晁說之〈送王性之序〉引孫莘老云：「橘柚錫貢、龍蛇，皆禹之事也。」橘柚與「畫龍蛇」皆眼前實景，又與大禹事蹟綰連，是景物與歷史的交匯，故前人稱之，《詩藪》曰：「『荒庭垂橘柚，古屋畫龍蛇，』……杜用事入化處。然不作用事看，則古廟之荒涼，畫壁之飛動，亦更無人可著語。此老杜千古絕技，未易追也。」❷雲氣二句　生虛壁，一作「噓青壁」。浦注：「『噓』之，『走』之，造物之氣勢，即神禹之氣勢也。」《唐詩歸》引譚云：「『聲走』妙！」❸早知二句　上句言早已熟知大禹治水用各種交通工具，無處不到，艱難備嘗。下句言今日所見，乃大禹疏鑿之功。四載，四種交通工具。《書・益稷》：「禹曰：洪水滔天……予乘四載，隨山刊木。」《史記・夏本紀》：「陸行乘車，水行乘舟，泥行乘橇，山行乘檋。」三巴，指巴郡、巴東、巴西。

【語譯】空山存禹廟，落日斜秋風。荒庭橘柚垂碩果，古屋兩壁繪蛇龍。雲氣冉冉青壁出，泥沙俱下江聲隆。早聞車船橇檋艱難備，今睹水控三巴疏鑿功！

【研析】此詩處處暗示禹的存在，或者說禹隱形於這一切與之相關的事物中，成為潛在的統一全詩氣氛的中心，是高友工《唐詩的魅力》所稱「典故的整體性效果」之範例。杜詩後期此類歷史意象日漸增多。茲摘高文對該詩分析一則於下，供參考：

我們發現這首詩的組織原則是很微妙的。除了表現題材相同之外，前六句由於運用了一系列涵義相近的形容詞而得到進一步的統一，像「空」、「落」、「荒」、「虛」，由此而表現的肌質構型給全詩賦予了明顯的悲涼情調。需要着重指出的是：不僅尾聯，其他三聯也都暗指了禹王的豐功偉績。按《尚書》記載，橘柚是外族部落獻給大禹的貢品，而《孟子》中曾有禹把龍蛇逐入沼澤的說法。作為禹廟景物的一部分而出現在三、四兩句的橘、柚、龍、蛇，也可以看成禹王偉大的實際證明：當年大禹所納的橘柚，如今已在他的廟院中長成碩果累累的大樹；而他所馴服的龍蛇也成為他廟宇的衛士。五、六兩句也有同樣的效果：「雲氣虛白壁，江聲走白沙」表現的只是耳聞目睹的場景，但作為治水英雄的大禹，通過他的神力，可以出現在一切與水有關的事察物中，所以，「雲氣」和「江聲」也都暗示了雲湧江流之中禹王匆匆來去的氣勢。

因此，這首詩蘊含了兩層意義：第一層，每句詩都是圍繞禹廟或其周圍景物的描寫，並以這種對具體事物的描寫統一全詩；第二層，每句詩都提到了禹王那些流傳至今的豐功偉績，在這些業績的襯托下，禹王的形象顯得格外高大，因而成為統一全詩的另一個中心。

撥悶 （七律）

【題解】永泰元年（西元七六五年）秋後，將下雲安（今重慶雲陽）時作。

聞道雲安麴米春❶，才傾一盞即醺人。
乘舟取醉非難事，下峽消愁定幾巡。
長年三老遙憐汝，捩柁開頭捷有神❷。
已辦青錢防雇直❸，當今美味入吾脣。

【注　釋】❶麴米春　酒名。唐人喜以春字名酒，《仇池筆記》：「退之詩云：『且可勤買抛青春』。《國史補》云：「酒則有……滎陽之土窟春，富平之石凍春，劍南之燒春。杜子美詩云：『聞道雲安麴米春。』裴鉶《傳奇》亦有酒名松醪春，乃知唐人名酒多以春。」❷長年二句　長年三老，陸游《入蜀記》卷四：「問何謂長年三老？云『梢公是也。』長讀如長幼之長。」捩柁，轉舵。開頭，一作「鳴鐃」。❸已辦句　青錢，質量好的銅錢。防，抵也。防雇直，備足酬金。

【語　譯】聽說雲安盛產好酒麴米春，才喝一杯就能醉倒人。乘舟前往討個醉來非難事，咱下峽消愁定要痛快喝幾輪！酒呀酒，船老大遠遠就看上了你，難怪開船轉舵麻利如有神。我呢，也早備好了青錢當酬金，快！快！好讓美酒進嘴脣。

【研　析】旅途無聊，難免與梢公打趣取樂，一路「謔浪以自寬」（《杜臆》），所以顯得興會飛騰。南朝樂府有〈懊儂歌〉：「江陵去揚州，三千三百里。已行一千三，所有二千在！」王漁洋《分甘餘話》云：「樂府『江陵去揚州』一首，愈俚愈妙，然讀之未有不失笑着。余因憶再使西蜀時，北歸次新都，夜宿，乃聞諸僕偶語曰：『今日歸家，所餘道里無幾矣，當酌酒相賀也。』一人問所餘幾何？答曰：『已行四十里，所餘不過五千九百六十里耳。』余不覺失笑，而復悵然有越鄉之悲。此語雖謔，乃得樂府之意。」兩相對讀，則悟老杜得樂府之神，源自生活中，非擬模也。

旅夜書懷

（五律）

【題　解】作於永泰元年（西元七六五年）秋離忠州赴雲安途中。旅夜，旅途之夜。《瀛奎律髓彙評》引紀昀評云：「通首神完氣足，氣象萬千，可當雄渾之品。」

細草微風岸，危檣獨夜舟❶。

星垂平野闊，月湧大江流❷。
名豈文章著，官應老病休❸！
飄飄何所似？天地一沙鷗❹。

【注釋】❶細草二句　二句皆省略動詞，「細草／微風／岸，危檣／獨夜／舟」，意象與意象之間的語法關係解除了，凸顯了具體形象的直觀性，給足讀者自由聯想的空間。危，高貌。檣，桅杆。❷星垂二句　這兩句寫景闊大雄壯，其中包含着杜甫的感情和性格。「垂」字寫出在平野看星星的獨特感受：大地在茫茫的夜色中展開，空曠無參照物，似乎星星與你直接相對，就「垂」在你的頭頂上。而月影的湧動，正是江的湧動。此聯氣象與李白「山隨平野闊，江入大荒流」語意暗合，而色階更豐富，如《杜詩說》稱：「句法略同，然彼止說得江山，此則野闊、星垂、江流、月湧，自是四事也。」❸名豈二句　上句為不服氣的話：我豈只是文章好，我更願「竊比稷與契」，在治國方面顯露才能。古代文人常有此歎，如陸游詩云：「此身合是詩人未？細雨騎驢入劍門。」下句為反語，杜甫是因其正直受排斥，並非由於老病。「豈」「應」二字是《鶴林玉露》所謂的「活字斡旋」。就好比車軸能使車輪旋轉，活字能將詩味托出，且起着改變句義方向的作用。❹飄飄二句　沙鷗，這是杜甫常用來自喻的意象。天地之大，沙鷗之渺，對比強烈。有人批評其「大言無實」，但正是這種反差表露了詩人全部的情緒感受，如德國莫芝宜佳《〈管錐編〉與杜甫新解》所說：「無助的漂泊、孤寂清冷、美景聯想、悽愴絕望和高傲自負。這是一個極富表現力的、深刻的自我注釋，不管在中國還是在西方都不難理解。」

【語譯】啊江岸！微風。細草。啊夜泊！孤舟。桅杆。地闊天低星光爛，明月湧出大江漫。因詩著名非我願，老病休官不須怨！平生飄蕩何所似喲？茫茫天地一鷗黯然。

【研析】《詩藪》：「『山隨平野闊，江入大荒流』，太白壯語也；杜『星垂平野闊，月湧大江流』，骨力過之。」《峴齋詩談》：『星垂平野闊，月湧大江流』，氣象極佳。極失意事，看他氣不痿薾：此是骨力定。」二者都提到「骨力」。的確，此詩符合傳統文論「風骨」的要求，值得詳析。

何謂風骨？黃侃《文心雕龍札記》說：「風即文意，骨即文辭。」其實古人不像今人將內容與形式這兩個概念界定得那末涇渭分明。風骨連用，取其有交叉，都是就內容感人方面而言，互為補充又相對獨立。「故練於骨者，析辭必精；深於風者，述情必顯」（《文心雕龍・風骨》）。精練有力的語言風格只是「骨」的外部特徵，其「端直」有力的效果是由內容釋放出來的，所以「沉吟鋪辭，莫先乎骨」，風骨指的是由裡到表的感人力量，既是內容的，也是形式的，而且是由內在到外在（即骨精→情顯）的過程本身。殷璠《河嶽英靈集》提出「氣骨」這一概念，似乎更能動態地表達這一過程。老杜永泰元年的處境，「飄飄何所似？天地一沙鷗」一聯已道盡。然而，就像西方一位詩人所吟唱：「我們都在溝中，可是其中一些人在仰望天上的星空！」是啊，困頓中的老杜眼中看到的是「星垂平野闊，月湧大江流。」星，垂在頭頂；月，湧出波浪。「垂」字、「湧」字，有多沉的分量！「名豈文章著，官應老病休！」多少失意事，多少窮途潦倒，又由「豈」、「應」二字擔起。二句是何等氣勢，何等胸懷，何等骨力！這就是氣骨。錘煉的字詞，深摯的情感，堅定的意志，闊大的興象，合成這首詩非凡的表現力。

長江二首

（五律，選一）

【題解】永泰元年（西元七六五年）秋，杜甫在雲安「臥病一秋強」，入冬即帶病繼續其出峽北歸的行程。其時，成都亂，西山都兵馬使崔旰殺節度使郭英乂。浦注云：「（公）在雲安聞蜀亂，思下峽以遠之，故借長江寫意，非詠江也。」然借江寫意豈止是因遠亂，杜是藉此寫對驕兵悍將恣事的憂心，再次強調尊王。事實上，軍閥割據之勢已成，杜甫的憂慮最終成了中晚唐的現實。

眾水會涪萬，瞿塘爭一門[1]。

朝宗人共挹，盜賊爾誰尊❷？
孤石隱如馬❸，高蘿垂飲猿。
歸心異波浪，何事即飛翻？

【注　釋】❶眾水二句　涪，涪州，即今重慶涪陵。萬，萬州，即今重慶萬州。瞿塘，瞿塘峽，又名夔峽，在夔州（今重慶奉節）東，長江三峽之一，長十六里，懸崖壁立，水急山峻，號稱天塹。峽口兩山對峙，望之如門，稱夔門。眾水爭一門，氣勢乃出。❷朝宗二句　朝宗，《周禮・大宗伯》：「春見曰朝，夏見曰宗。」藉以指百川入海。《尚書・禹貢》：「江漢朝宗於海。」挹，以器酌水，此指人人都從國家統一中得益。下句責盜賊目無朝廷。❸孤石句　孤石，指灩澦堆，在瞿塘峽。隱，言灩澦石沒入水中。歌謠云：「灩澦大如馬，瞿塘不可下。」

【語　譯】眾水奔匯涪州萬州東，急流轟浪競向瞿塘一門通。百川都要入海，百姓都想朝宗；唯爾盜賊，何去何從？水沒灩澦只剩匹馬大，高藤掛臂下飲垂猿猱。歸鄉之心非波浪，為何翻騰卻與波浪同？

【研　析】鍾嶸《詩品・序》曰：「文已盡而意有餘，興也；因物喻志，比也。」此詩借長江發興，申朝宗尊王之理，國事旅愁交織，終是以情動人，乃比中有興也。比興佳否全在興象能否感人。將百川歸誨與萬眾朝宗聯繫起來，本不是什麼新鮮的比對，但「眾水會涪萬，瞿塘爭一門」一句卻傳長江出峽之神；「孤石隱如馬，高蘿垂飲猿」一句又將三峽特有之異景拈出；末句偏以似為不似，又以不似似之：「歸心異波浪，何事即飛翻」，寫出愁思襲來隨物宛轉不可抑止之情，可謂化腐為新。

懷錦水居止二首（五律，選一）

【題　解】永泰元年（西元七六五年）冬，作於雲安，憶成都草堂也。詩中錦水、萬里橋、百花潭、雪嶺、錦城，皆在草堂周邊。《讀杜心解》：「前去成都，則有〈寄題草堂〉詩，此去成都，則有〈懷錦水居〉詩。公生平流寓之跡，惟草堂最費經營，宜其流連不舍歟！」

萬里橋❶南宅，百花潭❷北莊。
層軒❸皆面水，老樹飽經霜。
雪嶺界天白，錦城曛日黃❹。
惜哉形勝地❺，回首一茫茫。

【注釋】❶萬里橋　《元和郡縣圖志・成都縣》：「萬里橋架大江水，在縣南八里。蜀使費禕聘吳，諸葛亮祖之，禕嘆曰：『萬里之路，始於此橋。』」遂以為名。❷百花潭　在今成都青羊宮附近。❸層軒　遠離水面的軒檻。❹雪嶺二句　雪嶺，岷山主峰，即杜詩「窗含西嶺千秋雪」之西山，在今四川松潘東。錦城，錦官城，原為主管織錦之官署，築城守護，故址在今成都市百花潭公園一帶，後為成都之別稱，此當指前者。曛，落日之餘光。❺形勝地　優越的地形地貌，亦指景點。

【語譯】萬里橋南的厝宅喲，百花潭北的農莊；高高的江檻臨溪水喲，蔥蔥的老樹飽經風霜；天邊的雪嶺一線白喲，暮光下的錦城鍍金黃。惜哉！這個令人留戀的好地方，回首但見一片霧茫茫……

【研析】鄉愁，是一個沉重的題目，又是中國詩人百寫不厭的題目。天才詩人李白曾寫過翻案詩：「但使主人能醉客，不知何處是他鄉！」（〈客中作〉）不過這只是醉中一時忘卻耳，鄉愁仍潛伏在客心。晚唐劉皂（一作賈島，誤）的〈旅次朔方〉云：「客舍并州已十霜，歸心日夜思咸陽。無端更渡桑乾水，卻望并州是故鄉。」這才是徹底的翻案——對客居十年之久的并州產生鄉愁般的真情，他鄉已成故鄉。不過類似劉皂詩寫的這一心理現象，杜甫已寫過，此詩便是。《杜臆》評云：「公之精神所鍾，故百世之後復為所有。」成都草堂日後成為「詩聖」的精神故園，良有以也。

三絕句（七絕）

【題解】蕭滌非先生注：「這三首當是永泰元年（七六五）去蜀之後所作。有高度現實主義精神，可以說是絕句中的『三吏』、『三別』。」詩中所言當為近年蜀地發生過的事實。

其一

前年渝州殺刺史，今年開州殺刺史❶。
群盜相隨劇虎狼，食人更肯留妻子❷？

【章旨】寫蜀地亂象，群盜之兇殘。

【注釋】❶前年二句　渝州，即今之重慶。開州，重慶開縣。這兩次殺刺史，史書沒有記載。❷群盜二句　相隨，一群接一群；不停地。更肯，豈肯。

【語譯】前年渝州刺史才被殺，今年開州刺史又被殺。群盜好比虎狼接踵來，吃人怎肯放過妻和兒！

其二

二十一家同入蜀，唯殘一人出駱谷❶。
自說二女齧臂時，回頭卻向秦雲哭❷！

【章　旨】寫關中百姓逃難入蜀的悲慘遭遇。

【注　釋】❶駱谷　在陝西周至西南，由秦入蜀的通道之一。❷自說二句　二句以逃難唯一的倖存者口吻訴說當時與二女生離死別的慘況，是上一首「食人更肯留妻子」的具體化。咬小兒女之臂為記，猶冀日後相認，痛哉斯言！或謂二女為兵匪所擄，自齧其臂以示痛別，如《史記・孫子吳起列傳》：「(吳起)東出衛郭門。與其母訣，齧臂而盟。」參照下一首官軍搶掠婦女云云，亦得。齧，咬。秦雲，指迷茫中的長安。

【語　譯】當初二十一家避難入蜀，只剩一人僥倖逃出駱谷。自訴咬臂為記別二女，回首長安呼天哭！

其　三

殿前兵馬雖驍雄，縱暴略與羌渾同❶：

聞道殺人漢水上，婦女多在官軍中。

【章　旨】這首直寫官軍的搶掠縱暴，兵匪一家。

【注　釋】❶殿前二句　殿前兵馬，指禁軍。羌渾，吐蕃、吐谷渾之屬。官軍與外寇同掠，雖然不明具體所指，但《資治通鑑》代宗廣德元年十月條載：吐蕃帥吐谷渾、党項、氐、羌二十餘萬眾，渡渭，入長安，掠府庫市里，焚閭舍，長安中蕭然一空。於是六軍(唐朝廷之近衛軍)散者所在剽掠，士民避亂，皆入山谷。則該詩不啻是此場景之影像版也。

【語　譯】天子禁軍真驍雄，剽搶縱暴竟與外寇同：聽說此輩殺人漢水上，婦女大都被掠在軍中！

【研　析】大凡父母與子女為天下之至親，父母與子女生離死別為天下之至痛。這一題材最易感人，所以成為古詩中的「原型主題」。美學家李澤厚曾舉「異常著名」與「異常不著名」的二首同題材詩為例：

王粲〈七哀詩〉：「西京亂無象，豺虎方遘患。……出門無所見，白骨蔽平原。路有飢婦人，抱子棄草間，顧聞號泣聲，揮涕獨不還，

『未知身死處，何能兩相完』？驅馬棄之去，不忍聽此言……」

馬柳泉〈賣子嘆〉：「貧家有子貧亦嬌，骨肉恩重那能拋？饑寒生死不相保，割腸賣兒為奴曹。此時一別何時見？遍撫兒身舐兒面。『有命豐年來贖兒，無命九泉抱長怨。』囑兒『切莫憂爺娘，憂思成病誰汝將』？抱頭頓足哭聲絕，悲風颯颯天茫茫。」

無論著名與否，二詩都感人至深。「顧聞號泣聲，揮涕獨不還」、「此時一別何時見？遍撫兒身舐兒面」，讀之令人動容，此亦近人性能發人悲憫之心故也。而杜甫第二首亦為此類題材，其特點是有自己的生活經驗滲入其中。如「自說二女齧臂時」一句，就是至德元載（西元七五六年）杜甫攜家逃難時生活經驗的提煉。〈彭衙行〉回憶其事有云：「癡女飢咬我，啼畏虎狼聞。懷中掩其口，反側聲愈嗔。」「齧臂」的具體情況或有所不同，但切身之痛是相似的。從經驗中提煉出審美情感，從「己饑己溺」推向「一國之心」，「慨世也是慨身」，這正是「詩史」不同於「歷史」處。至若第三首，面對官軍居然墜落到與外寇同暴的程度，杜甫不再為朝廷回護，乃直陳其事，刀刀見血，則是與「三吏三別」不同處。李澤厚下面這段相關的話值得一抄：

杜甫是引不勝引的，總是那樣的情感深沉，那樣的人道誠實。它完全執著於人間，關注於現實，不求個體解脫，不尋來世恩寵，而是把個體的心理、情感沉浸融埋在苦難的人際關懷的情感交流中，沉浸在人對人的同情撫慰中，彼此「以沫相濡」，認為這就是至高無上的人生真諦和創作使命。（《華夏美學》第二章）

這三首詩的結構也頗奇特，好比一組「蒙太奇」：第一首是全景，第二首是特寫，第三首鏡頭搖開去，直入軍營。看似三事而意脈一也，三首不即不離構成一個整體。

遣　憤　（五律）

【題解】《通鑑》載：永泰元年（西元七六五年）九月，僕固懷恩引回紇、吐蕃、吐谷渾、党項、奴剌數十萬入寇。中途，僕固懷恩暴疾死。十月，郭子儀利用回紇與吐蕃之矛盾，與回紇胡祿都督藥葛羅盟誓，合力破吐蕃，殺萬計，得所掠士女四千人。回紇胡祿都督等二百餘人入見，前後贈賚繒帛十萬匹；府藏空竭，稅百官俸以給之。詩當作於是年冬。

聞道花門❶將，論功未盡歸。
自從收帝里，誰復總戎機❷？
蜂蠆終懷毒，雷霆可震威❸。
莫令鞭血地，再濕漢臣衣❹。

【注釋】❶花門　指回紇。❷自從二句　收帝里，收復長安。總戎機，總管部隊。❸蜂蠆二句　蜂蠆，蜂與蠍，指回紇。雷霆，指代宗，勉其自強發威，毋借外力。❹莫令二句　此指寶應元年（西元七六二年）事。代宗長子李适時為天下兵馬元帥，見來援之回紇登里可汗。登里輕視唐朝，強迫李适要行拜舞禮，隨行的唐臣藥子昂等反對，回紇將軍車鼻遂將唐臣各鞭一百，魏琚、韋少華當晚死。

【語譯】聽說回紇兵將，還在京師論功行賞不肯歸。自從郭子儀收復長安被罷免，是哪個頂替他總管兵機？〔如今吐蕃回紇又鬧到不可收拾，還不是由郭子儀來解決問題！〕搶掠成性的游牧族總是不懷好意，天子應當自強振起雷霆之威。別讓奇恥大辱再度發生：回紇將軍鞭打唐臣血透衣！

【研析】「蜂蠆終懷毒」是憤激的話，難免說絕了。古代游牧民族與從事農業的民族相比較，好搶掠是事實；但歷史地看，回紇與唐的關係誠如歷史學家范文瀾所說：「是一種歷史上罕見的和好關係。」（《中國通史簡編》第三編第五章）問題主要出在肅宗、代宗這些昏君身上。他們不信任功臣如郭子儀、李光弼等人，過分依賴外兵，尤其是任用宦官監控部隊，自取其辱。杜甫將慘痛的歷史經驗教訓化為「莫令鞭血地，再濕漢臣衣」這樣刻骨銘心的詩句，至今仍能喚醒民族的集體意識，激起民族自尊心。

十二月一日三首（七律）

【題解】作於永泰元年十二月一日，時在雲安（今四川雲陽）。

其一

今朝臘月春意動❶，雲安縣前江可憐。
一聲何處送書雁？百丈誰家上瀨船❷？
未將梅蕊驚愁眼，要取椒花媚遠天❸。
明光起草人所羨，肺病幾時朝日邊❹。

【章旨】江邊的雁聲、舵影、椒花引起思鄉之情，並擔憂身體條件尚能否為朝廷工作。

【注釋】❶今朝句　言今日為臘月初一立春之日。❷百丈句　百丈，縴夫拉船用的篾繩。上瀨，逆流上急水灘。❸未將二句　謂梅尚未綻，而椒花已開。崔寔《四民月令》載：正月一日以盤進椒飲酒，號為椒盤。從禮儀想到朝廷（「媚遠天」），故有下聯。❹明光二句　明光，漢殿名。漢制，尚書郎內值起草。杜因嚴武之薦為檢校工部員外郎，故想回長安以後當在宮內值班。〈客堂〉：「尚想趨朝廷，毫髮裨社稷。」可見杜甫回長安後還想要為朝廷工作。日邊，指長安。

【語　譯】臘月初一春意開，雲安江水真可愛。誰家繩牽百丈船逆水，何處雁叫一聲信送來？梅蕊尚未驚愁眼，椒花可取進天街。人羨來日起草明光殿，卻歎肺病天涯久徘徊。

其　二

寒輕市上山煙碧，日滿堂前江霧黃❶。
負鹽出井此溪女，打鼓發船何郡郎❷？
新亭舉目風景切，茂陵著書消渴長❸。
春花不愁不爛熳，楚客惟聽棹相將❹。

【章　旨】記當地風俗景觀，因發新亭報國之思，與相如同病之歎。

【注　釋】❶寒輕二句　言雲安江深有暖氣上升，故日照霧而呈黃色。❷負鹽二句　負鹽，峽中食井鹽，其俗，峽中女子多販鹽，參看本卷下選〈負薪行〉。打鼓發船，《杜詩全集》注：「峽中江彎曲，而石岸陡峭，舟行恐相觸，故發船則打鼓，前船鼓聲遠，後船始發。」❸新亭二句　新亭，《世說新語．言語》：「過江諸人，每至美日，輒相邀新亭，藉卉飲宴。周侯中坐而嘆曰：『風景不殊，正自有山河之異。』皆相視流淚，惟王丞相（導）愀然變色曰：『當共戮力王室，克復神州，何至作楚囚相對！』」杜甫用此典故表明國難尚未平息。新亭故址在今南京市南。茂陵，漢武帝陵。司馬相如有消渴疾（糖尿病）。晚年病免，居茂陵著述；此以自喻。❹春花二句　二句謂時到花開，時光流逝；我因病只能滯留楚地，看他人乘船而去。楚客，雲安縣屬夔州，為楚地，故自稱楚客。

【語　譯】江深氣暖市上漫碧煙，堂前日滿映霧黃。溪女背鹽才出井，哪郡兒郎打鼓要發船？舉目河山欲作新亭泣，相如著書病中日月長。時到花開不我待，滯楚聽棹更自傷。

其三

即看燕子入山扉，豈有黃鸝歷翠微❶？
短短桃花臨水岸，輕輕柳絮點人衣。
春來准擬開懷久，老去親知見面稀。
他日一杯難強盡，重嗟筋力故山違❷。

【章旨】前六句皆想像春來後的美好景象，末句忽然重重一歎，從想像跌落跟前貧病的現實。

【注釋】❶即看二句　即看、豈有，皆想像之詞，言春來當見燕子，而山中有黃鸝否？翠微，淡青之山色，指代山。❷重嗟句　謂衰病故鄉欲歸不得，故曰「違」。杜甫自本年七月因病滯留雲安至今，不得歸故鄉，實屬無奈，故有此嗟歎。

【語譯】哦，眼看燕子就要到柴扉，不知黃鸝可曾繞着此山飛？矮矮的桃花俯水面，輕輕的柳絮沾人衣。春來真想回鄉開懷飲，老去親友罕一遇。只怕到時杯酒也難盡，深歎病體不支故鄉怎得歸！

【研析】永泰元年下半年，軍閥混戰，蜀中大亂。七月間，杜甫因肺病與風痹滯留雲安至今，心情可想而知。衰病與回朝效力的矛盾成了在雲安期間詩歌的重要主題之一：「歸朝日簪笏，筋力定如何？」（〈將曉〉）「愁邊有江水，焉得北之朝？」（〈又雪〉）「尚想趨朝廷，毫髮裨社稷。形骸今若是，進退委行色。」（〈客堂〉）「合分雙賜筆，猶作一飄蓬。」（〈老病〉）「我雖消渴甚，敢忘帝力勤？」（〈別蔡十四著作〉）本組詩則云：「明光起草人所羨，肺病幾時朝日邊。」「春花不愁不爛熳，楚客惟聽棹相將。」「他日一杯難強盡，重嗟筋力故山違」；再三詠歎，情不自禁。在整體結構上三首詩不是串聯，而是採用並聯的形式，即都用由景入情的類似結構，同時從不同視角反覆皴染同一情緒，由此達到重嗟累歎、致意再三的效果。

杜鵑（五古）

【題解】 此詩於大曆元年（西元七六六年）暮春作於雲安。趙次公注：「此感杜鵑而論君臣之義矣，其中又用鴻雁、羔羊以重明之。」

西川有杜鵑，東川無杜鵑。
涪萬無杜鵑，雲安有杜鵑❶。
我昔遊錦城，結廬錦水邊。
有竹一頃餘，喬木上參天。
杜鵑暮春至，哀哀叫其間。
我見常再拜，重是古帝魂❷。
生子百鳥巢，百鳥不敢嗔。
仍為餧其子，禮若奉至尊❸。
鴻雁及羔羊，有禮太古前。
行飛與跪乳，識序如知恩。

聖賢古法則，付與後世傳。
君看禽鳥情，猶解事杜鵑。
今忽暮春間，值我病經年。
身病不能拜，淚下如迸泉。

【注釋】❶西川四句 《苕溪漁隱叢話》：「東坡云……（王）誼伯謂：『西川有杜鵑，東川無杜鵑。涪萬無杜鵑，雲安有杜鵑』蓋是題下注。……誼伯誤矣。且子美詩備諸家體，非必率合程度侷侷者然也。是篇句處凡五杜鵑，豈可以文害辭，辭害意邪？原子美之詩，類有所感，托物以發者也。亦六藝之比興，〈離騷〉之法與？」蘇東坡說得對，這四句是歌謠體式，如西漢樂府〈江南〉：「魚戲蓮葉間。魚戲蓮葉東，魚戲蓮葉西，魚戲蓮葉南，魚戲蓮葉北。」疊語詠歎，節奏輕快活潑。杜甫此四句則「有杜鵑」「無杜鵑」交替參錯，虛實互用，兼有比興。涪萬，涪州（今重慶涪陵區）與萬州（今重慶萬州區）。❷有竹六句 古帝魂，傳古蜀帝杜宇（稱望帝），失其國，魂化為杜鵑。❸生子四句 四句將生物界的自然現象附會為君臣關係，下四句亦類此。趙次公注：「鮑照〈行路難〉之七云：『愁思忽而至，跨馬出北門。舉頭四顧望，但見松柏荊棘鬱樽樽。中有一鳥名杜鵑，言是古時蜀帝魂。聲音哀苦鳴不息，羽毛憔悴似人髡。』今公所謂『喬木上參天』，又謂『哀哀叫其間』，又云『謂是古帝魂』，蓋出於此也。」《韻語陽秋》引《博物志》：「杜鵑生子，寄之他巢，百鳥為飼之。」至尊，指帝王。

【語譯】杜鵑，杜鵑！西川有杜鵑，東川無杜鵑。杜鵑，杜鵑！涪、萬無杜鵑，雲安有杜鵑。憶昔我遊錦官城，卜居就在錦水邊。種竹百餘畝，高樹上參天，杜鵑暮春來，哀哀啼林間。我每看見就再拜，為其蜀帝之魂敬且憐。杜鵑生蛋百鳥巢，百鳥遵從不敢怪。為牠孵卵且哺育，如侍君王任遣差。太古之前禮已存，鴻雁羔羊識天倫。雁飛成行必有序，羊跪吮乳報母恩。古之聖賢為人定法則，傳給後世人人遵。你看禽鳥有天性，尚且懂得伏事杜鵑身。如今忽忽已暮春，我病經年骨嶙峋。耳聞杜鵑不能起身拜，淚下兩腮如泉奔……

【研析】杜甫自稱是「天地一腐儒」，的確有儒者「迂」的一面。孔子將「仁」與「禮」建築在「孝」的「天性」基礎上，在早期文明社會中有一定的合理性；但在禮樂早已崩壞的唐代，這種「合理性」已成為統治者維繫其君臣關係的偽善性與欺騙性。詩中將人同禽獸作類比，你說能有多少說服力？尤其是對段子璋、徐知道、崔旰之徒說這些，更顯得蒼白無力。但就用情而言，這詩的確寫得聲淚俱下，顯其至誠。首四句也屬聲情並茂，善學樂府者。

船下夔州，郭宿，雨濕不得上岸別王十二判官 （五律）

【題　解】 大曆元年（西元七六六年），杜甫由雲安遷到夔州，「且就土微平」。唐代的夔州，春秋時為夔子國，傳說因洞庭湖的黃魚溯游至此產卵後復返，遂名「魚復」。唐貞觀時改名奉節，至今未變。題意為：船欲下夔州，先宿於（雲安）郭外，因雨不得上岸與排行十二的王判官作別。判官，唐制，節度、觀察、防禦、團練等使，皆有判官輔助處理事務，非正官而為僚佐。

依沙宿舸船，石瀨月娟娟。
風起春燈亂，江鳴夜雨懸。
晨鐘雲岸濕，勝地石堂煙❶。
柔櫓輕鷗外，含淒覺汝賢❷。

【注　釋】 ❶晨鐘二句　岸，一作「外」。題有「上岸」，正與「雲岸」呼應；下聯復有「輕鷗外」，「外」字不當重複；且「雲岸」與「石堂」乃成對偶，則本句以「岸」為正。不過「鐘聲雲外濕」別有意味，屬於「錯得妙」，詳見【研析】。石堂，當是雲安名勝之地。石堂隱於煙雨之中，正是暗示王十二住處。或云石堂在夔州，與詩意不合。❷柔櫓二句 柔櫓，輕柔的櫓聲。輕鷗外，指船漸漸遠離沙鷗，寫船已啟動。上句言船慢慢離岸，不言與王十二別，而言輕鷗漸遠，誠如《唐風懷》所說：「五字搖盪，含情正遠。」下句「汝」指王十二判官，《杜詩鏡銓》評曰：「寫別況只用『覺汝賢』三字，無限含蓄。」

【語　譯】夜泊沙灘宿大船，石上湍急月色妍。燈光忽亂春風起，江聲一夜雨懸天。曉鐘穿雲岸猶濕，石堂勝地沒嵐煙。欸迺櫓搖輕鷗遠，淒然懷念君真賢。

【研　析】《杜詩鏡銓》評云：「從薄暮至天曉，從泊舟至開船情景一一寫出，而寓意仍復雋永。」化敘事為抒情，是杜詩長處。由泊舟到月照水面，是未雨；繼則「風起」，緊接才是「夜雨懸」；轉至曉鐘穿雲來，雲霽而煙猶未散，船則已發矣，不得上岸作別之情遂淒然上心。層次分明如此，卻渾淪透脫，不覺其敘事細密，只感其含情搖盪。所以如此，遣詞造句之妙是關鍵。頷聯「風起春燈亂，江鳴夜雨懸」，「亂」、「懸」二字極富表現力，如童慶炳《中國古代心理詩學與美學》所稱：「亂」不僅形容燈在江風中搖晃，同時透露詩人騷動不安的心情；「懸」字則「把江鳴雨聲，無休無止，通宵不絕於耳的那種感覺，鮮明而強烈地表現出來了」。的確，「懸」字表現的不是下雨的實況，而是詩人對雨下不絕似長懸空中的特殊感受。頸聯「晨鐘雲岸濕」，一作「晨鐘雲外濕」。鐘聲穿雨雲而出其外，故「濕」。葉燮《原詩》曾設問云：「聲無形，安能濕？鐘聲入耳有聞，聞在耳，止能辨其聲，安能辨其濕？」這裡同樣是表現詩人獨特的感受：鐘聲穿雲雨而來，能不濕乎？是屬於「通感」。所以《原詩》又云：「於隔雲見鐘，聲中聞濕，妙語天開，從至理實事中領悟，乃得此境界。」所謂「至理實事」，不過是「想當然耳」：鐘聲穿過濃濃的雲霧「必然」要打濕，由於聽其聲如感其濕的「通感」人人有之，所以不難會心一笑。這是心理上的「至理」與「實事」，所以只須去「領悟」則可得。嚴羽《滄浪詩話》謂「盛唐諸人惟在興趣。」通過語言的陌生化，化敘事為抒情，正是「惟在興趣」的表現。

漫成一絕　（七絕）

【題解】大曆元年（西元七六六年），杜甫由雲安遷到夔州途中所作。

江月去人只數尺，風燈照夜欲三更。
沙頭宿鷺聯拳靜，船尾跳魚撥剌鳴❶。

【注釋】❶沙頭二句　聯拳，形容拳縮身子的鷺鷥，一隻緊挨着一隻不動。撥剌，水聲。

【語譯】清江映月咫尺旁人近，風晃夜燈搖搖已三更。沙洲拳縮鷺鷥緊挨團團靜，船尾躍水魚兒時傳潑潑聲。

【研析】天不總是那麼樣遙不可及，有時它會忽然降臨在你鼻子尖上，讓你驚喜不跌。一回，我在銀川草原，看完歌舞，乍一走出帳篷，忽然星空壓在頭頂，繁星如下垂的露珠兒悠悠欲滴。「江月去人只數尺」，你說是水中月影也行，直說是月也行。一派月色，四幅畫面皆鮮活，每幅都令人着迷。

示獠奴阿段（七律）

【題解】大曆元年（西元七六六年）作於夔州。獠，古代對仡佬族的侮辱性稱謂。《杜詩鏡銓》引《困學紀聞》云：「《北史》：獠者，南蠻別種，無名字，以長幼次第呼之。丈夫稱阿謩、阿段，婦人稱阿夷、阿等之類，皆語之次第稱謂也。」杜甫在夔州得夔州都督、御史中丞柏茂琳幫助，生活安定，有果園、公田及奴僕，阿段即其一。

山木蒼蒼落日曛，竹竿裊裊細泉分❶。

郡人入夜爭餘瀝，豎子尋源獨不聞❷。
病渴三更回白首，傳聲一注濕青雲❸。
曾驚陶侃胡奴異❹，怪爾常穿虎豹群。

【注釋】❶山木二句　此聯寫以竹筒引水。《杜詩鏡銓》引魯訔曰：「夔俗無井，皆以竹引山泉而飲，蟠窟山腹間，有至數百丈者。」❷郡人二句　二句寫阿段不與人爭水，自己悄悄上山尋水源。豎子，年輕的僕人。獨不聞，沒人知道。❸病渴二句　病渴，杜甫在雲安時已有消渴之疾，即糖尿病。此病常口渴思飲水，正盼水之時，忽聽得水聲從天而來，美何如之！濕青雲，言水筒之源流高遠，且「濕」字亦屬通感，與「鐘聲雲外濕」同工。❹曾驚句　胡奴異，傳說晉代陶侃有一胡奴，頗怪異，今阿段能冒險尋源，也不平常。《杜詩鏡銓》注云：「舊注：陶侃家僮千餘人，嘗得胡奴，不喜言。侃一日出郊，奴執鞭以隨。胡僧見而驚，禮曰：此海山使者也。侃異之，至夜失奴所在。此事見今本劉敬叔《異苑》，或以偽撰疑之，更引陶峴《甘澤謠》事，謂侃字或當作峴，亦恐未合，姑存疑。」

【語譯】暮色山中，林木蒼然。順着連綿不斷的竹筒，汩汩流下細細的清泉。水少人多，夔州人到晚還在爭搶那最後的餘瀝。阿段這個小青年，獨自一人悄悄上山尋水源。老夫病正渴，半夜三更忽將白首旋：聽！一聲清圓，涓涓之水來自青雲巔。昔曾驚異陶侃有異奴，今日方怪你呀能穿越虎豹將水牽！

【研析】以七律為僕人作傳，前不見古人。頸聯尤富詩情，當與〈又呈吳郎〉媲美，都是杜甫真善而美的佳作。

上白帝城二首（五排）

【題解】作於大曆元年（西元七六六年），杜甫到夔州不久。白帝城，在夔州（今重慶奉節）東白帝山上。

西漢末王莽時，公孫述割據巴蜀，自稱白帝，所建城取名白帝城。三國時蜀先主劉備舉兵討伐吳國，兵敗退守白帝城，臨終前在此託孤於諸葛亮。白帝城一面靠山，三面臨江，氣勢雄偉。

其一

江城含變態，一上一回新❶。
天欲今朝雨，山歸萬古春❷。
英雄餘事業，衰邁久風塵❸。
取醉他鄉客，相逢故國人。
兵戈猶擁蜀，賦斂強輸秦❹。
不是煩形勝，深慚畏損神❺。

【章旨】由白帝城景色多變發興，抒發對古今社會人生之變的感慨。

【注釋】❶江城二句　峽中江城的小氣候多變，所以每上一回白帝城，都有一番新鮮的感覺。❷天欲二句　承首句「含變態」，寫景色之變與不變：天上或晴或雨都是隨機的、多變的，唯山中之春是萬古的、恆在的，今年歸明年還復來也。由雨至花落起興，引出以下對古今之變的感慨。與〈登樓〉「錦江春色來天地，玉壘浮雲變古今。北極朝廷終不改，西山寇盜莫相侵」意近。❸英雄二句　英雄，既指公孫述，也包括劉備。下句由此勾出自己衰病窮途一事無成之歎。❹兵戈二句　上句謂蜀中尚有擁兵割據的崔旰之流。下句言時國用急，賦斂加強，蜀地錢物強輸往長安。《杜臆》：「蜀擁兵戈而秦須貢賦，見蜀亂而秦亦未安也。」❺不是二句　煩形勝，厭煩登臨覽勝。畏損神，怕觸景傷神，如上聯所謂「賦斂強輸秦」，當是目見船載之實景。

【語譯】峽裡江城含變化，一回登臨一回新。今朝雲來天欲雨，山花開落終歸萬古春。英雄此地傳事跡，自歎風塵漂泊空留衰邁身。我是他鄉取醉客，相逢幸有故里人。君不見西蜀軍閥擁兵猶割據，朝廷強斂財賦送三秦。不是性癖厭覽勝，只是深怕觸目事事皆傷神！

其二

白帝空祠廟❶，孤雲自往來。
江山城宛轉，棟宇客徘徊。
勇略今何在，當年亦壯哉❷。
後人將❸酒肉，虛殿日塵埃。
谷鳥鳴還過，林花落又開。
多慚病無力，騎馬入青苔❹。

【章旨】此首專詠白帝廟，歎其荒廢。

【注釋】❶白帝空祠廟　白帝祠，《方輿勝覽・夔州府》：「白帝廟，在奉節縣東八里舊州城內，有三石筍猶存。公孫述據蜀，自稱白帝。」唐代以前，白帝廟中已經增建了先主廟和諸葛祠。❷勇略二句　勇略，有勇氣、有謀略；當兼指公孫述與劉備、諸葛孔明而言。杜甫一向反對公孫述據險割據，但對劉備則因其為漢之「正統」，且嚮往劉備與孔明君臣之間的魚水關係，因白帝廟中有劉備祠，故此時此地將公孫述與劉備一概言之，當持正面的意思。❸將　拿；攜帶。❹多慚二句　謂因病無力，竟騎馬入廟，乃自愧不敬。青苔，以見廟之少人跡。

【語譯】白帝祠已空，孤雲出其中。城依山勢轉，遊客留連棟宇崇。公孫劉備當年壯，如今勇略付西風！後人或來上酒肉，畢竟虛殿漸塵封。時有谷鳥啼還過，林花落紅又開罷。慚愧只因病無力，馬踏青苔騎入宮。

【研析】「英雄餘事業」是詩興所在，而杜甫心目中的「事業」，自有其具體內容：「兵戈猶擁蜀，賦斂強輸秦」，平亂濟民是也。然而時不我與，壯志難酬，只借白帝廟之荒廢抒自己空虛無聊之感。歷史意象與當下觀感結合，創造出一種惆悵的情緒，彌漫開來，頗富感染力。這種手法在此後的夔州詩中，日臻完美。

白帝城最高樓（七律）

城尖徑仄旌旆愁，獨立縹緲之飛樓❶。
峽坼雲霾龍虎睡，江清日抱黿鼉遊❷。
扶桑西枝對斷石，弱水東影隨長流❸。
杖藜歎世者誰子？泣血迸空回白頭❹。

【題解】大曆元年（西元七六六年）作於夔州。《杜臆》評曰：「此詩真驚人語，總是以憂世苦心發之，以自消其壘塊者。」

【注釋】❶城尖二句　尖，形容城之突兀，猶「山尖」。旌旆愁，因樓之高危，旌旆在上，使人望而生愁。縹緲，恍惚有無之間。這裡是形容高樓淩雲欲飛。❷峽坼二句　坼，裂開。霾，晦暗。黿鼉，黿為大鱉，鼉為鱷魚。《杜詩鏡銓》引蔣云：「三四身在雲霄，目前一片雲氣蒼茫，平低望去，峽中多少怪怪奇奇之狀，隱約其際。惟下視江流，不受雲迷，卻受日光，遂覺如日抱之，而波光日光兩相湧閃，亦怪奇難狀。以一語該萬態，妙絕千古。」❸扶桑二句　此聯是虛景。二句極寫「最高」之樓，可極目遠見扶桑；而山下水流源遠，遙接西方弱水。扶桑，神木，傳說為日出處。斷石，指峽。弱水，《山海經》：「昆侖之丘，其下有弱水。」注：「其水不勝鴻毛。」長流，指流過白帝城的長江。❹杖藜二句　此聯為自畫像，活畫出一腔熱血而報國無門的濟世者形象。杖藜，拄着藜木杖。句中夾一「者」字，是以散文句法入詩，用拗折之筆，寫拗澀之情。

【語　譯】城是突兀尖聳，路是險仄難通。樓危旌旗也生愁呵，我卻獨自站上凌風縹緲欲飛之樓櫳。峽谷如大地裂出的一條縫呵，雲遮霧蓋臥虎又藏龍。清江日射波迷茫呵，鼉影黿蹤光朦朧。斷岸正對扶桑西，流水遙接弱水東。拄杖歎世喲是何人？白頭回望眼，血淚噴蒼穹！

【研　析】前人多稱此詩「奇氣奡兀」，當與其自創音節的拗體形式更能表達勃鬱之氣有關。拗律，用古體詩句法與聲調，對仗則合於律詩，是所謂「運古入律」。具體說，如首聯「㠊」字拗，「縹緲之飛樓」連用五平聲字；頷聯「黿鼉遊」為三平腳；頸聯「枝」字、「長」字拗；尾聯「藜」字、「誰」字拗，下句則以正格收。趙執信《聲調譜》說得對：「凡拗律詩無八句純拗者，其中必有諧句。」又如金啟華《杜甫詩論叢》所云：「(杜甫是)在打破規律中又建立自己的規律。」該詩正是典型。杜甫用這種形式表達了自己當時鬱結之心情，讓奇崛之氣憋着勁將胸中壘塊格格吐出。通觀全詩，『歎世』二字為一章之綱。『泣血迸空』，起於『歎世』。」(《杜臆》)杜甫的拗律，可以說是為後人開了一條避免流於平弱庸俗的七律新路徑。

八陣圖（五絕）

【題　解】詩當作於大曆初於夔州時。八陣，古代一種戰鬥隊列，含有天、地、風、雲、龍、虎、鳥、蛇八種陣勢。傳三國時諸葛亮所布八陣圖遺址多處，陝西沔縣(今勉縣)、重慶奉節、成都彌牟鎮等地均有之，此指在奉節者。《杜詩鏡銓》注：「《寰宇記》：八陣圖在奉節縣西南七里。《荊州圖副》云：永安宮南一里渚下平磧上，有孔明八陣圖。聚細石為之，各高五尺，廣十圍，歷然棋布，縱橫相當，中間相去九尺，正中開南北巷，悉廣五尺，凡六十四。或為人散亂，及為夏水所沒，冬時水退，復依然如故。」

功蓋三分國，名成八陣圖。

江流石不轉，遺恨失吞吳❶。

【注釋】❶江流二句　劉禹錫《嘉話錄》：「夔州西市，俯臨江沙，下有諸葛亮八陣圖，聚石分布，宛然猶存，峽水大時，三蜀雪消之際，澒涌滉漾，大木十圍，枯槎百丈，隨波而下，及乎水落川平，萬物皆失故態，諸葛小石之堆，標聚行列依然。如是者近六百年，迨今不動。」此聯意為：布為八陣圖之石，迄今仍在，時時勾起人們對孔明未能滅吳成大業之遺憾。或云，「失吞吳」是批評劉備不聽孔明勸阻，失計於出兵滅吳，亦通。因為孔明的總體戰略是「聯吳抗魏」，常以不能勸阻劉備攻吳為憾，而所布八陣圖也是為了守蜀而不是攻吳。

【語譯】孔明功高蓋三國，兵法盛傳八陣圖。迄今石在沖不散，令人長憾劉備失計欲吞吳。

【研析】孔明事跡是杜詩後期重要的歷史意象。此詩以「遺恨」為焦點，更易勾起失意的共鳴，故《唐詩選脈會通評林》引周珽評曰：「灑英雄之淚，唾壺無不碎者矣！」（東晉時王敦每酒後輒詠「老驥伏櫪，志在千里，烈士暮年，壯心不已」，以如意打唾壺，壺口盡缺。事見《世說新語・豪爽》。）

古柏行

（七古）

【題解】此詩作於大曆元年（西元七六六年），杜甫在夔州時。古柏，指夔州武侯廟前的古柏。《杜臆》云：「成都、夔府各有孔明祠，祠前各有古柏……公平生極贊孔明，蓋有竊比之思。孔明材大而不盡其用，公嘗自比稷、契，材似孔明而人莫用之；故終而結以『材大難為用』，此作詩本意，而發興于柏耳。」詩為古體，卻多用律句，故奔放而密麗，《唐詩鏡》稱其「力大可觀」。

孔明廟前有老柏，柯如青銅根如石。
霜皮溜雨四十圍，黛色參天二千尺❶。
君臣已與時際會，樹木猶為人愛惜❷。
雲來氣接巫峽長，月出寒通雪山白❸。
憶昨路繞錦亭東，先主武侯同閟宮。
崔嵬枝幹郊原古，窈窕丹青戶牖空❹。
落落盤踞雖得地，冥冥孤高多烈風❺。
扶持自是神明力，正直元因造化功❻。
大廈如傾要梁棟，萬牛回首丘山重❼。
不露文章世已驚，未辭剪伐誰能送❽？
苦心豈免容螻蟻，香葉終經宿鸞鳳❾。
志士幽人莫怨嗟：古來材大難為用❿。

【注　釋】❶霜皮二句　此聯以誇張手法極寫古柏之高大。沈括《夢溪筆談》曾坐實「四十圍」與「二千尺」不成比例云：「杜甫武侯廟柏詩云：『霜皮溜雨四十圍，黛色參天二千尺。』四十圍乃是徑七尺，無乃太細長乎？」這就叫「死於句下」。❷君臣二句　君臣，指劉備與孔明。際會，猶遇合。❸雲來二句　趙次公云：「巫峽在夔之下（指下游），巫峽之雲來，而柏之氣與接；……雪山在夔之西，雪山之月出，而柏之寒與通，皆言其高大也。」與前見〈白帝城最高樓〉「扶桑西枝對斷石，弱水東影隨長流」同一機杼。❹憶昨四句　寫成都武侯祠前古柏為此柏作陪襯。錦亭，即杜甫成都草堂「野亭」，嚴武有〈寄題杜二錦江野亭〉詩。武侯祠在其東面，故云「錦亭東」。閟宮，指祠廟。窈窕，形容祠廟深邃。丹青，指祠廟中壁畫之類。牖，窗戶。❺落落二句　此二句又轉回寫夔州古柏。言此柏比平原之柏更得地利，落落出群，但又因其高，故常抗烈風。冥冥，形容天色高遠。❻扶持二句　言不為烈風所拔是因神明扶持，而其正直，乃出於自然。❼大廈二句　《文中子》：「大廈之傾，非一木所支。」萬牛句，形容古柏之重如丘山，萬牛拉不動，一時回首表示無奈。黃生云：「大廈一段，口中說物，意中說人。結句人物雙關，用筆省便。」楊倫云：「大廈以後，寄托遙深，極沉鬱頓挫之致。」❽不露二句　寫柏，也是自喻。下句，言古柏雖不辭被砍伐剪裁為棟梁，但又有誰能將它送出山去？喻己雖不惜為國為民做出奉獻，但又有誰能作推薦？❾苦心二句　二句寄託自己身世之感。柏心味苦，也難免為螻蟻所傷；柏葉氣香，終能引鸞棲鳳。❿志士二句　上句總括無論志士或幽居之賢者，正如上文所涉成都之柏與夔府之柏，據地不同而命運相似。下句將一己的遭遇，提升為歷史上帶規律性的經驗，故《昭味詹言》云：「推開作收，淒涼沉痛」。

【語　譯】孔明廟前有棵老柏樹，枝如銅鑄根亦如磐石。歷盡滄桑老幹堅滑四十圍，墨綠的樹冠森森直上雲天二千尺。君臣遇合已然成陳跡，見木思人今人猶愛惜。雲來柏氣遙與巫峽通，月出樹色寒映雪山白。憶昔草堂野亭東有路，繞向先主武侯宮。也有古柏突兀據郊野，壁畫幽深殿宇肅穆中。夔之老柏獨據高地自舒張，只是孤高如蓋招烈風。至今居然巍巍屹立必是神扶持，正而且直原是自然功。大廈將傾急需棟梁撐，此材雖好奈何萬牛拉不動。材質未露世人已驚歎，即使不辭剪伐又有何人能將巨木送？柏心雖苦難免螻蟻侵，柏葉自香終能引鸞鳳。志士幽人休怨歎，自古大材難為世所用！

【研　析】此詩在宋代曾引起過一場小辯論，頗有趣，錄如下：

《學林新編》云：「〈古柏行〉曰『霜皮溜雨四十圍，黛色參天二千尺。』沈存中《筆談》云：『無乃太細長。』某按，子美〈潼興吏〉詩曰：『大城鐵不如，小城萬丈餘。』豈有萬丈城耶？姑言其高。『四十圍』、『二千尺』者，亦姑言其高且大也。詩人之言當如此，而存中乃拘以尺寸校之，則過矣。」《詩眼》云：「形似之意，蓋出於詩人之賦，『蕭蕭馬鳴，悠悠旆旌』是也。激昂之語，蓋出於詩人之興，『周餘黎民，靡有孑遺』是也。古人形似之語，如鏡取形、燈取影也，故老杜所題詩，往往親到其處，益知其工。激昂之言，孟子所謂『不以文害辭，不以辭害志』，初不可形跡考，然如此，乃見一時之意。」（胡仔《苕溪漁隱叢話》前集）

讀詩要活，要悟，沈括（存中）是當時的數學家，於數字難免死心眼。而所謂「激昂之語」，當指修辭上的誇張。「鏡取形、燈取影」的比喻好，或寫形或寫意，讀者當分別。

灩澦堆

【題解】詩作於大曆元年（西元七六六年），杜甫在夔州。灩澦堆，在奉節縣東之瞿塘峽口，為江中突出的巨石，俗稱燕窩石。古時為長江行舟最險處，現已炸除。

巨積水中央，江寒出水長❶。
沉牛答雲雨，如馬戒舟航❷。
天意存傾覆，神功接混茫❸。
干戈連解纜，行止憶垂堂❹。

【注　釋】❶巨積二句　巨積，指江中巨大的障礙物。積，一作「石」。出水長，《水經・江水注》：「（白帝城西）江中有孤石，為淫預石（即灩澦堆），冬出水二十餘丈，夏則沒。」❷沉牛二句　上句謂將牛沉入水中以祭江神求雨；下句因民諺有云「灩澦如象，瞿塘莫上。灩澦如馬，瞿塘莫下」，舟航遂以為戒。❸天意二句　《杜詩鏡銓》：「言天意固特留此巨石以警戒冒險之人，然當波濤洶湧獨能屹立中央，益見神功之同於造化也。」❹干戈二句　上句謂因戰亂，不斷改變水上行程；下句謂或行或止都要注意安全。垂堂就是坐在屋簷下。《史記・司馬相如列傳》：「故鄙諺曰：『家累千金，坐不垂堂』。」坐不垂堂是怕屋瓦會掉下傷人。

【語　譯】一堆巨石江中央，冬日水落石出長。沉牛入江答謝神施雨，更有「灩澦如馬莫下」戒舟航。天意留石警船覆，神功無邊濤茫茫。戰亂難安連解纜，常記古訓坐立不垂堂。

【研　析】清代有人責備杜甫云：「凡公之崎嶇秦隴，往來梓蜀夔峽之間，險阻飢困，皆為保全妻子計也。其去秦而秦亂，去梓而梓亂，去蜀而蜀亂，公皆挈其家超然遠引，不及於狼狽，則謂公之智適足以全軀保妻子，公固無辭也。」（《陳二如杜意序》）在一些人眼裡，生存智慧與「保妻子」也成了罪過。難道要無權無勢無位也無錢的杜甫帶一家老少坐而待斃才算忠於朝廷？經驗告訴我：話說得刻薄的人未必自家就是個勇士，事實往往相反。「詩聖」這個頭銜也的確害死人，引一撥人來雞蛋裡挑骨頭。還是同為清代人的浦起龍說得近人情：「慨世還是慨身。」杜甫是有血有肉的凡人，家事國事都關心，好比骨連着筋。正因其如此，以其半條老命不避艱危，拖兒帶女，百折不撓，「干戈連解纜」，發大願心：「不死會歸秦」，最終竟死於一條漂蕩無依的小舟之上；這才足以千載而下感動着後人。

回家的路，對我們貧病交加的詩人而言，真是「死亡之旅」啊！在晚期詩中，「灩澦」這個意象已成了旅途艱危的符號，出現不下六、七次。「天意存傾覆，神功接混茫。」將這顆酸澀的橄欖放在口中慢慢咀嚼，就會品出詩人心中的人生百味。

峽中覽物（七律）

【題　解】詩作於大曆元年（西元七六六年）夏，時在夔州。仇注：「此公在峽而思鄉也。上四追憶華州，下四峽中有感。向貶司功，而詩興偏多，以華嶽、黃河足引壯思也。今峽江相似，而臥病經春，無復前此興會矣。蓋此間形勝雖佳，風土殊惡，幾時得回首北歸，仍動長歌之興乎？」

曾為掾吏趨三輔，憶在潼關詩興多❶。
巫峽忽如瞻華嶽，蜀江猶似見黃河。
舟中得病移衾枕，洞口經春長薜蘿。
形勝有餘風土惡，幾時回首一高歌❷？

【注　釋】❶曾為二句　掾吏，指杜甫自己曾任華州司功參軍。三輔，漢以京兆、馮翊、扶風為三輔。唐之華州，漢時屬京兆，故曰「趨三輔」。❷形勝二句　形勝指地貌，風土指氣候土宜，因其地濕熱，不利病體康復（「觸熱生病根」、「瘴癘浮三蜀」），北來人尤其不適應，故曰「惡」。或謂「風土」指風俗，言此地雖山川偉麗，但風土人情卻不佳（「異俗吁可怪，斯人難并居」），讀下選〈雷〉、〈負薪行〉、〈最能行〉可知一二。兩種解釋皆通，此句或兩者兼指，即「風土惡」包括濕熱與風俗落後。回首，老杜去蜀後是順着長江往東南方向走，想回洛陽、長安就得掉頭向北，故曰。

【語　譯】曾赴京畿當吏曹，唯憶潼關詩興高。眼前巫峽壁立似華嶽，長江浩浩一如黃河浪滔滔。自從舟中得病移岸臥，經春門洞也已薜蘿遶。此地風景雖勝風俗糟，幾時才能掉頭北歸歌且嘯？

【研析】「憶在潼關詩興多」，是杜老對夔州以前詩的自評，值得重視。「潼關詩」不僅指「三吏」、「三別」，還應包括「去年（天寶十五載）潼關破」長安陷賊至杜甫入隴右（乾元二年秋）以前三年所作詩篇。潼關，其時成了唐帝國浮沉的標誌。此間，他經歷了陷賊、竄歸鳳翔、疏救房琯、貶華州司功等生命的大風大浪，這也是他生平處於政治、軍事風暴中心唯一的經歷。於時，他寫下如〈悲陳陶〉、〈哀王孫〉、〈羌村三首〉、〈北征〉、〈彭衙行〉、〈洗兵馬〉及「三吏」、「三別」等一系列名篇。「憶在潼關詩興多」，表明詩人已自覺到生活與創作的關係，這在古人中實在是難能可貴。

另一個問題是對「形勝有餘風土惡」的認識。峽中人氏蔣先偉君所著《杜甫夔州詩論稿》有詳析，足資參考。

憶鄭南

（五律）

【題解】詩作於大曆元年（西元七六六年），時在夔州。鄭南，鄭縣（今陝西華縣）之南。鄭縣為華州治所，杜甫曾貶為華州司功參軍。

鄭南伏毒寺❶，瀟灑到江心。
石影銜珠閣，泉聲帶玉琴。
風杉曾曙倚，雲嶠憶春臨❷。
萬里蒼茫水，龍蛇只自深❸。

【注　釋】❶伏毒寺　在鄭縣南江中。❷風杉二句　兩句皆倒裝，言曾於天亮時倚風中之杉樹，且憶及春日登臨入雲之尖山。嶠，山形尖銳而高。❸萬里二句　蒼茫水，一作「滄浪外」。《杜詩鏡銓》云：「言峽水蒼茫，徒為龍蛇窟穴，嘆不如鄭南江心之瀟灑也。」

【語　譯】鄭縣之南伏毒寺，信步便可瀟灑到江心。石角奇峰影森森，精美的殿閣鑲嵌其間似珠明。泉水潺潺流，便是不斷彈奏一玉琴。風搖杉樹動，我清晨曾倚身；雲繚尖尖峰，我春日常登臨。眼前蒼茫洶湧的萬里長江水喲，你雖近不可親，空有龍蛇盤踞在幽深。

【研　析】對自然景觀的審美，詩人往往帶有某種心理定向，並把它投射到對象上。「形勝有餘風土惡，幾時回首一高歌」，我想就是詩人創作此詩時的心理定向。他把懷舊遊、思故鄉的深情投射到伏毒寺，激活記憶中的美好事物，於是產生美的幻覺，使平凡的景物超越三峽勝景。反之，三峽壯麗的景物則因「龍蛇只自深」的心理隔膜，遂黯然失色。不過，這只是「當下」的感覺，隨着對峽中風物日漸深入的相處，老杜的心理也在調整：「農事聞人說，山光見鳥情」、「遠遊雖寂寞，難見此山川」，還是寫下許多讚歎峽中勝跡的佳句，如「高江急峽雷霆鬥，古木蒼藤日月昏」、「入天猶石色，穿水忽雲根」、「江虹明遠飲，峽雨落餘飛」。「晴浴狎鷗分處處，雨隨神女下朝朝」、「五更鼓角聲悲壯，三峽星河影動搖」等等。明瞭這一層，我們對詩人思鄉之情便有更深的領會。

雷（五古）

【題　解】詩作於大曆元年（西元七六六年），時在夔州。詩中記敘當地求雨風俗，指出致災之根源還在軍興賦重。

大旱山嶽焦，密雲復無雨。
南方瘴癘地，罹此農事苦❶。
封內必舞雩，峽中喧擊鼓。
真龍竟寂寞，土梗空俯僂❷。
吁嗟公私病，稅斂缺不補❸。
故老仰面啼，瘡痍向誰數？
暴尪或前聞，鞭巫非稽古❹。
請先偃甲兵，處分聽人主❺。
萬邦但各業，一物休盡取。
水旱其數然，堯湯免親覩❻？
上天鑠金石❼，群盜亂豺虎。
二者存一端，愆陽不猶愈❽？
昨宵殷其雷，風過齊萬弩❾。
復吹霾翳散，虛覺神靈聚。
氣喝❿腸胃融，汗濕衣裳汙。

吾衰尤拙計，失望築場圃。

【注釋】❶南方二句　瘴癘，濕熱曰瘴，瘟疫曰癘。罹，遭遇。❷封內四句　寫當地求雨的風俗。封內，指災區內。舞雩，巫師為求雨而舞。土梗，泥塑的神像。俯僂，鞠躬。《周禮・春官・司巫》：「若國大旱，則帥巫而舞雩。」〈疏〉：「雩者，吁嗟求雨之祭。」❸吁嗟二句　公私病，言無論公還是私都受損。缺不補，稅賦缺額無法補上。❹暴尪二句　暴尪，暴曬患胸背彎曲病的人。《禮記・檀弓下》：「穆公召縣子而問曰：天久不雨，吾欲暴尪而奚若？」注：「尪者面向天，覬天哀而雨之。」鞭巫句，言鞭打巫師求雨是本地風俗，找不出古代依據。❺請先二句　偃甲兵，息兵止戰。下句言聽從朝廷君主的處置，這是針對蜀中軍閥混戰而言。❻水旱二句　數，運命；天意。堯湯，唐堯與商湯，傳說中的古代賢君。言雖賢如堯湯，也親見旱澇。《漢書・鼂錯傳》：「堯有九年之水，湯有七年之旱。」❼上天句　鑠金石，形容極熱，連金石也鎔化。《楚辭・招魂》：「十日代出，流金鑠石。」❽二者二句　二句承上句，謂大旱與戰亂二者不得已選其一，則大旱不比戰亂要好些嗎？愆陽，過剩的陽氣，指大旱酷熱。❾昨宵二句　殷其雷，雷聲隆隆。下句言風勁如萬箭呼嘯而過。❿氣暍　中暑。

【語譯】大旱山嶽也焦爍，雲密聚來不下雨。南方本是瘴癘地，遭此旱情農夫心如沸。災區祭天巫起舞，峽中喧鬧鑼鼓急。奈何真龍無聲息，空拜土偶累腰脊。可歎公私皆受損，賦稅欲補無顆粒！父老仰天哭，滿目瘡痍向誰泣？暴曬尪者求雨古傳聞，鞭打巫師卻無稽。〔鼓且停，聽我語：〕請先休兵戰火熄，是非曲直要聽君主來處理。各地各人安其位，莫將百姓一物也盡取。水旱之災本是古已有，唐堯商湯也親歷。酷熱能使金石流，群盜更是猛於虎。權衡二者取一，旱熱豈不尚可禦？昨晚雷聲隆，風來萬箭似飛鏑。雲霾吹又散，教人白白盼來神靈聚。依然暑氣能讓腸胃融，衣衿汗水全浸漬。我已衰病慮不周，曬穀場築成空歡喜！

【研析】《杜詩鏡銓》引蔣弱六云：「軍興賦重，人多愁怨，乃致旱之由，公故慷慨極言，翻進一層，正是探源之論。」這話不錯，但詩之為詩，還在於寫出「這一個」。夔人信巫，《夔州府志》稱：「其俗信鬼，刀耕火種，女不蠶織。」《岳陽風土記》亦稱：「荊湘民俗（荊湘為楚地，夔府古亦屬楚），疾病不事醫藥，惟灼龜打瓦，或以雞子卜，求祟所在，使俚巫治之。」所以老杜寫旱情，是與當地風土結合起來寫的。「暴尪或前聞，鞭巫非稽古。」這也是陋俗，屬「風土惡」。「真龍竟寂寞，土梗空俯僂。」可見老杜對巫術是否定的。然而，他並不把矛頭指向愚昧無知的百姓，而是揭示出朝廷與割據勢力才是罪魁禍首：「請先偃甲兵，處分聽人主。萬邦但各業，一物休盡取。」言外之意便是：朝廷處置不當，地方割據勢力為害，搶掠百姓一物不存，這才是禍根。「上天鑠金石，群盜亂豺虎。二者存一端，愆陽不猶愈？」人禍亟於天災！杜甫寫風土不為標新立異，只為探驪得珠揭示本質，於斯可見。

火

（五古）

【題解】詩作於大曆元年（西元七六六年），時在夔州。仇注引詩題原注：「楚俗，大旱則焚山擊鼓，有合《神農書》。」所謂「有合《神農書》」，是說明此「舊俗」之「舊」，此舉大有來頭；但從詩的內容看，作者是反對這種愚昧的舊俗的；當與上一首〈雷〉「暴尪或前聞，鞭巫非稽古」意合。

楚山經月火，大旱則斯舉。
舊俗燒蛟龍，驚惶致雷雨。
爆嵌魑魅泣，崩凍嵐陰昈❶。
羅落沸百泓，根源皆萬古。
青林一灰燼，雲氣無處所❷。
入夜殊赫然，新秋照牛女❸。

風吹巨焰作，河棹騰煙柱❹。
勢欲焚崑崙，光彌焮❺洲渚。
腥至焦長蛇，聲吼纏猛虎。
神物已高飛，不見石與土❻。
爾寧要謗讟，憑此近熒侮❼。
薄關長吏憂，甚昧至精主❽。
遠遷誰撲滅，將恐及環堵❾。
流汗臥江亭，更深氣如縷。

【注釋】❶爆嵌二句　爆嵌，《讀杜心解》：「『嵌』空之處，『魑魅』所藏。『爆』，火熾而裂也。」則句謂大火燒爆洞穴，魑魅無藏身之處，故泣。嵐陰，背陰的山氣。昕，赤色文彩。朱注：「言積凍之地為火所崩迫，故嵐陰皆有赤光。」❷羅落四句　羅落句，朱注：「言火燼周圍隕落，泓水盡為沸騰也。」根源句，言此地山林潭泉本處於原始狀態，故下聯言其一焚而盡。雲氣句，趙次公注：「言雲氣託於林木青蔥之內，青林既灰燼矣，雲氣無所止泊也。」❸牛女　牽牛、織女星。❹河棹句　棹，一作「掉」，誤，當依宋本《杜工部集》作「棹」。此承上句「風吹巨焰」，火乘風勢騰飛，江河中的船也遭騰焰飛燒而升煙柱。❺焮　焮燎。❻神物二句　神物，指能降雨的蛟龍。趙次公注：「蛟龍已高飛而去，其飛也不礙石與土。古傳『人不見風，牛不見火，龍不見石』故也。」❼爾寧二句　《杜詩鏡銓》引張溍云：「見蛟龍神物，非可力爭，故焚山之舉，似以謗毀要神，其事近於熒惑狎侮，不足憑信。」❽薄關二句　上句鄧紹基《杜詩別解》認為：「『薄關』兩字舊說紛紜，在比較通達的說法中，有釋為因火勢迫近郊關引起長吏之憂的，也有釋為長吏即使關憂也很微薄的。這兩說似都可通。但『薄關』與『甚昧』相對，這關字似不作名詞為是。」也就是贊成火勢迫近郊關引起長吏之憂一說。據此，下句則把責任落在「至精主」上。如果我們細讀同時之作〈雷〉，那末這個「至精主」就是割據者，負有直接責任；但面對〈雷〉「吁嗟公私病，稅斂缺不補。故老仰面啼，瘡痍向誰數」的控告，朝廷皇帝這些決策者也難免其咎（詳〈雷〉之【研析】）。❾遠遷二句　鄧紹基《杜詩別解》：「仇注說是詩人『自嘆旅中畏火』，此說很不切詩意。這裡詩人是在感歎火場附近的人只知遷避，沒有人想到要去撲滅，這樣火勢可能會更加蔓延開來。」事實上也在責備只會憂心火勢迫近城關的長吏：為什麼不去組織人撲滅山火？

【語　譯】夔州山上大火已點燃了一個月，每逢大旱當地人都會這麼做。舊俗說是要焚蛟龍，迫牠驚悚雷雨便會滂沱。火啊燒爆了洞穴，山精鬼怪哭着無處躲。積凍的山崖被烘崩，山背陰濕處也烙得赤酡。火花四處隕落，潭澗無不沸灼。青林煨成灰燼，雲啊蒸騰無處泊。入夜火光更煊赫，直照見織女牽牛新秋相會在天河。風吹烈焰大作，飛燒江船哪騰起煙柱峨峨。火勢像要燎向崑崙，火光遍炙洲渚不放過。嗅腥風知是烤長蛇，聞吼聲想必虎難脫。須知神龍已高飛，玉石俱焚豈能迫！你們簡直是在褻瀆神明，近於荒唐熒惑。火已逼近城關，長吏心中也憂愁。愚蠢啊！那些自以為精明的決策者。但見人們各顧各在搬遷，還有誰來組織撲火？這樣下去怕要燒到居民房舍。我臥江亭猶汗流浹背，夜深了仍氣微息弱。

【研　析】《讀杜心解》：「韓、孟聯句，歐、蘇禁體諸詩，皆源於此。」此條箋注引發程千帆、張宏生〈火與雪：從體物到禁體物〉一文。茲舉其大略以饗讀者。

所謂禁體，就是禁用傳統常用的意象寫作。以寫雪為例，其特徵有四：「一是直接形容客觀事物外部特徵的詞，如寫雪而用皓、白、潔、素等；二是比喻客觀事物外部特徵的詞，如寫雪而用玉，月、梨、梅，鹽，練、素等；三是比喻客觀事物的特徵及其動作的詞，如寫雪而用鶴、鷺，蝶，絮等（因為它們不但色白，而且會飛翔和舞動，有如雪花飛舞）；四是直陳客觀事物動作的詞，如寫雪而用飛舞等。這些限制，對於崇尚『巧言切狀』、『功在密附』的傳統體物手段來說，確實是一種新的挑戰。」蘇軾將此法稱為「白戰不許持寸鐵」。回到對杜甫〈火〉的賞析，文章認為：「〈火〉幾乎無遺漏地寫到了一場山火所具備的特徵，如光強，色赤，溫高，煙濃等。但這些特徵，又完全不是通過對它們個別本體的直接描摹，即運用傳統的體物巧似之言表現出來，而全是通過展現一場對大自然施加暴力的愚昧行為的總過程所表現出來的。這樣，就如浦起龍所分析的。是『逐層刻露，逐層清晰』。而這樣寫來，效果卻比分別刻劃某些個別而彼此不一定有聯繫的事物的特徵要強。」（按：作者「情志」在這裡顯然起着導演的作用。）

文章最後指出：「禁體物語這種手段，用意在於使詠物詩在表現中遺貌取神，以虛代實；雖多方刻劃，而避免涉及物的外形。它只就物體的意態、氣象、氛圍、環境等方面着意鋪敘、烘托，以喚起讀者豐富的聯想，從而在他們心目中湧現所詠之物多采多姿的形象。這在詩歌史上，是一種新的審美要求。」我很欣賞這樣的讀杜。西方人從對莎士比亞的研究中產生許多文論，我們也應當從杜甫詩的研究中產生出我國自己的文論，而不應只是借外來理論觀照它、解讀它。杜詩是中國文化之無盡藏也。

負薪行（七古）

【題解】詩作於大曆元年（西元七六六年），時在夔州。

夔州處女髮半華，四十五十無夫家。
更遭喪亂嫁不售，一生抱恨長咨嗟❶。
土風坐男使女立，應當門戶女出入❷：
十猶八九負薪歸，賣薪得錢應供給。
至老雙鬟只垂頸，野花山葉銀釵並❸。

筋力登危集市門，死生射利兼鹽井❹。
面妝首飾雜啼痕，地褊衣寒困石根❺。
若道巫山女粗醜，何得此有昭君村❻？

【注釋】❶夔州四句　四句寫當地女子出嫁難。髮半華，頭髮半白。嫁不售，嫁不出去。❷土風二句　二句寫重男輕女，男子賦閒在家，女子出入操勞。土風，當地風俗。應，一作「男」，「應當門戶」一作「應門當戶」。❸至老二句　雙鬟，處女的髮型。陸游《入蜀記》：「峽中負物率着背，又多婦人……未嫁者率為同心髻，高二尺，插銀釵至六隻，後插象牙梳，如手大。」❹筋力二句　登危，指上山。集市門，入市賣柴。射利，謀利掙錢。因販私鹽犯法，故云「死生射利」。❺地褊句　此句是說這些女子衣裳單薄，困守在這山坳裡。地褊，地面褊狹，路徑仄小。石根，猶山根。❻若道二句　昭君，歷史上的美女，漢元帝宮女，遠嫁匈奴。《方輿勝覽》：「歸州東北四十里有昭君村。」此聯為夔州女抱不平。

【語譯】夔州處女頭花白，四五十歲沒夫家。迭遭喪亂難論嫁，一輩子抱恨歎活寡。此地風俗惡：男子無事閒守坐，女子出外奔忙苦勞作。十有八九去背柴，賣柴得錢供開支。到老還是雙鬟垂，野花山葉銀釵共參差。登高趕集憑苦力，兼販私鹽冒生死。頭上首飾臉上妝，無不斑斑雜啼痕：地狹路仄衣單薄，困在山坳寒逼人——如果說是巫山夔女天生醜，為何絕代美人昭君便出此地村？

【研析】蕭滌非先生認為：「把貧苦的勞動婦女作為題材並寄以深厚同情，在全部古典詩歌史上都是少見的。詩寫土風，故文字也就樸素。」（《杜甫詩選注》）語言雖樸素，卻老健深厚。「至老雙鬟只垂頸，野花山葉銀釵並」一聯，可謂如石之蘊玉。《杜臆》評曰：「與下〈最能行〉俱因夔州風俗薄惡而發……又以『射利』忘其『死生』，而兼『鹽井』，形容婦人之苦極矣！然以『野花山葉』比於金釵，則當之者以為固然，不知其苦也。尤可悲也！」在「粗醜」的外表下有一顆美麗的心靈。苦中作樂，極苦中作樂，正是生命頑強的火花。「若道巫山女粗醜，何得此有昭君村？」——夔女本是美的，是陋俗與艱苦生活的折磨使之「粗醜」。最後一問，發人深省。

最能行（七古）

【題　解】此詩乃〈負薪行〉之姊妹篇，同為大曆元年（西元七六六年）之作。最能，駕船的能手。

峽中丈夫絕輕死，少在公門多在水❶。
富豪有錢駕大舸，貧窮取給行艓子❷。
小兒學問止《論語》，大兒結束隨商旅❸。
欹帆側柁入波濤，撇漩捎濆無險阻❹。
朝發白帝暮江陵，頃來目擊信有徵❺。
瞿塘漫天虎鬚怒，歸州長年行最能❻。
此鄉之人氣量窄，誤競南風疏北客❼。
若道士無英俊才，何得山有屈原宅❽？

【注　釋】❶峽中二句　二句謂本地人不重讀書，多習駕船，在水面上謀生。絕輕死，最不怕死。公門，官府。❷艓子　小船。❸小兒二句　《杜臆》：「小兒大兒，不作兩人說，言其自幼而長也。」止論語，讀至《論語》而止。論語，儒家的基本教材。此言本地人不重視讀書。結束，備行裝。❹欹帆二句　欹帆側柁、撇漩捎濆，皆寫駕船能手巧使帆舵避開旋渦、掠過巨浪。欹，斜。柂，同「舵」。漬，湧起的浪。《杜詩鏡銓》引左峴曰：「蜀諺云：漬起如屋，漩下如井，蓋漬高湧而中虛，漩急轉而深沒；漬可避，漩不可避，行舟者遇漩則撇開，遇漬則捎過也。」❺朝發二句　《水經注》：「自三峽七百里中，兩岸連山，略無缺處。有時朝發白帝（夔州），暮到江陵（宜昌），雖乘奔御風，不以疾也。」又李白詩：「朝辭白帝彩雲間，千里江陵一日還。」信有徵，的確應驗。❻瞿塘二句　《大清一統志》：「四川夔州府：《明統志》：瞿塘峽，乃三峽之門，兩岸對峙，中貫一江，灩澦堆當其口。」漫，水大貌。瞿塘漫天，形容瞿塘峽之水滿，簡直是要漫上天。虎鬚，灘名，在今重慶忠縣，有石梁綿亙三十餘丈，橫截江中。《水經注・江水》：「江水右逕虎鬚灘，灘水廣大，夏斷行旅。」歸州，今湖北秭歸。長年，蜀地方言稱梢公為長年三老。行最能，在瞿塘峽與虎鬚灘航行最拿手。❼此鄉二句　二句言此地人器量小，是因為不想讀書受教育，只顧逐利，所以才疏遠了我這樣的北方人。這是針對袁山松所謂「地險流疾，故其性亦隘」（《水經注・江水》）所提出的不同見解。南風，南方輕生逐利之風氣。❽屈原宅　在歸州秭歸縣，今屬湖北省。

【語　譯】峽裡男子不怕死，少吃俸祿多行舟。有錢就買大船駛，沒錢全靠小船浮。小子讀書到《論語》，稍長打疊跟着商旅走。斜帆側舵履波濤，避漩衝浪真好手！朝辭白帝暮江陵，近來親眼所驗看。瞿塘水漫欲上天，虎鬚灘頭吼聲寒，歸州梢公視等閒。惜哉此鄉之人器量窄，只顧逐利不理有客北方來。如果說是此地無英俊，何以山中卻有大賢屈原宅？

【研　析】對如此偏僻地區何以能產生屈原這樣的偉人，劉勰也有一問。《文心雕龍・物色》云：「若乃山林皋壤，實文思之奧府。略語則闕，詳說則繁，然屈平所以能洞監風騷之情者，抑亦江山之助乎？」杜甫之問可算作補充：「英俊才」不但要得江山之助，還得加上受教育。屈原出身貴族，故能兩兼。平頭百姓不是本性不愛「在公門」，而是「公門八字開」，先要有一口飯吃再說想進來。「靠山吃山，靠水吃水」，峽中地薄閉塞，他們只好鋌而走險「絕輕死」，「多在水」。浦起龍將它扯到什麼「疏於北方文物冠裳之客」，是扯遠了。相比之下，上一首〈負薪行〉要寫得更合理入情。

信行遠修水筒（五古）

【題解】作於大曆元年（西元七六六年）。信行，僕人名。水筒，山中引水的竹筒。

汝性不茹葷❶，清靜僕夫內。
秉心識本源，於事少滯礙。
雲端水筒坼，林表山石碎❷。
觸熱藉子修，通流與廚會。
往來四十里，荒險崖谷大。
日曛驚未餐，貌赤愧相對。
浮瓜供老病，裂餅常所愛❸。
於斯答恭謹，足以殊殿最❹。
詎要方士符，何假將軍佩❺！
行諸直如筆，用意崎嶇外❻。

【注釋】❶茹葷　食魚肉之類。❷雲端二句　二句謂山林上的石頭滾下，砸壞了引水筒。坼，裂開。❸浮瓜二句　浮瓜，浸於寒水中的瓜。語出曹丕〈又與吳質書〉。裂餅，蒸熟後開裂成十字紋的餅。語出《晉書・何曾傳》。❹於斯二句　於斯，在這件事上（指分瓜、餅與信行一事）。殿最，古時考核功績，以上等為最，下等為殿。此處意為按功給與特殊的獎賞。《讀杜心解》：「言『浮瓜』本以自供，『裂餅』亦吾宿愛。今以此『答』其『恭謹』，見恩意特殊。」❺詎要二句　方士符，《汝南先賢傳》云晉葛玄曾「書符著社廟中，須臾大雨淹注，平地水尺餘。」將軍佩，佩，指佩刀。《東觀漢記》云漢時貳師將軍李廣利拔佩刀刺山而泉湧出；二句言有了信行，就毋需這些了。❻行諸二句　二句言信行性直爽，所以派他去遠修引水筒。行諸，猶言「信行啊！」

【語　譯】信行，信行，本性不吃葷腥，僕人當中最清淨。能識事物根本，辦事利索分明。昨來樹林上方石頭滾，砸碎雲端竹筒水斷聲。全靠你呀冒着酷熱修整，再接流泉旋下廚房如澠。往來四十里地喲，荒崖深谷險難行。到家日斜驚空腹，愧對你呀臉曬赤喲皮剝層。寒水浸的瓜喲本為養我老病，蒸裂的餅喲也是我平常最愛吃的餅。用此瓜餅報答你的忠誠與恭謹，用此殊禮犒勞你的功績與才能。何必要道士求雨的陰符，何必借將軍刺出泉水的佩刀！信行呵，我就依仗你的正直可靠，讓你遠修水筒亂山行。

【研　析】《杜詩鏡銓》引申鳧盟評云：「『日曛驚未餐，貌赤愧相對』，公之體恤下情如是，真仁者之用心。陶公云：『此亦人子也，可善遇之。』兩賢一轍。」所謂仁心，其實就是古代的一種人道主義精神。儒學將同情心作為仁學的起點，是具有歷史的進步意義的，也是中國文化的精髓。該詩正是這種精神活的體現。尤其值得注意的是杜甫對這位僕人瞭解之深：外在的不茹葷與內在的清淨；因秉性能識事物之本源，所以辦事利索；恭謹的習性與直爽的性格，使之在關鍵時刻可信任與依靠。杜甫用他的詩筆由裡到外塑造了一個有血有肉有靈魂的社會最下層人物善美的形象。

宗武生日（五排）

【題　解】大曆元年（西元七六六年）秋作於夔州。宗武，杜甫次子。

小子何時見❶？高秋此日生。

自從都邑語，已伴老夫名❷。
詩是吾家事，人傳世上情❸。
熟精《文選》理，休覓彩衣輕❹。
凋瘵筵初秩，欹斜坐不成❺。
流霞分片片，涓滴就徐傾❻。

【注　釋】❶小子句　見，「現」的本字。此指宗武生日。❷自從二句　此言宗武自從在成都（約十幾歲）為人所稱許，即已伴隨老杜而小有名氣。都邑，指成都。❸詩是二句　杜甫的祖父杜審言是名詩人，杜甫引為驕傲：「吾祖詩冠古」（〈贈蜀僧閭丘師兄〉），故云「詩是吾家事」。下句謂遠紹吾祖傳承詩學，本是人之常情。❹熟精二句　對其子耳提面命：學詩當先將昭明太子蕭統編選的《文選》讀熟，並理解其中精義。彩衣，《列女傳》載老萊子行年七十，猶着五彩衣以娛樂雙親。此謂你只要好好學詩，我就高興了，不必效老萊子娛親。趙次公注云：「此雖孝子悅親之事，而亦僅同戲侮。『休覓彩衣輕』，則所望其子者，在學而已。」❺凋瘵二句　凋瘵，疾病。筵初秩，《詩・賓之初筵》：「賓之初筵，左右秩秩。」周代行射禮前之宴飲謂之初筵，後泛指宴飲。❻流霞二句　此詩句則雙關、曲喻合用，蓋謂「流霞」本一氣，飲之亦當一氣；今因病不敢暢飲，故將「流霞」（從仙酒名為「流霞」，返回作為雲彩的「流霞」）分成「一片片」，以示下句一小口一小口啜飲也。流霞，仙酒，《論衡・道虛》：項曼自言仙人以「流霞」一杯飲之，輒不饑渴。

【語　譯】小子！你何時出世？就在秋高氣爽之今日。打從在成都為人稱許，你就伴隨老夫名馳。寫詩本是咱家的事，遞相傳承情所至。先要精通《文選》理，彩衣娛親屬其次。我今衰病為你強設宴，或斜或側總是沒坐姿。且分「流霞」一片片，仙酒只能小口慢慢喫。

【研　析】吳喬《圍爐詩話》總結造就杜甫「詩聖」的條件云：「須是范希文（范仲淹）專志於詩，又一生困窮乃得！」就是說，必須是像范仲淹那樣胸懷大志的政治家，而且將寫詩當「專業」，又一輩子窮愁潦倒，「乃得」。後一條老杜自然不樂意，前兩條倒是很自覺。他叮囑他鍾愛的二子宗武：一是「應須飽經術」（〈又示宗武〉）；二是「詩是吾家事」。「飽經術」自然是要活國濟民幹大事，而把詩當成「吾家事」，不但「專業」，而且成了家族使命了，這在盛唐詩人中怕是不多見的。然而杜甫於學詩並不囿於乃祖，而是強調要「熟精《文選》理」。《貞一齋詩說》云：「子美家學相傳，自謂『熟精《文選》理』，由唐以詩取士，得力《文選》，便典雅宏麗，猶今之習八股業，先須熟五經耳。昭明雖詞章之學，識力不甚高，所選卻自一律，無俗文字。子美天才既雄，學力又破萬卷，所得豈直《文選》？持以教兒子，自是應舉捷徑也。」大致沒錯。「《文選》爛，秀才半。」讓兒學《文選》應舉，自是杜甫的心事，但通過《文選》向前人學習，更是「詩是吾家事」心跡的表露，是其「不薄今人愛古人，清詞麗句必為鄰」學習經驗的結晶。「文章千古事，得失寸心知。」寫詩之於老杜，是生命中的頭等大事，此為心聲，切不可只視為勸兒應舉而輕輕放過！

白帝（七律）

白帝城中雲出門，白帝城下雨翻盆❶。
高江急峽雷霆鬥，古木蒼藤日月昏❷。
戎馬不如歸馬逸，千家今有百家存。
哀哀寡婦誅求盡，慟哭秋原何處村❸？

【題解】大曆元年（西元七六六年）秋，作於夔州。是詩為拗格律詩，以歌行入律。

【注釋】❶白帝二句　首聯以歌行入律。城在高山，故云自城出而雨。《杜詩鏡銓》引蔣云：「雲在城中出，雨在城下翻，已想見此城風景。」❷高江二句　雨驟江漲，故曰「高江」；峽束流急，故曰「急峽」。《杜詩鏡銓》引邵云：「不曰『急江高峽』，而曰『高江急峽』，自妙於寫此江此峽也。」蕭先生說：「在這景物中便含有那個戰亂時代的影子，不要單作景語看。」❸戎馬四句　四句寫戰亂中百姓死亡慘重，而苛捐雜稅又將寡婦勒索殆盡，痛哭之聲時有，不辨來自何方。戎馬，戰馬。誅求，勒索。

【語譯】白帝城門雲滾滾，白帝城下雨傾盆。江漲峽束聲如雷霆鬥，古木蒼藤掩映日月昏。戰馬哪有歸馬閒且逸，動亂苛政致使千家只得百家剩！連可憐兮兮的寡婦也被勒索盡，痛哭之聲不知傳自哪片村？

【研析】或云「此篇四句截上下如不相屬」，其實上四寫險急之雨景，下四寫戰時之困境，內外氣象交感，造成沉鬱卻意度盤薄的整體氣氛，並無「不相屬」之弊。

同元使君春陵行并序 （五古）

【題解】此詩約大曆元年（西元七六六年）至二年（西元七六七年）之間作於夔州。元使君，即元結，字次山，號漫叟，時為道州（今湖南道縣）刺史，故稱使君。同就是和，是杜甫有感於元結的〈春陵行〉而和作。二詩見【附錄】。

覽道州元使君結〈春陵行〉兼〈賊退後示官吏作〉二首❶，志之曰：當天子分憂之地，效漢朝良吏之目❷。今盜賊未息，知民疾苦，得結輩十數公，落落然參錯天下為邦伯❸，萬物吐氣，天下小安可待矣！不意復見比興體制，微婉頓挫之詞❹。感而有詩，增諸卷軸，簡知我者，不必寄元❺。

遭亂髮盡白，轉衰病相嬰。
沉綿盜賊際，狼狽江漢行。
歎時藥力薄，為客羸瘵成❻。
吾人詩家流，博采世上名。
粲粲元道州，前聖畏後生❼。
觀乎〈舂陵〉作，歘見俊哲情，
復覽〈賊退〉篇，結也實國楨❽。
賈誼昔流慟，匡衡常引經❾。
道州憂黎庶，詞氣浩縱橫。
兩章對秋月，一字偕華星！
致君唐虞際，純樸憶大庭❿。
何時降璽書，用爾為丹青⓫？
獄訟永衰息，豈唯偃甲兵！
悽惻念誅求，薄斂近休明⓬。

乃知正人意，不苟飛長纓⑬！
涼飆振南岳，之子寵若驚⑭。
色沮金印大，興含滄浪清⑮。
我多長卿病，日夕思朝廷。
肺枯渴太甚，漂泊公孫城⑯。
呼兒具紙筆，隱几臨軒楹⑰。
作詩呻吟內，墨淡字欹傾。
感彼危苦詞，庶幾⑱知者聽。

【注釋】❶覽道州句　春陵城為道州故地，元結於廣德元年（西元七六三年）作〈春陵行〉，次年作〈賊退後示官吏作〉。蕭先生按：「當時交通不便，又無印刷，元作此詩，亦未必寄杜，故事隔二三年才讀到。」❷志之三句　志，記。《漢書・循吏傳》載漢宣帝曰：「庶民所以安其田里，而亡歎息愁恨之心者，政平訟理也。與我共此者，其唯良二千石乎！」二千石指太守，元為道州刺史，故曰「當天子分憂之地」。目，品題。此處意為風範，言元結謹遵漢良吏之風範。❸落落句　落落然，不苟合貌。參錯，參雜分布。邦伯，這裡指刺史。❹不意二句　不意，出乎意料。比興體制，指繼承《詩經》傳統、反映民間疾苦的詩篇。微婉頓挫，詞句深微婉轉，音節抑揚動人。❺簡知二句　簡，書信；這裡用為動詞：（將和詩）寄給瞭解我的人。元，元結。❻遭亂六句　首段六句自敘。嬰，纏。沉綿，長病。羸，弱。瘵，肺癆病。黃生云：「前後皆自敘，自敘多言病，共筋節在『歎時藥力薄』五字，則知此詩全是借酒杯，澆塊磊，蓋身疾可醫，心疾不可醫耳。」❼粲粲二句　粲粲，光明貌。後生，《論語・子罕》：「子曰：後生可畏，焉知來者之不如今也？」指元結超越前人。❽國楨　國之棟梁。❾賈誼

二句　二句謂元結二詩痛陳國事，與賈、匡同調。流慟，賈誼〈陳政事疏〉：「臣竊惟事勢，可為痛哭者一，可為流涕者二，可為長太息者六。」引經，《漢書・匡衡傳》：「衡上疏陳便宜，及朝廷有政議，傳經以對，言多法義。」⑩致君二句　唐虞，唐堯與虞舜。大庭，大庭氏。三人皆傳說中之賢君王。言元結欲使君王像堯舜一樣賢明，讓百姓安樂。《莊子・胠篋》：「昔者容成氏、大庭氏……當是時也，民結繩而用之，甘其食，美其服，樂其俗，安其居，鄰國相望，雞狗之音相聞，民至老死而不相往來。若此之時，則至治已。」⑪何時二句　璽書，皇帝的詔書。丹青，本指繪畫，此處喻治理國家的卿相。語出《鹽鐵論》：「公卿者，四海之表儀，神化之丹青也。」⑫悽惻二句　二句謂元結同情百姓，政治清明。《新唐書・元結傳》：「結以人困甚，請免百姓租稅及和市雜物十三萬緡，為民營舍給田，免傜役，流亡歸者數萬。」誅求，強行徵求。薄斂，輕傜薄賦。休明，政治清明。⑬乃知二句　纓，繫冠的帶子，這裡用長纓代表高官。《碧溪詩話》：「漫叟所以能然者，先民後己，輕官爵而重人命故也。觀其賦〈石魚〉詩云：『金魚吾不須（唐時官員佩金魚袋），軒冕吾不愛。』此所以能不苟權勢而專務愛民也。杜云：『乃知正人意，不苟飛長纓。』可謂相知深矣！」⑭涼飆二句　南岳，衡山，在道州鄰近。之子，這個人，指元結。謂元結上任如南岳之來清風，而元結自己卻受寵若驚，保持謹慎。⑮色沮二句　色沮，神色不安。滄浪清，《孟子・離婁上》：「滄浪之水清兮，可以濯我纓。」後人以「滄浪清」示歸隱。因元詩有「將家就魚菱，歸老江湖邊」之句，故云。⑯我多四句　司馬相如字長卿，有消渴病（糖尿病）。肺枯，肺病。公孫城，即白帝城，為西漢末公孫述所築。⑰隱几句　靠着几案，臨近窗口。⑱庶幾　希望。

【語譯】道州刺史元結作〈舂陵行〉及〈賊過後示官吏作〉二首，〔我讀了很感動，〕為之讚歎道：身為與皇上分憂的地方官，元結乃能謹遵漢代良吏的風範。如今叛軍作亂尚未平息，他深知民間的疾苦。天下要是有像元結這樣的好官十幾位，卓然挺立分布在各州為刺史，調停萬物皆順暢，則天下稍得安定就可以期待了！元結的詩讓我意外地又看到了比興風格，詞句是那麼深微婉轉，音節又是那麼抑揚動人。我深受感動，發興寫下和詩，將它添加在原來的卷軸上，寄給瞭解我的朋友們，也不一定要寄給元結了。因遭戰亂頭白盡，身子轉弱病相縈。沉痾纏綿穿寇盜，進退兩難江漢行。為傷時事藥力減，又兼奔逃積癆成。我輩專志做詩人，廣知當今誰是詩成名。道州使君乃是佼佼者，前賢能不畏後生！一見〈舂陵行〉，頓驚明秀具才情。再誦〈賊退〉篇，乃歎結也真是國之棟梁橫！賈誼當年痛流涕，匡衡議政多引經。道州使君憂黎民，詩有正氣浩然生。

兩章爭光對秋月，一字垂輝同明星。欲置我皇堯舜間，民風淳樸追大庭。何時才見詔書下，以你表率為公卿？政治清明獄訟少，豈止從此息甲兵！為能惻隱悲苛政，施行輕徭薄賦近太平。乃知正人君子志，不苟權勢官爵輕。來如秋風掃南岳，此公卻自寵若驚。面對金印心事重，長存歸去江湖情。我今病渴如長卿，日夜仍是思朝廷。肺枯病渴日又甚，漂泊且依白帝城。呼兒為我設紙筆，憑案臨窗體不勝。墨淡字斜手微戰，作詩伴有呻吟聲。感君二首危苦動我興，和之願付知者聽。

【研　析】古人以詩為教自有道理，如元結二首，實在是感人至深！精誠所至，金石為開。真與善結合本身就有美感——哪怕只用拙樸的詩語言來表達。故《峴傭說詩》云：「詩忌拙直，然如元次山〈春陵行〉、〈賊退示官吏〉諸詩，愈拙直，愈可愛。蓋以仁心結為真氣，發為憤詞，字字悲痛，〈小雅〉之哀音也。」杜甫與之同氣相求，給予極高的評價，對後來白居易新樂府創作的影響是深刻的。

【附錄】

春陵行并序

元結

癸卯歲，漫叟授道州刺史。道州舊四萬餘戶，經賊以來，不滿四千，大半不勝賦稅。到官未五十日，承諸使徵求符牒二百餘封。皆曰：失其限者，罪至貶削！於戲！若悉應其命，則州縣破亂，刺史欲焉逃罪？若不應命，又即獲罪戾，必不免也。吾將守官，靜以安人，待罪而已。此州是春陵故地，故作〈春陵行〉，以達下情。

軍國多所須，切責在有司。有司臨郡縣，刑法競欲施。

供給豈不憂？徵斂又可悲！州小經亂亡，遺人實困疲。

大鄉無十家，大族命單羸。朝餐是草根，暮食仍木皮。

出言氣欲絕，意速行步遲。追呼尚不忍，況乃鞭撲之！
郵亭傳急符，來往跡相追。更無寬大恩，但有迫促期。
欲令鬻兒女，言發恐亂隨。悉使索其家，而又無生資。
聽彼道路言，怨傷誰復知？去冬山賊來，殺奪幾無遺。
所願見王官，撫養以惠慈。奈何重驅逐，不使存活為？
安人天子命，符節我所持。州縣忽亂亡，得罪復是誰？
逋緩違詔令，蒙責固其宜。前賢重守分，惡以禍福移。
亦云貴守官，不愛能適時。顧惟孱弱者，正直當不虧。
何人採國風？吾欲獻此辭。

賊退示官吏并序

元結

癸卯歲，西原賊入道州，焚掠幾盡而去。明年，賊又攻永、破邵，不犯此州邊鄙而退。豈力能制敵歟？蓋蒙其傷憐而已！諸使何為忍苦徵斂？故作詩一篇，以示官吏。

昔歲逢太平，山林二十年。泉源在庭戶，洞壑當門前。
井稅有常期，日晏猶得眠。忽然遭世變，數歲親戎旃。
今來典斯郡，山夷又紛然。城小賊不屠，人貧傷可憐。
是以陷鄰境，此州獨見全。使臣將王命，豈不如賊焉！
今彼徵斂者，迫之如火煎。誰能絕人命，以作時世賢？
思欲委符節，引竿自刺船。將家就魚菱，窮老江湖邊。

殿中楊監見示張旭草書圖（五古）

【題解】 詩作於大曆元年（西元七六六年），杜甫時在夔州。殿中，指殿中監，從三品。楊監，錢謙益疑為後來的宰相楊炎。

斯人已云亡，草聖秘難得。
及茲煩見示，滿目一凄惻。
悲風生微綃❶，萬里起古色。
鏘鏘鳴玉動，落落❷群松直。
連山蟠其間，溟漲❸與筆力。
有練實先書，臨池真盡墨❹。
俊拔為之主，暮年思轉極。
未知張王後，誰並百代則❺？
嗚呼東吳精，逸氣感清識❻。
楊公拂篋笥，舒卷忘寢食。

念昔揮毫端，不獨觀酒德❼。

【注釋】❶微綃　同生絲織成的薄絹。❷落落　不平凡的樣子。❸溟漲　指潮起潮落的大海，喻張旭之筆力深厚雄闊。❹有練二句　煮縑使白曰練，已練之帛也稱練。此謂家中之縑先書寫而後染練之。臨池，臨近水池學書法，以便於洗筆硯，後人遂以「臨池」指代學書。《後漢書・張芝傳》李賢注引王愔《文志》：「張芝尤好草書，學崔、杜之法。家之衣帛，必書而後練。臨池學書，水為之黑。」❺未知二句　此言張芝與王羲之以後，又有誰能與之並列為百代的典範呢？實謂張旭可為之繼。張王，張芝、王羲之。《晉書・王羲之傳》：「每自稱『我書比鍾繇，當抗行；比張芝草，猶當雁行也。』」則，典範。❻嗚呼二句　精，精英。李頎〈贈張旭〉：「皓首窮草隸，時稱太湖精。」張旭為東吳人氏，故又稱「東吳精」。清識，有很高鑒賞力的人，此指楊監。❼不獨句　酒德，劉伶〈酒德頌〉塑造了一位「幕天席地，縱意所如，止則操卮執觚，動則挈榼提壺，唯酒是務」的「大人先生」。張旭也嗜酒浪漫，同備「酒德」，杜甫〈飲中八仙歌〉亦稱「張旭三杯草聖傳」；此則言張旭不獨酒中見性情，還有其「有練實先書，臨池真盡墨」的真功夫在。今存宋拓張旭〈郎官廳壁記〉楷書，曾鞏稱其「精勁嚴重，出於自然」；一九九二年出土張旭書〈嚴仁墓志〉，亦法度森嚴，足證少陵所言。

【語譯】此人已傷逝，草聖秘難傳。於今煩公還見示，遺情滿目一淒然。絹上龍蛇悲風動，古色萬里盡蒼茫。如聞君子鏗鏘鳴佩玉，如見群松勁直皆昂藏。勢比連岡不斷絕，力似大海掀巨浪。家存縑布先書滿，洗筆黑透一池塘。其書精勁主俊拔，暮年縱橫不可當。不知張芝、羲之後，誰人並肩垂典章？嗚呼此老本是太湖精，逸氣感動高明賞。楊公時時拂竹箱，一舒卷軸寢食忘。但憶當年觀揮毫，草聖豈止酒德高！

【研析】此詩對草聖張旭的品評，極見少陵審美眼光之獨到。旭之狂草世無異議，而其楷書，唐人張彥遠《歷代名畫記》則云：「只如張旭以善草得名，楷隸未必為人所寶。」這大概是由於唐代楷書名家如歐、褚、顏、柳輩林立，所以不顯。少陵此詩則提出「念昔揮毫端，不獨觀酒德」，謂其狂草不只是醉後自神，特強調其「有練實先書，臨池真盡墨」的基本功，發人之所未發。至宋蘇東坡始謂「長史（張旭）草書，頹然天放，……今世稱善草書者，或不能真行，心大妄也。真生行，行生草；真如立，行如行，草如走，未有未能行立而能走者也。」而曾鞏《元豐類稿．金石錄跋尾》亦云其楷書：「精勁嚴重，出於自然，如動容周旋中禮，非強為者。」寓楷之精勁嚴重於狂草浪漫之中，正是張之特色，少陵已見端倪，可謂慧眼獨具。《新唐書．李白傳》附張旭事跡有云：「旭自言，始見公主擔夫爭道，又聞鼓吹，而得筆法意，觀倡公孫舞〈劍器〉，得其神。」所謂「公主擔夫爭道」的「筆法意」，正是曾鞏所稱「動容周旋中禮」，也就是少陵所觀察到的狂草中寓精嚴，則「鏘鏘鳴玉動，落落群松直」意象之內涵。

「鏘鏘鳴玉動，落落群松直。連山蟠其間，溟漲與筆力」四句是老杜感受張旭狂草所得的意象。用鳴玉、勁松、連山、海潮四種迥異的意象來形容狂草，的確是匪夷所思。中國人尚玉石，常以之「比德」，如「金聲玉振」是對孔子的禮讚。「鏘鏘鳴玉動」在這裡不但形容其書有韻律之美，且與「雅」、與「君子」相聯繫，含有曾鞏所稱「動容周旋中禮」的意思。其餘不言自明。

壯遊（五古）

【題解】此為大曆元年（西元七六六年）秋，杜甫在夔州所作自傳性的回憶詩。從七歲的童年起，一直寫到晚年，為研究杜甫生平、思想、性格的最可貴的材料。《後村詩話》：「〈壯遊〉詩押五十六韻，在五言古風中，尤多悲壯語，……雖荊卿之歌，雍門之琴，高漸離之筑，音調節奏，不如是之躍宕豪放也。」壯遊，自壯平生經歷也。

往者十四五，出遊翰墨場❶。
斯文崔魏徒，以我似班揚❷。

七齡思即壯，開口詠鳳凰。
九齡書大字，有作成一囊❸。
性豪業❹嗜酒，嫉惡懷剛腸。
脫略小時輩，結交皆老蒼❺。
飲酣視八極，俗物多茫茫❻。

【章　旨】以上為第一段，敘少年時代的交遊，見出自己豪爽好文的為人。

【注　釋】❶往者二句　十四五，杜甫十四、五歲，正當開元十三、四年（西元七二五～七二六年），正當唐之國力極盛時，對杜甫的性格與思想的定形有深刻的影響。以此開頭，本自阮籍〈詠懷〉：「昔年十四五，志尚好詩書。」翰墨場，文人交往的場所。❷斯文二句　斯文，對儒者的稱謂。崔魏徒，原注：「崔鄭州尚，魏豫州啟心。」據《唐科名記》：崔尚為久視二年（西元七〇一年）進士；據《唐會要》：神龍三年（西元七〇七年），魏啟心及第才膺管樂科，皆屬杜之前輩文人。班揚，班固與揚雄，漢之辭賦家。❸囊　古人裝書畫詩文的袋子。❹業　又也。❺脫略二句　脫略，超脫不羈。小，用作動詞，看不上。時輩，同輩。老蒼，年長有成者，如高適、李白都大杜甫十多歲，「求識面」的李邕和「願卜鄰」的王翰，都大二三十歲。❻飲酣二句　二句言少年自負，昂首天外，不把流俗放在眼中。八極，八方的盡處。

【語　譯】往昔年方十四五，已經出入在文場。名儒崔尚魏啟心，誇我有才似班揚。七歲詩思壯，開口便是詠鳳凰。九歲書大字，滿滿一袋裝。性情豪爽又嗜酒，疾惡如仇懷剛腸。灑脫不羈輕同輩，結交賢俊皆年長。酒酣昂首視天外，俗物不見盡茫茫。

東下姑蘇臺，已具浮海航❼。
到今有遺恨，不得窮扶桑❽。
王謝風流遠，闔廬丘墓荒❾。
劍池石壁仄，長洲荷芰香❿。
嵯峨閶門北，清廟映迴塘⓫。
每趨吳太伯，撫事淚浪浪⓬。
蒸魚聞匕首，除道哂要章⓭。
枕戈憶勾踐，渡浙想秦皇⓮。
越女天下白，鑑湖⓯五月涼。
剡溪⓰蘊秀異，欲罷不能忘。

【章　旨】以上為第二段，敘吳越之遊，約自二十至二十四歲。

【注　釋】❼東下二句　姑蘇臺，又稱胥臺，在蘇州姑蘇山上，傳為吳王闔閭所建。航，大船。❽扶桑　木名，傳說日出於扶桑，這裡指日本國。❾王謝二句　王謝，東晉兩大士族，出了不少風流人物，如王導、謝安等。闔廬，即吳王闔閭，其墓在蘇州閶門外。《越絕書》稱：闔閭葬三日，有白虎踞其塚上，故號曰「虎丘」。❿劍池二句　二句言吳王盛況不再，今所存者惟劍池石壁，長洲荷芰而已。劍池，在蘇州市虎丘，相傳為吳王闔閭鑄劍之處。有石壁高數丈。仄，陡峭。長洲，苑名，為吳王闔閭遊獵處，遺址在今蘇州西南，太湖之北。芰，菱角。⓫嵯峨二句　嵯峨，高聳貌。閶門，蘇州西門。清廟，即吳太伯廟，在閶門外。迴塘，郎洋中塘，離蘇州二十六里。⑫每趨二句　吳太伯，《史記・吳太伯世家》：「吳太伯，太伯弟仲雍，皆周太王之子，而王季歷之兄也。季歷賢而有聖子昌（即周文王），太王欲立季歷以及昌。於是太伯、仲雍二人，乃奔荊蠻，以避季歷。」《吳郡志》：「太伯廟，東漢太守糜豹建於閶門外。」撫事，撫今懷古。浪浪，流淚貌，《楚辭》：「沾余襟之浪浪。」杜甫感太伯之能讓，故撫事淚流。或事出有因，故《杜詩鏡銓》揣測云：「暗對玄肅父子之間作慨。」可供參考。⑬蒸魚二句　蒸魚，《史記・刺客列傳》：「伍子胥知公子光欲殺吳王僚，乃進專諸于公子光。光具酒請王僚，……使專諸置匕首魚炙之腹中而進之。既至王前，專諸擘魚，因以匕首刺王僚，王僚立死。公子光遂自立為王，是為闔閭。」除道，即修路。要章，腰間的印綬。要，與「腰」通。《漢書・朱買臣傳》：朱買臣家貧，好讀書，不治產業，常艾薪樵賣以給食。擔束薪，行且誦書，妻數止買臣，買臣愈益疾歌，妻羞之，求去，買臣不能留。其後，買臣負薪墓間，故妻與夫家俱上冢，見買臣飢寒，呼飯飲之。後數歲，買臣拜會稽太守。初，買臣嘗從會稽守邸者寄居飯食。拜為太守，買臣衣故衣（穿舊衣服），懷其印綬，步歸郡邸，守邸與共食。食且飽，少見（讀現，故意露出）其綬，守邸前引其綬，視其印，會稽太守章也！守邸驚，出語上計掾吏，陳列中庭拜謁。會稽聞太守且至，發民除道。入吳界，見其故妻、妻夫治道，買臣駐車，令後車載其夫妻到太守舍，置園中，給食之。居一月，妻自經死。蕭先生注：杜甫認為朱買臣這種庸俗、勢利、狹隘的行徑很可笑，故曰「哂要章」。哂，譏笑。⑭枕戈二句　枕戈，枕戈待旦。《晉書・劉琨傳》：「吾枕戈待旦，志梟逆虜。」以喻越王勾踐「臥薪嘗膽」報仇滅吳事。渡浙，秦始皇曾遊會稽，渡浙江。⑮鑑湖　傳說黃帝曾於此鑄鏡，故又名鏡湖，在浙江紹興。⑯剡溪在浙江嵊縣。

【語譯】於是東下姑蘇臺，準備乘船入大海。到今留遺憾：不曾直至日本回。魏晉風流王謝遠，吳王荒丘更難猜。劍池尚餘石壁陡，長洲苑裡唯有荷花相伴菱花開。清廟映迴塘，巍峩閶門外。再拜讓賢吳太伯，撫今懷古淚如霈。又聞專諸魚腹藏劍刺王僚，乃笑買臣腰間金印傲裙釵。憶昔勾踐枕戈且嘗膽，秦皇也曾遠渡浙江來。鏡湖五月尚清涼，耶溪越女天下白。剡溪清，蘊奇秀，欲去再三難忘懷！

歸帆拂天姥，中歲貢舊鄉⑰。

氣劘屈賈壘，目短曹劉牆⑱。
忤下考功第，獨辭京尹堂⑲。
放蕩齊趙間，裘馬頗清狂⑳。
春歌叢臺上，冬獵青丘旁㉑。
呼鷹皂櫪林，逐獸雲雪岡㉒。
射飛曾縱鞚，引臂落鶖鶬㉓。
蘇侯據鞍喜，忽如攜葛強㉔。
快意八九年，西歸到咸陽㉕。

【章　旨】以上為第三段，敘齊趙之遊，約自二十五至三十五歲，是杜甫最快意的時代。

【注　釋】⑰歸帆二句　拂，擦身而過。天姥，山名，在今浙江新昌東五十里。此言回程經過天姥山。中歲，時杜甫二十四歲。貢，貢舉，指被州縣保送參加科舉。貢舊鄉，指開元二十三年杜甫被鞏縣保送參加洛陽進士考試。⑱氣劘二句　二句言少年氣盛，敢於挑戰前賢，直摩其壁壘。氣劘，氣勢上接近。屈賈，屈原與賈誼。目短，視為不高。曹劉，建安詩人曹植與劉楨。⑲忤下二句　忤，不順利。考功，開元二十三年（西元七三五年）以前，進士考試由考功員外郎主持，不及格者為下第。京尹，此指東京洛陽之河南尹。京尹堂，當是考試地點當時設在府內。⑳放蕩二句　齊趙間，今山東、河南、河北一帶。裘馬，衣輕裘，乘車馬，言其豪遊。《論語・雍也》：「子曰：『赤之適齊也，乘肥馬，衣輕裘。』」㉑春歌二句　叢臺，戰國時趙國所築，數臺連聚，故名。青丘，《太平寰宇記》：「在青州千乘縣，齊景公田（打獵）於此。」㉒呼鷹二句　皂櫪林、雲雪岡，齊地名，不詳其確處。當在青州附近。皂，黑色。櫪，櫟樹。㉓射飛二句　射飛，射飛鳥。鞚，馬勒。引臂，拉弓射箭。鷙鶬，禿鶖。㉔蘇侯二句　蘇侯，原注：「監門胄曹蘇預。」即蘇源明，詳〈八哀詩〉。侯，唐人對男士的尊稱。葛強，山簡之愛將，常從山簡遊。此言蘇攜杜同遊。㉕咸陽　漢之京城在咸陽，此借指唐京長安。杜甫於天寶五載（西元七四六年）始入長安。

【語　譯】歸帆拂過天姥邊，中年貢舉回故鄉。文氣逼屈賈，敢越曹劉牆。不料竟下第，隻身辭洛陽。放蕩不羈遊齊趙，輕裘快馬頗清狂。春來放歌叢臺上，冬日行獵青丘旁：撤鷹黑櫟林，逐獸雲雪岡。也曾縱馬射飛鳥，彎弓一箭落鶖鶬。蘇侯穩坐鞍上喜，忽如山簡攜葛強。快意倏忽八九年，方始西歸到咸陽。

許與必詞伯，賞遊實賢王㉖。
曳裾置醴地，奏賦入明光㉗。
天子廢食召，群公會軒裳㉘。
脫身無所愛，痛飲信行藏㉙。
黑貂不免敝，斑鬢兀稱觴㉚。
杜曲換耆舊，四郊多白楊㉛。
坐深鄉黨敬，日覺死生忙㉜。
朱門務傾奪，赤族迭罹殃㉝。
國馬竭粟豆，官雞輸稻粱㉞。

舉隅見煩費，引古惜興亡。

【章　旨】以上為第四段，敘長安之遊，察見危機。時為天寶五載（西元七四六年）至十四載（西元七五五年）。

【注　釋】㉖許與二句　許與，讚許。詞伯，文壇領袖。賢王，如〈八仙歌〉中之汝陽王李璡等。玄宗朝諸王、公主往往喜歡與文藝界人士交往。㉗曳裾二句　裾，衣服的大襟。古代文士長裾拖地。醴即甜酒。《漢書・楚元王傳》：「穆生不嗜酒，元王每置酒，常為穆生設醴。」上句自言為賢王所尊禮。下句即獻〈三大禮賦〉事。明光，漢宮名，此借喻唐大明宮（後改蓬萊宮）。㉘天子二句　廢食召，不等吃完飯就緊急召見，以見重視。暗用周公「一飯三吐哺，起以待士」的典故。軒裳，乘高車，着麗服。下句言達官貴人爭來見識，即〈莫相疑行〉所稱：「憶獻三賦蓬萊宮，自怪一日聲輝赫。集賢學士如堵牆，觀我落筆中書堂。」㉙脫身二句　脫身，天寶十四載（西元七五五年）被任命為河西尉，不就。信，隨意。行藏，行指出仕，藏指退隱。《論語》：「用之則行，舍之則藏。」㉚黑貂二句　《戰國策・秦策》：「（蘇秦）說秦王，書十上而說不行，黑貂之裘敝，黃金百斤盡，資用乏絕，去秦而歸。」以此典自喻久居長安生活窮困。兀稱觴，仍舉杯痛飲。㉛杜曲二句　二句言連老人也日見替換，墳墓日多。古人墳旁多栽白楊。杜曲，即杜陵，杜甫有家在此。耆舊，老人。㉜坐深二句　坐深，猶今所謂「資深」。鄉黨，鄉里親舊。言自覺因年歲日長，而為親舊所尊敬，乃感歎人生匆促。㉝朱門二句　朱門，權勢豪門，如李林甫、楊國忠輩。務傾奪，專門從事傾軋爭權。赤族，滅族。迭，更迭。罹，遭受。㉞國馬二句　國馬，指所養「舞馬」和「立仗馬」等。《新唐書・李林甫傳》：「君等獨不見立仗馬乎？終日無聲，而飫三品芻豆。」官雞，皇帝及貴族所養鬥雞。〈鬥雞〉詩：「鬥雞初賜錦，舞馬既登床。」言皇室及貴族之奢靡無度，吃盡百姓所納糧食。

【語　譯】文豪皆見賞，王府遊從容。出入受尊禮，獻賦召入宮。天子吐哺急召見，高車麗服來群公。棄之無所愛，痛飲任窮通。卻如蘇秦貂裘敝，鬢髮斑白猶在舉杯中！杜曲已換新長老，四郊墳場又把白楊種。因添歲壽受人敬，便覺死生日匆匆。權勢豪門專門事傾軋，迭見滿門抄斬禍相從。國馬已經吃盡百姓糧，官雞稻粱還得再補充！僅此一例便知奢靡甚，以古證今歎惜前路凶。

河朔風塵起，岷山行幸長[35]。
兩宮各警蹕[36]，萬里遙相望。
崆峒殺氣黑，少海旌旗黃[37]。
禹功亦命子，涿鹿親戎行[38]。
翠華擁吳岳，螭虎噉豺狼[39]。
爪牙一不中，胡兵更陸梁[40]。
大軍載草草，凋瘵滿膏肓[41]。
備員竊補袞，憂憤心飛揚[42]。
上感九廟焚，下憫萬民瘡[43]。
斯時伏青蒲，廷諍守御床[44]。
君辱敢愛死？赫怒幸無傷[45]。
聖哲體仁恕，宇縣復小康[46]。
哭廟灰燼中，鼻酸朝未央[47]。

【章旨】以上為第五段，敘安史之亂，及任左拾遺事。時在至德元載（西元七五六年）至乾元元年（西元七五八年）。蕭先生注：「因題目是〈壯遊〉，故將陷亂軍一段悲慘經歷略過不提。」

【注　釋】㉟河朔二句　河朔，指河北，安祿山天寶十四載（西元七五五年）反於河北之范陽。岷山，在蜀地，借代蜀。行幸，皇帝出遊，實指玄宗逃亡蜀郡事。㊱兩宮各警蹕　兩宮，指玄宗和肅宗。警蹕，天子出入時的警戒。㊲崆峒二句　崆峒，此指甘肅平涼之崆峒山，肅宗於平涼收兵伐叛。少海，天子如大海，太子如少海。《東宮故事》：「太子比少海。」旌旗黃，皇帝才用黃旗，此言太子李亨即位靈武，旌旗換用黃色，是為肅宗皇帝。㊳禹功二句　禹功，禹因治水有功，受舜禪，復傳子，故以比肅宗命子（廣平王俶）親征。涿鹿，山名，在今河北涿鹿東南。黃帝與蚩尤戰於涿鹿，這裡以蚩尤比祿山。親戎行，親自指揮部隊。㊴翠華二句　翠華，指皇帝儀仗。吳岳，即吳山，至德二載改汧陽郡吳山為西岳（今陝西隴縣西南），故吳山稱「岳」。因吳山在鳳翔附近，則言肅宗到達鳳翔。螭，傳說中蛟龍類動物；螭虎喻唐軍將士。噉，吃。豺狼，喻安祿山軍。《通鑑》卷二一九：「至德二載（西元七五七年）二月，上至鳳翔旬日，隴右、河西、安西、西域之兵皆會。」則上句言肅宗由靈武鎮鳳翔，下句言國內外兵力悉集，氣吞安史叛軍。㊵爪牙二句　爪牙，指軍隊。《詩經・祈父》：「祈父，予王之爪牙。」一不中，一擊未中。此指至德元載十月房琯陳濤斜之敗。陸梁，猖獗。參考本書卷二所選〈悲陳陶〉、〈悲青坂〉注解。㊶大軍二句　大軍，官軍。至德二載五月，郭子儀敗於清渠，無充分準備，故曰「載草草」。載，助詞，乃。凋瘵，衰病。膏肓，不治之疾。言百姓痛苦不堪。㊷備員二句　備員，猶充數，是謙詞。袞，帝王衣服，指代皇帝。竊，非分而得，謙詞。補袞，喻補救帝王闕失，借指諫官。時杜為左拾遺。㊸上感二句　九廟，皇帝宗廟。瘡，瘡痍，喻民病，百姓之痛苦。㊹斯時二句　二句言諫房琯罷相事。伏青蒲，《漢書・史丹傳》：「丹直入臥內，伏青蒲上泣諫。」孟康曰：「以蒲青為席，用蔽地也。」廷諍，公開諫諍，即所謂「面折廷諍」。御床，皇帝寶座。㊺君辱二句　君辱，《史記・越世家》：「主憂臣勞，主辱臣死。」房琯罷相，杜甫上疏爭論，肅宗怒，詔三司推問，因張鎬救護得免；此暗指其事。㊻聖哲二句　聖哲，此指代皇帝。宇縣，猶宇內、天下。小康，稍安定。時兩京恢復，故曰小康。㊼哭廟二句　哭廟，哭拜宗廟。兩京為叛軍所陷時，宗廟被焚毀，「胡來滿彤宮，中宵焚九廟」（〈往在〉）。九廟已焚，哭拜於廢墟，故曰「灰燼中」。朝，向。未央，漢有未央宮，此借指唐宮，亦當年貶華州辭京闕時「駐馬望千門」之意。

【語　譯】自從河北起風塵，明皇西奔蜀道長。玄宗肅宗分兩地，遙遙萬里一相望。崆峒之山殺氣黑，太子旌旗色換黃。大禹得位也傳子，肅宗平叛親自上戰場。天子儀仗滿吳岳，螭虎誓欲吃豺狼！可惜出手一不中，胡兵反而更張狂。官軍何草率，百姓大受傷！我任拾遺須盡職，憂憤使我激情揚。上感國家宗廟焚，下憫萬民如病瘡。此時上疏伏蒲席，面折廷諍死守寶座旁。君王受辱臣死節，皇威震怒差點把命喪。只要聖皇講仁又寬恕，天下自然稍安得小康。欲哭宗廟餘灰燼，鼻酸辭行向宮殿。

小臣議論絕，老病客殊方[48]。
鬱鬱苦不展，羽翮困低昂[49]。
秋風動哀壑，碧蕙捐微芳[50]。
之推避賞從，漁父濯滄浪[51]。
榮華敵勳業，歲暮有嚴霜[52]。
吾觀鴟夷子，才格出尋常[53]。
群兇逆未定，側佇英俊翔[54]。

【章旨】最後一段，敘入蜀後至近時。自甘退隱，期盼後賢。

【注釋】[48]小臣二句　上句，乾元元年六月杜甫由左拾遺貶官華州司功參軍，拾遺是個「從八品上」的小官，但因是諫官，能發議論，今罷斥，故曰「小臣議論絕」。殊方，異地他鄉。乾元二年七月棄官經秦州入蜀，故云「客殊方」。[49]羽翮句　羽翮，羽莖，指代鳥類。此句以鳥自比。困低昂，不能奮飛。[50]秋風二句　蕙，蘭屬香草。捐，喪失。《杜詩鏡銓》注：「公以被讒譖而出，二句即景寓意。」[51]之推二句　之推，介之推，春秋時人。曾隨晉文公在外流亡十九年，晉文公回國即位，他避不受賞，隱於綿山。漁父，《楚辭・漁父》中所寫漁人。篇末有漁父之歌：「滄浪之水清兮，可以濯吾纓；滄浪之水濁兮，可以濯吾足。」此用古隱者自喻。[52]榮華二句　二句言即使榮華富貴與事業一樣成功，也難免如歲有遲暮，終遇嚴霜而衰敗。

敵，等對。(53)吾觀二句　鴟夷子，春秋時越大夫范蠡，佐越王勾踐滅吳後，知勾踐可與共患難，不可與共安樂，乃棄官泛遊五湖，自號「鴟夷子皮」。或云暗指李泌，泌佐肅宗破賊，後乃歸隱衡山。才格，才智人格。(54)群兇二句　群兇，指割據諸軍閥。側佇，側身佇盼。或盼李泌一類的賢能復出，蓋李泌與范蠡相似，智能避禍，才可濟世。

【語譯】微臣言路從此斷，老病他鄉客無依。心情鬱鬱苦不展，鎩羽徘徊難奮飛。秋風哀號動群壑，蘭蕙微香怎禁吹。曾聞漁父濯滄浪，且隨避賞介之推。莫喜榮華匹勳業，歲暮恐有嚴霜摧。我看唯有越范蠡，才智格調舉世稀。群兇猶鬥尚未寧，側足佇盼英俊起！

【研析】中國傳統敘事詩的一個基本特徵是：兼具敘事性與抒情性。這一特徵在本詩中得到典型的體現。關鍵是，二者的結合是以杜詩「慨世還是慨身」的特有形式實現的。如第二、三段，既是杜甫當年經歷之實錄，又是盛唐漫遊之風的寫照；第五段則將自己的經歷及深廣的憂憤，與朝廷的進退混成一氣來寫，「一人心，一國之心」是也。它不但是杜甫一生思想、情感、經歷最可信的原始資料，也是唐帝國救亡圖存關鍵時刻最可信的原始「氣象」資料。這不是西式的荷馬「史詩」，是中式的杜甫「詩史」。

順便說一下：第二段用大量的人文景觀、地名與典故的鋪陳代替場景的具體描繪，是賦常見的手法，也是中國詩中敘事常用的手法。它雖然減弱了〈隴右紀行〉詩那樣的生動性，但強化了作者因歷史事件所激起的豪情壯志，與題目是相稱的。此詩為古體詩，卻多對偶句，後人稱為「唐古」。

昔遊（五古）

【題解】大曆元年（西元七六六年）秋，杜甫在夔州所作。詳寫宋、齊之遊，可視為〈壯遊〉的補充。仇注：「公夔州後詩，間有傷於繁絮者，此則長短適中，濃淡合節，整散兼行，而摹情寫景，已覺興會淋漓，此五古之最可法者。」

昔者與高李，晚登單父臺❶。
寒蕪際碣石❷，萬里風雲來。
桑柘葉如雨，飛藿共徘徊。
清霜大澤❸凍，禽獸有餘哀。
是時倉廩實，洞達寰區開❹。
猛士思滅胡，將帥望三台❺。
君王無所惜❻，駕馭英雄材。
幽燕盛用武❼，供給亦勞哉！
吳門轉粟帛，泛海陵蓬萊❽。
肉食三十萬，獵射起黃埃❾。
隔河憶長眺，青歲已摧頹。
不及少年日，無復故人杯❿。
賦詩獨流涕，亂世想賢才。
有能市駿骨，莫恨少龍媒⓫：
商山議得失，蜀主脫嫌猜⓬。

呂尚封國邑，傅說已鹽梅⑬。
景晏楚山深，水鶴去低回⑭。
龐公任本性，攜子臥蒼苔⑮。

【注釋】❶昔者二句　高李，高適、李白。晚，歲晚；深秋。單父臺，即宓子賤琴臺。子賤，孔丘的學生，曾作單父宰，鳴琴而治，後人思之，因名其臺曰琴臺，在今山東單縣。登臺時間據高適〈宓公琴臺詩序〉云：「甲申歲，適登子賤琴臺，賦詩三首。」甲申是天寶三載（西元七四四年），知三人登臺在是年。❷寒蕪句　際，至也。碣石，山名，在幽燕境內，今河北昌黎北。❸大澤　即孟諸澤，在今河南商丘東北至山東單父之間，為古時遊獵之地。❹洞達句　洞達，暢通無阻。寰區，全國。❺三台　唐時中書省稱西台，門下省稱東台，合尚書省為三台。三省長官實即宰輔之職。❻君王句　承上聯，玄宗寵倖邊軍，濫賞諸將，如賜安祿山鐵券，封東平郡王。❼幽燕句　指范陽節度使安祿山，常在邊境釁事用武。❽吳門二句　吳門，蘇州。陵，越過。蓬萊，今山東蓬萊。二句承上「供給亦勞哉」。❾肉食二句　肉食，指供養之厚，此指安祿山部隊。二句承上「幽燕盛用武」。以上六句即〈後出塞〉所云：「漁陽豪俠地，擊鼓吹笙竽。雲帆轉遼海，粳稻來東吳。」❿隔河四句　河，黃河，唐時流經宋州、單父之間。青歲，青春歲月。故人，指當時同遊的高適、李白，二人已逝世，故云。⓫有能二句　兩句謂只要人主肯求賢才，不必愁沒有賢才。市駿骨，用燕昭王購駿馬骨事。《戰國策・燕策》：「燕昭王收破燕後即位，卑身厚幣以招賢者，欲將以報仇，故往見郭隗……郭隗先生曰：『臣聞古之君人，有以千金求千里馬者，三年不能得。涓人言於君曰：請求之。君遣之。三月，得千里馬。馬已死，買其骨五百金。反以報君。君大怒曰：所求者生馬，安事死馬而捐五百金？涓人對曰：死馬且買之五百金，況生馬乎？天下必以王為能市馬，馬今至矣。於是不能期年，千里之馬至者三。今王誠欲致士，先從隗始，隗且見事，況賢於隗者乎？豈遠千里哉！於是昭王為隗築宮而師之。』」龍媒，良馬，喻賢才。⓬商山二句　商山，商山四皓。漢高祖欲廢太子，四人調護之。蜀主，劉備。脫嫌猜，《三國志・諸葛亮傳》：「先主與亮情好日密，關羽、張飛等不悅，先主解之曰：孤之有孔明，猶魚之有水也！願諸君勿復言！羽、飛乃止。」⓭呂尚二句　呂尚，即姜尚，姜太公。後輔佐周武王滅殷，被封於齊。傅說，殷高宗賢相。鹽梅，調味之料，為調羹所需，喻賢才為國所急。《尚書》：「若作和羹，爾為鹽梅！」⓮景晏二句　景晏，歲暮。楚山，指夔州。水鶴，杜甫自喻。低回，徘徊留戀。⓯龐公二句　龐公，即龐德公，東漢人，躬耕峴山，晚年攜妻子隱居於鹿門山。末句自歎懷才不遇，只能如龐德公攜妻子隱鹿門山而已。

【語　譯】當年攜手高適與李白，深秋來登單父臺。寒荒平遠到碣石，萬里風雲入我懷。桑柘葉落如飄雨，豆葉飛舞共徘徊。霜天大澤凍，禽獸號哀哀。那時糧倉俱豐實，普天道路暢無礙。邊庭猛士奮身思滅胡，將帥一心想要升三台。君王爵賞全不惜，以此籠絡英雄材。幽燕一帶盡尚武，供給邊軍勞民又傷財！江淮稻米與布匹，蘇州轉運蓬萊又過海。狼虎之師三十萬，圍獵練兵蔽黃埃。憶昔隔着黃河遠眺望，青春歲月已摧敗！如今不及少年時，故人共飲已不再。獨自賦詩淚長流，亂世更思賢俊才。只要君王肯買千里馬之骨，何愁世上龍馬不會來！君不見商山四皓護太子，劉備孔明無嫌猜。輔佐武王姜尚封齊地，調和天下傳說如鹽梅。楚山暮色已沉沉，孤鶴水面猶徘徊。且學龐公任本性，攜妻將子鹿門山中閉門臥蒼苔。

【研　析】回想起與李白、高適梁宋之遊，寄病夔府的老杜豪情依舊，寫起詩來不覺興會淋漓！孤寂的晚年，盛世回憶成了杜甫醞釀歷史意象的原料。詩中那駿骨龍媒的意象，既是歷史的，也是個人情感的，所以已具有一定的符號性。不過在這首敘事詩中，歷史意象大多尚處於敘事的媒介地位，並沒有太多自身獨立的意味；只有在〈詠懷古跡五首〉、〈秋興八首〉這一類抒情當家的詩中，它才獨立出來，成為語言的豐碑，情感類型的符號。夔府的回憶與反思是杜詩再上一重天的起飛跑道，不容忽視。

遣　懷（五古）

【題　解】大曆元年（西元七六六年）秋，杜甫在夔州所作。《讀杜心解》注：「末段，遣懷本旨。客懷交誼，一往情深，此老生平肝膈，於斯見焉。」

昔我遊宋中，惟梁孝王都❶。
名今陳留亞，劇則貝魏俱❷。
邑中九萬家，高棟照通衢。
舟車半天下，主客多歡娛。
白刃讎不義，黃金傾有無❸。
殺人紅塵裏，報答在斯須❹。
憶與高李輩，論交入酒壚。
兩公壯藻思，得我色敷腴❺。
氣酣登吹臺❻，懷古視平蕪。
芒碭雲一去，雁鶩空相呼❼。
先帝❽正好武，寰海未凋枯。
猛將收西域，長戟破林胡❾。
百萬攻一城，獻捷不云輸❿。
組練棄如泥，尺土負百夫⓫。
拓境功未已，元和辭大鑪⓬。

亂離朋友盡，合沓歲月徂⑬。
吾衰將焉託？存歿再嗚呼⑭！
蕭條病益甚，獨在天一隅。
乘黃已去矣，凡馬徒區區⑮。
不復見顏鮑，繫舟卧荊巫⑯。
臨餐吐更食，常恐違撫孤⑰。

【注釋】❶昔我二句　宋中，今河南商丘。梁孝王都，漢梁孝王自大梁（今河南開封）遷都睢陽（今河南商丘）。《漢書・梁孝王傳》：「孝王築東苑，方三百餘里，廣睢陽城七十里。」睢陽，春秋時宋地。❷名今二句　名，猶名邦、名郡。陳留亞，僅次於陳留。陳留（唐之汴州，今河南開封）為漢唐以來商業都市。劇，繁忙之地。貝魏俱，與貝州（今河北清河縣）、魏州（今河北大名）相同。❸白刃二句　讎不義，殺死不義之人。傾有無，盡其所有，傾囊相助。有無是偏義複詞，即有。❹斯須　片刻。❺敷腴　歡悅貌。漢樂府〈隴西行〉：「顏色正敷腴。」❻吹臺　即繁臺，在今開封東南禹王臺公園內。相傳為春秋時師曠吹樂之臺，梁孝王亦常歌吹於此，故稱吹臺。❼芒碭二句　兩句謂高祖已死，此地空有雁鶩相呼而已。芒碭，即芒山與碭山，在今安徽碭山縣東南，二山相去八里。《漢書・高帝紀》：「高祖隱於芒碭山澤間，所居上常有雲氣。」❽先帝　指唐玄宗。❾猛將二句　收西域，如王忠嗣、哥舒翰等之攻吐蕃。破林胡，如安祿山、張守珪等之攻契丹。契丹，即戰國林胡地。❿百萬二句　玄宗晚年黷武，往往不惜大量犧牲。如哥舒翰攻石堡之役，《資治通鑑》玄宗天寶八載：「上（指唐玄宗）命隴右節度使哥舒翰帥隴右、河西及突厥阿布思兵，益以朔方、河東兵，凡六萬三千，攻吐蕃石堡城。其城三面險絕，惟一徑可上，……如期拔之，獲吐蕃鐵刃悉諾羅等四百人，唐士卒死者數萬。」⓫組練二句　組練，組甲、練袍，即軍裝。上句言不惜物力，下句言不惜民命。⓬元和句　句意謂天下從此不太平。元和，太平氣象。大鑪，《莊子》：「以天地為大爐。」⓭合沓句　合沓，相繼貌。徂，逝也。⓮吾衰二句　存歿，或存（活着）或歿（已死）。這裡「存」是自指，「歿」指李白、高適。李白於寶應元年（西元七六二年）十一月卒，高適於永泰元年（西元七六五年）卒，故云「再嗚呼」。⓯乘黃二句　乘黃，駿馬，喻高李。凡馬，杜甫自謂。徒區區，徒勞不頂事。⓰不復二句　顏鮑，顏延之和鮑照，以比高李。荊巫，泛指三峽地區。⓱臨餐二句　吐更食，言悲悒不能下嚥，勉強吞嚥。違撫孤，有違撫高、李遺孤的意願。吐而復食正為恐客死他鄉不能了此心願耳。

【語　譯】昔日我來宋中遊，地本梁孝王之都。盛名僅在陳留次，繁忙不減貝州與魏州。城里九萬家，高樓蔭大路。車船通達半天下，主客相會多歡娛。白刃如霜殺不義，黃金不吝傾囊助。殺人鬧市中，報答知遇在一呼。憶與高適和李白，結交進酒鋪。兩公詩思壯，得我情更舒。氣勢酣暢登吹臺，平蕪曠遠自懷古。芒山碭山雲氣盡，此地空鳴雁和鶩。玄宗皇帝正好武，四海供給未耗枯。猛將尚能收西域，長戟一揮破林胡。百萬之師攻一城，還好意思獻捷掩敗稱沒輸！組甲練袍賤之棄如泥，為爭尺土不惜死百夫。君主拓邊猶未已，太平離去不復初。亂離之際朋友盡，光陰逝矣不可駐。吾已衰病將何依，那堪兩傷亡友再嗚呼？淒涼病更甚，獨在異鄉處。千里之駿已去矣，區區凡馬徒自苦。顏鮑之才不復見，繫舟臥病在荊巫。情惡欲吐強加餐，常恐客死怎能照看高李之遺孤！

【研　析】此詩又可視為〈昔遊〉的補充，挑明了玄宗的黷武是禍亂之源，覃思更進一層；又將對亡友高適、李白的思念轉化為對二人遺孤的關心，情感上之摯厚也更進一層。詩中情緒變化風起雲湧，成為該詩驅動敘事的內力。〈壯遊〉、〈昔遊〉、〈遣懷〉題材交叉，寫法各異，效果不同，可謂極盡文章之能事。至於此期老杜多長篇回憶，其原因或謂：「杜甫在夔州山峽裏，與外間廣大世界隔絕，朋友稀少，生活平靜；同時，身體衰病相因，時好時壞，瘧疾、肺病、風痹、消渴（即糖尿病），俱時相侵擾，所以有時臥病在床；在閒靜與臥病兩種生活狀況中，過去一切經歷俱不禁在腦海中活躍起來。」（四川省文史研究館編寫《杜甫年譜》所言近是。

八哀詩并序（五古）

傷時盜賊未息，興起王公李公，歎舊懷賢，終於張相國。八公前後存歿，遂不詮次焉。

【題解】大曆元年（西元七六六年）秋，杜甫在夔州所作。此組詩八首，一首傷悼一位先賢，不按卒年先後排次序。趙次公認為〈八哀詩〉是依傍《文選》中〈七哀詩〉的題目，而與顏延年〈五君詠〉相近，每篇記一人事跡。仇注引郝敬曰：「〈八哀詩〉雄富，是傳記文字之用韻者。文史為詩，自子美始。」說此組詩是「傳記文字之用韻者」並不準確。請注意：杜甫以文史為詩，卻保持了詩心、詩味，保留了詩之為詩的特質，不為「傳記體」所泯沒，這是一條寶貴的經驗，也是讀者讀此詩不應偏離的路徑。

贈司空王公思禮

司空出東夷，童稚刷勁翮❶。
追隨燕薊兒，穎銳物不隔❷。
服事哥舒翰，意無流沙磧❸。
未甚拔行間，犬戎大充斥❹。
短小精悍姿，屹然強寇敵。

貫穿百萬眾，出入由咫尺。
馬鞍懸將首，甲外❺控鳴鏑。
洗劍青海水，刻銘天山石❻。
九曲非外蕃，其王轉深壁❼。
飛兔不近駕，鷙鳥資遠擊❽。
曉達兵家流，飽聞《春秋》癖❾。
胸襟日沉靜，肅肅自有適❿。
潼關初潰散，萬乘猶辟易⓫。
偏裨無所施，元帥見手格⓬。
太子入朔方，至尊狩梁益⓭。
胡馬纏伊洛，中原氣甚逆⓮。
肅宗登寶位，塞望勢敦迫⓯。
公時徒步至，請罪將厚責⓰。
際會清河公，間道傳玉冊。
天王拜跪畢，讜議果冰釋⓱。

翠華卷飛雪，熊虎亙阡陌⑱。
屯兵鳳凰山，帳殿涇渭闢⑲。
金城賊咽喉，詔鎮雄所搤⑳。
禁暴清無雙，爽氣春淅瀝㉑。
巷有從公歌，野多青青麥㉒。
及夫哭廟後，復領太原役㉓。
恐懼祿位高，悵望王土窄。
不得見清時，嗚呼就窀穸㉔！
永繫五湖舟，悲甚田橫客㉕。
千秋汾晉間，事與雲水白㉖。
昔觀〈文苑傳〉，豈述廉藺績。
嗟嗟鄧大夫，士卒終倒戟㉗。

【章旨】詩從王思禮的祖籍、童年一直寫到死，平生事跡頗為完整，是史傳的寫法。尤需注意的是，杜甫採用類似徒手格鬥的所謂「白戰」的方法正面直寫，以「短小精悍姿」、「馬鞍懸將首」的白描與「意無流沙磧」、「胸襟日沉靜」的渲染傳神，更見厚實而空靈。至若詳寫失守後種種情節，對敘述王思禮而言，自然是「非敘功之正文」，但他藉寫王思禮生死交關時與房琯的際遇，寫出了他心目中的賢相房琯，在唐王朝存亡未卜、玄肅父子皇權非正常傳授的關鍵時期所起的作用，及其保護將才的讜論卓識，扣緊了組詩「嘆舊懷賢」之主旨，同時王思禮的形象也更豐滿了。

【注釋】❶司空二句　司空，三公之一。王思禮於上元元年（西元七六〇年）加司空。王思禮兩《唐書》有傳。東夷，指高麗。《舊唐書・王思禮傳》：「王思禮，營州城傍高麗人也。」刷勁翮，洗刷有力的雙翼，沈約〈酬謝宣城脁詩〉：「將隨渤澥去，刷羽汎清源。」此喻王公少年時就很強健勇武。❷追隨二句　燕薊兒，燕薊故地在今北京市西南，當時因受游牧民族很深的影響，所以民風強悍。王思禮之父王虔威為朔方軍將，思禮少習軍旅，故稱。穎，錐芒。下句謂因尖銳，易穿透，故物不能隔。❸服事二句　《舊唐書・王思禮傳》：「思禮少習戎旅，隨節度使王忠嗣至河西，與哥舒翰對為押衙。及翰為隴右節度使，思禮與中郎周泌為翰押衙。」下句謂不將沙漠戈壁放在眼裡。❹未甚二句　行間，行伍間。犬戎，指吐蕃。自此下十二句，寫王思禮在與吐蕃之戰中的表現，當在天寶六至十三載間（西元七四七～七五四年）。❺甲外　錢注引鮮於注：「甲外，軍陣之外也，有遊騎掠軍離什伍者。」即「遊擊隊」之類。❻洗劍二句　青海，即今青海省青海湖，時為唐與吐蕃經常征戰之地。刻銘，後漢竇憲大破北單于，登燕然山，班固撰〈封燕然山銘〉。❼九曲二句　九曲，地名，在今青海化隆。唐景雲元年（西元七一〇年），吐蕃賄賂鄯州都督楊矩，要求九曲作為金城公主的湯沐之邑。吐蕃得九曲之後，復叛。天寶十二載，哥舒翰收復九曲等地。其王，指吐蕃王。深壁，退而固守。《舊唐書・哥舒翰傳》：「天寶六載，擢授右武衛員外將軍，充隴右節度副使……先是，吐蕃每至麥熟時，即率部眾至積石軍穫取之，共呼為『吐蕃麥莊』，前後無敢拒之者。至是，翰使王難得、楊景暉等潛引兵至積石軍，設伏以待之。吐蕃以五千騎至，翰於城中率驍勇馳擊，殺之略盡，餘或挺走，伏兵邀擊，匹馬不還。……明年，築神威軍於青海上，吐蕃至，攻破之；又築城於青海中龍駒島，……吐蕃屏跡不敢近青海。」王思禮參與這些戰事。❽飛兔二句　二句謂王思禮大才當大任。飛兔，神馬。鷙鳥，猛禽。❾曉達二句　二句謂王思禮精通兵書與《春秋左氏傳》。兵家流，指兵家各種著作。《漢書・藝文志》錄有漢以前兵家著作。春秋癖，《晉書・杜預傳》載杜預自稱：「臣有《左傳》癖。」❿胸襟二句　謂王思禮穩重自持。⓫潼關二句　此言天寶十五載五月潼關失守，玄宗走西蜀事。萬乘，指皇帝。辟易，驚退。⓬偏裨二句　偏裨，《唐書・哥舒翰傳》載，哥舒翰以王思禮等為裨將。無所施，謂哥舒翰不採納王思禮的意見，王無可奈何。《舊唐書・王思禮傳》：「十五載二月，思禮於紙隔上密語翰，請抗表誅楊國忠，翰不應。復請以三十騎劫之，橫馱來潼關殺之，翰曰：『此乃翰反，何預祿山事。』六月，潼關失守。」手格，被縛。《資治通鑑》天寶十五載六月四日，潼關唐軍既敗，哥舒翰「至關西驛，揭牓收散卒，欲復守潼關。蕃將火拔歸仁等以百餘騎圍驛，入謂翰曰：『賊至矣，請公上馬。』翰上馬出驛，……歸仁以毛縶其足於馬腹，及諸將不從者，皆執之以東。會賊將田乾真已至，遂降之，俱送洛陽。」⑬太子二句　太子，指後來的肅宗皇帝李亨。至尊，指唐玄宗。狩梁益，指逃往蜀地。狩，出獵，此為皇帝奔逃的諱稱。⑭胡馬二句　伊洛，伊水、洛水，此指洛陽。氣甚逆，叛逆的氣焰甚囂張。⑮肅宗二句　太子李亨於天寶十五載七月即位於靈武。因受裴冕等勸進，故曰「塞望」，以塞眾望也。敦迫，催促逼迫。⑯公時二句　公，指王思禮。《舊唐書》本傳：「六月，潼關失守，思禮西赴行在，至安化郡。思禮與呂崇賁、李承光並引於纛下，責以不能堅守，並從軍令。或救之可收後效，遂斬承光而釋思禮、崇賁，與房琯為副使。」⑰際會四句　際會，相遇。清河公，即房琯，封清河郡公。間道，小路。玉冊，指詔書。天王，指肅宗。讜議，公正的議論。冰釋，化解成見。《舊唐書・房琯傳》：天寶十五載八月，「與左相韋見素、門下侍郎崔渙等奉使靈武，冊立肅宗。至順化郡謁見，陳上皇傳付之旨，因言時事，詞情慷慨，肅宗為之改容。時潼關敗將王思禮、呂崇賁、李承光等引於纛下，將斬之，琯從容救諫，獨斬承光而已。」⑱翠華二句　翠華，天子之旗。熊虎，將士之旗。亙，橫遍。阡陌，田間之道路。史載，至德二載（西元七五七年）二月，肅宗至鳳翔，旬日間，隴右、河西、安西、西域之兵皆會，故軍旗遍野。⑲屯兵二句　鳳凰山，即岐山，在鳳翔府，此謂肅宗至鳳翔。帳殿，用帷帳搭成的行宮。涇渭辟，開闢在涇水與渭水之間。⑳金城二句　金城，即今西安市西之興平縣，與武功接壤。詔鎮，奉詔鎮守。《舊唐書・王思禮傳》：「除為關內節度使，尋遣守武功。」搤，扼守。金城好比是賊咽喉，與之相鄰的武功可扼其要衝，故以王公之英雄而鎮此。㉑爽氣句　言王思禮能寓威於恩，如春時而有秋氣。㉒巷有二句　二句謂王思禮頗得民心，百姓歌頌他，願意跟從他，而莊稼得到保護長勢也很好。巷，里巷，指百姓。從公，趙次公注引《詩・泮水》：「無小無大，從公於邁。」意思是無論尊卑，大家都跟着魯公向前走。㉓及夫二句　哭廟，肅宗收受長安後，至太廟祭告祖先。下句謂乾元二年制以王思禮為太原尹、北京留守、河東節度使。㉔不得二句　《舊唐書》本傳載：「上元二年四月，以疾薨，輟朝一日，贈太尉，諡曰武烈。」窀穸，墓穴。㉕永繫二句　上句言不能如范蠡功成退隱江湖矣；下句謂其舊部悲歌為悼王公。田橫客，晉崔豹《古今注・音樂》：「〈薤露〉、〈蒿里〉，喪歌也。出田橫門人。橫自殺，門人傷之，為之悲歌。」㉖千秋二句　汾晉，指太原。下句謂其事跡當與雲水長在。《舊唐書・王思禮傳》載其守太原時「貯軍糧百萬，器械精銳。」㉗昔觀四句　廉藺，廉頗與藺相如，趙國之將相。一作「廉頗」。前二句謂史書之〈文苑傳〉未見記載廉、藺事跡，意為文人不可能有廉頗、藺相如的業績。後二句承上，引出繼任王思禮為太原尹而以文吏見長的鄧景山，不知通變，終至士卒叛亂而身死，是以文吏不能馭軍的教訓，反襯王思禮確實是繫一方安危的將材。

【語　譯】（此詩之作，）原為感傷盜賊至今未能平息，遂從王公思禮、李公光弼起興，其中歎悼舊臣，懷念賢人，收於張相國九齡。此八人先後辭世，也就不必按順序寫了。

王司空，高麗種，少時如鷹羽翼豐。追隨幽燕遊俠兒，脫穎而出習軍戎。出征曾從哥舒翰，意氣目無戈壁灘！行伍多年難提拔，適逢吐蕃大發難。身材短小顯精悍，強寇對峙挺屹然。能穿敵陣百萬軍，隨腳出入只等閒。斬將馬鞍懸其頭，彎弓鳴鏑匹馬收。青海之水洗劍過，天山之石勒銘留。九曲再歸大唐有，藩王壁壘轉深守。神馬長驅不駕車，猛禽遠擊志方酬。王公精通兵家諸典籍，飽讀《春秋左傳》已成癖。胸襟開闊更持重，肅然嚴正有定力。潼關潰敗初，皇帝尚逃避。偏裨將佐無奈何，眼見元帥被虜去。太子北上到靈武，明皇西走奔蜀地。胡馬盤踞在洛陽，中原囂張多叛逆。肅宗皇帝倉促登大位，為塞眾望勢所逼。其時王公徒步歸，潼關失守問罪將嚴責。正逢房琯小路輾轉來，為傳聖旨言冊立。肅宗拜跪大禮畢，從善如流王公罪獲釋。天子之旗捲飛雪，熊虎軍旗各路齊集結。屯兵就在鳳翔府，帳殿面對涇渭列。金城好比賊咽喉，有詔王公鎮守武功扼之鉗似鐵。治軍嚴明清無比，寓威於恩恰似秋氣帶春雨。百姓願意跟着走，四野青青多麥黍。哭廟收兩京，又拜太原尹。惆悵國土日又蹙，官高任重恐懼增。嗚呼一命休，不得見太平！功成泛舟夢已破，但見門客悲田橫。晉陽汾水千秋在，公之事跡長與雲水生。往昔曾觀〈文苑傳〉，豈比廉藺天地驚？可歎文吏見長鄧景山，不知通變死亂兵！

故司徒李公光弼

司徒天寶末，北收晉陽甲[1]。
胡騎攻吾城，愁寂意不愜。

人安若泰山，薊北斷右脅❷。
朔方氣乃蘇，黎首見帝業❸。
二宮泣西郊，九廟起頹壓❹。
未散河陽卒，思明偽臣妾❺。
復自碣石來，火焚乾坤獵❻。
高視笑祿山，公又大獻捷。
異王冊崇勳，小敵信所怯❼。
擁兵鎮河汴，千里初妥帖❽。
青蠅紛營營，風雨秋一葉。
內省未入朝，死淚終映睫❾。
大屋去高棟，長城掃遺堞❿。
平生白羽扇，零落蛟龍匣⓫。
雅望與英姿，惻愴槐里接⓬。
三軍晦光彩，烈士痛稠疊⓭。
直筆在史臣，將來洗筐篋⓮。

吾思哭孤冢，南紀⑮阻歸楫。
扶顛永蕭條，未濟失利涉⑯。
疲苶⑰竟何人，灑涕巴東峽。

【章旨】李光弼，平叛名將，與郭子儀齊名。本篇通過名將李光弼的遭遇，頌其功業，哀以讒死，寫出用人之道關係國家的安危。賢才要盡其用，正是〈八哀詩〉的主腦。

【注釋】❶司徒二句　司徒，官名，三公之一，李曾為檢校司徒。晉陽，即山西太原。史載：天寶十五載，安史亂起，肅宗即位靈武，改元至德。八月授李光弼太原尹，以卒五千赴太原，故曰「北收晉陽甲」。❷胡騎四句　史載，史思明至德二載率眾十餘萬攻太原，光弼大破之，斬首七萬餘級，加檢校司徒，四句記其事。意不愜，指敵不能如意。薊北，安史叛軍老巢河北。因光弼守太原，在其西，無異斷其右脅。❸朔方二句　二句謂光弼重挫安史叛軍，使老百姓看到帝業中興的希望。朔方，指肅宗駐地靈武。黎首，猶黎民。❹二宮二句　二宮，指玄宗、肅宗。泣西郊，《資治通鑑》：上皇至咸陽，上（指肅宗）備法駕迎於望賢宮。上捧上皇足，嗚咽不自勝。九廟，宗廟，代表帝業。❺未散二句　乾元元年（西元七五八年）九節度使兵潰鄴城下，光弼守河陽，故曰「未散河陽卒」。史思明至德二載（西元七五七年）十二月降，次年四月復反叛，故曰「偽臣妾」。❻復自二句　碣石，山名，在今河北昌黎附近，借指燕地。乾坤獵，把天下當成大獵場、屠宰場。❼異王二句　史載，乾元二年（西元七五九年）史思明攻河陽，光弼大破之，斬首萬餘級，生擒八千，乘勝收懷州，以功進臨淮郡王。非李唐帝室而異姓封王，故曰「異王」。小敵句，《後漢書・光武帝紀》：劉秀於昆陽之戰，表現英勇，諸將曰：「劉將軍生平見小敵怯，今見大敵勇。」以劉秀比光弼，計其大節。❽擁兵二句　鎮河汴，指李光弼以河南副元帥，都統河南、淮南東西等八道行營節度使，出鎮臨淮。妥帖，安寧。❾青蠅四句　四句記其事，也寫出李光弼複雜的內心，既是痛惜良將，也是對宦官亂政的憂患與憤慨。青蠅，喻進讒的小人，《詩・青蠅》：「營營青蠅，止於樊。豈弟君子，無信讒言。」史載，宦官魚朝恩、程元振與光弼不協，常進讒言。廣德初，吐蕃入侵，光弼因懼宦官迫害，遷延不敢至，後愧恥成疾，卒於徐州，年五十七。❿大屋二句　二句言朝廷失光弼，如大屋去棟梁、長城毀遺堞。遺堞，城上矮牆。《南史・檀道濟傳》：「道濟見收……乃脫幘投地曰：『乃壞汝萬里長城！』」⓫平生二句　白羽扇，儒將常用白羽扇指揮軍事。光弼史稱能讀班氏《漢書》，非一介武夫。蛟龍匣，指靈柩。⓬雅望二句　槐里，漢武帝茂陵所在地，衛青、霍去病墓亦在附近。今光弼葬三原，近高祖獻陵，中宗定陵，故以槐里為比。⓭三軍二句　晦光彩，《國史補》稱李光弼代領郭子儀軍，營壘旗幟，精彩一變。今光弼已歿，故曰「晦」。稠疊，稠密而重疊，此言英烈之士為之痛惜不止。⓮直筆二句　此二句言將來必有直筆而書的史臣，會為李光弼洗去種種毀謗。筐篋，《史記・樗里子甘茂列傳》：「魏文侯令樂羊將而攻中山，樂羊返而論功，文侯示之謗書一篋。」⓯南紀指江漢。《詩・四月》：「滔滔江漢，南國之紀。」⓰扶顛二句　此言想渡河卻失去舟船，以喻平叛未取得完勝就失去得力大將。扶顛，《論語・季氏》：「危而不持，顛而不扶，則將焉用彼相矣！」此言匡復之志無實現之日。《易》：「利涉川」。⓱疲苶　疲憊貌。

【語　譯】天寶末年大亂起，奉命太原收兵李光弼。何懼胡騎攻我城，叛軍大來必失意。民眾安之若泰山，叛匪無異斷右臂。朝廷靈武初復蘇，百姓盼望中興帝。玄宗肅宗咸陽西郊相見哭，宗廟圮頹又復起。河陽幸有軍未散，思明詐降今又叛。死火復燃來碣石，天地焚燒似獵場。思明自視甚高嘲祿山，我公因此又打大勝仗！異姓封王大功勳，大智大勇真大將。出鎮淮安且持重，千里安寧無波浪。可恨讒言好比蒼蠅常嗡嗡，功高命似秋葉懸在風雨中。未敢勤王成內疚，至死睫下淚猶濃。大屋從此抽棟梁，長城磚碟一掃空！平生慣揮白羽扇，如今一棺鎖蛟龍。痛哉名望英姿追古人，哀哀依傍槐里帝陵崇。三軍旗幟沒光彩，將士悲聲連日中。自有史臣直筆在，將來謗書一洗空！我也有意哭孤墳，奈何南方遼遠舟難通。持危扶顛志不酬，時不我與夢無蹤。身心俱疲者何人？淚灑三峽一老翁！

贈左僕射鄭國公嚴公武

鄭公瑚璉器，華岳金天晶❶。
昔在童子日，已聞老成名。

嶷然大賢後，復見秀骨清❷。
開口取將相，小心事友生。
閱書百紙盡，落筆四座驚。
歷職匪父任❸，嫉邪常力爭。
漢儀尚整肅，胡騎忽縱橫❹。
飛傳自河隴，逢人問公卿❺。
不知萬乘❻出，雪涕風悲鳴。
受詞劍閣道，謁帝蕭關城❼。
寂寞雲臺仗，飄颻沙塞旌。
江山少使者，笳鼓凝皇情❽。
壯士血相視，忠臣氣不平。
密論貞觀體，揮發岐陽征❾。
感激動四極，聯翩收二京。
西郊牛酒再，原廟丹青明❿。
匡汲俄寵辱，衛霍竟哀榮⓫。

四登會府地，三掌華陽兵⑫。
京兆空柳色，尚書無履聲⑬。
群烏自朝夕，白馬休橫行⑭。
諸葛蜀人愛，文翁儒化成⑮。
公來雪山重，公去雪山輕⑯。
記室得何遜，韜鈐延子荊⑰。
四郊失壁壘，虛館開逢迎。
堂上指圖畫，軍中吹玉笙⑱。
豈無成都酒，憂國只細傾。
時觀錦水釣，問俗終相并⑲。
意待犬戎滅，人藏紅粟盈⑳。
以茲報主願，庶或裨世程㉑。
炯炯一心在，沉沉二豎嬰㉒。
顏回竟短折，賈誼徒忠貞㉓。
飛旐出江漢，孤舟轉荊衡㉔。

虛無馬融笛，悵望龍驤塋㉕。
空餘老賓客，身上愧簪纓㉖。

【章旨】嚴武永泰元年（西元七六五年）卒，時年四十，贈尚書左僕射。武乃杜甫交誼最深的故人子，集中相關之詩達三十餘首。武累年鎮蜀，杜甫稱「公來雪山重，公去雪山輕」，頗頌其功而痛其未盡才。《舊唐書》本傳於細節頗多指摘，評價不高，杜甫大處着眼，可糾史書之偏。

【注釋】❶鄭公二句　鄭公，廣德二年嚴武因破吐蕃，拔當狗城，取鹽川城，因功封鄭國公。瑚璉，古代祭祀用的貴重器皿，比喻堪當大任的人才。華岳，西岳華山。金天晶，玄宗先天二年封華岳神為金天王，嚴武為華陰人，故稱其為「金天晶」。❷嶷然二句　嶷然，早熟貌。嶷，《說文》：「小兒有知也。」大賢後，嚴武父挺之，官中書侍郎。武本傳稱：「宰相房琯以武名臣之子，素重之。」秀骨，姿質清秀雋爽。❸歷職句　匪父任，非靠門蔭也。❹漢儀二句　漢儀，即《漢官儀》，記漢宮朝儀之書，此借言唐室朝儀。胡騎，此指安史叛軍。❺飛傳二句　二句言聞亂嚴武則快馬自隴右一路問訊赴皇帝行營，即本傳所謂「武仗節赴行在。」飛傳，乘驛站快馬。河隴，河西隴右地區。❻萬乘　指玄宗，時已奔蜀。❼受詞二句　二句謂嚴武追玄宗至劍閣，受命至肅宗蕭關行營效力。受詞，受命。劍閣，關中入蜀關隘。蕭關，在今甘肅固原東南。❽寂寞四句　雲臺，天子所居，此指玄宗在蜀。沙塞旌，此指肅宗在靈武的部隊。「江山」二句言玄宗僻在蜀地，信息不靈，但仍繫心中原戰事。❾密論二句　二句言嚴武常以貞觀之治激勵肅宗，並鼓動他至鳳翔親征。此節未見於史載，是杜甫對嚴武事跡的重要補充。密論，經常議論。貞觀體，貞觀為唐太宗年號，此指貞觀之治成功的體制。揮發，這裡有鼓動的意思。岐陽，即鳳翔，時為肅宗駐所。鳳翔在岐山之南，故稱。❿西郊二句　牛酒再，指收長安後，百姓先後在西郊設牛肉酒食迎肅宗與玄宗二帝大駕。原廟句，言復原宗廟，重繪彩圖。⓫匡汲二句　匡汲，指漢代名臣匡衡與汲黯。二人以諫諍著名，都受過重用，也受過貶謫，以此喻嚴武生前仕途的不平坦。衛霍，指漢代名將衛青、霍去病。竟哀榮，死後備極哀榮，以喻嚴武死後贈尚書左僕射。⓬四登二句　會府地，指大都會。嚴武初為京兆少尹，再為京兆尹，兩為成都尹，故云「四登」。華陽，古國名，後以為蜀之代稱。下句，嚴武初為東川節度使，後兩任劍南節度使。節度使掌兵權，故稱「三掌華陽兵」。⓭京兆二句　二句言嚴武已去，空留行蹤。《漢書・鄭崇傳》：「擢為尚書僕射，數求見諫諍，上初納用之。每見曳革履，上笑：『我識鄭尚書履聲。』」此言嚴武曾在朝廷任職，為朝廷所賞識。⑭群烏二句　群烏，《漢書・朱博傳》：「(御史) 府中列柏樹，常有野烏數千，棲宿其上，晨去暮來，號曰『朝夕烏』。」嚴武曾為御史中丞、御史大夫，故云。白馬，《漢書》載，後漢張湛為光祿大夫，常乘白馬。光武每有異政，輒曰：「白馬生且復諫矣。」嚴武曾任諫議大夫，故以張湛作比。⑮文翁句　文翁，《漢書》載：景帝時，文翁為蜀郡太守，倡導儒學，注重教化，此借比嚴武在蜀的文治之功。⑯公來二句　二句形容嚴武身繫蜀地之安危。雪山，即西山，岷山主峰，為禦吐蕃之要隘。⑰記室二句　二句稱讚嚴武幕府得人。何遜，南朝梁文學家，《梁書・何遜傳》：「天監中，起家奉朝請，遷中衛建安王水曹行參軍，兼記室。」韜鈐，指參佐軍事。子荊，晉人孫楚，字子荊。《晉書・孫楚傳》：「遷佐著作郎，復參石苞驃騎軍事。」⑱四郊四句　四句言嚴武鎮蜀指揮從容，一派和平氣象。失壁壘，不再需要防禦工事。《禮記・曲禮》：「四郊多壘，此卿大夫之辱也。」虛館，言嚴武之節度府虛席以待人才。⑲時觀二句　二句言嚴武閒遊必兼採民風。杜甫〈奉酬嚴公寄題野亭之作〉：「幽棲真釣錦江魚。」⑳意待二句　言嚴武所為都是為了將來消滅來侵外寇，百姓豐衣足食。㉑世程　世人之範式。㉒二豎嬰　二豎，指病魔。《左傳》載：晉景公病，求醫于秦，秦伯使醫緩為之。未至，景公夢疾豎子，其一曰：「居肓之上，膏之下，若我何？」嬰，纏也。㉓顏回二句　顏回，孔子得意弟子，三十二歲早逝。賈誼，漢名臣，三十三歲早逝。嚴武四十歲早逝，故以顏、賈為比。㉔飛旐二句　飛旐，喪車上飄動的招魂幡。江漢、荊衡，皆靈柩所經之地。㉕虛無二句　二句言人琴俱亡，自己只能在夔府遙望華陰大墓而已。虛無，一作「虛橫」。馬融笛，後漢馬融善吹笛，有〈長笛賦〉。龍驤塋，《晉書・王濬傳》：武帝因童謠，拜濬為龍驤將軍，伐吳。太康六年卒，葬柏谷山，葬垣周四十五里。㉖空餘二句　老賓客，因曾為嚴武節度參謀，故自稱「老賓客」。簪纓，古代官吏的冠飾，指代官職。嚴氏薦杜為工部員外郎。

【語　譯】鄭公材質像瑚璉，本是華岳之精英。還在童子時，少年老成早聞名。大賢之子自早慧，乃見雋爽神骨清。開口便要取將相，待友卻有謙恭情。讀書百紙頃刻盡，落筆文彩四座驚。升遷不靠父之力，疾惡辟邪常力爭。大唐朝綱待整頓，叛軍胡騎破空忽縱橫。公自河隴兼程至，一路逢人問朝廷。不知天子走何方，拭淚但聞風悲鳴。終於劍閣道上親受上皇命，拜謁肅宗蕭關城。可憐玄宗儀仗冷，肅宗旌旗朔方遠飄零。江山兩地少使者，笳鼓聲聲凝注上皇情。壯士一去沙場血相見，忠臣抱憤氣不平。常論貞觀之治用激勵，鼓動朝廷鳳翔事親征。君臣正氣感四方，一鼓作氣收二京。父老西郊先後設宴迎二帝，復原宗廟彩繪明。身如匡衡汲黯翻寵辱，卒成衛青去病備哀榮。四登高官鎮都會，三任節度使掌兵。京兆如今空柳色，尚書履聲無從聽。御史府啼朝夕烏，不見勇諫白馬生。公如諸葛蜀人愛，又如文翁以儒教化事有成。身繫安危如山重，去後蜀亂山也輕。幕府得賢如何遜，參佐軍事有子荊。四郊從此無壁壘，府館虛席延群英。政清無事賞圖畫，軍中時聞吹玉笙。成都豈無佳釀酒？總為憂國且細傾。有時還觀錦水釣，不忘問俗知民情。深衷只為滅犬戎，來日但願家家穀倉盈。以此報答天子心頭願，與許有益世道人心成範型。其心炯炯明，奈何沉沉病。顏回德高竟夭折，賈誼忠貞惜薄命。招魂之旗飄飄出江漢，孤舟輾轉過荊衡。俱亡馬融笛，悵望將軍塋。空餘當年幕府老賓客，甫也愧對身上着簪纓。

贈太子太師汝陽郡王璡

汝陽讓帝子，眉宇真天人❶。
虬鬚❷似太宗，色映塞外春。
往者開元中，主恩視遇頻。
出入獨非時，禮異見群臣。
愛其謹潔極，倍此骨肉親。
從容聽朝後，或在風雪晨。
忽思格猛獸，苑囿騰清塵。

羽旗動若一，萬馬肅駪駪❸。
詔王來射雁，拜命已挺身。
箭出飛鞚內，上又回翠麟❹。
翻然紫塞翮，下拂明月輪❺。
胡人雖獲多，天笑❻不為新。
王每中一物，手自與金銀。
袖中諫獵書，扣馬久上陳。
竟無銜橛虞，聖聰矧多仁❼。
官免供給費，水有在藻鱗。
匪唯帝老大❽，皆是王忠勤。
晚年務置醴，門引申白賓❾。
道大容無能，永懷侍芳茵❿。
好學尚貞烈，義形必沾巾。
揮翰綺繡揚，篇什若有神。
川廣不可泝，墓久狐兔鄰。

宛彼漢中郡，文雅見天倫⓫。
何以開我悲，泛舟俱遠津⓬。
溫溫昔風味，少壯已書紳⓭。
舊遊易磨滅，衰謝增酸辛。

【章旨】在〈飲中八仙歌〉裡的汝陽王是個「道逢麴車口流涎，恨不移封向酒泉」的浪漫形象，而在這首詩裡則展示其謹慎、謙退、禮賢的另一面。合二為一，無非避嫌，「讓帝子」這個角色也不好當。知璡者，甫也。

【注釋】❶汝陽二句　汝陽，汝陽王李璡，天寶九載（西元七五〇年）卒，贈太子太師。讓帝，玄宗之兄李成器，立為太子。以玄宗有討平韋氏功，讓儲位，封寧王，薨諡讓皇帝，是為李璡之父。天人，非凡人也，此指其為帝王之苗裔。❷虬鬚　拳曲的連鬢鬍鬚。《酉陽雜俎》：唐太宗虬髯。❸駪駪　眾多疾行貌。❹箭出二句　鞚，馬勒。飛鞚，指快跑的馬。上，皇上，指玄宗。翠麟，良馬名。❺翩然二句　紫塞，北方邊塞。晉崔豹《古今注》：「秦築長城，土色皆紫，漢塞亦然，故稱紫塞焉。」紫塞翮，北方邊塞飛來的鳥，指大雁。明月輪，指拉開的弓。❻天笑　指皇上之笑。❼竟無二句　此二句言李璡諫獵未受責難，是因為玄宗納諫多仁心。銜橜虞，指車馬傾覆的危險。銜，馬嚼子。橜，車的鉤心。司馬相如〈諫獵書〉：「且夫清道而後行，中路而後馳，猶時有銜橛之變」。矧，況且。❽匪唯句　不只因為皇帝已老。❾晚年二句　二句謂汝陽王能尊賢者。置醴，設甜酒。申白賓，《漢書・楚元王傳》：「少時嘗與魯穆生、白生、申公俱受詩於浮邱伯。」又：「初元王敬禮申公等，穆生不嗜酒，元王每置酒，常為穆生設醴。」❿道大二句　無能，杜甫自謙語。侍芳茵，茵席陪坐，言自己曾遊汝陽王門。⓫宛彼二句　宛彼，宛然相似的他，指李璡之弟李瑀。天寶十五載（西元七五六年）瑀隨玄宗入蜀，至漢中，封漢中王。見天倫，看得出是親兄弟。⓬俱遠津　言杜甫與李瑀都在邊遠的江濱。時杜甫在夔州，漢中王在歸州。⓭書紳　記寫在衣帶上。《論語・衛靈公》：「子張書諸紳。」言子張把孔子的話記在紳帶上。

【語 譯】讓皇帝子汝陽王，眉宇之間透不凡。一似太宗有虯髯，氣色能映塞外春。往昔在開元，皇上頻來看視多恩典。出入宮室得隨便，會見群臣另眼看。謹身潔己招人愛，骨肉之親加倍憐。朝班之後有空閒，或在清晨風雪天，皇上忽思鬥猛獸，皇家園林起塵煙。羽旗一展刷刷齊，萬馬同步馬蹄疾。有詔我王來射雁，拜命旋即挺身馳。飛馬彎弓射，天子回騏窺。翩翩塞外禽，一時弓前墜。胡人雖然所獲多，天子含笑不稀奇。王每獵一物，皇帝金銀親手貽。我王袖出諫獵書，扣馬久陳詞。竟未遭貶斥，聖明多仁慈。官家從此免供給，水存萍藻自在魚。不為皇上日已老，皆因感動王忠勤。晚年傾心尊賢士，王府門迎俊彥臣。有道胸懷容我輩，永銘曾侍我王成嘉賓。好學乃能崇貞烈，義形於色涕淚必沾巾。揮筆成錦繡，篇章助有神。於今往事已遼遠，陵墓唯與狐兔鄰。宛然相似漢中王，文雅風神知弟兄。何以解我憂？令弟同處江濱相過從。溫情昔曾領風味，少壯已是記憶濃。舊遊往事易磨滅，酸辛增我老龍鍾！

贈秘書監江夏李公邕

長嘯宇宙間，高才日陵替❶。
古人不可見，前輩復誰繼。
憶昔李公存，詞林有根柢。
聲華當健筆，灑落富清製。
風流散金石，追琢山岳銳❷。
情窮造化理，學貫天人際❸。
干謁走其門，碑版照四裔❹。

各滿深望還，森然起凡例❺。
蕭蕭白楊路，洞徹寶珠惠❻。
龍宮塔廟湧，浩劫浮雲衛❼。
宗儒俎豆事，故吏去思計❽。
眄睞已皆虛，跋涉曾不泥❾。
向來映當時，豈獨勸後世。
豐屋珊瑚鉤，騏驎織成罽。
紫騮隨劍几，義取無虛歲❿。
分宅脫驂間，感激懷未濟⓫。
眾歸賙給美，擺落多藏穢⓬。
獨步四十年，風聽九皋唳⓭。
嗚呼江夏姿，竟掩宣尼袂⓮。
往者武后朝，引用多寵嬖。
否臧太常議，面折二張勢⓯。
衰俗凜生風，排蕩秋旻霽。

忠貞負冤恨，宮闕深旒綴⑯。
放逐早聯翩，低垂困炎厲⑰。
日斜鵩鳥入，魂斷蒼梧帝⑱。
榮枯走不暇，星駕無安稅⑲。
幾分漢廷竹，夙擁文侯篲⑳。
終悲洛陽獄，事近小臣敝㉑。
禍階初負謗，易力何深嚌㉒。
伊昔臨淄亭，酒酣託末契㉓。
重敘東都別，朝陰改軒砌。
論文到崔蘇，指盡流水逝㉔。
近伏盈川雄，未甘特進麗㉕。
是非張相國，相扼一危脆㉖。
爭名古豈然，鍵捷欻不閉㉗。
例及吾家詩，曠懷掃氛翳。
慷慨嗣真作，咨嗟玉山桂㉘。

鐘律儼高懸，鯤鯨噴迢遞㉙。
坡陀青州血，蕪沒汶陽瘞㉚。
哀贈竟蕭條，恩波延揭厲㉛。
子孫存如綫，舊客舟凝滯。
君臣尚論兵，將帥接燕薊。
朗詠〈六公篇〉，憂來豁蒙蔽㉜。

【章旨】李邕，揚州江都人，祖籍江夏，早擅才名，尤長碑頌，負氣直言，不拘細節。天寶六載下獄，為酷吏吉溫、羅希奭等羅織致死，卒贈秘書監。本篇盛讚其氣節文才，哀憤深婉，自見性情。

【注釋】❶長嘯二句　長嘯，類似口哨，聲清越而長，以示胸中情志。陵替，日漸衰頹。起句突兀，極見李邕之非凡。❷風流二句　言其碑頌文字到處被鐫刻。追琢，猶鐫刻。山岳銳，其碑如山岳之峻峭矗立。❸情窮二句　二句言李公文盡造化之理，學貫天道與人事。司馬遷〈報任安書〉：「亦欲以究天人之際，通古今之變，成一家之言。」天人，從天道到人事。❹干謁二句　干謁，為請託而求見。四裔，四方至邊遠處。《舊唐書》本傳：「邕早擅才名，尤長碑頌。雖貶職在外，中朝衣冠及天下寺觀，多齎持金帛，往求其文。前後所製，凡數百首。」❺森然句　言其豐盛的碑頌創作成為典範。森然，盛貌。凡例，典則。❻蕭蕭二句　白楊路，指通往墓地之路，猶「黃泉路」。下句言得李邕碑文就好像是給了夜明珠，洞照冥界。❼龍宮二句　二句言塔廟如龍宮一般湧現，得其碑文如得浮雲護持，歷浩劫而長存。龍宮，此指壯麗的寺觀。浩劫，佛家語，謂極長的時間。或云浩劫即指塔，杜詩：「浩劫因王造，平臺訪古遊。」❽宗儒二句　上句言其為學宮作碑，下句言或有官是調離，受其下屬之託作遺愛碑。以上六句寫李邕擅長寫各種碑頌。俎豆，祭器。❾眄睞二句　言看碑者絡繹不絕。不泥，不滯。❿豐屋四句　四句謂長年收納豐盛的饋贈，但都是潤筆費，合乎道義。《舊唐書》本傳：「邕受納饋遺，亦至鉅萬。時議以為自古罽文獲財，未有如邕者。」豐屋，大廈。珊瑚鉤，珊瑚做的簾鉤。騏驎織成罽，有麒麟花紋的毛織品。紫騮，指駿馬。劍几，寶劍與几案。⑪分宅二句　二句寫李邕慷慨急人難，猶感未足。分宅，春秋郈成子與穀臣友善，曾分割家宅安置穀臣的遺屬。又，周瑜與孫策交厚，曾分厝宅供孫策居住。脫驂，春秋時，晏嬰相齊，曾解左驂贖越石父，延為上客。懷未濟，感念未受其幫助者。⑫眾歸二句　上句言眾人都把賑濟的美譽歸之李邕，下句言他自己只是想擺脫多藏的穢名。《舊唐書》本傳：或告邕貪贓枉法，孔璋上書云：「且斯人所能，拯孤恤窮，救乏賑惠，積而便散，家無私聚。」⑬九皐唳　此言其文名為皇帝所聞知。《詩・鶴鳴》：「鶴鳴於九皐，聲聞於天。」⑭嗚呼二句　江夏姿，李邕之先人後漢會稽太守高陽侯徙居江夏，遂為江夏李氏。《後漢書・黃香傳》：「京師號曰：『天下無雙，江夏黃香。』」李邕父李善是著名的《文選》注家。此句謂李邕有高貴的血統。宣尼袂，《公羊傳・哀公十四年》載：「西狩獲麟……孔子曰：『孰為來哉?孰為來哉?』反袂拭面，涕沾袍。」又載：「西狩獲麟，孔子曰：吾道窮矣!」邕死於冤獄，英雄末路，遭遇悲慘。⑮否臧二句　否臧，褒貶。太常議，《舊唐書・韋巨源傳》：太常博士李處直，議巨源謚曰「昭」，戶部員外郎李邕駁之。時雖不從邕議，而論者是之。面折，當面駁議。二張，指張昌宗兄弟，二人為武則天之寵嬖。《舊唐書》本傳：御史中丞宋璟奏侍臣張昌宗兄弟有不順之言，請付法推斷。則天初不應，邕在階下進曰：「臣觀宋璟之言，事關社稷，望陛下可其奏。」則天色稍解，始允宋璟所請。⑯旒綴　皇帝冠冕上所垂之珠玉串。⑰放逐二句　史載，中宗時李邕曾以與張柬之善，出為南和令，又貶富州司戶。玄宗時貶崖州舍城丞，又曾貶欽州遵化尉，因頻被貶斥故曰「聯翩」；因崖州舍城在炎熱的海南島，故曰「困炎厲」。⑱日斜二句　鵩鳥入，賈誼自太中大夫貶為長沙王太傅，有鵩鳥入宅，乃不祥之鳥，遂作〈鵩鳥賦〉以自傷。蒼梧帝，指舜。舜南巡，死於蒼梧之野。邕曾貶富州，近蒼梧，故傷之。⑲星駕句　星駕，星夜駕車以行。《後漢書・袁紹傳》：「臣即星駕席卷。」稅，放置。稅駕，猶解駕，停車休息。⑳幾分二句　漢廷竹，漢郡守出任，剖竹符為信物，此指邕多次任刺史，前後曾任陳州刺史、括州刺史、淄、滑二州刺史及汲郡、北海太守。夙，舊時；過去。文侯篲，文侯，指魏文侯。篲，掃帚。阮籍〈詣蔣公奏記辭辟命〉：「昔子夏處西河之上，而文侯擁篲。」擁篲卻行，表示掃地迎接以示敬，借言李邕禮賢下士。㉑終悲二句　洛陽獄，《後漢書・蔡邕傳》：「下邕於洛陽獄。」此借指李邕被誣以罪。《舊唐書》本傳：天寶五載「姦贓事發。又嘗與左驍衛兵曹柳勣馬一匹，及勣下獄，吉溫令勣引邕議及休咎，厚相賂遺，詞狀連引，敕刑部員外郎祁順之、監察御史羅希奭馳往就郡決殺之，時年七十餘。」敝，一作「斃」。《左傳・僖公四年》載：驪姬陷害太子申生，把申生送來的酒肉加毒送與晉獻公，「公祭之地，地墳。與犬，犬斃。與小臣，小臣亦斃。」言邕之冤獄，猶申生之被讒，故曰「事近」；同時還含有邕以名士文豪而死得如同無名小臣，亦「殺人如草不聞聲」之意。㉒禍階二句　二句言誣陷李公是很容易的事，但何必咬得這麼深呢？禍階，惹禍之因。嚌，嘗也。㉓伊昔二句　臨淄亭，即濟南歷下亭；杜甫年輕時曾與李邕於濟南歷下亭飲酒論交，有〈陪李北海宴歷下亭〉之作。末契，長者下交晚輩。㉔論文二句　崔蘇，指崔融、蘇味道。指盡，指，一作「推」。時間就在論文中悄然逝去。或謂屈指數盡逝去的人物，亦通。㉕近伏二句　盈川，指楊炯。他卒在盈川令任上。特進，指李嶠。他於神龍三年加特進同中書門下三品。㉖是非二句　張相國，指開元宰相張說。扼，掐也。脆，易斷。言李邕對張說文章有非議，但相惡會引來危險。《舊唐書》本傳：「(開元)十三年，玄宗車駕東封回，邕於汴州謁見，累獻詞賦，甚稱上旨。由是頗自矜衒，自云當居相位。張說為中書令，甚惡之。俄而陳州贓汙事發，下獄鞫訊，罪當死。」後減死，貶遵化尉。㉗爭名二句　鍵捷，一作「關鍵」。《老子》二十七章：「善閉，無關鍵不可開。」欻，忽也。《杜詩鏡銓》云：「言邕論文極公，獨於張相國不無是非之隙，遂至相扼而幾危。說雖忌刻，亦邕之露才揚己有以取之耳。」㉘例及四句　吾家詩，指杜甫祖父杜審言之詩。嗣真作，即杜審言之〈和李大夫嗣真奉使存撫河東〉四十韻五言排律。玉山桂，《晉書・郤詵傳》：郤詵對晉武帝問曰：「臣舉賢良對策，為天下第一，猶桂林之一枝，昆山之片玉。」㉙鐘律二句　二句謂杜審言詩中律如編鐘，壯闊如鯨吞。鐘律，編鐘十二律，此言音律。迢遞，遠貌。㉚坡陀二句　二句言邕慘死於北海郡，草葬於汶陽。即本傳所載：「敕刑部員外郎祁順之、監察御史羅希奭馳往就郡決殺之。」坡陀，不平坦。青州，北海郡。汶陽，縣名，屬北海郡。瘞，埋也，此指墳墓。㉛哀贈二句　哀贈，唐代宗贈邕官秘書監。揭厲，高揚與表彰。㉜朗詠二句　六公篇，李邕作，今佚。句下原注：「張、桓等五王，洎狄相六公。」五王為張柬之、桓彥範、敬暉、崔元暐、袁恕己。狄相指狄仁傑。六人皆恢復李唐王朝的名臣。《杜詩鏡銓》引張溍云：「時朝廷蒙蔽，賢奸混淆，李所詠六公，皆正人也，故曰豁蒙蔽。」

【語譯】李公長嘯宇宙間，高才如今日衰靡！古人已是不可見，前輩文豪誰能繼？憶昔李公在，詞林厚實有根柢。文名健筆兩相副，製作灑脫多清麗。文采流布勒金石，石碑琢成峻峭如山立。聲情能盡造化理，學問貫通天人際。請託拜求登其門，碑版輝光照四極。各各如願滿意歸，創作豐盛成範例。白楊蕭蕭黃泉路，得此明珠洞照走也易。塔廟好比湧龍宮，得此似得雲護持。或為儒宮要禮祭，或為故吏要樹遺愛碑，看看來者已盡去，哪知後續正絡繹。當時便擅名，豈待後世影響力。或贈華屋珊瑚鉤，或遺麒麟花紋毛線織。還有寶馬搭配劍和几，長年收納合道義。慷慨疏財急人難，唯恐所施未遍及。眾人歸之以美譽，私意卻為脫財迷。

文壇獨步四十年，文名喉天聞於帝。嗚呼誰料江夏無雙子，竟比獲麟孔子泣！武則天朝憶往昔，引用朝臣多寵嬖。李公立朝多正氣，官小敢駁太常議。二張恃寵氣焰高，當廷斥之聲色厲。振起衰俗凜凜風，排蕩汙濁秋空霽。不意忠貞反而得冤恨，深宮皇帝耳目閉。早經貶逐再而三，炎方瘴癘垂雙翼。日已西斜鵬鳥來，蒼梧之野悲舜帝。或枯或榮如輪轉，星夜駕車停何易！多次任刺史，禮賢下士急。最終居然下冤獄，一似申生被誣小臣斃！禍起當初受誹謗，易排之人何必置死地？哦，昔在歷下亭，酒酣謬承忘年誼。再提往昔東都別，敘舊不覺影移壁。評文說到崔融蘇味道，歷數名家如逝水。近代佩服楊盈川，不讓李嶠詩文麗。獨於張說丞相有是非，文人相輕伏危機。古人豈肯事爭名？禍從口出一時未能閉。說到吾祖詩，稱其曠懷清無比。慷慨和嗣真，堪稱玉山一枝桂。中律似編鐘，又似鯨噴大海波萬里。哀哉今成青州荒坡一窪血，汶陽草纏忠骨葬萋萋。身後淒涼只贈秘書監，皇恩彰揚何時及？可憐子孫衰微存如線，我是漂泊一舟滯不歸。眼下君臣還在忙戰事，將帥割據河北亂仍續。唯有朗聲高詠〈六公篇〉，一掃陰霾豁胸臆！

故秘書少監武功蘇公源明

武功少也孤，徒步客徐兗❶。
讀書東嶽中，十載考《墳》《典》❷。
時下萊蕪郭，忍饑浮雲巘❸。
負米晚為身，每食臉必泫❹。
夜字照爇薪，垢衣生碧蘚。
庶以勤苦志，報茲劬勞顯❺。

學蔚醇儒姿，文包舊史善❻。
灑落辭幽人，歸來潛京輦❼。
射君東堂策，宗匠集精選❽。
制可題未乾，乙科已大闡❾。
文章日自負，吏祿亦累踐。
晨趨閶闔內，足踏夙昔趼❿。
一麾出守還，黃屋朔風卷⓫。
不暇陪八駿，虜庭悲所遣⓬。
平生滿樽酒，斷此朋知展⓭。
憂憤病二秋，有恨石可轉⓮。
肅宗復社稷，得無逆順辨。
范曄顧其兒，李斯憶黃犬⓯。
秘書茂松色，再扈祠壇墠⓰。
前後百卷文，枕藉皆禁臠⓱。
篆刻揚雄流，溟漲本末淺⓲。

青熒芙蓉劍，犀兕豈獨剸⑲。
反為後輩褻，予實苦懷緬。
煌煌齋房芝，事絕萬手搴⑳。
垂之俟來者，正始徵勸勉㉑。
不要懸黃金，胡為投乳贙㉒？
結交三十載，吾與誰遊衍㉓？
滎陽復冥寞，罪罟已橫罥㉔。
嗚呼子逝日，始泰則終蹇㉕。
長安米萬錢，凋喪盡餘喘㉖。
戰伐何當解？歸帆阻清沔㉗。
尚纏漳水疾，永負〈蒿里〉餞㉘。

【章　旨】蘇源明是天寶年間著名文人，詩敘其苦讀成名，頌其能持大節，哀其途窮不得大用，痛其饑疲而終。

【注　釋】❶武功二句　武功，京兆武功，即今陝西武功。這裡以籍貫指稱蘇源明。《新唐書》本傳：「穌源明，京兆武功人，初名預，字弱夫。少孤，寓居徐、兗。」徐兗，徐州與兗州，皆在今之山東省境內。❷讀書二句　東嶽，泰山。墳典，即《三墳》、《五典》，相傳為上古經典著作。此泛指古代經典。❸時下二句　萊蕪，萊蕪縣，屬兗州，在泰山東。浮，形容因忍饑而腳步不穩。浮雲巘，越過雲山疊嶂。巘，大山上疊加的小山。❹負米二句　負米，《孔子家語・觀思》：「子路見於孔子曰：『……由也事二親之時，常食藜藿之食，為親負米百里之外。』」蘇源明因少孤，負米不及養親，故曰「晚」；因而每食思之，則泫然淚下。❺報茲句　此句言但願能以此報答父母辛苦生育之恩。劬勞，辛勞。《詩・蓼莪》：「哀哀父母，生我劬勞。」❻學蔚二句　此言其飽學有醇儒之風姿。下句言其文能綜賅舊史的優點。蔚，盛也。❼京輦　輦本指皇帝專車，京輦猶「天子腳下」。❽射君二句　射策，漢代的一種考試方法，即抽題應答；此泛指參加科舉考試。東堂，晉武帝曾於東堂試舉，後人遂以之為試院代稱。宗匠，指閱卷官。❾制可二句　制可，經皇帝同意。乙科，考試得二等。舊注：「經策全得為甲科，策得四帖以上為乙科。」闈，開也。此言剛放榜得乙科，蘇源明名聲即大噪。❿晨趨二句　閶闔，宮門。夙昔趼，往日結下的足繭。二句與「徒步客徐兗」、「忍饑浮雲巘」相呼應，言往日艱苦，翻山越嶺，足下繭厚；而今則出入宮門，與「朝為田舍郎，暮登天子堂」意近。⓫一麾二句　一麾，指出任地方長官。顏延之〈五君詠阮始平〉：「屢荐不入官，一麾乃出守。」黃屋，帝車。帝王以黃繒為車蓋，故云。朔風，北風，象徵起於河北的安史之亂。⓬不暇二句　二句婉言蘇氏未及追隨玄宗逃難，被安史叛軍所俘，對逼其任偽職尤為悲憤。《新唐書》本傳：「安祿山陷京師，源明以病不受偽署。」八駿，周穆王駕八匹駿馬西遊，以此指玄宗逃往西蜀。虜庭，指胡人安祿山的偽政權。⓭平生二句　言平生最愛的酒，至此時也斷絕了，不再有朋友相聚暢懷之歡。⓮有恨句　石可轉，《詩・柏舟》：「我心匪石，不可轉也。」心不可轉，故恨石之可轉。⓯范曄二句　范曄，《宋書・范曄傳》載：范曄臨刑，「轉醉，子藹亦醉，取地土及果皮以擲曄，呼曄為別駕數十聲。曄問曰：『汝恚我耶？』藹曰：『今日何緣復恚，但父子同死，不能不悲耳。』」李斯，《史記・李斯列傳》載：李斯被斬時，「顧謂其中子曰：『吾欲與若復牽黃犬俱出上蔡東門逐狡兔，豈可得乎？』」借言降臣被斬者，悔之莫及。《資治通鑑》至德二載：「斬達奚珣等十八人於城西南獨柳樹下，陳希烈等七人賜自盡於大理寺。」⓰秘書二句　二句謂蘇源明因不降受褒獎，加官並參與郊祀盛典。《新唐書》本傳：「肅宗復兩京，擢考功郎中知制誥。……後以秘書少監卒。」扈，隨駕扈從。墠，祭祀之場所。⓱枕藉句　枕藉，指所著書可疊成堆。禁臠，《晉書・謝混傳》載：晉元帝在建業，公私窘困，每得一豚，群下不敢食，輒以進帝，項上一臠尤美，人呼為禁臠。以此喻蘇著之美。⓲篆刻二句　二句謂蘇源明真本領還不在寫揚雄式的辭賦，而在乎「醇儒」，深明儒學，故有下聯「青熒」云云。篆刻，指辭賦之文。揚雄《法言》：「或問：『吾子少而好賦？』曰：『然，童子彫蟲篆刻。』俄而曰：『壯夫不為也。』」溟漲，大海漲潮。因潮水只是大海的「末」，故曰「淺」。⓳青熒二句　芙蓉劍，《越絕書・寶劍》篇：「揚其華如芙蓉始出。」犀兕，大型動物，皮極堅厚，雄曰犀，雌曰兕。剸，截割。言蘇氏之文非彫蟲小技，是治國濟世的利器；這是為突出蘇氏是「醇儒」而言的。⑳煌煌二句　二句謂肅宗搞迷信，眾人風從，只有蘇源明等力排眾議，制止其事。齋房芝，漢武帝大興祠祭，齋房生芝而作〈芝房歌〉。萬手搴，眾人都想摘取此芝，喻風從也。本傳載：「宰相王璵以祈禬進，禁中禱祀窮日夜，中官用事，給養繁靡，群臣莫敢切諫，昭應令梁鎮上書勸帝罷淫祀，其它不暇也。源明數陳政治得失。」㉑垂之二句　二句言蘇源明持正之論可以垂訓將來，起着正其始而徵勸勉的作用。俟，等待。正始，正其始。《詩・大序》：「〈周南〉、〈召南〉，正始之道，王化之基。」㉒不要二句　懸黃金，腰懸金印，當大官。乳豶，正在哺育幼獸的母豶。豶，傳說出自西海的一種類犬的猛獸。㉓遊衍　縱意遊樂。㉔滎陽二句　滎陽，指鄭虔。冥寞，指已死去。罪罟，法網。謂鄭虔因罪亡故。鄭虔與蘇源明同卒於廣德二年，故曰「復」。㉕始泰句　言蘇源明遇肅宗中興，卻因饑疫而死。泰、蹇，皆《周易》卦名。前者亨通，後者艱困。㉖凋喪句　凋喪，喪亡。此句言那些苟延殘喘者，如今也都死去。㉗沔　漢水上游。㉘尚纏二句　漳水疾，劉楨詩：「余嬰沉痼疾，竄身清漳濱。」此自喻病滯峽中。蒿里，古挽歌名。

【語　譯】蘇公家武功，少小孤兒窮。徒步來徐兗，客居無定蹤。十年攻讀《三墳》與《五典》，讀書就在泰山中。有時要下萊蕪縣，肚飢腳浮越雲峰。未及養親愧負米，每餐想到淚如洗。夜燒柴火照讀書，衣垢如生苔蘚碧。願此勤勉志，多少能報父母辛苦之生育。飽學自有醇儒風，舊史之善其文能包舉。悄然回長安，灑脫辭隱居。登君東堂射君策，閱卷試官精英集。皇帝點頭初發榜，高中乙科名聲已鵲起。文章漸自信，官階屢升級。清晨入宮趨，昔日足繭依舊在腳底。出任東平太守回，不料亂起北方皇上奔蜀急。不及跟着跑，被俘逼任偽職尤可悲。平生愛美酒，如今酒絕無朋友。我心不可轉，憂憤發病經兩秋。肅宗中興存社稷，逆順豈不分美醜？偽官臨刑或如范曄父子痛，或如李斯喟然憶黃狗。唯我蘇秘書，色茂蒼松久。加官侍皇帝，從祭祠壇首。前後著作有百卷，雜陳便勝宴禁臠。揚雄辭賦只彫蟲，潮汐無非海沫濺。蘇公文章本是青光芙蓉劍，豈止能將犀兕斷。不意反為後輩嗤，我獨賞之苦懷緬。堂皇誰作〈芝房歌〉？眾人風從公苦諫。持正之論可垂訓，正其始也行勸勉。既是不求金印懸腰間，何以直諫無異自投哺幼之母豶？結交三十年，同遊與我誰最善？滎陽鄭虔又已同公逝，被罪長寂寂。嗚呼公沒日，始見太平終饑疫：長安斛米值萬錢，昔延殘喘今盡去。何日才能停戰鬥？我阻沔水難北歸。事同劉楨漳濱沉痼疾，永愧未能親奠唱〈蒿里〉！

故著作郎貶台州司戶滎陽鄭公虔

鶢鶋至魯門，不識鐘鼓饗❶。
孔翠望赤霄，愁入雕籠養❷。
滎陽冠眾儒，早聞名公賞❸。
地崇士大夫❹，況乃氣精爽。
天然生知姿，學立游夏上❺。
神農極闕漏，黃石愧師長。
藥纂西極名，兵流指諸掌❻。
貫穿無遺恨，《薈蕞》❼何技癢。
圭臬星經奧，蟲篆丹青廣❽。
子雲窺未遍，方朔諧太枉❾。
神翰顧不一，體變鍾兼兩❿。
文傳天下口，大字猶在牓。

昔獻書畫圖，新詩亦俱往。
滄洲動玉陛，寡鶴誤一響。
三絕自御題，四方尤所仰⑪。
嗜酒益疏放，彈琴視天壤。
形骸實土木，親近唯几杖⑫。
未曾寄官曹，突兀倚書幌⑬。
晚就芸香閣，胡塵昏坱莽⑭。
反覆歸聖朝，點染無滌盪⑮。
老蒙台州掾，泛泛浙江槳⑯。
履穿四明雪，饑拾楢溪橡⑰。
空聞〈紫芝歌〉，不見杏壇丈⑱。
天長眺東南，秋色餘魍魎⑲。
別離慘至今，斑白徒懷曩⑳。
春深秦山秀，葉墜清渭朗。
劇談王侯門，野稅林下鞅㉑。

操紙終夕酣，時物集遐想。
詞場竟疏闊，平昔濫吹獎。
百年見存歿，牢落吾安放㉒。
蕭條阮咸在，出處同世網㉓。
他日訪江樓，含悽述飄蕩。

【章　旨】鄭虔為滎陽人氏，與杜甫深交，學問淵博，多才藝，玄宗親題其詩書畫曰：「鄭虔三絕」。一生落拓不偶，為廣文館博士，遷著作郎。「安史之亂」陷叛軍中，授偽職，肅宗時貶死台州。詩中極寫其高才，天真疏放，不為世俗所容，為之痛惜，深摯感人。

【注　釋】❶鶢鶋二句　鶢鶋，海鳥名，即禿鶖。《莊子・至樂》：「昔者海鳥止於魯郊，魯侯御而觴之於廟，奏〈九韶〉以為樂，具太牢以為膳。鳥乃眩視悲憂，不敢食一臠，不敢飲一杯，三日而死。」據《國語・魯語》，此鳥名即鶢鶋。❷孔翠二句　孔翠，孔雀與翡翠鳥。張華〈鷦鷯賦序〉：「孔雀翡翠，或凌赤霄之際，然皆負繒嬰繳，羽毛入貢。」二句用其意。❸滎陽二句　謂滎陽鄭虔在眾儒中最傑出，早為名公所賞。句下原注：「往者公在疾，蘇許公頲，位尊望重，素未相識，早愛才名，躬自撫問，臨以忘年之契，遠邇嘉之。」❹地崇句　言滎陽鄭氏為望族。❺天然二句　生知，《論語・季氏》：「生而知之者，上也。」游夏上，學識當在孔子的學生子游與子夏之上。《論語・先進》：「文學子游、子夏。」❻神農四句　此四句言鄭氏於醫藥與兵家皆精通。本傳載：「虔學長於地理，山川險易，方隅物產，兵戍眾寡，無不詳。嘗為《開寶軍防錄》，言典事賅。諸儒服其善著書。」神農，古帝名。《本草》一書，相傳為神農所著。黃石，即黃石公，曾授漢代名臣張良以兵書。「藥纂」二句承上兩句作補充說明。句下原注：「公著《薈蕞》等諸書之外，又撰《胡本草》七卷。」❼薈蕞　書名，《封氏聞見記》：「天寶，協律郎鄭虔採集異聞，著書八十餘卷。人有竊窺其草稿，告虔私修國史。虔聞而遽焚之。由是貶謫十餘年，方從調選授廣文博士。虔所焚書，既無別本，後更纂錄，率多遺忘，猶存四十餘卷。書未有名，及為廣文博士，詢於國子監司業蘇源明，源明謂名『薈蕞』，取〈爾雅序〉『薈蕞舊說』也。」❽圭臬二句　二句言其善書法繪畫。以上八句數言其多才藝。圭臬，土硅與水臬，古代測日影、正四時和測量土地的儀器，言其懂地理。星經，記星之經，言其識天文。蟲篆，蟲書篆字。丹青，指繪畫。❾子雲二句　子雲，揚雄字子雲，此言揚雄之博，不及鄭虔之全。方朔，東方朔，善恢諧。杠，徒勞無益。言揚雄之恢諧與鄭虔應用之論相比則徒勞，於世無益。❿神翰二句　二句言鄭虔類同顧、鍾，兼善多種書體。神翰，神筆。顧，顧野王。《陳書・顧野王傳》：「蟲篆奇字，無所不通。……又好丹青，善圖畫。」鍾，指鍾繇。《金壺記》載：「鍾繇工三色書，草、隸，八分最優。」⓫昔獻六句　昔獻，《新唐書・鄭虔傳》：「嘗自寫其詩并書，以獻，帝大署其尾曰：『鄭虔三絕』。遷著作郎。」滄洲，水濱之地，借指隱者。玉陛，宮殿之階，指皇帝。誤一響，不小心叫了一聲。謂鄭虔獻詩書畫，一鳴驚人，為玄宗皇帝所欣賞，四方景仰。杜甫〈莫相疑行〉：「憶獻三賦蓬萊宮，自怪一日聲輝赫。集賢學士如堵牆，觀我落筆中書堂。往時文采動人主，此日飢寒趨路旁。」亦同一經驗之寫照。⓬形骸二句　形骸，猶形體。《世說新語》劉孝標注引《嵇康別傳》：「康長七尺八寸，偉容色。土木形骸，不加飾厲，而龍章鳳姿，天質自然。」几杖，坐几與手杖。言鄭虔不事修飾，任情自然而喜獨處。⓭未曾二句　官曹，職官治事之所，如官府。《新唐書・鄭虔傳》：「以虔為博士。虔聞名，不知廣文曹司何在，訴宰相，宰相曰：『上增國學，置廣文館，以居賢者，令後世言廣文博士自君始，不亦美乎？』虔乃就職。久之，雨壞廡舍，有司不復修完，寓治國子館，自是遂廢。」書幌，指書庫。言鄭虔沒在廣文館坐班，而是整天獨自兀然在書庫看書。⓮晚就二句　芸香閣，芸香避蠹蟲，藏書用之，故以稱掌管圖書的秘書省。此指鄭虔遷著作郎，屬秘書省。坱莽，空曠貌。⓯反覆二句　二句言鄭虔從叛軍手中回到朝廷，受到玷汙卻無人為他洗白。本傳載：「安祿山反，遣張通儒劫百官置東都，偽授虔水部郎中。因稱風緩，求攝市令，潛以密章達靈武。」反覆，指鄭虔陷賊後歸朝。點染，受到玷汙。⓰老蒙二句　台州掾，指鄭虔被貶為台州司戶參軍。台州今屬浙江臨海縣，故下句言其泛舟浙江。⓱履穿二句　四明，山名，在台州北。楢溪，在台州東。⓲空聞二句　紫芝歌，傳為商山四皓所作，此指隱居。杏壇，孔子講學處，借指鄭虔原來的講學之所。丈，函丈，猶講席。⓳魍魎　山精，言鄭虔居處之幽僻荒涼。⓴懷曩　懷念往昔。㉑野稅句　稅，停車。鞅，套在馬脖子上的皮帶，駕車之具，此指代馬車。以下八句承上，為「懷曩」的具體內容。㉒牢落句　牢落，孤寂貌。放，效也。《禮・檀弓》：「則我將安放？」言鄭之亡，使我失去榜樣。㉓蕭條二句　阮咸，阮籍的姪子，此借指鄭虔姪子鄭審。句下原注：「著作與今秘書監鄭君審，篇翰齊價，謫江陵，故有阮咸江樓之句。」時鄭審出為江陵少尹，杜甫有〈秋日寄題鄭監湖上亭三首〉。

【語　譯】海鳥棲魯郊，哪敢吃這鐘鼓之大餐？孔雀翡翠望雲霄，就怕鎖進雕籠養。鄭公才華冠眾儒，早就聽說名公最欣賞。本是滎陽望族士大夫，況且一表人才氣俊爽。生而知之最聰慧，文學更在子游子夏上。神農百草未嘗遍，西域藥名補最詳。兵書熟讀瞭指掌，黃石公也應有愧稱師長。學能貫通無遺憾，《薈蕞》偶一露鋒芒。天文地理無不曉，蟲書篆字畫藝路更廣。敢笑揚雄只管窺，東方朔的恢諧徒嘴強。神筆多體能追顧野王，更似鍾繇真隸亦兼長。文章已傳天下口，大字淋漓書在牓。昔日曾獻書法與圖畫，新寫詩歌一併將。不想滄洲野夫驚天子，孤鶴偶鳴徹天響。皇帝御題稱「三絕」，四方無不俱景仰。情真嗜酒益疏放，彈琴兩眼朝天壤。不修邊幅同土木，親近只有几案與手杖。未曾廣文館裡去坐班，兀然獨倚書堆旁。晚些時候遷為著作郎，叛軍忽來四海塵飛揚！待到平叛回大唐，被俘汙點誰滌蕩？身老被貶台州吏，寂寞浙江聊泛槳。四明踏雪鞋已穿，栖溪橡子充饑腸。空聞隱士唱〈紫芝〉，不見當年舊講堂。天各一方眺東南，秋色之下但見山精狂。淒淒一別至今慘，頭白只會憶昔往：春深共賞秦山秀，秋風渭水落葉黃。高談闊論王侯門，停車林野任徜徉。操筆弄紙終日醉，四時景物馳遐想。我在詞場濫充數，平昔卻承謬推獎。人生百年見生死，君今去矣孤寂我誰傚？君有姪兒亦蕭條，處境同樣不順暢。他日江陵酒樓當相訪，含情淒然訴我多年苦飄蕩！

故右僕射相國張公九齡

相國生南紀，金璞無留礦❶。
仙鶴下人間❷，獨立霜毛整。
矯然江海思，復與雲路永。
寂寞想土階，未遑等箕潁❸。

上君白玉堂，倚君金華省。❹

碣石歲崢嶸，天地日蛙黽。❺

退食吟大庭，何心記榛梗。❻

骨驚畏曩哲，鬒變負人境。❼

雖蒙換蟬冠，右地恧多幸。❽

敢忘二疏歸，痛迫蘇耽井。❾

紫綬映暮年，荊州謝所領。❿

庾公興不淺，黃霸鎮每靜。

賓客引調同，諷詠在務屏。⓫

詩罷地有餘，篇終語清省。

一陽發陰管，淑氣含公鼎。⓬

乃知君子心，用才文章境。

散帙起翠螭，倚薄巫廬並。⓭

綺麗玄暉擁，牋誄任昉騁。⓮

自我一家則，未缺隻字警。

千秋滄海南，名繫朱鳥影⑮。
歸老守故林，戀闕悄延頸。
波濤良史筆，蕪絕大庾嶺⑯。
向時禮數隔，制作難上請。
再讀徐孺碑，猶思理煙艇⑰。

【章　旨】如序所云：「歎舊懷賢，終於張相國。」此章借張九齡寫出唐由盛轉衰之關鍵，而詩中突出張九齡的文才，推重張九齡的人格、風度與學術，在武人當國的時候這樣寫，有深意焉。杜甫正是藉此寫出心目中理想之大臣，以警醒當世。

【注　釋】❶相國二句　相國，指張九齡，開元二十一年十二月拜中書侍郎、同中書門下平章事，二十四年遷尚書右丞相，故稱。南紀，《詩・四月》：「滔滔江漢，南國之紀。」謂長江和漢水為南方水系奔赴之主流，江漢以南遂統稱南紀。下句言張九齡似從礦中提取出的黃金璞玉，為世所用。❷仙鶴句　《杜詩鏡銓》引《九齡家傳》：「九齡母夢九鶴自天而下，飛集於庭，遂生九齡。」❸寂寞二句　二句謂九齡有濟世志，無遐顧及隱居。想土階，《史記・太史公自序》：「墨者亦尚堯舜道，言其德行曰：『堂高三尺，土階三等。』」想土階，即「致君堯舜」之意。遑，遐也。箕潁，箕山與潁水。皇甫謐《高士傳・許由》：「由於是遁而耕於中嶽，潁水之陽，箕山之下。」❹上君二句　此二句言張九齡進士及第，終為中書侍郎，遷中書令。白玉堂，漢代未央宮有玉堂殿，階、陛皆玉為之。金華省，漢代未央宮有金華殿。❺碣石二句　二句暗指李林甫用事，結黨營私，排斥異己，朝廷與社會日漸不寧。碣石，山名，在今河北昌黎境，曹操〈步出夏門行〉：「東臨碣石，以觀滄海。水何淡淡，山島竦峙。」此以碣石比九齡之孤高。歲崢嶸，趙次公注以為：「歲之將盡，猶物之高。今云『碣石歲崢嶸』，言碣石之歲歲孤高也。」黽，蛙的一種，蛙黽善噪。❻退食二句　退食，下班。大庭，古有大庭氏，為至治之世，此言九齡無時不在想國家大事。榛梗，硬枝木刺之類，言九齡不在意個人的嫌隙。據《本事詩》載，李林甫嫉恨張九齡，九齡作〈海燕〉詩云：「無心與物競，鷹隼莫相猜。」❼骨驚二句　骨驚，形容極度驚恐。江淹〈別賦〉：「心折骨驚。」曩哲，前賢。鬒變，黑髮變白。負人境，有負用世之心。言畏不及前賢而老之將至，有負世望。❽雖蒙二句　蟬冠，唐代侍中、中書令加貂蟬冠飾。換蟬冠，開元二十四年，張九齡由中書令遷尚書右丞相，罷政事，此言其事。右地，好位置。恧，慚愧。下句言罷政事後還得好職位，很感幸運與慚愧。❾敢忘二句　二句言張九齡思歸隱侍母而不得。《新唐書・張九齡傳》：「遷工部侍郎，以母喪解職，毀不勝哀，……是歲，奪哀拜中書侍郎、同中書門下平章事。固辭，不許。」二疏，《漢書・疏廣傳》載：疏廣為太子太傅，兄子受為少傅，俱上疏乞骸骨。宣帝以其年篤老，皆許之。蘇耽，晉葛洪《神仙傳》載：蘇耽少孤，養母至孝，後成仙，臨去，謂母曰：「明年天下疫疾，庭中井水、檐邊橘樹，可以代養。」至時，病者食橘葉、飲井水而癒。❿紫綬二句　紫綬，紫色絲帶，唐三品以上服紫綬。荊州，言張九齡坐舉薦失人，貶荊州大都督府長史，從三品，故紫綬。⓫庾公四句　四句寫張九齡在荊州的治績與心態。《新唐書・張九齡傳》：「雖以直道黜，不戚戚嬰望，惟文史自娛，朝廷許其勝流。」庾公，《晉書・庾亮傳》載：庾亮鎮武昌，諸佐吏乘月共登武昌南樓吟詠。俄而亮至，諸人起而避之，亮徐曰：「諸君且住，老子於此興復不淺。」黃霸，《漢書・黃霸傳》：黃霸為潁川太守，「得吏民心，戶口歲增，治為天下第一。」黃霸以寬和稱，後為丞相。引調同，引同調之人為賓客，如名詩人孟浩然被署為從事，與之唱和。務屏，公務之餘。⓬一陽二句　趙次公注：「一陽發陰管，則黃鐘之律也；言其詩之和而可聽於耳。淑氣含公鼎，則太羹之和也；言其詩之美而可味於口。」⓭散帙二句　二句形容張九齡詩文之雄奇。散帙，打開書卷。螭，無角之龍。倚薄，逼近。巫廬，巫山與廬山。⓮綺麗二句　玄暉，即南朝名詩人謝朓，字玄暉。任昉，南朝作家，以擅長表、奏、書、啟著稱。⓯名繫句　言張九齡千秋以後乃似朱雀星座永垂南方。朱鳥，即朱雀，星宿名，指代南方。⓰波濤二句　良史筆，張九齡監修國史，故稱。人庾嶺，在今江西與廣東的交界處。⓱再讀二句　徐孺碑，張九齡為洪州都督時，曾撰〈後漢徵君徐君碣銘并序〉。徐君即東漢高士徐稺，字孺子。《後漢書》本傳載：南昌太守陳蕃「在郡不接賓客，唯稺來特設一榻，去則縣（懸）之。」此則言讀徐孺碑而勾起對張九齡禮賢下士之懷想，故下句言至今猶思乘舟相訪。

【語　譯】張相國，出南方，真金璞玉離礦藏。夢裡仙鶴下人間，霜毛毿毿獨軒昂。矯首向天思江海，欲返雲路永翱翔。只是一心致君堯舜上，無暇徘徊箕山潁水旁。白玉堂，金華省，步步升遷近君王。德如碣石晚更高，無奈天地日漸蛙噪狂。得閒猶思大庭氏，哪將嫌隙費考量？不及前賢心骨驚，黑髮變白但愁負人望。雖摘貂蟬冠，愧置佳位算有幸。學習二疏告老還鄉豈敢忘，怎及蘇耽養母痛斷腸！暮年猶是紫綬懸，拜領荊州長史謝君王。曠如庾公深有興，治似黃霸靜寬養。賓客相引皆同調，屏去雜務且吟唱。詩盡興有餘，通篇語省意清爽。音和黃鐘律，味與太羹長。乃知張公君子心，騁才本在著文章。打開書帙騰蛟龍，巫山廬山相倚壯。綺麗包謝朓，箋誄追任昉。自成一家法，字字皆警響。滄海之南文長在，名繫朱雀垂星光。但願歸老守舊林，為戀朝廷無言翹首望。良史之筆勝波濤，可惜只如大庾之嶺任其荒。當初只為身分別，拙著上請自覺不妥當。如今再讀徐孺碑，知公禮賢下士還想乘舟一相訪。

【研　析】杜甫晚年勇於獨創，在記人方面則不滿足於〈飲中八仙歌〉寫意的形式，乃創此組詩，追求史傳的效果。關鍵是杜甫雖追求史傳效果，但仍以詩為詩，記敘還是為了抒發己情，並非當真把詩當傳記。不幸的是杜甫〈八哀詩〉向來被認作詩的傳記，如《杜詩詳注》引郝敬曰：「〈八哀詩〉雄富，是傳紀文字之用韻者。文史為詩，自子美始。」既然認定〈八哀〉是傳紀文字之用韻者，便難怪論者要以史筆求之，乃至放筆改寫之（仇注則引楊升庵補張九齡之作一篇）。

這裡涉及對「詩史」的總體認識。自孟棨《本事詩》「杜逢祿山之難，流離隴蜀，畢陳於詩，推見至隱，殆無遺事，故當時號為『詩史』」之論出，「詩史」不但成為人們對杜詩認識的一種思維定勢，且成為人們對詩歌敘事性的一種規範。如果說，「史詩」是將史「詩化」，那末，這裡所謂的「詩史」則似乎是要求將詩「史化」。這是否合乎杜甫的初衷？其中得失，很值得討論。

杜甫早期同類題材的創作〈飲中八仙歌〉與〈八哀詩〉作意相似，都是寫對八位逝去的人物的追懷。但二詩寫法頗異。〈飲中八仙歌〉那種寫意的筆調杜甫是很擅長的，而〈八哀詩〉卻摒去此法不用，採用不厭其繁的敘述筆調寫人，可見是有意創格。這就涉及「累句」的一樁公案。宋人葉夢得《石林詩話》曾批評〈八哀〉多累句，頗得後人響應，如劉克莊、王士禎等。然而，「累句」問題不應只視為對杜詩的具體批評。〈八哀詩〉的遭遇只是個特例。蓋杜甫被擁上幾乎是「議論不敢到」的「詩聖」地位後，王士禛等竟如此放肆，似乎頗有點「造反精神」。其實不然，只是因為杜甫〈八哀〉有「反傳統」傾向。誰反對傳統，誰就受譴責，「詩聖」亦不得免焉。蓋中國文學向來特重簡奧，達意輒止，簡奧乃成為衡文的重要標準。當然，也有例外。樂府民歌由於始自口語，毋需災梨禍棗，故敘事往往詳盡不怕繁複，如〈陌上桑〉、〈木蘭詩〉，還有雖或出文人之手而顯然有民歌風的〈孔雀東南飛〉。杜甫正是攝取了民歌這種敘事不怕繁複的精神，大膽改造敘事詩，寫下不朽篇章「三吏」、「三別」。關於這一方面，前賢所論甚篤，此不贅。筆者只是想提請注意：杜甫晚年並不滿足於「三吏」、「三別」的樂府寫法，傾力於詩歌表現形式的探索，頗注重古體與律體的互相滲透。〈八哀詩〉正是杜甫晚年另闢人物詩新路子，攝取民歌敘事精神，以史傳筆法，參用古、律體的一次大膽嘗試。

〈八哀詩〉迥異於「三吏」、「三別」之處，首先在於它是更純粹的人物詩，是以組詩的形式來表現一代英靈，取得史的反思致用的效果。史的本質就是反思致用。〈八哀詩〉序云：「傷時盜賊未息，興起王公李公，歎舊懷賢，終於張相國。八公前後存歿，遂不銓次焉。」「歎舊懷賢」不是目的，目的在「傷時盜賊未息」的背面——「終於張相國」有深意焉。王嗣奭《杜臆》稱王、李名將，因盜賊未息，故興起二公，此為國家哀之者。繼以嚴武、汝陽、李、蘇、鄭，皆素交，則「歎舊」。九齡名相，則「懷賢」。王氏所見大略不錯，但太泥於「歎舊懷賢」，而忽略了「傷時」二字的重要性。王、李名將，自然是傷時無良將的意思。如果進一步細讀王思禮篇，便會發現其詳略輕重頗費心思。「潼關初潰散」至「讜議果冰釋」一段十六句；被認為是「累句」，浦起龍《讀杜心解》說是詳於失守、走謁、赦免事，非敘功正文。事實上杜甫是寫王思禮一生生死交關的際遇，同時描述賢相房琯在唐王朝存亡未卜、玄肅父子皇權交接的關鍵時期的威望和風采，及其保護將才的讜論和卓識，寫出用人之道關係國家的安危。賢才盡其用，才是〈八哀〉的主腦，「傷時」的焦點所在。後人所批評的「累句」看來恰是詩人用心之所在，成功與否尚可別論。誠如滁非師所指出，杜甫用心處不在事跡之記實，而在詩人之寄思，即「希望大臣們都能像張九齡、王思禮、李光弼等，所以寫了〈八哀詩〉。」是的，杜甫之用心處不在時事之記實，亦步亦趨，而在寫出心目中理想之大臣，警醒當世。詩中推重的是張九齡的人格、風度與學術：「乃知君子心，用才文章境。（境一作炳）」之所以如此，恐怕是有感於玄宗重用張說與張九齡，以「文治」致盛世，後來卻轉用素無學術、僅能秉筆的李林甫之流，由盛入衰。在此武人跋扈的年代裡，「詳記文翰」是有深意的。仇氏以為「頗失輕重」處，正是杜甫用心處，這就是對人的反思。《讀杜心解・讀杜提綱》稱「史家只載得一時事跡，詩家直顯出一時氣運。詩之妙，正在史筆不到處。」真是金針度人。的確，如嚴武篇的「公來雪山重，公去雪山輕」，李光弼篇的「死淚終映睫」，李邕篇的「易力何深嚌」，張九齡篇的「乃知君子心，用才文章境」云云，都是詩心所自出，是「史筆不到處」。為此，將〈八哀〉視作「傳紀文字之用韻者」，顯然不確切。杜甫即使是以史的題材入詩如〈八哀〉，也仍然要將它詩化，是以詩心驅史筆。保持詩心，不使詩歌自身的特點泯滅在新形式之中，這是〈八哀詩〉留給詩歌形式革新者的一條寶貴經驗。

偶題（五排）

【題解】詩約作於大曆元年（西元七六六年），杜甫時在夔州。《杜臆》評曰：「少陵一生精力，用之文章，始成一部《杜詩》，而此篇乃其自序也。」其中「緣情慰漂蕩」一語，涉及詩與生活之關係，尤其值得玩味。

文章千古事，得失寸心知。
作者皆殊列❶，名聲豈浪垂。
騷人嗟不見，漢道盛於斯❷。
前輩飛騰入，餘波綺麗為❸。

後賢兼舊制，歷代各清規❹。
法自儒家有，心從弱歲疲❺。
永懷江左逸，多病鄴中奇❻。
騄驥皆良馬，騏驎帶好兒❼。
車輪徒已斲，堂構惜仍虧❽。
漫作《潛夫論》，虛傳幼婦碑❾。
緣情慰漂蕩❿，抱疾屢遷移。
經濟慚長策，飛棲假一枝⓫。
塵沙傍蜂蠆，江峽繞蛟螭⓬。
蕭瑟唐虞遠，聯翩楚漢危⓭。
聖朝兼盜賊，異俗更喧卑⓮。
鬱鬱星辰劍，蒼蒼雲雨池⓯。
兩都開幕府，萬寓插軍麾⓰。
南海殘銅柱，東風避月支⓱。
音書恨烏鵲，號怒怪熊羆⓲。

稼穡分詩興，柴荊學土宜。
故山迷白閣，秋水隱皇陂⑲。
不敢要⑳佳句，愁來賦別離。

【注釋】❶殊列　特殊的地位。❷騷人二句　二句概括《詩經》以後詩壇情況：屈原創造的騷體詩已成為過去，漢詩（五言詩）又興起。騷人指屈原、宋玉等楚辭作者。斯，指上文的「文章」，主要是詩歌創作。❸前輩二句　前輩，當指建安時期的優秀詩人。餘波，或指六朝詩人流於文辭的綺麗。為，語末助詞，表感歎。❹後賢二句　二句謂以後的作者吸取前人的體制而有所創新，歷代詩歌都形成自己的獨特風貌。後賢，泛指以後的詩人。❺法自二句　法，作詩的規則法度。自儒家有，是從儒家詩教出發，如〈風〉、〈雅〉、〈頌〉、賦、比、興與詩言志等。下句言從小就專志於此，頗費心力。❻永懷二句　江左逸，指偏安於江東的東晉及宋、齊、梁、陳，其詩人所呈現的飄逸的風格。病，「病未能」之「病」，憂也，患也。此謂學曹氏父子等而怕不能至。鄴中奇，鄴，在今河北臨漳西，曹魏初封於此，用指三曹及建安七子，其詩歌風格瑰奇。❼騄驥二句　騄驥，千里馬。曹丕〈典論‧論文〉稱王粲等人：「咸以自騁騄驥於千里，仰齊足而并馳。」騏驎，亦千里馬，喻曹操及其子曹丕、曹植。❽車輪二句　二句喻自己的兒子尚不能承父業作好詩。斲，斫削。《莊子》：輪扁對齊桓公說，他砍削車輪得心應手，可是卻無法把自己的技藝傳授給兒子。堂構，《尚書‧大誥》裡曾以父子相繼建造房屋比喻治國也要子承父業。後來遂以「堂構」二字指代父業。❾漫作二句　《潛夫論》為東漢王符所著論文集，集中多譏時弊。幼婦碑，《三國志》注引《魏略》：蔡邕見到邯鄲淳寫的曹娥碑，便在碑後題了「黃絹幼婦，外孫齏臼」八個字的隱語，意為「絕妙好辭」。❿緣情句　陸機〈文賦〉：「詩緣情而綺靡，賦體物而瀏亮。」用「緣情」概括詩體風貌、特點，用「瀏亮」概括賦的風貌、特點。這裡則以「緣情」指代詩歌創作，言杜甫以詩歌創作陶冶性情，排遣苦悶，支撐自己度過四處漂蕩的艱難歲月。⓫經濟二句　經濟，經世濟民。假一枝，《莊子‧逍遙遊》：「鷦鷯巢於深林，不過一枝。」在夔州因是寄寓，故曰「假」。假，假借也。⓬塵沙二句　二句言環境之險惡。蠆，蠍子一類毒蟲。蛟螭，傳說中的龍一類動物。⓭楚漢危　言社會猶如項羽與劉邦爭天下時那樣動亂。⓮聖朝二句　兼，非止一端。兼盜賊，言盜賊非止一股。下句言夔地還加上落後的風俗，更覺囂雜低下。⓯鬱鬱

二句　星辰劍，《晉書・張華傳》載，雷煥望見天上星斗間有一股異氣，斷定下有埋藏的寶劍，以喻懷志不遇。雲雨池，《三國志・周瑜傳》載，周瑜謂蛟龍「終非池中物也。」⑯兩都二句　二句言全國處於戰爭狀態。兩都，長安與洛陽。開幕府，幕府為將軍府，言兩都尚多戰事。萬寓，即萬宇，猶萬國、萬方。軍麾，軍旗。⑰南海二句　殘銅柱，《後漢書・馬援傳》載：援征交趾，立銅柱紀功。《杜詩鏡銓》：「謂粵寇初平。」因局勢仍不穩定，非馬援征交趾之比，故曰「殘」。東風，借指處於東方的唐朝廷。月支，古代西部地區一少數民族，此指吐蕃，當時是唐朝的最大外患，代宗曾為之出走，故曰「避」。⑱音書二句　烏鵲，即喜鵲。恨烏鵲，傳說鵲叫有喜，今無家鄉音信，故轉恨之。熊羆，此泛指野獸。下句言所處之地荒僻。⑲故山二句　白閣，終南山有白閣峰，在杜甫老家杜陵南面，故曰「故山」。皇陂，即皇子陂，在長安南。⑳要　希望；企求。

【語　譯】文學本是不朽之盛事，得失甘苦心自知。每個優秀作家都是獨特的存在，他們垂名後世豈隨便得來？屈宋可歎已長逝，漢代詩賦又崛起。漢魏前輩莫不振翼騰飛，只是六朝相繼流為綺麗。後之賢者都能參古定法，各代都有各代的體制清規。詩教原從儒家出，我小時便專注於此費心力。恨不能學建安詩人多瑰奇，老是追羨江左詩風能飄逸。前輩詩人都是千里馬，父業輝煌兒能繼。我是空有斲輪手，奈何大屋未成難傳技。聊學王符著書斥時弊，絕妙好辭傳名虛。陶冶性情詩伴我，度過多病歲月漂泊裡。經世濟民愧無策，遑遑棲鳥借一枝。蜂蠆遍沙礫，蛟螭繞峽谷。堯舜蕭條成遠古，眼前相爭不斷似漢楚。聖朝卻見盜成群，此地風俗落後更囂雜。龍泉寶劍埋塵沙，蛟龍屈曲池塘下！兩京新開將軍府，四面八方戰旗豎。南粵寇初平，又驚吐蕃人。但恨烏鵲不傳書，又怪熊羆日號怒。耕餘方寫詩，柴門隨風俗。故山白閣峰，路遙多迷霧。長安城南皇子陂，秋水泛舟憶當初。不敢奢望成佳句，只為愁來一抒離別苦。

【研　析】《讀杜心解》箋曰：「如此鉅篇，中間只用『緣情慰漂蕩』一語，為全幅綰結。前二十句，極論詩學。雖或繼體失傳，而毅然必以自任。所謂『緣情』之具也。後二十言寓變厭亂。靖寇難期，還鄉無日，所謂『漂蕩』之跡也。仍以『佳句』『賦別』作結。則詩篇陶冶，正所用以自慰也。」分見合觀皆有深識。「後賢兼舊制，歷代各清規」一聯是前半的核心，也是杜甫對文學傳統帶綱領性的看法，與〈戲為六絕句〉中所說的「不薄今人愛古人」、「轉益多師是汝師」，意思貫通。由於認定「歷代各清規」，所以對六朝「餘波綺麗為」有貶抑，但並非全盤否定，「永懷江左逸」一句是重要補充。

「緣情慰漂蕩」如浦注所說，更是「全幅綰結」。還可以進深一層。如果說陸機〈文賦〉「詩緣情而綺靡」（綺靡只是言其細好，非浮豔也），是外在地說明詩的體貌、特點；那末「緣情慰漂蕩」則是內在地點明詩歌藝術與生活之關係，即陶冶性情的特殊功能。事實上陶冶性情就是培育人的主體性與健全的人性。以同樣處於在野地位、同樣以詩陶冶性情的陶潛與杜甫略作對比，可以發現：陶與杜都有接近社會底層的機會，但陶在玄學氛圍中更多地思考了詩性哲學的問題，縱浪大化，完善自我人格；老杜則在流離顛沛中更多地體驗社會底層百姓的生活與情感，完善其「法自儒家有」的「情志」，所以他以王符指斥現狀、多識時弊的《潛夫論》自許，且以詩排遣苦悶，在逆境中立定腳跟。這就是老杜的主體性，是杜甫詩論中有待拓展的寶貴思路。茲引與陶冶性情相關之杜詩數語於下，謹供參考：

陶冶性靈存底物，新詩改罷自長吟。（〈解悶十二首〉）

愁極本憑詩遣興，詩成吟詠轉淒涼。（〈至後〉）

故林歸不得，排悶強裁詩。（〈江亭〉）

登臨多物色，陶冶賴詩篇。（〈秋日夔府詠懷奉寄鄭監李賓客一百韻〉）

宿江邊閣（五律）

【題解】這是大曆元年（西元七六六年）秋寓居夔州西閣時所作。江邊閣即西閣，在白帝山腰，面對瞿塘峽口。

暝色延山徑，高齋次水門❶。

薄雲巖際宿，孤月浪中翻。
鸛鶴追飛靜，豺狼得食喧。
不眠憂戰伐，無力正乾坤❷！

【注釋】❶暝色二句　暝色，暮色。暮色由遠而近，好像由山徑接引而來。高齋，指西閣，因在白帝山半腰上，故曰。次水門，猶臨水門。❷正乾坤　整頓當時的社會，撥亂反正。

【語譯】蒼茫的暮色緣着山路漫流，高高的西閣正對瞿塘峽口。薄雲依偎在巖間留宿，孤月的光影在浪中蕩悠。靜夜鸛鶴追飛，豺狼爭食喧鬥。心憂戰亂不能睡呵，只恨扭轉乾坤志難酬！

【研析】這首詩的好處就在於情景氤氳交融，再現與表現一體。前四句由黃昏入秋夜，心亦相應地由靜趨動，不着痕跡。至「鸛鶴追飛靜，豺狼得食喧」，既是耳目聞見，又是時事的聯想，轉入不眠之思極其自然。

月（五律）

【題解】趙注、仇注咸繫此詩於大曆元年（西元七六六年）夔州西閣作。杜甫在夔期間寫了許多以月為專題或與之相關的詩，其中此首被蘇東坡推許為「絕唱」、「才力富健」，並取下句「殘夜水明樓」為五韻，以賦五詩，可謂推崇備至。

四更山吐月，殘夜水明樓❶。

塵匣元開鏡，風簾自上鉤❷。
兔應疑鶴髮，蟾亦戀貂裘❸。
斟酌姮娥寡，天寒耐九秋❹。

【注　釋】❶四更二句　殘夜，因月四更方上，故「山吐月」已是殘夜時分。水明樓，仇注：「月照水而光映于樓，故曰『水明樓』。」「吐」、「明」二字頗能傳遞自然的律動。浦注稱此聯「心境雙瑩」，誠然，但同時清瑩中已伏下清冷的感覺，逐漸散發開來，至詩的結尾將凝為孤單的情結。❷塵匣二句　上句承「山吐月」，《杜詩鏡銓》云：「塵匣喻暗山。」塵封的鏡匣一旦打開，鏡面不為塵染，仍如此明亮，故曰「元」(原)，寫月出入神。下句寫月如鉤，風動簾而月依簷下，如自動為窗簾上鉤。沈雲卿詩：「臺前疑掛鏡，簾外自懸鉤。」「自懸鉤」是寫實，「自上鉤」是想像。❸兔應二句　疑，疑似。傳說月中有玉兔、蟾蜍，因月光如霜而料兔白應似己之鶴髮；因月之高寒而料蟾亦似己之戀貂裘。❹斟酌二句　斟酌，料想。姮娥，即嫦娥，月中女神。九秋，因秋季九十天，所以稱為「九秋」。仇注引黃生注：「對鏡則見髮，臨風則增寒，五六句亦用分承。寡婦孤臣，情況如一，故借以自比。」

【語　譯】四更天，蒼山才慢慢吐出明月，好比那塵封的鏡匣初開，鏡面還是那麼清澈。波光，將殘夜中的樓閣映亮。風吹簾動，月牙掛起窗簾。月色呵與我的頭髮共白；月中蟾呵想必也與我同寒。思量那孤身一人的嫦娥喲，該如何熬過這寒冷而漫長的秋天？

【研　析】詩歌語言固有的多義性是人盡皆知的，但在讀詩時卻往往被忽略了，一味想追求某種確定性。文本照弗雷格的說法，應區分為「含義」與「意義」。含義相對穩定，具有作者「情志」的給定性；意義是變動不居的，具有通過讀者的聯想表現出來的文化給定性；而詩歌語言的多義性則造成詮釋者與讀者的許多疑惑。詮釋者追求含義的「界定」，讀者追求「再創造」的美感。對於後者，葉維廉《中國詩學》從其積極方面指出：「中國古典詩裡，利用未定位、未定關係，或關係模棱的詞法語法，使讀者獲致一種自由觀、感、解讀的空間，在物象與物象之間若即若離的指義活動。」這正是詩語言的魅力所在，讀者圍繞「含義」進行聯想，給出「意義」的解讀是合理的。所以我們的詮釋並不是要規定讀者「只能」如此這般去解讀文本，而是提供了一個由理解到聯想式的「再創造」的「基礎」，以免胡思亂想。在這首杜詩中，語言的不確定性與多義性已造成一些注家的歧見，不妨拿來討論討論。

中間二聯分歧最大。宋人趙次公《先後解》認為：「四更所見之月，而有『開鏡』之句，則乃月滿之狀，必十五夜也。豈九月之望夜乎？於一更、二更、三更為雲遮，如塵匣之鏡。至四更在樓上忽見之，所以有作。」既為滿月，「自上鉤」的「鉤」也就不是月牙。他釋「自」為「己」：「言樓上之簾已自掛起，則可以分明看月也。」頸聯趙注認為：「通末句為一段，上句則公又自言其老，下句則公又自言其貧。」明末王嗣奭《杜臆》認為：「余謂此詩之比也，月與嫦娥以比人主，蟾、兔以比君側小人。四更之月殘月也，……而簾鉤亦殘月之象也。兔已隱矣，似疑我之鶴髮；蟾亦不見，如我之畏寒而亦戀貂裘。蟾知畏寒，獨不為嫦娥一斟酌乎？寡居月宮，而天寒如此，其奈九秋何！蓋比人主資本明睿，其行事有暗合於道者；乃君側小人，或忌老成，或保身家，無能將順其美，此愛君者所深憂也。」這是最傳統的比興說了。清人黃生《杜詩說》則云：「三、四比而兼賦。此下弦之月，如匣鏡半開，故曰『元開鏡』，言非人開之也。庾信〈燈賦〉：『瓊鉤半上』。月既懸鉤，風又動簾，如自欲上鉤者，而人之捲簾看月在言外矣。蟾、兔皆姮娥之別稱。『疑』，似也。非『猜疑』之疑。『寡』字對鶴髮而言，『寒』字承貂裘而言，曰『應』、曰『亦』，正斟酌之意。寡婦孤臣，情況如一，故轉為姮娥斟酌之。後半又賦而兼比也。」仇注取黃生說。

月是滿月還是殘月、下弦之月？鉤是簾鉤還是指月如鉤？「應疑」是誰疑誰？疑什麼？這些都是詩中語言之不確定性引起的疑惑，由此形成不同的解讀。即以頸聯言之，按現代語法分析，玉兔是主語，賓語是「鶴髮」。所以有的說意思就是懷疑詩人滿頭白髮；有的說意為月照頭髮，玉兔便懷疑為白髮（疑似白髮），形容月光皎潔；還有人說白兔指月，月似鏡，對鏡見自己的白髮云云，不一而足。然而古詩人未必按今人制定的語法寫作，誠如葉維廉所說：在中國文言的古典詩裡，詩人利用特有的靈活語法——若即若離，若定向、定時、定義而猶未定向、定時、定義的高度的靈活語法，詞之間往往「自由換位」，及詞性複用及模棱所保留語字與語字之間的多重暗示性，使得讀者與文字之間，保持着一種靈活自由的關係。所以他認為：「我們的解讀活動，應該避免『以思代感』來簡化、單一化讀者應有的感印權利，而設法重建作者由印認到傳意的策略，好讓讀者得以作較全面的意緒的感印。」（《中國詩學》）如果我們捉住詩中意象去感覺（「印感」）詩意，而不是斤斤於今人之語法，分歧反而會少一些。不是嗎？無論如何解讀，「殘夜水明樓」、「風簾自上鉤」與月中玉兔、蟾蜍的意象群引人遐思，給人美感，是毋庸置疑的；而「兔應疑鶴髮，蟾亦戀貂裘」，其中「寡婦孤臣，情況如一，故借以自比」的比興意味也是頗為明確、給定的。誠如趙次公所言：頸聯「通末句為一段」。「兔應疑鶴髮，蟾亦戀貂裘」一旦與「斟酌姮娥寡，天寒耐九秋」合讀，其含義指向就相當明確，它是我們解讀及聯想的基礎。以此衡之，王嗣奭之解未免牽強離譜，而黃生之解則可謂「不即不離」，並沒有堵死文本的原有的多向暗示。文本中意象的清徹、玲瓏，是活力之所在，故黃生曰：「作月詩，盡情將鏡、鉤、蟾、兔、姮娥字搬出，在他人且入目生厭矣。一出公筆，顧反耐看耐思，由其命意深而出語秀故也。」此由整體感印得來，重在詩意的獲取。余於斯三致意焉。

夜（七律）

【題解】 作於大曆元年（西元七六六年）秋，杜甫時在夔州。

露下天高秋水清，空山獨夜旅魂驚。
疏燈自照孤帆宿，新月猶懸雙杵鳴[1]。

南菊再逢人臥病❷，北書不至雁無情。
步檐倚杖看牛斗，銀漢遙應接鳳城❸。

【注釋】❶疏燈二句　自照，燈倒映水面，故曰「自照」。孤帆，《杜律啟蒙》：「三四以見聞對舉，孤帆乃客舟之泊江邊者，若泥『宿』字，謂公之孤帆，則在夔時未嘗舟居，且與下『步檐』不合。」雙杵，《丹鉛錄》謂古人擣衣，兩女子對立執杵，如舂米然。❷南菊句　言去秋雲安見菊，今秋夔州見菊，都在臥病中。❸步檐二句　步檐，《楚辭・大招》：「曲屋步櫩」。櫩同「檐」。古時六尺為步。即傳統房屋之階沿。牛斗，牛指牛宿，二十八宿之一。斗，這裡指北斗。銀漢，天河。鳳城，秦穆公之女吹簫，鳳降其城，因號丹鳳城。其後，即稱京城為鳳城。此指長安。

【語譯】天高露凝，秋水盈盈。獨處空山，羈旅幽夜魂亦驚。看那江面疏疏幾盞水映燈，船兒落下孤帆宿寒汀。初月還懸掛在夜空，村子裡傳來擣衣聲聲。我已兩度見到南國的菊花，只是都在病中強撐。雁兒呵真無情，怎不帶來北方的書信！倚着手杖在階沿望星星，銀河呵該遙遙連接長安城。

【研析】《杜詩詳注》：「此與雲安夔州諸詩相合。『露下天高』，即『玉露凋傷楓樹林』也。『獨夜魂驚』，即『聽猿實下三聲淚』也。『孤帆宿』，即『孤舟一繫故園心』也。『雙杵鳴』，即『白帝城高急暮砧』也。『菊再逢』，即『叢菊兩開他日淚』也。『雁無情』，即『一聲何處送書雁』也。『看牛斗』，即『每依北斗望京華』也。詩中詞意，大概相同。竊意此詩在先，故秋興得以詳敘耳。」所言極是，可見「能事不受相促迫」，〈秋興八首〉之意象醞釀已久，日趨完善。此詩可視為擬稿。

中宵（五律）

【題解】作於大曆元年（西元七六六年），在夔州。

西閣百尋餘，中宵步綺疏❶。
飛星過水白，落月動沙虛❷。
擇木知幽鳥，潛波想巨魚❸。
親朋滿天地，兵甲少來書。

【注　釋】❶西閣二句　尋，八尺為尋。綺疏，雕窗，此指畫廊。❷飛星二句　《杜詩鏡銓》：「偶然景，拈出便成警句。」動沙虛，沙灘在月色中顯得迷離恍惚。❸擇木二句　《杜詩說》：「此係夜景，故以『知』字、『想』字勾畫之，言外則以物之得所反形人之不得所，而人之不得所者，由親朋不相存濟也，故接七八云云。」

【語　譯】西閣巍巍百尺危，夜半漫步畫廊時。飛星一道光劃水，沙洲落月動迷離。歸宿幽鳥知擇木，巨魚也欲沉淵底。徒有親朋滿天地，只為戰亂信難抵。

【研　析】「飛星過水白，落月動沙虛」一聯，可謂妙手偶得。敏感的詩人捉住這電光石火的一瞬，將它捺入詩中，好比松膠滴入蜜蜂成琥珀，瞬間便化為永恆。

江　月（五律）

【題　解】作於大曆元年（西元七六六年）秋，時在夔州。

江月光於水，高樓思殺人。

天邊長作客，老去一霑巾。
玉露團清影，銀河沒半輪❶。
誰家挑錦字？燭滅翠眉嚬❷。

【注釋】❶玉露二句　團，一作「溥」。露多貌。言秋月為霧氣所籠罩。下句言銀河明亮，半輪月似沉於銀河中。❷誰家二句　此謂詩人看月而想像月下有思婦在思念遠人。月色與思緒兩淒清。挑錦字，晉《列女傳》故事：竇滔妻蘇蕙，字若蘭，織錦為〈回文璇璣圖詩〉贈滔。婉轉循環讀之，詞甚淒惋，凡三百四十字。嚬，通「顰」。蹙眉狀。

【語譯】江月的光輝在水中搖曳，思鄉的人在高樓愁思欲絕。長在遠方流浪呵，老去更感悲切。月呀月，清影彷彿沾滿露水，沉入銀河半邊兒缺。誰家思婦織錦字，風來燭忽滅。翠眉顰，望明月。

【研析】《杜詩鏡銓》謂此詩寓意云：「曹植詩：『明月照高樓，流光正徘徊，上有愁思婦，悲嘆有餘哀。』所以寓思君之意也。」古人往往對皇帝自比為妻妾，這叫「比興」。杜甫興許也有這個意思，但我覺得陳貽焮先生的串講更通達有味，是文本自足的意義：「江月的光輝在水波上蕩漾，高樓一望，頓覺身寂影孤，真是愁殺人。天邊久客，至老不還，只怕老死他鄉。因想清影之下，玉露濃團，半輪之旁，天河掩沒，月色皎潔如此。這時空閨挑織錦字的思婦，大概也在停機滅燭，對月顰眉，同樓頭思鄉下淚的我一樣傷懷吧？」（《杜甫評傳》）

「燭滅翠眉嚬」一句是傳神之筆。織回文詩寄情已是柔腸欲斷，錦字未成而燭滅機停，此時才見月色如水，顰眉獨坐，情何以堪！剪影倍覺淒美。

江上（五律）

【題解】作於大曆元年（西元七六六年）秋，時在夔州。因地處三峽，故稱江上。

江上日多雨，蕭蕭荊楚秋。
高風下木葉，永夜攬貂裘❶。
勳業頻看鏡，行藏❷獨倚樓。
時危思報主，衰謝不能休❸。

【注釋】❶永夜句　永夜，長夜。攬貂裘，此句用蘇秦遊說秦王，書十上而不成，裘衣為敝的故事，自歎事業無成。當時窮困潦倒的杜甫未必有貂裘可攬。❷行藏　指出仕與歸隱。《論語・述而》：「用之則行，舍之則藏。」❸時危二句　衰謝，指身體衰老。《後山詩話》：「裕陵（宋真宗）常謂杜子美詩云『勳業頻看鏡，行藏獨倚樓』，謂甫之詩皆不迨此。」是聯固然「怨而不怒」合乎溫柔敦厚之詩教，但皇帝看中的恐怕還是結句「報主」的忠心。其實杜甫的忠君是與愛民相聯繫的，是《壯遊》所謂：「上感九廟焚，下憫萬民瘡。」

【語譯】江峽日漸多雨水，蕭蕭已是荊楚秋。高天風急樹葉落，長夜蘇秦攬敝裘。頻看鏡中人已老，勳業如今又何有？用之則行知無望，寒村高閣自倚樓。時危一心想報主，衰老多病不肯休！

【研析】「勳業頻看鏡，行藏獨倚樓」二句頗含蓄，不正面說破「勳業如何」、「行藏如何」，而是用行動作答：頻看鏡，日見衰頹，則勳業無成可知；獨倚樓，孤寂抑鬱，則進退失據可知。正是這種直觀性，使複雜的情緒內容變得易於掌握，故《讀杜心解》評云：「高爽悲涼。於老杜難得此朗朗之語不須注腳也。」的確，含蓄不等於晦澀。

中夜（五律）

【題解】作於大曆元年（西元七六六年）秋，時在夔州。中夜，半夜。

中夜江山靜，危樓望北辰❶。
長為萬里客，有愧百年身。
故國風雲氣，高堂戰伐塵❷。
胡雛負恩澤，嗟爾太平人❸。

【注釋】❶危樓句　危樓，高樓。望北辰，遙望北極星，即「每依北斗望京華」之意。❷故國二句　此二句言安史之亂使京城亦蒙上戰塵，雖富貴人家不能免。故國，此指長安，言其形勢多變。高堂，猶大屋。〈哀王孫〉：「長安城頭頭白烏，夜飛延秋門上呼。又向人家啄大屋，屋底達官走避胡。」❸胡雛二句　胡雛，指安祿山。末句感歎以「太平天子」唐玄宗為首的官僚集團，沒有危機意識，驕奢淫逸，至罹大難。

【語譯】江山深夜寂無聲，高樓遙看北極星。漂泊萬里常為客，人生百年愧無成。長安形勢多變幻，高堂大屋戰塵生。祿山小兒固是背恩義，更歎奢逸君臣耽太平！

【研析】《杜詩鏡銓》引李子德評云：「極悲壯語，而以樸淡寫之，則悲壯在情，不在字面。」評得好！

返照（七律）

【題解】作於大曆元年（西元七六六年）秋，時在夔州。返照，夕陽的回光。

楚王宮❶北正黃昏，白帝城西過雨痕。
返照入江翻石壁，歸雲擁樹失山村❷。
衰年肺病唯高枕，絕塞愁時早閉門。
不可久留豺虎亂，南方實有未招魂❸。

【注釋】❶楚王宮　古楚國王宮。故址在今重慶巫山縣西高都山上。❷返照二句　翻石壁，言夕陽斜照由水面反射到石壁上。失山村，言雲霧遮蓋了村子。❸不可二句　豺虎亂，仇注引黃鶴注：「公屢以強鎮比豺虎。是時楊子琳攻崔旰未已，公知子琳將變，故曰不可以久留。（大曆）三年，子琳果殺夔州別駕張忠，據其城。」未招魂，形容自己在他鄉漂泊，生死難卜。趙次公曰：「公自言也。客于南楚，魂魄飛越，實為未招也。」

【語譯】楚王宮的北面喲，夔府正值黃昏。城西剛剛放晴喲，還留有雨痕。斜陽照在江面喲，光影反射上崖壁閃晃。雲霧瀰漫喲，遮蔽了山村。衰老加上多病只好臥床，邊地愁悶時早關柴門。此地不可久留喲，如狼似虎的軍閥們終究要作亂。南方喲邊遠的南方，我像孤魂一樣落拓遊蕩。

【研析】《杜詩鏡銓》引黃白山云：「年老多病，感時思歸，集中不出此四意，而橫說豎說，反說正說，無不曲盡其情。此詩四項俱見，至結語云云，尤足悽神戛魄！」這裡涉及文學語言的特性。「年老多病，感時思歸」，是概念性的語言，只取共性，好比「維生素C」，代表所有具體食物中包含的某種維生素，而抽空菠菜、蘋果、木瓜之間在滋味上的區別。對醫生與病人，頗便利相互間的溝通，對「食客」卻沒多大意義。而詩中「橫說豎說，反說正說，無不曲盡其情」，則是當代所謂的「話語」或「言語」，盡力體現個性，細加品味，審美效果並不一樣——儘管它們同處某一概念。所以〈宿江邊閣〉中的「薄雲巖際宿，孤月浪中翻。鸛鶴追飛靜，豺狼得食喧」，與〈江上〉中的「高風下木葉，永夜攬貂裘。勳業頻看鏡，行藏獨倚樓」，〈返照〉中的「返照入江翻石壁，歸雲擁樹失山村。衰年肺病唯高枕，絕塞愁時早閉門」，同是「感時思歸」，那味兒豈能相互取代？有心的讀者試將〈宿江邊閣〉以下七首細細咀嚼品味一番，自能了悟。對文學來說，重要的是「這一個」，對詩更要關注到每一個字的用法。

吹笛

（五律）

【題解】依舊編在大曆元年（西元七六六年）秋，夔州作。

吹笛秋山風月清，誰家巧作斷腸聲？
風飄律呂相和切，月傍關山幾處明❶？
胡騎中宵堪北走，〈武陵〉一曲想南征❷。
故園楊柳❸今搖落，何得愁中卻盡生。

【注釋】❶風飄二句　律呂，古代校音器，以竹筒為之，分別聲音之清濁高下，樂器依以為準。分陰陽各六，陽者為律，陰者為呂。下句仇注引顏廷榘曰：「律呂之調，於風前聞之，覺相和之切。〈關山〉之曲，於月下奏之，似幾處皆明。此聲之巧而感之深也。」古代中國軍中喜用笛，故聞之而聯想邊塞之事，如「上將擁旄西出征，平明吹笛大軍行」、「更吹羌笛〈關山月〉，無那金閨萬里愁」、「羌笛何須怨〈楊柳〉，春風不度玉門關」之類比比皆是。❷胡騎二句　胡騎句，《晉書．劉琨傳》：「在晉陽，嘗為胡騎所圍數重，城中窘迫無計，琨乃乘月登樓清嘯，賊聞之，皆淒然長嘆。中夜奏胡笳，賊又流涕噓欷，有懷土之切。向曉復吹之，賊并棄圍而走。」仇注：「按詩云『胡騎中宵堪北走』，當指吐蕃而言。《通鑑》：永泰元年，吐蕃與回紇入寇，子儀免冑釋甲，投鎗而進，回紇酋長皆下馬羅拜，再成和約。吐蕃聞之，夜引兵遁去。即此事也。」可參考，但詩主吹笛而聯想當今之亂世，不必實寫其事。武陵句，《古今注》載：〈武溪深〉乃馬援南征之所作也。援門生爰寄生善吹笛，援作歌以和之，名〈武溪深〉。❸楊柳　雙關，既指故園之楊柳，也指笛曲〈折楊柳〉。

【語　譯】秋山風月正淒清，是誰吹笛妙作斷腸聲？那和諧的旋律隨風飄，不知今夜幾處邊關月兒明？笛聲笛聲，曾使胡兒思鄉中宵向北遁；笛聲笛聲，也曾使漢將高歌往南征。而今寒秋一曲〈折楊柳〉喲，讓我愁中疑是故園楊柳生。

【研　析】榮格〈論分析心理學與詩歌的關係〉一文中說：「每一種原始意象都是關於人類精神和人類命運的一塊碎片，都包含着我們祖先的歷史中重複了無數次的歡樂和悲哀的殘餘。」楊柳作為一種意象，富含着我民族文化意蘊。《三輔黃圖》說：「灞橋在長安東，跨水作橋，漢人送客至此橋，折柳贈別。」折柳贈別是中國人「歷史中重複了無數次的歡樂和悲哀」，千百年來的相關詩文不斷地強化着楊柳與遊子離情的關係，使它成為一種「現成思路」，即一看到楊柳就想起遊子，想起故鄉親人。折楊柳一旦成了北朝〈折楊柳歌辭〉，成了笛曲，楊柳與笛聲意象的疊加，更是有聲有色地演繹着千種風情、萬般別意。我們不由地記起天才詩人李白的〈春夜洛城聞笛〉：「誰家玉笛暗飛聲，散入春風滿洛城。此夜曲中聞折柳，何人不起故園情？」隨着笛聲，鄉愁一時散滿了洛城，個性成了共性。李白還有一首〈與史郎中飲聽黃鶴樓上吹笛〉：「一為遷客去長沙，西望長安不見家；黃鶴樓上吹玉笛，江城五月落梅花。」前一首笛子吹的是〈折楊柳〉曲，後一首吹的是〈梅花引〉，這次撒下的是「梅花」。聰明的讀者可能已猜到我要說的是什麼——杜甫合雙美為一聯：「故園楊柳今搖落，何得愁中卻盡生」。與李白用的是一樣「曲喻」的手法：故意認虛為實，奇思妙想，坐實了笛曲中的「梅花」與「楊柳」，讓她們落滿江城、在秋風中重生！當然，杜句取代不了李詩，但讓我們看到杜少陵不凡的身手：一舉翻出如來佛的手心！

卷七

諸將五首（七律）

【題解】組詩作於夔州，時大曆元年（西元七六六年）秋。詩通過近年來發生的重大事件，對朝廷的將領進行批評，目的還在於激發其良知與責任感，以報效國家。晚年的杜甫，已遠離政治中心，不可能再以親歷親見來寫「三吏」、「三別」一類作品，直接干預現實；他更多地以歷史事件為反省對象，以深刻的議論警示世人，同時抒發自己的思想感情，〈諸將五首〉與〈有感五首〉是其代表作。

其一

漢朝陵墓對南山，胡虜千秋尚入關❶。
昨日玉魚蒙葬地，早時金碗出人間❷。
見愁汗馬西戎逼，曾閃朱旗北斗殷❸。
多少材官守涇渭，將軍且莫破愁顏❹。

【章旨】痛近年來吐蕃反覆入侵，詩斥諸將之無能、君臣離心。史載，廣德元年（西元七六三年）七月吐蕃入寇，取河隴；十月吐蕃入長安，焚掠京師。廣德二年（西元七六四年）十月，僕固懷恩引吐蕃、突厥入寇，進逼奉天，長安戒嚴。永泰元年（西元七六五年）九月，僕固懷恩又誘回紇、吐蕃、吐谷渾、党項、奴剌數十萬眾入寇。

【注釋】❶漢朝二句　漢朝，這裡指唐朝。南山，即終南山。胡虜，指吐蕃。千秋，千年，言其久遠。入關，泛指進入關中地區，不必坐實為蕭關。《後漢書・劉盆子傳》載：赤眉入長安，發諸帝陵，取寶貨。此言不料千年之後，今復如此。朱瀚《杜詩詳意》云：「『漢』字作『唐』字看，『千秋』作『當時』看，便自了然。」也就是說，杜詩實指當時事。《資治通鑑》廣德元年（西元七六三年）載，柳伉上疏，言及吐蕃兵不血刃而入京師，劫宮闈，焚陵寢，而「武士無一人力戰者」，「召諸道兵，盡四十日無隻輪入關」。當時昏君與諸將上下離心如此，社稷危矣！這正是杜甫所要抨擊的要害。❷昨日二句　此聯是蕭先生所說的「用麗詞寫醜事，用典故代時事」，是後期杜詩常見的手法。昨日句，《九家注》引《西京雜記》云：漢楚王戊太子葬時，以玉魚一雙為殮。金碗，《太平御覽》引《漢武故事》，稱漢武帝茂陵有玉碗，曾被人盜賣。《南史・沈炯傳》稱炯經漢武帝通天臺，作表文稱：「茂陵玉碗，遂出人間。」因「玉魚」已用「玉」字，故改稱「金碗」。早時，猶早先。二句為互文，意為原先殉葬之玉魚、金碗，如今皆被發掘而見於人間。浦注：「既曰『千秋』，又曰『昨日』、『早時』，以『千秋』字避指斥之嫌，以『昨日』、『早時』（按：有「不久前」之意），顯慘禍之速，既隱之，復惕之也。」漢陵被掘在西漢亡後，赤眉起義之際；唐陵被掘，卻在唐軍平安史之亂後，奇恥大辱盡現當朝帝王與諸將的無能。❸見愁二句　見，同「現」。汗馬，即「汗馬功勞」的汗馬，言其不惜馬力兼程而進。或謂「汗馬」即「汗血馬」，借指回紇，非，下首自有「回紇馬」。西戎，指吐蕃。因吐蕃屢次入侵都是眼前事，故曰「見愁」。閃，暗示吐蕃入侵屬襲擊，不得久據中土。朱旗，紅旗，泛指戰旗。殷，暗紅色。此句言吐蕃勢盛，其朱旗翻動，北斗也被映紅。程千帆《古詩考索》認為：朱旗，用〈封燕然山銘〉「朱旗降天」意。後詩人面對今日的衰微，愁敵進逼，遙想先朝的強盛，克敵揚威，對比強烈。故「朱旗」是以漢喻唐，當指強盛期的唐軍。義似較勝，錄供參考。❹多少二句　材官，勇武之臣，此指諸將。《資治通鑑》：代宗元年九月吐蕃十萬眾至奉天（今陝西乾縣，在涇渭二水之間），即「召郭子儀於河中，使屯涇陽。己酉，命李忠臣屯東渭橋，李光進屯雲陽，馬璘、郝庭玉屯便橋，李抱玉屯鳳翔，內侍駱奉仙、將軍李日越屯盩厔，同華節度使周智光屯同州，鄜坊節度使杜冕屯坊州。」此二句言有多少勇武之士守住涇、渭。涇水、渭水，在長安之北。末句戒諸將莫放鬆警惕。

【語　譯】皇家陵寢對着終南山，漢亡陵寢遭開棺。不料千年之後吐蕃來，唐陵竟也被燒殘！不久前殉葬的玉魚被發掘，早些時深埋的金碗也重現人間。眼見吐蕃長驅直入，戰旗曾映紅北斗的唐軍豈在焉？這回又有多少勇武之臣布守涇渭呵，各位將官可別因此把心過早放寬！

其　二

韓公本意築三城，擬絕天驕拔漢旌❶。
豈謂盡煩回紇馬，翻然遠救朔方兵❷。
胡來不覺潼關隘，龍起猶聞晉水清❸。
獨使至尊憂社稷，諸君何以答升平❹。

【章　旨】歎國勢不張，諸將不能恪盡其職，乃至借兵回紇，留下遺患。

【注　釋】❶韓公二句　此言張仁願築三城本意在制止外族的入侵。韓公，張仁願，封韓國公，唐中宗神龍三年（西元七〇七年）於河北築三受降城以拒突厥。天驕，匈奴自稱是「天之驕子」。❷豈謂二句　二句強調意想不到，不該發生的事卻發生了：防邊的朔方軍卻要外族回紇來援救。與上聯形成強烈的對比。豈謂，豈料。翻然，猶反而。❸胡來二句　潼關隘，潼關在今陝西東部，是著名的關隘，地勢險要。但險不足恃，「不覺」二字表明潼關之險要對敵人已不構成障礙。晉水清，晉水出自晉陽，唐高祖李淵起兵之地。錢箋引《冊府元龜》：「高祖師次龍門縣，代水清。」此句強調地利不如人和，以高祖龍興事激勵諸將奮起抗敵。❹獨使二句　至尊，指當今皇帝代宗。史載，代宗為廣平王時，曾親拜於回紇馬前，祈求回紇軍收京免剽掠，有憂社稷之心。「獨」字暗示君臣離心，含有柳伉疏中所言「武士無一人力戰者，此將帥叛陛下也」、「召諸道兵，盡四十日無隻輪入關，此四方叛陛下也」的意思，是對諸將的譴責，以設問出之，婉轉而嚴厲。《載酒園詩話》稱：「讀至此，真令頑者泚顏，懦者奮勇，可謂深得諷喻之道。」

【語　譯】韓公當年築下三座受降城，本想用它阻絕外族相侵凌。不料形勢蒼黃事顛倒，反請回紇入塞救我朔方兵！無德地險關隘不足恃，叛軍湧至潼關平。有德高祖義師起，龍門代水為之清。而今皇帝獨自憂社稷，諸將呵諸將，該怎樣報答平日對爾等的恩情！

其　三

洛陽宮殿化為烽，休道秦關百二重❶。
滄海未全歸禹貢，薊門何處盡堯封❷。
朝廷袞職雖多預，天下軍儲不自供❸。
稍喜臨邊王相國，肯銷金甲事春農❹。

【章　旨】此章黃生云：「後半蓋痛府兵之制之壞。天下之兵，坐而待食，上下交敝，元氣日削，而欲四肢之強振，何由可得？是以息兵務農之計，于王公乎有取。」言亂世貢賦匱乏，諸將雖兼三公而軍儲不能自供，表揚王縉能屯田重農事。

【注　釋】❶洛陽二句　化為烽，化為兵火，指洛陽宮殿焚於安史之亂。秦關百二，《史記・高祖本紀》：「秦得百二焉。」注：得百中之二焉，秦地險固，二萬人足以當諸侯百萬人也。百二重，趙次公注：「今云百二重，則既百二，而又得百二也。」極言其險隘。❷滄海二句　此聯言淄青、盧龍等地尚在軍閥割據中。滄海，指山東淄青等地。禹貢，《尚書》有〈禹貢〉篇，詳述九州版圖貢賦，與「堯封」同樣是指統一。薊門，指盧龍等處。❸朝廷二句　此聯言諸將高官厚祿，卻不為朝廷分憂，軍需供給皆仰朝廷。《杜詩說》：「『袞職』句乃一詩之綱紐，意謂盈庭濟濟，曾有一人以根本之論上聞者乎？」袞職，指三公。預，參與也。當時武將、諸鎮節度使多兼中書令、平章事，故曰「多預」。軍儲，指軍需供給。❹稍喜二句　王相國，王縉。廣德二年（西元七六四年）拜同平章事（相國），後遷河南副元帥。下句言王縉能休養士卒，使之屯田自給。蕭先生說：「表揚王縉，所以深愧諸將。」史載王縉平庸，故用「稍喜」，有分寸。

【語譯】洛陽宮殿火中埋，別提什麼秦地險要一當百。東海數州未光復，薊門還在版圖外！朝廷諸將多三公，只是軍糧至今不自供。還好親臨前線王相國，屯田能使軍務農。

其四

回首扶桑銅柱標，冥冥氛祲未全銷❶。
越裳翡翠無消息，南海明珠久寂寥❷。
殊錫曾為大司馬，總戎皆插侍中貂❸。
炎風朔雪天王地，只在忠臣翊聖朝❹。

【章旨】第四章言南方作亂，責諸將徒有高官厚祿功不能守疆土。

【注釋】❶回首二句　回首，前三首皆寫兩京事，此首寫南方事，故曰「回首」。扶桑，唐嶺南道有扶桑縣，此泛指南海一帶。銅柱，東漢馬援征交趾，立銅柱為漢界。唐玄宗時以兵定南詔，復立馬援銅柱（《新唐書・南蠻傳》）。氛祲，妖氛，指南疆戰亂之氣。《唐書・代宗本紀》載，廣德元年十二月，市舶使呂太一逐廣南節度使，縱兵大掠。❷越裳二句　越裳，南方古國名，唐時安南都護府有越裳縣。翡翠，珍禽，與南海明珠皆泛指四方貢品，因唐帝國衰敗，不再朝貢，故曰：「無消息」、「久寂寥」。❸殊錫二句　二句言諸將都受到恩寵。殊錫，特別的尊寵。大司馬，即太尉，屬「三公」之一，正一品。侍中貂，唐飾。❹炎風二句　翊，輔佐。尾聯言無論炎熱的南方，還是飛雪的北國，都是王土，要靠忠臣輔助才能恢復舊疆。此句從正面誘導諸將。

【語　譯】回過頭看看南方，扶桑縣矗立着漢界銅柱標。可如今是妖氣昏昏，叛亂之聲依舊囂囂。越裳古國的翡翠鳥喲南海的明珠，進貢已成往事路遙遙。身受殊恩位三公，大將冠加侍中貂。炎州北國莫非王土，就靠忠臣輔助守業牢。

其　五

錦江春色逐人來，巫峽清秋萬壑哀❶。
正憶往時嚴僕射，共迎中使望鄉臺❷。
主恩前後三持節，軍令分明數舉杯❸。
西蜀地形天下險，安危須仗出群材❹。

【章　旨】末章從正面為諸樹榜，讚揚嚴武服從中央，有名將度。仇注引陳廷敬曰：「一、二章言吐蕃、回紇，其事對，其詩章、句法亦相似；三、四章言河北、廣南，其事對，其章、句法又相似；末則收到蜀中，另為一體。」

【注　釋】❶錦江二句　上句言在成都與嚴武共事的美好回憶如錦江之春色，隨身到夔州。下句暗示嚴武逝去。《杜詩說》：「首二句蓋因思嚴公而追敘之。公卒，已無所依，故決計下峽。然其思公也，非己一人之私，以公實繫全蜀安危：其在，則蜀中欣遂如春；其歿，則蜀中憔悴如秋。此寫景中又寓有比興也。」❷正憶二句　嚴僕射，指嚴武。《舊唐書・嚴武傳》：「永泰初卒，贈尚書左僕射。」共迎中使，憶與嚴武一起迎接朝廷派來的使者，顯示嚴武對朝廷的忠心。望鄉臺，《太平寰宇記》引《益州記》：「升仙亭夾路有二臺，一名望鄉臺，在縣北九里。」❸主恩二句　節，符節，古代出使，持節為信。此指嚴武一鎮東川，再為成都尹，三為劍南節度使。下句言嚴武治軍有方，故能好整以暇，雅宴常開。寫嚴武有名將風度。❹西蜀

二句　安危，趙次公注：「安危，安其危也。」此聯言西蜀地險，容易割據，更須超群之人才來鎮守。《讀杜心解》：「此為鎮西川者告也。嚴武初鎮而罷，高適代之，則有徐知道之反，及松、維等州之陷。再鎮而卒，郭英乂代之，則有崔旰等相攻殺之擾。迨杜鴻漸鎮蜀，卒不能制。此武所以出他人之上也。借嚴績以明蜀險，以貼身事為五首殿焉。」

【語　譯】在成都的日子，春色逐人笑顏開；在巫峽的日子，只聽那萬壑秋聲哀。我也曾隨嚴僕射到望鄉臺，共迎朝廷使者來。聖主的恩寵讓你三次鎮蜀，不負使命軍令分明從容常舉杯。西蜀地形險要易割據，化危轉安更要依仗超凡材！

【研　析】「以議論為詩好不好？」那得看其議論是否能深刻警醒，且帶情以行。這組詩洞鑒時弊，謀慮深遠，感慨深沉，且以比興唱歎出之，音節響亮，稱得上是一流的「以議論為詩」。以其五「軍令分明數舉杯」一句為例，黃生分析得明透：「軍令分明，言信賞必罰，令出惟行也。如此，則軍中整暇，雖宴遊而不廢事，故曰『數舉杯』。按：嚴曾破吐蕃七萬眾，拔當狗城，又收鹽川城，在蜀立此大功，而詩不之敘，蓋所重者，嚴之威望足以鎮定人心，潛銷反側耳，邀功邊外，不足詡也。此『軍令分明數舉杯』之句所以深得美嚴之意，而公之壯猷遠略，亦見一班矣。」一句意義如此豐富不露，傳嚴氏之神氣，黃生亦善讀杜詩者。有人將它與〈秋興〉對比，認為〈秋興〉沉實高華，〈諸將五首〉深渾蒼鬱，各自代表杜詩某類形式的高峰，很對。

秋興八首

（七律）

【題　解】此組詩作於大曆元年（西元七六六年），杜甫在夔州。秋興，因秋發興，重點在興，「興」讀去聲。《杜詩偶評》：「言因秋而感興，重在興不在秋也。每章中時見秋意。」此為杜甫慘澹經營之作，首尾相銜，以故國之思為核心，八首只如一首，是所謂「連章體」。而八首之中或即景合情，或借古為喻，或直斥無隱，或欲說還休，又各具面目，一本萬殊，色彩斑斕，和而不同。《唐詩成法》曰：「此詩諸家稱說，大相懸絕。

有謂妙絕古今者，有謂全無好處者。愚謂若首首分論，不惟唐一代不為絕傳，即在本集亦非至極；若八首作一首讀，其變幻縱橫，沉鬱頓挫，一氣貫注，章法、句法，妙不可言。」這種完整性體現於藝術上，便是「一片境」，即以現實與想像、時間與空間交錯之意象群，共構一懷鄉戀闕慨往傷今的藝術幻境，美輪美奐。從這一點上說，此組詩之創構可謂詩史上一大突破。

其一

玉露凋傷楓樹林，巫山巫峽氣蕭森❶。
江間波浪兼天湧，塞上風雲接地陰❷。
叢菊兩開他日淚，孤舟一繫故園心❸。
寒衣處處催刀尺，白帝城高急暮砧❹。

【章旨】首章感楓樹而發興，雖自夔府之秋景觸起，卻隱隱逗出懷鄉戀闕之思，直指長安，以下諸首雖不復明寫秋景，仍是秋興，「故園心」為八首之綱。

【注釋】❶玉露二句　玉露，即白露。《呂氏春秋》：「辛揭之露，其色如玉。」《楚辭》：「湛湛江水兮上有楓。」玉露楓林，自是秋氣滿紙，凋傷中仍有富麗之致。蕭森，蕭颯貌。❷江間二句　江間，即巫峽。塞上，仇注引陳廷敬曰：「塞上，即指夔州，〈夔府書懷〉詩『絕塞烏蠻北』，〈白帝城樓〉詩『城高絕塞樓』，可證。」《唱經堂杜詩解》：「『波浪兼天湧』者，自下而上一片秋也；『風雲接地陰』者，自上而下一片秋也。」❸叢菊二句　兩開，蕭先生注：「杜甫去年秋在雲安，今年秋又在夔州，從離成都以後算起，所以說『兩開』。」他日淚，猶前日淚。一繫，一心唯繫於此，句言繫孤舟欲北上返鄉，一心唯繫於此舟也，「繫」字雙關。二句《杜臆》箋曰：「乃山上則叢菊兩開，而他日之淚，至今不乾也；江中則孤舟一繫，而故園之心，結而不解也。前聯言景，後聯言情；而情不可極，後七首皆胞孕於兩言中也。又約言之，則『故園心』三字盡之矣。」❹寒衣二句　白帝城，在夔府之東，相去不遠。砧，搗衣石。蕭先生注：「催刀尺，為裁新衣；急暮砧，為搗舊衣。處處催，見得家家如此，言外便有客子無衣之感。」《杜詩鏡銓》：「末二句結上生下，故以夔府孤城次之。」

【語　譯】白露為霜丹楓敝，巫山巫峽一片蕭颯氣。峽東大江浪滔天，塞上陰雲垂接地。去蜀兩見菊花開，向來至今淚猶滴！一心只想回故園，奈何病滯孤舟繫。寒催家家裁新衣，日暮傳來白帝高城搗衣聲聲急。

其　二

夔府孤城落日斜，每依北斗望京華❶。
聽猿實下三聲淚，奉使虛隨八月槎❷。
畫省香爐違伏枕，山樓粉堞隱悲笳❸。
請看石上藤蘿月，已映洲前蘆荻花❹。

【章　旨】因見夔府晚景而望長安，極言其思歸之切。點出「望京華」，是八首主旨。

【注　釋】❶夔府二句　上句《而庵說唐詩》箋云：「前以『暮』字結，此以『落日』起。落日斜，裝在『孤城』二字下，慘澹之極；又如親見子美一身立於斜陽中也。」每，每每；經常。京華，即長安。長安城上直北斗，號北斗城。❷聽猿二句　聽猿，《水經注》：「每至晴初霜旦，林寒澗肅，常有高猿長嘯，屬引淒異，空谷傳響，哀轉久絕，故漁者歌曰：巴東三峽巫峽長，猿鳴三聲淚沾裳。」昔聞其語，今身歷其境，故下一「實」字。按句法理順應為「聽猿三聲實下淚」，然而也就失去了「三聲淚」那聲色並作的詩味。下句蕭先生注：「槎，木筏。《博物志》：舊說云天河與海通，近世有人居海渚者，年年八月有浮槎去來不失期，人賫糧乘槎而去，十餘日，至天河。又《荊楚歲時記》：漢武帝令張騫窮河源，乘槎經月，至天河。這句詩便是化用這兩個故事的，而主意則在以張騫比嚴武，以至天河比還朝廷。杜甫以檢校尚書工部員外郎的朝官身份作嚴武的參謀，故得云『奉使』。……但第二年四月，嚴武死在成都，還朝的打算落了空，所以說『虛隨』。」❸畫省二句　畫省，即尚書省。因漢代省中畫古賢烈女，故曰「畫省」。杜曾任檢校工部員外郎，屬尚書省。違伏枕，言因病不得還朝任職。山樓，指白帝城樓。粉堞，城上白色女牆。隱，隱沒也。笳，胡樂，軍中多用之。言山樓粉堞隱於夜色與悲笳聲中。❹請看二句　此聯為流水對，言月影由石上移至洲前，寫出時空的轉移。《杜工部詩通》：「結聯『請看』、『已映』，四字極有味。蓋以月應落日而言，謂方日落而遽月出，才臨石上而已映洲前，光陰迅速如此，人生幾何，豈堪久客羈旅邪？其感深矣。」

【語譯】夔府孤城殘照收，欲望長安尋北斗。親聞巫峽悲猿啼，使我淚下三聲後。徒有朝官名，回朝志難酬。多病已失畫省職，悲笳夜色沒城樓。君看無聲月輪動，剛在石上忽在洲！

其三

千家山郭靜朝暉，日日江樓坐翠微❶。
信宿漁人還泛泛，清秋燕子故飛飛❷。
匡衡抗疏功名薄，劉向傳經心事違❸。
同學少年多不賤，五陵衣馬自輕肥❹。

【章旨】第一首寫暮，第二首寫夜，此首寫朝。天天坐於山色之中，極寫無聊之狀，從眼前景轉入心中事。自首章之「故園心」至此章之「心事違」，情意愈轉愈深，承上啟下。

【注釋】❶千家二句　千家山郭，只有千家的小山城。翠微，山中青縹色的霧氣，用指山色。《杜詩闡》：「望京華，則每依北斗；坐翠微，則日坐江樓。豈非舍北斗則此心無依，離江樓即此身亦誰寄哉。」❷信宿二句　信宿，一宿曰宿，再宿曰信。言其多日也。泛泛，無所得也。故，仍舊。此聯寫眼前景，但與首聯無聊心緒貫通：漁舟越宿無所得，猶泛泛江中；燕子秋來當去，尚飛飛於山前；則羈旅久滯無聊之意在景中。❸匡衡二句　蕭先生注：「《漢書・匡衡傳》：元帝初，衡數上疏陳便宜，遷光祿大夫、太子少傅。又〈劉向傳〉：宣帝令向講論五經於石渠，成帝即位，詔向領校中五經秘書。杜甫為左拾遺，曾上疏救房琯，故以抗疏之匡衡自比；但結果反遭貶斥，所以說『功名薄』。杜甫家素業儒，故又以傳經之劉向自比；但即欲如劉向之典校五經亦不可得，而是『白頭趨幕府』，『垂老見飄零』，所以說『心事違』。二句上四字一讀，下三字則是杜甫的自慨。」❹同學二句　五陵，漢時長安有五陵：長陵、安陵、陽陵、茂陵、平陵，時徙豪傑名家於其間。此言同輩不事儒業卻富貴煊赫，意極不平，語卻含蓄。《杜詩注解》引李夢沙云：「四句合看，總見公一肚皮不合時宜處。言同學少年既非抗疏之匡衡，又非傳經之劉向，志趣寄託，與公絕不相同，彼所謂富貴赫奕，自鳴其不賤者，不過五陵衣馬自輕肥而已。極意奚落語，卻只如嘆羨：乃見少陵立言醞藉之妙。」

【語譯】千家的小山城靜沐着朝暉，天天坐在江樓上看山色青翠。接連幾天無所獲的漁舟還在遊蕩，清秋該南歸的燕子卻仍在盤飛。學匡衡抗疏直諫反遭貶斥，只求劉向一樣典校五經竟也告吹。看年輕時的夥伴們多取富貴，居長安洋洋自得裘輕馬肥！

其四

聞道長安似弈棋，百年世事不勝悲❶：
王侯第宅皆新主，文武衣冠異昔時❷。
直北關山金鼓振，征西車馬羽書遲❸。
魚龍寂寞秋江冷，故國平居有所思❹。

【章旨】此首為八首之樞紐，由夔州轉向長安，慨歎時局不定，逗出以下諸首對太平盛世的回憶。

【注釋】❶聞道二句　聞道，蕭先生注：「杜甫往往把千真萬確的事，故意托之耳聞，語便搖曳多姿。如〈即事〉：『聞道花門破，和親事卻非。』又如〈遣憤〉：『聞道花門將，論功未盡歸。』與此同一手法。」弈棋，下棋，言其局勢多變不可測。百年，《讀杜心解》：「統舉開國以來，今昔風尚之感也。」❷王侯二句　二句承首聯今昔之感，言人政俱非。《杜律意箋》：「王侯第宅，頻易新主；文武衣冠，非復舊制，（按：如節度使制度，集軍政大權於一身，即非舊制。）正見世事如奕棋所以為可悲也。」安史亂後，王侯第宅有很大的變動，《唐書・馬璘傳》：「天寶中，貴戚勳家，已務奢靡，而垣屋猶存制變。然衛公李靖家廟，已為嬖臣楊氏馬廄矣。及安史大亂之後，法度隳弛，內臣戎帥，競務奢豪，亭館第舍，力窮乃上，時謂木妖。」❸直北二句　直北，正北。指長安北面的隴右、關輔地區。直北句，指回紇。征西句，指吐蕃。羽書，是插羽於書，取其迅速，用於緊急徵兵之檄書。《漢書・高帝紀》云：「吾以羽檄徵天下兵」，注曰：「檄者，以木簡為書，長尺二寸，用徵召也。」金鼓、羽書，邊情緊急可見。遲，言徵兵莫至。《九家注》引王洙曰：「是時詔徵天下兵，程元振用事，無一人應者，故章末感激言之。」❹魚龍二句　《水經注》：「魚龍以秋日為夜，秋分而降，蟄寢於淵也。」魚龍寂寞，寫秋江兼自喻。故國，指長安。平居，平日所居。杜甫在長安先後居住過十多年。《辟疆園杜詩注解》：「言吾之飄泊秋江，正猶魚龍值秋而潛蟄。以魚龍喻己寂寞，甚奇。故國平居，是言長安太平無事之時，回首追思，益重其悲。」《杜詩解》則云：「正志士枕戈泣血，滅此朝食之時，而乃去故國，竄他鄉，對此秋江，曷勝寂寞，曷勝悵恨，此所以寄興魚龍，而曰『有所思』者，正思此身為朝廷用也。」結句是本組詩的靈魂。

【語譯】常聽說長安時局像下棋，世事百年多變令人悲！王侯府第頻易主，文武體制非舊時。正北關山戰鼓急，徵召援兵西來遲。我猶魚龍潛蟄秋江長寂寞，惆悵長安憶平居。

其五

蓬萊宮闕對南山，承露金莖霄漢間❶。
西望瑤池降王母，東來紫氣滿函關❷。
雲移雉尾開宮扇，日繞龍鱗識聖顏❸。
一臥滄江驚歲晚，幾回青瑣點朝班❹。

【章　旨】這首寫宮闕朝儀之盛及自己立朝經過，是為所思之始。

【注　釋】❶蓬萊二句　蓬萊宮，唐大明宮。《唐會要》：「龍朔二年，修舊大明宮，改名蓬萊宮，北據高原，南望終南山如指掌。」此宮為當年杜甫獻〈三大禮賦〉之地。〈莫相疑行〉：「憶獻三賦蓬萊宮，自怪一日聲輝赫。」承露金莖，漢武帝在建章宮西建仙人承露盤，金莖指承露盤下的銅柱，此借漢事以為形容，寫當年長安宮闕之崇麗。❷西望二句　二句借神話傳說為長安宮闕生色，極寫帝都之宏麗氣象，無譏諷意。瑤池，傳說西王母所居之處。《漢武內傳》有記西王母入漢宮見武帝事。東來紫氣，《關尹內傳》：「關令尹喜常登樓，望見東極有紫氣西邁，曰：應有聖人經過。果見老君乘青牛車來。」老子自洛陽入函關，故曰東來。❸雲移二句　雲移雉尾，雉尾扇移動如雲。皇帝御朝先以此扇為障，坐定開扇。龍鱗，皇帝衣上所繡龍紋。聖顏，指皇帝容貌。然而，「日繞龍鱗」雖是描繪日照衣紋，但「龍」字在中華文化中成為天子圖騰的特殊意義卻為雲日繚繞中的皇帝增添了種聖的光圈，形成所謂的帝王氣象。識聖顏，蕭先生說：「大概杜甫因獻賦，曾一度入朝，這裡『雲移』二句，也正是回憶此事。」❹一臥二句　尾聯從回憶中回到現實。一臥，有一蹶不復振之概。歲晚，指秋季。青瑣，漢建章宮中宮門，門上花紋以青色塗之，故稱青瑣門。這裡泛指宮門。點朝班，指百官朝見，依班次受傳點入朝。此句憶及肅宗時曾任左拾遺上朝事。葉嘉瑩《杜甫〈秋興八首〉集說》按語：「則今日之一臥滄江，與昔時之幾回青瑣，遙遙相對，一氣承轉，勁健有力，固真有不勝今昔之慨者矣。」

【語　譯】大明宮面對終南山，承露銅柱直上雲漢間。西望瑤池呵，王母冉冉降；老君東來呵，紫氣靄靄滿函關。雉尾扇開如雲動，日射龍袍現聖顏。病臥江城驚秋到，幾回回憶來幾回回夢，青瑣門前傳呼上朝班。

其六

瞿塘峽口曲江頭，萬里風煙接素秋❶。
花萼夾城通御氣，芙蓉小苑入邊愁❷。
珠簾繡柱圍黃鵠，錦纜牙檣起白鷗❸。

回首可憐歌舞地，秦中自古帝王州❹。

【章旨】此首感懷長安曩昔之盛，兼傷亂之所由生，慨歎明皇之安於昇平，是為所思之二。

【注釋】❶瞿塘二句　此聯言夔府與長安萬里隔斷，而秋色無邊，遙連兩地。黃生云：「一二，分明言在此地思彼地耳，卻只寫景。杜詩至化處，景即是情也。」瞿塘峽，長江三峽之一，在夔州東。曲江，長安勝境。素秋，秋屬金，尚白，故稱。❷花萼二句　花萼，樓名，在興慶宮西南隅，全稱「花萼相輝之樓」。夾城，在修德坊。玄宗築夾城復道，從大明宮通往曲江芙蓉園，為皇帝遊曲江之通道，故曰：「通御氣」。入邊愁，錢注：「祿山反報至，上（玄宗）欲遷幸，登興慶宮花萼樓，置酒，四顧悽愴。此所謂『入邊愁』也。」《杜詩解》：「御氣用一『通』字，何等融和；邊愁用一『入』字，出人意外。先生字法不尚纖巧，而耀人心目如此。」❸珠簾二句　二句承上句「入邊愁」而來，則二句不應純寫盛況，有言外之意：一舉萬里之黃鵠，被圍在錦繡堆中，溫柔鄉裡，於氛圍中透出情緒，蓋歎唐玄宗後期之安於享樂；曲江遊船如織，而白鷗驚起，與尾句「秦中自古帝王州」合看，亦透出大難將至消息，若隱若現，至結句始明。珠簾繡柱，指曲江行宮別院之樓亭建築。黃鵠，傳說中仙人所乘大鳥。《漢書．昭帝紀》：「始元元年春二月，黃鵠下建章宮太液池中。」圍黃鵠，《杜詩會粹》：「言黃鵠在於池中，而池傍宮殿若圍。」纜，船索。檣，船桅。以錦為船索，以象牙為船桅，極言其奢華。❹回首二句　回首，有風光不再之意。可憐，與下句合讀，則不僅言其可愛，且有憐憫之、悲之之意。歌舞地，指曲江，即杜甫〈樂遊園歌〉所云：「曲江翠幙排銀牓，拂水低回舞袖翻，緣雲清切歌聲上」的情景。《杜詩集說》引查慎行曰：「此言朝廷頗多聲色之娛。前首由昔感今；此首由今訴昔。秦中歌舞，自昔為然。物盛而衰，不無有感於晏安之毒也。」下句復振起，由曲江一地說到整個秦中，由當代說到「自古」，謂長安豈止是歌舞之區，且「自古」為建都之地，猶「皇綱未宜絕」之概。

【語譯】瞿塘峽，曲江水，金風遙接千萬里。花萼樓下夾城道，御駕行宮來往無時已。邊報忽入芙蓉苑，誰知有人樓上愁欲毀！岸上樓殿仍林立，苑中黃鵠在圍裡；曲江遊船穿梭織，水上白鷗欻驚起。不堪回首當年鶯歌燕舞曲江園，須知秦中自古便有帝王氣！

其七

昆明池水漢時功，武帝旌旗在眼中❶。
織女機絲虛夜月，石鯨鱗甲動秋風❷。
波漂菰米沉雲黑，露冷蓮房墜粉紅❸。
關塞極天惟鳥道，江湖滿地一漁翁❹。

【章　旨】這首借漢武起興，寫昆明池景物之盛而傷其荒廢，言及武事則昔盛今衰，感慨繫之。是為所思之三。

【注　釋】❶昆明二句　昆明池在長安縣西南二十里，周回四十里，漢武帝元狩三年所穿，故曰「漢時功」。鑿池本以習水戰，故用「旌旗」二字。杜甫〈寄賈嚴兩閣老五十韻〉：「無復雲臺仗，虛修水戰船」，可知玄宗曾置戰船於昆明池，練兵攻南詔。在眼中，言印象之深，栩栩然猶在眼前。❷織女二句　織女，指昆明池織女石像。《三輔黃圖》引關輔古語曰「昆明池中有二石人，立牽牛、織女於池之東西，以象天河。」石鯨，《西京雜記》：「昆明池刻玉石為魚，每至雷雨，魚常鳴吼，鰭尾皆動。」石鯨造型生動，鱗甲逼真，故云「動秋風」。然而秋夜月明，石像如生，與下句植被秋來之衰敗，適造成一片淒涼的感覺。二句極富想像力，是葉嘉瑩所謂「寫實而超乎現實之外者」。上句言織女機上之絲，於月下虛無恍惚；下句言石鯨秋風裡，鱗甲皆張。是《杜律啟蒙》所云：「織女之機絲，當月夜而虛；石鯨之鱗甲，遇秋風而動，是以動靜作對。」二句承上聯，都是對昔日昆明池盛況的回憶，但因為意象中已潛入詩人的種種感慨，故鋪敘中仍透出荒涼之感。《杜工部詩集注解》評云：「妙在說荒涼處反壯麗。」應倒過來說：妙在說壯麗處透出荒涼，是以麗句寫感傷之典型。葉嘉瑩《杜甫〈秋興八首〉集說・序》稱此聯創造出「空幻蒼茫飄搖動蕩的意象」，極是。❸波漂二句　菰米，即茭白，生淺水中，葉似蒲葦，秋結實，狀如米，一稱雕胡米。杜詩〈行官張望補稻畦水歸〉：「秋菰成黑米。」沉雲黑，形容菰米之繁盛。昆明池多菰米、蓮花，二句以菰米、蓮子熟透未收言其盛。應注意的是：此聯中「沉雲黑」與「墜粉紅」是字面上對仗而意義上並不對應。上句「沉雲黑」是形容菰米之黑，而下句「墜粉紅」卻實寫墜下的花粉是紅色的，上虛下實，由此形成不確定性，所以注解紛紜。然而細味上下文，作者要引起注意的，其實焦點在乎「紅」與「黑」色彩的強烈對比：黑是冷色調之極致，紅是熱烈色調之極致，對比之慘烈十分搶眼，與組詩開篇「玉露凋傷楓樹林」的氣氛是一致的。❹關塞二句　鳥道，只有飛鳥方可飛渡的路，極言通往長安道路之險峻。漁翁，杜甫自謂。沈德潛云：「身阻鳥道，跡比漁翁，見還京無期也。」前六句極言昔日之盛，尾聯一落千丈地回到當前孤寂無依的現實。

【語　譯】漢武帝鑿出了昆明湖，他練兵習戰的旌旆就像在眼前獵獵地飄。湖畔，石雕一對：月色下織女機上的絲縷是如此空明，那玉石巨鯨鱗甲開張鰭尾皆動。哦，在湖波中漂晃的菰米烏雲般沉沉的黑；哦，蓮房凝着霜露墜下花粉是那樣殷殷的紅。回鄉路上的關山只有鳥兒才能飛越，你看那盤旋而上的小道直抵雲端。四周，四周是一片茫茫的江湖；就只剩下我——一個孤零零的漁翁老漢！

其　八

昆吾御宿自逶迤，紫閣峰陰入渼陂❶。
香稻啄餘鸚鵡粒，碧梧棲老鳳凰枝❷。
佳人拾翠春相問，仙侶同舟晚更移❸。
彩筆昔曾干氣象，白頭吟望苦低垂❹。

【章　旨】末章詠歎渼陂物產之豐，並憶舊遊，尾聯今昔對比強烈，不堪回首，為八首之總結。

【注　釋】❶昆吾二句　昆吾、御宿，地名，皆漢武帝上林苑舊地，為長安至渼陂途經處，其間田疇膏腴。紫閣峰，終南山之峰名。《通志》：「紫閣峰在圭峰東，旭日射之，爛然而紫，其形上聳，若樓閣然。」渼陂，水名，源自終南山。《十道志》：「陂魚甚美，因名之。」渼陂之南是紫閣峰，峰下陂水是一片遼闊的水面，陂中可見紫閣峰倒影。〈渼陂行〉：「半陂以南純浸山。」或曰：渼陂在紫閣峰陰（北面），此言由紫閣峰陰進入渼陂；亦通。此聯密集地運用四地名，都是長安附近的著名景觀，強化懷舊之情。❷香稻二句　此二句頗多譏評，原因就在它顛倒與破壞了常規的語法。葉嘉瑩《杜甫〈秋興八首〉集說・代序》認為，詩的主旨在寫回憶中渼陂風物之美，故以「啄餘鸚鵡粒」、「棲老鳳凰枝」為形容短語，以狀香稻之豐，碧梧之美。蕭先生認為，二句不是什麼倒裝句，而是以名詞作形容詞用，同類句有：「籬邊老卻陶潛菊，江上徒逢袁紹杯。」浦注：「鸚鵡粒，即是紅豆（香稻，一作『紅豆』）；鳳凰枝，即是碧梧。猶飼鶴則云『鶴料』，巢燕則云『燕泥』耳。」此句體現了杜甫以感受為主體，追求詩歌語言的感覺化與對個別事物的具體表達。《而庵詩話》對此已有所悟入：「論詩者以為杜詩不成句者多，乃知子美之法失久矣，……其不成句處，正是其極得意處也。」❸佳人二句　二句寫春遊。拾翠，撿到翠鳥的羽毛。相問，彼此互相問遺，即互贈禮物。曹植〈洛神賦〉：「或采明珠，或拾翠羽。」仙侶，《後漢書・郭太（泰）傳》：「太與李膺同舟而濟，眾賓望之，以為神仙焉。」此處指同遊的夥伴，杜甫曾與岑參兄弟同遊渼陂。晚更移，天晚了還移舟他處，寫遊興未盡。❹彩筆二句　彩筆，即五色筆。《南史・江淹傳》：「又嘗宿於冶亭，夢一丈夫自稱郭璞，謂淹曰：『吾有筆在卿處多年，可以見還。』淹乃探懷中得五色筆，以授之。爾後為詩絕無美句，時人謂之才盡。」此寫當年曾以詩文驚動皇帝。干，凌風上征之意。「氣象」當指帝王之氣象。錢箋：「公詩云：『氣沖星象表，詞感帝王尊。』所謂『彩筆昔遊（當作「曾」）干氣象』也。」杜詩〈莫相疑行〉亦云：「往時文彩動人主，今日飢寒趨路旁。」吟望，長吟遠望。《杜詩闡》：「吟望，即前望京華之『望』，望蓬萊、望曲江，望昆明、望渼陂，望之不見而思，思之不見而仍望。屈子被放，行吟澤畔，睠顧不忘，正『吟望』二字意。」昔曾，一作「昔遊」。吟望，一作「今望」，非。蓋老杜一生念念在輔君濟世，至今秋仍曰：「時危思報主，衰謝不能休！」老而彌篤，故曰「白頭吟望苦低垂」；若以「昔遊」而「今望」，只是「干」山水之「氣象」，即泛言之矣，如何攏得住八首浩茫心事以作結？

【語　譯】昆吾喲，御宿喲，一路走來到渼陂。紫閣峰將她朝北的半邊臉兒探向湖裡。稻，是飼養過鸚鵡的香稻粒；梧，是長棲着鳳凰的碧梧枝。美人遊春結伴拾翠羽，友朋暮色同舟凌波勝仙侶。彩筆，我的彩筆！它曾讓盛唐氣象出筆底，如今我卻苦苦行吟，抬頭遠望，終於無奈將白頭低垂……

【研　析】「八首是一首」的組詩〈秋興八首〉，其氣勢、規模、變化、境界之大，在七律中罕有其匹。它是杜甫晚年創新之作，以時間與空間、現實與聯想交錯的秋聲月影寫盡懷鄉戀闕之情，慨往傷今之意。誠如明人元紘《杜詩捃》所云：其「抽緒似〈騷〉」，是「空中彩繪，水面雲霞」；有神光離合之妙。事實上這正是杜甫經長期醞釀，至晚年而臻其美的獨創手法。之所以有神光離合之妙，我看首先是其意象的豐富化與多向性，而且意象群之間互相映照，在七律聯章體的〈秋興八首〉中，表現得淋漓盡致。

杜甫是如何使其意象豐富化且具多向性的呢？作為起點，杜詩意象有一個比較容易取得共識的特點是：來自現實本有之物。葉嘉瑩舉例說：「如渼陂附近之香稻、碧梧，昆明池畔之織女、石鯨，皆為實有之景物。」然而在香稻加上「形容短語」成為「鸚鵡粒」之後，碧梧加上「形容短語」成為「鳳凰枝」之後，便化為超現實的意象。鳳凰本是高貴、吉祥的象徵，是中華歷史文化之產物，對杜甫而言，更是其理想的象徵（〈鳳凰臺〉詩可謂典型），所以歷史文化的意涵一旦與實物形象如魂附體般地結合，平凡的梧桐枝也就帶上神秘華貴的色彩，使「寫現實而超現實」成為可能。至如「織女機絲虛夜月」，將織女石像直認作天上的織女，進而讓她織出月色中空靈的「機絲」來，化為「空幻蒼茫飄搖動蕩的意象」（葉嘉瑩語）。李澤厚《美學四講》論「社會美」時，有段話頗能發人深思：「青銅器為什麼不要擦光，它本是金光閃閃的，但它身上的斑斑綠苔記錄了歷史的沉埋，使它的社會美增添了更深沉的力量。」杜甫也正是妙用了歷史文化所擁有的深沉的社會美，有意讓「實有之景物」「長出」「斑斑綠苔」，讓歷史文化意象成了描繪對象的「附加值」。這大概就是高友工教授〈律詩的美學〉所說的「『印象』與『表現』的整合」吧？「印象」二字很準確。作為這組詩描寫的「現實」，其實是經過「回憶」過濾後的「印象」，絕非當時的全部原貌（須知杜甫在長安的「太平日子」其實大多數並不得意）。以第八首為例，詩中用六句寫渼陂，這是杜甫十年困守長安時少有的美好印象，有〈渼陂行〉為證（請參看卷一原文及【研析】）。詩中以水中倒影的描寫表現了盛唐時代特有的浪漫情調，反映的正是盛唐氣象。從這點上說，它是現實的。詩人用四分之三的篇幅將太平景象推到最高點，為的卻是讓它重重地跌落到眼下可悲的現實——「彩筆昔曾干氣象，白頭吟望苦低垂。」這個氣象，就是「蓬萊宮闕對南山，承露金莖霄漢間。西望瑤池降王母，東來紫氣滿函關。雲移雉尾開宮扇，日繞龍鱗識聖顏」的氣象；就是「花萼夾城」、「珠簾繡柱」、「錦纜牙檣」的氣象；就是「武帝旌旗在眼中」、「秦中自古帝王州」的氣象。當年彩筆描繪的這種盛唐氣象，如今已煙消雲散，只剩下白頭行吟遠望的詩人自己。《杜詩闡》說得對：「吟望，即前望京華之『望』，望蓬萊、望曲江，望昆明、望渼陂，望之不見而思，思之不見而仍望。屈子被放，行吟澤畔，睠顧不忘，正『吟望』二字意。」讓現實意象化為超現實，再落回當前的現實，這才是杜詩的特質，當然，煎蛋是不能再回到生蛋的，杜詩中意象化了的「現實」是更高層級的心理化的現實；這就是浦起龍所說的「慨世還是慨身」，也就是高友工〈律詩的美學〉所指出的「將他與唐王朝命運千絲萬縷聯結在一起的個人悲劇」的現實。

如果說李白創構的意象如水晶，純淨而透明；那麼杜甫創構的意象則好比多面彼此對照的鏡子，鏡鏡相攝，變幻無窮。所謂「彼此對照的鏡子」，主要是指律詩中嚴密的對仗形式。對仗使二句之間構成對應、類比而非因果邏輯的關係，譬如「聽猿實下三聲淚，奉使虛隨八月槎」一聯，上句按句法理順應為「聽猿三聲實下淚」，然而也就失去了「三聲淚」那聲色並作的詩味。更要緊的是：讓「三聲淚」獨立成為一個詞組與「八月槎」形成對仗，是所謂「假平行」，即字面意義相對稱而內在意涵並不對稱。這就產生奇特的效果：「奉使虛隨八月槎」染上了「聽猿實下三聲淚」的悲情。如果我們再顧及八首中「叢菊兩開他日淚，孤舟一繫故園心」、「匡衡抗疏功名薄，劉向傳經心事違」、「一臥滄江驚歲晚，幾回青瑣點朝班」、「關塞極天惟鳥道，江湖滿地一漁翁」等等的意象群，則有空谷回聲，八面來風的感覺。正是八首詩中的意象群鏡鏡相攝般的相輝相映，這才造成空中彩繪，水面雲霞，神光離合的妙境。

我很欣賞德國學者莫芝宜佳 (Monika Motsch) 在《管錐編》啟示下的杜甫新解。她認為：「『西方之鏡』有時比儒家、道家或佛教的解釋更適合於杜甫的詩。」(《〈管錐編〉與杜甫新解》) 東海西海，文心往往有相通之處。誠如葉嘉瑩教授所說：「杜甫在晚年的七律之作品中，所表現的寫現實而超越現實的作品，才是更可注意的成就。……而杜甫〈秋興八章〉，所表現的一些意境，既非平敘之寫實，又非拘牽之託喻，而乃是以一些事物的意象表現一種感情的境界，完全不可拘執字面為落實的解說。這在中國詩的意境中，尤其在七言律詩的意境中，是一種極為可貴的開創。……如果中國的舊詩，能從杜甫與義山的七律所開拓出的途徑，就此發展下去的話，那麼中國的詩歌，必當早已有了另一種近於現代意象化的成就。」同理，從杜甫類似的一些創作實踐中，我們還可以開發出傳統文論所未曾覆蓋的另一種更接近於現代的中國文論。

詠懷古跡五首（七律）

【題解】詩作於夔州，時為大曆元年（西元七六六年）秋。詠懷古跡，借古跡以詠己懷也。此組律詩與〈秋興八首〉、〈諸將五首〉並稱杜甫晚年律體組詩之傑作。

其一

支離東北風塵際，漂泊西南天地間❶。
三峽樓臺淹日月，五溪衣服共雲山❷。
羯胡事主終無賴，詞客哀時且未還❸。
庾信平生最蕭瑟，暮年詩賦動江關❹。

【章旨】庾信在戰亂中漂泊，暮年詩賦益精，與杜甫有很大的相似性，故借為發興之端，非詠古跡。仇注云：「首章前六句，先發己懷，亦五章之總冒。」

【注釋】❶支離二句　首兩句是杜甫自安史之亂以來全部生活的概括。支離，猶流離。東北，指叛軍老巢河北道，在長安東北方向。天寶十四載（西元七五五年）十一月，范陽節度使安祿山由此地起兵叛唐，「東北風塵」即指此。或云：蜀地之東北，指長安；亦通。風塵際，兩京一帶戰事頻發，故曰。漂泊西南，杜甫入蜀後，先後居留成都、梓州、閬州、雲安，今又由雲安來夔州，故曰「漂泊西南天地間」。❷三峽二句　樓臺，指當地民居，依山築屋，重疊如樓臺。〈夔州歌〉：「閭閻繚繞接山巔，復道重樓錦繡懸。」淹日月，長期淹留。五溪衣服，《後漢書・南蠻傳》：「武陵五溪蠻，好五彩衣服。」共雲山，共居處。此句泛言夔州一帶的少數民族同居山區。❸羯胡二句　羯胡，指安祿山。因其忘恩負義，故曰「無賴」。詞客，指庾信，兼自喻。庾信初仕梁，侯景作亂，奔江陵。後出使西魏，滯留北朝二十七年，與杜甫長期漂泊未歸境遇頗相似。❹庾信二句　庾信，字子山，南朝梁代詩人，後入北周，官至驃騎大將軍、開府儀同三司。詩文與徐陵齊名，「文并綺豔，世號徐庾體」。及入北朝，風格大變，常有鄉關之思，乃作〈哀江南賦〉以致其意。動江關，猶「驚海內」。杜詩：「豈有文章驚海內，漫勞車馬駐江干。」全詩或詠庾或自詠，暗相疊合。

【語譯】當初長安東北戰塵起，我四處逃竄苦流離。如今在西南避地，仍舊漂泊天涯無依。年復一年病滯三峽高閣上，且與蠻夷雜處五溪雲山裡。羯胡侯景背恩真是個無賴，詞客庾信呀困在北方有鄉難回更可哀。他是遭喪亂身世淒清難耐，晚年詩賦呵那樣沉鬱蒼涼傾動四海！

其二

搖落深知宋玉悲，風流儒雅亦吾師❶。
悵望千秋一灑淚，蕭條異代不同時❷。
江山故宅空文藻，雲雨荒臺豈夢思？
最是楚宮俱泯滅，舟人指點到今疑❸。

【章旨】此首因宋玉故宅而懷宋玉，想念其文采風流。

【注釋】❶搖落二句　搖落，宋玉〈九辯〉：「悲哉，秋之為氣也，蕭瑟兮草木搖落而變衰。」風流，言其標格。儒雅，言其文學。亦，也算得上；杜甫主要是學習〈風〉、〈雅〉與漢樂府，但他又兼收並蓄，故此「亦」字下得極有分寸。❷悵望

二句　二句流水對，寫二人雖生不同時，卻遭際相似，承上聯「深知」。蕭條，寂寞冷落。❸江山四句　故宅，歸州、荊州都有宋玉宅，此指歸州宅。歸州在三峽內。空文藻，言人已歿而文藻空在。或謂宅廢人亡（「空」），惟有文采留傳；則似於「江山故宅空」讀斷，然而「文藻」或「空文藻」豈有解讀為「惟有文采留傳」之理？故不取。「空文藻」當與下三句合看，有宋玉之〈高唐賦〉不為後人所理解而空有其文采之意。雲雨荒臺，宋玉〈高唐賦序〉稱巫山神女入楚懷王夢，自稱：「旦為朝雲，暮為行雨，朝朝暮暮，陽臺之下。」這本是宋玉寓言以諷楚王，卻不為後人所理解而疑心實有其事。更可悲的是，楚宮早已泯滅，而船夫猶向過客指指點點：某處便是雲雨高臺。《唐宋詩醇》引顧曰：「李義山詩云：『襄王枕上元無夢，莫枉陽臺一段雲。』得此詩之旨。」此詩慨宋玉文章無知己，的確是「深知」。豈夢思，是說難道真是說夢嗎？顧宸云：「豈字妙，何曾實有是夢，文人之寓言耳。」沈德潛云：「謂高唐之賦，乃假託之詞，以諷淫惑，非真有夢也。」

【語譯】秋風葉落我深深感知宋玉的悲淒，風流倜儻也是我師事的先輩。悵恨哪悵恨！遠隔千年怎能在一起，只為身世相近我是如此理解你。江山空留下故居，卻不能留下你美文的真諦：高唐雲雨哪有荒唐夢中的歡男愛女！最可歎楚宮早已泯滅無痕跡，可船夫至今還指指點點惹人狐疑。

其　三

群山萬壑赴荊門，生長明妃尚有村❶。
一去紫臺連朔漠，獨留青冢向黃昏❷。
畫圖省識春風面，環珮空歸月夜魂❸？
千載琵琶作胡語，分明怨恨曲中論❹。

【章旨】這首寫昭君之怨恨，亦即自寫其怨恨，寄身世之慨耳。

【注釋】❶群山二句　明妃，指漢元帝宮女王昭君（晉時避司馬昭諱，稱明君），以和親遠嫁匈奴呼韓邪單于。《漢書·元帝紀》文穎注，稱其「本蜀郡秭歸人也」。《漢書．匈奴傳》：「竟寧（元帝年號）元年，單于來朝，自言願婿漢。元帝以後宮良家子王嬙，字昭君，賜單于。單于歡喜，上書，願保塞，請罷邊備，以休天子之民。昭君號寧胡閼氏，生一男伊屠智牙師，為右日逐王。呼韓邪立二十八年，建始（成帝年號）二年死。子雕陶莫皋立，為復株累若鞮單于，復妻王昭君（按《後漢書》云昭君上書求歸，成帝令從胡俗），生二女，長女云為須卜居次（居次猶公主），小女為當於居次。」明妃村，即今湖北興山縣南之昭君村。《太平寰宇記》：「山南東道歸州興山縣：王昭君宅，漢王嬙即此邑之人，……村連巫峽。」《詩境淺說》：「首句詠荊門之地勢，用一『赴』字，沉著有力。」的確，著一「赴」字，群山萬壑便充滿動感。❷一去二句　紫臺，即紫宮，天子居所。朔漠，北方的沙漠。江淹〈恨賦〉：「若夫明妃去時，仰天太息。紫臺稍遠，關山無極。」青塚，指昭君墓，在今內蒙古白治區呼和浩特市城南二十里。《歸州圖經》：「胡中多白草，王昭君塚獨青，號『青塚』。」❸畫圖二句　畫圖，《西京雜記》：「元帝後宮既多，不得常見，乃使畫工圖形，按圖召幸。宮人皆賂畫工，昭君自恃容貌，獨不肯與，工人乃醜圖之，遂不得見。後匈奴入朝，求美人，上案圖以昭君行。及去，召見，貌為後宮第一，帝悔之，而重信於外國，故不復更人。乃窮案其事，畫工毛延壽棄市。」仇注引陶曰：「此詩風流搖曳，杜詩之極有韻致者。」❹千載二句　尾聯謂千載而下，其怨恨之情仍從琵琶曲中傳出。傳說昭君出塞時抱琵琶奏思鄉之曲，留下樂曲〈昭君怨〉。《琴操》載：「昭君恨帝始不見遇，心思不樂，心念鄉土，乃作怨曠思維歌。」琵琶為西域樂器，故云「作胡語」。《杜詩鏡銓》引李因篤云：「只敘明妃，始終無一語涉議論，而意無不包。」

【語　譯】群山萬壑奔赴荊門，那兒還有明妃生長的山村。遠離深宮一去啊沙丘連着戈壁，只留得孤塚碧草對黃昏。愚蠢呵愚蠢！畫圖中就能識別春風般的美人？如今乘着月色歸來只是孤魂——聽，那是玉佩在響，如怨如呻。千載後曾伴她遠行的琵琶還帶着胡音；曲中分明有多少哀怨黯然吞！

其　四

蜀主窺吳幸三峽，崩年亦在永安宮❶。
翠華想像空山裏，玉殿虛無野寺中❷。

古廟杉松巢水鶴，歲時伏臘走村翁❸。
武侯祠屋常鄰近，一體君臣祭祀同❹。

【章旨】《杜臆》：「其四詠先主祠。而所以懷之，重其君臣之相契也。」

【注釋】❶蜀主二句　蜀主，指劉備。窺吳，《三國志・先主傳》載：章武元年，劉備忿孫權之襲關羽，將伐吳。章武二年二月，先主自秭歸率諸將進軍，緣山截嶺，於夷道猇亭駐營。陸遜大破先主軍於猇亭，先主遂棄船舫，由步道還魚腹，改魚腹縣曰永安縣。三年夏四月，先主殂於永安宮。永安宮，在夔州。❷翠華二句　二句謂先主翠旗惟想像可得。《杜詩集評》乃曰：「抑揚反復，其於虛實之間，可謂躊躇滿志。」翠華，帝王翠羽為飾的旗幟。玉殿，原注：「殿今為寺廟，在宮東。」寺即臥龍寺。❸古廟二句　俗云鶴棲於濕地，千歲之鶴乃棲於木；以茲見廟之古老。伏臘，古代祭祀之日。伏在夏六月，臘在冬十二月。❹武侯二句　武侯，指孔明，在先主廟西。一體，王褒〈四子講德論〉：「君為元首，臣為股肱，明其一體，相待而成。」

【語譯】劉備伐吳來到三峽，兵敗也死在峽裡永安宮。對着空山想像當年先主的儀仗，野寺還存有玉殿的模樣朦朧。清冷的古廟前杉松居水鶴，過年過節還有村翁來走動走動。武侯祠就在鄰近，至今人們祭拜還是君臣一體相同。

其五

諸葛大名垂宇宙，宗臣遺像肅清高❶。
三分割據紆籌策，萬古雲霄一羽毛❷。
伯仲之間見伊呂，指揮若定失蕭曹❸。

福移漢祚難恢復，志決身殲軍務勞❹。

【章　旨】末章稱頌孔明，惜其不逢時，亦有自歎壯志未酬之意。

【注　釋】❶宗臣句　宗臣，社稷之重臣。《三國志・諸葛亮傳》注引張儼《默記》：「亦一國之宗臣，霸王之賢佐也。」肅，肅穆。❷三分二句　紆籌策，曲為規劃策略。諸葛亮〈隆中對〉已為劉備定計，後果實現三分局面。一羽毛，喻珍禽。《唐詩別裁》：「『雲霄』、『羽毛』，猶鸞鳳高翔，狀其才品不可及也。」❸伯仲二句　二句謂孔明比肩伊呂，而指揮若定的才能為蕭曹所不及。這是表達詩人對孔明的推崇，不應當客觀的歷史評價看。伯仲，兄與弟。伊呂，輔佐成湯的伊尹與輔佐周文王、武王的呂尚。失，猶無。蕭曹，劉邦的謀臣蕭何與曹參。❹福移二句　福移漢祚，言漢之國運已移易，帝位難保。祚，帝位。志決身殲，即「鞠躬盡瘁，死而後已」之意。

【語　譯】孔明大名長存宇宙，社稷之臣的遺像是那麼肅穆清高。天下三分已為劉備定計，他是萬古永生的天上鳳凰！齊肩的只有伊尹呂尚，蕭何曹參指揮若定還差一招。明知漢運已移帝位不保，鞠躬盡瘁軍務仍操勞。

【研　析】第一首是否詠古跡，歷來論者所見不同。《杜臆》云：「五首各一古跡。第一首古跡不曾說明，蓋庾信宅也。借古以詠懷，非詠古跡也。」《唐詩評選》則云：「本以詠庾信，只似帶出，妙於取象。」《義門讀書記》：「〈哀江南賦〉云：『誅茅宋玉之宅，開徑臨江之府』。公誤以為子山亦嘗居此，故詠古跡及之。恐漂泊羈旅同子山之身世也。『宅』字於次篇總見，與後二首相對為章法。」《唐音審體》：「以庾信自比，非詠信也。下皆詠蜀事。信非蜀人。」或云詠古跡，或云非詠古跡；或云詠庾信，或云非詠庾信。詩到底是要詠什麼？美國學者宇文所安認為：「杜甫晚年的詩篇經常採用模糊多義句法，創造出一個各種聯繫僅是可能性的世界：詩句中的各種意象確實相互配合，但卻沒有排除其他可能性，從而使得詩旨的闡述難於實現。這是一種餘味無窮的語言，在這種語言中，世界成為一種持續的預兆，可以用眾多的、經常是矛盾的方式來解釋。」《盛唐詩》宇文所安指出杜詩語義的多向性是對的，它為後人的詮釋留下很大的空間。然而，只從詞義上去把握杜詩的「詩旨」是不夠的。細味上引各家云云，卻有一個總的指向是比較一致的，那就是——詩的重點不在古跡與庾信，而在指向詩人自己的身世之感；所以五首之古跡、古人、古事雖各異，而都各以其與詩人身世相類的一面引起共振。這就是陳寅恪準確把握的：「用古典以述今事。古事今情，雖不同物，若於異中求同，同中見異，融會異同，混合古今，別造一同異俱冥，今古合流之幻覺，斯文章之絕詣，而作者之能事也。」（〈讀哀江南賦〉）在這一組詩中，詩人正是通過古跡再現古人，讓古人徘徊於現實情景中，如「三峽樓臺淹日月，五溪衣服共雲山」、「最是楚宮俱泯滅，舟人指點到今疑」、「古廟杉松巢水鶴，歲時伏臘走村翁」云云，所寫之古跡皆今景今情是也。而古人寄我一腔血悃，同為千載負才不偶人，古今同契，在情感上與古人合一，這就是「混合古今，別造一同異俱冥，今古合流之幻覺」。這也是杜甫歷史文化意象又一特徵。

解悶十二首（七絕，選七）

【題　解】從仇注編在大曆元年（西元七六六年）秋，於夔州作。題曰「解悶」，因杜甫認為詩可排解愁悶，故曰：「排悶強裁詩」、「遣興莫過詩」、「緣情慰漂蕩」、「愁極本憑詩遣興」云云。雖為組詩，各章獨立，王嗣奭乃云：「公當悶時，隨意所至，吟為短章，以自消遙耳。」

其一

草閣柴扉星散居，浪翻江黑雨飛初❶。
山禽引子哺紅果，溪女得錢留白魚❷。

【章　旨】此章寫夔州地理、風俗，末聯山禽哺子、溪女賣魚，頗得生活情趣。

【注　釋】❶草閣二句　即江邊閣、西閣。杜甫大曆元年秋移居此閣。蕭先生注：「四句全對。『草閣柴扉』和下句的『浪翻江黑』都是當句對。星字對下句雨字，則是借對。」❷山禽二句　溪女，一作「溪友」。仇注：「山禽引子，山間之景；溪友留魚，江邊之事。」《讀杜心解》：「『留』字逸甚。」

【語　譯】草閣茅屋四散居，蒼江翻浪雨初飛。山鳥哺雛銜紅果，溪女賣魚得錢歸。

其　五

李陵蘇武是吾師，孟子論文更不疑❶。
一飯未曾留俗客，數篇今見古人詩❷。

【章　旨】此篇借孟雲卿之口，道出學習古詩的主張。

【注　釋】❶李陵二句　上句引述孟雲卿論詩語。李陵蘇武，《文選》五言雜詩題李陵〈與蘇武〉三首，蘇武詩四首。古人認為二人為五言詩之祖，今人多駁其非。下句自述服其所論。孟子，此指孟雲卿，杜甫之友人，曾為校書郎。論文，當指上句所云以李、蘇為師之論。❸一飯二句　上句言孟雲卿之清高，下句言其詩有古調，力追李、蘇。

【語　譯】李陵蘇武師承之，孟公論文信不移。德高不曾留俗客，留詩勝似古人詩。

其　六

復憶襄陽孟浩然❶，清詩句句盡堪傳。
即今耆舊無新語，漫釣槎頭縮頸鯿❷。

【章　旨】下所選三首為有懷文友之作，此讚許孟浩然詩清新可傳世。

【注　釋】❶孟浩然　盛唐名詩人，襄陽人，李白用「吾愛孟夫子，風流天下聞」的詩句來表示對他的敬仰。其人風神散朗，聞一多稱其為「詩的孟浩然」。❷即今二句　耆舊，年高而素有德望者，此指詩壇老手。仇注：「上二憶其詩句，下二嘆其人亡。新句無聞，而徒然把釣，則耆舊為之一空矣！」頸，一作「項」。槎頭縮頸鯿，《襄陽耆舊傳》載：「漢水中，鯿魚甚美，常禁人捕，以槎斷水，因謂之『槎頭鯿』。」即「槎」乃是用來阻絕打魚的樹杈。孟浩然〈峴山作〉詩：「試垂竹竿釣，果得查頭鯿。」〈冬至後過吳張二子檀溪別業〉詩：「鳥泊隨陽雁，魚藏縮項鯿。」

【語　譯】再憶襄陽孟浩然，清詩句句都可傳。至今文壇老手無新意，難及「果得查頭鯿」。

其七

陶冶性靈存底物？新詩改罷自長吟❶。
孰知二謝將能事，頗學陰何苦用心❷。

【章　旨】此篇借二謝、陰、何而自道創作經驗，是「轉益多師」與「晚節漸於詩律細」的補充、發明。

【注　釋】❶陶冶二句　二句謂要憑詩歌來調節自己的性情，猶「陶冶賴詩篇」。陶冶性靈，調節性情。存底物，憑什麼東西呢？❷孰知二句　孰知，猶熟知，即明知意。二謝，指南朝天才詩人謝靈運和謝朓。將能事，用其能事，猶天才、高手。陰何，指南朝詩人陰鏗與何遜。《采菽堂古詩選》稱陰鏗詩：「琢句抽思，務極新雋；尋常景物，亦必搖曳出之，務使窮態極妍。」羅宗強指出：何遜也有「細微寫實的傾向」（《魏晉南北朝文學思想史》）二人對杜甫的詩風有頗深的影響。則二句謂明知二謝天才善詩，我還是同時努力向較為不著名的何遜、陰鏗學習，學習他們「苦用心」的寫詩態度。與上選四首合看，體現了杜甫「轉益多師是汝師」的主張。《浪跡叢談》引蘇齋曰：「此二句必一氣讀乃明白也。所賴乎陶冶性靈者，夫豈謂僅恃我之能事以為陶冶乎！僅恃在我之能事以為陶冶性靈，其必至於專騁才力，而不衷諸節制之方，雖杜之精詣，亦不敢也。所以新詩必自改定之，改定之後，而後拍節以長吟之，苟一隙之未中竅，一音之未中節者，仍與未改者等也。」

【語　譯】陶冶性情憑哪樣？新詩改完還再吟。明知二謝天才手，仍效陰何用盡心。

其八

不見高人王右丞，藍田丘壑漫寒藤❶。
最傳秀句寰區滿，未絕風流相國能❷。

【章　旨】寫懷念王維，稱其逝世以後秀句仍流傳不絕。

【注　釋】❶不見二句　王右丞，王維，曾任尚書省右丞。藍田，指藍田山，在陝西藍田縣東，王維於此得宋之問藍田別墅，稱輞川莊。❷最傳二句　二句謂王維的佳句傳遍天下，其弟王縉亦文采風流繼之。寰區，猶天下。相國，原注：「右丞弟，今相國縉。」王縉曾任代宗朝宰相，文名與乃兄齊冠當時。張志烈主編《杜詩全集》注稱：「據游國恩等人主編的《中國文學史》『王維的詩，保留下來的有四百多首』的說法，與《舊唐書・王維傳》所記王縉奉帝命收集王維詩作之數相同，則可知杜甫這句詩是稱讚王縉收集其兄詩作以廣流傳的作法。」亦言之成理，可資參考。

【語　譯】高人王維已永訣，輞川莊園如今也荒滅。秀句集成傳天下，王縉能使風流不斷絕。

其九

先帝貴妃今寂寞，荔枝還復入長安❶。
炎方每續朱櫻獻，玉座應悲白露團❷。

【章　旨】以下二首都是寫楊貴妃與荔枝的故事。此詩則對唐明皇與楊貴妃有悲憫之情。

【注　釋】❶先帝二句　先帝，指唐明皇。貴妃，指楊玉環。今寂寞，言二人已過世。楊貴妃喜食荔枝，明皇敕令地方飛騎進貢。如今二人已逝去而進貢依然，在國步維艱之時尤顯得刺眼。❷炎方二句　炎方，南方。組詩其十有云：「憶過瀘戎摘荔枝」，瀘州、戎州，即今四川瀘州與宜賓，可見此炎方指蜀地。續朱櫻獻，按時序薦廟先貢櫻桃，再貢荔枝。玉座，帝座，借指明皇。白露團，指荔枝雪白多汁的果肉。此句「應悲」二字是推想明皇應從中吸取了教訓，見荔枝而悲往事；同時也從中透出詩人對明皇的思念與悲憫之情。《錢注杜詩》：「此詩為蜀貢荔枝而作。謂仙游久閟，時薦未改，自傷流落，不獲與炎方花果共薦寢園，不勝園陵白露、清秋草木之悲也。」近是。

【語　譯】明皇貴妃雙寂寞，荔枝依舊貢長安。蜀地每繼櫻桃作廟薦，先帝見此佳果能不悲難咽！

其十二

側生野岸及江浦，不熟丹宮滿玉壺❶。
雲壑布衣鮐背死，勞人重馬翠眉須❷。

【章　旨】此首從另一角度批評明皇一心只討好楊貴妃，勞民傷財；而山中才士卻無人問津。

【注　釋】❶不熟句　言荔枝並不生長在宮苑中，卻裝滿了宮中瓶瓶罐罐，由此可知是外地所斂貢。❷雲壑二句　雲壑布衣，指山中士民。鮐，即河豚，背有黑文。《詩經》：「黃髮鮐背。」注「老人背有鮐文。」是說背皮粗黑如鮐魚。鮐背死，即老死。勞人，辛勞的人。重馬，一人兩馬，可連續奔走。勞人重馬，一作「勞人害馬」，言又勞民又傷馬。翠眉，指楊貴妃。此謂荔枝在僻地且勞人重馬遞送，而布衣之士老死無人賞識也。

【語　譯】此物斜倚野岸臨江渚，熟時宮中不種卻滿壺。山中才士老死無人識，快馬加鞭只為美人送荔枝！

【研　析】組詩十二首中四首寫荔枝，情感複雜：詩人既批判明皇不顧民生，不管用賢，只一心想博妃子一笑；也對代宗以祭祖之名續獻提出批評；同時還流露出對明皇與楊貴妃一段情事的悲憫之情。後來白居易〈長恨歌〉也有類似情況，前批後憐。唐人對人性的理解更深刻豐富，為後人所難及。

存歿口號二首 （七絕，選一）

鄭公粉繪隨長夜，曹霸丹青已白頭❶。
天下何曾有山水？人間不解重驊騮❷！

【題解】大曆初（西元七六六～七六七年）作。口號，信口吟唱。詩中人物，一死一活，故曰「存歿口號」。

【注釋】❶鄭公二句　鄭公，鄭虔，善畫山水。廣德二年（西元七六四年）死於台州。長夜，暗示死。曹霸，曹操的後代，善畫，開元年間得名，每詔畫功臣及御馬，時已老。❷天下二句　句下原注：「高士滎陽鄭虔善畫山水，曹霸善畫馬也。」上句言鄭公死後山水畫後繼無人，下句言世人都不識曹公畫馬的價值。

【語譯】隨着鄭虔公的長逝，世上後繼者無人矣！曹霸雖然白頭尚存，世上又有誰能真賞其所畫的神駿？

【研析】此詩感慨藝術家鄭、曹二公創作的價值，在其死後或生前都不曾為世人所認識，其中不無同慨，因為他自己的偉大詩作，也是不為時人所重，像殷璠的《河嶽英靈集》、高仲武的《中興間氣集》，都沒有選杜甫的詩。

李潮八分小篆歌 （七古）

【題解】大曆初（西元七六六～七六七年）作於夔州。李潮係杜甫外甥。周越《書苑》：「李潮善小篆，師李斯〈嶧山碑〉，趙明誠《金石錄》卷八：「唐〈惠義寺眾彌勒像碑〉，韓倣撰，李潮八分書。」此時李潮亦在夔州。詩中藉評書簡要敘述了書學源流，評書兼評人，並提出自己「書貴瘦硬方通神」的美學主張。

蒼頡鳥跡既茫昧，字體變化如浮雲❶。
陳倉石鼓又已訛，大小二篆生八分❷。
秦有李斯漢蔡邕，中間作者寂不聞❸。
嶧山之碑野火焚，棗木傳刻肥失真❹。
苦縣光和尚骨立，書貴瘦硬方通神❺。
惜哉李蔡不復得，吾甥李潮下筆親❻。
尚書韓擇木，騎曹蔡有鄰❼。
開元已來數八分，潮也奄有二子成三人❽。
況潮小篆逼秦相，快劍長戟森相向❾。
八分一字直百金，蛟龍盤拏肉屈強❿。
吳郡張顛誇草書，草書非古空雄壯⓫。
豈如吾甥不流宕，丞相中郎丈人行⓬。

巴東逢李潮，逾月求我歌⓭。
我今衰老才力薄，潮乎潮乎奈汝何⓮。

【注釋】❶蒼頡二句　蒼頡，黃帝史臣，傳說他受鳥獸之跡的啟發創造了文字。茫昧，幽遠不可知。如浮雲，形容書清字體之善變化。《晉書‧王羲之傳》：尤善隸書，論者稱其筆勢，以為飄若浮雲，矯若驚鴻。❷陳倉二句　陳倉，舊址在今陝西寶雞。石鼓，指刻在十塊石鼓上的文字。其刊製年代眾說紛紜，今人或斷為秦代之物。訛，變化。衛恒《四體書勢》載：宣王太史籀著大篆十五篇，與古文或異，時人即謂之籀書。李斯作《蒼頡篇》，趙高作《爰歷篇》，胡毋敬作《博學篇》，皆取史籀式（即大篆）。或頗省改，所謂小篆者也。周越《書苑》云：八分者，秦羽人上谷王次仲飾隸書為之，鍾繇謂之章程書。又引《蔡文姬別傳》云：「臣父邕言：割程邈隸字，八分取二；割李斯小篆，二分取八，故名八分。」又云：皆似八字，勢有偃波。❸秦有二句　李斯，秦丞相，曾改籀文為小篆以統一全國文字。蔡邕，東漢人，擅長八分書法，曾為漢石經書丹。❹嶧山二句　嶧山，即鄒嶧山，又名邾峰山，在今山東棗莊。據《史記‧秦始皇本紀》載：始皇二十八年，東行郡國，上鄒嶧山，刻石以頌秦德，其碑為野火所焚，後人惜其文，以棗木傳刻之。其碑後人傳為李斯所書者。❺苦縣二句　苦縣光和，苦縣，古縣名，故城在今河南鹿邑東。光和，東漢靈帝年號（西元一七八～一八四年）。此指〈老子碑〉與〈西嶽碑〉。樊毅〈西嶽碑〉，後漢光和二年立。苦縣〈老子碑〉，亦漢碑。❻惜哉二句　李蔡，指李斯與蔡邕。下筆親，言李潮字與李、蔡相近。❼尚書二句　韓擇木，昌黎人，工八分書。〈肅宗本紀〉載其上元元年為禮部尚書。蔡有鄰，蔡邕十八代孫，官至右衛率府兵曹參軍，亦以八分書見稱。❽潮也句　奄有，俱備。言李潮兼有韓、蔡的優點而與之鼎立為三。❾況潮二句　逼，逼近。下句言李潮與李斯之小篆森然如劍戟，正是「書貴瘦硬方通神」的形象化。相向，指與李斯瘦硬之風骨相近，如劍之對戟。❿蛟龍句　此句形容李潮筆力遒勁。盤拏，盤踞屈伸。肉屈強，肌肉強健狀。⓫吳郡二句　吳郡，今江蘇蘇州。張顛，即張旭，以草書著名，世稱「草聖」。空雄壯，草書相對於篆隸不合古法，故云。⓬豈如二句　流宕，形容草書的流走跌宕多變化，以此言其非古。丞相中郎，指李斯與蔡邕。丈人，對年輩較長者的尊稱。丈人行，皆屬老前輩，以此言李潮字之老到蒼勁，可與李蔡等前輩齊肩。⓭巴東二句　巴東，指夔州，古屬巴東郡。逾月，過了　個月。⓮我今二句　奈汝何，對你我該怎麼辦？此謂自己才力薄，無法表達你的書法之妙，以自謙語反襯之。《杜詩鏡銓》：「尾聲如歌之有亂，極盡賞嘆。」韓愈〈石鼓歌〉：

「少陵無人謫仙死，才薄將奈石鼓何！」即仿此詩末二句。

【語　譯】 蒼頡鳥跡造字事難求，字體多變卻似浮雲長悠悠。陳倉石鼓文已異，大篆小篆衍生出八分。秦李斯，漢蔡邕，其間多少作者湮滅人不聞。嶧山碑刻火焚崩，棗木倣刻肥大便失真。苦縣〈老子碑〉，光和〈西嶽版〉，漢之二碑尚骨力，書貴瘦硬才通神！惜哉李斯蔡邕不再有，唯有我甥李潮風格最靠近。尚書韓擇木，騎曹蔡有鄰，細數開元以來寫八分，潮啊兼備韓蔡之長鼎足成三人。況且我甥小篆直逼秦丞相，好比快劍長戟森然持相向。善寫八分一字值百金，字字龍盤虎踞筋強肌肉健。吳郡張旭稱草聖，草書不合古法空雄壯。豈如我甥點劃莊嚴不流蕩，正與李斯蔡邕同屬老成行。巴東逢李潮，隔月求我作歌謠。我呀如今老病才力薄，潮啊潮，你的鬼斧神工叫我如何表！

【研　析】《苕溪漁隱叢話》：「東坡〈墨妙亭〉詩云：『杜陵評書貴瘦硬，此論未公吾不憑。』蓋東坡學徐浩書，浩書多肉，用筆圓熟，故不取此語。殊不知唐初歐、虞、褚、薛，字皆瘦勁，故子美有『書貴瘦硬』之語，此非獨言篆字，蓋真字亦皆然也。」胡仔的話未嘗不對，不過詩與論文有別：論文要縝密，立論忌偏頗；詩言情志，重在發抒情緒淋漓盡致，忌平庸，總是強調事物某一方面而已。所以同一事物在不同語境下有不同表述，各持一端，乃致互相矛盾。如對韓幹，杜甫在〈畫馬贊〉中備加讚美：「韓幹畫馬，毫端有神。驊騮老大，騕褭清新。魚目瘦腦，龍文長身。雪垂白肉，風蹙蘭筋。逸態蕭疏，高驤縱恣。四蹄雷雹，一日天地……良工惆悵，落筆雄才。」但在〈丹青引〉中卻云：「幹惟畫肉不畫骨，忍使驊騮氣凋喪！」意在以韓幹襯曹霸，是所謂「借賓定主」（參看卷五〈丹青引〉【研析】）。對張旭之字的評價也同樣，在〈殿中楊監見示張旭草書圖〉詩中他讚之曰：「鏘鏘鳴玉動，落落群松直。連山蟠其間，溟漲與筆力。」那是讚其草書狂真之中寓精嚴。這回則是就書法史言之，強調的只是草不如篆隸之合古法。事實上他是借此倡漢碑，倡「骨立」、「瘦硬」的風骨，以振起當時的士氣，未可厚非（參看卷五〈殿中楊監見示張旭草書圖〉【研析】）。然而就書法美而言，無論顏真卿、蘇東坡之「肥」，還是歐陽詢、宋徽宗之「瘦」，都是美的。多元萬歲！

瞿唐兩崖（五律）

【題解】此詩作於大曆元年（西元七六六年）冬。瞿唐兩崖，指江南之白鹽山與江北之赤甲山，兩山對峙稱夔門。瞿唐，指瞿塘峽。

三峽傳何處，雙崖壯此門❶。
入天猶石色，穿水忽雲根❷。
猱玃鬚髯古，蛟龍窟宅尊❸。
羲和冬馭近，愁畏日車翻❹。

【注釋】❶雙崖句　此門，即夔門。在瞿塘峽西入口處，白鹽山、赤甲山對峙，天開一線，峽張一門。❷入天二句　上句謂崖石壁立，在上云天；下句言山石穿水而出。雲根，古人認為雲從山石生出，所以稱山石為雲根。「猶」、「忽」二字化險為奇。❸猱玃二句　兩句寫兩崖生態原始。猱，古書上說的一種猴。《述異記》：猿五百歲化為玃。《爾雅》：猱善援，玃善顧。❹羲和二句　羲和，神話中太陽車的御者。日車翻，形容崖高連日車也愁顛覆。

【語譯】三峽始自何處？雙崖壯開此入門。入天崖壁仍石色，穿水山石忽嶙峋。老猿藏久鬚髮古，蛟龍潛窟自稱尊。冬來羲和離崖近，只恐撞崖日車翻。

【研析】《杜詩鏡銓》引李子德說：「詩莫難於用奇，舍此亦何由？見杜之大奇而不失為樸，不可能也；且愈奇而愈見其清，何可能也？」奇、清、樸並存，唯少陵能之。

閣夜（七律）

【題解】大曆元年（西元七六六年）冬，夔州西閣所作，八句全對。

歲暮陰陽催短景，天涯霜雪霽寒宵❶。
五更鼓角聲悲壯，三峽星河影動搖❷。
野哭千家聞戰伐，夷歌幾處起漁樵❸。
臥龍躍馬終黃土，人事音書漫寂寥❹。

【注釋】❶歲暮二句　陰陽，猶日月。冬天日短，故日短景。霽，雨雪後天放晴。《讀杜心解》：「『天涯』、『短景』，直呼動結聯。而流對作起，則以陰晴不定，托出『寒宵』忽『霽』。」意思是開頭用這樣的流水對，造成一種不穩定感，直貫全詩。❷五更二句　鼓角，古代行軍在外，以撾鼓吹角報時。星河，銀河，此言江中星空倒映如銀河。《杜詩論文》云：「三四頂寒宵句。天霽則鼓角益響；而又在五更之時，故聲悲壯。天霽則星辰益朗，而又映三峽之水，故影動搖也。」此聯是被稱為「杜樣」的典型律句，壯采豪宕，最具杜律的風格特徵。《十八家詩鈔》引張雲卿云：「勿學其壯闊，須玩其沉至。」提醒人要注重其內在的沉至。❸野哭二句　野哭，原野之哭，是杜甫體驗過的戰伐喪亂慘況，故以「千家」泛言其眾。夷歌，當地少數民族的民歌。起漁樵，起於漁父樵夫之間，漁歌悠然的情調與上句「野哭千家」激越的情調正相反，造成反差。或謂此句暗示自己的漂泊異鄉，亦通。❹臥龍二句　臥龍，指諸葛亮。躍馬，指公孫述。〈蜀都賦〉：「公孫躍馬而稱帝。」二人是所謂「一賢一愚，一忠一奸」。仇注：「思及千古賢愚，同歸於盡，則目前人事遠地音書，亦漫付之寂寥而已。」漫，是隨它去。語似頹唐，其實異常憤激。

【語　譯】年底催逼時光易過，邊地寒宵霜雪初豁。五更人靜鼓角悲壯，三峽倒影星河閃爍。千家野哭只因戰亂，幾處漁樵已唱夷歌。賢愚善惡同歸於盡，人事音書任它寂寞！

【研　析】西方人對漢語言跳躍式的表達頗感興趣，或稱之為電影「蒙太奇」畫面式的表達。德國學者莫芝宜佳說：「杜甫以一種特別的方式使用對仗，在唐代，大多數詩人都用較長的畫面來掩蓋對仗，而杜甫卻喜歡把畫面切碎，甚至在只有七個字的範圍內三易畫面，三變情緒。杜甫絕不迴避甚至喜歡那種有助於分解剖析的四組對仗。漢語中也把作詩叫做『裁詩』，杜甫是『裁詩』能手。」（《〈管錐編〉與杜甫新解》）用這一視角看〈閣夜〉，如合符契。全詩八句皆對，造成許多獨立的畫面：日月霜雪，星漢鼓角，聲光歌哭，賢愚善惡，人事音書，讓人目不暇給。就好比破裂的鏡子中的世界，真實而奇幻，支離而統一。有些句子不顧通常的語法，造成多義性的想像空間：「三峽星河影動搖」，是三峽之江水如銀河之閃爍動盪呢，還是星空倒映在江面上為湍急之波濤所動搖？「野哭千家聞戰伐」，是「聞」「戰伐」呢，還是「聞」「野哭」？是「千家」聞戰伐中之「野哭」呢，還是「聞」千家於戰伐中之「野哭」？它與對句「夷歌幾處起漁樵」之間又有什麼聯繫？老杜將現實存在的畫面「切碎」重組，用對仗的方式使之碰撞乃至對立，為的是表達其複雜、矛盾、動盪的情緒。上三聯的畫面充滿急促、動盪、矛盾。「野哭千家聞戰伐，夷歌幾處起漁樵」，更具有「親戚或餘悲，他人亦已歌」、「幾家歡樂幾家愁」的情緒反差，至尾聯「臥龍躍馬終黃土，人事音書漫寂寥」，那種千古賢愚同歸於盡的不平，終於達到憤激的程度，「漫」字不應平看。是的，「五更鼓角聲悲壯，三峽星河影動搖」一聯固然「氣象雄蓋宇宙，法律細入毫芒」，但它是造成整體效果的一個細節，是《瀛奎律髓》所指出：「『悲壯』、『動搖』一聯，詩勢如之。」《唐宋詩醇》也說：「音節雄渾，波瀾壯闊，不獨『五更鼓角』『三峽星河』膾炙人口為足賞也。」宋人葉夢得曾舉韓愈句「將軍舊壓三司貴，相國新兼五等崇」與杜甫「五更鼓角聲悲壯」、「錦江春色來天地」二聯對比，曰：「非不壯也，然意亦盡於此矣！」（《石林詩話》）韓聯少的正是杜聯那種來自整首詩的深沉意蘊。「傾國宜通體，誰來獨賞眉？」

荊南兵馬使太常卿趙公大食刀歌（七古）

【題　解】仇注定此詩作於大曆元年（西元七六六年）冬。趙公，名無考，永泰元年（西元七六五年）以荊南兵馬使兼太常卿入蜀平崔旰之亂，大曆元年至夔州與杜相識。兵馬使，唐天下兵馬元帥下有前軍、中軍、後軍兵馬使之職。太常卿，官名，為朝廷九卿之一，掌禮樂郊廟社稷事宜，此為趙公之兼職。大食，原為波斯一部族名。《舊唐書・西戎傳》稱其本在波斯之西，兵刀勁利，其俗勇於戰鬥，唐以後遂以之稱阿拉伯帝國。

太常樓船聲嗷嘈，問兵刮寇趨下牢❶。
牧出令奔飛百艘，猛蛟突獸紛騰逃❷。

【章　旨】首四句敘趙公至蜀之故。

【注　釋】❶太常二句　太常，指太常卿趙公。嗷嘈，喧鬧聲。刮寇，追討叛軍。下牢，《新唐書・地理志》載夷陵縣（今湖北宜昌）西北二十八里有下牢鎮。❷牧出二句　二句謂州縣官急急來迎，盜寇則紛紛逃避。牧，州牧；刺史。令，縣令。猛蛟突獸，指盜寇。

【語　譯】百艘樓船何嗷嗷？趙公剿匪向下牢。縣令州牧急相迎，悍匪強寇紛竄逃。

白帝寒城駐錦袍，玄冬示我胡國刀。
壯士短衣頭虎毛，憑軒拔鞘天為高❸。

翻風轉日木怒號，冰翼雲淡傷哀猱❹。
鐫錯碧甖鸊鵜膏，鋩鍔已瑩虛秋濤❺。
鬼物撇捩辭坑壕，蒼水使者捫赤絛，
龍伯國人罷釣鼇❻。

【章旨】第二段做驚人語，《杜詩鏡銓》引邵云：「怪怪節奇非意所至。此極狀胡刀之瑩利。」

【注釋】❸壯士二句　頭虎毛，頭蒙虎皮。天為高，極言刀之殺氣連天也為之升高，以避其鋒芒。❹翻風二句　二句形容舞刀之聲色氣勢。木，一作「水」。冰翼，形容刀刃之明利晶瑩。猱，猿猴。❺鐫錯二句　鐫錯，鐫刻磨錯。甖，長頸瓶。鸊鵜膏，《爾雅》注：鸊鵜似鳧而小，膏中瑩刀劍。鋩鍔，刀鋒。虛秋濤，猶瑩如秋水。❻鬼物三句　二句極言刀方出鞘而鬼神皆避易之。撇捩，逃遁。蒼水使者，《搜神記》載：秦時有人夜渡河見一人丈餘，手橫刀而立，叱之，乃曰：「吾蒼水使者也。」赤絛，紅絲繩，刀飾。龍伯國人，巨人。《列子．湯問》：「龍伯之國有大人，舉足不盈數步，而及于五山之所，一釣而連六鼇。」

【語譯】趙公錦袍駐白帝，深冬為我展示大食刀。短衣虎帽壯士舞，倚軒拔刀光芒逼，天亦畏避為之高！翻風轉日萬木吼，出鞘冰寒劍氣薄，猿猱跳踉帶傷號。鑲金錯玉甖罐裝，寶刀且傅鸊鵜膏。瑩瑩刀鋒如秋水，離窟犇逃鬼哭嚎。蒼水使者亦呆愕，龍伯巨人停釣鼇。

芮公回首顏色勞，分閫救世用賢豪❼。
趙公玉立高歌起，攬環結佩相終始。

萬歲持之護天子，得君亂絲與君理❽。
蜀江如線如針水，荊岑彈丸心未已❾。
賊臣惡子休干紀❿，魑魅魍魎徒為耳！
妖腰亂領敢欣喜，用之不高亦不庳，
不似長劍須天倚⓫。

【章　旨】言芮公能用賢豪平亂，乃當下實務也。

【注　釋】❼芮公二句　二句言芮公善用趙公。芮公，指荊南節度使衛伯玉，荊南兵馬使賈其節制。分閫，即閫（門限）外。意謂任將帥在外統兵。《史記‧馮唐列傳》：「臣聞上古王者之遣將也，跪而推轂（車輪軸），曰：『閫以內者，寡人制之；閫以外者，將軍制之。』」❽趙公四句　四句言趙公佩此刀以安王室。攬環結佩，攬刀環而佩帶之。《後漢書》：「方儲為郎中，章帝以繁亂絲付儲使理，儲拔佩刀三斷之，對曰：『反經任勢，臨事宜然。』」又，《北齊書‧文宣紀》載：「高祖嘗試觀諸子意識，使各使亂絲，帝獨抽刀斬之，曰：『亂者須斬』。高祖是之。」❾蜀江二句　言荊蜀在趙公眼中渺小不足平也。❿干紀　違法亂紀。⓫妖腰三句　領，脖子。妖腰亂領，指叛亂者。言此刀將斬敵人的腰與頸，蓋古人有腰斬之刑。庳，短。須天倚，宋玉〈大言賦〉：「長劍耿耿倚天外。」此言大食刀不長不短正合用，非倚天劍之虛誇也。

【語　譯】回首蜀亂芮公心憂勞，分兵遣將用英豪。颯爽趙公高歌起，佩此寶刀跟到底，千秋萬歲奉天子，亂絲為君刀斷之！蜀江我看細如線，荊山也作彈丸嗤。亂臣賊子莫犯法，妖魔鬼怪徒逆施，腰斬殺頭悔時遲。寶刀寶刀長短正合手，長劍倚天太難持。

吁嗟光祿英雄弭⑫，大食寶刀聊可比。
丹青宛轉麒麟裏，光芒六合無泥滓⑬。

【章旨】末尾四句以寶刀喻趙公，期許其立功。

【注釋】⑫吁嗟句　光祿，官名，趙公或先曾為此官。弭，停止。英雄弭，言雄略足以平亂。⑬丹青二句　麒麟，指麒麟閣，漢帝圖畫功臣於此。六合，猶天下。

【語譯】啊哈！趙公英略足平亂，只有大食寶刀配相比。麒麟閣上增光輝，澄清天下會有時！

【研析】宋人王禹偁曾稱「子美集開詩世界」，為後人開啟作詩之千門萬戶，此詩造句布局皆出奇制勝，被視為開啟韓、孟險怪一路的風格。《杜詩鏡銓》引蔣弱六云：「如百寶裝成，滿紙光怪，造字造句，在昌黎（韓愈）長吉（李賀）之間。公特偶有意出奇，骨力氣象，非他人所能及。」是。

王兵馬使二角鷹（七古）

【題解】詩約作於大曆元年（西元七六六年）。王兵馬使，名字及事跡未詳。角鷹，頭上長着角毛的獵鷹。《杜臆》云：「此詩突然從空而下，如轟雷閃電，風雨驟至，令人駭愕。……蓋通篇將王兵馬配角鷹發揮，而穿插巧妙，忽出忽入，莫知端倪，而各極形容，充之直欲為朝廷討叛逆、誅讒賊而後已。他人起語雄偉，後多不稱；而此詩到底無一字懶散，如何不雄視千古！」

悲臺蕭颯石巃嵸，哀壑杈枒浩呼洶。

中有萬里之長江，回風滔日孤光動❶。
角鷹翻倒壯士臂，將軍玉帳軒翠氣❷。
二鷹猛腦絛徐墜，目如愁胡視天地❸。
杉雞竹兔不自惜，孩虎野羊俱辟易❹。
鞲上鋒稜十二翮❺，將軍勇銳與之敵。
將軍樹勳起安西，崑崙虞泉入馬蹄❻。
白羽曾肉三狻猊❼，敢決豈不與之齊？
荊南芮公❽得將軍，亦如角鷹下翔雲。
惡鳥飛飛啄金屋，安得爾輩開其群？
驅出六合梟鸞分❾！

【注釋】❶悲臺四句　悲臺，曹植〈雜詩〉：「高臺多悲風，朝日照北林。」巃嵸，山高貌。杈枒，樹枝歧出。滔日，猶滔天，言長江風浪之高。《杜詩說》稱首四句曰：「如此起興，是何等筆仗！言外見飛走之類，皆匿影無蹤。日色慘淒，江山黯淡，皆助其肅殺之氣。」❷角鷹二句　翻倒，言鷹之倒掛，更見其奇險之勢。軒，軒舉，昂然之狀。翠，作形容詞，鮮明。軒翠氣，則言將軍於軍帳之中意氣昂然，正與角鷹相稱。浦注謂此篇賓主熔化，是「一篇筋節處」。❸二鷹二句　猛腦，趙次公注：「言鷹之腦猛厲。」絛徐墜，繫鷹之索已解，則言其將飛舉也。愁胡，王延壽〈魯靈光殿賦〉：「胡人遙集於上楹，狀若悲愁於危處。」胡人深目高鼻與鷹相似，故往往以愁胡形容鷹的眼神。❹孩虎句　孩虎，乳虎。辟易，畏而退避。❺鞲

上句　韝，皮革製的臂衣，用來停立獵鷹。翮，羽莖，一羽之柱也。傅玄〈鷹賦〉：「勁翮二六，機連體輕。」❻將軍二句　安西，指安西都護府，乃唐代西域重鎮。虞泉，即虞淵。唐避高祖諱，改淵為泉。崑崙、虞淵，言西極之地。❼白羽句　肉，當動詞用，言射殺也。狻猊，傳說中似獅子的一種猛獸。❽荊南芮公　即荊南節度使衛伯玉。❾惡鳥三句　啄金屋，〈哀王孫〉：「長安城頭頭白烏，夜飛延秋門上呼。又向人家啄大屋，屋底達官走避胡。」朱注引楊慎曰：「《三國典略》：侯景篡位，令飾朱雀門，其日有白頭烏萬計，集於門樓。童謠曰：『白頭烏，拂朱雀，還與吳。』杜蓋用其事，以侯景比祿山也。」此句類似，以惡鳥啄屋喻叛亂割據者，如當時崔旰之徒。開，驅散。六合，宇內。梟鸞，惡鳥與祥鳥，借喻壞人與好人。

【語　譯】高臺起悲風，蕭颯亂石聳，呼嘯穿疏林，哀鳴深谷勢洶洶。白浪滔天日明暗，長江萬里一貫通。角鷹翻轉掛在壯士臂，將軍氣宇軒舉玉帳中。猛厲鷹之腦，索鏈已解向高空。側目似愁胡，天地入雙瞳。杉雞竹兔豈自保，乳虎野羊避無蹤。佇立韝上何淩厲，翼上十二羽莖棱有鋒。將軍與之正相匹，勇銳無敵俱英雄！馬蹄曾踐崑崙與虞淵，初在安西樹大功。白羽射殺三狻猊，勇決當與此鷹同。荊南節度芮公得大將，猶如角鷹雲中降。惡鳥竟敢啄金屋，安得諸將如鷹逐雀盡散伏，一淨乾坤惡梟祥鸞有分屬！

【研　析】少陵喜寫鷹，早年往往自喻勵志，晚來則以之勸勉他人，雖然倔強猶昔，其晚景之無奈已可想而知。《峴傭說詩》評云：「寫鷹即寫人。以『將軍勇銳與之敵』及『荊南芮公得將軍，亦如角鷹下翔（翔一作「朔」）雲』為點題眼，乃不是尋常詠物；且移不去別處。詠鷹起筆收筆，皆出題外用力；起四語空作寫景，而角鷹已呼之欲出，尤宜效法。」

醉為馬墜諸公攜酒相看　（七古）

【題　解】此詩作於夔州。唐時府治在白帝城下，與白帝城相連，從詩中「白帝城門水雲外，低身直下八千尺。粉堞電轉紫遊韁，東得平岡出天壁」的描寫看來，似在西閣時所作。又，「甫也諸侯老賓客」，則當在柏茂琳大曆元年（西元七六六年）十月來夔任都督後。

甫也諸侯老賓客，罷酒酣歌拓金戟❶。
騎馬忽憶少年時，散蹄迸落瞿唐石。
白帝城門水雲外，低身直下八千尺❷。
粉堞電轉紫遊韁，東得平岡出天壁。
江村野堂爭入眼，垂鞭嚲鞚凌紫陌❸。
向來皓首驚萬人，自倚紅顏能騎射❹。
安知決臆追風足，朱汗驂驔猶噴玉。
不虞一蹶終損傷，人生快意多所辱❺。
職當❻憂戚伏衾枕，況乃遲暮加煩促。
朋知來問腆我顏，杖藜強起依僮僕。
語盡還成開口笑，提攜別掃清溪曲。
酒肉如山又一時，初筵哀絲動豪竹❼。
共指西日不相貸，喧呼且覆杯中淥❽。
何必走馬來為問，君不見嵇康養生遭殺戮❾。

【注　釋】❶甫也二句　諸侯，此指都督柏茂琳。老賓客，杜與柏都督私交頗深，其初來夔府即為之代擬〈為夔府柏都督謝上表〉，時年已五十有五，故自嘲為「老賓客」。❷白帝二句　此言從白帝城門跑馬直下瞿唐關八千尺。八千尺形容其長。陸游《入蜀記》：「瞿唐關，唐故夔州也，與白帝相連。」❸垂鞭句　鞸鞚，放鬆馬勒。紫陌，東西向的路口「陌」，「紫」言其地為黑土。❹自倚句　紅顏，指身強力壯時。此當憶及少年時代的裘馬生活，所謂「呼鷹皂櫟林，逐獸雲雪岡」之類。❺安知四句　決臆，決之胸臆，自料也。追風足，泛指良馬。朱汗，指汗血馬。驂，一車駕三馬曰驂。驔，馬黑色而黃脊。噴玉，《穆天子傳》云周穆王出遊，人讚其馬踐地噴沙，踐水噴玉。二句意難解讀，趙次公注：「汗血其驂驔，猶有噴玉之伎，而不料出於決度之外，故有下句也。」則謂杜甫自度乘千里馬雖以汗血馬為驂，猶能有穆王御之踐地噴沙、踐水噴玉之伎。後兩句則言不料馬失蹄而身墜受傷，可見人生快意過了頭就會自取其辱。❻職當　理應。❼豪竹　大管，指長笛之類的吹奏樂器。❽共指二句　貸，寬免。上句言大家都說流光就好比西下的太陽，不肯相待。渌，通「醁」。一種酒。❾何必二句　二句言群公不必相慰，禍從天來，嵇康講究養生不也遭禍害嗎？末句似通達而實憤激。嵇康養生，晉嵇康著〈養生論〉，後仍遭司馬氏殺害。

【語　譯】我呀乃是柏都督的老賓客，酒後高歌揮金戟。騎馬忽憶少年時，興起散開馬蹄迸落瞿唐道上石。白帝城門高入雲，俯身策馬直下長坡八千尺。紫絲韁，縱馬逸。城堞閃後如電急，東經平岡過峭壁。江村鄉居爭入眼，垂鞭信馬越野地。一路白髮奔騎驚萬人，自恃當年少壯善騎射。追風捷足料能御，汗血駿馬並駕齊驅——踐地能噴沙，踐水能噴玉！哪知人生快意多敗辱，不防一跌傷在即。活該悶頭伏枕愁，何況老來性情更燥癖。親朋故友探問使我更靦腆，拄杖強起扶僮立。相慰過後開口笑，你提我拿一起再到溪邊野餐去。一時酒肉一大堆，有拉有吹開宴席。都說時光不我待，大呼小叫且盡這一杯！噫！諸位何必走馬相慰問，君不見嵇康會著〈養生論〉，禍從天降還是遭殺戮！

【研　析】雖然是寫個人一點小挫折，但從中仍看到老杜晚年雖然窮愁卻不頹廢，遭挫折而旗鼓不倒，豪情不減。《杜詩鏡銓》引郝評曰：「題有景致，詩寫得霑足，詞藻風流，情興感慨，無不佳。」

縛雞行（七古）

【題解】約於大曆元年（西元七六六年）冬，夔州西閣所作。

小奴縛雞向市賣，雞被縛急相喧爭。
家中厭雞食蟲蟻，不知雞賣還遭烹。
蟲雞於人何厚薄❶？吾叱奴人解其縛。
雞蟲得失無了時，注目寒江倚山閣❷。

【注釋】❶蟲雞句　何厚薄，是說何必厚於蟲而薄於雞。❷雞蟲二句　山閣，指當日杜甫所居之西閣。《杜臆》：「雞得則蟲失，蟲得則雞失，世間類此者甚多，故云無了時。計無所出，只得注目寒江倚山閣而已，寫出一時情景如畫。」

【語譯】小僮縛雞要上市場賣，雞被綁急朴騰又叫啼。家裡人是討厭雞會啄蟲蟻，殊不知雞被賣了也要煮鍋裡。蟲呀雞呀與人無恩怨，我叱小僮放開雞。雞蟲得失是非纏不清，轉頭依閣看流水。

【研析】杜甫家裡也許有信佛的，「厭雞食蟲蟻」是因其「殺生」。然而賣雞雞遭烹，同樣是「殺生」——大足石窟就有戒賣雞的著名雕刻「養雞人」。人於蟲、雞又何必厚此薄彼？面對這一兩難問題，引出尾聯以不了了之的態度。趙次公說：「一篇之妙，在乎落句。」此詩末句的「理趣」，就寓於活生生的描寫過程中。以今之觀點看，人與雞及蟲之間的生態關係本來就是一種環環相扣的互生關係，如何厚薄？杜甫一時的了悟，應與「當下」他面對的種種矛盾現象與心緒有關。這種以不了了之的神態要比白居易「外容閒暇中心苦，似是而非誰得知」的議論來得含蓄而有味。宋代黃庭堅寫水仙花的名句「坐對真成被花惱，出門一笑大江橫」，用的就是這種忽然宕開去的寫法。對此莫礪鋒教授有妙解云：「此詩前面七句都是寫『雞蟲得失』，瑣瑣屑屑，使人心煩意亂，尾句突然轉入一個寥闊開朗的境界，暗示着只要在精神上處於超脫的境地，患得患失的世俗思慮都可消除。這種洗淨了綺麗色澤，只剩下筋骨思理的詩，體現着平淡、老健的美，實已逗露出宋詩的風貌。無怪黃庭堅要對之大為讚賞，並一再仿效了。」（《杜甫評傳》第三章）

立春

（七律）

春日春盤細生菜❶，忽憶兩京梅發時。
盤出高門行白玉，菜傳纖手送青絲❷。
巫峽寒江那對眼，杜陵遠客不勝悲❸。
此身未知歸定處，呼兒覓紙一題詩。

【題解】約於大曆二年（西元七六七年）作於夔州。立春，二十四節氣之一，在陽曆二月四日或五日。

【注釋】❶春日句　春盤，《四時寶鏡》：唐立春日食春餅、生菜，號「春盤」。生菜，即韭菜。朱翰批評說：「『細生菜』，不成語」。但揣詩意在乎強調「春盤」中韭菜之「細」，故下聯曰「纖手送青絲」。❷盤出二句　初出的春菜在古代北方是希罕物，所以兩京豪門以此盛以珍貴的器皿（白玉盤或細白瓷盤）相贈送，故曰「行白玉」。❸巫峽二句　二句謂自己在荒僻的巫峽山村，哪堪面對春盤，因為它讓人想起在兩京的日子便不勝悲傷。《杜臆》：「蓋謂開元、天寶間，兩京全盛，俗尚華侈，於立春日，其大家將青絲細菜，出自纖手，盛以玉盤，互相饋送，此眼中所親見者。至今日而巫峽寒江，何故對眼？蓋巫峽所以入眼，正因安、史陷兩京，避亂奔走，以至巫峽。忽逢立春，獨與寒江相對，則兩京失其盛而身亦失其居，……此杜陵遠客所以不勝悲也。」那對眼，哪堪面對。

【語　譯】立春之日嘗新韭菜細，忽憶兩京梅花初綻時。玉盤端出朱門行相贈，美人纖手送青絲。不堪相對巫峽寒江畔，杜陵遊子不勝悲。此身不知終歸在何處？呼兒覓紙題首詩。

【研　析】陳貽焮《杜甫評傳》：「邵子湘以『老境』二字評之。王嗣奭說：『評詩者只賞「高門」一聯，而前後顧盼，神情流動處，誰能賞之？』卻能得其精神。在我看來，這詩之所以能於笨拙處見精神，主要在於一往情深，在於有強烈的季節感。」是。補充幾句：這種季節感是王維「每逢佳節倍思親」的「季節感」，而「佳節」不但是自然的季節標示，而且是長期歷史文化所形成的風俗，帶有強烈的人文內涵。於是通過春日春盤引出對家國的一往情深，便顯得自自然然，「神情流動」，「能於笨拙處見精神」。

愁

（七律）

【題　解】大曆二年（西元七六七年）春作於夔州。題下自注：「強戲為吳體。」吳體，吳地（今蘇浙地區）的民謠，聲律不嚴，是最早出現的一種拗體詩，而這首的平仄幾乎全是拗的，最為典型。杜甫有意用這種不盡合律的句子打破平仄的和諧，造成拗峭激訐的風格。杜甫開創的此種風格，對後人（特別是以黃庭堅為首的江西詩派）有重大的影響。

江草日日喚愁生，巫峽泠泠非世情❶。

盤渦鷺浴底心性？獨樹花發自分明❷！

十年戎馬暗萬國，異域賓客老孤城❸。
渭水秦山得見否？人今罷病虎縱橫❹！

【注釋】❶江草二句　春草日生，引起愁緒，故曰「喚」。泠泠，清越的水聲，寫巫峽蕭森之氣。非世情，杜甫對夔州風俗世情不習慣，常感到孤單寂寞，缺少社里間的人情味。〈最能行〉乃云：「此鄉之人氣量窄，誤競南風疏北客。」❷盤渦二句　盤渦，旋渦。底心性，猶「啥意思」。旋渦之險，而鷺偏浴於此，故責其可怪。自分明，言花開自好，不解人愁。❸十年二句　十年，自祿山造反至此凡十年。異域，猶異鄉。❹渭水二句　渭水秦山，指長安。罷，同「疲」。人罷病，言民力已竭。虎縱橫，比軍閥、苛吏橫行。

【語譯】江邊春草天天生，喚起我愁思日日增。巫峽水聲泠泠不忍聽，此地寂寂蕭疏少人情。鷺鷥偏在旋渦沐浴真怪異，有樹自顧自開花惹愁甚。十年戰亂給各地都投入陰影，他鄉為客我病老在孤城。渭水秦山還能否再見？愁看今日民力衰竭官匪縱橫！

【研析】仇注引《杜臆》：「愁人心事，觸目可憎，如江草新生，卻謂喚起愁思；巫峽中流，卻謂不近人情；盤渦鷺浴，本自得也，疑共有何心性；獨樹花發，此春意也，謂其只自分明。愁出非常，故情亦反常耳。」激訐的情調以拗體出之，其內容與拗體形式是相契合的。

晝夢（七律）

【題解】大曆二年（西元七六七年）春作於夔州。此詩也是拗律。

二月饒睡昏昏然，不獨夜短晝分眠❶。

桃花氣暖眼自醉，春渚❷日落夢相牽。
故鄉門巷荊棘底，中原君臣豺虎邊❸。
安得務農息戰鬥，普天無吏橫索錢❹！

【注　釋】❶二月二句　二句言二月貪眠不僅是夜短睡不足，還因為下聯所說春來暖氣倦神，及思念中原而夢相牽也。饒睡，沉睡。不獨，不僅是。晝分，猶正午。❷春渚　春天的江濱。❸故鄉二句　二句似寫夢裡的景象，卻是現實。荊棘底，被荊棘所堙沒，寫出戰亂以來故鄉荒涼景象。豺虎邊，處於叛軍與吐蕃的威脅之中。邊，極言危險近在咫尺。❹安得二句　安得，如何才能。務農，從事農業生產。索錢，即要錢。寫自己的祈盼，同時也表達當時人們的普遍願望，是所謂「一人心，乃一國之心」者。

【語　譯】二月天，貪睡昏昏然。不僅因為春宵短，正午補睡眠——桃花薰人人自醉，日落春渚夢聯翩：故里埋在荊棘底，中原君臣危在虎口邊。怎得息戰事農業，普天之下百姓不再遭受惡吏橫索錢！

【研　析】這兩年老杜不斷地寫愁思的詩，但注重從不同的角度變換手法來表現同一的情緒。而這首詩獨特之處在極力營造半睡半醒的昏昏然氣氛，結尾一聲呼號，頓時打破整首詩的沉悶，大處落筆，令人倍覺警醒。金聖歎《杜詩解》指出詩題「特特犯《論語》『晝寢』字」。《論語‧公冶長》：「宰予晝寢。子曰：『朽木不可雕也，糞土之牆不可杇也，於予與何誅（責備）？』」孔子厭惡的是宰予的懶惰，杜甫有意用宰予晝寢的典故，表達一種憤懣之情：眼見到處是「豺虎」縱橫、官吏索錢，我卻無名無位，有力使不上，改變不了現實，只能在邊遠地昏睡，憾莫大焉，憤懣也莫大焉！

遣悶戲呈路十九曹長（七律）

【題解】大曆二年（西元七六七年）春作於夔州。路十九曹長，名不詳。曹長為尚書丞郎、郎中之別稱。

江浦❶雷聲喧昨夜，春城雨色動微寒。
黃鸝并坐交愁濕，白鷺群飛太劇乾❷。
晚節漸於詩律細，誰家數去酒杯寬❸？
惟君最愛清狂客，百遍相看意未闌❹。

【注釋】❶浦　水濱曰浦。❷黃鸝二句　交愁，一起發愁。劇，疾也。太劇乾，驚怪口吻，謂雨中飛鷺的羽毛何以那麼快就乾了。或謂「太劇乾」就是「太難乾」，未知何所據而云然？須知濕翼是飛不起來的，所以詩人才驚訝雨中白鷺群飛，莫非其羽毛太易乾了？❸晚節二句　晚節，晚年。細，仇注：「言用心精密。」數去，多次前去。酒杯寬，待客之酒充裕。❹惟君二句　清狂客，詩人自稱。意未闌，興未盡，言主人之不厭煩也。

【語譯】江濱昨夜雷聲鬧，春城風雨起微寒。黃鸝並立同愁濕，白鷺群飛其翼何易乾？晚年漸求詩律細，誰家常去酒不慳？只有路君愛我清狂客，百遍相看不相厭！

【研析】葛兆光曾分別拈出「快」、「細」二字區分李白與杜甫的詩思（《唐詩卷》），應當說有一定的道理。杜之細，不但指其詩思細密，講究音律（拗體詩也是對音律的另類講究）；還包括對事物之深度認識與精準的描寫。同時還要看到他追求「做」到「自然」，是《詩式》所謂「至麗而自然，至苦而無跡」、「取境之時，須至難、至險，始見奇句；成篇之後，觀其氣貌，有似等閑，不思而得」。仇注於此有覺解：「公嘗言『老去詩篇渾漫與』，此言『晚節漸於詩律細』，何也？律細，言用心精密。漫與，言出手純熟。熟從精處得來，兩意未嘗不合。」不過，還是老杜自己說得圓滿：「思飄雲物外，律中鬼神驚。毫髮無遺憾，波瀾獨老成。」

（〈贈鄭諫議十韻〉）細密與壯闊是杜詩同時俱備的特徵。

晨雨（五律）

【題解】 此詩約作於大曆二年（西元七六七年），時在夔州。杜甫以「雨」為題的詩有十二首之多，而寫雨的詩就更多了。有人統計過，說佔杜詩三十分之一，可見少陵於雨情有獨鍾。

小雨晨光內，初來葉上聞。
霧交才灑地，風逆旋隨雲。
暫起柴荊色，輕霑鳥獸群。
麝香山一半，亭午未全分❶。

【注釋】 ❶麝香二句　麝香山，《夔州圖經》：麝香山，在夔州東南一百二十里，山出麝香，故名。亭午，當午；中午。

【語譯】 在淩晨曉色中，小雨初下，只聽得落到葉上的沙沙聲。雨霧交凝，雨珠增大，這才落到地面上來。然而這雨畢竟輕細，所以逆風則被橫捲回雲天。細細的水珠兒只能輕沾在鳥獸的絨毛上，像灑滿珍珠，卻不能將其打濕；可在它的滋潤下，灌木叢已開始煥發出生機。麝香山就裹在雨霧中，只露出半臉，一直到中午還未全現呢。

【研析】 這是一首詠物詩，沒有什麼寓意，純寫感覺，是「賦」，卻有情致，有意味。功夫就在體物細妙而表達空靈，就像李因篤所說：「看去只在眼前，然非公卻拈不出。」（《杜詩鏡銓》）

暮春題瀼西新賃草屋五首（五律）

【題　解】大曆二年（西元七六七年）暮春作於夔州。瀼，水名，即今重慶奉節城東門外之梅溪河。陸游《入蜀記》云，古代夔州人「謂山間之流通江者曰『瀼』。」是年暮春杜甫由赤甲遷來此地，租用漕廨所屬茅屋居住。賃，租用。

其一

久嗟三峽客，再與暮春期❶。
百舌欲無語❷，繁花能幾時。
谷虛雲氣薄，波亂日華遲❸。
戰伐何由定，哀傷不在茲❹。

【章　旨】以暮春起興，寫屋前春景，定居伊始已有身世之悲，引領全篇。

【注　釋】❶久嗟二句　三峽客，詩人自指。再與句，言來夔府已兩次逢暮春。❷百舌句　百舌，鳥名，一名反舌，能隨百鳥之音。《格物總論》：「百舌春二三月鳴，至五月無聲。」此時為暮春，近夏，故曰「欲無語」。❸日華遲　《詩・豳風・七月》：「春日遲遲」。春天夜短晝長，故曰「遲」。❹戰伐二句　茲，這裡。《杜詩鏡銓》：「言春光易逝，誠可哀矣，然世亂方殷，則所傷尚不在此也。」進一層看，所傷不但在戰伐未定，還在於自己未能為國盡力。參看第五首「時危人事急」注。

【語　譯】可歎我這久滯三峽的遊子，再次與暮春相遇。暮春了，百舌鳥就要停止鳴唱；繁花啊，你還能再開幾時？空谷中薄薄的雲氣升起，瀼溪的波光亂晃春日遲遲。戰亂喲哪一天才會停止？我的悲哀不在春將去。

其二

此邦千樹橘，不見比封君❶。
養拙干戈際，全生麋鹿群。
畏人江北草，旅食瀼西雲❷。
萬里巴渝曲❸，三年實飽聞。

【章旨】寫來此只是養拙全生，仍存北歸之意。

【注釋】❶此邦二句　千樹橘，《史記・貨殖列傳》說：「蜀漢江陵千樹橘，其人皆與千戶侯等」。「封君」即指此「千戶侯」。《舊唐書》謂「夔州歲貢柑橘」，則此地盛產優質柑橘可知。杜甫自稱「柴門擁樹向千株，丹橘黃柑此地無」，則柏中丞所贈四十畝柑園所產柑橘尤佳可知。下句「不見比封君」，謂自己現在雖然有千樹橘，卻不見得富可敵千戶侯。時過景遷，戰亂中此地柑橘價格可能大跌，顯然已難與「千戶侯等」，但對生計無疑還是十分有幫助的。這正是杜甫遷此的重要原因。❷畏人二句　《杜詩鏡銓》引蔣弱六云：「江北草微而背陰，瀼西雲往來無定，故以托興。」❸巴渝曲　此指夔州、渝州一帶的民歌，如《竹枝詞》。杜甫大概因心情不好，所以說過「竹枝歌未好」（〈奉寄李十五秘書文嶷二首〉）；但因「飽聞」，所以他的絕句頗得其清新活潑，乃開劉禹錫之先河。

【語譯】這裡盛產柑橘，卻不見得富裕。我只是在刀光劍影的空檔中養拙，混在麋鹿群裡只求全生而已。就像是江北的弱草怕人殘踏，又好比瀼西無根的浮雲飄來飄去。三峽喲，千里萬里。我三年老呆在峽谷裡，算是聽夠了巴渝的山歌鄉曲。

其三

彩雲陰復白，錦樹曉來青❶。
身世雙蓬鬢，乾坤一草亭❷。
哀歌時自短，醉舞為誰醒❸？
細雨荷鋤立，江猿吟翠屏❹。

【章旨】寫屋前景，畫面清新而寓意雋永，黃生稱其「景中全是情」。

【注釋】❶彩雲二句　陰復白，烏雲轉白雲，言春天乍陰乍晴。錦樹，花葉多彩如錦繡的春樹。下句謂夜雨花盡落地，故曉看唯青青之葉耳。❷身世二句　句中無動詞，名詞之間的聯繫由讀者依據上下文聯想補出。仇注引趙汸曰：「雙蓬鬢，老無所成；一草堂，窮無所歸。」細小的「雙蓬鬢」、「一草亭」，而冠以深巨的「身世」、「乾坤」，形成強烈的時空對比，造成一種無言的威壓。《杜詩鏡銓》：「意甚悲而語自壯。」❸哀歌二句　深哀，故歌不能長。下句言醒不如醉。❹細雨二句　荷鋤，扛鋤。「細雨荷鋤立」和陶淵明「帶月荷鋤歸」的形象，同其美妙。翠屏，言山色青翠如畫屏。《四溟詩話》：「此語宛然入畫，情景適會，與造物同其妙；非沉思苦索而得之也。」

【語譯】白雲烏雲乍晴陰，曉看錦樹花盡葉青青。身世悠悠唯蓬鬢，乾坤落落剩草亭。哀歌悲咽自然短，醉舞忘憂不必醒！何事濛濛細雨荷鋤立？翠崖如屏猿吟清。

其四

壯年學書劍，他日委泥沙❶。

事主非無祿，浮生即有涯❷。
高齋依藥餌，絕域改春華❸。
喪亂丹心破，王臣未一家❹。

【章旨】哀歎平生學非所用，而老病已至；國家動亂尚未統一，壯志難酬。

【注釋】❶他日句　他日，指學書劍以後的日子。委，棄也。委泥沙，言學書劍無用，如棄泥沙中。❷事主二句　事主，詩人自指。此句言並非沒有機會當官。有涯，有個界限，猶「人生不過百年」。❸高齋二句　高齋，高處的房子，此指新賃茅屋。依藥餌，謂自己是靠吃藥維繫生命。下句言邊遠地區春天的節氣即將改變。❹喪亂二句　丹心破，極言傷心。王臣，《詩・北山》：「率土之濱，莫非王臣。」此反言地方割據，不服從中央。

【語譯】少壯時學文習武，不想後來派不上如棄泥沙。我也並非沒當官的機會，只是時不我待生命已到邊涯。山中茅屋裡靠藥支撐，眼看邊地春又去也。時局喪亂我傷心欲絕，可恨王國分裂未能成一家！

其五

欲陳濟世策，已老尚書郎❶。
未息豺虎鬥，空慚鴛鷺行❷。
時危人事急，風逆羽毛傷❸。
落日悲江漢，中宵淚滿床❹。

【章　旨】最後一首道出心事：時危亟須濟世之人，自己卻老病賃屋而居，傷心之至。

【注　釋】❶欲陳二句　陳，稱說，此指進獻計謀。濟世策，救時之方法。尚書郎，自指曾被嚴武薦為檢校尚書工部員外郎。❷未息二句　豺虎，稱兵作亂者。鴛鷺行，鴛同「鵷」。鵷鷺飛行有序，以喻百官入朝排班。《隋書・音樂志》：「懷黃綰白，鵷鷺成行。」❸時危二句　二句謂用人之際，自己卻老病江濱，賃屋閒居，遂有中宵之淚。此聯是其不可解之心結，萬萬不可放過。人事急，急於人事。此句言時勢危殆，乃急於用人之際。下句喻自己處逆境未能復振。❹落日二句　江漢，夔州處長江與西漢水（嘉陵江）之間，故云。中宵，半夜。《杜臆》：「正欲陳濟世之策，已老卻尚書郎矣。然不能息豺虎之鬥，則雖列行鴛鷺，猶不免尸素之慚也。今時危而人事急，死期將至；風急而羽毛傷，不能奮飛。落日興悲，中宵流淚，豈謂賃此草屋，遂可安身而自適哉？」

【語　譯】有心上呈救世策，無奈已老尚書郎。豺虎作亂今未息，慚愧我也曾當官。時勢危急急用人，我卻好比逆風飛鳥鳥翼傷！身在江漢悲落日，半夜坐起淚滿床！

【研　析】自去年大曆元年十月柏茂琳為夔州都督，待老杜頗厚，〈峽口詩二首〉自注有云：「柏中丞頻分月俸。」並許以瀼西四十畝柑林見贈。今年暮春，遂從山腰上的西閣先遷居平地赤甲，再遷瀼西，賃得漕廨所屬之草屋居住，因作是詩。老杜的生活一時又有了依託，照說心情會好些，但從詩中看來，杜甫的情緒並不高，因為他仍繫心「未息豺虎鬥」，仍悲歎「欲陳濟世策，已老尚書郎」。可見杜甫並不為一己生活之改善而樂，乃以一國之憂而憂。從「身世雙蓬鬢，乾坤一草亭」到「時危人事急，風逆羽毛傷」，老杜心事盡於此矣！時不我與，老病逼人，杜甫晚年最大的危機感乃在生怕不能濟世而客死他鄉。明瞭這一點，才能明瞭他後來何以棄柑園四十畝及代管東屯稻田百頃於不顧，一無依傍，決然乘舟東去。我曾在一篇論文中指出：「李白的痛苦更多的來自『自我超越』。他要超越這壓抑他個性的現世間，卻又不能忘懷他強烈的濟世欲求；他要擺脫那屈己干人的痛苦，卻又跌入『苟無濟世心，獨善亦何益』（〈贈韋秘書子春〉）的痛苦之中。」（〈李白歌詩的悲劇精神〉）李白這是在「自己與自己過不去」。譯注至此，我又記起這些話來，不意中國古代最偉大的兩位詩人，悲劇命運竟如此相似。《杜詩鏡銓》評「身世雙蓬鬢，乾坤一草亭」二句云：「意甚悲而語自壯。」

其根本原因大概就在於此。

行官張望補稻畦水歸（五古）

【題　解】 大曆二年（西元七六七年）六月作於夔州瀼西。行官，官府中的屬官、小吏。張望是主管督察東屯稻田的小吏。稻畦，即指東屯百頃稻田。杜甫在瀼西時，柏都督就託杜甫代管這片公田。

東屯大江北，百頃平若案❶。
六月青稻多，千畦碧泉亂。
插秧適云已，引溜加溉灌❷。
更僕往❸方塘，決渠當斷岸。
公私各地著❹，浸潤無天旱。
主守問家臣，分明見溪畔❺。
芊芊炯翠羽，剡剡生銀漢❻。
鷗鳥鏡裏來，關山雲邊看。
秋菰成黑米，精鑿傳白粲❼。

玉粒足晨炊，紅鮮任霞散❽。
終然添旅食，作苦期壯觀❾。
遺穗及眾多，我倉戒滋漫❿。

【注　釋】❶東屯二句　東屯，在白帝城東北約十里，即現在奉節縣草堂區白帝鄉的浣花村。明人王應麟《困學紀聞》稱此地「稻米為全蜀第一」。案，「舉案齊眉」的案，是一種有短足的木盤，此形容田疇之平。❷插秧二句　適云已，剛完成。溜，急流。❸更僕往　僕人輪番前去。❹公私句　地著，安土。《漢書．食貨志》：「理民之道，地著為本。」注：「謂安土也。」此言（開渠灌溉）公、私都得到妥善的安排。杜甫受託的田是公田，但他還是交代張望灌水要顧及當地人的私田。自此開始四句是張望歸瀼西後給杜甫的回話。❺主守二句　主守，指張望。〈秋行官張望督促東渚耗稻向畢清晨遣女奴阿稽豎子阿段往問〉：「尚恐主守疏，用心未甚臧。」家臣，指張望屬下奴僕。下句各本文字不一，「朋」一作「明」，「蹊」一作「溪」，「畔」一作「伴」。趙次公注：「舊本『分明見溪伴。』師明瞻作『分朋』，是。蓋如此方成字對也。此一篇皆對矣。」黃生《杜詩說》：「『溪』當作『蹊』，田上小徑也。『畔』，田界也。」今合二說，當為「主守問家臣，分朋見蹊畔」，則兩句謂主守張望問其屬下，皆言已分頭到田界察看。蓋承上句「公私各地著」，證明已落實矣，這正是杜甫所問的重點。❻芊芊二句　二句言稻秧綠油油的就像翠鳥的羽毛，閃閃發亮，好像是長在銀河上。芊芊，茂盛貌。剡剡，光貌。❼秋菰二句　菰，水生植物，果實叫菰米，又稱彫胡米，可食。鑿，舂米使之精白。❽玉粒二句　上句形容白米，下句形容紅米。任霞散，仇注：「玉粒自食，而紅稻霞散，此即遺穗也。」謂紅米任其散落地面，成為「遺穗」，見末句注。❾作苦句　作苦，勞作之苦，指農事。壯觀，形容收穫可觀。趙次公則認為：「遺秉至於及眾多之人，其可謂壯觀乎。」意為此壯觀上承「紅鮮任霞散」，下啟「遺穗及眾多」，都是講遺穗。詳下注。❿遺穗二句　仇注：「及眾多，將分惠於人。戒滋漫，不專利於己。」杜甫有意多留一些稻穗讓孤寡之人拾去救貧，惠及眾人，是古代人道主義的繼承。《詩》云：「彼有遺秉，此有滯穗，伊寡婦之利。」

【語　譯】東屯就在大江北，百頃田疇一平盤。六月青青禾苗盛，千畦碧泉溢淩亂。插秧初了用水急，引水導流勤溉灌。僕人輪番去東屯，開渠決開方塘岸。公地私地都要照顧到，各有水浸不用怕天旱。主守張望問下屬，答道我輩分頭田界看。稻苗得水芊芊如翠羽，綠光閃閃彷彿生銀漢。鷗鳥飛入千面鏡，關山直向雲裡望。來日秋菰結黑米，稻穀細舂白粲粲。軟玉般的白米夠早炊，且任紅米隨地流露散。客居總要增儲糧，一年辛苦勞作收穫盼可觀。多留點稻穗任人撿，我的糧倉切莫裝太滿。

【研 析】《杜詩鏡銓》：「此少陵田家詩也，亦自整秀，但不及王、儲之高妙耳。」杜甫有杜甫的田園詩，顯然與王、儲輩不是一個路數，甚至與陶潛也同調異趣。王維田園之作可謂是傳統田園詩的醇化，是比興說向情景說轉移的體現。他從寓目即書走向精選景物與內心世界的契合點（王維選取心與物的契合點是充滿生機的寧靜），注重心境與物境的疊合，在景物「獨立」的表象下氤氳情感與理趣（澄懷觀道），王國維拈出的「觀」字準確地表白了這種創作取向。一切由畫面演繹。少陵則否。葉燮所謂「理、事、情」詩歌三要素，「事」在杜甫的田園詩中有着突出的地位，可以說詩中的景物是從屬於「事」的，浦起龍稱此詩「密緻」、「整秀」，很大成分是因為有敘事線索的貫穿性在。只要一讀陶淵明〈歸園田居五首〉其一，與本詩相比較，就不難領會陶、杜之間的繼承關係：

少無適俗韻，性本愛丘山。誤落塵網中，一去三十年。羈鳥戀舊林，池魚思故淵。開荒南畝際，守拙歸園田。方宅十餘畝，草屋八九間。榆柳蔭後簷，桃李羅堂前。曖曖遠人村，依依墟里煙。狗吠深巷中，雞鳴桑樹巔。戶庭無塵雜，虛室有餘閒。久在樊籠裏，復得返自然。

陶、杜二詩皆敘農事如數家常，事中有景，景中含情，情外有理。二人皆生亂世而能亂中尋靜。然而陶詩是返鄉的喜悅與自足，落腳在陶冶性情；杜詩卻是欲歸不得，雖然透出暫時安居之樂，而心仍在天下，指向濟世，並未將自然當作「精神復歸之所」，達成「外在世界同自我世界互相交替，幾無區別」（德國W. 顧彬〈中國文人的自然觀〉），而是和諧中隱藏着矛盾，由此形成張力。杜甫於傳統「高妙」的田園詩之外又開闢出一種不同口味情趣的新境界，這種境界突顯的是自然的人化：「六月青稻多，千畦碧泉亂……遺穗及眾多，我倉戒滋漫。」田園生活中依然流動着悲天憫人之情志。

暇日小園散病，將種秋菜督勤耕牛，兼書觸目 (五古)

【題解】大曆二年（西元七六七年）秋夔州所作。詩中寫三事：小園散病，督勤耕牛，飛來白鶴。拉雜寫來，但以真性情貫之，則渾然一體，故《杜詩說》稱：「數題一詩，貴在聯絡無痕。」

不愛入州府，畏人嫌我真：
及乎歸茅宇，旁舍未曾嗔❶。
老病忌拘束，應接喪精神。
江村意自放，林木心所欣。
秋耕屬地濕，山雨近甚勻。
冬菁飯之半，牛力晚來新❷。
深耕種數畝，未甚後四鄰。
嘉蔬既不一，名數頗具陳。
荊巫非苦寒，採擷接青春❸。
飛來兩白鶴❹，暮啄泥中芹。

雄者左翮垂，損傷已露筋。
一步再流血，尚驚矰繳❺勤。
三步六號叫，志屈悲哀頻。
鸞皇不相待，側頸訴高旻❻。
杖藜俯沙渚，為汝鼻酸辛！

【注　釋】❶不愛四句　此言自己率真的性情只適合住在鄉下。未曾嗔，從未討厭我。❷冬菁二句　冬菁，即蕪菁、蔓菁。趙注：「飯之半，則以冬菁飯牛，是其芻之半也。」也就是說，蔓菁葉是餵牛的重要草料。下句言牛得食後體力得以恢復。❸荊巫二句　此二句是說夔州地暖，四時菜蔬相接，可採擷到明春。荊巫，指夔州。❹飛來句　以下十二句即「兼書觸目」，是寫偶然所見，但也取古樂府之意。〈古樂府‧飛鵠行〉：「飛來雙白鵠，乃從西北來。十十五五，羅列成行。妻卒被病，行不能相隨。五里一反顧，六里一徘徊。我欲銜汝去，口噤不能開。我欲負汝去，毛羽何摧頹！樂哉新相知，憂來生別離。躊躇顧群侶，淚下不自知。」杜甫觸目，不無自傷孤窮之意。❺矰繳　古代射鳥的箭，繫有絲繩。❻鸞皇二句　皇，即凰，鳳凰。高旻，高天。

【語　譯】我不愛到那喧鬧的城市，怕的是人家嫌我太率真。返身回茅屋，四鄰知我不怪嗔。老病更是忌拘束，無端應酬實在費精神。江村多快意，山林心自欣。秋來地濕好耕耘，況且山雨最近下得很均勻。餵牛一半用冬菁，牛得恢復力更新。深耕細作種幾畝，不會落後眾鄉親。好菜花色不一樣，各種名目俱雜陳。夔州氣候不太冷，今秋種來吃到春。偶然飛來雙白鶴，傍晚在我菜地啄芹根。雄鶴左翅垂，傷口已露筋。一步血滴瀝，猶驚羅網布紛紛。三步號六聲，悲哀委頓頻啼呻。鸞鳳鸞鳳棄我去，側頸向天呼憐憫。我拄藜杖瞰沙洲，為你久佇鼻酸辛！

【研　析】此詩結構引人注目。前八句藉村居寫真性情，下接十句以牛為中心寫農耕生活，承接較易。「飛來」以下十二句是「兼書觸目」，忽寫他事，且變調為樂府口吻，前後如何承接？《杜臆》以為：『兼書觸目』，此公創格，然亦藉以自寫苦衷，非與上文全不相蒙也。此東坡〈後赤壁賦〉之祖。」《讀杜心解》則以為：「此段之情，不知飄向何處，其實只是經亂挈家顛沛不能為生影子，正以收繳種菜濟飢之故。妙絕，妙絕！」蘇軾之賦雖未必學杜，但該賦結構的確與此有相似的地方：前面實寫赤壁之遊，後面忽寫鶴化道士入夢，虛實相間分外生色。浦起龍也說得對，前後雖然斷開為二事，但情理卻相感應，後面一段是前面一段的「影子」。這一寫法好比樂曲之有「音樂間歇」，書法之有「飛白」，文字斷開處有神氣連貫也。與上一首詩一樣，老杜安居卻未安心，他心仍在濟世，所以一面「不愛入州府」，一面又巴望着回朝廷「欲陳濟世策」（〈暮春題瀼西新賃草屋五首〉）。事實上儒家主張士的獨立人格與人道主義（民胞物與）已內化為他的真性情，所以「忌拘束」是「真」，想濟世也是「真」，由此形成杜詩特有的張力。至於將古詩與樂府合調，則是老杜長期「集大成」的成熟體現。

見螢火（七律）

【題　解】大曆二年（西元七六七年）秋夔州所作。「見」是重點：因見螢火，知節候起興，旨在思歸。

巫山秋夜螢火飛，簾疏巧入坐人衣❶。
忽驚屋裏琴書冷，復亂簷邊星宿稀。
卻繞井闌添個個，偶經花蕊弄輝輝❷。

滄江白髮愁看汝，來歲如今歸未歸。

【注釋】❶坐人衣 坐着的人的衣服。一曰螢火蟲坐於人之衣上，語奇，詳【研析】。❷卻繞二句 添個個，螢火倒映井中成雙。弄輝輝，螢火乍明乍滅，「弄」字傳神。

【語譯】巫山秋夜喲螢火輕飛，穿過稀疏的竹簾落在坐者衣。你那冷冷的螢光照在琴書上，使我忽然感到屋裡一陣寒意。飛到屋簷喲，又混淆了星星和你。影兒倒映井水，螢光加倍。穿梭在花間小徑乍明乍滅，播弄着你那丁點兒光輝。滄江畔的白髮老人喲，看着你益發愁悲——明年此時喲，故鄉我還能不能回？

【研析】此詩詠物，驅詞逐貌，形神兼備。《文心雕龍》：「吟詠所發，志惟深遠，體物為妙，功在密附。」此詩得之。老杜學六朝巧構形似的功夫，又能跳出「文貴形似」的圈繢，得其畫面化且兼比興，自是雋永可愛。陳貽焮先生《杜甫評傳》有妙解，刪減不得，全錄如下：

仇注引田藝說：「北齊劉逖詩：『無由似玄豹，縱意坐山中。』張說詩：『樹坐猿猴笑』。杜詩『楓樹坐猿深』。又：『黃鶯並坐交愁濕』。又：『巫山秋夜螢火飛，簾疏巧入坐人衣。』豹坐、猿坐，猶人所能言；若黃鶯並坐，語便新奇；而螢火坐衣，則更新更奇。」擬人手法在文學創作中極常見，此解引證亦詳，本毋庸置疑，而浦起龍卻以為『「坐人」二字連讀，蓋自謂也。舊俱誤看，螢火無坐理也』，真是迂闊得很。巫山秋夜，四周靜悄悄的。一個螢火居然巧妙地鑽過疏簾，旁若無人地坐在我的衣上，綠光一閃，把屋裡的琴書都照得冷森森的，這給了我一個小小的驚喜。往外一瞧，嚄！檐前還有好多螢火蟲在飛，把天上稀稀落落的星星也給攪亂了。繞井欄影映水仿佛平添了無數個，偶然經過花叢跟花蕊相映交輝。我這個滄江邊的白髮老人在憂愁地看着你們，來年的今天不知道已回去了還是沒回？就是這樣，詩人便藉詠秋夜螢火抒發了羈旅之情了。

第五弟豐獨在江左，近三四載寂無消息，覓使寄此二首（五律，選一）

【題解】詩作於大曆二年（西元七六七年），時在夔州。江左，指長江下游，江蘇一帶。仇注謂此章「念弟遠寓，而致欲訪之意」。

聞汝依山寺，杭州定越州❶。
風塵淹別日，江漢失清秋❷。
影著啼猿樹，魂飄結蜃樓❸。
明年下春水，東盡白雲求❹。

【注釋】❶聞汝二句　此聯因弟杜豐無消息而設想其所在。杭州定越州，言不在杭州，便是在越州，推測口吻。❷風塵二句　上句言因戰亂而久別。下句寫自己在夔州無所作為，蹉跎又過了一個秋天。風塵，指戰亂。失，一去不回。❸影著二句　上句寫自己在夔州，下句言弟在海角。影著句，盧照鄰〈巫山高〉：「莫辨啼猿樹。」杜甫則進一步，將自己的影子印在棲有啼猿的樹上，以強化身羈峽內愁腸欲斷的感受。結蜃樓，舊說蜃能吐氣成樓臺。《史記・天官書》：「海旁蜃氣象樓臺，廣野氣成宮闕然。」事實上這是海上或沙漠上氣體流動，而使光折射所引起的錯覺。江左傍海，故藉以況杜豐蹤跡之渺茫。❹明年二句　上句，仇注引顧曰：「古人望白雲而思親，公於手足之誼亦然。」下句言明春將出峽至吳越。大曆三年春，果然放船出峽。

【語譯】聽說你漂泊依山寺為家，想來不是在杭州便是在越州吧？當初亂起兄弟久失散，如今我滯留江漢又捱過了一秋。我是身在三峽影兒貼在棲居啼猿的樹上，魂兒卻已飄向那江左海市蜃樓。待到明年春水發，我定乘舟東下直到天涯海角將你尋求！

【研　析】少陵深於兄弟友于之情，寫了不少懷念諸弟的詩。此首情從景出，不言思念而思念之情愈出；口吻親切而意象沉着。

送李八秘書赴杜相公幕（七律）

【題　解】詩作於大曆二年（西元七六七年），李八秘書，八，指李秘書的排行，名未詳。至德元載（西元七五六年），曾扈從肅宗，授右補闕。時杜甫為左拾遺，並為諫官，有交遊。杜又有〈贈李八秘書別三十韻〉，「幕府籌頻問」句下自注：「山劍元帥杜相公，初屆幕府參籌畫，相公朝謁，會赴後期也。」則其時劍南節度使杜鴻漸入朝，辟李秘書入幕。杜鴻漸先行，李追赴經夔州而少陵送別之。杜鴻漸以平章事領山劍副元帥，故稱「杜相公幕」。

青簾白舫益州來❶，巫峽秋濤天地回。
石出倒聽楓葉下，櫓搖背指菊花開❷。
貪趨相府今晨發，恐失佳期後命催。
南極一星朝北斗，五雲多處是三台❸。

【注　釋】❶青簾句　《倦遊錄》：劉濬白舫百棹，皆繡帆青簾。此處指官舟。益州，即成都。❷石出二句　寫峽中崖下舟行之景。仇注引毛奇齡云：「石崖橫出則落葉之聲在上，故曰『倒聽』；飛櫓迅行則不見樹也。菊岸之移忽後，故曰背指。」

❸南極二句　二句露出詩人嚮往朝廷之情。南極，南極星近益州的分野。北斗指朝廷所在的長安。五雲，仇注引董仲舒曰：「太平之時，雲則五色而為慶。」此五雲指京城瑞氣。三台，星名，計上臺、中臺、下臺為三星。古人認為它是象徵人世的三公。此喻杜相公。

【語譯】一艘華麗的船呵從益州來，正值巫峽秋濤激蕩排山又倒海。懸崖橫出只聽落葉聲在上，搖櫓疾行岸菊倏忽已在背後開。耽誤佳期只恐相公再催促，今晨發船趕往相府不敢怠。恰似南極一星奔北斗，祥雲湧處朝廷在！

【研析】寫三峽舟行氣勢奪人，心急舟疾，濤怒崖傾，一時情到意到，與李白名篇〈早發白帝城〉相比較，自有異趣。「石出倒聽楓葉下，櫓搖背指菊花開」一聯，寫出三峽特有的束而險的景色，工整中見飛動，極具功力，是典型的杜句。

別李秘書始興寺所居

【題解】詩作於大曆二年（西元七六七年），於夔州。此李秘書為李十五，名文嶷，累遷秘書省秘書郎，與杜有較疏遠的親戚關係。

不見秘書心若失，及見秘書失心疾。
安為動主理固然，我獨覺子神充實。
重聞西方《止觀經》❶，老身古寺風泠泠。

妻兒待米且歸去，他日杖藜來細聽。

【注釋】❶止觀經 即《摩訶止觀》，陳、隋間國師天台智者所說，凡十卷。仇注引楊慎曰：佛經云：止能舍樂，觀能離苦。應上「安為動主」。

【語譯】沒見到您時我心若有所失，見到您啊心病頓時無。以靜制動是真理，我感到您的精神特充實。再次聆聽西方《止觀經》，老夫身在古寺空寂之境身心舒。哎，妻兒等米下鍋我得回家去，來日一定拄杖再來細聽說經書。

【研析】老杜在窮愁潦倒時對佛教是感興趣的，也想藉此自我解脫，但他骨子裡畢竟是儒家，親情與濟世是第一義，家與國是血肉相連的，所以在〈謁真諦寺禪師〉中說得明白：「未能割妻子，卜宅近前峰。」他怎會割捨天下與妻兒出家呢？但佛教之慈悲普渡，卻也與「仁」並行不悖，故末句杜式幽默可謂兩全其美。

君不見簡蘇徯（七古）

【題解】約作於大曆初（西元七六六～七六七年）居夔州時。簡，書簡，此為寄贈之意。蘇徯，杜甫故人子，時欲往湖南為幕府。

君不見道邊廢棄池？君不見前者摧折桐？
百年死樹中琴瑟，一斛舊水藏蛟龍❶。
丈夫蓋棺事始定，君今幸未成老翁，

何恨憔悴在山中？
深山窮谷不可處，霹靂魍魎兼狂風❷。

【注　釋】❶君不見四句　此四句為錢鍾書所謂的「丫叉句法」，即第三句近承第二句，言摧折之桐猶可百年後做琴瑟；第四句遠應第一句，言廢池也能藏蛟龍。四句是比興，勉勵久處逆境的蘇徯要有自信。前者，指廢池水。摧折桐，枚乘〈七發〉：「龍門之桐，高百尺而無枝，其樹半死半生。於是使琴摯斬以為琴，野繭之絲以為弦。」中琴瑟，適合製作琴瑟。❷深山二句　《楚辭・招魂》：「魂兮歸來！南方不可以止些！雕題黑齒，得人肉以祀。」《讀杜心解》：「此是勸午少人語，結暗用〈招魂〉意。」

【語　譯】君不見路傍死池水？死池之中猶能藏蛟龍！君不見池傍那段折梧桐？百年枯樹尚可製琴造瑟聲琮琮。大丈夫有志至死才散手，何況你如今還未成老翁，又何苦要憔悴呆山中？深山窮谷兇險不可留，小心魑魅魍魎霹靂兼狂風！

【研　析】此詩結構奇特，「何恨憔悴在山中」一句成單，打破均衡對稱，奇崛生新。末句忽轉入招魂之意便戛然而止，夭矯橫絕，更見情感力度。詩再次表明老杜「不死會歸秦」的倔強，不但是鄉土之情，更是濟世之志。

寄韓諫議注　（七古）

【題　解】約作於大曆初（西元七六六～七六七年）居夔州時。諫議，官名，掌侍從規諫之職。韓注，生平不可考。

今我不樂思岳陽❶，身欲奮飛病在床。
美人娟娟隔秋水，濯足洞庭望八荒❷。
鴻飛冥冥❸日月白，青楓葉赤天雨霜。
玉京群帝集北斗，或騎騏驎翳鳳凰。
芙蓉旌旗煙霧樂，影動倒景搖瀟湘。
星宮之君醉瓊漿，羽人稀少不在旁❹。
似聞昨者赤松子，恐是漢代韓張良❺。
昔隨劉氏定長安，帷幄未改神慘傷❻。
國家成敗吾豈敢，色難腥腐餐風香❼。
周南留滯古所惜，南極老人應壽昌❽。
美人胡為隔秋水，焉得置之貢玉堂❾。

【注釋】❶岳陽　今湖南岳陽。❷美人二句　隔秋水，化用「秋水伊人」詩意。《詩・蒹葭》：「蒹葭蒼蒼，白露為霜。所謂伊人，在水一方。」美人借喻韓注。濯足，洗腳。〈滄浪歌〉：「滄浪之水濁兮，可以濯我足。」後人以此喻遠離濁世。洞庭，洞庭湖，在今湖南北部。❸鴻飛冥冥　《法言》：「鴻飛冥冥，弋人何篡焉。」以此比韓之遁世。❹玉京以下六句　寫天上神仙宴集，寫來仙氣拂拂，當與韓諫議信道教且隱居有關。玉京，傳說天上有白玉京，五城十二樓，為眾仙人居所。群帝，道書稱三十三天各有帝。北斗，北斗七星，為天上樞機。此句言眾神集於北辰。倒景，倒影，言天上宮闕之倒影在瀟湘（指湖南）。羽人，即飛仙。趙次公題下注云：「韓公無傳記可考，其人今應在岳州，應是好道着。不然，人物清爽有仙風道骨如李白之為人，故公詩用神仙言之。而所言神仙之事，則以玉京言帝，以宴集言君臣際會，以張良比韓諫議而歎其滯留不在朝廷也。」大體如是，但要注意，杜詩此六句是整體性隱喻，若即若離，不必一一「對號入座」。❺似聞二句　《漢書・張良傳》：願去人間事，從赤松子遊耳。《列仙傳》：赤松子，神農時雨師，能入火自燒。韓張良，即張良，漢高祖之謀臣，棄官隨赤松子遠遊。他本是戰國時韓國的公子，故稱韓張良。這正好切韓注的姓。❻昔隨二句　帷幄，軍帳。《漢書・張良傳》載：漢高祖稱張良「運籌策帷幄中，決勝千里外，子房功也」。韓注大概曾隨肅宗收復兩京，故以張良作比。帷幄未改，言如今猶用軍帳，戰事未了，故曰「神慘傷」。❼國家二句　二句擬韓口吻，言我豈敢自負才堪救國，但不耐官場腐敗而欲隱居學道耳。色難腥腐，《神仙傳》：壺公數試費長房，繼令啖溷，臭惡非常，房色難之。餐風香，一作「嚐楓香」。《爾雅》注：「楓仙白楊，葉圓而岐，有脂而香，今之楓香是也。」總是道教避腥葷之謂。❽周南二句　二句言太平有望而韓注不出是憾事。周南留滯，《史記・太史公自序》稱，漢武帝封泰山，太史公司馬談滯留周南（洛陽），引以為憾。南極句，傳說南極老人星出現則天下太平。❾焉得句　焉得，怎樣才能夠。玉堂，喻朝廷。

【語　譯】我現在真不願想起岳陽呵，因為我一心要飛去與你相見卻病在床上！婀娜的美人隔秋水呵秋水迢迢，她腳弄洞庭清波悵望八荒。鴻雁自由地在青天高飛，秋霜又降呵青青的楓葉變紅變黃。諸天神帝都聚於北斗，群仙來儀騎麟乘凰。芙蓉之旗如煙似霧輕輕飄落，天宮倒影映在瀟湘水面不住地晃呀晃。星宮主人醉倒在瓊漿玉液裡，飛仙沒幾個留在他的身旁。哦，我聽說過有人棄官從赤松子遠遊，那恐怕就是你呀漢代的韓張良。當年曾跟隨劉邦平定天下，如今戰事未了猶用軍帳令人感傷！你卻道是「豈敢身負國家興亡，我只想遠離腐臭的官場安於菜根香。」古來以滯留周南為遺憾，要堅信南極老人星現世運當再昌！美人哪為何遠避在他方，誰能薦之到朝堂？

【研　析】大概是由於寄贈的對象韓注身在湖湘，所以不禁用屈子〈九歌〉般的浪漫情調。詩固然用了比興，但用的是楚辭式的環譬託諷，意象自有其相對的獨立性，美麗瑰奇，不必與現實事物一一對應，錢注將內容與李泌作比附，是所謂「以史證詩」，極力尋找二者的相似點，加以演繹，將文學視為史學的附庸或變形，從而忽視了文學據實構虛的特質。此詩的價值還在於豐富了政治詩的藝術表現手法。

秋日夔府詠懷奉寄鄭監李賓客一百韻（五排）

【題解】作於大曆二年（西元七六七年）秋，於夔州。鄭監下原注「審」，李賓客下原注「之芳」。鄭審為杜甫好友鄭虔之姪，亦善詩畫。天寶中，鄭審為諫議大夫，杜曾有〈敬贈鄭諫議十韻〉云：「諫議非不達，詩義早知名。」李之芳，宗室，廣德元年（西元七六三年）使于吐蕃，被扣留二年乃得歸，後拜禮部尚書，改太子賓客。詩原注：「鄭在江陵，李在夷陵。」二人是杜晚年難得的詩友、故交。《杜詩鏡銓》引盧德水云：「此集中第一首長詩，亦為古今百韻詩之祖，其中起伏轉折，頓挫承遞，若斷若續，乍離乍合，波瀾層疊，無絲毫痕跡，真絕作也。元白集中，往往疊見，不免誇多鬬靡，氣緩而脈弛矣。」

絕塞烏蠻北，孤城白帝邊❶。
飄零仍百里，消渴已三年❷。
雄劍鳴開匣，群書滿繫船❸。
亂離心不展，衰謝日蕭然。
筋力妻孥問，菁華歲月遷。
登臨多物色，陶冶賴詩篇❹。

【章　旨】首段寫詠懷之原因，則久欲東行而不得，特以詩遣懷耳。起勢雄峻，概括性強，故能籠罩全詩。

【注　釋】❶絕塞二句　絕塞、孤城，咸，指夔州。烏蠻，古族名。唐時主要分布在今雲南、四川南部和貴州西部。❷飄零二句　百里，約指一縣之地，此指夔府界內。《後漢書・仇覽傳》：「渙曰：『枳棘非燕鳳所棲，百里豈大賢之路。』」此句言自家在夔州內居所不定，自西閣遷赤甲，再遷瀼西，又遷東屯，故曰「飄零」，亦〈偶題〉「抱疾屢遷移」之意。仍百里，隱含「百里豈大賢之路」的意思。消渴，糖尿病。杜甫自永泰元年「伏枕雲安縣」，至今大曆二年已歷三年。❸雄劍二句　雄劍，《拾遺記》卷一載：帝顓頊有曳影之劍，「若四方有兵，此劍則飛起，指其方則克伐。未用之時，常於匣裡如龍虎之吟」。此喻己之壯心猶在也。下句言己隨時準備放舟回鄉，故書皆置於停船之中。❹登臨二句　登臨，登山臨水，泛指四時之遊。物色，猶景色，包括月露風雲花鳥之類。《文心雕龍・物色》：「物色之動，心亦搖焉。」登臨二句與〈偶題〉：「緣情慰漂蕩」同一意思。可見杜甫早已自覺到詩歌「陶冶性情」的功能，是《詩品・序》所謂：「使窮賤易安，幽居靡悶，莫善於詩。」對杜甫而言，寫詩已成為一種存在方式，故一再曰：「排悶強裁詩」、「遣興莫過詩」、「緣情慰漂蕩」、「愁極本憑詩遣興」。

【語　譯】偏遠喲邊州地處烏蠻北面，夔府孤城喲依偎在白帝山旁邊。多次搬遷仍在山城內，三年來消渴病不斷糾纏。感壯志雄劍在匣中長嘯，日思歸群書早就裝滿泊船。亂離讓人心煩，一天天衰老晚景蕭然！老婆孩子都耽心我的身體狀況，年輕的日子喲一去不再復返。登山臨水喲這裡風景好，陶冶性情全仗寫詩篇。

峽東滄江起，巖排石樹圓❺。
拂雲霾楚氣，朝海蹴吳天❻。
煮井為鹽速，燒畬度地偏❼。
有時驚疊嶂，何處覓平川。

鸂鶒雙雙舞，獮猴壘壘懸。
碧蘿長似帶，錦石小如錢。
春草何曾歇，寒花亦可憐。
獵人吹戍火，野店引山泉。

【章旨】第二段詠夔州風物，情景雙寫。峽束浪蹴，雄勝入畫，時或閒處着筆，頗具情趣。

【注釋】❺峽束二句　二句謂峽中岸窄江流漲高，岩壁開闊處石楠樹冠舒展。石樹指當地之石楠。❻拂雲二句　《杜詩鏡銓》謂上句承「巖樹」，「即所謂『古木蒼藤日月昏』也」，是為夔州之景。下句寫江水滔滔直至吳地。朝海，《書・禹貢》：「江漢朝宗于海。」❼煮井二句　煮井，夔州一帶可煮鹽井水為鹽。畬，燒榛種田曰「畬」。當時此地農業生產落後，山地多用刀耕火種。

【語譯】兩岸峭壁夾得江水漲，巉岩開處石楠樹冠圓。蒼藤古木使楚地昏暗，奔向大海喲江水一瀉觸吳天。這裡煮井水便成鹽，這裡刀耕火種只為地太偏。有時疊嶂看得心慌，哪裡能找到一片平川？鸂鶒舞來一雙雙，獮猴連臂累累樹上懸。林間碧蘿長如帶，灘邊錦石小如錢。地暖春草無時歇，寒天花開可愛憐。獵人借火到屯戍，野店用水引山泉。

喚起搔頭急，扶行幾屐穿❽？
兩京猶薄產，四海絕隨肩❾。
幕府初交辟，郎官幸備員❿。

瓜時猶旅寓，萍泛苦夤緣⓫。
藥餌虛狼藉，秋風灑靜便⓬。
開襟驅瘴癘，明目掃雲煙。
高宴諸侯禮，佳人上客前。
哀箏傷老大，華屋豔神仙。
南內開元曲，常時弟子傳。
法歌聲變轉，滿座涕潺湲⓭。

【章旨】第三段寫在夔日子，人情世故，苦中有樂，樂中有哀。

【注釋】❽喚起二句　上句暗用嵇康〈與山巨源絕交書〉「性復疏懶，筋駑肉緩，頭面常一月十五日不洗，不大悶癢，不能沐也」之典故，以示懶散的幽居生活。幾屐穿，原注：「諸阮曰：一生能著幾屐。」《晉書・阮孚傳》載孚云：「未知一生能著幾兩屐（幾雙木鞋）。」意謂病體不知還能堅持多久。❾兩京二句　趙次公注：「上句則公於洛陽、長安，皆有物業也。下句則嘆無交遊相隨也。」隨肩，《禮記正義》：「五年以長則肩隨之。」注：「肩隨者，與之并行，差退。」言年紀相差五歲以下者，待之如朋友而謙讓之，後人用指朋友故交。❿幕府二句　言嚴武鎮蜀，辟節度參謀、檢校工部員外郎。備員，充數。謙詞。⓫瓜時二句　瓜時，《左傳・莊公八年》：「齊侯使連稱、管至父戍葵丘，瓜時而往，曰：『及瓜而代。』」此謂該歸而未歸。夤緣，連續不斷。⓬藥餌二句　言秋高氣爽，肺疾與消渴病轉安，用藥減少。靜便，清靜而安適。⓭開襟十句　寫柏中丞筵。南內，指興慶宮，唐明皇常居處。常時，一作「當時」。平常時。弟子，指梨園弟子。《雍錄》：「開元二年，置教坊于蓬萊宮側，上自教法曲，謂之梨園弟子。」法歌，即法曲，此指玄宗時的梨園歌曲。白居易〈法曲歌〉：「法曲法曲舞霓裳，政和世理音洋洋，開元之人樂且康。」原注：「都督柏中丞筵，梨園弟子李山奴歌。」因梨園弟子流落，遂傷太平已逝，故聞之涕零。

【語譯】鳥聲喚起搔頭覺懶散，扶杖漫行誰知剩幾雙鞋子可磨穿？兩京尚存幾畝地，四海已無故交仍往還。當年幕府爭徵聘，有幸充數當個工部郎。該歸未歸仍羈旅，萍蹤浪跡苦留連。藥物滿地無多效，秋高氣爽體始安。驅走瘴癘胸襟闊，一掃雲霾眼界寬。大官高宴禮相待，佳人列在貴賓前。聽哀箏自傷老大無成，看豪華豔羨一屋神仙。耳聽開元南內舊時曲，原是當年明皇手教傳梨園。法曲法曲聲忽變，滿座興感淚漣漣。

弔影夔州僻，回腸杜曲煎⑭。
即今龍廄水，莫帶犬戎羶⑮。
耿賈扶王室，蕭曹拱御筵⑯。
乘威滅蜂蠆，戮力效鷹鸇⑰。
舊物森猶在，凶徒惡未悛。
國須行戰伐，人憶止戈鋌⑱。
奴僕何知禮，恩榮錯與權。
胡星一彗孛，黔首遂拘攣⑲。
哀痛絲綸切，煩苛法令蠲⑳。
業成陳始王，兆喜出于畋㉑。

宮禁經綸密，臺階翊戴全㉒。
熊羆載呂望，〈鴻雁〉美周宣㉓。

【章　旨】第四段指陳形勢，追究禍根，勸勉今王用賢，議論踔厲。

【注　釋】⑭弔影二句　弔影，即「形影相弔」的省文，形容孤單寂寞。杜曲，地名，在今陝西西安區東南。唐代大姓杜氏世代居住於此，故稱杜曲。〈曲江三章章五句〉云「杜曲幸有桑麻田」，則杜甫於此有產業。⑮即今二句　龍廄水，原注：「西京龍廄門，苑馬門也。渭水流苑門內。」⑯耿賈二句　耿賈，後漢光武帝之大將耿弇、賈復，借指唐諸將。蕭曹，漢劉邦的大臣蕭何、曹參，借指唐諸文臣。⑰乘威二句　蜂蠆，毒蟲，此指叛臣。鷹鸇，喻帝王爪牙之臣。《左傳．文公十八年》：「見無禮于其君者，誅之，如鷹鸇之逐鳥雀也。」⑱舊物四句　四句言形勢：人思息戰恢復舊制，但兇徒猶在不得姑息，不能不戰。舊物，指原有的禮樂制度。悛，改也。⑲奴僕四句　四句追究安史之亂以來禍根。奴僕，指宦官李輔國、程元振之流。二人分別在肅宗、代宗時得寵專權亂政，使將士離心，生民困苦。胡星，指安史叛臣，因其為胡人。彗孛，彗星與孛星，舊謂彗、孛出現是戰亂的預兆。黔首，百姓。拘攣，窘困。⑳哀痛二句　絲綸，詔書，此指哀痛詔，又稱罪己詔。永泰元年（西元七六五年）正月，代宗下罪己詔；二年十一月，詔停什畝稅一法。蠲，免除。㉑業成二句　陳始王，《詩序》：「〈七月〉，陳王業也。」謂訴說致王業之艱難。兆喜，大喜。畋，打獵。此用周文王出獵遇呂望事，謂能用賢也。㉒宮禁二句　經綸，籌劃國策，此指皇帝。翊戴，輔佐擁戴，此指群臣。㉓熊羆二句　熊羆，指姜太公呂望。傳說周文王出獵，卜之，曰：所獲非虎非羆，所獲為霸王之輔。周文王遂載呂望同歸，立為師。此言用賢，未必實指某人。鴻雁，《詩．鴻雁》，美周宣王也。此藉以歌頌唐代宗能靖亂安民，古人常用頌來勸勉其君。

【語　譯】在偏僻的夔府喲形影相弔，想起故里杜曲喲回腸似火煎。願流過龍廄的渭水喲，不再帶着犬戎的腥羶。武將像耿賈扶佐王室，文臣如蕭曹護衛御筵。諸臣啊要乘天威殄滅叛逆，同心戮力學那追狐逐兔的鷹鸇。大唐文物舊制森然在，豈容兇徒依然兇殘。人們雖然盼着息戰，但國家恢復仍需再戰。宮裡那些奴才豈知禮義，怎能憑恩寵錯授大權！安史好比是掃帚星，一出現便生靈塗炭。代宗皇帝痛下罪己詔，苛捐雜稅全蠲免。

開創王業真艱難，文王出獵最喜得大賢。朝廷得賢籌劃密，諸臣得賢擁戴全。同車俱載有呂望，詩頌宣王自有〈鴻雁〉篇。

側聽中興主，長吟不世賢[24]。
音徽一柱數，道里下牢千[25]。
鄭李光時論，文章並我先。
陰何尚清省，沈宋欻聯翩[26]。
律比崑崙竹，音知燥濕絃[27]。
風流俱善價，愜當久忘筌[28]。
置驛常如此，登龍蓋有焉[29]。
雖云隔禮數，不敢墜周旋。
高視收人表，虛心味道玄。
馬來皆汗血，鶴唳必青田[30]。
羽翼商山起，蓬萊漢閣連[31]。
管寧紗帽淨，江令錦袍鮮[32]。

東郡時題壁，南湖日扣舷㉝。
遠遊凌絕境，佳句染華箋㉞。

【章　旨】第五段轉入讚美鄭、李的詩才、意氣，並述及其宦跡，娓娓道來。

【注　釋】㉔側聽二句　中興主，指唐代宗。不世賢，指鄭審、李之芳。此句承上段用賢之意，舉鄭、李為不世出之賢人，轉入朋友之誼。㉕音徽二句　二句謂鄭、李多次寄來音信，我們相去有千里之遙。一柱，一柱觀，在江陵（今湖北江陵）。下牢，下牢觀，在夷陵（今湖北宜昌），兩地相鄰。原注：「鄭在江陵，李在夷陵。」㉖陰何二句　陰何，指六朝詩人陰鏗、何遜。沈宋，指初唐詩人沈佺期、宋之問。欻，忽然。此言見鄭李如忽見沈宋之並肩齊名。㉗律比二句　二句言鄭、李詩律之細。崑崙竹，《漢書・律曆志》：黃帝使伶倫去大夏之西，昆侖之陰，取竹嶰谷，斷兩節而吹之，以為黃鍾之宮。燥濕弦，《韓詩外傳》：夫天時有燥濕，弦有緩急，徽指推移，不可記也。㉘風流二句　善價，好價錢。《論語・子罕》：「有美玉於斯，韞櫝而藏諸？善價而沽諸？」此言鄭、李名高。愜當，陸機〈文賦〉：「愜心者貴當。」筌，捕魚的竹器。《莊子》：「筌者所以在魚，得魚而忘筌。」此言鄭、李詩穩妥而不落言筌。㉙置驛二句　置驛，漢人鄭當時置驛馬遍迎賓客，借言鄭監好客。登龍，《後漢書・李膺傳》：「膺獨持風裁，以聲名自高，士被其容接者，名為登龍門。」借喻受過李賓客之接待。㉚高視四句　四句謂鄭、李能好賢，所結納者皆當時如汗血馬、青田鶴一般傑出的人才。收人表，結交賢人。味道玄，能深刻領會道之玄妙。㉛羽翼二句　商山，指漢之「商山四皓」，曾輔佐太子，因李之芳為太子賓客，故用此典。蓬萊閣，指漢代皇家藏書處東觀，因傳說神仙的圖書都藏在蓬萊山。鄭審為秘書少監，故用此典。㉜管寧二句　管寧，三國魏人。文帝拜為大中大夫，明帝拜為光祿勳，皆辭不就，皂帽家居。這裡以管寧比退居的鄭審。江令，指南朝江總，官至尚書令，世稱江令。這裡以曾任太子官員的江總比太子賓客李之芳。㉝東郡二句　東郡，夷陵郡在夔州之東，故曰東郡。南湖，即鄭監湖亭。後來杜甫過峽州有〈暮春陪李尚書李中丞過鄭監湖亭泛舟〉之作，云：「海內文章伯，湖邊意緒多。」日扣舷，即指其泛舟作歌。㉞遠遊二句　二句言二公遊賞山水並有佳作。絕境，與世隔絕之地。或謂指山巔絕頂。

【語　譯】我關注那中興的君主，我謳歌那難得的大賢。一柱觀音書多次來款款，下牢觀千里路漫漫。鄭李時論常褒美，文章品位在我先。清省陰何可媲美，敏捷沈宋堪比肩。律細每合崑崙竹，音精常辨濕燥絃。風流自是高身價，意愜不曾落言筌。常蒙鄭公迎為客，時登龍門李侯前。雖說懶散缺禮數，不敢疏忽失往還。二公高瞻識人傑，虛心能會道之玄。所收儘是汗血馬，鶴唳便知是青田。李侯起如商山四皓輔太子，鄭監學富五車合與蓬萊書閣連。退學管寧戴皂帽，進同江總錦袍鮮。東郡題詩時在壁，南湖放歌常扣舷。遠遊登絕頂，佳句書華箋。

每欲孤飛去，徒為百慮牽。
生涯已寥落，國步尚迍邅㉟。
衾枕成蕪沒，池塘作棄捐㊱。
別離憂怛怛，伏臘涕漣漣㊲。
露菊班豐鎬，秋蔬影澗瀍㊳。
共誰論昔事，幾處有新阡㊴。
富貴空回首，喧爭懶著鞭。
兵戈塵漠漠，江漢月娟娟。
局促看秋燕，蕭疏聽晚蟬。
雕蟲蒙記憶，烹鯉問沉綿㊵。

【章　旨】第六段傷故里難歸，兵戈月色，感知交相慰，承前起後，是通篇過渡段。

【注　釋】㉟迍邅　難行貌。㊱衾枕二句　原注：「平生多病，卜築遺懷。」言在兩京本已卜築可居，今因亂而荒蕪棄捐矣。㊲別離二句　二句謂因與弟妹離別而憂心，伏臘思祭祖而滴淚。伏臘，夏伏冬臘，一歲兩次重大的祭祀日。㊳露菊二句　豐鎬，周的舊都，此借指長安。澗瀍，二水名，流經洛陽注入洛水。此指代洛陽。㊴新阡　指新墳場。㊵雕蟲二句　雕蟲，揚雄《法言・吾子》：「童子雕蟲篆刻，壯夫不為。」後指文學創作者，此杜甫自謂。烹鯉，〈飲馬長城窟行〉：「客從遠方來，遺我雙鯉魚。呼兒烹鯉魚，中有尺素書。」後以烹鯉為收到親友來信。沉綿，久病。

【語　譯】每欲孤飛從公去，奈何空被百憂牽！生涯至此施無計，何況國步舉維艱。故園舊宅已荒蕪，昔日池塘也棄捐。弟妹四散心戚戚，父祖遙祭淚漣漣。秋菜洛水影青翠，露菊長安色斑斕。與誰共憶當年事？可憐幾處墳未乾！回頭富貴已成夢，懶向官場著先鞭。塵埃滾滾兵戈急，江漢娟娟孤月懸。仰望匆促去秋燕，坐聽斷續吟晚蟬。雕蟲小技蒙記憶，尺書承問病沉綿。

卜羨君平杖，偷存子敬氈㊶。
囊虛把釵釧，米盡拆花鈿。
甘子陰涼葉，茅齋八九椽。
陣圖沙北岸，市暨瀼西巔㊷。
羈絆心常折，棲遲病即痊。
紫收岷嶺芋，白種陸池蓮㊸。
色好梨勝頰，穰㊹多栗過拳。

敕廚唯一味，求飽或三鱣㊺。
兒去看魚笱，朋來坐馬韉㊻。
縛柴門窄窄，通竹溜涓涓。
塹抵公畦稜，村依野廟壖㊼。
缺籬將棘拒，倒石賴藤纏。

【章　旨】第七段是對上章「問沉綿」的回答，故詳於居處飲食，頗見生計之艱難。筆調如訴家常。

【注　釋】㊶卜羨二句　二句謂家貧無長物，而羨杖頭百錢自足。卜羨，仇注引王洙曰：「君平卜筮於成都，得百錢足自養，則閉肆下簾而授《老子》。阮宣子常步，以百錢掛杖頭，至酒店，使得酣暢。」偷存，晉人王獻之，字子敬，夜臥齋中，有偷人室，盜物都盡。子敬徐曰：「青氈我家舊物，可特置之。」㊷陣圖二句　陣圖，指孔明的八陣圖，在魚復浦。市暨，《杜詩鏡銓》引原注：「市暨，峽人目市井泊船處曰『市暨』。江水橫通山谷處，方人謂之『瀼』。」㊸紫收二句　岷嶺芋，《漢書・貨殖傳》：「岷山之下，沃野千里，下有蹲鴟，至死不飢。」蹲鴟指芋。此言種岷山之紫芋。池，一作「家」。仇注引任昉《述異記》：「吳中有陸家白蓮種。」㊹穰　果肉，猶瓜之有瓤。㊺敕廚二句　敕廚，告誡做飯的家人。鱣，即鱔魚，水田中常有之，又稱黃魚。杜詩：「頓頓食黃魚。」㊻兒去二句　上句一作「異俗鄰鮫室」。笱，捕魚之竹器。坐馬韉，浦注引《海錄碎事》：「蘇秦既貴。張儀來謁。坐於馬韉而食之。」韉，馬鞍。此借言貧無坐席。㊼塹抵二句　句下舊注：「京師農人指田遠近，多云幾稜稜，音去聲。」壖，通「堧」。隙地；空地。

【語　譯】只羨君平賣卜錢掛杖，我是子敬家貧餘一氈。囊空當首飾，無米賣花鈿。柑橘葉陰涼，茅屋八九間。八陣圖在沙北岸，瀼西崖下泊舟船。久滯異鄉心惆悵，但願稽留病能痊。紫是新收岷山芋，白乃池中陸家蓮。梨嫩色勝頰，栗肥大過拳。叮囑廚房只煮一道菜，想要吃飽再加三尾鱣。備料遣兒快去查魚笱，無席委屈來客坐馬鞍。柴枝粗綁門窄窄，竹管打通水涓涓。濠溝直達公田界，村子靠近野廟邊。籬笆缺處荊棘補，山石傾斜幸有藤來纏。

借問頻朝謁，何如穩晝眠？
誰云行不逮，自覺坐能堅。
霧雨銀章澀，馨香粉署妍㊽。
紫鸞無近遠，黃雀任翩翾㊾。
困學違從眾，明公各勉旃㊿。
聲華夾宸極，早晚到星躔51。
懇諫留匡鼎，諸儒引服虔52。
不過輸鯁直，會是正陶甄53。
宵旰憂虞軫，黎元疾苦駢54。
雲臺終日畫，青簡為誰編55？

【章旨】第八段明志，一枝筆寫三家話，慰己且安心，勉友以盡責，冀其青史留名，誠摯感人。

【注釋】㊽霧雨二句　銀章，《漢書・百官公卿表上》：「凡吏秩比二千石以上，皆銀印青綬。」粉署，即尚書省。《漢官儀》：「尚書省中，皆以胡粉塗壁，青紫界之，畫古賢人烈女。」故又稱「粉署」、「畫省」。㊾紫鸞二句　上句況鄭李之高飛，下句喻己之徘徊局促。翩翾，小飛貌。[50]困學二句　困學，《論語》：「困而學之。」上句言己之不合時宜。旃，助詞。[51]聲華二句　二句言鄭、李聲名將上達天子，早晚會重用。宸極，北極星。借指帝王、帝位。星躔，此指星座位置。[52]懇諫二句　匡鼎，即漢人匡衡，元帝時數上諫疏。服虔，東漢儒者，善經學。[53]不過二句　輸，猶獻。鯁直，剛直。陶甄，以製作陶器比喻教化、治理。《法言．先知》：「甄陶天下，其在和乎？」[54]宵旰二句　宵旰，宵衣旰食，言帝王之勤政。軫，多也；聚也。駢，連。[55]雲臺二句　二句言鄭、李應載入史冊。雲臺，漢明帝圖畫鄧禹等二十八將於南宮雲臺。青簡，古人殺竹青為簡，後指史冊，又稱「青史」。

【語　譯】請問天天赴朝班，可比高臥白日眠？誰說我已走不動？自覺尚能坐如磐。南方潮濕銀印已鏽澀，遙知尚書省裡繞香煙。公為青天翱紫鳳，我是黃雀叢棘亦飛躍。自知學非所用不趕趟，明公二位須自勉。你們聲名上揚達聖聽，早晚位列公卿成大員。朝廷還須匡衡能直諫，諸儒總會薦服虔。只要秉鯁直，便可教化傳。皇上正勤政，黎民疾苦連。雲臺終日畫功臣，青史當為爾等編！

行路難何有，招尋興已專。
由來具飛楫，暫擬控鳴弦[56]。
身許雙峰寺，門求七祖禪[57]。
落帆追宿昔，衣褐向真詮[58]。
安石名高晉，昭王客赴燕[59]。
途中非阮籍，查上似張騫[60]。
披拂雲寧在，淹留景不延[61]。

風期62終破浪，水怪莫飛涎。
他日辭神女，傷春怯杜鵑。
淡交隨聚散，澤國繞回旋。

【章旨】第九段用典密集，言欲出峽訪鄭、李，並求禪法，為下段作引。

【注釋】56由來二句　飛楫，快船。控鳴弦，箭上弦，喻「飛楫」之待發。57身許二句　二句有尋佛法以終老之意。雙峰寺，佛教勝地，一指蘄州雙峰山東山寺，為禪宗五祖弘忍所居；一指韶州曹溪寶林寺，為禪宗六祖慧能所居。杜甫擬向湖湘，則此當指後者。門求，所求法門。七祖禪，指佛教禪宗的七代祖師。禪宗五祖弘忍後，南宗慧能、北宗神秀，俱稱六祖。南宗荷澤、北宗普寂，俱稱七祖，此或指南宗慧能晚年弟子荷澤神會。58落帆二句　二句言於彼佛寺前帆落，乃是宿昔之願。乃以布衣之身，專為依向真詮也。詮，詮解事理。真詮，真解；真理。59安石二句　安石，晉人謝安，字安石。昭王，燕昭王，有求賢若渴的美名。舊注：「鄭高簡，得謝太傅之風。李宗親有燕昭之美，燕周之裔。」60途中二句　上句言因乘舟直下無阻，故不必如阮籍車駕所窮，輒作窮途之哭。下句言舟中如漢人張騫之乘槎探河源。61披拂二句　寧，何也。景，日光，此指時光。62風期　猶風信，風應期而至者。

【語譯】何懼行路難，興起相訪心已專。早備輕舟去，待發箭上弦。我已身許雙峰寺，登門法求七祖禪。泊舟了宿願，布衣參真詮。素仰鄭公高簡似謝安，欲訪李公燕昭風度翩。舟行途中無歧路，卻似張騫探河源。天開蕩蕩無雲翳，時不我待莫遷延。風信至時須破浪，水怪休得噴沫又飛涎！來日巫山辭神女，傷暮春時最怕聽杜鵑。君子淡交隨聚散，夷陵江陵且回旋。

本自依迦葉，何曾藉偓佺63。

鑪峰生轉眄，橘井尚高褰(64)。
東走窮歸鶴，南征盡跕鳶(65)。
晚聞多妙教，卒踐塞前愆(66)。
顧凱丹青列，頭陀琬琰鐫(67)。
眾香深黯黯，幾地肅芊芊(68)。
勇猛為心極，清羸任體孱(69)。
金篦空刮眼，鏡象未離銓(70)。

【章旨】第十段夾敘夾議，澀筆生新，表白自家早年訪道之失，如今發大願心要踐履禪宗佛法。

【注釋】(63)本自二句　迦葉，大迦葉比丘，是釋迦牟尼大弟子，因後人奉為佛教禪宗三十五祖之首，故借指佛教禪宗。偓佺，傳說中的仙人名，《列仙傳》稱其食松子，體長毛數寸，能飛行。此自謂不曾信神仙服食之術。(64)鑪峰二句　鑪峰，廬山香爐峰。晉代高僧惠遠曾居此山東林寺。橘井，在湖南郴州馬嶺山上，故曰「高褰」。褰，開也。傳說仙人蘇耽所留，可療疫疾。(65)東走二句　歸鶴，《續搜神記》：遼東城門華表柱，忽有白鶴來集。歌曰：「有鳥有鳥丁令威，去家千年今來歸。」喻己東歸，卻非成仙，故曰「窮」。跕鳶，《後漢書・馬援傳》：援擊交趾，謂官屬曰：「我在浪泊西里間，下潦上霧，毒氣薰蒸，仰視飛鳶跕跕墮水中。」跕跕，墜落貌。此預想旅途之艱辛。以上四句寫學道飛昇無望，至今仍在現世艱難中。(66)晚聞二句　妙教，釋氏有妙覺之說，故曰妙教。愆，過失。杜甫年輕時曾追隨李白訪道求仙，現在覺得是一種失誤，故曰「前愆」。(67)顧凱二句　顧凱，顧愷之，東晉大畫家，曾於瓦棺寺壁畫維摩詰像。頭陀，指頭陀寺碑。南朝齊王簡棲為文，文詞巧麗，為世所重。碑在鄂州。琬琰，美玉。鐫，指碑刻。(68)眾香二句　二句寫佛寺莊嚴。眾香，即眾香國。《維摩詰經》：「有國名眾香，佛號香積。」芊芊，碧貌。潘岳〈籍田賦〉：「碧色肅其芊芊。」(69)勇猛二句　勇猛，《楞嚴經》：「發大勇猛，行諸一切難行法事。」趙次公注：「言心極於聞道，而不管病體之羸弱也。」[70]金篦二句　金篦，印度古代一種眼科手術刀。鏡象，鏡中像，以喻非實有。銓，即秤也，用以權衡輕重之具。趙次公注：「詩句蓋求聽佛法之論，若金篦雖可以刮眼中之膜。而執鏡中之像以為實有，則未離銓量之間。公於此又高一着，而遣行役之累也。」蓋言佛法不可執空無為實有，要徹悟就應當由外求轉入內省，掃除心中一切煩惱。晚年幾於走頭無路的杜甫，的確想從佛教玄理中尋求些許溫暖，但面對慘酷沉重的現實，也只能是用來「遣行役之累」的自我解脫。筆者曾以此聯向陳允吉教授請益，陳先生認為：「趙次公注應得其正解。此謂雖有『金篦刮眼』之說，然其未離形求計著，殆不如直指心性而能悟入理諦。聯繫前文考察上述兩句，乃詩人置身佛事煥儼環境中所作之調侃也。」

【語　譯】我自皈依佛，何曾學神仙！登彼匡廬四處看，仙人橘井離我遠。東歸不是仙化鶴，南征瘴氣墜飛鳶。晚來釋家妙理多領教，終下決心踐履贖前愆。顧愷之畫廟壁古，頭陀寺碑珠玉妍。眾香國裡煙熏黯，佛地莊嚴碧芊芊。發大勇猛行法事，那怕衰久身體孱。雖有金篦刮眼障，執空為有未是圓。

【研　析】元稹在〈唐檢校工部員外郎杜君墓係銘并序〉中認為：詩至子美「蓋所謂上薄風騷、下該沈宋、古傍蘇李、氣奪曹劉，掩顏謝之孤高，雜徐庾之流麗，盡得古今之體勢，而兼人人之所獨專矣。」他特別指出：「至若鋪陳終始，排比聲韻，大或千言，次猶數百，辭氣豪邁而風調清深，屬對律切而脫棄凡近，則李（白）尚不能歷其藩翰，況堂奧乎！」（《元氏長慶集》卷五十六）所論杜之「集大成」，已為後人廣泛認同，而其「鋪陳終始，排比聲韻」之譽，卻招來非議。如元好問〈論詩〉絕句云：「排比鋪張特一途，藩籬如此亦區區。少陵自有連城璧，爭奈微之識碔砆！」（《杜詩詳注・附編》）此論一出，「鋪陳排比」幾成貶語。但細揣元稹意思，只是要在「兼人人之所獨專」的基礎上突出杜甫獨得之處。如果我們兼顧元稹〈樂府古題序〉所論，便知元稹對杜甫「即事名篇，無復倚傍」的創作方法有發明之功，並非對少陵的「連城璧」茫然無知。再如元稹〈敘詩寄樂天書〉云：「得杜甫詩數百首，愛其浩蕩津涯，處處臻到，始病沈宋之不存寄興，而訝子昂之未暇旁備矣！」（《元氏長慶集》卷三十）元稹不但要求詩要有「寄興」，還要重視詩的「浩蕩津涯，處處臻到」，即形式的多樣、臻美所造成的整體氣勢。所以「鋪陳終始，排比聲韻」是與下文「辭氣豪邁而風調清深，屬對律切而脫棄凡近」緊密聯繫的，正是突出杜甫詩「浩蕩津涯」的藝術特徵，鋪陳排比雖然只是「集大成」中的「一途」，卻是頗能顯示其敘述藝術特徵的「一途」。

敘述方式是作者理解、把握、表現客觀世界的方式。如以秦州詩為分水嶺，則前期杜甫敘事多用「緣事而發」的方式，而形式自由的古體詩為其首選。這一選擇是由於杜甫其時處於政治中心地帶的京、洛間，目睹身受許多重大的歷史事件，有豐富的直接經驗在內心湧動，需要一種直捷的表現形式，樂府傳統「緣事而發」的敘述方式遂適其用。然而各種文體自有其局限。如「三吏」、「三別」一類敘事，要求事件本身有一定長度與完整性，題材不易得；再者，詩歌本不是構建「純客觀」敘事幻覺的最佳文體，既不如史，又不如小說。尤其是中國詩以抒情見長，有其獨特的敘述方式與語體。詩歌特有的語體，即講究韻律、節奏的抒情語體。對此，杜甫是自覺的。他在〈戲為六絕句〉中說：「不薄今人愛古人，清詞麗句必為鄰。」清麗，也還是杜詩的語體追求。故杜詩一曰：「為人性僻耽佳句，語不驚人死不休」（〈江上值水如海勢聊短述〉）；再曰：「晚節漸於詩律細」（〈遣悶戲呈路十九曹長〉），「熟知二謝將能事，頗學陰何苦用心」。與直陳其事的敘事方式相比較，律詩更重視「即語繪狀」，結構上的切割畫面與語勢上雜用對偶句鋪陳的賦法。這一特徵在杜甫前期尚不足為主流，而至後期遠離政治中心，較少接觸軍國大事的情境下，則日漸成為各體詩主要的敘事方式。杜甫後期排律日見增多，應是其探索新敘述方式的一個重要方面，同樣體現了注重文體互滲而不失本調的「集大成」精神。故仇注引張溍評云：「此詩才大而學足以副之，故能隨意轉合，曲折自如。其忽自敘，忽敘人，忽言景，忽言情，忽紀事，忽立論，忽述見在，忽及己前，皆過接無痕，而照應有法。」這就是創造。

這種創造，首先體現在對排律功能的改造上。高棅《唐詩品彙・五言排律敘目》云：「排律之作，其源自顏、謝諸人古詩之變，首尾排句，聯對精密。梁陳以還，儷句尤切。唐興，始專此體，與古詩差別。……其文辭之美，篇什之盛，蓋由四海晏安，萬機多暇，君臣游豫賡歌而得之者。故其文體精麗，風容色澤，以詞氣相高而止矣。」杜甫以其「摩天巨仞」大力改造此本用於應酬的形式，讓它適應其「情志」的內容。誠如許總教授所指出：「排律一體，自始至終都存在着題材狹窄、體勢蕪碎的缺點，只有在杜甫的排律中，題材才得到極大的開拓，無論寫景抒情、弔古哀今、譏時評政等內容，都在其中有所表現，而『運古於律，所以開闔變化，施無不宜』（劉熙載《藝概・詩概》）。其於體勢、風格方面的改造，又表現了詩人深厚的藝術功力和極大的創新精神。」而「〈秋日夔府詠懷奉寄鄭監審李賓客之芳一百韻〉長律，則可視為這種創造性的最高體現。」（《杜詩學發微》）浦起龍已注意到原有排律形式於敘事上首尾排句、聯對精密易形成板滯的局限，老杜因而注重在結構上的開闔變化。《讀杜心解》評云：「是詩制局運機之妙，在於獨往獨來，乍離乍合，使人不可端倪」，而白居易〈代書〉詩雖流美，但少變化，「不免直頭布袋」。（他對結構做了精細的分析，文長不引，敬請有興趣的讀者自行檢視。）杜甫排律的確注重結構上的多變，從上文十段章旨的概括中，可觀其大略。然而其深刻處還在乎「內結構」與敘述方式之間形成的隱顯開闔之關係，我稱之為「雙聲道」的和聲：從外部結構看，詩人所在的夔州與鄭、李所在之江陵、夷陵，形成空間與事件上的交錯、飛躍、回旋，變幻無端；從內部結構看，則一隱一仕、一處於無望之絕境與一處於可預見的順境之對比。大量內外結構的交錯、對比便形成一種情感形式的振蕩與「浩蕩津涯」的氣勢，將詩人不可言說之痛傳遞給我們，使我們更易理解：結尾部分詩人雖然流露出對佛教禪宗的某種嚮往，但面對慘酷之現實，心繫家國的老杜也只能是作為自我調侃而「遣行役之累」耳。錯綜複雜思緒的表達，正是後來模仿者不可及之處。順便說一句：難懂的好詩只是少了讀者，並未少了它的美。何況水漲船高，讀者的欣賞水平也是不斷在提高。

秋野五首（五律，選三）

【題解】大曆二年（西元七六七年）秋，作於夔州瀼西。

其一

秋野日疏蕪，寒江動碧虛❶。
繫舟蠻井絡，卜宅楚村墟❷。
棗熟從人打，葵荒欲自鋤。
盤飧❸老夫食，分減及溪魚。

【章旨】寫滯留夔州所見秋野景色，後兩句體現其民胞物與的古代人道主義。

【注釋】❶碧虛　指江水碧綠清空。❷繫舟二句　蠻井絡，蠻，此指蜀。井，星座名，二十八宿之一，古人謂與岷山對應。絡，天維地絡，張衡〈西京賦〉：「振天維，衍地絡。」則「蠻井絡」指稱與天上井宿對應的這片蜀地。楚村墟，夔州古屬楚地，則「楚村墟」指杜甫當時所居之瀼西村落。❸飧　熟食，譬如隔餐的飯。

【語譯】秋原漸蕭索，寒江天光晃。泊舟井星下，卜居楚村莊。棗熟任憑窮人打，葵苗荷鋤自鋤荒。老夫盤中有剩飯，分給溪魚共來嘗。

其二

易識浮生理，難教一物違❶。
水深魚極樂，林茂鳥知歸❷。
衰老甘貧病，榮華有是非。
秋風吹几杖，不厭北山薇❸。

【章旨】此首具理趣，以魚鳥喻己之悟浮生之理，守貧深藏以免官場是非。

【注釋】❶易識二句　浮生，變幻不定的生命過程。下句意為萬物都要遵從這一規律。❷水深二句　借物喻理，從魚潛於深淵，鳥藏於密林的現象中可悟避世全身的道理。❸不厭句　薇，野菜。《史記》載伯夷、叔齊隱於首陽山，采薇而食。此言託跡山林，固守其貧。

【語譯】生命之理容易懂，萬物循之誰敢抗！魚潛淵底真快樂，鳥歸密林把身藏。吾已衰老甘貧病，莫近榮華是非場。坐立任憑秋風吹，不厭采薇北山上。

其五

身許麒麟畫，年衰鴛鷺群❶。
大江秋易盛，空峽夜多聞。
徑隱千重石，帆留一片雲。
兒童解蠻語，不必作參軍❷。

【章旨】以閒淡之筆言說久滯、貧病、志不得伸之苦衷，語帶反諷，是杜詩的特色。

【注釋】❶身許二句　麒麟畫，即畫麒麟。漢宣帝於麒麟閣畫霍光等十一功臣肖像，以示表彰。鴛鷺，喻朝官班次，言己雖志在立功，卻年衰不得再預朝班，與諸人同事。可見直至晚年他還是很在意為京官以便濟世的。❷兒童二句　《世說新語》載，郝隆為蠻府參軍，三月三日宴會作詩云：「娵隅躍清池。」桓溫問：「娵隅是何物？」郝隆答云：「蠻名魚娵隅。」桓溫云：「作詩何以作蠻語？」郝隆答：「千里投公，始得蠻府參軍，哪得不作蠻語也？」杜甫化用此典，自傷客夔日久，語帶自嘲。

【語　譯】自許立功會上麒麟閣，不料衰老無緣做朝臣。大江秋雨容易漲，空峽常聞夜濤奔。徑曲隱入千重石，帆遲恰似一片雲。久客兒童會蠻語，不必蠻府當參軍。

【研　析】《杜臆》：「『繫舟蠻井』、『卜宅楚村』，則去住尚未能自決也。『棗從人打』，則人己一視；『葵欲自鋤』，則貴賤一視；『盤飧及溪魚』，則物我一視：非見道何以有此。」「棗熟從人打」與〈題桃樹〉「高秋總饋貧人食」、〈又呈吳郎〉「堂前撲棗任西鄰，無食無兒一婦人」同一意思，總是對貧苦人的同情。其中是否有佛教普渡的意識？從「盤飧老夫食，分減及溪魚」一語看，有也不奇怪。事實上佛家「普渡眾生」的精神與儒家「民胞物與」的思想是可以溝通的，何況從上選〈秋日夔府詠懷奉寄鄭監李賓客一百韻〉一首中，我們已覺察到老杜晚年對禪宗的傾心，只不過他並未真正皈依佛家，從本組詩的末首就可以領會他骨子裡並未「徹悟」。

洞房（五律）

【題　解】洞房，內室，此指後宮。這是一首回憶詩，約作於大曆初（西元七六六～七六七年）。其時，杜甫在夔州作了一組以首二字名篇的詩，大都是追憶故國往事的五律。

洞房環珮冷，玉殿起秋風。
秦地應新月，龍池❶滿舊宮。
繫舟今夜遠，清漏❷往時同。
萬里黃山北❸，園陵白露中。

【注　釋】❶龍池　《唐會要》載，唐玄宗為皇儲時，居興慶里，有龍池湧出，日以浸廣；至開元中，為興慶宮。唐玄宗自蜀返京，初居此，後為李輔國逼遷西宮。❷清漏　古代計時儀器，相傳為黃帝創制，以漏壺定量滴水計時，故亦稱漏刻。❸黃山北　黃山，即黃山宮。黃山北，漢武帝茂陵（在今陝西興平）正在黃山宮之北，此借茂陵喻唐玄宗泰陵（在今陝西蒲城）。

【語　譯】深宮環佩冷流紈，玉殿秋風起夜寒。長安新月應初上，龍池波光不忍看。如今繫舟滯偏遠，只有清漏同夜殘。皇陵萬里黃山北，園寢朦朧白露團。

【研　析】我們在〈解悶十二首〉其九「玉座應悲白露團」【注釋】中有云：「此句『應悲』二字是推想明皇應從中吸取了教訓，見荔枝而悲往事；同時也從中透出詩人對明皇的思念與悲憫之情。」在此詩中得到了印證。「園陵白露中」一句尤其「詞微而婉」，情景相生，搖曳不盡。事實上「五十年太平天子」的唐玄宗造就「開元盛世」，在唐文人中是頗得好感的，他已成為盛唐的符號，杜甫對他的懷念在很大程度上也就是對太平盛世之憶念。

歷　歷（五律）

【題　解】與上一首相同，此詩也取頭兩個字為題。

歷歷❶開元事，分明在眼前。
無端盜賊起❷，忽已歲時遷。
巫峽西江外，秦城北斗邊❸。
為郎從白首，臥病數秋天❹。

【注釋】❶歷歷　眾多而分明的樣子。❷無端句　無端，無由來，此指事起雖有因，來時卻突然。盜賊，指安史之亂。❸巫峽二句　西江，當指長江上游之岷江，在巫峽之西，故稱西江。秦城，指長安。此句與「每依北斗望京華」同意。事實上這種戀闕之情在晚期杜詩中經常出現。❹為郎二句　為郎，指晚年才為工部員外郎一事。從，聽任之意，表示不甘心。數秋天，經過幾個秋天。謂算計又白過了幾個秋天，有來日無多的危迫感。

【語　譯】開元往事紛紛見，分明經過在眼前。叛軍突起平地雷，忽爾時過景又遷。廁身巫峽成都外，遙望長安更在北斗邊。白首為郎任它去，臥病屈指還能幾秋天？

【研　析】往事歷歷在目，不堪回首；將來茫茫渺渺，瞻望前程，不寒而慄。但從「秦城北斗邊」、「為郎從白首」二句中，仍可感受「不死會歸秦」的頑強！

孤　雁（五律）

【題　解】約作於大曆初（西元七六六～七六七年）。吟孤雁是老題材，但少陵仍能寓大於小，極情盡態，故為此題材之絕唱。

孤雁不飲啄，飛鳴聲念群。
誰憐一片影，相失萬重雲❶。
望盡似猶見，哀多如更聞。
野鴉無意緒，鳴噪自紛紛❷。

【注　釋】❶誰憐二句　二句為流水對，言孤雁與雁陣相去已很遙遠。一片影，指孤雁。一片，以見其孤零單薄。❷野鴉二句　以無思無想只會聒噪的野鴉反襯孤雁之「孤」——不為凡眾所理解。

【語　譯】孤雁喲不吃也不飲，思念雁陣喲聲聲哀鳴。有誰可憐這單影孤零，群飛遠去已是相隔萬重雲。極目天邊依稀見，心有慼慼彷彿聽。喧鬧野鴉無思慮，只知聒噪亂紛爭。

【研　析】此詩極善於以虛寫實。「念群」是詩之骨，於雁陣去後寫雁，中四句聽聲覓影，「似猶見」、「如更聞」寫心理幻像，猶「瓢棄樽無綠，爐存火似紅」（〈對雪〉）。《瀛奎律髓彙評》引李天生：「着意寫『孤』字，直探其微，而無一筆落呆。」又引何義門：「五、六遙遙一雁在前，又隱隱一群在後，虛摹『孤』字入神。」真所謂「空處傳神」。最後又以「噪鴉」反襯一筆，寄託遙深。可以想見，老杜所謂「念群」，也就是他常提起的「鴛鷺行」，即曾共事過的房琯、鄭虔、嚴武、岑參、高適、賈至，乃至如今仍有交往的鄭審、李之芳等「不世賢」。舊注或以為思念弟妹，則「野鴉」無着落矣。

鹿

（五律）

永與清溪別，蒙將玉饌俱❶。
無才逐仙隱，不敢恨庖廚❷。
亂世輕全物，微聲及禍樞❸。

【題　解】約大曆初（西元七六六～七六七年）作於夔州。鹿，鹿類，無角。蕭先生注云：「此詩全篇代鹿說話，其實是借鹿以罵世。」

衣冠兼盜賊，饕餮用斯須❹！

【注釋】❶永與二句　清溪，泛言麂所遊息之幽僻處，或云指今四川漢南縣南之清溪關。蒙，承蒙抬舉。此句既是反諷，同時也寫出弱小者的無助，愈婉愈悲。❷無才二句　傳說仙人駕鹿車或騎鹿，麂自歎才不及鹿，故不能載仙人隱去，致為人所食。❸亂世二句　全物，全活生命。微聲，小聲名，謂因美味得名。及，遭也。禍樞，猶禍機。❹衣冠二句　衣冠，指達官貴人，即享玉饌的人。衣冠其表，盜賊其中，所以說兼盜賊。饕餮，《左傳・文公十八年》注：「貪財為饕，貪食為餮。」此謂狼吞虎嚥。用斯須，只消片刻功夫就吃完了。

【語譯】再也見不到平時遊息的清溪，聽磨刀霍霍有幸將上宴席。麂非鹿也無才駕仙車，又怎敢因此恨廚師？亂世生命不被當回事，得名反而得禍機。有頭有臉的人居然像土匪，虎咽狼吞片刻便無餘。

【研析】此首比興之義甚明。關鍵是那反諷的口吻，更貼切「麂」這弱小動物，與尾聯對掌權者「衣冠兼盜賊」的憤怒斥責，形成情感上黑白分明的對比。而「亂世輕全物」的感歎，更體現了中國文化中可貴的「好生之德」。

白小（五律）

【題解】這是另一組八首詠物詩的最後一首，約大曆初（西元七六六～七六七年）作於夔州。白小，俗稱小白條，一稱「麵條魚」，是一種很小的魚。

白小群分命，天然二寸魚❶。

細微霑水族，風俗當園蔬❷。

入肆銀花亂，傾箱雪片虛❸。
生成猶拾卵，盡取義何如❹。

【注　釋】❶白小二句　群分命，《易・繫辭》：「方以類聚，物以群分。」言白小同類相聚，有相濡以沫的意味。錢鍾書《宋詩選注・徐璣》：「杜甫有首『白小』詩，說：『白小群分命，天然二寸魚』，意思是這種細小微末的東西要大夥兒合起來纔湊得成一條性命。」天然，言此魚天生就是小，長不大。❷細微二句　沾水族，言其微小，畢竟也還是水族，是生命。當園蔬，把白小當菜吃。❸入肆二句　入肆，擺到市攤上。肆，市集。下句「傾箱」言其小，「雪片」言其白，「虛」言其輕也。❹生成二句　拾卵，張衡〈西京賦〉：「上無逸飛，下無遺走，攫胎拾卵，抵蟓盡取；取樂今日，遑恤我後。」意猶「可憐大地魚蝦盡」，言無節制地盡取天下物以供一時之樂，是為不義。仇注引盧注云：「黃魚以長大不容，白小以細微盡取。不幸生夔，大小俱盡，以嘆民俗之不仁也。」

【語　譯】一群小白條才湊得一條命，可憐天生只能長二寸的魚。不管如何細微也算是水族呵，可當地風俗總把牠當菜吃！擺在市場攤上銀光閃閃，整箱整箱傾倒雪霏霏。天下一物必盡取，如此行為太不義！

【研　析】這一首頗具象徵意義。百姓就是這些無助的「白小」，在亂世中勉強濡沫求生，卻遇到官匪任意誅求，「生成猶拾卵，盡取義何如」，真是要趕盡殺絕。黃生乃曰：「『分命』字可憐！」一首小詩映出一個悲慘世界。

八月十五夜月二首

（五律，選二）

【題　解】約大曆初（西元七六六～七六七年）作於夔州。是年中秋，老杜一連三夜賞月，寫下〈八月十五夜月〉、〈十六夜翫月〉、〈十七夜對月〉諸詩，後者有「茅齋依橘柚」之句，杜在瀼西有柑園四十畝，《杜臆》認為當在瀼西一時之作。三夜之月一樣空明，卻各有差別，細讀之可見杜甫體物功夫。

滿目飛明鏡，歸心折大刀❶。
轉蓬行地遠，攀桂仰天高❷。
水路疑霜雪，林棲見羽毛。
此時瞻白兔，直欲數秋毫❸。

【注釋】❶滿目二句　飛明鏡，喻月上天圓滿。下句，〈古樂府〉：「何當大刀頭，破鏡飛上天。」吳兢《解題》云：大刀頭，刀頭有環，問何時當還也。折，歸心摧折。❷轉蓬二句　轉蓬，言己如蓬草無根飄轉。攀桂，月中傳說有桂花樹，古人以折桂喻科舉及第，此指入朝當官。❸此時二句　白兔，傳說月中有玉兔。秋毫，秋天初生的獸毛。數秋毫，極言玉兔纖毫畢現，寫出滿月之澄明通透。

【語譯】天上明月滿雙眼，我一心只想回鄉團圓。好比那飄轉的蓬草呵愈走愈遠，入朝的機會呵難於上天。月兒光光，水面路面疑是鋪上霜雪，林棲鳥兒羽毛分明可見。這時凝視月中玉兔，幾乎可以細數新毛毿毿。

【研析】俗稱「十五月亮十六圓」，第一首捉住月初圓之「明亮皎潔」寫，從「圓」引出歸鄉團圓之思；第二首則捉住「清空」來寫，以人的感覺效果來體現十六之月的圓滿，看個真切；而第三首既喜月之仍圓，又隱伏月將不圓之憂，人月依依，透出一層惆悵；各有側重。三篇連讀，使人如浸月色裡，了無塵氣。

十六夜翫月（五律）

【題　解】與上一首先後之作。翫，即「玩」，細品；玩味，故重在寫月給人的感覺效果。

舊挹金波爽，皆傳玉露秋❶。
關山隨地闊，河漢近人流❷。
谷口樵歸唱，孤城笛起愁。
巴童渾不寐，半夜有行舟❸。

【注　釋】❶舊挹二句　舊挹，從來就欣賞、推重。金波，指月光。玉露秋，《杜臆》：「中秋前白露，後寒露，故有是（『玉露』）名。」❷關山二句　極寫月色當空一片明淨，無所不見，故地覺其闊而天河橫斜覺其近。《杜臆》：「此時兩間游氣俱斂，故關山隨地而闊，河漢近人而流，金波之爽，無如此時。後四句一時聞見，亦月故。」❸巴童二句　《初白庵詩評》：「結語似閑，細味殊覺其妙。」蓋此聯之「行舟」與上一首之「歸心」暗相呼應，此時期「繫舟」是關鍵詞，是詩人思歸之符號，故見行舟而起歸鄉之思。又，《瀛奎律髓彙評》：「不言己不寐，而言『巴童』不寐，用筆曲折。張繼『夜半鐘聲到客船』，同此機軸。」

【語　譯】月色從來令人爽，都說秋是玉露涼。關山明迥勢覺寬，河漢潺潺流近旁。孤城飛笛散愁緒，谷口晚歸樵夫唱。巴童月好不肯睡喲，半夜行舟引愁長。

【研　析】《詩藪》：「詠物起自六朝，唐初沿襲，雖風華競爽，而獨造未聞。唯杜公諸作，自開堂奧，盡削前規，如題詠月，則『關山隨地闊，河漢近人流』；詠雨則『野徑雲俱黑，江船火獨明』；詠雲則『暗度南樓月，塞深北渚雲』；詠夜則『重露成涓滴，稀星乍有無』；皆精深奇邃，前無古人，後無來者。」意象不可移易的個別性的確是成功的關鍵，此詩搏虛成實，只從感覺效果上來渲染月色的「清空」：由於「游氣俱斂」，圖像清晰，所以關山在月色中不覺其濛濛渺渺，反更覺其隨地而闊，天河也因夔州地勢之高，彷彿近人而流，星月清輝交映，十分親切。

十七夜對月（五律）

【題解】此首從「十七夜」落想，隨着月色稍減，人月依依，而愁思漸濃。

秋月仍圓夜❶，江村獨老身。
捲簾還照客，倚杖更隨人。
光射潛虯❷動，明翻宿鳥頻。
茅齋依橘柚，清切露華新。

【注釋】❶秋月句　《讀杜心解》：「『仍圓』，已不圓也。」❷虯　無角的龍。

【語譯】今夜可喜月仍圓，江村獨歎已老身。捲簾月入還相照，倚杖行走月隨人。光射深淵潛龍動，明映宿鳥驚飛頻。橘柚依依傍茅屋，清光瑩瑩凝露新。

【研析】中國古代詩人對月是情有獨鍾，留下許多佳句妙語，唐詩中更是俯拾皆是。古詩中要是去掉月的描寫，就好比美人剜掉一隻眼睛。你能想像不寫月的王昌齡、李白嗎？他們的那股英雄氣、赤子心，那份「玉壺冰心」，不都寄在月的清輝之中嗎？杜甫亦如斯。但誠如日人松浦友久《李白詩歌及其內在心象》所指出：「從嚴格的意義上講，完全可以絕對肯定，李白的詩中是沒有以月亮本身為主題的作品的。」而杜甫呢，卻有不止一首的以月為主題的詠物詩，此三首便是。這就要求詩人正面寫月，「白戰不許持寸鐵」，卻又不落六朝人「巧構形似之言」的套路，融入詩人主體性，且攝出月魄來。這三首便是典範。「此時瞻白兔，直欲數秋毫」，詩人白描出月的明淨無瑕；「關山隨地闊，河漢近人流」，又烘雲托月式渲染出月光的蒼茫空闊，映照澄徹；「捲簾還照客，倚杖更隨人」、「茅齋依橘柚，清切露華新」，人月依依，可謂天人合一，入無我之境。掩卷而思，情在其中矣！

秋清（五律）

【題解】大曆二年（西元七六七年）秋作於夔州東屯。仇注：「秋清，與清秋不同。清秋者，秋氣肅清也。秋清者，謂身逢秋候，得以清爽也。」

高秋疏肺氣❶，白髮自能梳。
藥餌憎加減，門庭悶掃除❷。
杖藜還客拜，愛竹遣兒書。
十月江平穩，輕舟進所如❸。

【注釋】❶高秋句　言高秋氣清，肺病得以舒緩。疏，疏通。❷藥餌二句　加減，指中醫根據用藥效果，或增或減若干味藥材，調節其醫療方案。憎加減，即言己厭惡久病的狀態。下句則言因病而不樂打掃庭院，有不樂見客之意。〈客至〉：「花徑不曾緣客掃。」❸十月二句　言計畫十月間放舟去夔東下。如，往也。

【語譯】秋高氣爽，我的肺病得以舒緩，白髮也能自洗自梳。不斷調節湯藥真叫人心煩，庭院也懶得打掃只為迎來送往。病體稍康勉強起身與客揖讓，唯有竹是我之所愛便讓兒輩替我題詩在上。哦，十月江水該是平穩流暢，我將放舟直下去我想去的地方！

【研析】老杜善於表達各種情緒，此詩寫病後心情與境況，不是霍然而癒的輕鬆，只是緩解，所以還客之拜還要拄杖，題竹之詩還得遣兒代書。然而心情好多了，馬上躍躍欲試，想趁秋收後有些收入，趕在嚴冬前的十月就東行。

秋峽（五律）

【題解】這首與上一首是姊妹篇。想走又沒走成，心裡不免鬱悶，寫的是別樣心情。

江濤萬古峽，肺氣久衰翁。
不寐防巴虎，全生狎楚童❶。
衣裳垂素髮，門巷落丹楓。
常怪商山老，兼存翊贊功❷。

【注釋】❶不寐二句　不寐，睡不着。《詩・柏舟》：「耿耿不寐，如有隱憂。」狎，親近。❷常怪二句　出與處一直以來是士大夫的心病，很難調和；而四皓能處理得很得體，故「常怪」其實是仰慕，正反映了當時杜甫進退維谷的心情。商山老，扶助漢太子的商山四皓。翊贊，擁戴。

【語　譯】峽谷江濤洶湧萬古流淌中，江畔立一個風雨飄搖的久病老翁。不寐為防巴山老虎，倖存才得親近楚地兒童。白髮蒼蒼垂過衣裳，門巷颯颯落滿了丹楓。真搞不懂商山四老如何做到——隱士居然可以擁戴太子立下大功！

【研　析】除了末句是流水對外，通篇用反對。《文心雕龍・麗辭》：「反對者，理殊趣合者也。」反對好比括號，讓對立矛盾的內容與情緒擠在同一體中，形成巨大的張力，一旦點燃，就有爆竹般的效果。首聯將洶湧澎湃亙古不變的三峽與一個久病的老人相對，後者的脆弱便不忍一睹。頷聯提防當地老虎忐忑的心情與親近當地兒童的親和態度，也在極不調和中映射出詩人如履薄冰的生存狀況。而頸聯白髮與丹楓的對照，則帶着某種悲壯。尾聯還是一對內在的矛盾：出仕與隱退相兼如何可能？然而正是這一股巨大的心理壓力促成詩人要奮力擺脫這一切——毅然出峽，離它遠去。這是弓與箭的矛盾。這首詩並沒有否定上一首詩下的決心，二詩也是「理殊趣合」。

九日五首

（七律，選一）

【題　解】大曆二年（西元七六七年）秋作於夔州。吳若本題下注云：「缺一首」。趙次公認為所闕者則〈登高〉（見本冊所選下一首）。《瀛奎律髓彙評》引無名氏曰：「八句對，清空一氣如話。」

重陽獨酌杯中酒，抱病起登江上臺❶。
竹葉於人既無分，菊花從此不須開❷！
殊方日落玄猿哭，舊國霜前白雁來❸。

弟妹蕭條各何在？干戈衰謝兩相催❹。

【注　釋】❶重陽二句　古人以九為陽數，九月九日是兩個陽數相重，故稱重陽。《荊楚歲時記》：「九月九日，士人并藉野飲宴。」《西京雜記》：「漢武帝宮人賈佩蘭，九月九日佩茱萸，食餌，飲菊花酒，云令人長壽。」獨酌，從下聯「抱病」看來，此「獨酌」只是獨對杯中酒耳，並不曾飲，故對句云：索性抱病起而登山。❷竹葉二句　竹葉，酒名。「竹葉」對「菊花」，是用「竹葉」的原義而不是當作酒名來作對子，稱「借對」。無分，無緣。❸殊方二句　殊方，猶異鄉。玄，指黑色。《聞鶴軒初盛唐近體讀本》：「第五『玄猿』着一『哭』字，已屬奇險，其佳處尤在着『日落』二字於中，倍覺淒楚。」白雁，《夢溪筆談》載：「北方有白雁，似雁而小，色白，深秋則來。白雁至則霜降。河北人謂之『霜信』。」《杜臆》：「『雁來』恆事，加一『舊國』便異，以起下句，雁來而舊國之弟妹不來也。」❹弟妹二句　蕭條，此指無音信。衰謝，衰老。謝，指毛髮脫落。兩相催，指戰亂與衰病二者相逼，恐難與弟妹再相見了。《唐宋詩醇》：「悲塞矣，而聲情高亮。」

【語　譯】重陽對酒不能飲，獨自抱病登高臺。菊花原為飲酒栽，我既與酒無緣分，爾等從此不必開！異鄉日落聽猿哭，故國白雁帶霜來。弟妹離散今何在？戰亂衰病催命難相待！

【研　析】此詩可謂透過自我看世界，是王夫之所謂「情中景」，王國維所謂「有我之境」、「意餘於境」者。重陽佳節本是親友相聚的好時光，老杜卻因弟妹離散無着，獨自一人對着杯中酒，索性抱病自個兒登山去。又因病不能飲（「潦倒新停濁酒杯」），便使性子說：飲酒對菊，既不能飲酒，你菊花從今以後就不必再開了！彷彿這菊就只許為他一人而開。這種使性把話說死的手段，最能體現作者懊惱的心緒，如聞其聲，如見其人。再者，如注❸所引：「『玄猿』着一『哭』字，已屬奇險，其佳處尤在着『日落』二字於中，倍覺淒楚。」「『雁來』恆事，加一『舊國』便異，以起下句，雁來而舊國之弟妹不來也。」讀者從中可悟七言長句與五言句之差別。七言長句雖然只比五言多出兩個字，但就律詩而言，卻好比萬花筒中添上兩粒小玻璃珠，要多出許多變幻的花樣來。《誠齋詩話》說：「淵明、子美、無己三人作〈九日〉詩，大概相似。子美『竹葉於人既無分，菊花從此不須開。』淵明所謂『塵爵恥虛罍，寒花徒自容』也。」意思誠然「大概相似」，然而且不論高下，子美句要比淵明句更活潑，更接近生活口語，情緒躍動更豐富，卻是一目了然的。這與七言形式比五言更有騰挪地步不能說沒有關係。當然，前提是用此形式者須是高手。

順便介紹一下林庚先生把握律詩結構的一種方法。林先生在《唐詩綜論》中說：「我們如果把首尾四句連起來念，……往往就正是這首詩鮮明的主題，而中間四句偶句則是豐富這個主題的；前者彷佛是骨幹，後者彷佛是肌肉或枝葉。」本詩的首聯與尾聯連起來是：「重陽獨酌杯中酒，抱病起登江上臺。弟妹蕭條各何在？干戈衰謝兩相催。」果然，此詩主題就在其中，而中間四句無論如何折騰，正說倒說橫說豎說，萬變不離其宗，意思也就豁然了。

登高（七律）

【題解】 大曆二年（西元七六七年）秋作於夔州。這是杜甫最有名的一首七律，筆力扛鼎。《詩藪》：「杜『風急天高』一章五十六字，如海底珊瑚，瘦勁難名，沉深莫測，而精光萬丈，力量萬鈞，通章章法、句法、字法，前無昔人，後無來學。微有說者，是杜詩，非唐詩耳。然此詩自當為古今七言律第一，不必為唐人七言律第一也。」

風急天高猿嘯哀，渚清沙白鳥飛迴。
無邊落木蕭蕭下，不盡長江滾滾來❶。
萬里悲秋常作客，百年多病獨登臺❷。
艱難苦恨繁霜鬢，潦倒新停濁酒杯❸。

【注　釋】❶無邊二句　落木，屈原〈九歌〉：「嫋嫋兮秋風，洞庭波兮木葉下。」為什麼用「落木」而不用「落葉」或「樹葉」呢？林庚《唐詩綜論》認為：「木」比「樹」更單純，不必帶上「葉」，「是屬於風的而不是屬於雨的，屬於爽朗的晴空而不屬於沉沉的陰天；一個典型的清秋的性格。至於『落木』呢？則比『木葉』還更要顯得空闊，它連『葉』這一字所保留下的一點綿密之意也洗淨了。」黃庭堅〈登快閣〉「落木千山天遠大，澄江一道月分明」可為注腳。蕭蕭，風吹樹葉聲。《唐詩廣選》引楊誠齋曰：「全以『蕭蕭』『滾滾』喚起精神，見得連綿，不是裝湊贅語。」蕭先生說：「二句從大處寫秋景。因風急，故葉落蕭蕭，江流滾滾。以上四句寫景，是下文悲秋的張本。」❷萬里二句　百年，猶一生。此聯含八、九層意，或云：他鄉作客一可悲，經常作客二可悲，萬里作客三可悲，況當秋風蕭瑟四可悲，登臺易生悲愁五可悲，親朋凋零獨去登臺六可悲，扶病而登七可悲，此病常來八可悲，人生不過百年，在病愁中過卻，九可悲。而這八九層意思是來自萬里、悲秋、作客、多病等諸多意象的交錯組合，如此並不覺堆垛，歷來為論者所推評。❸艱難二句　末二句用當句對，「艱難」對「苦恨」，「潦倒」對「新停」。潦倒，猶衰頹。時杜甫因肺病戒酒，故曰「新停」。亂世衰年，令人不忍卒讀。此詩八句皆對仗，首尾兩聯兼當句對，卻一氣噴薄而出，不覺為對句，是七律中罕見者。

【語　譯】天高遠，秋風烈，時聞峽猿啼聲咽。洲沙白，水清冽，鳥兒徘徊翼相接。木葉蕭蕭無邊下，流不盡呵大江浪千疊！離鄉萬里秋獨悲，人生百年半為客，抱病登臺重陽節。艱難事多恨成結，兩鬢蒼蒼染霜雪，更怎堪新來病肺酒也絕。

【研　析】王夫之《薑齋詩話》有云：「意猶帥也，無帥之兵謂之烏合。李、杜所以稱大家者，無意之詩，十不得一二也。煙雲泉石，花鳥苔林，金鋪錦帳，寓意則靈。」王氏又云：「情景名為二，而實不可離。神於詩者妙合無垠，巧者則有情中景，景中情。」所謂「情中景」，已接觸到藝術幻象的產生，是所謂「含情而能達，會景而生心，體物而得神，則自有靈通之句，參化工之妙。」王氏已意識到作為詩人主觀傾向性的「意」，能使物「靈」，也就是能創造出一個屬於詩人獨有之意象世界。

我們說「藝術幻象」，並不僅僅是杜牧曾闡發過的李賀那種荒國侈殿牛鬼蛇神式的幻覺世界。作為一代詩史的杜甫，更多的以心理的方式重新編織從個人生活經驗中蒸餾出的細節，據實構虛，經詩人主觀感情的點化，以自己獨特的用詞、語句、意象、結構，再造一個全新的感覺世界。杜甫名篇〈登高〉便是範例。該詩中的意象並非僅僅處於被動的被編織的地位，它們之間會在詩人強烈的主觀情感的點化下相互作用，幻化出無窮的意味。如「萬里」一聯含八、九層意（參看注❷），且不覺堆垛，歷來為論者所推許。但尤需發明的是，這八、九層意思是來自萬里、悲秋、作客、百年、多病、獨、登臺諸多意象的交錯組合，示意圖如下：

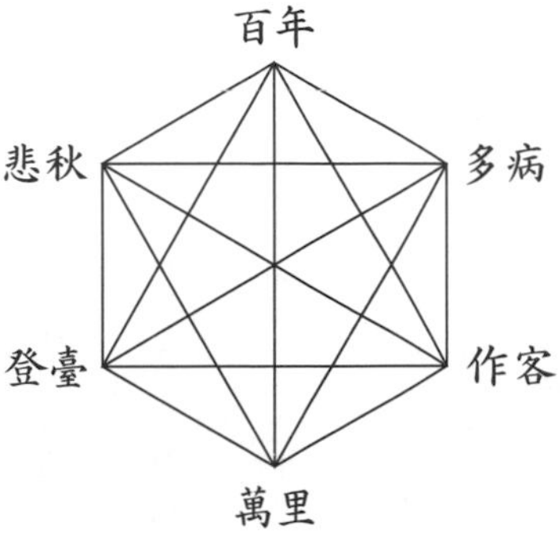

如圖所示，各種意象互相組合，你中有我，我中有你，如鏡鏡相攝的「華嚴境界」，意味疊出。甚至整首詩中風急、天高、渚清、沙白、猿嘯、鳥飛、蕭蕭落木、滾滾長江……互為斗拱，有序而無序；文織共時，一目而盡收眼底，是秋的和弦，是秋的場景，是秋的氣息。諸相如演員各各俱有個性，又都染上詩人的情緒，合力演活一齣「群英會」。至此，詩中秋景已非夔州實景，而是「離形得似」的藝術幻境，是讀者毋需親臨夔州即可感受到的一個秋景；詩中的悲秋之情也不僅僅是杜甫個人獨有的情緒，而是從個人生活經驗中提取的具有普遍性的審美經驗，也就是經特定方式組合而成的一種感人形式，即克萊夫・貝爾所謂的「有意味的形式」。葉嘉瑩稱杜甫這種點化功夫為「寫現實而超越現實」（《杜甫〈秋興八首〉集說・代序》）。而這正是杜甫使七律形式趨於成熟、臻於完美的特殊貢獻。

又呈吳郎（七律）

【題　解】大曆二年（西元七六七年）秋，杜甫自瀼西草堂搬到東屯，並將草堂讓給姓吳的親戚。此詩便是一封給吳郎的特殊「書劄」。又呈，因為前不久杜甫寫了〈簡吳郎司法〉，所以說「又」；為了讓對方更易接受自己的勸告，所以對後輩用了表示尊敬的「呈」。《書巢杜律注》引許合伯說：「詩家有題目看似沒要緊，而發詞卻極關係，極正大者，須就此詩細參。」

堂前撲棗任西鄰❶，無食無兒一婦人。
不為困窮寧有此？只緣恐懼轉須親❷。
即防遠客雖多事，便插疏籬卻甚真❸。
已訴徵求貧到骨，正思戎馬淚盈巾❹。

【注　釋】❶堂前句　杜甫常讓鄰家寡婦來堂前任意打棗。堂，即瀼西草堂。❷只緣句　謂只因為擔心寡婦會害怕，不敢來打棗，所以就更應當表示親切。「恐懼」二字體貼深至。蕭先生評：「他（指杜）好像是自己在打別人的棗子，希望主人家不要使自己難堪似的。我們只要一讀到『不為困窮寧有此？只緣恐懼轉須親』這樣的兩句詩，至今彷彿還能聽見詩人杜甫當時心怦怦然的跳動。」❸即防二句　遠客，指吳郎。前此杜甫有〈簡吳郎司法〉詩云：「有客乘舸自忠州。」此聯上句說寡婦提防你這位遠客未免多心了，下句接着說你在堂前插上籬笆卻也像是真的在拒絕她呢。上句是為顧全吳郎的面子，給臺階下，話說得很委婉。❹已訴二句　徵求，即誅求、剝削。進一步強調貧婦人「不為困窮寧有此」的無奈，激發吳郎的同情心。下句由近及遠，指出戰亂尚未有窮期，以共患難之情動人。

【語　譯】瀼西草堂前的那棵棗，我一直任從西邊鄰居撲拾。哎！那是一個三餐無着沒有兒女的窮寡婦。要不是窮得慌，她哪會去打別人家的棗子？正因為她害怕，就更要慈眉善目。她提防你這遠來客是有些多心了，可你一來就插上籬笆倒也是事實。黎民被剝削得一窮至骨，每想到天下戰亂還無休無止，我便淚下簌簌。

【研　析】此詩寫來明白如話，不露律對痕跡，真詩家斫輪手！蕭滌非先生《杜甫研究》指出：詩中用散文中常用的虛字如不為、只緣、已訴、正思、即、便、雖、卻等作轉接，化呆板為活潑。此外，措詞的委婉，避免以主人自居，使詩更能感化人，很值得我們注意。蕭先生的串講很貼切精彩，錄供參考：

詩的第一句「堂前撲棗任西鄰」，開門見山，從自己過去怎樣對待鄰婦撲棗說起。「撲棗」就是打棗。杜甫另有一句詩「棗熟從人打」，可見撲和打是一個意思。這裡為什麼不用「打」而用「撲」呢？這是為了取得聲調和情調的一致。杜甫寫這首詩時的心情是沉重的，所以不用那個猛烈的上聲字「打」，而用這個短促的、沉着的入聲字「撲」。「任」就是放任，一點不加干涉，愛打多少就打多少。這個「任」字很重要。……詩的第三、四句：「不為困窮寧有此？只緣恐懼轉須親！」「困窮」，緊接上第二句來；「此」，指撲棗這件事。這兩句的意思是：如果不是因為窮得萬般無奈，她又哪裡會去打別人家的棗子呢？正由於她總是懷着一種恐懼的心情，怕物主辱罵，甚至把她當做盜竊犯，所以我們不但不應該干涉，恰恰相反，而是要表示親善，表示歡迎，使她安心撲棗。……詩的第五、第六兩句才落到本題上，落到吳郎身上。「即防遠客雖多事，便插疏籬卻甚真」，這兩句要聯繫起來看，它們並不是彼此孤立，而是上下一氣、相互關聯、相互依賴、相互補充的。上句的「即」字，當「就」字講。「防」是提防，心存戒備，所以說防。「防」字的主語是寡婦。「遠客」，指吳郎。「多事」，就是多心，或者說過慮。下句「插」字的主語是吳郎。這兩句詩串起來講就是說：那寡婦一見你插籬笆就防着你禁止她打棗，雖未免多心，未免神經過敏，「以小人之心，度君子之腹」；但是，你一搬進草堂就忙着插籬笆，卻也很像真的要禁止她打棗呢！言外之意是，這不能怪她多心，倒是你自己有點太不體貼人。她本來就是提心吊膽的，你不特別表示親善，也就夠了，為啥還要忙着插上籬笆呢！這兩句詩，措詞十分委婉含蓄。這是因為怕話說得太直、太生硬，教訓意味太重，傷害了吳郎的自尊心，會引起他的反感，反而不容易接受勸告。……我們接着講這首詩的最後兩句：「已訴徵求貧到骨，正思戎馬淚盈巾。」這兩句是全詩的結穴，也是全詩的頂點。表面上是個對偶句，但不要看做平列的句子，因為上下句之間是一個發展的過程，由小到大，由近及遠。……由一個窮苦的寡婦，由一件撲棗的小事，杜甫竟聯想到整個國家大局，以至於流淚。

寄柏學士林居（七古）

【題解】柏學士，名未詳，天寶年間為集賢院學士，安史亂後，來夔州投靠其姪柏大與柏二。杜甫有〈題柏大兄弟山居屋壁二首〉，云：「叔父朱門貴，郎君玉樹高。山居精典籍，文雅涉風騷。」看來，這是個書香門第，頗得老杜好感。

自胡之反持干戈，天下學士亦奔波。
歎彼幽棲載典籍，蕭然暴露依山阿！
青山萬重靜散地，白雨一洗空垂蘿。
亂代飄零余到此，古今成敗子如何❶？
荊揚春冬異風土❷，巫峽日夜多雲雨。
赤葉楓林百舌鳴，黃泥野岸天雞舞❸。

盜賊縱橫甚密邇，形神寂寞甘辛苦。
幾時高議排金門，各使蒼生有環堵❹。

【注　釋】❶古今句　言柏學士飽讀群書能觀古察今，你又有什麼好辦法（解決當前問題）？杜甫又有〈柏學士茅屋〉云：「古人已用三冬足，年少今開萬卷書。」可見柏某是個博古通今的人，故有此問。❷荊揚句　此謂夔州屬南方，氣候有異於北方之風土，下面三句則具體言其異。荊揚，泛指南方。❸赤葉二句　百舌，鳥名，鳴聲多變，故稱百舌。此鳥北方多於春時鳴叫，此時值秋冬之際鳴叫，正見風土之異。天雞，水禽名，與上「多雲雨」相應。❹幾時二句　排，推開。金門，即金馬門，漢代未央宮有金馬門，後用指皇宮。環堵，四面牆，指簡陋的房屋。

【語　譯】自從安史之亂烽火起，天下學士紛紛忙躲避。柏學士你居然帶書籍，來此山旮旯兀然隱居無遮蔽。山萬重，少人跡；雨茫茫，藤蘿垂。逢亂飄零無可奈何我到此，觀古察今學士有何好主意？南國春冬氣候風土自與北方異：巫峽清秋尚多雨，楓林葉赤猶有百舌鳴，野岸黃泥仍見舞天雞。身心俱寂甘辛苦，盜賊縱橫近而密。幾時君能推開宮門獻良策，各使蒼生百姓安居有四壁！

【研　析】杜甫一直以來主張文治，對尚甲兵棄文用武頗為不滿，此詩則對飽學的柏學士充滿同情與期盼，指歸還在天下百姓能安居，與傳統的「招隱士」大異其趣。

耳　聾（五律）

【題　解】大曆二年（西元七六七年）秋，杜甫耳聾，因作此詩。

生年鶡冠子，歎世鹿皮翁❶。

眼復幾時暗，耳從前月聾。
猿鳴秋淚缺，雀噪晚愁空❷。
黃落驚山樹，呼兒問朔風❸。

【注釋】❶生年二句　生年，在生之年。鶡冠子，《山海經》云：「輝諸之山，其鳥多鶡。」郭注云：「似雉而大，青色，有毛角，勇健，鬥死乃止。」漢代武臣遂以鶡尾為冠；又，楚人有避世隱居者，以鶡羽為冠，因以為號，著書亦名《鶡冠子》。此當合用二者，指生逢尚武之亂世，只好避世。鹿皮翁，《列仙傳》云其少為府小吏，工巧，舉手能成器械。岑山有仙泉，人不能到，遂作梯至其顛，留止其旁，食芝飲泉，着鹿皮衣。此則《杜臆》所謂「多機而駕空隱跡」（參看【研析】）。❷猿鳴二句　描摹耳聾之狀。晚愁空，趙次公曰：「（猿鳴雀噪）以耳聾之故，幸其不聞也。」不聞秋聲，故自嘲曰無愁，是苦笑也。❸黃落二句　黃落，指葉落。〈九辯〉：「悲哉秋之為氣也，草木黃落而變衰。」朔風，北風，多用指冬天的寒風，少陵因見葉落之甚，疑是北風起，故用「驚」字。趙次公注：「今也見山樹而驚其搖落，故呼兒問之：無乃朔風乎？」

【語譯】生當尚武亂世中，且做歎世遠害鹿皮翁。眼已昏來不知幾時瞶，耳朵倒是前月聾。哀猿不聞無秋淚，傍晚愁聽雀噪今亦空。忽驚眼見山村黃葉落，呼兒問道可是起北風？

【研析】《杜臆》一段評很有意思：「首二句，一慨生逢兵亂而鬬死不休，一歎世人多機而駕空隱跡。所見所聞，俱堪蹙頞，因云吾眼不知復以幾時暗，若耳則幸從前月聾矣。故猿啼、雀噪，愁淚斯忘，聾之效也。但眼猶未暗，見山木之黃落而驚心，致問朔風，悲同宋玉，剩此通愁之竇，尚覺多事耳！當此世界，何如既聾且盲，不聞不見之愈乎？寫愁至此，入非非想。」耳聾了，聽不見這世界的噪雜，索性連眼睛也瞎了吧！不聞不見這個可悲的世界就更清淨了。這是老杜特有的反諷精神。然而耳聾對我們的詩人打擊是沉重的，他真怕連眼也瞎了。陳貽焮先生說得好：「其實苦笑比訴苦更能顯示內心的悲痛。〈獨坐二首〉其二說：『亦知行不逮，苦恨耳多聾。』腳走不動了，耳朵聾了，人眼看就完了，他哪能真不在乎呢？」（《杜甫評傳》）

戲作俳諧體遣悶二首（五律）

【題　解】大曆二年（西元七六七年）作於夔州。俳諧，恢諧也。俳諧體，是就其內容而言。《文體明辨》：「《詩・衛風・淇奧》篇云『善戲謔兮，不為謔兮』，此謂言語之間耳。後人因此演而為詩，故有俳諧體。」俳諧體頗似現代所謂的「打油詩」，杜甫以此排遣厭居該地的情緒，故極言其陋俗，事實上詩人也有許多詩寫此地的好風光，讀者於本冊自見之。

其一

異俗吁❶可怪，斯人難並居。
家家養烏鬼，頓頓食黃魚❷。
舊識能為態❸，新知已暗疏。
治生且耕鑿，只有不關渠❹。

【注　釋】❶吁　歎怪之詞。❷家家二句　烏鬼，注家或以為巴楚間所賽之神，或以為鸕鷀、烏鴉、烏龜、豬，可謂眾說紛紜。《仇注》引《蔡寬夫詩話》：「元微之〈江陵〉詩『病賽烏稱鬼，巫卜瓦代龜。』自注云：『南人染病，競賽烏鬼；巫卜列肆，悉賣龜甲』，烏鬼之名見於此。巴楚間，常有殺人祭鬼者，曰『烏野七神頭』，則烏鬼乃所事神名爾。或云『養』字，『賽』字之誤，理或然也。」茲用其說。❸為態　作態。浦注：「不以情實相與也。」❹不關渠　言不去搭理這些人與事。渠，彼也。

【語譯】此地異俗太可怪，這裡人情難共居。家家信巫奉烏鬼，餐餐老是吃黃魚。熟人仍假意，新交難親密。只管耕作過日子，這些事呵莫搭理。

其二

西歷青羌坂❶，南留白帝城。
於菟侵客恨，粔籹作人情❷。
瓦卜傳神語，畬田費火耕❸。
是非何處定，高枕笑浮生❹。

【注釋】❶西歷句　仇注引「原注」：「頃歲自秦涉隴，從同谷縣去遊蜀，留滯於巫山。」青羌坂，指嘉州，唐代的嘉州，本古青衣羌坂。杜甫去蜀後，經嘉州沿江東下至夔，故曰「西歷」。❷於菟二句　於菟，楚方言謂老虎。粔籹，一種用發酵後的米粉拌蜜糖煎炸的食品。❸瓦卜二句　瓦卜，一種占卜方式，擊瓦觀其文理以定吉凶。《岳陽風土記》載：「荊湖民俗，疾病不事醫藥，唯灼龜打瓦，或以雞子卜，求祟所在，使俚巫治之。」下句言當地刀耕火種，尚處落後的農耕狀態。〈自瀼西荊扉且移居東屯茅屋四首〉：「斫畬應費日」。❹是非二句　二句言明此詩只是對異俗的調侃，並非正面批判。《讀杜心解》：「是非何定，誰與正之？此繳合『吁怪』意。『笑浮生』者，不解此生何至混跡於此。着一『笑』字，亦『遣悶』意。」

【語譯】西經嘉州到蜀地，南來滯留白帝城。老虎出沒增客恨，粉餅也可送人情。灼龜打瓦用巫術，刀耕火種少收成。是也非也誰能定？一笑高臥看人生。

【研析】說到「打油詩」，就想到一件公案。胡適《白話文學史》論杜甫有云：「杜甫很像是遺傳得他祖父的滑稽風趣，故終身在窮困之中而意興不衰頹，風味不乾癟。他的詩往往有『打油詩』的趣味：這句話不是誹謗他，正是指出他的特別風格。」儘管他作了申明，「打油詩」之說還是飽受非議。用「滑稽」、「打油」來概括嚴正的杜詩的特色，的確難於接受（譬如他舉〈茅屋為秋風所破歌〉為例，說明其「滑稽風趣」，實在有點不倫不類）。如果用「俳諧」呢？肯定要好得多，因為它更接近於幽默，而幽默是「含淚的笑」，是另一種深刻。杜甫大半輩子處在進退維谷、無可奈何的境地，高入雲天的理想抱負與寄人籬下的可悲現實是如此令人尷尬，老杜以俳諧、風趣、幽默直面之，「緣情慰漂蕩」，的確是其晚年詩一大特色。以此觀點觀此詩，那麼老杜此時的孤寂、困頓、無助，對處僻地不能為國效力施展自己濟世的抱負、對陋俗、落後的農業狀況無話語權——「是非何處定」，等等等等，可謂五味雜陳，只好付之「只有不關渠」、「高枕笑浮生」，也就可以理解了。至於從詩中我們瞭解到當時當地的風土人情，倒在其次。再回頭看胡適「故終身在窮困之中而意興不衰頹，風味不乾癟」一語，也可以說是「文中知己」的話了。

虎牙行（七古）

【題解】 大曆二年（西元七六七年）作於夔州。虎牙，山名，在今湖北宜昌東南三十里長江北岸，與南岸荊門山相對。《水經注》：「荊門在南，上合，下開，闇徹山南。有門像虎牙，在北。石壁色紅，間有白文，類牙形，並以物像受名。」此地常為屯兵之所，詩人因「虎牙」之形象，遂聯及戰爭之為害。

秋風欻吸❶吹南國，天地慘慘無顏色。
洞庭揚波江漢迴，虎牙銅柱❷皆傾側。
巫峽陰岑朔漠氣，峰巒窈窕溪谷黑❸。

杜鵑不來猿狖寒，山鬼幽憂雪霜逼。
楚老長嗟憶炎瘴，三尺角弓兩斛力❹。
壁立石城橫塞起，金錯旌竿滿雲直❺。
漁陽突騎獵青丘，犬戎鏁甲圍丹極❻。
八荒十年防盜賊，征戍誅求寡妻哭，
遠客中宵淚霑臆❼。

【注釋】❶欻吸 呼吸之間，言秋風之迅疾。❷銅柱 灘名，在今重慶涪陵江口。據《太平寰宇記》載：昔人於此維舟，見水底有銅柱，故名；灘最峻急。❸巫峽二句 陰岑，背陽的山。朔漠氣，北方沙漠的寒風。窈窕，深遠貌。❹楚老二句 楚老，楚地之老者。上句言天寒使經不起嚴寒的本土老人乃至憶念那瘴氣炎熱的夏天。角弓，以角為飾的弓。六尺為長弓，三尺則短弓。斛，即石，約一百二十斤。下句言冷天角弓緊繃，拉開三尺短弓也要費二石的大力氣。❺壁立二句 石城，指白帝城。城橫梗山上，故曰「橫塞起」。金錯，古代器物的一種裝飾技法，將金屬錯雜進器物，形成花紋。❻漁陽二句 漁陽，唐人以漁陽為幽州之代稱，是安史叛軍的策源地。青丘，在今山東高青一帶，傳為齊景公狩獵處，借指安祿山起事叛唐。鏁甲，即鎖子甲。丹極，皇宮。此言吐蕃圍長安。❼八荒三句 八荒，猶普天下。誅求，言嚴責之，必欲副其所求。臆，猶胸。

【語譯】秋風呼吸之間掃南國，天地慘淡灰朦朧。虎牙山傾銅柱斜，洞庭淼淼波濤湧。群峰幽遠萬壑黑，巫峽陰冷穿北風。杜鵑藏來猿猴縮，雪逼山鬼憂忡忡。老人畏寒思炎熱，壯士凍僵難拉弓。白帝壁立石城橫，千杆軍旗豎寒空。自從漁陽叛軍驅鐵騎，吐蕃也來圍皇宮！四海十年防盜寇，窮征暴斂寡婦哭，我為遠客夜半聞之淚沾胸！

【研析】晚年的杜甫往往將景物與對事件的感觸對照着寫，相互映襯，情景渾然一體。此詩中的寒秋淒情引出亂世慘況，由物及人及己，沁人心脾矣！在句法結構上也有特色。蕭滌非先生說：「按末三句，每句押韻，賊字臆字在職韻，哭字在屋韻，但屋韻與職韻，唐人古詩通押。所以末三句形成三個獨立的單行的句子，顯得很奇特，也很有力。」

自平（七古）

【題解】大曆二年（西元七六七年）冬，作於夔州，取首句二字為題。

自平中官呂太一，收珠南海千餘日❶。
近供生犀翡翠稀❷，復恐征戍干戈密。
蠻溪豪族小動搖，世封刺史非時朝❸。
蓬萊殿前諸主將，才如伏波不得驕❹。

【注釋】❶自平二句　中官，即宦官。「中官」一作「宮中」。收珠南海，指徵收南海市舶稅。《舊唐書・鄭畋傳》載：「右僕射於琮曰：南海有市舶之利，歲貢珠璣。」千餘日，指平呂太一至今已三年，約千餘日。《杜臆》：「收珠南海止千餘日，所得幾何？乃近來貢物既稀，干戈騷動，得不償失矣！」❷近供句　供，進貢。生犀翡翠，犀牛與翡翠玉石，此泛指南海所貢珍品。《文獻通考》卷二十載宋仁宗時「海船歲入象、犀、珠、玉、香藥之類。」唐時亦應如此。❸蠻溪二句　蠻溪，指分布於今湘、黔、渝、鄂交界地區的少數民族，或稱之為「五溪蠻」。小動搖，《舊唐書》載，大曆二年（西元七六七年），桂州山獠陷州城。此類事時有發生，因非大舉入侵，故曰「小動搖」。世封刺史，史載唐太宗時溪蠻酋長歸順大唐，皆世授刺史。非時朝，非以時入朝，言溪蠻或不嚴守規矩，但仍有來朝，應寬待之耳。此聯主張懷柔，保持嶺南的安定，不應動輒大動干戈進行鎮壓。❹蓬萊二句　蓬萊殿，即大明宮，指朝廷。伏波，指漢代名將伏波將軍馬援。《杜詩鏡銓》：「馬援拜伏波將軍，曾平交趾。然援後征五溪蠻，尚有壺頭之困；其可易覷乎？倘不以太一為鑒，正恐懾服難期，徒滋擾害耳。」

【語譯】自從平定宦官呂太一之亂，至今恢復徵收南海市舶稅有千餘日，但近來進貢犀牛翡翠之類珍物卻越來越少了，只怕朝廷又要大動干戈問罪。其實五溪蠻只是小作亂，只要援例太宗，對他們世授刺史，他們還是可能歸順的。勸一句立朝的主將們：你即使才如伏波將軍也大意不得啊！

【研析】《資治通鑑》載，廣德元年（西元七六三年）十一月，「宦官廣州市舶使呂太一發兵作亂，節度使張休棄城奔端州。太一縱兵焚掠，官軍討平之。」市舶使，或稱押蕃舶使，是朝廷任命的對外徵稅使，宋人羅濬《寶慶四明志》「市舶」條：「東南際海，海外雜國時侯風潮，賈舶交至，唐有市舶使總其征。」市舶在唐玄宗時就引起朝廷的重視，開元四年，張九齡〈開大庾嶺路記〉云：「海外諸國，日以通商，……上足以備府庫之用，下足以贍江淮之求。」在安史亂後，朝廷財政尤其困難，市舶稅就更顯得重要，所以遠處僻地的杜甫關注着廣州發生的事件，提出中肯的意見。而由此詩也可見少陵心胸眼界。關於市舶，可參考張澤咸《唐代工商業》下篇第三章。

寫懷二首（五古，選一）

【題解】大曆二年（西元七六七年）冬，作於夔州。

勞生共乾坤，何處異風俗❶？
冉冉自趨競❷，行行見羈束。

無貴賤不悲，無富貧亦足❸。
萬古一骸骨，鄰家遞歌哭❹。
鄙夫到巫峽，三歲如轉燭❺。
全命甘留滯，忘情任榮辱。
朝班及暮齒，日給還脫粟❻。
編蓬石城東❼，采藥山北谷。
用心霜雪間，不必條蔓綠❽。
非關故安排，曾是順幽獨❾。
達士如弦直，小人似鉤曲❿。
曲直吾不知，負暄候樵牧⓫。

【注釋】❶勞生二句　勞生，勞苦之人生，《莊子》：「大塊載我以形，勞我以生。」這裡指人群。下句用反問句謂普天下人情相似。❷冉冉句　冉冉，行貌。自趨競，即古諺所謂：「天下攘攘，皆為利往；天下熙熙，皆為利來。」❸無貴二句　本自阮籍〈大人先生傳〉：「無貴則賤者不怨，無富則貧者不爭。」❹萬古二句　激憤語，言唯有死對所有人是公平的。遞，是更遞，言各家輪轉有哀死亡者。歌哭，唱喪歌。❺鄙夫二句　鄙夫，杜甫自稱。轉燭，風吹燭搖。形容三年來生活動盪不安。❻朝班二句　朝班，在朝站班。脫粟，僅脫去稃殼的粗米。言自己畢竟到老還掛個「工部員外郎」，每天還能勉強吃到些粗糧。自嘲語。❼編蓬句　編蓬，即結茅屋。杜甫在夔州的瀼西、東屯皆有草屋。石城，即夔州城。❽用心二句　寫采藥。

條蔓，指藥草。言只要用心在雪地尋找，仍可找到藥草，不必等春回草綠。❾非關二句　言自己幽居屬天性自然。❿達士二句　《後漢書》載順帝時童謠：「直如弦，死道邊；曲如鉤，反封侯。」⓫曲直二句　負暄，曬太陽取暖。言曲直我都不去管他了，我只是曬着太陽，等那從事勞作的家人回來。這是故作達觀語，實為憤懣之至。

【語譯】同一片青天在頭頂，芸芸眾生共世情：匆匆各奔競呵，名韁利繩牽其行。如無貴來誰悲賤？如無富來貧不爭。萬古唯有死神最公正，君聽鄰里輪番有哭聲！敝人到巫峽，三年飄搖如殘燈。榮辱任它去，久留僻壤為全生。天天吃糙米，到老才在朝廷掛個名！茅屋結在夔州東，采藥要去北谷中。霜雪茫茫用心找，藥草不必等過冬。不是刻意做安排，幽獨與我性本通。通達之士如弦直，只有小人才與曲鉤同。曲呀直呀不管它，曝背只等勞作家人下田壠。

【研析】杜甫晚年常將悲憤轉為鬱悶，甚至以達觀語出之。其中「無貴賤不悲，無富貧亦足」二句，雖然是《老子》「不貴難得之貨」、「絕巧棄利」等取消對立面思想的發揮，但「悲」、「足」二字已表明詩人的傾向在貧賤者一邊，其內涵便是〈有感五首〉所云：「不過行儉德，盜賊本王臣」，以及〈送陵州路使君赴任〉所云：「戰伐乾坤破，瘡痍府庫貧。眾寮宜潔白，萬役但平均。」

夔州歌十絕句（七絕，選六）

【題解】本組詩作於夔州，寫白帝城、赤甲、瀼西、東屯等景色，似當在大曆二年（西元七六六七年）秋遷東屯以後所作。《杜詩鏡銓》評云：「十首亦竹枝詞體，自是老境。」竹枝，樂府名，亦名「巴渝詞」。《樂府詩集》云：「竹枝本出巴渝。」杜甫當時正在巴渝一帶，早於劉禹錫向民間竹枝詞學習，故《石洲詩話》云：「杜公雖無竹枝，而〈夔州歌〉之類，即開其端。」

其一

中巴之東巴東山❶，江水開闢流其間。
白帝高為三峽鎮，夔州險過百牢關❷。

【章旨】寫三峽形勝與白帝城險要的地理位置。《杜臆》：「第一首寫其形勢，便堪為夔吐氣。」

【注釋】❶中巴句　譙周《巴記》，「劉璋分巴，以永寧為巴東郡，墊江為巴郡，閬中巴西郡，是為三巴」。中巴即巴郡，今重慶墊江縣一帶。巴東山，即夔州一帶群山。首句七字皆平，屬拗句。❷白帝二句　白帝，即白帝城，舊址現在今奉節縣城以東十里瞿塘峽口的白帝山山腰上，故曰「高為三峽鎮」。百牢關，入蜀道，在今陝西勉縣西南，兩壁山相對，六十里不斷，漢水流其間，因與夔州的瞿塘相似，故以為比。

【語譯】中巴之東是呀巴東山，開天闢地以來江水流其間。白帝城高鎮三峽口，夔州地勢呀險過百牢關。

其四

赤甲白鹽俱刺天，閭閻繚繞接山巔❶。
楓林橘樹丹青合，複道重樓錦繡懸❷。

【章旨】寫夔州一帶樹木掩映，山川市井如繡。

【注釋】❶赤甲二句　赤甲白鹽，二山名，在重慶奉節東瞿塘峽，兩山夾江對峙如門。陸游《入蜀記》：「山不生樹木，土石紅紫，如人袒背，故曰赤甲。」白鹽山在夔州城東十七里，《水經注・江水》：「北岸山上有神淵，淵北有白鹽崖，高可千餘丈，俯臨神淵，土人見其高白，故因名之。」北宋編《太平寰宇記》前，一直稱長江夔門北岸今稱赤甲山者為白鹽山，而稱今在白帝山北與白帝山和馬嶺相通的子陽山為赤甲山。詳考見簡錦松《杜甫夔州詩現地研究》。閭閻，民居。大曆二年（西元七六七年）春，杜甫由白帝城西閣遷入赤甲。❷楓林二句　丹青合，楓葉丹，橘葉青，兩色相雜，故云。複道，樓閣間通行之道；因上下皆有道，故稱。當地居民因山築屋，大概如山區高腳樓之類，山下看去如懸在空中一幅錦繡。仇注引盧云：「詩可作畫。青紅層疊，樓樹參差，不嫌山體之孤峻矣。」

【語譯】赤甲山，白鹽山，山高刺破天。居民巢屋依山繞，相接到山巔。楓葉紅，橘葉青，兩色相錯明。樓閣道，一重重，錦繡懸半空。

其五

瀼❶東瀼西一萬家，江北江南春冬花。
背飛鶴子遺瓊蕊，相趁鳧雛入蔣牙❷。

【章旨】此章寫瀼溪兩岸人煙景色。

【注釋】❶瀼 指瀼溪，今名梅溪河。陸游《入蜀記》：「夔人謂山澗之流通江者曰瀼，居人分其左右，謂之瀼東瀼西。」大曆二年（西元七六七年）暮春杜甫由赤甲遷入瀼西。❷背飛二句 背飛，分飛。蔣牙，菰芽。菰是一種水草。

【語譯】瀼溪東，瀼溪西，兩岸居民上萬家。江之北，江之南，春夏秋冬都有花。分飛小鶴掉了瓊花蕊，相逐的野鴨兒喲亂菰芽。

其六

東屯❶稻畦一百頃，北有澗水通青苗。
晴浴狎鷗分處處，雨隨神女下朝朝❷。

【章　旨】此章記東屯田園之美，稻米之豐。

【注　釋】❶東屯　《困學紀聞》：「東屯乃公孫述留屯之所，距白帝城五里，田可百頃，稻米為蜀第一。」大曆二年（西元七六七年）秋，杜甫由瀼西遷至東屯。❷晴浴二句　狎，親昵。狎鷗，可親近的鷗鳥。神女，即宋玉〈高唐賦〉中「旦為朝雲，暮為行雨，朝朝暮暮，陽臺之下」的神女。朝朝雨，乃見此地雨水豐沛。

【語　譯】東屯的稻田一百頃，北來的澗水灌青苗。浴鷗晴日到處戲耍，雨隨神女喲天天下。

其七

蜀麻吳鹽自古通，萬斛之舟行若風❶。
長年三老長歌裏，白晝攤錢高浪中❷。

【章　旨】此章寫當地商旅之盛，並記船民生活情趣。

【注　釋】❶蜀麻二句　蜀麻吳鹽，舉蜀地所產之苧麻與吳地所產之海鹽概見商旅之盛，為蜀地與外地交通之孔道。萬斛之舟，指載重量巨大的船。斛，十斗為一斛。❷長年二句　長年三老，蜀人稱把篙看水道的為長年，掌舵的為三老。長歌，或謂這裡指勞動時的「喊號子」。攤錢，賭錢。

【語　譯】蜀麻吳鹽自古貿易通，萬斛大船行走勝似風。長年三老喊號子，白天無事賭錢高浪中。

其八

憶昔咸陽都市合，山水之圖張賣時❶。
巫峽曾經寶屏見，楚宮猶對碧峰疑❷。

【章　旨】由眼前景聯想昔日事，畫意與真景相照，意趣飛動。

【注　釋】❶憶昔二句　二句乃知唐時在長安可買到三峽山水圖，猶今之年畫。咸陽，漢之京城，借指唐之長安。❷巫峽二句　巫峽楚宮，皆在市面所買之畫上見過，如今面對實景，乃生恍惚。《杜詩鏡銓》：「言楚宮恍惚難尋，疑其仍是畫中所見也。」〈詠懷古跡五首〉其二有云：「江山故宅空文藻，雲雨荒臺豈夢思？最是楚宮俱泯滅，舟人指點到今疑。」謂楚宮神女之屬，乃宋玉創構的文學意象，今人卻坐實，豈不荒唐？此首則由畫圖起興，與〈詠懷古跡五首〉其二意趣相近。

【語　譯】憶昔長安繁華市，市人掛賣三峽山水圖。巫山楚宮當時畫屏見，坐對碧峰而今疑有無。

【研　析】或以為此組詩與在成都草堂所作〈絕句漫興九首〉、〈江畔獨步尋花七絕句〉相比較，意趣稍遜。非也，意趣相異耳。《石洲詩話》云：「竹枝泛吟風土。」又，《唐人絕句精華》云：「『中巴』一首，記夔州形勢也。『赤甲』寫夔州之富庶，『東屯』述農田稻米之豐，『蜀麻』說蜀中商業之盛，皆有關國計民生之事，又與但寫地方風俗之瑣細者不同。」杜繼承了竹枝詞「泛吟風土」的傳統，卻又凸顯自己關心國事民病的情志；在語言上，則別具風趣與地方色彩，此善通變者也。從創格的意義上講，比草堂那兩組絕句更重要。

觀公孫大娘弟子舞劍器行（并序，七古）

【題　解】詩作於大曆二年（西元七六六七年）十月。這是一首七言古詩。七古少約束、富容量、聲長字縱，是唐詩人放筆騁氣的沙場。杜甫於此體更是「瀏漓頓挫」「豪蕩感激」，臻於妙境。劍器，唐代健舞之一。桂馥《札樸》稱，此舞以綵帛結兩頭、雙手持之而舞。或云舞雙劍。杜甫所見，當是舞劍者。《杜臆》：「此詩見〈劍器〉而傷往事，所謂『撫事慷慨』也。故詠李氏，卻思公孫；詠公孫，卻思先帝。全是為開元天寶五十年治亂興衰而發。」這篇詩序，也富有詩意。李因篤曰：「絕妙好詞！序以錯落妙，詩以整妙。錯落中有悠揚之致，整中有跌宕之風。」

大曆二年十月十九日❶，夔州別駕元持宅，見臨潁李十二娘舞〈劍器〉，壯其蔚跂❷。問其所師？曰：「余，公孫大娘弟子也。」開元五載，余尚童稚，記於郾城觀公孫氏舞〈劍器渾脫〉❸，瀏灕頓挫❹，獨出冠時。自高頭宜春梨園二伎坊內人，洎外供奉舞女，曉是舞者，聖文神武皇帝初，公孫一人而已❺！玉貌錦衣，況余白首❻！今茲弟子，亦匪盛顏。既辨其由來，知波瀾莫二❼。撫事慷慨，聊為〈劍器行〉。往者吳人張旭善草書、書帖，數嘗於鄴縣見公孫大娘舞〈西河劍器〉，自此草書長進，豪蕩感激，即公孫可知矣❽！

昔有佳人公孫氏，一舞〈劍器〉動四方。
觀者如山色沮喪❾，天地為之久低昂。
爠如羿射九日落，矯如群帝驂龍翔。
來如雷霆收震怒，罷如江海凝清光❿。
絳脣珠袖兩寂寞⓫，晚有弟子傳芬芳。
臨潁美人⓬在白帝，妙舞此曲神揚揚。
與余問答既有以⓭，感到撫事增惋傷。
先帝侍女八千人，公孫〈劍器〉初⓮第一。

五十年間似反掌，風塵澒洞昏王室⑮。
梨園弟子散如煙，女樂餘姿映寒日。
金粟堆南木已拱，瞿唐石城草蕭瑟⑯。
玳筵急管⑰曲復終，樂極哀來月東出。
老夫不知其所往，足繭荒山轉愁疾⑱！

【注釋】❶大曆句　紀年有深意。黃生云：「觀舞細事爾，序首特紀歲月，蓋與開元三年句打照；并與詩中五十年間句針線。無數今昔之悲，盛衰之感，俱于紀年見之。」❷夔州三句　別駕，職官名，此指夔州都督府的別駕，從四品下。元持，據陳冠明等《杜甫親眷交遊行年考》，元持為河南洛陽人，歷司封員外郎、吏部員外郎。遷都官郎中。寶應元年（西元七六二年）六月，貶為夔州別駕。大曆二年（西元七六七年）在任。後遷岳州刺史。卒。臨潁，縣名，故城在今河南臨潁西北，唐代屬許州。李十二娘，〈秋日夔府詠懷奉寄鄭監李賓客一百韻〉原注：「都督柏中丞筵，梨園弟子李山（一作仙）奴歌。」十二娘或即李山（仙）奴，待考。壯，賞其壯觀。蔚跂，光采蔚然，舉步凌厲。❸劍器渾脫　渾脫也是一種舞名。劍器渾脫，將劍器與渾脫兩種舞綜合起來的一種新型舞蹈。❹瀏灕頓挫　疾捷酣暢而又節奏有力。❺自高五句　指供奉宮廷的歌舞藝人。伎坊，即教坊。《教坊記》：「右教坊在光宅坊，左教坊在延政坊，右多善歌，左多工舞。妓女入宜春院，謂之內人，亦曰前頭人，常在上（皇帝）前頭也。」浦注：「按高頭，疑即前頭之謂。」《雍錄》：「開元二年，置教坊于蓬萊宮側，上自教法曲，謂之梨園弟子。」洎，及。宜春、梨園設在宮禁內，是內供奉；設在宮禁外的教坊及雜應官妓為外供奉。聖文神武皇帝，指唐玄宗。《杜詩說》：「特書尊號於聲色之事，非微文刺譏，蓋欲與上文文勢相配耳。」❻玉貌二句　玉貌錦衣，指公孫大娘年輕美貌。況余白首，現在我都白了頭，公孫氏就更不用提了，甚而連其徒弟也不怎麼年輕了。這是對歲月流逝的沉重感喟。❼既辨二句　是說既弄清了她的師授淵源，因而也就知道她的舞法和公孫大娘沒有什麼兩樣。❽昔者五句　言張旭技藝受啟發如此，則公孫氏之舞可推知其妙。張旭，唐代大書法家，善草書，後世尊為「草聖」。❾觀者句　如山，言觀眾之多且注神不動。色沮喪，形容觀眾為之色變，猶目瞪口呆。❿爧如四句　四句寫公孫大娘之舞。爧，光芒閃灼貌。羿，古善射者。《淮南子》：「堯之時，十日並出，焦禾稼，殺草木，堯乃使羿射十日。」群帝，諸神。收震怒，《杜臆》：「『來如雷霆收震怒』，凡雷霆震怒，轟然之後，累累遠馳，赫有餘怒，故『收』字之妙，若轟然一聲，闃然而止，雖震怒不為奇也。」《唐詩選脈會通評林》引劉辰翁曰：「『收』字謂其猶隱隱有聲也。」舞罷，收劍，肅然而立，故曰「凝清光」。清光，以水色喻劍光。二句正寫出「瀏灕頓挫」，忽然而來，忽然而罷，變化莫測的舞姿。⓫絳脣句　絳脣，指美貌。珠袖，指舞蹈。兩寂寞，人舞俱亡。⓬臨潁美人　即序中的李十二娘。⓭與余句　既有以，即序所說的「既辨其由來」。以，因由。⓮初　本來。⓯五十二句　五十年，自開元五年（西元七一七年）觀公孫氏之舞至作詩時的大曆二年（西元七六七年），為五十年。澒洞，闊大貌。言安史之亂使唐王朝破落。⓰金粟二句　金粟堆，即玄宗泰陵。木已拱，墓前樹木已有兩手合抱之粗，言下葬已多年。瞿唐石城，指夔州白帝城。上句傷玄宗，下句自傷。《峴傭說詩》：「敘天寶事只數語而無限淒涼。」⓱玳筵急管　玳瑁為飾的華宴。急管，簫笛等樂器急促的節奏。⓲老夫二句　仇注：「足繭行遲，反愁太疾，臨去而不忍其去也。」此句言惜別。在夔州難得一見如此妙舞，且勾起對開元盛世的回憶，故「臨去而不忍其去也」。去的是李十二娘諸人，因是流浪藝人，所以「不知其所往」，且「足繭荒山」，浪跡天涯。二句詩意可與白居易〈琵琶行〉「同是天涯淪落人」同參。或以「其」為語氣詞，言老杜離元持宅後百感交集，心緒迷茫不知何往，猶「欲往城南望城北」，躊躇於荒山，臨去而不欲去。亦住。

【語　譯】大曆二年十月十九日，我在夔州別駕元持府中，看到臨潁人李十二娘作劍器舞，頗賞其光彩蔚然，淩厲壯觀。問她師從何人？回答說：「我是公孫大娘的弟子啊！」開元五年，我還是個小孩子，記得在郾城看過公孫大娘跳劍器與渾脫舞，那真叫淋漓盡致，有板有眼，獨步當時。從皇上面前獻技的宜春、梨園二教坊的舞女，數到宮外教坊裡的官妓，能通曉這支舞的，在唐明皇初年，也就只有公孫氏一人而已！〔時光荏苒，那時我只是個孩子，〕公孫氏已是盛裝的妙齡女子，何況如今連我也白髮蒼蒼。時至今日，即使她的弟子也不再年輕。既說清李十二娘的師承關係，也就知道她的舞法和公孫大娘沒有什麼兩樣。此事令人感慨不已，因此寫下這首歌行。當年東吳人張旭擅場寫草書與字帖，曾多次在鄴縣觀看公孫大娘跳西域傳來的劍器舞，〔深受啟發，〕從此草書有了長足的進步，豪放跌宕有激情，公孫氏劍器舞之妙，由此可知矣！當年有個美人公孫氏，一舞劍器震全國。圍觀如山又如堵，劍光嗖嗖見者皆變色，天旋地轉久倚側。光芒閃灼一似羿射九日落，矯捷騰挪宛如群仙駕龍過。來如疾雷破山去隆隆，劍止碧海凝清波。佳人妙舞兩寂寞，幸有晚年弟子傳絕活。李十二娘來白帝，意氣揚揚舞此曲。問答之後知緣由，追思往事增悲感。玄宗侍女八千人，公孫大娘劍器排第一。倏忽已過五十年，五十年來王室風塵蔽。梨園弟子早就散如煙，可憐徐娘半老映寒日。先帝泰陵想必古木成合握，我在瞿塘僻壤草蕭瑟。華筵歌舞已休歇，樂極生悲寒月出。我悲舞者淪落天涯將何往，荒山足繭行路難，不忍其去愁其疾！

【研　析】聞一多〈杜甫〉是這樣開頭的：「當中一個雄壯的女子跳舞，四面圍滿了人山人海的看客。內中有一個四齡童子，許是騎在爸爸肩上，歪着小脖子，看那舞女的手腳和丈長的彩帛漸漸搖起花來了，看着，看着，他也不覺眉飛目舞彷彿很能領略其間的妙緒。他是從鞏縣特地趕到郾城來看跳舞的。這一回經驗定給了他很深的印象。」聞一多以其學者、藝術家、詩人兼有的氣質，一眼覷定〈觀公孫大娘弟子舞劍器行〉這首詩，作為杜甫傳記之開頭，實在是用心良苦且目光如炬。要知道，盛唐不但是詩的高潮，同時也是音樂舞蹈的高潮，書法藝術的高潮。李杜詩、梨園歌舞、張旭書法、裴將軍劍……千百個浪峰的碰撞激起壯闊磅礴的盛唐氣象。以少陵之詩筆寫公孫大娘之舞劍器，自然是臻善臻美了！再者從時間跨度上看，從詩人「童稚」寫到「況余白首」（此時距詩人之死僅三年），掐頭去尾便是詩人一生，也是大唐由盛轉衰最關鍵的半個世紀。這個節點不但是大唐盛衰的分界，也是中國古代社會前後期的分界。在「開元天寶五十年治亂」這一節點上看這首詩，能不「瀏灕頓挫」，「豪蕩感激」！而詩以排山倒海之勢起，中以急管繁弦敘「五十年間似反掌」，終以身世之感、興亡之歎收，盡七言古詩形式之所長。梁啟超〈情聖杜甫〉稱有些詩「能像電氣一般一振一蕩的打到別人的心弦上」，此詩足以當之。

冬　至（七律）

919 冬至

【題　解】此詩作於大曆二年（西元七六七年）冬至日，時在夔州。冬至，節氣名，陽曆十二月二十二或二十三日為冬至。我國當天夜最長日最短。

年年至日長為客，忽忽窮愁泥殺人❶！
江上形容吾獨老，天邊風俗自相親❷。
杖藜雪後臨丹壑，鳴玉朝來散紫宸❸。
心折此時無一寸，路迷何處望三秦❹？

【注　釋】❶年年二句　至日，即冬至日。這一天依例要朝參，杜甫貶華州司功時，有〈至日遣興奉寄北省舊閣老兩院故二首〉詩云：「去年今日侍龍顏。」而自棄官客秦州以來，杜甫已作了八九年的客了，每至冬至則思朝廷，故有下句。忽忽，失意貌，猶鬱鬱。泥殺人，死纏不放。❷自相親　《杜律啟蒙》曰：「自相親，彼自相親，於我無與也。古詩云：『入門各自媚，誰肯相為言！』即『自相親』意。」❸杖藜二句　丹壑，楓葉如丹之山谷。鳴玉，是「乘馬鳴玉珂」的省文，指百官。散紫宸，指散朝，唐大明宮有紫宸殿。臨丹壑而想紫宸，言身在夔州而心懷朝廷，故有下句「心折」云云。❹心折二句　心折，猶心碎。一寸，猶「寸心」，因心折故曰「無一寸」。路迷，蕭先生注：「望鄉尚不辨何處望，還鄉就更不用說了，此正心折之由。」三秦，指關中地區。項羽分秦地為三，故曰「三秦」。

【語　譯】年年冬至都在客中過，可恨窮愁鬱鬱死纏人！江上老態映我影，僻鄉風俗只顧自家親。雪後拄杖谷口對丹楓，遙知百官散朝下紫宸。此時心碎思已亂，不辨方向長安何處尋？

【研　析】此詩八句皆對，一氣流轉，不覺割裂。關鍵在句與句聯與聯之間有內在的邏輯關係：因冬至日例有朝會，所以引起「年年至日長為客」的感傷，遂有頷聯描寫的孤單情緒，紀昀稱其「老健」；頸聯工對，對比強烈，卻勻稱自然，情景雙生；終以「心折」、「路迷」作結，蚌病珠圓。在老杜七律中，此詩雖稱不上上乘，卻也典型老到。

舍弟觀自藍田迎妻子到江陵喜寄三首（七律，選一）

【題　解】大曆二年（西元七六七年）冬，作於夔州。此詩寫歡忻的心情，在晚年尤其難得一見。

馬度秦山雪正深，北來肌骨苦寒侵❶。
他鄉就我生春色，故國移居見客心❷。
歡劇提攜如意舞，喜多行坐〈白頭吟〉❸。
巡檐索共梅花笑，冷蕊疏枝半不禁❹。

【注　釋】❶馬度二句　寫其弟杜觀從北方冒寒而來，一路辛苦。❷他鄉二句　上句三換主語：我在他鄉不能歸；弟從藍田移來相就於我；我於寒冬歡忻而如生春色矣。故國，藍田屬京兆府，乃杜甫的祖籍所在，故稱。見客心，弟遠來故稱「客」，言見老弟之親情也。❸歡劇二句　如意，器物名，搔背癢之具，可如人意，故名。舊注謂王戎好為如意舞。白頭吟，樂府有〈白頭吟〉，此但言老而吟詠而已。❹巡檐二句　巡檐，繞屋而行，寫因喜而坐立不安。索，「須得」的合音。半不禁，猶「忍俊不禁」。梅花含苞半放，借言梅花有知，亦將共我而笑樂也。

【語　譯】馬越秦山雪深埋，吾弟忍饑沖寒自北來。來到異鄉為近我，如降春色心花開。背井離鄉豈容易，老弟遷徙見心意！喜極更持如意舞，白頭行吟坐不住。繞屋須尋梅花共我笑，忍俊不住梅亦綻苞俏。

【研　析】《杜詩說》評下半首云：「此時起舞行吟，忻喜之至，無可告語，只索對花而笑，覺冷蕊疏枝，亦解人意，不禁唇綻而頰動矣。……『浣花溪裡花饒笑，肯信吾兼吏隱名』，言其不信己衷。『巡檐索共梅花笑，冷蕊疏枝半不禁』，言其善會人意。知其說者，其惟嚴滄浪乎？曰『詩有別趣，非關理也。』」此解甚好。詩寫主體「當下」之情感，不求「放之四海而皆準」之恆理，所以景色也隨步移影，不妨皆著我之顏色，但求「別趣」，而「非關理也」。

夜歸

（七古）

【題　解】大曆二年（西元七六七年）作於夔州。《杜臆》評曰：「黑夜歸山，有何奇特？而身之所經，心之所想，耳目所見，皆人所不屑寫；而一一寫之於詩，字字靈活，語語清亮，覺夜色淒然，夜景寂然，又人所不能寫。」

夜半歸來衝虎過，山黑家中已眠臥。
傍見北斗向江低，仰看明星當空大❶。
庭前把燭嗔兩炬❷，峽口驚猿聞一個。
白頭老罷舞復歌，杖藜不睡誰能那❸。

【注　釋】❶傍見二句　北斗低、明星大，直寫深夜特有的感覺，「大」字逼真富有感性。❷庭前句　《杜臆》：「一炬足矣，兩則多費，故嗔之，旅居貧態也。」❸白頭二句　黃生注：老罷，猶老去。那，去聲，開口呼，即「奈」字。

【語　譯】半夜回家與虎擦肩過，山中漆黑家人已睡臥。仰看當頭明星大，北斗斜向江面落。嗔怪庭前竟點兩燭火，峽口一個驚猿啼夜破。頭白老去舞且歌，拄杖不睡誰奈何！

【研　析】此詩全用口語直陳感受，可謂「無兩字有來處」。《歲寒堂詩話》認為：「王介甫（安石）只知巧語之為詩，而不知拙語亦詩也；山谷（黃庭堅）只知奇語之為詩，而不知常語亦詩也。」只有杜甫「遇巧則巧，遇拙則拙，遇奇則奇，遇俗則俗，或放或收，或新或舊，一切物，一切事，一切意，無非詩者。」這首詩便是以直覺把握事物，以常語寫奇趣，是《杜臆》所稱：「字字靈活，語語清亮。」當然，這不僅是個語言問題，還在詩人有赤子之心至老不滅。

卷八

元日示宗武（五排）

【題解】詩作於大曆三年（西元七六八年）正月初一。宗武，杜甫的次子。首言父子，未及兄弟，充滿親情，是杜甫人性一面的體現。

汝啼吾手戰，吾笑汝身長❶。
處處逢正月，迢迢滯遠方。
飄零還柏酒，衰病只藜床❷。
訓喻青衿子，名慚白首郎❸。
賦詩猶落筆，獻壽更稱觴❹。
不見江東弟❺，高歌淚數行。

【注釋】❶汝啼二句　手戰，雙手因衰病而顫抖。《杜臆》：「啼手戰，見子孝；笑身長，見父慈。」事實上這是發自人性深處的親情，此乃儒學建構其人倫體系的基礎。❷飄零二句　柏酒，即椒柏酒，《歲時記》：「正月一日，進椒柏酒。」藜，一種草本植物。藜床，指簡陋的床鋪。❸訓喻二句　青衿，讀書人穿的衣服，此指宗武。白首郎，白首為郎，指杜甫為工部員外郎。❹賦詩二句　猶落筆，言雖手戰，還是下筆寫詩。稱觴，古時節日的習俗，向老人舉杯祝壽。❺不見句　原注：「第五弟豐漂泊江左，近無消息。」杜甫與杜豐避亂分手已十多年未相見。

【語譯】兒啊，你為我手戰而啼，我卻為你長高而喜。到處都在歡慶元旦，我們卻仍迢迢的異鄉羈旅。飄泊中還靠酒來消遣，衰病只有藜床可倚。告誡你這讀書郎喲，慚愧爹的功名到老仍卑微。為賦詩我手戰猶下筆，來祝壽你更把酒杯高舉。遺憾至今未能與江東第五弟相聚，一曲高歌幾行淚珠兒滴！

【研析】仇注：「此詩皆悲喜並言。啼手戰，是悲；笑身長，是喜。逢正月，是喜；滯遠方，是悲。對柏酒，是喜，坐藜床，是悲」云云。悲喜交集，想己之衰老，喜兒之長成，是人類生生不息、生命轉承之大愛。杜詩的「集體主義」並沒有泯滅個體，此所以感人。

喜聞盜賊蕃寇總退口號五首（七絕）

【題解】大曆三年（西元七六八年）春，作於夔州。史載，大曆二年（西元七六七年）九月，吐蕃寇邠、靈州。十月，朔方節度使路嗣恭破吐蕃於靈州城下，吐蕃引去。十一月，和蕃使檢校戶部尚書薛景先自吐蕃還，首領論泣陵隨景仙入朝。次年春，杜甫聞而喜，作此五首論其因果。

其一

蕭關隴水❶入官軍，青海黃河卷塞雲。

北極轉愁龍虎氣，西戎休縱犬羊群❷。

【注　釋】❶蕭關隴水　蕭關，在靈州（即靈武郡，今陝西靈武境）。隴水，泛指隴州境內之河流。此謂朔方節度使路嗣恭破吐蕃之戰線。❷北極二句　二句謂此戰使唐軍氣盛而冀盼吐蕃有所收斂。北極，指朝廷所在的長安。龍虎氣，《史記・項羽本紀》：范增說項王曰：「吾令人望其（指劉邦）氣，皆為龍虎，成五采，此天子氣也。」趙次公注：「轉愁龍虎氣，則吐蕃望之轉加憂愁矣。」《讀杜心解》：「張遠以『轉愁龍虎』為魚朝恩掌禁兵、中外受制而發。愚謂：詩正以殲賊而喜。鯁入此意，則文氣不屬。蓋愁乃愁慘之義，見我軍殺氣方盛，賊不得犯也。」犬羊群，對吐蕃軍的蔑稱。

【語　譯】官軍長驅直入蕭關隴水，一掃青海黃河烽火煙塵。吐蕃！這回該你為大唐正氣發愁，休再放縱那群犬羊般的匪軍。

其　二

贊普多教使入秦，數通和好止烟塵❶。
朝廷忽用哥舒將，殺伐虛悲公主親❷。

【注　釋】❶贊普二句　贊普，吐蕃的君主。數通和好，史載，唐太宗時文成公主出嫁吐蕃松贊幹布贊普，唐中宗時金城公主出嫁棄隸縮贊贊普，二國和親通好，總體上說，是取得了較長時期的和平共處。❷朝廷二句　二句追究邊釁起因。哥舒將，指哥舒翰。仇注：「《唐書》：開元末，金城公主薨。吐蕃遣使告哀，因請和，明皇不許。天寶七載，以哥舒翰節度隴右，攻拔石堡城，收九曲故地。」

【語　譯】當初贊普多次遣使東入朝，化干戈為玉帛通和好。朝廷略地忽用哥舒翰，公主薨時殺聲高，和親原是真情少。

其三

崆峒西極過崑崙，駝馬由來擁國門❶。
逆氣數年吹路斷，蕃人聞道漸星奔❷。

【注釋】❶崆峒二句　二句謂昔日商隊遠從崆峒極西乃至超越崑崙處來，絡繹擁擠於邊關。崆峒，唐時有三崆峒山，此當指平涼附近之崆峒山，在蕭關之東南面。❷逆氣二句　二句謂幾年來吐蕃對西部地區的侵吞使商路道斷，異邦商人星散，不敢再來中土。逆氣，指安史之亂後西北邊疆被改寫了的大形勢，即吐蕃與唐軍爭奪河隴及西域地區，並佔優勢，絲綢之路受到極大干擾。蕃人，異族人皆可稱「蕃人」，並不等同於「吐蕃」，此當指那些「崆峒西極過崑崙」來的外商。

【語譯】遠從崆峒一直往西過了崑崙山，駝隊馬隊湧向大唐進邊關。自從近年安史亂，吐蕃頻擾絲路斷。異邦聞之不敢來，商隊漸漸也星散！

其四

勃律天西采玉河，堅昆碧碗最來多❶。
舊隨漢使千堆寶，少答胡王萬匹羅❷。

【注釋】❶勃律二句　勃律，西域古國名，分大小勃律。大勃律在今克什米爾巴爾提斯坦；小勃律在今克什米爾吉爾吉特。唐王朝認為「勃律，唐西門。失之，則西方諸國皆墮吐蕃」（《新唐書・吐蕃傳上》）。玉河，在于闐（今新疆維吾爾自治區于闐）城外，源出崑崙山，盛產美玉。堅昆，中國古族名，在西伯利亞的葉尼塞河上游一帶活動；其族人善製琉璃碗。❷舊隨二句　言往昔與西域諸國禮尚往來。少，至少。千、萬，皆言其多，非實數。或謂來多答少，誤。

【語　譯】天之西涯勃律國，那兒采玉有玉河。堅昆更有琉璃器，貢品碧碗最為多。舊時千堆珍寶隨使進，朝廷少說也會報之萬匹羅。

其　五

今春喜氣滿乾坤，南北東西拱至尊❶。
大曆二年調玉燭，玄元皇帝聖雲孫❷。

【注　釋】❶拱至尊　言周邊各國臣服唐王朝，如眾星之拱月。❷大曆二句　玉燭，《爾雅．釋天》：「四氣和調之玉燭。」上句言大曆二年擊退吐蕃，從此恢復舊制。（這只是老杜美好的願望，事實是大曆三年八月，吐蕃即捲土重來，吐蕃仍是唐之憂患所在。）玄元皇帝，唐封老子（李耳）為玄元皇帝。雲孫，遠孫。下句頌言當今皇帝不愧是玄元皇帝的聖子賢孫。

【語　譯】今春今春，喜氣洋洋滿乾坤。四周各國將來貢，大唐仍是天下尊！大曆二年轉平順，天子不愧玄元皇帝好子孫。

【研　析】這五首絕句是唐詩中少見的評論唐對外政策的組詩。好比山中長途夜行之人忽見燈光，其驚喜被放大了許多。大曆二年冬擊退吐蕃的小勝，竟使老杜手舞足蹈。然而對大唐往昔對吐蕃政策的反思卻是客觀冷靜的：正是玄宗當年的黷武為後來種下禍根。杜甫多麼希望皇帝能秉承張說、張九齡抑制邊功，實行文治的政策啊！這是老杜一生心事。「朝廷忽用哥舒將，殺伐虛悲公主親」是帶着血絲的記憶。當年玄宗貶斥王忠嗣起用哥舒翰，血攻石堡，挑起邊釁，貽患無窮。老杜一直以來是主張重用郭子儀一類的老成將帥，這裡是否也蘊含這樣的規勸？當然，詩就是詩，重要的是老杜「當下」的喜情感染了我們。作為後人，我們知道吐蕃馬上便會捲土重來，而「玄元皇帝聖雲孫」也仍然是扶不起來的阿斗！反過頭來，我們更同情老杜不斷的失望，而更欽敬他的屢蹶屢起，永不被擊倒的頑強。

春夜峽州田侍御長史津亭留宴得筵字（五律）

【題　解】大曆三年（西元七六八年）正月，老杜自夔州放舟至峽州（今湖北宜昌）作。長史，輔佐刺史的州郡屬官。津亭，水驛賓館。得「筵」字，大家分韻賦詩，杜甫當時分到「筵」字為韻。

北斗三更席，西江萬里船❶。
杖藜登水榭，揮翰宿春天❷。
白髮煩多酒，明星惜此筵❸。
始知雲雨峽，忽盡下牢邊❹。

【注　釋】❶北斗二句　二句寫深夜泊舟留宴。三更席，深夜擺宴席，見主人之殷勤。西江，指長江。萬里船，長江上的船可行萬里，故稱。❷杖藜二句　杖藜，拄着拐杖。揮翰，此指揮毫作詩。下句言在春天夜裡作詩。❸白髮二句　煩多酒，謂有勞頻頻勸酒。明星，當指啟明星。下句謂啟明星現天將曉，仍留連忘返。❹始知二句　二句寫下峽舟行之速，亦「朝發白帝，暮宿江陵」之意。詩人多年出峽之願望忽然實現，《杜詩鏡銓》乃評曰：「驚喜如出意外。」雲雨峽，長江三峽為瞿塘峽、巫峽、西陵峽，其中巫山有宋玉〈高唐賦〉所謂的「旦為朝雲，暮為行雨」的神女，故稱。下牢，關名，在峽州，《十道志》：上牢、下牢，楚蜀分畛。

【語　譯】北斗星高三更宴，感君迎我西來萬里船。拄杖緩步登水榭，揮毫賦詩春夜歡。白髮人勞多勸酒，啟明星現尚留連。回首始知巫山過，三峽忽盡下牢邊。

【研析】君不見石拱橋，不用一匙灰土，卻依憑石塊之間的拱力，緊貼堅牢，百年不圮。此詩也典型地體現了杜甫五律密集意象所特有的拱力結構。「北斗／三更／席，西江／萬里／船」，詞與詞之間並無語法關聯，只有意象與意象之間的張力，空白處為讀者留下遐想餘地；「揮翰宿春天」，「宿春天」也絕非動賓結構，「春天」顯然不是「宿」的對象；「白髮煩多酒，明星惜此筵」，「煩」誰？誰「惜」？這只能是詩中獨特的「語法」。意象與意象靠磁力聯繫起來，讀者依上下文可以補足完整的意義。這樣寫有什麼好處呢？那就是通過迫使讀者積極參與，將平時熟視無睹的意象中的詩意尋找出來，激發出新鮮感來。「三更席」不是要比「半夜三更擺宴席」雅了許多？「宿春天」不是要比「在春天裡（揮筆寫詩）」更有詩味與得意？「明星惜此筵」不是要比「天將曉我仍在宴會上留連」更深情、更畫面化一些？

大曆三年春，白帝城放船出瞿塘峽。久居夔府，將適江陵，漂泊有詩凡四十韻（五排）

【題解】大曆三年（西元七六八年）正月，杜甫終於下定決心，將四十畝柑園贈人，解纜放舟，離開夔州，開始其前程未卜的歸鄉長征。老杜這時的心情十分複雜，詩，正是通過大段寫景，雜以議論，寫出這種複雜的心情。仇注引黃鶴注云：「詩言舟行所經之地，至宜都而止，則此詩作于宜都（今屬湖北宜昌）也。」全詩四十二韻，題言其整數。

老向巴人裏，今辭楚塞隅❶。

入舟翻不樂，解纜獨長吁。

【章　旨】從放船離開夔州敘起。久欲離夔，登船反而不樂，伏下感懷身世之筆，是全篇的基調。

【注　釋】❶老向二句　巴人裏，夔州屬中巴，故稱。楚塞，指白帝城。

【語　譯】老來才到中巴居，如今終於辭白帝。登船反覺不愉快，放舟獨自長歎息。

窄轉深啼狖，虛隨亂浴鳧❷。
石苔凌几杖，空翠撲肌膚❸。
疊壁排霜劍，奔泉濺水珠。
杳冥藤上下，濃澹樹榮枯。
神女峰娟妙，昭君宅有無。
曲留明怨惜，夢盡失歡娛❹。

【章　旨】此段寫峽中所見佳景，令人惆悵。

【注　釋】❷窄轉二句　狖，長尾猿。上句言舟轉入峽之窄處，猿猴啼聲也轉入峽之深處。虛隨，無意隨之。下句言舟無意間闖入浴鳧隊中，打亂其隊列。❸石苔二句　二句言舟傍岸則石苔似欲染上几杖，而山中濕寒之氣則撲人而來。空翠，山中寒濕之氣。❹神女四句　四句謂近處的神女峰使人想到楚王夢盡則神女幻滅，遠處的昭君宅使人感歎遠嫁塞外的昭君只留下〈昭君怨〉，二者皆令人惆悵。神女，指宋玉〈神女賦〉楚王夢中的巫山神女。曲，古樂府有〈昭君怨〉。四句為「丫叉句法」，即：「神女」句與「夢盡」句聯繫，「昭君」句與「曲留」句聯繫。

【語　譯】峽轉窄，啼猿深，舟隨急流沖散野鴨群。傍岸石苔映几杖，山嵐空翠寒撲人。重崖疊嶂列霜劍，奔泉跳珠濺紛紛。樹有榮枯示濃淡，藤纏上下晝亦昏。神女峰秀婷婷立，楚王夢覺歡成塵。昭君之宅本縹緲，只留怨曲斷人魂。

擺闔盤渦沸，欹斜激浪輸❺。
風雷纏地脈，冰雪耀天衢❻。
鹿角真走險，狼頭如跋胡。
惡灘寧變色，高臥負微軀❼。
書史全傾撓，裝囊半壓濡❽。
生涯臨臬兀，死地脫斯須❾。

【章　旨】此段寫經歷險灘，死裡逃生。

【注　釋】❺擺闔二句　二句寫船在浪與旋渦中簸蕩前進。擺闔，搖晃。輸，送。❻風雷二句　地脈，大地之脈絡，指河流。冰雪，指滔天的雪浪。天衢，指代天空。❼鹿角四句　四句謂過險灘並不變色，只是高臥舟中，任憑船兒載着我這微賤的軀體前行。鹿角、狼頭，「惡灘」下原注：「向者二灘名。」《一統志》：「鹿角、狼尾、虎頭三灘，在夷陵州，最險。」跋胡，《詩・狼跋》：「狼跋其胡，載疐其尾。」意為狼進則踏其胡（頷下垂肉），退則踩其尾，比喻進退兩難。寧，豈。負，負載。又，《杜詩鏡銓》：「『負』字當作自負解，即忠信涉波濤意。」亦通。❽濡　沾濕。❾生涯二句　臬兀，不安也。斯須，一瞬間。

【語　譯】旋渦鼎沸船亂晃，歪歪斜斜隨激浪。濤聲如雷纏江流，浪花似雪照天帳。鹿角灘，直險象；狼頭灘，進退惶。我臨惡灘豈變色，任憑船兒載棲遑。經書史冊全傾覆，飛沫入艙濕行囊。人生至此臨動盪，一瞬之間脫死場。

不有平川決，焉知眾壑趨？
乾坤霾漲海，雨露洗春蕪⑩。
鷗鳥牽絲颺，驪龍濯錦紆⑪。
落霞沉綠綺，殘月壞金樞⑫。
泥笋苞初荻，沙茸出小蒲⑬。
雁兒爭水馬，燕子逐檣烏⑭。
絕島容煙霧，環洲納曉晡⑮。
前聞辨陶牧，轉眄拂宜都⑯。
縣郭南畿好，津亭北望孤⑰。

【章　旨】此寫出峽所見，春江一片開闊，目的地已在望中。

【注　釋】⑩乾坤二句　霾，陰晦，此言江面之蒼茫。上句寫陰雨中的大江，乾坤似在茫茫漲落着的海面沉浮；下句寫雨露洗滌了春天的原野。⑪鷗鳥二句　鷗鳥句，言鷗鳥羽毛如絲，其飛翔則如牽絲而颺。下句謂蛇行的黑龍在水中洗濯其錦鱗。紆，彎曲。⑫殘月句　樞，門臼，或耽心其不堅，則用鐵樞，環形。此處以月是殘月，缺其圓，故曰「壞」。⑬泥笋二句　苞，當動詞用，言筍狀的泥中藏着蘆荻的芽。荻，一種植物，像蘆葦。下句謂沙中茸狀物乃出土的蒲草。⑭檣烏　船桅上測風向的器物，或刻為烏鵲狀。⑮曉晡　朝夕。晡，申時，下午三至五時。⑯前聞二句　二句謂前方可望見江陵郊野。陶，陶朱公（范蠡）。據《荊州記》載，江陵縣西有陶朱公塚。牧，近郭的郊外。拂，形容快速經過。宜都，即夷陵（今屬湖北宜昌）。⑰縣郭二句　南畿，句下原注：「路入松滋縣。」肅宗以江陵府為南都，京都之附縣稱「畿」，松滋縣在其南，故曰「南畿」。津，渡口。亭，《風俗通》：「亭，留也，行旅宿會之館也。」津亭當指江邊候船處，可能是驛館。

【語　譯】要不是豁然平川闊，怎能感受萬壑奔流歷時多？乾坤似在蒼海起復落，春雨洗滌田野草木活。白鷗毿毿牽絲舞，黑龍逶迤錦濯波。落霞一似沉綠綺，殘月只如金樞破。隆起的泥裡孕荻蘆，茸茸沙壤吐菰蒲。雁兒潑潑爭水馬，燕子飛飛逐檣烏。孤島積煙霧，水面沙洲變昏曙。且據傳聞認陶塚，轉眼船已拂宜都。南都畿縣江陵好，北岸可望驛亭孤。

勞心依憩息，朗詠劃昭蘇⑱。
意遣樂還笑，衰迷賢與愚。
飄蕭將素髮，汩沒聽洪鑪⑲。
丘壑曾忘返，文章敢自誣⑳？
此生遭聖代，誰分哭窮途㉑。
卧疾淹為客，蒙恩早廁儒㉒。
廷爭酬造化，樸直乞江湖㉓。

灩澦險相迫，滄浪深可逾。
浮名尋已已，懶計卻區區㉔。

【章旨】自敘飄泊苦情，而不悔其樸直。

【注釋】⑱勞心二句　二句謂憂心暫得休息，而朗聲詠誦又使自己元氣得以恢復。此寫目的地在望時愉快的心情。勞心，憂心。劃，劃然；忽然。昭蘇，《禮記・樂記》：「蟄蟲昭蘇。」疏：「言蟄伏之蟲，皆得昭曉蘇息也。」⑲飄蕭二句　二句謂如今吾已衰謝，只好隨波逐流，聽任命運的安排。飄蕭，稀疏貌。將，帶。汩沒，淹沒。聽，聽任。洪鑪，大爐，喻天地為洪鑪，有治化之功。⑳丘壑二句　二句反問，言我何曾隱居而忘返，又豈敢輕薄自己的文章？是對以上「迷賢愚」、「聽洪鑪」表象的否定。曾，何曾。敢，豈敢。㉑此生二句　二句言「聖代」而窮蹙，說得沉痛。遭，迎面而遇。〈奉贈鮮於京兆二十韻〉：「破膽遭前政，陰謀獨秉鈞。」「聖代」而用「遭」字，具有諷刺意味。誰分，誰料到。㉒廁儒　置身儒士之列。㉓廷爭二句　此指當年為拾遺疏救房琯被斥事，自覺無愧於天地。乞江湖，求退隱。㉔浮名二句　言浮名固然已成往事，而適江陵也只是不足道的姑且之舉。

【語譯】朗詠精力一時又恢復，憂心於是得休息。排遣意緒開心笑，衰病令人難分賢與愚。白髮飄飄已蕭疏，聽它命運沉與浮。何曾留連丘壑往不返，文章千古豈敢自詆誣？此生以為逢聖代，誰料竟是哭窮途！臥病久滯他鄉客，蒙恩久為孔聖徒。廷爭無愧於天地，樸直但求泛江湖。灩澦天險相逼迫，清波雖深可超渡。浮名早已矣，懶計於今卻小補。

喜近天皇寺，先披古畫圖㉕。
應經帝子渚，同泣舜蒼梧㉖。

朝士兼戎服，君王按湛盧㉗。

旄頭初俶擾，鶉首麗泥塗㉘。

甲卒身雖貴，書生道固殊。

出塵皆野鶴，歷塊匪轅駒。

伊呂終難降，韓彭不易呼㉙。

五雲高太甲，六月曠摶扶㉚。

回首黎元病，爭權將帥誅。

山林託疲苶㉛，未必免崎嶇。

【章旨】因披覽聖賢畫像及經舜帝葬所而引發議論，希望唐君主能用文治，但瞻望前途，仍覺寒心。

【注釋】㉕喜近二句　題下原注：「此寺有晉右軍書，張僧繇畫孔子洎顏子十哲形像。」天皇寺，在江陵。披，披覽。㉖應經二句　帝子渚，地名，在江陵之南。帝子，當指上古堯帝的兩個女兒娥皇、女英。屈原〈九歌〉：「帝子降兮北渚。」注云：「堯二女隨舜不及，沒於湘水之渚，因為湘夫人。」蒼梧，舜的葬所。㉗朝士二句　二句謂亂世君臣尚武。湛盧，寶劍名，傳為春秋時歐冶子所鑄。㉘旄頭二句　二句指吐蕃人侵長安。旄頭，即昴星，其分野為胡地；此喻指吐蕃。俶擾，本意為開始擾亂，後泛指動亂。鶉首，星次名，指朱鳥七宿中的井、鬼二宿，其分野為秦地；此喻指長安。麗，附着；落入。㉙出塵四句　野鶴，指隱士。歷塊，形容良馬過都越國之輕易，如歷塊土然。轅駒，拉車的小馬。二句承上「書生道固殊」，謂儒生恥與甲士同列，故如野鶴遠去，他們是千里馬而不事駕車。伊呂，伊尹、呂尚，皆歷史上有名的輔弼之能臣。此句再強調文臣要以禮相待，如商、周帝王之待伊尹、呂尚也。韓彭，韓信、彭越，漢高祖時擁兵自重之大將。此句則言承「甲卒身雖貴」，須防悍將不易駕御。㉚五雲二句　五雲，五色瑞雲。太甲，星名。《詩杜心解》：「回首帝廷，如『五雲太甲』，渺然天際。惟效鵬摶南徙，為長往之計而已。此為決就江陵之詞。」又，張志烈主編《杜詩全集》注云：「舊注考證紛繁，似皆不得要領。細揣詩意，五雲當指天子氣；浦起龍引《隋書》云：『天子氣，或如華蓋在霧中，或有五色。』《讀杜心解》卷五之四）太甲當指殷商立國之君成湯的嫡長孫。《史記・殷本紀》：『帝太甲既立三年，不明，暴虐，不遵湯法，亂德；於是伊尹放之於桐宮。……帝太甲居桐宮三年，悔過自責，反善，於是伊尹乃迎帝太甲而授之政。帝太甲修德，諸侯咸歸殷，百姓以寧。』引文的『桐宮』，是成湯的葬地，在洛州偃師縣西南五里的尸鄉。杜甫由伊尹而想到太甲曾被伊尹流放到家鄉附近的尸鄉，聯想到太甲能悔過自責，修德使諸侯咸歸而百姓以寧，因用以喻當今皇帝；可見杜甫內心始終寄希望於皇帝。」另闢蹊徑，亦通，錄供參考。㉛疲苶　疲憊。

【語　譯】且喜已近天皇寺，先欲披覽寺中所藏聖賢圖。此去應經帝子渚，當同堯之二女哭蒼梧。所憤如今廷臣也帶甲，君王坐殿按湛盧。昴星見時吐蕃擾，秦地百姓陷泥汙。武夫於是當朝貴，唯與書生道本殊！清高之士皆如野鶴卓不群，過都越國之良駒豈肯來駕車？輔弼之臣招不至，彪悍將帥卻又難驅使。哦，五彩瑞雲乃是天子氣，大鵬時來運轉會南圖！回首百姓正呻吟，爭權將帥理當誅。我已疲憊且容山林住，前路崎嶇看來難免除。

【研　析】此詩極具現場感，使人如隨舟逐浪同行，畫面一一閃過。老杜排律之所以不板滯，原因就在其「鋪陳排比」的意象化，且畫面作了「蒙太奇」式的處理。就這一首而言，舟隨波動，情隨景移，峽或窄或寬，浪或險或舒，情緒也隨之或憂或喜，或悲或憤，轉接飄曳，情與景兩條起伏的曲線相疊合，天衣無縫，切合漂泊感，充分表達了其雜糅的情緒變化。

最後一段由經蒼梧而哭舜帝引出的議論值得注意，蓋「甲卒身雖貴，書生道固殊」一聯，道出後半生心事：要文治，即使戰亂時也不能棄文。「五雲高太甲，六月曠摶扶」一句雖難判其確解，但觀上下文，寄望於當今帝王之覺悟，鵬舉可期，卻也是杜甫執着處，也是其悲劇性之所在。

泊松滋江亭（五律）

【題解】大曆三年（西元七六八年）春月，舟至松滋縣（近江陵，今屬湖北松滋），作此詩。松滋江亭，故址在松滋縣東長江邊，因杜甫此詩有「今宵南極外，甘作老人星」之語，後人遂改此亭為南極亭。

紗帽隨鷗鳥，扁舟繫此亭。
江湖深更白❶，松竹遠還青。
一柱全應近，高唐莫再經❷。
今宵南極外，甘作老人星❸。

【注釋】❶江湖句　大凡池潭愈深，水色愈黑綠。至若湖水，則愈廣闊，因湖光瀲灩，色更白。此見杜甫體物之深細，同時表露少陵離開窄隘的三峽到開闊地之喜。❷一柱二句　一柱，觀名，在松滋縣東丘家湖中。南朝宋臨川王劉義慶所建，因該臺觀只用一根立柱而得名。全，甚也。全應近，一作「應全近」，猶言「應甚近」。高唐，楚國臺館名，宋玉〈神女賦〉謂楚王於高唐夢見巫山神女；此處以之指代三峽。❸今宵二句　南極，指南方極遠之地。或以南極指夔府，誤。趙次公云：「公將盡楚而往，故云『南極外』也。」以「南極」指湖南，是。湖南學人袁慧光《杜甫湘中詩集注》於〈南極〉、〈北風〉詩下有詳辨，可參考。老人星，則壽星。《史記・天官書》載：「狼比地有大星，曰南極老人。」

【語譯】紗帽隨鷗嗟空戴，扁舟且繫此亭臺。松竹遠看青青色，湖光瀲灩深更白。一柱名觀喜應近，三峽已過莫再來！今宵已在南極外，甘盡南楚作老邁。

【研　析】此詩只寫得一個「喜」字，卻全從寫景中透出，不著一字，盡得風流。「紗帽隨鷗鳥」，空有官銜而隨波逐流，幽默中又透出苦澀，是其本色語。

書堂飲既，夜復邀李尚書下馬，月下賦絕句 （七絕）

【題　解】大曆三年（西元七六八年）春作於江陵。李尚書，則李之芳。見卷七〈秋日夔府詠懷奉寄鄭監李賓客一百韻〉。杜在江陵與李及鄭審同集，宴會後餘興未盡，復邀李下馬賞月再飲，有是作。

湖水林風相與清，殘樽下馬復同傾。
久拚野鶴如霜鬢，遮莫鄰雞下五更❶。

【注　釋】❶久拚二句　拚，豁出去。野鶴如霜鬢，倒語，言雙鬢如野鶴之白。遮莫，唐時方言，儘教；此處有「莫管他」的意思。下，至也。仇注引周珽云：「風月既清，酒興未闌，飲當垂白，達旦何妨。」

【語　譯】林風湖水相伴清，殘留尊酒下馬再同飲。拚他殘年髮如鶴，管他鄰雞叫五更！

【研　析】《杜詩鏡銓》引李子德評云：「逸氣迢迢。」尾聯口語生動，忘形爾汝，豪情似舊。

暮春江陵送馬大卿公恩命追赴闕下 （五排）

【題　解】大曆三年（西元七六八年）暮春作於江陵。馬大，姓馬而排行老大，名無考。既稱「卿」，又稱「公」者，尊敬之至。恩命，皇帝的詔命。

自古求忠孝，名家信有之❶。
吾賢富才術，此道未磷緇❷。
玉府摽孤映，霜蹄去不疑❸。
激揚音韻徹，籍甚❹眾多推。
潘陸應同調，孫吳亦異時❺。
北辰徵事業，南紀赴恩私❻。
卿月昇金掌，王春度玉墀❼。
薰風行應律，〈湛露〉即歌詩❽。
天意高難問，人情老易悲。
樽前江漢闊，後會且深期❾。

【注釋】❶自古二句　首聯化用《後漢書》韋彪所議「求忠臣必於孝子之門」意，馬大出自忠孝名門可知。❷磷緇　《論語》：「磨而不磷，涅而不緇。」謂馬氏於忠孝之道無虧。❸玉府二句　《穆天子傳》：「天子至於群玉之山，四徹中繩，先王之所謂策府。」喻馬氏胸襟高潔。言清高也。摽孤映，以清高著稱。〈北山移文〉：「離霞孤映，明月獨舉。」霜蹄，《莊子・馬蹄》：「馬蹄可以踐霜雪。」用指馬氏捷才。❹籍甚　極盛。❺潘陸二句　潘陸，西晉文學家潘岳、陸機。孫吳，春秋戰國時軍事家孫武、吳起。❻北辰二句　北辰，指朝廷。事業，指經國之人才。南紀，南方，此指馬氏所在的江陵。恩私，恩寵。❼卿月二句　二句謂馬氏春月即應召。卿月，《尚書・洪範》：「王省唯歲，卿士唯月。」上句謂君王察看徵兆要顧及全年；下句「唯」前略去「省」字，謂卿士察看徵兆要顧及全月。此處只借用字面義，言馬大此行當為卿士而司其職，用對「王春」。《春秋》正文之首句：「春王正月。」此指陰曆新春。金掌，秦宮中有金銅仙人捧承露之盤，此借指宮廷。玉墀，指宮殿之臺階。❽薰風二句　二句預想馬氏入朝事。薰風，南方吹來的和風。應律，此指合乎天時。湛露，語出《詩・湛露》，乃天子宴諸侯所唱之詩。❾天意四句　深期，深為期盼。《讀杜心解》：「末四句，自傷而曲致其情。以多年去國之人，送新命趨朝之客；猛然感觸，真不能不問天而悲老。江漢迢迢，深期後會。非望馬卿復來，正冀此生復返。其情為己切矣。」頗發詩心。

【語　譯】自古孝子之家求忠臣，君出名門必有之。我公大賢有才術，忠孝之道無瑕疵。胸如玉府示高潔，此行捷足莫延遲。音韻激揚徹天響，詩名盛矣眾推識。應與潘陸同雅調，武略異代孫吳似。朝廷如今召濟世，荊楚追赴恩寵施。即為卿士大夫登金殿，大地春來上丹墀。且歌〈湛露〉飲群臣，南來和風應天時。命運安排無從問，人情到老易傷悲！樽前淼淼水空闊，深盼長安後會尚有期。

【研　析】始讀此詩，總覺得將馬大說得「潘陸應同調，孫吳亦異時」，如此了得，卻不見事跡，頗怪老杜輕於許與；至讀「天意高難問，人情老易悲」二句，忽轉入自歎時運不濟，表出向闕之思，實在是閱盡滄桑人語，則以上頌美馬卿之詞正是要襯出命運的水火兩重天，非諛詞矣！

短歌行贈王郎司直（七古）

【題　解】大曆三年（西元七六八年）暮春作於江陵。短歌行，樂府舊題。郎，對少年的美稱。司直，司法官，從六品上。寶應元年（西元七六二年）杜甫〈戲贈友二首〉有云：「元年建巳月，官有王司直。馬驚折左臂，骨折面如墨。」當即此人。六年後還當司直，其不得志可知。

王郎酒酣拔劍斫地歌莫哀，
我能拔爾抑塞磊落之奇才❶。
豫章翻風白日動，鯨魚跋浪滄溟開❷。
且脫佩劍休徘徊，西得諸侯棹錦水❸，
欲向何門趿珠履？仲宣樓頭春色深❹。
青眼高歌望吾子，眼中之人吾老矣❺！

【注　釋】❶王郎二句　拔劍斫地，鮑照〈行路難〉「拔劍擊柱長嘆息」，拔劍斫地也是一種憤慨的表現。歌莫哀，浦注：「首句『莫哀』二字，另讀。斫劍而歌，哀情發矣，故勸之莫哀也。」拔，排解。抑塞，抑鬱。磊落，形容抑鬱多而雜。《文選》潘岳〈閒居賦〉：「石榴蒲陶之珍，磊落蔓衍乎其側。」注：「磊落，實貌。」此言我能以歌行為你這奇才排解多而雜的鬱悶。❷豫章二句　豫章，兩種大木。豫亦名枕木，章亦名樟木。翻風白日動，言豫章大木之葉於風中翻飛，給人日動之錯覺。鯨魚跋浪，猶乘浪。滄溟，即碧海。❸且脫二句　二句勸勉王郎莫再激憤，乘舟西入成都，取得諸侯之重視。諸侯，指蜀中節鎮。棹，作動詞用，猶言泛舟。❹欲向二句　二句中有提醒王郎慎選投靠對象之意。趿珠履，《史記・春申君列傳》：「春申君客三千餘人，其上客皆躡珠履。」此謂作諸侯之幕府貴賓。仲宣樓，王粲字仲宣，「建安七子」之一，曾避亂依荊州劉表，作〈登樓賦〉，後人因稱所登樓為「仲宣樓」。此借指江陵別宴之樓。❺青眼二句　青眼，《晉書・阮籍傳》：「籍又能為青白眼。」青眼表示好感，白眼表示蔑視。吾老矣，是說自己已不中用了，要求王郎及時努力。

【語　譯】王郎王郎，莫要酒酣拔劍擊地歌聲哀，我歌能為你這奇才排解累累之鬱塞。風翻巨木之葉日影動，鯨魚乘浪破滄海。大志之人要想開，且脫佩劍息怒停徘徊。棹舟西入成都謁諸侯，不知想進哪家侯府受青睞？仲宣樓上送才子，春色正濃花正開。高歌青眼看王郎，可你眼前之人已老邁！

【研　析】將抑塞化為慷慨，故能「突兀橫絕，跌宕悲涼」（盧德水語）。乃知杜詩之沉鬱，絕非沉悶抑鬱，乃沉雄鬱勃耳！

秋日荊南述懷三十韻（五排）

【題　解】大曆三年（西元七六八年）秋作於江陵。

昔承推獎分，愧匪挺生材❶。
遲暮宮臣忝，艱危袞職陪❷。
揚鑣隨日馭，折檻出雲臺❸。
罪戾寬猶活，干戈塞未開❹。

【章　旨】第一段追述作者之所以至今漂泊的起因，是在朝廷直諫疏救房琯。

【注　釋】❶昔承二句　推獎分，得到被推薦的機會。匪，非。挺生材，傑出的人才。❷遲暮二句　宮臣，指任左拾遺事。忝，謙詞，充數。袞職，古代帝王衣卷龍衣，即袞衣，用指帝王；袞職即王職，帝王之職事。❸揚鑣二句　揚鑣，鑣乃馬銜；揚鑣即驅馬。日馭，指帝車。折檻，用朱雲苦諫的典故，用指詩人曾為救房琯苦諫事。雲臺，漢武帝在雲臺召群臣議事，此指代唐朝廷。❹罪戾二句　罪戾，罪過。寬猶活，指作者救房琯獲罪，得張鎬等人營救，幸得免死。塞未開，指當時安史之亂尚未平定。

【語　譯】往昔也曾蒙錯愛，自愧不是脫穎材。側身朝班隨晨暮，危難之際受命來。驅馬隨御駕，苦諫被擯排。

獲罪幸免死，戰事猶陰霾。

星霜玄鳥變，身世白駒催❺。
伏枕因超忽❻，扁舟任往來。
九鑽巴噀火，三蟄楚祠雷❼。
望帝傳應實，昭王問不回❽。
蛟螭深作橫，豺虎亂雄猜❾。
素業❿行已矣，浮名安在哉！
琴烏曲怨憤，庭鶴舞摧頹⓫。
秋水漫湘竹，陰風過嶺梅⓬。
苦搖求食尾，常曝報恩鰓⓭。
結舌防讒柄，探腸有禍胎⓮。
蒼茫步兵哭，展轉仲宣哀⓯。
飢藉家家米，愁徵處處杯。
休為貧士嘆，任受眾人咍⓰。

【章　旨】回顧在巴蜀與荊南間的艱辛坎坷，自警要結舌防禍端。

【注　釋】❺星霜二句　星霜，猶歲月。玄鳥，指候鳥燕子，春來秋去；《禮記・月令》：二月玄鳥至，八月玄鳥歸。玄鳥變，即季節變。白駒，喻時光。《莊子・知北遊》：「人生天地之間，若白駒之過隙，忽然而已。」❻伏枕句　此句謂臥病隨憑漂泊曠遠。伏枕，臥病。因，因依；隨憑。超忽，曠遠貌。❼九鑽二句　九鑽，指九年。古人鑽木取火，四季所鑽之木不同，春取榆柳，夏取棗杏，秋取柞楢，冬取槐檀，一年一輪回，稱「改火」。巴噀，《神仙傳・欒巴》載，仙人欒巴噀酒滅成都大火。這裡只是借指杜甫九年在巴蜀，與仙人滅火無關。下句則謂三年在楚。❽望帝二句　望帝，傳古蜀帝杜宇（稱望帝），失其國，魂化為杜鵑。因唐玄宗逃難至蜀，故以此指代玄宗去世。昭王，指周昭王。《左傳・僖公四年》載，周昭王南巡死於漢水，春秋時齊桓公伐楚，以此事為由向楚問罪，楚使對曰：「昭王之不復，君其問諸水濱。」此指肅宗之死。問，問罪。蓋二帝死於同年，宦官李輔國乃禍首，後來雖被代宗罷免，為盜所殺，而二帝已經不得起死回生了。❾蛟螭二句　蛟螭、豺虎，喻悍將群盜。深，言其盤據一方，不易根除。猜，此言其不可靠，蓋悍將多叛臣。❿素業　世傳之業，此指儒業。⓫琴烏二句　二句以典故為下文訴苦情起興造氣氛。琴烏，琴曲有〈烏夜啼〉，傳宋臨川王劉義慶被征，家人夜聞烏啼，憂思而成曲，見吳兢《樂府古題要解》。鶴舞，《韓非子・十過》載：春秋時，師曠鼓琴，有玄鶴飛來，列隊而舞。⓬秋水二句　湘竹，《博物志》：「堯之二女，舜之二妃，曰湘夫人。舜崩，二妃啼，以涕揮竹，竹盡斑。」嶺梅，在今江西省，這裡應指大庾山，蓋大庾嶺上多梅，又號「梅嶺」。同作於江陵之〈哭李常侍嶧〉有句云：「短日行梅嶺，寒山落桂林」，仇注謂李死於廣南，歸葬長安，公逢於江漢而哭之；故此引起聯想而有「陰風」云云。湘江與梅嶺皆在南方，是杜甫要去的地方，此預想其行程之艱辛。⓭苦搖二句　二句言仕途不利，報恩無門。司馬遷〈報任安書〉：「猛虎在深山，百獸震恐；及在檻阱，搖尾而求食。」曝鰓，據《三秦記》載，魚集龍門之下，登者化為龍，不登者點額曝腮而退。這裡還兼用「報恩鰓」的典故。《三秦記》：「昆明池人釣魚，綸絕而去。夢於漢武帝，求去其鉤。明日，帝游於池，見大魚銜索。帝曰：『昨所夢也。』取而去之。帝后得明珠。」⓮結舌二句　二句言世事險惡，要少論話，特別是真心話，以免種下禍根。晚年杜甫常有此憂慮，應是在蜀、夔幕府時的實際經驗之總結。結舌，噤聲；少說話。探腸，猶「掏心掏肺」，說真心話。⓯蒼茫二句　二句借古事抒今情。蒼茫，渺茫，此處有渺茫不知所往意。步兵哭，用阮籍哭途窮事。仲宣哀，東漢末王粲有〈七哀詩〉。⓰哈　譏笑。

【語　譯】燕子來去歲月移，時光荏苒老相催。臥病異鄉任漂泊，來去扁舟一葉隨。九載巴蜀鑽新火，三年荊楚停冬雷。失國玄宗傷望帝，問水肅宗逝不回！盜如蛟螭猶深據，將似豺虎亂難猜。世傳儒業行不通，浮名空在有何用？琴操烏棲多怨憤，鶴舞庭前已衰頹。秋水漫漫已浸湘妃竹，陰風吹落大庾嶺頭梅。虎鎖檻阱苦搖尾，魚跌龍門常曝鰓。沉默為防多讒毀，真話便是召禍胎。不知所往阮籍哭，展轉流離王粲哀。充飢求助家家米，銷愁酒斟處處杯。傲骨不作貧士嘆，任人譏笑不掛懷。

得喪初難識，榮枯劃易該⑰。
差池分組冕，合沓起蒿萊⑱。
不必伊周地，皆登屈宋才⑲。
漢庭和異域，晉史坼中台⑳。
霸業尋常體，宗臣忌諱災㉑。
群公紛戮力，聖慮窅徘徊㉒。
數見銘鐘鼎，真宜法斗魁㉓。
願聞鋒鏑鑄，莫使棟梁摧㉔。
磐石圭多翦，凶門轂少推㉕。
垂旒資穆穆，祝網但恢恢㉖。
赤雀翻然至，黃龍詎假媒㉗。

【章　旨】這一段集中批評朝廷的用人政策，聯繫房琯被斥往事，希望朝廷尚賢任能抑武，早致太平。

【注　釋】⑰得喪二句　得喪，得失。初，本來。該，俗作「賅」，兼備也。下句言孰榮孰枯容易分清楚。⑱差池二句　差池，參差不齊貌。組冕，組綬與官帽，指官職。合沓，紛至沓來。蒿萊，雜草，此指草野出身者。⑲不必二句　伊周，古聖賢伊尹與周公旦，二人咸曾攝政。二句謂像伊尹、周公旦那般重要的位置，現在不必有屈原、宋玉一般的文才也能登上。這是抨擊朝廷用人重武不重文。以上六句，仇注引《杜臆》曰：「劃易該，言劃然之間，榮枯易見。如組冕起自蒿萊，崛起者得官矣。伊周不皆屈宋，樞要皆武夫矣。」⑳漢庭二句　上句影射代宗與回紇和親；下句指房琯之死。《晉書‧張華傳》載，司空張華被殺前中臺星裂；後因用指宰相凶訊。和，和親。㉑霸業二句　霸業，與王道相比，不屬正體。《杜詩說》云：「『漢庭和異域，晉史坼中臺。霸業尋常體，宗臣忌諱災。』此以下聯分應上聯。漢治雜霸，故以和親為尋常，其實失帝王臨御之體也。」宗臣，為後世所敬仰之臣，此指房琯。仇注引胡震亨曰：「霸業句，言和親乃漢道雄霸，非國體之正。宗臣句，言房琯建諸王分鎮之議，觸肅宗忌諱而得禍。」事實上房琯的倡議未必切合實際，但的確犯了肅宗之大忌。㉒群公二句　二句門面上的話，稱當今群臣或許都在盡力，但皇帝聖慮深遠，仍獨自徘徊。言外是沒人能分憂，蓋能擔當國體的大臣欠缺也。戮力，勉力。窅，深遠。㉓數見二句　銘鐘鼎，在鐘鼎器物上銘文紀功。法斗魁，《晉書‧天文志》：「杓南三星及魁第一星、西三星，皆曰三公，主宣德化、調七政、和陰陽之官也。」上句承「群公」句，謂雖有將領多次立功，但大局仍未改變；下句承「聖慮」句，言關鍵還是要任用賢相以調和朝廷政事。㉔願聞二句　鋒鏑鑄，即銷兵器。下句意謂要保護賢相重臣，不要再出現類似房琯被摧殘之事。㉕磐石二句　二句謂皇室要磐石般穩固，必須多分封宗室；而兵者為兇器，要少任用強藩悍將。圭多翦，圭，玉製的禮器，古代貴族朝聘、祭祀時所執。《史記‧晉世家》：「成王與叔虞戲，削桐葉為圭以與叔虞，曰：『以此封若。』」後用作分封宗室的典故。凶門，古代將軍出征時，鑿一扇向北之門，由此出發，以示必死之決心，稱凶門。推轂，《史記‧馮唐列傳》：「臣聞上古王者之遣將也，跪而推轂，曰：『閫以內者，寡人制之；閫以外者，將軍制之。』」轂，車輪軸。㉖垂旒二句　垂旒，皇冠上垂下的玉串，用指皇帝。穆穆，端莊肅穆狀。祝網，喻仁政。《史記‧殷本紀》載，商湯見野張網四面，乃令去其三面，祝曰：「欲左，左。欲右，右。不用命，乃入吾網。」諸侯聞之，曰：「湯德至矣，及禽獸。」㉗赤雀二句　赤雀，傳說中祥瑞之鳥，周文王為西伯，赤雀銜丹書止其戶，其子後為武王云。事見《太平御覽》所引《尚書中候》。黃龍，傳說王者有德則黃龍現身。假，假借。媒，龍媒，指良馬。漢〈郊祀歌〉：「天馬徠，龍之媒。」

【語　譯】孰得孰失本難辨，是榮是枯卻易分。良莠賢愚皆得官，野夫俗子來紛紛。不必屈原宋玉文才富，也能伊尹周公一樣據要津。中臺星裂房琯死，朝廷拒敵靠和親！霸業本非國體正，宗臣建議分封釀成災。紛紛朝廷群公多勉力，終是難免聖慮幽深獨徘徊。雖然屢見諸將功銘鼎，仍宜任用宰相魁斗才。願聞天下銷甲兵，莫使國之棟梁摧！分封宗室國本固，強藩悍將少登拜。皇上垂拱增肅穆，施仁法網自恢恢。赤雀銜書翻然至，黃龍現身何止天馬來！

賢非夢傅野，隱類鑿顏坏㉘。
自古江湖客，冥心若死灰。

【章　旨】浦注云：「隨手撇開作結。」以隱遁與「結舌防讒柄」相呼應，表達一種無可奈何之情。

【注　釋】㉘賢非二句　夢傅野，《史記．殷本紀》，殷高宗夢見聖人，使百工營求之，得之於傅巖，時傅說操築於野。高宗舉以為相。坏，牆也。鑿顏坏，《淮南子．齊俗》：魯國高士顏闔，聞魯君遣使來聘，鑿後牆遠遁。

【語　譯】野人何知非傅說，我是逃祿類顏闔。自古江湖隱遁客，心如死灰不復作。

【研　析】明代胡震亨曾以此詩通首主言房琯，後人頗不以為然，房琯只是杜少陵發興的支點，藉以述己之懷耳。不過應當說，疏救房琯的確是杜少陵後期坎坷流落的節點，是老杜述懷中的心結，不可不知。曹慕樊教授《杜詩雜說》總結前人意見，指出肅宗朝臣有兩派：「一邊是扈從功臣，又可叫成都集團；一邊是擁立功臣，又可叫靈武集團。靈武集團有李亨庇護，亦是當時人民早已不滿於玄宗的窮兵奢靡，但同時又恐懼安祿山的殘暴掠奪因而想望新政的希望所寄，所以顯得頗有力量。兼之李光弼、郭子儀是擁護新君的，李泌又是出色的謀臣，所以靈武確實形成了一個中心。但肅宗庸暗，聽不進李泌的好些建議。知道李、郭的才略，又怕他們功高難制，不能專任。他的左右有樹黨營私的寵妾張良娣和以擁戴元勳自命的太監李輔國，這就是靈武的中心人物。大臣則有裴冕、崔圓、杜鴻漸等，都是庸人。後來李輔國廢張後立代宗，開唐代中後期宦官直接廢置皇帝的惡例。成都集團主要是些士族人物，思想保守，缺乏幹回全局的材能，他們本想奉玄宗收復兩京，克定禍亂。後來知道肅宗自立，他們雖然不以為然，但亦知道團結統一是平定叛亂的前提，立即靠攏了新的中央。這些人有房琯、張鎬、嚴武、陳玄禮、高力士。杜甫也是屬於這一派的。」這一分析是較為中肯的。問題是杜甫之所以傾心房琯，不因私交，而在乎房琯切合其文治的理想，在其心目中是張九齡一流人物。且不論房琯的是是非非，杜甫借房琯表達理想、抨擊現實以述己懷，這才是我們讀此詩時應留心的。

暮歸（七律）

霜黃碧梧白鶴棲，城上擊柝復烏啼❶。
客子入門月皎皎，誰家擣練風淒淒❷。
南渡桂水闕舟楫，北歸秦川多鼓鼙❸。
年過半百不稱意，明日看雲還杖藜❹。

【題解】大曆三年（西元七六八年）暮秋杜甫寓居江陵時作。

【注釋】❶霜黃二句　黃，凋黃，「黃」字用作動詞。上句黃、碧、白三色並列，二虛一實（黃是凋零意，碧是言梧本碧綠，今則黃落矣，故曰虛，白則是鶴之實在本色），別有趣味。擊柝，即打更。下句寫暮色降臨。❷客子二句　客子，杜甫自謂。搗練，洗白絹。此暗示冬將至而搗練準備為遊子做寒衣，起下思歸意。❸南渡二句　桂水在湖南郴縣西。闕，同「缺」。張衡〈四愁詩〉：「我所思兮在桂林，欲往從之湘水深。」此句化用其意。秦川，指關中。鼓鼙，指戰爭。史載，大曆三年（西元七六八年）八月，吐蕃入寇，京師戒嚴，故曰「多鼓鼙」。❹年過二句　《杜詩直解》：「瞻雲望故鄉，人情最屬無聊；公因暮，想到明日，又就明日想其景況，還是杖藜，還是看雲，到底無稱意事，無北歸時。一『還』字有無限惆悵，無限曲折。」

【語　譯】霜凋碧梧白鶴棲，城上打更又鴉啼。月色皎皎回寓居，誰家還在搗練風淒淒。想要南渡桂水沒舟楫，北歸更遇故鄉戰鼓擂！年過半百萬事不稱意，明日依舊無聊看雲還杖藜。

【研　析】蕭滌非先生說：「這是一首拗體七律。乍讀似聱牙詰屈，其實仍聲調和諧。所以盧世㴶說『讀去如《竹枝》、《樂府》。』《讀杜劄記》引申鳧盟曰：「作拗體詩，須有疏斜之致，不衫不履。如『客子入門月皎皎』，及『落日更見漁樵人』，語出天然，欲不拗不可得。而此一首律中帶古，尤為入化。」又云：「『霜黃碧梧白鶴棲』，一句中三用顏色字，見安插頓放之妙。」

江漢（五律）

江漢思歸客，乾坤一腐儒❶。
片雲天共遠，永夜月同孤❷。

【題　解】當是杜甫大曆三年（西元七六八年）秋漂泊湖北時所作。江漢，長江、漢水，此指湖北。詩取首句二字為題。

落日心猶壯，秋風病欲蘇❸。
古來存老馬，不必取長途❹。

【注釋】❶江漢二句 《杜詩說》：「『一腐儒』上著『乾坤』字，自鄙而兼自負之辭。人見其與時齟齬，未免腐儒目之，然身在草野，心憂社稷，乾坤之內，此腐儒能有幾人！」❷片雲二句 蕭先生說：「這兩句正寫思歸之情。如果順說，便是『共片雲在遠天，與孤月同長夜』。但說『共遠』、『同孤』，便將情感和景物密切結合，融成一片。」這種融合，是人與自然的溝通，孤月片雲，兼有自況意。❸落日二句 落日，喻垂暮之年。《瀛奎律髓》引紀昀曰：「『落日』二字，乃景迫桑榆之意，借對『秋風』，非實事也。」病欲蘇，病快好了。仇注引趙汸曰：「中四句，情景混合入化。……他詩多以景對景，情對情；其以情對景者已鮮，若此之虛實一貫不可分別，效之者尤鮮。」❹古來二句 存，留着。老馬，杜甫自比。《韓非子》：「桓公伐孤竹，返，迷惑失道，管仲曰：『老馬之智可用也。』乃放老馬而隨之，遂得道焉。」此句與「心猶壯」相應，是自信語。

【語譯】我是荊楚思歸客，儒生一介兀立天地間。長夜相伴孤輪月，片雲共我在遠天。衰如落日心猶壯，秋風蕭瑟病欲痊。自古識途留老馬，不為著先鞭！

【研析】杜甫暮年，可謂每下愈況，但他仍頑強如初，且借助五律形式，將語言錘煉得十分堅實乾淨，意象與意象間不容髮，如「乾坤一腐儒」區區五字，在「人與天地參」的意涵中，囊括了身世之感、社稷之憂、儒學之價值觀，可謂納須彌於芥子。且全詩多「反對」，如「乾坤」之大與「腐儒」之小且弱；「落日」之衰颯與「心猶壯」之力不從心；「老馬」與「不必取長途」隱喻中的「老馬之智可用也」所形成的不服老情緒等，都使全詩透出一股抗爭的強力精神。有此兩端，故詩能含闊大於深沉，得沉鬱頓挫之美。

哭李尚書之芳（五排）

【題　解】大曆三年（西元七六八年）秋於公安縣作。李之芳，唐太宗子蔣王李惲之孫，曾奉使比篆被批留，後任禮部尚書，卒於太子賓客。與杜甫交情頗篤，詳參本書卷七所選〈秋日夔府詠懷奉寄鄭監李賓客一百韻〉【題解】。

漳濱與蒿里，逝水竟同年❶。
欲掛留徐劍，猶回憶戴船❷。
相知成白首，此別間黃泉。
風雨嗟何及❸，江湖涕泫然！
修文將管輅，奉使失張騫❹。
史閣行人在❺，詩家秀句傳。
客亭鞍馬絕，旅櫬網蟲懸❻。
復魄昭丘遠，歸魂素滻偏❼。
樵蘇封葬地，喉舌罷朝天❽。
秋色凋春草，王孫若箇邊❾。

【注　釋】❶漳濱二句　漳濱，建安七子之劉楨有〈贈王官中郎將〉詩云：「余嬰沉痼疾，竄身清漳濱。」劉為太子曹丕之幕客，用喻太子賓客李之芳臥病他鄉。蒿里，又名「薨里」。「蒿」、「薨」都同於「槁」，人死則枯槁，所以死人的居處名蒿里。

樂府挽歌有〈蒿里行〉。逝水，喻李之芳之死。同年，謂李臥病與病亡在同一年。❷欲掛二句　留徐劍，《史記・吳太伯世家》：季札出使，北遇徐君。徐君好其劍，口弗敢言。季札心知之，為使上國，未獻。還至徐，徐君已死，乃解其寶劍，繫之徐君塚樹而去。憶戴船，《世說新語・任誕》載，王子猷雪夜忽憶戴安道，即便乘舟訪之，造門不入，興盡而返。此謂舟行離江陵後，未能再見李之芳。❸風雨句　風雨，《詩・風雨》序云：「思君子也。」此言雖思之而歎不能再見之。❹修文二句　修文，指修文郎。晉王隱《晉書》載，蘇韶卒，其親屬夢見韶言：「顏回、卜商，今見在，為修文郎。」後以稱有文才而早逝者。管輅，三國時人，有文才，英年早逝。此句兼用兩事，歎李之芳有文才而英年早逝，但慰以即使在地下也能為修文郎。張騫，漢臣張騫奉使通西域，李之芳也曾出使吐蕃，故比之張騫。❺史閣句　此句言李之芳遺事當書之於史冊。史閣，國史館。行人，職官名。《周禮・秋官》載大行人掌大賓禮及大客儀以親諸侯，小行人掌邦國賓客禮，藉以待四方使者。❻客亭二句　二句言李之芳身後蕭條。客亭，客寓之所。旅櫬，權厝他鄉的棺木。❼復魄二句　復魄，還魂復蘇，即招魂。昭丘，楚昭王之墓，在當陽，屬江陵府，用指李之芳死所。素滻，滻水之別名，經長安東，李為長安人，故云。❽樵蘇二句　樵蘇，指「樵蘇之刑」，即禁止在墓地打柴割草的刑律。上句謂李回鄉當以重臣厚葬。喉舌，語本《後漢書・李固傳》：「北斗為天之喉舌，尚書亦為陛下喉舌。」因李之芳曾為尚書，故稱之。❾王孫句　王孫，李之芳為宗室，故稱。若箇，唐方言，猶「何處」。

【語　譯】李公臥病在他鄉，不意劇逝竟同年！欲學季札墳前掛寶劍，無奈舟行難回見。與公相知到白首，誰知此別隔黃泉。風雨淒淒可奈何？身在江湖唯有涕淚潸。命如管輅歎早逝，地下應為修文官。曾通西蕃國危難，朝廷如今失張騫。事跡應付史館載史冊，更有詩家秀句萬口傳。客寓門前車馬絕，旅厝棺木蛛絲懸。招魂昭丘離家遠，歸魂遙歸長安邊。他日封葬禁樵采，自此朝廷喉舌瘖。秋色蕭然春草調，王孫王孫去不還……

【研　析】友情是古人情感生活中一個不可或缺的重要內容，是打破血統、地位、年齡之間隔閡的利器，是個體在固化社會中少有的自由選項。因此它成了文學創作靈感的重要資源，許多名篇都從中提煉而成。這一篇也許不是杜詩寫友情最好的篇章，但它是發生在老杜晚年孤獨感最強烈之時，理想的破滅、同道的相繼去世，病老生死途窮，一時齊上心頭，哭李也是哭自己，自然是一種異樣的悲痛，別有一番滋味。當與下一篇合讀。

重題（五律）

【題解】〈哭李尚書〉意猶未盡，當即又作此詩，故曰「重題」。

涕泗不能收，哭君余白頭。
兒童相顧盡，宇宙此生浮。
江雨銘旌濕，湖風井徑秋❶。
還瞻魏太子，賓客減應劉❷。

【注釋】❶江雨二句　銘旌，豎在靈柩前標明死者官職和姓名的旗幡。下句謂己在公安縣，因近岳陽湖，故其風曰「湖風」。井徑，古有井田制，此指田野；井徑則田間小路。❷還瞻二句　原注：「公歷禮部尚書，薨於太子賓客。」魏太子，指曹丕。應劉，指建安七子中的應瑒與劉楨，皆為魏太子曹丕幕僚，故以喻太子賓客李之芳。

【語譯】淚呵撲簌簌地流，你怎忍心遺下我這白髮老頭！兒童舊識看已盡，天寬地大殘生任漂浮。江雨瀝瀝旌幡濕，湖風颯颯田野秋。回望文壇人才減，恰似曹丕太子少應劉。

【研析】讀二詩如見老杜哭了想，想了又哭，情之纏綿可感。

舟中出江陵南浦奉寄鄭少尹審（五排）

【題解】杜甫大曆三年（西元七六八年）暮秋，作於初離江陵南浦之舟中。鄭審當時在江陵為少尹。

更欲投何處，飄然去此都❶。
形骸元土木❷，舟楫復江湖。
社稷纏妖氣，干戈送老儒。
百年同棄物，萬國盡窮途❸。
雨洗平沙淨，天銜闊岸紆❹。
鳴螿隨泛梗❺，別燕起秋菰。
棲託難安臥，飢寒迫向隅❻。
寂寥相呴沫，浩蕩報恩珠❼。
溟漲鯨波動，衡陽雁影徂❽。
南征問懸榻，東逝想乘桴❾。
濫竊商歌聽，時憂卞泣誅❿。
經過憶鄭驛，斟酌旅情孤⓫。

【注釋】❶更欲二句　去此都，離開江陵。唐上元元年（西元七六〇年）升荊州為江陵府，建號南都，故稱「此都」。謂江陵已不得不去，但前往何處則茫茫然。《杜臆》云：「此詩無一字不悲，而起語突然，更不堪讀。」❷形骸句　此謂其為人重本色，不加修飾。《晉書・嵇康傳》：「美詞氣，有風儀，而土木形骸，不自藻飾。」形骸，人之形體。❸百年二句　百年，一生。萬國，猶各地。❹天銜句　紆，回曲。此言江岸寬闊曲折，而與天相銜接。❺鳴蟚句　蟚，似蟬而小，色青赤。泛梗，漂流的木頭。《戰國策・齊策三》：「有土偶人與桃梗相與語。……土偶曰：『今子，東國之桃梗也，刻削子以為人，降雨下，淄水至，流子而去，則子漂漂者將何如耳？』」梗，桃木偶。杜甫此時漂泊無依，用以自喻，且與「形骸元土木」相映成趣。❻向隅　向隅而泣。❼寂寥二句　相呴沫，相呴以沫。呴，吹也。《莊子・大宗師》：「泉涸，魚相與處於陸，相呴以濕，相濡以沫。」以喻困境中相互幫助。報恩珠，《三秦記》載：昆明池人釣魚，綸絕而去。魚託夢於漢武帝求去其鉤。明日帝遊於池，見大魚銜索，取而放之。三日後，帝於池邊得明珠一雙，曰：「豈非魚之報耶？」寂寥、浩蕩，都表明相呴乏人，報恩無所。❽溟漲二句　溟漲，大海。衡陽，在今湖南省南部，有回雁峰。據說大雁至此而止，遇春而回。徂，往也。此言或往東海方向（吳越），或往湖南，尚拿不定主意。❾南征二句　懸榻，用後漢陳蕃懸座榻以待徐穉（孺子）故事，言南往投靠好文士之貴人。乘桴，乘槎。《論語・公冶長》：孔子曰：「道不行，乘槎浮於海。」言不得志而另尋出路。❿濫竊二句　二句喻己之懷才不遇。商歌，《史記・魯仲連鄒陽列傳》載，甯戚餵牛，扣牛角商歌。齊桓公夜出，聞而知其賢，舉為客卿。卞泣誅，卞泣，卞和之泣。《韓非子》載，楚人和氏得玉璞楚山中，獻之厲王，王以為石，刖其左足。武王即位，又獻之，王又刖其右足。文王即位，和氏抱璞哭於楚山之下，王使玉人理其璞得寶玉，名曰「和氏之璧」。⓫經過二句　二句以鄭當時喻鄭審，為其能酌酒相慰旅情也。鄭驛，《漢書・鄭當時傳》：漢景帝時，鄭當時為太子舍人，任俠好客，「常置驛馬長安諸郊，請謝賓客，夜以繼日，至明旦，常恐不遍。」

【語　譯】飄然離開了江陵，該投何方我憂心忡忡。形同土木不事藻飾，潦倒又回到江湖中。祖國呵仍被妖氣死纏，遍地烽火將我這老儒送。平生被視為無用的棄物，各地都艱難哪，末路途窮！雨後沙平水淨，兩岸開闊接天穹。寒蟬聲聲隨着我這漂流的斷梗，菰蒲飛起的燕子掠過秋風。寄人籬下難安居喲，獨自飲泣四壁空。有誰在寂寞中共我相濡以沫？又有誰須我明珠報恩如山重？看哪，巨鯨乘潮頭排浪赴海；看哪，大雁拍雙翅飛向回雁峰。道不行乘槎浮於海，我想向東！我又想向南，那兒可有優待文人的主人翁？空盼着甯戚忽然被起用，怕只是以卞和泣玉告終！每到一地我都懷念你啊，只有你才會用酒來勸慰我旅途的孤窮。

【研 析】陳貽焮先生說杜甫到江陵是乘興而來，失望而去，一點不錯。你想，老友尚書李之芳、少尹鄭審，弟杜觀、堂弟行軍司馬杜位，還有一班有些瓜葛的新知舊識，都在江陵；何況江陵是所謂「南都」，算是個大埠頭，而節度使陽城郡王衛伯玉，老杜早就歌頌備至，寄大希望焉，因此有在此地「山林託疲苶」的打算。但衛伯玉不是柏茂琳，願舉柑林四十畝贈之，安排他吃的住的（其實這對衛大王也只是舉手之勞耳），而只是時有宴請而已，他人也都「愛莫能助」。滯留江陵約半年多的時間，杜甫跌入深深的失望之淵，寫下許多不到潦倒至極是道不出的、直率到令人讀之悵愕的訴窮之詩。當時老杜在江陵陪人作詩應酬，就住在船上；妻小則住當陽杜觀處，常因困乏告急。〈水宿遣興奉呈群公〉云：「童稚頻書札，盤飧詎糝藜。我行何到此？物理直難齊……餘波期救涸，費日苦輕賫。杖策門闌邃，肩輿羽翮低。自傷甘賤役，誰愍強幽棲？」沒轎子，徒步干謁達官，連門都進不去！心高氣傲的大詩人竟「自傷甘賤役」，千載之下能不浩歎！〈秋日荊南述懷三十韻〉說得更慘：「苦搖求食尾，常曝報恩腮。結舌防讒柄，探腸有禍胎。蒼茫步兵哭，展轉仲宣哀。飢藉家米，愁徵處處杯。休為貧士嘆，任受眾人咍。」「苦搖求食尾，常曝報恩腮」要比「寂寥相呴沫，浩蕩報恩珠」更直白！知道這一層，才知道本詩到底有多沉重。大概是由於詩人被戴上「詩聖」的桂冠，便惹一些人來挑剔：或怪他不以君國為重，而「為保全妻子計」；或笑他「游乞之求未厭」，不能像古人那樣寧死也不食「嗟來之食」，云云。我常詫異人類中怎麼有這麼多站在「道德高峰」上冷看別人死活的人，好為高論實是一點也不近人情。不過回頭再看杜詩，便覺得老杜確有真性情，不做作，「形骸元土木」是真話，「畏人嫌我真」也不是空言：苦了就呻吟，受傷了就呼喚，憤怒了就吶喊！老杜是個有血有肉的現實中人——我們的詩人。

公安送韋二少府匡贊（七律）

【題 解】杜甫大曆三年（西元七六八年）秋移居至公安縣（在江陵城南九十里）後所作。韋二，韋匡贊的排行第二。少府，唐人稱縣尉曰「少府」。

逍遙公後世多賢，送爾維舟惜此筵❶。
念我能書數字至，將詩不必萬人傳❷！
時危兵甲黃塵裏，日短江湖白髮前❸。
古往今來皆涕淚，斷腸分手各風煙❹。

【注釋】❶逍遙二句　逍遙公，韋匡贊的祖先韋夐，北周明帝時號為逍遙公；又韋嗣立，唐中宗時亦封為逍遙公。維舟，繫舟。下句言杜甫為惜別而繫船不發。惜此筵，以見與韋二之送別不是一般的送別。❷念我二句　二句言思我就請常惠數行書，抄去的詩就不要到處傳播了。下句固然有己詩多涉諷刺怕會招禍之忌（《秋日荊南述懷三十韻》「結舌防讒柄，探腸有禍胎」可證），但也不無自信其詩萬人爭傳之意（同代人郭受〈杜員外兄垂示詩因作此寄上〉稱杜甫「新詩海內流傳遍」可證）。能書，一作「常書」。將詩，猶攜詩。❸時危二句　時危，指是年八月吐蕃兵十萬壓境事。日短，《杜詩說》：「來日苦短也。」江湖，猶所選上一首詩「舟楫復江湖」之「江湖」；雙關語，既是眼前實景，又有流落民間之意。句謂來日苦短，猶眼前日暮髮白也。❹古往二句　古往今來、斷腸分手，是當句對。《瀛奎律髓彙評》引許印芳云：「按律詩對起猶易，對結最難，七律對結尤難。蓋為對偶所拘，每苦兜收不住。此詩以當句對作結，有神無跡，足見本領之大。」

【語譯】逍遙公後世代多賢，泊舟特來送汝惜此筵。汝如思我常來信，我詩不必到處傳。時局危哉兵馬亂，白髮面對江湖夕陽殘。離別古來多下淚，如今斷腸分手前程各漫漫。

【研析】《瀛奎律髓彙評》引方回曰：「老杜七言律詩一百五十餘首，唐人粗能及之者僅數公，而皆欠悲壯。晚唐人工於五言律，於七言律甚弱。」信然。觀此詩，除首句有應酬意味外，整體格調是悲壯的。全詩由首聯之「惜」字展開：頷聯既寫出詩人在公安備受冷落後，對來辭行的韋二惜別情深；同時也寫出對己詩的擔憂與自信。頸聯誠如蕭先生所說：「上句說兵荒馬亂，是時代環境；下句說漂泊江湖，是個人環境。黃塵擾攘，本由兵甲而生，今兵甲不休，所以說『兵甲黃塵裡』。酒擺在船上，所以說『江湖白髮前』。時局已危，而兵甲不休，是危而又危也；來日已短，而江湖漂泊，是短而又短也。二句含無限悲痛。」這種悲痛以對舉的形式將個體與群體聯繫起來了。尾聯進而從「古往今來」的歷史永恆與「斷腸分手」的當下瞬間的對舉，使個人的情感上升為世人共同的情感。充分利用長句對偶形式，使情感內容最大化；杜詩七律不易及，或當於此求之。

官亭夕坐戲簡顏十少府（五律）

【題　解】大曆三年（西元七六八年）秋後作。官亭，官府所設接待站。顏十，排行第十而名未詳。杜甫曾作〈醉歌行贈公安顏十少府請顧八題壁〉云：「神仙中人不易得，顏氏之子才孤標。天馬長鳴待駕馭，秋鷹整翮當雲霄。」大概是位有才華而豪放的年輕人，與老杜頗融洽，所以老杜才會向他討酒喝。少府，縣尉。

南國調寒杵，西江浸日車。
客愁連蟋蟀，亭古帶蒹葭❶。
不返青絲鞚，虛燒夜燭花❷。
老翁須地主，細細酌流霞❸。

【注　釋】❶客愁二句　蟋蟀，《詩·七月》：「七月在野，八月在宇，九月在戶，十月蟋蟀入我床下。」時令漸寒逼使蟋蟀依人，與老杜此時境況相似，故曰「連」。帶蒹葭，想到《詩·蒹葭》。該詩有云：「蒹葭蒼蒼，白露為霜。所謂伊人，在水一方。」這是思慕某個人的詩，也是老杜此時實況，故曰「帶」。❷不返二句　青絲鞚，黑絲織的馬籠頭，指代馬，謂顏十騎馬出去未回。虛燒句，〈古詩十九首·生年不滿百〉：「生年不滿百，常懷千歲憂；晝短苦夜長，何不秉燭遊？」因顏十不歸則遊樂不成，豈不白白秉燭？燭花，燭火迸出的火花。❸老翁二句　老翁，詩人自指。地主，指顏十。流霞，《抱朴子》載項曼都到天上，仙人以流霞一杯飲之。此借指美酒。

【語譯】南國寒來搗衣聲轉促，西江浸日日已斜。有客愁吟同蟋蟀，古亭秋水憶〈蒹葭〉。車騎不來空悵望，此夜徒燒燈燭花。老翁何為坐待主？欲品佳釀興頗佳。

【研析】雖是小詩戲簡，寫來情趣橫生。「客愁」一聯雅致淒切，提升了詩的品味。

呀鶻行（七古）

【題解】舊編在大曆三年（西元七六八年）秋冬，時在公安縣。呀鶻，張着嘴的病鶻。《讀杜心解》曰：「此借呀鶻以自況也，與〈瘦馬行〉相類。」

病鶻孤飛俗眼醜❶，每見江邊宿衰柳。
清秋落日已側身，過雁歸鴉錯回首❷。
緊腦❸雄姿迷所向，疏翮稀毛不可狀。
強神非復皂雕前，俊才早在蒼鷹上。
風濤颯颯寒山陰，熊羆欲蟄龍蛇深。
念爾此時有一擲，失聲濺血非其心❹。

【注　釋】❶俗眼醜　俗人視為醜陋。❷錯回首　餘威尚在，故鴉雁輩飛過仍要恐懼地回頭看，而不知其為病鶻。❸緊腦　形容猛禽的五官集中，凹凸分明，顯得精神矍鑠。如其〈鵰賦〉云：「立骨如鐵，目通於腦。」〈魏將軍歌〉云：「魏侯骨聳精爽緊，華岳峰尖見秋隼。」❹念爾二句　二句謂因病廢不得遂願一搏，悲憤欲啼而口濺血矣！一擲，相當於一擊，早年所作〈畫鷹〉云：「何當擊凡鳥」。然而「擲」比「擊」更能表現出猛禽從高空收翅如墜石般直撲向獵物的神態。失聲，因病暗啞。失聲濺血，與「其聲哀痛口流血」、「此老無聲淚垂血」意同。

【語　譯】俗眼看病鶻，孤飛太醜陋。每在江邊見，聳立棲衰柳。側身清秋落日中，過雁歸鴉怯然仍回首。深目稜骨剩餘威，羽疏尾禿非昔有。早先俊才勝蒼鷹，於今強打精神仍落皂雕後。風濤肅殺山陰寒，熊欲眠來龍潛湫。知爾此時願一搏，奈何一啼失聲口血流！

【研　析】杜少陵喜歡寫馬、鷹一類氣質雄健的東西，往往藉以自喻。然而隨着歲月境況的遷移，其格調由激昂轉向悲愴。只要將這一首與早期所寫的〈畫鷹〉、〈鵰賦〉、〈義鶻行〉對讀，便有「英雄末路」的滄桑之感。

曉發公安（七律）

【題　解】題下原注：「數月憩息此縣」。這是一首七律拗體詩，當於大曆三年（西元七六八年）冬由公安往岳陽時作。此詩一氣盤旋，信手所得，故《杜臆》云：「七言律之變至此而極妙，亦至此而神。此老夔州以後詩，七言律無一篇不妙，真山谷所云『不煩繩削而自合』者。」

北城擊柝復欲罷，東方明星亦不遲❶。
鄰雞野哭如昨日，物色生態能幾時❷？

舟楫眇然自此去，江湖遠適無前期。
出門轉眄已陳跡，藥餌扶吾隨所之❸。

【注　釋】❶北城二句　二句寫「曉」，更盡而啟明星出。擊柝，打更。復，見得前此已飽聞。明星，金星；啟明星。❷鄰雞二句　二句寫由於江陵、公安連屬的挫折所引起的幻滅感。鄰雞野哭，鄰家的雞叫曉，與野地傳來人的哭聲混雜。「野哭」通常與戰事相聯繫，如「野哭幾家聞戰伐」、「野哭初聞戰」，皆言戰爭帶來的悲哀。物色，指物。生態，猶生氣，指人。❸出門二句　轉眄，猶轉眼。上句謂才出門，轉眼之間一切已成為過去。王羲之〈蘭亭敘〉：「俯仰之間，以為陳跡。」之，往。隨所之，走到哪兒算哪兒。下句寫雖扶病仍不得不隨處漂泊。

【語　譯】北城報更聲欲停，東方啟明之星已在斯。雞聲祭哭恍如昨，萬物生機能幾時？船兒淼淼從此去，遠走江湖欲何依？萬事轉眼為陳跡，漂蕩唯靠藥相扶。

【研　析】《杜詩鏡銓》引蔣云：「亂離漂泊之餘，若感若悟，真堪泣下。」「若感若悟」四字下得好！杜甫拖兒帶女在戰亂中走過來，路是越走越窄，前途茫茫渺渺，「理想」更是蒸汽也似地升騰而去，幻滅感（悟？）開始纏上他。「如昨日」、「能幾時」、「眇然」、「無前期」、「轉眄已陳跡」、「隨所之」，一連串恍然若失的詞句表達了這種情感，在詩中也是少有的，真不是個好兆頭。

歲晏行（七古）

【題　解】詩作於湖南，《補注杜詩》黃鶴曰：「詩云『去年米貴闕軍食，今年米賤太傷農』，當是大曆三年次岳州作。按《舊史》大曆二年七月甲申，滅京官職田三分之一充軍糧，又十一月乙丑率摯百官京城士庶出錢以助軍。」蕭滌非先生認為：「但此詩作於湖南，大曆二年湖南是否米貴，還難確斷。」乃定此詩作於大曆三年（西元七六八年）或四年（西元七六九年）冬，距杜甫之死一年或二年。歲晏，歲暮。

歲云❶暮矣多北風，瀟湘洞庭白雪中。
漁父天寒網罟凍，莫傜射雁鳴桑弓❷。
去年米貴闕軍食❸，今年米賤大傷農。
高馬達官厭酒肉，此輩杼柚茅茨空❹。
楚人重魚不重鳥，汝休枉殺南飛鴻❺。
況聞處處鬻男女，割慈忍愛還租庸❻。
往日用錢捉私鑄，今許鉛錫和青銅。
刻泥為之最易得，好惡不合長相蒙❼！
萬國城頭吹畫角，此曲哀怨何時終❽？

【注釋】❶云　語助詞，無義。❷漁父二句　網罟，捕魚鳥的羅網。莫傜，雜居長沙一帶的少數民族。《隋書・地理志》：「長沙郡又雜有夷蜑（音但），名曰莫傜。自云其先祖有功，常免傜役，故以為名。」桑弓，桑木作的弓。弓發有聲，故曰「鳴」。❸去年句　《唐書・代宗本紀》：「大曆二年十月，減京官職田三分之一給軍糧。十一月，率百官、京城士庶，出錢以助軍。」❹高馬二句　厭，同「饜」。此輩，即漁父、莫傜、農民等。杼柚，梭子和機軸，指織布機。《詩・大東》：「小東大東，杼柚其空。」茅茨，即茅屋。❺楚人二句　《風俗通》：「吳楚之人嗜魚鹽，不重禽獸之肉。」汝，指莫傜獵手。❻況聞二句　鬻，賣。租庸，唐代賦稅制度，納糧為「租」，服勞役或繳綾絹代役為「庸」。《舊唐書・楊炎傳》：至德後「科斂之名凡數百，廢者不創，重者不去，新舊仍積，不知其涯。百姓受命而供之，瀝膏血，鬻親愛，旬輸月送無休息。」❼往日四句　私鑄，即盜鑄。刻泥句，蕭先生注：「這是痛恨透頂的話。意思是說你們何不乾脆用泥巴作錢、來騙取人民的物資呢，這樣豈不是更容易得到，更不費成本嗎！」《舊唐書．食貨志》：「（天寶）數載之後，……富商姦人漸收好錢，潛將往江淮之南，每錢貨得私鑄惡者五文，假託官錢，將入京私用。」四句抨擊當時的貨幣制大壞，給百姓造成痛苦。詳見【研析】。❽萬國二句　萬國吹角，是說各地都在用兵。此曲，指象徵戰事的號角，也兼指他自己所作的這首〈歲晏行〉。

【語　譯】歲將盡來多北風，瀟湘洞庭茫茫白雪中。天寒漁夫網被凍，莫傜射雁拉響桑木弓。去年米貴軍糧缺，今年米賤傷小農。朱門高官饜酒肉，耕織之民茅屋空！楚人吃魚少吃鳥，射手休要枉殺南飛鴻。更聞到處賣兒女，割恩捨愛苛稅比虎兇！往日嚴捉私鑄錢，如今卻許鉛鐵銅。刻泥為錢不更快？好壞不該長相蒙。到處都在吹號角，如此悲聲何時終？

【研　析】在上一首選詩中我們說到杜甫的「幻滅感」，但那只是海面上的波浪，大海深處是不變的「窮年憂黎元」。蕭先生注：此詩「不是大曆三年冬，便是大曆四年冬，亦即杜甫死的前一年或二年作的。可以看出杜甫關心人民。他不只是『窮年憂黎元』，簡直是『到死憂黎元』。」

關於唐朝該時期的貨幣制，情況較複雜，茲據范文瀾《中國通史簡編》第三編第一冊第二章略作說明，以供參考。唐制：天下出銅鐵州府，聽人私採，官收礦稅。唐時採礦業規模不大，因為缺銅，豪富人家銷燬開元通寶錢，或鑄惡錢，或製銅器（包括鑄造佛像）獲利。唐德宗時市價，銷錢一緡，得銅六斤，每斤值錢六百文。厚利所在，重刑不能禁，流通的錢愈益稀少，農民很難得到現錢。尤其是賦稅由以實物納稅逐漸變為換錢繳稅（寫此詩後不久，唐德宗便施行兩稅法，以錢定稅額），於是「錢重物輕」，更加重了農民負擔。市面錢少對剝削者自然有利，有錢有勢人家趁機積錢操縱，更使百姓遭殃。杜甫抨擊的正是這一現象，不愧為「詩史」。雖然說貨幣經濟發達是歷史的進步，但以百姓（農民是主體）「瀝膏血，鬻親愛」為代價，也太殘酷了，背後官府、朝廷的縱容、欺騙，無可逃其罪！

登岳陽樓（五律）

【題解】大曆三年（西元七六八年）冬，杜甫獨自登上海內名勝岳陽樓，作此五律名篇。岳陽樓，《太平寰宇記》：「江南西道岳州巴陵縣：岳陽樓……城西門樓也。唐開元四年中書令張說除守此州，每與才士登樓賦詩，自爾名著。」岳陽樓與黃鶴樓、滕王閣並稱江南三大樓閣。人稱：「洞庭天下水，岳陽天下樓」。《唐子西文錄》云：「過岳陽樓，觀杜子美詩，不過四十字，氣象宏放，涵畜深遠，殆與洞庭爭雄，所謂富哉言乎者。」

昔聞洞庭水，今上岳陽樓❶。
吳楚東南坼，乾坤日夜浮❷。
親朋無一字，老病有孤舟❸。
戎馬關山北，憑軒涕泗流❹！

【注釋】❶昔聞二句　《而庵說唐詩》：「昔聞洞庭之水，今上岳陽樓。而今乃得見此洞庭水矣，果屬巨觀。」由耳聞到親眼所見，感慨特深。❷吳楚二句　吳楚，古代吳國、楚國，即今江蘇、浙江、安徽、江西、湖北、湖南等地。坼，分裂。極言洞庭湖之壯闊，吳楚之地好像被分裂為二。《詩藪》云：「『氣蒸雲夢澤，波撼岳陽城』（孟）浩然壯語也；杜（甫）『吳楚東南坼，乾坤日夜浮』，氣象過之。」❸親朋二句　二句寫登樓所引起的個人身世之感。《杜詩說》：「前半寫景，如此闊大，轉落五六，身世如此落寞，詩境闊狹頓異，結語湊泊極難。不圖轉出戎馬關山北五字，胸襟氣象，一等相稱！」登高易愁，是士大夫憂患意識在心理上的一種體現。蕭先生說：「境界的空闊，在一定情況下，往往能逗引或加強人們的飄零孤獨之感。」當時杜甫患肺病、風痹、耳聾，出蜀後全家又一直住在船上飄泊不定，所以這二句是寫實。有，猶「在」。❹戎馬二句　上句言京城邊防緊急。《通鑑》：「大曆三年八月，壬戌，吐蕃十萬眾寇靈武。丁卯，吐蕃尚贊摩二萬眾寇邠州，京師戒嚴，邠寧節度使馬璘擊破之。九月，命郭子儀將兵五萬屯奉天以備吐蕃。朔方騎將白元光破吐蕃二萬眾於靈武。吐蕃釋靈州之圍而去，京師解嚴。十一月，郭子儀還河中，元載（當時宰相）以吐蕃連歲入寇，馬璘以四鎮兵屯邠寧，力不能拒，乃使子儀以朔方兵鎮邠州。」憑軒，依欄。涕泗流，面對如此河山，卻國危民病已窮，能不發一大慟！

【語　譯】久聞浩浩洞庭水，今得親上岳陽樓！力排吳楚分兩側，天地日夜水面浮。親朋路斷無消息，老病於今寄孤舟。北望關山戰火阻，倚欄滿臉涕淚流。

【研　析】《唐宋詩醇》評曰：「元氣渾淪，不可湊泊，千古絕唱！」這是從整體氣勢上講的。梁啟超則從文字表達技能上講：「工部（指杜甫）還有一種特別技能，幾乎可以說別人學不到：他最能用極簡的語句，包括無限情緒，寫得極深刻。」（《情聖杜甫》）「吳楚東南坼，乾坤日夜浮」，十個字是何等力氣、何等氣象，直是尺幅萬里，難怪「後人不敢復題」（《瀛奎律髓》）。至於「親朋無一字，老病有孤舟」，《鯤齋詩談》稱：「『吳楚東南坼，乾坤日夜浮』。十字寫盡湖勢，氣象甚大，一轉入自己心事，力與之敵。」如何「敵」？一種是斤兩相稱，屬「正對」；一種是對比懸殊，屬「反對」（如「乾坤一草亭」，巨大的空間落差造成崇高感）；此屬後者。單一個「病」字，在老杜就有千般痛苦：先後患有肺病、糖尿病、惡性瘧疾、風痹、右臂偏枯等。一已不堪，況如是之多乎！此詩語言可謂濃縮到不能濃縮，吐棄到不能吐棄，「萬取一收」是也。尤其可貴的是梁啟超所指出的其中的深刻性。對祖國河山的愛，發為對時局的憂，與對自己老病不得報國之痛，打成一片，的確是「元氣渾淪」。

南征

（五律）

【題　解】大曆四年（西元七六九年）春，老杜大概是因為「戎馬關山北」，北歸不得，乃由岳陽南下往長沙尋避地，故曰「南征」。

春岸桃花水，雲帆楓樹林❶。
偷生長避地，適遠更霑襟❷。
老病南征日，君恩北望心❸。
百年歌自苦，未見有知音❹。

【注釋】❶春岸二句　桃花水，即春汛，因水漲於桃花開放時，故謂之桃花水。以對「楓樹林」，為借對。❷偷生二句　長避地，長期避亂他方。適遠，到遠方去。❸老病二句　「南征」、「北望」對舉，乃知南征是不得已，北歸之心不死。君恩，當指杜甫在成都時代宗授其檢校工部員外郎賜緋魚袋事。❹百年二句　化用〈古詩十九首〉：「不惜歌者苦，但傷知音稀。」杜甫在當時尚未廣為人知，誠如同代人樊晃《杜工部小集序》所說：「屬時方用武，斯文將墜，故不為東人之所知。江左詞人所傳誦者，皆君之戲題劇論耳，曾不知君有大雅之作，當今一人而已！」

【語譯】桃花開時江水漲，風帆如雲飄過楓樹林。偷生避亂滯異地，愈走愈遠淚沾襟。老病掉頭南征日，北回君恩報國不死心！平生嘔瀝作詩苦，但傷於今無知音！

【研析】我們的詩人此時已身心交瘁，南征只是無可選擇的選擇。偉大詩人一輩子都在掏空自己，從軀體生命到精神財富，把它們轉移到他的作品當中。詩，成了他不安的靈魂最後的棲息地。然而，「百年歌自苦，未見有知音」！這無異是在他心上劃了一刀。然而巨響有時要隔很久才能傳到遠處人們的耳朵。千百年後，四海終於都聽到了這滾滾悶雷也似的聲音。

宿白沙驛 （五律）

【題　解】當作於大曆四年（西元七六九年）春。題下原注：「初過湖南五里。」《一統志》載：「白沙戍，在湘陰縣北五十里湘江上，唐有驛，久廢。」當在今湖南湘陰營田鎮附近，臨青草湖。趙注：「既離湖，則自此上湘水矣。」

水宿仍餘照，人煙復此亭❶，
驛邊沙舊白，湖外草新青❷。
萬象皆春氣，孤槎自客星❸，
隨波無限月，的的近南溟❹。

【注　釋】❶水宿二句　餘照，落日餘暉，點明泊舟時間。下句言至此驛亭才又看到人煙，則一日行程中不見人煙，湖之空曠浩渺可知。❷驛邊二句　妙在拆用地名「白沙驛」與「青草湖」，借寫眼前景。青草湖，北連洞庭，南接湘水；水漲則與洞庭合，水涸乃生青草，故名。❸孤槎句　張華《博物志》稱有人乘槎上天，見一人牽牛飲水。歸，問嚴君平。答曰：「某年月日，有客星犯牽牛宿。」乃知至天河云。此喻旅途遙遠。❹的的句　的的，明亮狀。南溟，南海。謂唯有明月送我，漸近南海。李白「我寄愁心與明月，隨風直到夜郎西」，同一機杼。

【語　譯】落照餘暉中船兒慢慢靠岸，在驛亭又見人煙興。白沙驛的沙依舊雪白，青草湖重新長出草青青。此地萬象更新都萌動着春氣，唯有我這遠方來客喲孤舟獨伶俜。水波渺渺月色無邊，哦，只剩她的清輝伴我走近南溟。

【研析】詩從一日旅程的終結寫起，人煙夕照，一片暖色調。頷聯春景沙白草青，本是老調子；但巧用地名，虛而實，好比舊家具重新上色，遂煥然一新。萬象春氣萌動，一轉至孤槎漂流，寂寞感油然上升，暖色調轉為冷色調。尾聯孤舟剪影在空江月色的銀霧中隨波而漾，寂寞感遂化為憂鬱莫名的美，漸漸隱沒在前往淼淼南溟的途中，留下的是一片惆悵。這是一種慢慢滲透的美。

祠南夕望（五律）

【題解】大曆四年（西元七六九年）春，船繼續南行，入湘陰縣，過黃陵廟，作〈湘夫人祠〉。興猶未盡，暮色蒼茫中回望，又作此詩。

百丈牽江色❶，孤舟泛日斜。
興來猶杖屨，目斷更雲沙❷。
山鬼迷春竹，湘娥倚暮花❸。
湖南清絕地，萬古一長嗟❹。

【注釋】❶百丈句　百丈，用竹篾編成的縴纜。江水湍急，縴夫用來牽引上水船。不說牽船，卻說是「牽江色」，是詩家化實為虛逗引讀者想像的手段。❷興來二句　杖屨，扶杖曳屨。目斷，目力盡處。❸山鬼二句　山鬼，屈原〈九歌〉中的山中女神。迷春竹，〈九歌·山鬼〉：「余處幽篁兮終不見天，路險難兮獨後來。」湘娥，亦〈九歌〉中的湘江女神。倚暮花，

「採薜荔兮水中，搴芙蓉兮木末。」❹湖南二句　二句謂如此清幽的好去處，卻成為屈原流放地，令人千秋之後猶扼腕興歎！《杜詩鏡銓》引張綖曰：「如此清絕之地，徒為遷客羈人之所歷，此萬古所以長嗟也。結極有含蓄。」湖南，此指洞庭湖之南。清絕地，清幽絕塵的地方。

【語　譯】縴夫牽着滄江走，孤舟悠悠日已斜。興來扶杖曳履出艙望，極目沙汀接雲霞。山鬼迷離幽篁裡，湘娥暮色倚叢花。洞庭之南清如此，卻成流放之地萬古嗟！

【研　析】詩中雖未提及屈原，但情感步步逼近屈原。《杜詩說》：「此近體中之〈弔屈原賦〉也。結亦自寓。」是。然而尤難能可貴的是：詩以五律嚴謹的形式表現騷體的浪漫情調，自見特色。王夫之《唐詩評選》曰：「此等詩自賢於夔府作遠甚，誦之自知。『牽江色』一『色』字幻妙，然於理則幻，寓目則誠，苟無其誠，然幻不足立也。」「於理則幻，寓目則誠」，的是詩家情理離合之妙用，王夫之評得很到位！據實構虛、點化無痕可說是老杜的「獨門功夫」。

遣遇（五古）

【題　解】大曆四年（西元七六九年）杜甫在由岳陽往長沙的途中所作。遣遇，《杜詩鏡銓》云：「謂因所遇以自遣也。」所遇者，即詩中描述的迫於征役事。

磐折❶辭主人，開帆駕洪濤。
春水滿南國，朱崖雲日高。
舟子廢寢食，飄風爭所操。

我行匪利涉❷，謝爾從者勞。
石間采蕨女，鬻市輸官曹。
丈夫死百役，暮返空村號。
聞見事略同，刻剝及錐刀❸。
貴人豈不仁？視汝如莠蒿❹！
索錢多門戶❺，喪亂紛嗷嗷。
奈何黠吏徒，漁奪成逋逃❻。
自喜遂生理，花時甘縕袍❼。

【注釋】❶磬折　彎腰的樣子，這裡有恭敬意。❷我行句　句謂這次舟行很不順利。匪，通「非」。利涉，《易經・需卦》：「利涉大川。」❸錐刀　喻細微的物資。是說官吏剝削，無孔不入。❹莠蒿　二種雜草，猶言草芥。❺多門戶　名目繁多，五花八門。❻奈何二句　黠吏徒，奸猾的小吏們。漁奪，是說侵奪百姓的財物如漁人取魚一般。成逋逃，造成百姓逃亡。❼自喜二句　自喜，猶自幸。遂生理，還有生存之道，猶還能活下來。花時句，謂春天還穿着破棉襖，無衣可換也。甘，與死百役、逋逃者相比，已很滿足了。縕袍，以麻絮填充的袍子。《論語・子罕》：「衣敝縕袍，與狐貉者立，而不恥者。」

【語譯】鞠躬辭別東道主，放舟逆水駕洪濤。南國處處春水滿，丹崖蒸雲日正高。船夫廢寢忘食各就位，齊心協力鬥狂飆。這趟航行不順利，多謝諸位多辛勞！君不見亂石叢中采蕨女，采蕨賣錢把稅繳。夫因種種差役折磨死，日暮荒村聞號啕！所到之處聞見多此類，官家刻剝盡絲毫。豈是貴人不仁慈？只是將爾百姓當蒿草！勒索錢財多名目，遭此喪亂啼飢號寒哭嗷嗷。更有那黠狡詐吏，魚肉百姓逼人四散逃。自幸還能活下來，雖是春來猶着破棉襖。

【研　析】此時距詩人之死還不到二年，自己處境可謂窮途末路，一顆心卻仍在國危民病，這樣的詩人能有幾個？「丈夫」以下十句刻畫入骨，誠如《杜詩鏡銓》引張惕庵所評：「賊盜皆從聚斂起，而下之貪縱，又從上好貨來。古今積弊，數語道盡。」

酬郭十五受判官（七律）

【題　解】大曆四年（西元七六九年）春，舟過喬口近潭州（今湖南長沙）時作。郭受，排行第十五，里貫未詳。據《唐詩紀事》載，大曆間任衡陽判官。先是杜有詩寄郭，郭答詩表示歡迎杜到來（見【附錄】），杜再以此詩酬之。

才微歲老尚虛名，臥病江湖春復生。
藥裹關心詩總廢，花枝照眼句還成。
只同燕石能星隕，自得隋珠覺夜明❶。
喬口橘洲風浪促，繫帆何惜片時程❷。

【注　釋】❶只同二句　燕石，《太平御覽》引《闕子》：「宋之愚人，得燕石於梧臺之東，歸而藏之，以為大寶。……客見之，盧胡而笑曰：『此燕石也，與瓦甓不異。』主人大怒，藏之愈固。」隋珠，《搜神記》載，隋侯見一大蛇受傷，命人以藥裹之；一年後，蛇銜珠相報，徑逾寸，夜有光明，照一室。此珠即稱為「隋珠」。作者謙稱己詩如燕石，無價值可言，且如隕星瞬間則逝；又譽郭受詩如隋珠，其光照夜。❷喬口二句　喬口，喬口鎮在長沙西北九十里，為喬口水流入湘江處。橘洲，即橘子洲，在湘江經潭州西南處。

【語　譯】雖有些許才能，無奈到老只剩虛名。臥病孤舟漂在江湖上，又逢春色生。總把心用在藥物，詩思早就枯如廢井。今日喜見花枝耀眼，靈感忽來佳句還成。我詩好比燕石隨手棄，君詩卻似隋珠夜還明。喬口到橘洲雖然風浪激，一路趕去不差那片時程。

【研　析】袁慧光《杜甫湘中詩集注》認為：「考唐制：州郡設置太守，刺史，本無判官一職。然韋之晉係湖南都團練觀察使兼任本州刺史，故郭受應在觀察使幕下。杜甫有〈奉送韋中丞之晉赴湖南〉與〈哭韋大夫之晉〉詩為證。時韋之晉已徙潭州，〈酬郭十五判官〉係杜甫離潭往衡時作，故郭詩有『衡陽紙價』之說。」此說近情理，但從潭州至衡州有相當路程，不應言「片時」；且不應從喬口說起。

再者，如其時韋之晉已至潭州，杜本為投靠韋而來，何以未見老杜投贈隻字而繼續往衡州？此中情事則不甚了了，仍有待補證。然自喬口至潭州不足百里，誇言「片時程」可也；且郭受其時在潭州亦不足奇，蓋韋之晉二月已受詔，或因種種原因短期內尚未至任，遣郭先行打個前站什麼的，也不是不可能，只是未能證實，姑編於此，以俟高明。重要的還在於：詩雖屬應酬，卻是真性情。「藥裹」一聯寫出詩思由「廢」至「成」的「興」，也寫出詩之於杜，的確是「慰漂蕩」的最後依靠。

至於郭受「新詩海內流傳遍」云云，則可見老杜當時詩已流傳頗廣，並非寂然無人知曉，這也是接受史上值得一提的事實。

【附錄】

杜員外垂示詩因作此寄上　郭受

新詩海內流傳遍，舊德朝中屬望勞。
郡邑地卑饒霧雨，江湖天闊足風濤。
松醪酒熟旁看醉，蓮葉舟輕自學操。
春興不知凡幾首，衡陽紙價頓能高。

清明二首（七排，選一）

【題　解】 大曆四年（西元七六九年）春，在湖南所作。

此身飄泊苦西東，右臂偏枯❶半耳聾。
寂寂繫舟雙下淚，悠悠伏枕左書空❷。
十年蹴鞠將雛遠，萬里鞦韆習俗同❸。
旅雁上雲歸紫塞，家人鑽火用青楓❹。
秦城樓閣煙花裏，漢主山河錦繡中❺。
春去春來洞庭闊，白蘋愁殺白頭翁❻。

【注　釋】 ❶偏枯　因「風疾」（風濕病）引起的手足殘廢。❷左書空　書空，《晉書‧殷浩傳》載，東晉殷浩為中軍將軍，北伐失利被黜，口無怨言，談詠不絕，但整天向空書寫「咄咄怪事」四字。杜甫因「右臂偏枯」，只能用左手書寫，故曰「左書空」。❸十年二句　十年，杜甫七五九年十二月入蜀，至是凡十年有餘。蹴鞠，即打毬。將雛，謂攜子女。古時清明有打毬、鞦韆、施鈎等遊戲。同，同於故鄉。❹旅雁二句　相傳秦築長城，土色紫，故曰紫塞；這裡泛指北方。鑽火，燧人氏教民鑽木以取火。楚地多楓，故鑽火用青楓，與北方用榆柳不同。《杜詩鏡銓》：「春取榆柳之火，『用青楓』，亦見異俗。」以上四句就清明這一節候上寫飄泊之久和遠。❺秦城二句　秦城，指長安。漢主，指唐皇帝。此聯於壯麗中寄悲慨。❻春去二句　白蘋，水草名，俗稱田字草。蕭先生注：「末二句又回到現實，點出所在地點。是說風景自好，徒增漂泊之感，末二句是所謂『蹉對』，也叫『交股對』。因上句用二『春』字，下句用二『白』字，而位置並不相當。」

【語　譯】飄泊，飄泊，一日西來一日東。風疾使我右臂廢，如今加上耳半聾。流浪，流浪，荒寂處泊舟淚雙湧；長病伏枕喲左手動，「咄咄怪事」書懸空。十年了，每逢清明節我都帶着孩兒們打球蕩鞦韆，千里萬里喲習俗都相同！一行雁兒拍打着藍天，天上的流浪者喲也要回歸到北方的天穹。可我一家人只能在楚地，在楚地鑽火用青楓。長安樓閣喲掩映煙花裡，大唐的山河盡在錦繡中！一年年春去又春來，洞庭湖仍然是那末寬闊迷濛。看着那水面上新長出的田字草喲，愁殺我這孤苦的白頭翁！

【研　析】七排也是杜甫創新實驗的一種詩體。朱瀚說是「食肉不食馬肝，未為不知味」，意思是不必強為此體。然而，不探索又怎能創新？由此更見得杜甫之超越凡輩。

岳麓山道林二寺行（七排）

【題　解】大曆四年（西元七六九年）暮春於潭州（今湖南長沙）作。岳麓山，在長沙湘江西岸。岳，指南嶽衡山；麓，山腳。南朝《南嶽記》載：「南嶽周圍八百里，回雁為首，嶽麓為足。」山上有麓山寺、道林寺。

玉泉之南麓山殊，道林林壑爭盤紆❶。

寺門高開洞庭野，殿脚插入赤沙湖❷。
五月寒風冷佛骨，六時天樂朝香爐❸。
地靈步步雪山草，僧寶人人滄海珠❹。
塔劫宮牆壯麗敵，香廚松道清涼俱❺。
蓮池交響共命鳥，金榜雙回三足烏❻。

【章旨】詳寫二寺之勝景，多用佛典渲染神秘氣氛。

【注釋】❶玉泉二句　玉泉，指玉泉寺，在湖北當陽城西的玉泉山東麓，與棲霞、靈巖、天台等並稱天下叢林「四絕」。句謂玉泉寺以南就數這麓山寺最出眾了。盤紆，紆回曲折。❷寺門二句　上句言麓山寺門朝北開，面對洞庭之野，地勢高而視野開闊。赤沙湖，《岳陽風土記》：赤沙湖在華容縣南，夏秋水漲，與洞庭湖通。❸五月二句　冷佛骨，寒透佛骨，極言此地幽冷，雖五月天氣猶寒風如此。六時，佛家分一晝夜為六時，晨朝，日中，日沒，初夜，中夜，後夜。天樂，佛教言極樂國有天樂，即梵音。《阿彌陀經》：極樂國土，常作天樂，晝夜六時，天雨曼陀羅華。❹地靈二句　地靈，山川之靈氣。雪山，釋迦牟尼修菩提道時，於雪山苦行，謂雪山大士，或曰雪山童子。《楞嚴經》：雪山大力白牛食其山中肥膩香草。僧寶，佛家語。一切之佛陀，佛寶也；佛陀所說之教法，法寶也；隨其教法而修業者，僧寶也。上句以雪山擬岳麓山之幽境，下句以珍珠形容心性之圓明。❺塔劫二句　塔劫，「劫」通「級」，指層塔。香廚，僧家之廚房。《維摩詰經》：上方有國，佛號香如來，以一缽盛香飯，恆飽眾生。❻蓮池二句　蓮池，即荷花池，佛寺多有之。蓮花是佛教潔淨的象徵，《諸經要集》載：「故十方諸佛，同出於汙泥之濁，三身正覺，俱坐於蓮臺之上。」共命鳥，《寶藏經》：雪山有鳥，名為共命，一身二頭，識神各異，同共報命，曰「共命」。金榜，指寺門之牌匾。三足烏，即太陽之別稱，見《淮南子・精神》：「日中有踆烏。」注云：踆烏，三足烏也。日照兩寺之牌匾，金光反射，故曰「雙回」。

【語譯】玉山寺以南就數麓山寺最出眾，道林寺也以林壑幽曲來爭雄。高處寺門開向洞庭之原野，佛殿下山腳插入赤沙湖水中。五月了寒風還吹得佛骨冷，日夜梵音不斷香爐也常供。地多靈氣步步踏着雪山香草，僧似海珠個個都能正覺圓通。層塔壯麗堪與宮牆匹敵，香積廚與松蔭小道一樣清涼四面來風。蓮池畔共命鳥在唱和，雙寺匾反射着日光曈曈。

方丈涉海費時節，玄圃尋河知有無❼？
暮年且喜經行近，春日兼蒙暄暖扶。
飄然斑白身奚適？傍此煙霞茅可誅❽。
桃源人家易制度❾，橘洲田土仍膏腴。
潭府邑中甚淳古，太守庭內不喧呼。
昔遭衰世皆晦跡，今幸樂國養微軀。
依止老宿❿亦未晚，富貴功名焉足圖。
久為謝客尋幽慣，細學周顒免興孤⓫。
一重一掩吾肺腑，山鳥山花吾友于。
宋公放逐曾題壁，物色分留與老夫⓬。

【章旨】此段記風土之美，因作誅茅卜居之想。其實也只是困極自解之意，未必真作如此想也。

【注　釋】❼方丈二句　方丈，仙山名。《史記・秦始皇本紀》：「齊人徐市等人上書，言海中有三神山，名曰：蓬萊、方丈、瀛州，仙人居之。」玄圃，亦作「懸圃」，傳說中崑崙山巔名。《漢書・張騫傳贊》：「〈禹本紀〉言河出昆侖。……自張騫使大夏之後，窮河原〔源〕，惡睹所謂昆侖者乎？」❽茅可誅　言此處環境好，可除草卜居而耕。❾易制度　趙次公注：「易制度，言其宮室樸略，所以制度易為也。」❿老宿　年老而有學問者，此指寺僧。⓫久為二句　謝客，東晉詩人謝靈運，小名客兒，好遊山水。周顒，一作「何顒」。《南史・周顒傳》載：「（周顒）清貧寡欲，終日長蔬，雖有妻子，獨處山舍。」此言當細學周顒之清貧寡欲，庶幾可免孤寂之感。如是，則當以周顒為正。或謂何指何胤，顒則周顒。私意以為一用姓氏一用名來指稱二人，向無此例，不當；且上句「謝客」一人，亦不應以何、周二人作對，故不取。⓬一重四句　一重一掩，形容山勢稠疊曲折，與我此時胸中眾慮雜陳相似。宋之問〈高山引〉：「水一曲兮腸一曲，山一重兮悲一重。松櫝邈已遠，友于何日逢？況滿室兮童稚，攢眾慮于心胸。」或謂此則宋之問貶嶺南過長沙時題寺壁詩，此用其意。友于，謂兄弟友愛。《書・君陳》：「惟孝友于兄弟。」下句針對宋之問「友于何日逢」，言山花山鳥亦如我同胞，此乃杜甫「民胞物與」仁學思想的表露。宋公，即宋之問。物色，景色。與，一作「待」。杜甫雖然用宋之問詩意，卻以放達自解其悲。

【語　譯】想尋海上仙山哟嫌它費時日，想循河源覓玄圃哟誰知有也無？且喜暮年偶經此地城市近，春日兼蒙和暖之氣來相扶。白髮飄飄我身將向何處？傍霞鋤草這裡倒可築室住。桃源人家簡樸建房也容易，何況橘子洲的田土仍膏腴。潭州風土很淳古，太守衙內也清靜無為不喧呼。昔人亂世皆韜晦，於今有幸來此樂國調息養病軀。欲投禪師未為晚，富貴功名不足圖！早似謝客慣於尋幽勝，還應細學周顒以免太孤寂。山重水複是我胸中之丘壑，山花山鳥不啻兄弟有情誼。此寺宋公放逐之日曾題壁，留得美景分贈與老夫。

【研　析】此詩非律非古、亦律亦古，《杜臆》乃曰：「此七言排律，一氣抒寫，如珠走盤，閒者不知，而類編者不入排律何耶？」《讀杜心解》則曰：「《杜臆》云：此排律化境。愚按：詩題曰『行』，木屬歌體。然亦可作拗體長排也。」事實上運古入律是老杜常用手法，尤其是七言排律，長句加長篇，容易拖沓無生氣，妙用運古入律更是挽救的好辦法。《杜詩鏡銓》評此詩曰：「前半述二寺之勝，後半思欲結廬終老。一氣抒寫，如珠走盤，所謂『文如翻水成』，初不用意為者，足以見公詩境之愈老而愈熟。」其中不無運古入律之功。《詩藪》稱：「杜詩正而能變，變而能化，化而不失本調，不失本調而兼得眾調，故絕不可及。」「變而能化，化而不失本調」的確是老杜追求不懈的目標。

發潭州（五律）

【題　解】大曆四年（西元七六九年）暮春，由潭州往衡州時作。

夜醉長沙酒，曉行湘水春。
岸花飛送客，檣燕語留人。
賈傅才未有，褚公書絕倫❶。
高名前後事，回首一傷神。

【注　釋】❶賈傅二句　賈傅，指西漢賈誼，曾為長沙王傅。褚公，指褚遂良，曾受太宗遺詔輔政。高宗即位，封河南郡公，任尚書右僕射，世稱「褚河南」。後因反對高宗立武則天為后，被貶潭州都督等職而死。其書法繼王羲之、王獻之、歐陽詢、虞世南之後為書法大家。絕倫，無與倫比。賈、褚二人立朝有氣節，故極言稱之。

【語　譯】昨夜飲酒長沙醉，今曉行舟湘江春。岸上飛花獨送客，危檣燕語似留人。賈誼奇才未曾有，褚公書法已絕倫。高名淪落先後事，回首往事一傷神！

【研　析】《杜詩鏡銓》引洪仲曰：「此詩三、四託物見人，五、六借人形己。此皆言外寓意，實說便少含蓄矣。」借眼前景言心中事，是「現量」，是「興」，故《鶴林玉露》乃曰：「〈發潭州〉云：『岸花飛送客，檣燕語留人。』蓋因飛花、語燕傷人情之薄。言送客、留人，止有燕與花耳。此賦也，亦興也。」

過津口 （五古）

【題解】津口，渡口。《補注杜詩》曰：「詩云：『南嶽自茲近，湘流東逝深』，當同是大曆四年春作。」

南岳❶自茲近，湘流東逝深。
和風引桂楫，春日漲雲岑❷。
回首過津口，而多楓樹林。
白魚困密網，黃鳥喧嘉音❸。
物微限通塞，惻隱仁者心❹。
甕餘不盡酒，膝有無聲琴❺。
聖賢兩寂寞，眇眇獨開襟❻。

【注釋】❶南岳　衡山。❷和風二句　桂楫，〈九歌．湘君〉：「桂棹兮蘭枻。」後來用為船槳的美稱。雲岑，猶「雲峰」。下句言春日下水蒸汽不斷增加，春雲翻滾，雲峰疊起。❸白魚二句　此聯喻萬物苦樂不均。❹物微二句　二句謂微不足道的生物雖苦樂不均，但善良的人要富同情心，應一視同仁。物微，指魚鳥為物，微不足道。通塞，或暢通順利，或塞阻途窮。惻隱，同情心。❺甕餘二句　二句寫自得之樂。無聲琴，當指無弦琴。《晉書》載，陶潛蓄無弦琴一張。❻聖賢二句　二句言聖與賢古來兩者皆寂寞，且仍能目光高遠，心胸開闊。此聯是「仁者心」的深化。眇眇，眼界高遠貌。

【語　譯】此去南岳近，湘水東流深。槳兒划來和風引，春日水汽騰如岑。回頭渡口過，岸多楓樹林。白魚這邊纏密網，黃鳥那裡喧好音。細小之物苦樂不足道，仁者亦動同情心。眼下尚有甕中殘留酒，膝上悠然自得無弦琴。古來聖人賢者皆寂寞，獨能遠瞻高視開胸襟。

【研　析】《讀杜心解》評此詩曰：「喜遇風水平和，而為怡神之語，居然靖節（指陶潛）風味，忘乎其為窮途矣。」觀感大體不錯，但細加品味，陶、杜畢竟不同。陶是看透，杜是通透。這種通透是對社會更深的參與而不是超脫，所以少陵此詩尾聯與太白「古來聖賢皆寂寞，惟有飲者留其名」又相類而不相同。我喜歡胡曉明君如是說：

我們仔細讀這首詩，會發覺「津口」這個地點特有的風景與當時的天氣，魚與鳥，詩人與聖賢，種種之間都有某一點聯繫，詩人在這裡想得很深。物有通有塞，但卻不能如人那樣常存通而不滯、擴充而無止域的側隱之心——即「仁者心」。這或許是老杜的一念明覺的感悟。而詩句中寫出來的只有十之二三，餘下的那一部分，需要我們去反覆體味。（〈詩與交化心靈〉）

的確，老杜詩往往是「寫出來的只有十之二三，餘下的那一部分，需要我們去反覆體味。」我的體會是：杜甫固然深明儒學大義，但他的「通透」，與其說是「直契孟子心源」，不如說是在社會中踐履親證、豐富仁學道理，在己飢己溺中去近人情，去溝通「一國之心」，培養天人境界，社會與老杜詩已成雙向建構的關係。這種感悟不在一念之間，而在長期體驗，而且從來沒有脫離過感性。所以此時雖然「喜遇風水平和，而為怡神之語」，但仍關心魚鳥的通塞，存仁者惻隱之心，其開襟者，天地境界也。

望　岳（五古）

【題解】大曆四年（西元七六九年）暮春，船入衡山縣境，此時老杜多病體弱，未必上得了南嶽，故望南嶽衡山作此詩。

南岳配朱鳥，秩禮自百王❶。
欻吸領地靈，鴻洞半炎方❷。
邦家用祀典，在德惟馨香❸。
巡狩何寂寥，有虞今則亡❹。
洎吾隘世網，行邁越瀟湘❺。
渴日❻絕壁出，漾舟清光旁。
祝融五峰尊❼，峰峰次低昂。
紫蓋獨不朝，爭長業相望❽。
恭聞魏夫人❾，群仙夾翱翔。
有時五峰氣，散風如飛霜。
牽迫限修途，未暇杖崇岡。
歸來覬命駕，沐浴休玉堂❿。

三嘆問府主⑪，曷以贊我皇？
牲璧忽衰俗，神其思降祥⑫？

【注　釋】❶南岳二句　朱鳥，一稱「朱雀」，南方七宿（井、鬼、柳、星、張、翼、軫）的總稱。秩禮，此指對南岳祭祀之典禮。百王，歷代帝王。❷欻吸二句　欻吸，呼吸之間，言其短暫。鴻洞，鴻濛澒洞，廣大貌。《水經・湘水注》：衡山東南二面，臨映湘川，自長沙至此，江湘七百里中，有九向九背，故漁歌曰：「帆隨湘轉，望衡九面。」❸邦家二句　邦家，猶國家。惟馨香，多家舊本作「非馨香」；《尚書・君陳》：「至治馨香，感於神明，黍稷非馨，明德惟馨。」杜用此典，則當以「惟馨香」為正，意謂國家重典，要在至誠，只有明德才能香傳久遠。❹巡狩二句　巡狩，指當年舜帝曾南巡至此，帝亡，於今早已空寂不再。有虞，指舜帝。❺洎吾二句　洎，及；到了。隘世網，為世俗之網所困。瀟湘，湘江別稱。❻渴日　《杜詩鏡銓》引蔣弱六云：「日影倒映水中，如飲水然，故曰渴。」❼祝融句　祝融，火神，此指南岳最高峰—祝融峰。衡山七十二峰以芙蓉、紫蓋、石廩、天柱、祝融五峰為最，而祝融又是其中最高者（海拔一二九〇公尺）。❽紫蓋二句　即紫蓋峰。據《樹萱錄》記載，衡山諸峰皆朝向祝融峰，獨有紫蓋峰勢轉向東，所以作者有「獨不朝」之說。嶪，形容山勢高峻。❾魏夫人　傳說中的女仙人。《南岳魏夫人傳》載，魏夫人為晉司徒魏舒之女，曾得太極諸真人授《黃庭內景經》，後乃托劍化形而去，封南岳夫人。❿歸來二句　覬，希望。休，美好。玉堂，或指南岳神廟，亦可指刺史政事堂。⓫府主　神仙洞府之主；此指南岳山神。或曰指衡州刺史，亦通。⓬牲璧二句　牲璧，供祭祀的牲畜。忽衰俗，言只重視給神獻上犧牲、玉璧，卻疏忽教化。這樣，神如何會考慮降祥呢？忽，一作「忍」；如是，則府主當指刺史。其，祈求的語氣。以上四句，從上下文看，聯繫杜甫一貫的神人觀，「邦家用祀典，在德惟馨香」是主旨，借典祀勸喻地方官重德治，較為順理成章；且「府主」雖明指刺史，卻暗諷執國政輔佐君王者。

【語　譯】南岳分野朱雀下，崇祀至今歷百王。山嶽靈氣呼吸裡，地闊鴻濛半南方。國家事祭典，重在有德播馨香。虞舜南巡已遼遠，盛事後王難再現！於今我來困俗網，行邁遲遲過瀟湘。炎炎之日出絕壁，孤舟蕩漾映清光。南岳五峰祝融尊，諸峰起伏拜其旁。獨有紫蓋峰勢轉，不肯來朝欲爭長。恭聞南岳魏夫人，群仙擁簇共翱翔。有時五峰爽氣來，散入風中如飛霜。只為行色匆匆征途迫，無暇拄杖上高岡。歸來我欲驅車去，沐浴拜渴上明堂。三嘆問主政，如何輔我皇？只重牲璧之祭輕教化，怎能祈使神祇來降祥？

【研　析】因讀者期待視野各各不同，所以詩佳否之標準不應劃一。對一些讀者群而言，典重端莊且有些難度的詩，是好詩。譬如這一首，細加咀嚼，便覺筆力遒勁，氣體端凝，別有風味。仇注乃引鍾惺曰：「岱宗喬岳，若著山水清妙語及景狀奇壯語，便是一丘一壑、文人登臨眼孔。須胸中典故、筆下雍容，有郊壇登歌氣象，始為相稱。」此評不為無見。杜甫於五岳中泰山、華山、衡山咸有詩，黃生《杜詩說》評云：「衡、華、岱皆有〈望岳〉作。岱以小天下立意，華以問真源立意，衡以修祀典立意，旨趣各別，而此作尤見本領。」三首〈望岳〉詩本冊皆選入，讀者不妨自行對比看看，得出自己的結論。

朱鳳行　（七古）

【題　解】朱鳳，紅色的鳳凰。詩中提到衡山，當作於大曆四年（西元七六九年）。

君不見瀟湘之山衡山高，山巔朱鳳聲嗷嗷❶。
側身長顧求其群，翅垂口噤心甚勞。
下愍❷百鳥在羅網，黃雀最小猶難逃。
願分竹實及螻蟻，盡使鴟梟相怒號❸。

【注　釋】❶嗷嗷　嘈雜的哀號聲。❷愍　憐恤。❸願分二句　竹實，傳說鳳凰非竹實不食。螻蟻，螻蛄和螞蟻，與上句的鳥雀同樣，喻小民。鴟梟，貓頭鷹一類猛禽，喻盤剝百姓的兇人。

【語　譯】看哪，瀟湘迢迢，衡山最高峭。山之巔，朱鳳哀叫啁啁。牠側身尋覓同類，垂着翅膀，欲哭無淚，同類不見徒心焦！牠憐憫下界羅網困百鳥，連最小的黃雀也難逃。鳳兮、鳳兮！願把口中竹實分食與螻蟻，激起那群鴟梟豎毛向牠怒號！

【研　析】或因「南岳配朱鳥」，那炎方的祝融峰讓詩人聯想到火鳳凰。〈壯遊〉云：「七齡思即壯，開口詠鳳凰。」鳳凰一直是杜甫鍾愛的意象，是仁者的象徵。不過這時的鳳凰，已不是〈鳳凰臺〉上的「無母雛」了，牠已是一隻失群孤棲的身心交瘁的鳳凰。牠不再有「自天銜瑞圖，飛下十二樓。圖以奉至尊，鳳以垂鴻猷」的奢望，但「心以當竹實」、「血以當醴泉」的仁心依舊。這是杜甫最後一次以鳳凰自喻了。

白鳧行（七古）

【題　解】這是一首寓言詩，自傷遲暮，有家難回。與上一首同樣，當作於大曆初（西元七六六～七六九年）。

君不見黃鵠高於五尺童，化為白鳧似老翁❶。
故畦遺穗已蕩盡❷，天寒歲暮波濤中。
鱗介腥膻素不食❸，終日忍饑西復東。
魯門鶢鶋亦蹭蹬，聞道如今猶避風❹。

【注　釋】❶君不見二句　黃鵠，傳說中仙人乘坐的大鳥，一舉千里。屈原〈卜居〉：「將泛泛若水中之鳧，與波上下，偷以全吾軀乎？……寧與黃鵠比翼乎？」鳧，一種水鳥，俗稱野鴨子。鄧紹基《杜詩別解》認為《急就篇》有「春草雞翹鳧濯」，鳧翁即鳧，猶如「白頭翁」為鳥名一樣，都是以形象特點得名。所以杜甫寫白鳧似老翁，也是切合鳧的形象特點的。❷故畦句　舊注以故時喻故鄉，《杜詩別解》引《列子》卷一記百歲老人林類「拾遺穗於故畦」，認為「故畦」同「遺穗」相連，是指已經收割過的田畦，並非指故鄉。是。❸鱗介句　鱗介，魚蝦之類的水族。素，從來。❹魯門二句　魯門鶢鶋，據《國語·魯語》載，海鳥曰爰居（即鶢鶋），止於魯東門之外三日，展禽（即春秋時期魯國大夫柳下惠）曰：「今玆海其災乎？夫廣川之鳥獸，常知而避其災也。」是歲，海多大風。蹭蹬，失勢貌。末句推開作結，詩人既以此自喻避難至今，更推及多少賢士皆避地不得用於世，感慨遙深。

【語譯】君不見那隻黃鵠高於五尺童，而今變成白鳧像是老衰翁！眼看田野稻麥收割盡，歲末天寒地凍只好泛游波濤中。此鳥從不吃那些魚蝦畏腥膻，寧可終日忍飢挨餓從西漂到東。海上鶢鶋也曾失勢止於魯東門，聽說至今未回仍在山裡避大風！

【研析】郭曾炘《讀杜劄記》：「蔣弱六云：白鳧言其節操之苦，朱鳳言其胸襟之闊。此老豈徒為大言而已？此中實有學問，有性情，不如是，不足為千古第一詩人也。董斯張云：屈原〈卜居〉：『將泛泛若水中之鳧乎？將與黃鵠比翼乎？』公借以自況，言作賦摩空，猶昔之黃鶴也；令且行蹤飄蕩，泛泛若鳧，而素心了不為變，任其波濤歲暮，腥膻者終不可以食我也。落句魯門爰居，隱然有不饗太牢、不貪鐘鼓之態。此老倔強，百折不回矣。」合〈白鳧行〉與〈朱鳳行〉而箋釋之，見詩人於己、於人之苦心，兩相映襯，意便豁然。由此悟讀杜之方法。

客從

（五古）

【題解】約作於大曆四年（西元七六九年）。這首五古是寓言式的諷刺詩。《杜臆》稱：「此為急於征斂而發。上之所斂，皆小民之血，今並血而無之矣。」

客從南溟來，遺我泉客珠❶。
珠中有隱字❷，欲辨不成書。
緘之篋笥久，以俟公家須❸。
開視化為血，哀今徵斂無❹！

【注釋】❶客從二句　南溟，南海。遺，送。泉客，即鮫人。《述異記》稱：「南海中有鮫人室，水居如魚，不廢機織，其眼能泣則出珠。」趙次公云：「必用『泉客珠』，言其珠從眼泣所出也。」以此形容被剝削的財物皆含着百姓的血淚。蕭先生注：「這兩句仿漢樂府民歌『客從遠方來，遺我雙鯉魚』的格式，但別生新意。『客』和『我』都是虛構的。」❷隱字　隱約有文字。佛教故事說摩尼珠中有金字偈語，借喻珠中有百姓難言之隱。❸緘之二句　緘，封藏。篋笥，貯物之竹箱。俟，等待。公家須，指官方徵斂。❹開視二句　化為血，與鮫人泣血成珠相應，言珠已化為烏有，再也無物供搜刮了。痛哉斯言，即「已訴徵求貧到骨」之意；但這回是將悲劇性的倫理情感借想像之力迸噴而出！

【語譯】有客遠從南海來，送我蛟人所泣珠。珠中隱約有文字，細看難分字模糊。封藏箱底已多日，且備官方賦稅時。而今打開箱子看，明珠卻化一血汙！百姓早已窮到骨，官家徵斂不肯無。

【研析】葛曉音〈論杜甫的新題樂府〉稱此詩「以奇幻的想像活用了某些漢古詩（如〈董嬌嬈〉）化片斷情節為完整比興的特點」，得之。

蠶穀行 （七古）

【題解】詩確實年代難定，約作於大曆元年至大曆四年之間（西元七六六～七六九年）。

天下郡國向萬城，無有一城無甲兵❶！
焉得鑄甲作農器，一寸荒田牛得耕？
牛盡耕，蠶亦成。不勞烈士淚滂沱❷，
男穀女絲行復歌❸。

【注釋】❶天下二句　向，將近。下句，《讀杜詩說》按：「詩上云：『天下郡國向萬城』，是言時皆尚武，郡國多修武備，非言反也，故下云：『焉得鑄甲作農器』，只是偃武務農之意。」❷不勞句　烈士，此指戰士。仇注：「當時賦役繁而農桑廢，此〈蠶穀行〉所為作也。然必銷兵之後，民始復業，末云烈士，見當時征戍之士即農民耳。」滂沱，雨大貌，這裡形容落淚。❸男穀句　句謂男耕女織且走且歌，形容百姓安居樂業。穀、絲，名詞作動詞。

【語譯】天下的城邦近萬城，萬城無不波及陷戰爭！呵，何日才能鑄劍為犁使天下荒田得耕耘？牛盡耕田蠶養成，戰士不再苦戰淚雨淋，男耕女織樂太平！

【研析】十多年的戰亂使百姓心中最迫切的要求是鑄劍為犁，過上正常的生活。此詩以明快的節奏唱出，這也是杜詩後期歌唱的一個最重要內容，誠如《唐詩歸》云：「一雙眼只望天下太平。」是之謂：「一人心，一國之心」。

暮秋枉裴道州手札，率爾遣興，寄近呈蘇渙侍御　（七古）

【題解】大曆四年（西元七六九年）秋在長沙所作。枉，猶「辱荷」，對來信的客套語。裴道州，指裴虬，字深源，排行第二。河東聞喜（今屬山西）人。天寶十三載（西元七五四年）為溫州永嘉縣尉，杜甫有〈送裴二虯作尉永嘉〉詩。大曆四年夏，任道州刺史、兼侍御史。杜甫有〈湘江宴餞裴二端公赴道州〉詩。是年秋，裴到官後來信，杜遂作此詩。蘇渙，蜀人，少年時剽盜，後自知非，折節從學。大曆四年，湖南都團練觀察使崔瓘辟為從事。時杜甫在潭州，蘇肩輿訪杜。杜請其誦近詩，吟數首，才力素壯，辭句動人，杜甫頗為傾倒；今遂連及之，另寄。因蘇亦在潭州，故曰「近呈」。詩對裴、蘇寄厚望，總以「致君堯舜」為懷，《杜詩鏡銓》乃稱其「一片熱血飛灑紙上」。

久客多枉友朋書，素書❶一月凡一束。
虛名但蒙寒溫問，泛愛❷不救溝壑辱。
齒落未是無心人，舌存恥作窮途哭❸！
道州手札適復至，紙長要自三過讀。
盈把那須滄海珠？入懷本倚崑山玉❹。
撥棄潭州百斛酒，蕪沒瀟岸千株菊❺。
使我晝立煩兒孫，令我夜坐費燈燭❻。

【章旨】第一段以應酬書信反襯裴道州手札之真誠，極寫得書之喜。

【注釋】❶素書　古人常以一尺見方之素帛作書信，故又稱「尺素書」。❷泛愛　此言泛泛的關心，不解決問題。❸齒落二句　二句謂人窮志在。齒落，實寫自己的身體狀況。〈復陰〉：「牙齒半落左耳聾」。無心人，表明此來無所求。此句看似閒筆，其實十分重要，表明對裴、蘇之厚望並非出於一己私情。舌存，《史記・張儀列傳》：儀遊說諸侯，嘗從楚相飲、楚相亡壁，門下意張儀，共執儀掠笞數百。其妻曰：「嘻！子毋讀書遊說；安得此辱乎！」儀謂其妻曰：「視吾舌，尚在不？」其妻笑曰：「舌在也。」儀曰：「足矣！」窮途哭，用晉阮籍故事。《晉書》本傳：「時率意獨駕，不由徑路，車跡所窮，輒慟哭而反。」❹盈把二句　以珠玉喻裴書，謂得其書，字字珠璣，不必再求滄海之玉，置諸懷則如倚崑山之玉。❺撥棄二句　言得裴書，酒也無心飲，菊也無心看。❻使我二句　二句狀讀裴書後的興奮。煩兒孫，複詞偏義，因為杜甫這時並沒有孫子。言煩兒子扶持。

【語譯】久在逆旅辱荷友朋常惠書，尺書有時一月合一束。為有虛名承蒙問冷暖，只是空言怎救飢寒輾轉死溝瀆！我雖齒落志在並無求，舌存猶恥逢人哭窮途。裴公手札恰又到，信長仍要三遍讀。信中自有珠璣何必滄海尋？置我懷裡好比倚靠崑山玉。管它潭州宴會百斛酒，任從荒卻湘江岸上千株菊。君書使我白天站立兒孫扶，君書讓我長夜坐吟費燈燭。

憶子初尉永嘉去，紅顏白面花映肉❼。
軍符侯印取豈遲？紫燕騄耳❽行甚速。
聖朝尚飛戰鬥塵，濟世宜引英俊人。
黎元愁痛會蘇息，戎狄跋扈徒逡巡❾。
授鉞築壇聞意旨，頹綱漏網期彌綸❿。
郭欽上書見大計，劉毅答詔驚群臣⓫。

【章旨】第二段以昔年送尉作波致，以起期望之殷。

【注釋】❼憶子二句　尉永嘉，為永嘉縣尉。尉，用作動詞。天寶十三載（西元七五四年）杜甫有〈送裴二虬尉永嘉〉詩。當時杜四十三歲，裴尚年輕，故有下句。❽紫燕騄耳　紫燕，漢文帝良馬名。騄耳，周穆王八駿之一。皆喻裴虬之俊才。❾逡巡　畏縮不前。❿授鉞二句　古時拜將，多築壇，並授以節鉞。綱、網，喻國家法制。彌綸，彌縫。⓫郭欽二句　郭欽，晉武帝之侍御使。《資治通鑑》：太康元年，「侍御史西河郭欽上疏曰：『戎狄彊獷，歷古為患。……宜及平吳之威，謀臣猛將之略，漸徙內郡雜胡於邊地，峻四夷出入之防，明先王荒服之制，此萬世之長策也。』」劉毅，晉武帝之司隸校尉、尚書左僕射。《晉書・劉毅傳》：「帝（武帝）嘗喟然問毅曰：『卿以朕方漢何帝也？』對曰：『可方桓、靈。』帝曰：『吾雖德不及古人，猶克己為政；又平吳會，混一天下，方之桓、靈，其已甚乎！』對曰：『桓、靈賣官，錢入官庫，陛下賣官，錢入私門，以此言之，殆不如也！』帝大笑曰：『桓、靈之世，不聞此言，今有直臣，故不同也。』」按韓愈〈裴復墓志〉云：「父虬，有氣略，敢諫諍，官諫議大夫。」可見裴虬確是直鯁的人，故以郭欽、劉毅來要求他。

【語譯】當初君尚年少初赴永嘉尉，紅顏白面花相拂。虎符金印取何難？驗程千里行自速。聖朝至今猶戰亂，濟世還應用賢人。百姓痛苦終當止，戎狄鐵騎窺邊不敢詢。登壇拜將親奉旨，頹壞綱紀期重振。要像郭欽獻長策，劉毅直諫驚群臣。

他日更僕語不淺⓬，明公論兵氣益振。
傾壺蕭管動白髮，舞劍霜雪吹青春⓭。
宴筵曾語蘇季子，後來傑出雲孫比⓮。
茅齋定王城郭門，藥物楚老漁商市⓯。
市北肩輿每聯袂，郭南抱甕亦隱几⓰。

【章　旨】第三段由裴虬說到蘇渙，二人大概是老杜此間之精神寄託。

【注　釋】⑫他日句　他日，前日。更僕，因為談話久了，要更換侍僕（見《禮記・儒行》）。⑬傾壺二句　傾壺，斟酒。霜雪吹青春，形容劍舞之妙，春天裡猶覺寒光逼人。⑭宴筵二句　蘇季子，蘇秦，春秋戰國時代的縱橫家。雲孫，第七世孫，這裡指「遠孫」。⑮茅齋二句　此聯句法較特殊，純由六個名詞連綴而成，但意思仍明豁：蘇渙結茅長沙郭門，定王城，即長沙城，長沙有定王廟。藥物，杜常「賣藥都市」，故仇注云：「公賣藥魚商市上。」因客楚地，故又自稱「楚老」。⑯市北二句　兩句寫與蘇渙過從甚密。肩輿，轎。聯袂，攜手。抱甕，抱甕灌園，借指自己的隱居生活。見《莊子・天地》，漢陰丈人「抱甕而出灌」。隱几，憑几。《莊子・齊物論》：「南郭子綦隱几而坐。」

【語　譯】前日長談語深切，明公論兵氣更雄。老夫痛飲聽歌白髮動，筵間劍舞霜雪飛春風。興到席上說蘇渙，蘇秦遠孫真好種！蘇君結茅長沙隱南郭，我也賣藥混跡漁商北市中。市南市北常來往，灌園長談相過從。

無數將軍西第成，早作丞相東山起⑰。
烏雀苦肥秋粟菽，蛟龍欲蟄寒沙水⑱。
天下鼓角何時休？陣前部曲⑲終日死。
附書與裴因示蘇，此生已愧須人扶。
致君堯舜付公等，早據要路思捐軀⑳！

【章　旨】末段抨擊朝士之庸碌，寄望於裴、蘇盡心為國。一片血誠。

【注　釋】⑰無數二句　西第，《後漢書・梁冀傳》載東漢外戚大將軍梁冀於城西大起第舍。此喻當時武將貪享福。東山起，《晉書・謝安傳》稱謝安（字安石）累違徵召，高臥東山不起，或曰：「安石不肯出，將如蒼生何！」此時文臣隱士卻相反，都爭早做大官。⑱烏雀二句　烏雀，喻庸人，牠們只知爭食秋熟的莊稼。菽，豆的總稱。蛟龍，喻賢士，他們則蟄居於窮困之所。⑲部曲　此泛指下級將士。《後漢書・百官志》：「大將軍營五部，部校尉一人，……部下有曲，曲有軍侯一人。」⑳致君二句　致君堯舜，這本是杜甫早年的理想：「致君堯舜上」，要輔佐皇帝達到堯舜式的至治。因今老病故寄望於裴、蘇諸公。要路，要津，指重要職務。〈古詩十九首〉：「何不策高足，先據要路津。」下句不但望其快上高位，且囑其在高位要思為國捐軀。一片熱血飛灑，語重心長。

【語　譯】可歎朝中眾將求田問舍無作為，士人但求早成丞相厚臉皮。庸官趁機收刮求肥己，賢俊無不避之甘寒飢。如此下去太平何時至？陣前徒見將士日日死！詩成寄裴且示蘇，我已老矣殘生愧人扶，致君堯舜只能盼你們，早據要職為國思捐軀！

【研　析】誦讀該詩，我們可以看到「情志」是如何通過獨特的敘事形式逐步敞開的。首段通過虛情與實意的對比，透出一個「誠」字，是伏筆；第二段則表明對裴有長期深切的瞭解，突出裴的正直人格與不凡的才能，故寄以厚望，鋪墊堅實；第三段連類而及，寫與新知蘇渙的同氣相求，與題目呼應；蓄勢已成，末段遂放筆直下，表達對時勢的憂心，和盤托出對裴、蘇的厚望，於國於民於己於人，一片赤誠，是謂真性情。

追酬故高蜀州人日見寄并序　（七古）

【題　解】大曆五年（西元七七〇年）正月二十一日作於潭州（即今長沙市）。杜甫寫此詩時，高適已死，故曰「追酬」。高蜀州，即名詩人高適。《新唐書・高適傳》：「高適，字達夫，滄州勃海人……未幾蜀亂，出為蜀、彭二州刺史……召還，為刑部侍郎，左散騎常侍。」高適死於永泰元年（西元七六五年）正月。人日，即正月初七。《歲時廣記》載：「正月一日為雞，二日為狗，三日為豬，四日為羊，五日為牛，六日為馬，七日為人。」見寄，指上元二年（西元七六一年）人日高適所寄〈人日寄杜二拾遺〉詩，原詩見【附錄】。

開文書帙❶中，檢所遺忘，因得故高常侍適——往居在成都時，高任蜀州刺史——〈人日相憶〉見寄詩，淚灑行間，讀終篇末。自枉詩，已十餘年；莫記存歿，又六七年矣❷！老病懷舊，生意❸可知。今海內忘形故人❹，獨漢中王瑀與昭州敬使君超先在❺。愛而不見，情見乎辭。大曆五年正月二十一日，卻追酬高公此作，因寄王及敬弟。

自蒙蜀州〈人日〉作，不意清詩久零落。
今晨散帙眼忽開，迸淚幽吟事如昨。
嗚呼壯士多慷慨，合沓高名動寥廓❻。
歎我悽悽求友篇，感君鬱鬱匡時略❼。
錦里春光空爛熳，瑤墀侍臣已冥寞❽。
瀟湘水國傍黿鼉、鄠杜秋天失雕鶚❾。
東西南北❿更堪論？白首扁舟病獨存。
遙拱北辰纏寇盜，欲傾東海洗乾坤⓫。
邊塞西蕃最充斥，衣冠南渡多崩奔⓬。
鼓瑟至今悲帝子，曳裾何處覓王門⓭？

文章曹植波瀾闊，服食劉安德業尊⑭。

長笛鄰家亂愁思，昭州詞翰與〈招魂〉⑮！

【注釋】❶帙　書套。❷自枉詩四句　枉，屈就，謙詞。此詩作於大曆五年（西元七七〇年），上距高適贈〈人日寄杜二拾遺〉詩（西元七六一年）實不滿十年，距高適之死（西元七六五年正月）亦不滿六年。所云「十餘年」、「六七年」，蓋約略言之。❸生意　猶生機、活力。❹忘形故人　不拘形跡的摯友。〈醉時歌〉所謂「忘形到爾汝」。❺獨漢句　漢中王瑀，即李瑀，玄宗兄李憲第六子。《新唐書》本傳稱其「早有才望，偉儀觀。」杜集有〈翫月戲呈漢中王〉等詩多首。敬使君超先，使君，古時稱刺史為使君，敬超先乃昭州（今廣西壯族自治區平樂縣）人。杜甫於大曆四年秋在長沙有〈湖南送敬十使君適廣陵〉詩，當即此人。在，在世。❻嗚呼二句　壯士，指高適，所謂「高生跨鞍馬，有似幽并兒」（〈送高三十五書記〉）。多慷慨，有壯志豪情。《舊唐書》本傳：「適喜言王霸大略，務功名；尚節義，時逢多難，以安危為己任。」合沓，重沓。高適能詩，也能用兵，故云。動寥廓，猶「驚天下」。❼歎我二句　歎我悽悽，高適贈詩有云：「心懷百憂復千慮」、「豈知書劍老風塵」，對杜的遭遇深表同情。求友篇，《詩・鹿鳴》：「相彼鳥兮，猶求友聲。」《詩・伐木》：「嚶其鳴矣，求其友聲。」此指高適贈詩。鬱鬱，心思深沉。匡時略，濟時的策略。❽錦里二句　二句謂高已逝去，空留記憶。錦里，指成都草堂，當時二人唱和所在。瑤墀，指宮殿前。高適為左散騎常侍，是皇帝侍臣，故稱「瑤墀侍臣」。❾瀟湘二句　上句自傷漂泊湖南，但與黿鼉為伍。黿鼉，此魚鱉之類水族。鄠杜，長安鄠縣與杜陵。雕鶚，二種猛禽，杜常用以喻直臣。下句痛高適之亡，朝廷失一直臣。❿東西南北　用高適〈人日寄杜二拾遺〉句：「愧爾東西南北人！」《禮記・檀弓》：「今丘也，東西南北之人也。」杜亦自謂「甫也南北人」（〈謁文公上方〉）。⓫遙拱二句　古人謂北極星居其所，而眾星拱衛之，以喻朝廷所在地長安。上句謂遙望長安常為盜寇所侵擾，故下句言欲重整江山歸於清平。⓬邊塞二句　西蕃，吐蕃。衣冠南渡，西晉末，北方少數民族侵入。晉元帝渡江，士族也隨之南遷。此借指吐蕃入寇，中原士庶紛紛南奔。崩奔，四散逃竄。⓭鼓瑟二句　鼓瑟，奏瑟。《楚辭・遠遊》：「使湘靈鼓瑟兮」。帝子，〈九歌・湘夫人〉：「帝子降兮北渚」。傳說帝舜南遊，死於蒼梧之野，舜之二妃娥皇、女英悲泣，投湘水而死，為湘水女神，常出水面，鼓瑟悲歌。⓮文章二句　曹植是魏宗室，善屬文，封陳王；劉安是漢宗室，好神仙之術，封淮南王。二句寄漢中王，故以二人為比。⓯長笛二句　二句寄敬超先，故希望敬超先能像宋玉之於屈原一樣，替自己作篇〈招魂〉，以招高適之魂。長笛，《晉書・向秀傳》載，向秀與嵇康為友，康既被殺，秀經其舊宅，鄰人有吹笛者，發聲寥亮，追想昔日遊宴之好，乃作〈思舊賦〉。昭州，即序中所稱「昭州敬使君超先」。

【語　譯】為了檢索遺忘的文字，我打開書套，偶爾看到往日我居住成都時，亡友高適常侍寄贈的〈人日相憶〉詩——當年他任蜀州刺史。我是邊吟邊流淚，直到讀完全篇。承蒙故友贈詩，至今已十來年；距高公去世，也六、七年了！老病之人每多懷念舊事，我生命力的衰竭也就可想而知了。如今世上不拘形跡的知心朋友，只有漢中王李瑀與昭州刺史敬超先還在。所愛之人已不可見，思悼之情只能在詩中體現。大曆五年正月二十一日，追和高公贈詩，並寄上漢中王與超先老弟。自從當年承贈清詩〈人日〉作，不覺時光荏苒篋中被冷落。今晨檢書眼一亮，灑淚吟誦歷歷往事方如昨。唉唉，君為豪傑之士多慷慨，高名紛至沓來驚宇宙。為我悲歌求友篇，感君濟世之策思深厚。我別錦城草堂空自春，君逝朝廷侍臣久寂寞！來在炎方水國伴魚鱉，長安秋高從此失雕鶚。東西南北漂泊更遑論，老病無依只在孤舟過。京城頻遭寇盜侵，恨不倒提東海洗山河！邊關吐蕃猖狂甚，官紳南逃四散奔。湘娥鼓瑟至今悲，欲投賢王尋誰門？陳王曹植文章波瀾闊，淮南劉安求仙德亦尊。鄰家吹笛興起〈思舊賦〉，昭州使君兮為我賦〈招魂〉！

【研　析】劉開揚《高適詩集編年箋注》箋釋〈人日寄杜二拾遺〉曰：「人日寄詩，蓋遙憐故人之流落蜀中而思故鄉也，柳色梅花，令人見之斷腸耳。身在蜀地，不能參預朝政，百憂千慮，集於一身，今年人日不得相見，明年人日又在何處耶？君如謝安東山一臥三十年矣，誰料將老於風塵中也。我以龍鍾之人尚忝居刺史之職，有愧於爾之棲棲遑遑志在君國也。」由此看來，高適不愧是杜甫的同道知己！明瞭這一層，才會理解老杜何以檢得高詩而「淚灑行間，讀終篇末」。人琴俱亡，而今「海內忘形故人」又有幾人在？令人悲從中來矣！

【附錄】

人日寄杜二拾遺

高適

人日題詩寄草堂，遙憐故人思故鄉。
柳條弄色不忍見，梅花滿枝堪斷腸。
身在南蕃無所預，心懷百憂復千慮。
今年人日空相憶，明年此日知何處？
一臥東山三十春，豈知書劍老風塵！
龍鍾還忝二千石，愧爾東西南北人！

風雨看舟前落花戲為新句（七古）

江上人家桃樹枝，春寒細雨出疏籬。
影遭碧水潛勾引，風妒紅花卻倒吹[1]。
吹花困癲傍舟楫，水光風力俱相怯[2]。
赤憎輕薄遮入懷，珍重分明不來接[3]。
濕久飛遲半欲高，縈沙惹草細於毛[4]。

【題解】 大曆五年（西元七七〇年）清明前後作。

蜜蜂蝴蝶生情住，偷眼蜻蜓避伯勞❺。

【注　釋】❶影遭二句　上句言落花墜水，如被勾引；下句風逆吹落花倒起，卻道是風妒碧水。風與水暗示社會上某些有權勢者。落花當喻落拓之士。事實上，「士」總是要依附某些勢力求生存。❷吹花二句　吹花，被吹落的花兒。困癲，一作「困懶」。因身不由己，故曰「困癲」。怯，指對落花不敢相助。❸赤憎二句　二句謂那些討嫌、輕薄者，都被水與風開懷接納；而對那些值得珍重、清白者，卻被水與風排拒，不肯一伸援手。赤憎，即生憎，方言可憎、討嫌的意思。❹細於毛　形容落花愈飄愈遠，看去比毫毛還小。❺蜜蜂二句　生情住，指往日之情意忽然消失。伯勞，鳥名，食昆蟲。

【語　譯】江邊三家兩家，院子裡盛開桃花。春風春雨吹寒，落紅片片飛過籬笆。影兒映照碧水，碧水暗地裡想勾引她。妒忌的春風忙把花兒倒吹起，花兒旋轉着身不由己貼向舟楫。水光風力喲相看吁噓，可憎你們都太勢利：見那些輕薄者就爭着攬入懷中，而那些自珍重者則任其零落不肯相濟。可憐久在雨裡花早濕透，掙扎着想飛高卻又低迷。連翻帶滾曳過沙灘草地，愈吹愈遠喲漸如毛髮般細……哦，常來常往的蜜蜂蝴蝶，此刻也識時務地情意忽絕。有心援手的蜻蜓喲，偷眼瞥見伯勞又避易不迭！

【研　析】詩寫舟中春雨看落花。《杜臆》曰：「此皆從靜中看出，都是虛景，都是遊戲，都是弄巧，本大家所不屑，而偶一為之，故自謂『新句』，而纖巧濃豔，遂為後來詞曲之祖。」所謂「遂為後來詞曲之祖」，強調的是其中意象細密，輕靈變化，要眇言長。你看，桃花於春寒細雨中飄出籬笆，受「碧水勾引」而影貼水面，卻又因「風妒」而倒吹，且又濕重難起而身不由己地「困癲」傍船側飛，水與風都得不到落花。水勾引不去，風倒吹不起，其中有深意焉。王夫之《唐詩評選》乃云：「輕俊中自有風力，唯此可云起《玉臺》宮體之衰，擢筋折骨人詎敢云爾？」因為有了這內在的「風力」，故其感官彩繪的筆觸超越了宮體之細膩。「赤憎輕薄遮入懷，珍重分明不來接」一聯，是對「水光風力」之「怯」的斥責。誠如《杜臆》所言：「有一等飛揚飄蕩，輕薄可恨，偏遮之入懷；有一等自在莊重，分明可愛，偏不來接，任其墮落。遮者風也，何以曰

『遮』？謂其有意也；『不來接』亦謂風也，謂其不肯用情也。」我倒認為「不來接」者為水，一句言此，一句言彼，是老杜常用句法。至於尾聯「蜜蜂蝴蝶生情住，偷眼蜻蜓避百勞」，寫出三種情況：一是平常采花蜜為生的蜜蜂與蝴蝶，此時也見難而退（「生情住」一作「生情性」，《杜臆》解為：「蜜蜂蝴蝶，欲採之而不得，欲棄之而不忍，低徊顧惜，別生情性。」義亦近）；一是同情落花的蜻蜓，也因偷眼見伯勞而思避之；一是背後可怕的威脅者，食昆蟲的伯勞。成善楷《杜詩箋記》的解讀足資參考：「尤為重要的是『蜻蜓』的形象。這個形象對於深化這一首詩的主題思想具有相當重要的意義和作用。蜻蜓對落花是憐惜的，也很想同它共命運，相終始，無奈，『伯勞』在旁，只能委而去之，落花最後一個可以依賴的力量也從此消失，它的結局的慘淒就不忍再說了。」可憐無助的落花！這正是詩人當下告助無人、依舟而居的困境。

江南逢李龜年（七絕）

【題解】這是大曆五年（西元七七〇年）也就是杜甫死的這一年在長沙所作。江南，錢注：「〈項羽紀〉：徙義帝於江南；《楚辭章句》：襄王遷屈原於江南。是江南在江湘之間，龜年方流落江潭，故曰『江南』。」李龜年，《明皇雜錄》：「開元中，樂工李龜年善歌，特承顧遇，於東都（洛陽）大起第宅。其後流落江南，每遇良辰勝景，為人歌數闋，座中聞之，莫不掩泣罷酒。杜甫嘗贈詩（即此首）」蘅塘退士（孫洙）云：「世運之治亂，年華之盛衰，彼此之淒涼流落，俱在其中。少陵七絕，此為壓卷。」

岐王宅裏尋常見，崔九堂前幾度聞❶。
正是江南好風景，落花時節又逢君。

【注　釋】❶岐王二句　岐王，玄宗之弟李範，死於開元十四年（西元七二六年），正是杜甫「往昔十四五，出遊翰墨場」之時。崔九，原注：「崔九，即殿中監滌也，中書令湜之弟也。」

【語　譯】當年不難在岐王府裡見，崔九堂前也曾幾回聽過你歌唱。如今天涯再逢春光好，欲語無言落花旁。

【研　析】達芬奇名畫《蒙娜麗莎》之所以能飲譽世界，就在於他善於捕捉住稍縱即逝的細節，將豐富而含蓄的表情，嘴角若有若無的微笑，用畫筆化瞬間為永恆，以有意味的形式將複雜而單純的美留在人間。杜少陵此詩也是複雜而單純的美之成功表現。他以明快的筆觸，將滄桑巨變的沉痛，化為一種「不可承受之輕」，一種痛定思痛的悵觸，寓諸歌罷花落之間。看似淡然的「正是江南好風景，落花時節又逢君」一聯，沈祖棻《唐人七絕詩淺釋》說：「江南，指明並非東都；落花，象徵人的漂泊。出一『又』字，便將今昔對比、感昔傷今之情，完全烘托了出來。」蕭先生說：「『落花時節』四字，彈性極大，彼此的衰老飄零，社會的凋敝喪亂，都在其中。」七絕中，能負載如此九鼎之重的情感而不費力者，無幾。

小寒食舟中作

（七律）

【題　解】大曆五年（西元七七〇年）在長沙時作。杜甫自到長沙後，總住在船上。小寒食，寒食的次日。因禁火，故冷食。

佳辰強飲食猶寒，隱几蕭條帶鶡冠❶。
春水船如天上坐，老年花似霧中看❷。
娟娟戲蝶過閑幔，片片輕鷗下急湍❸。

雲白山青萬餘里，愁看直北是長安❹。

【注釋】❶佳辰二句　強飲，勉強的喝點酒。食猶寒，寒食前後三日禁火，至清明方舉火。小寒食為寒食之次日，故仍禁火冷食。隱几，憑着几桌。鶡冠，隱士常戴的冠。❷春水二句　二句是上三下四句法，即：春水船／如天上坐，老年花／似霧中看。上句寫春水湍急起伏，使人乘船漂蕩有浮空之感；下句寫人老視物模糊，看花似在霧中。❸娟娟二句　娟娟，輕盈之狀。《唐詩歸》引鍾云：「非二字說不出戲蝶之情。」其實「片片」二字也寫出鷗鳥之輕盈，且是群飛。二句為尾聯情緒的急轉彎蓄勢。閑，一作「開」。❹雲白二句　雲白山青，寫望中往長安的路途，猶言山遮雲蔽。萬餘里，極言此地距長安遙遠。《唐書・地理志》：「潭州長沙郡在京師南二千四百四十五里。」直北，正北。

【語譯】時逢良辰勉力喝點酒，禁火期間食物寒。憑几淒然來獨坐，也學隱士戴鶡冠。老眼看花花似霧，春波蕩漾如坐天上船。戲蝶翩翩紗窗過，群鷗輕盈下急湍。愁看長安在正北，萬里白雲遮青山！

【研析】《苕溪漁隱叢話》：「山谷（黃庭堅）云：『船如天上坐，人似鏡中行』，『舡如天上坐，魚似鏡中懸』，沈雲卿（佺期）詩也。雲卿得意於此，故屢用之。老杜『春水船如天上坐』，祖述佺期之語也；斷之以『老年花似霧中看，蓋觸類而長之。』」其實這不僅僅是用前人句而變化之，即宋人所謂的「奪胎換骨」，而是有自家對生活的深切感受，與首句「強飲」相關聯，是年老衰病目力減退的寫照，有了下句，則上句「春水船如天上坐」也就帶上「漂浮不定」的情感色彩，而區別於沈詩。事實上從結構上看，整首詩都在為最後一句的「驀然生愁」造氣氛，故《西河詩話》云：「船如天上，花似霧中，娟娟戲蝶，片片輕鷗，極其閒適。忽望及長安，驀然生愁，故結云：『愁看直北是長安』，此即事生感也。」此聯是全篇有機的組成部分，並非簡單的裁改拆補。再從意象的傳承上看，成功的意象往往是經多人之手千錘百鍊而來，「船如天上坐」加上「春水」兩字，更具美感與動感，與其說是襲用，不如說是完善。諸君以為然不？

白馬（五古）

【題解】大曆五年（西元七七〇年）四月八日，湖南兵馬使臧玠殺潭州刺史兼湖南都團練觀察使崔瓘，據潭州為亂。杜甫於是「中夜混黎氓，脫身亦奔竄」（〈入衡州〉），從城裡逃回船上後，便南往衡州，詩記所見，以首二字為題。

白馬東北來，空鞍貫雙箭。
可憐馬上郎，意氣今誰見❶？
近時主將戮，中夜傷於戰❷。
喪亂死多門，嗚呼淚如霰❸！

【注釋】❶白馬四句　記所見實事，仇注：「此為潭州之亂死於戰鬥者，記其事以哀之。馬帶箭而來，則馬上者見害矣。」❷近時二句　主將，指崔瓘。傷於戰，指馬上郎。《舊唐書・崔瓘傳》載：大曆五年四月，會月給糧儲；兵馬使臧玠與判官達奚覯發生爭執。達判官曰：「今幸無事。」玠曰：「有事何逃？」厲色而去。是夜，玠遂叛亂，犯州城，以殺達判官為名。崔瓘倉惶離城，逢玠兵驟至，遂遇害。以上二句即記上述史實。❸喪亂二句　死多門，死於多種途徑。仇注：「語極慘，或死於寇賊，或死於官兵，或死於賦役，或死於飢餓，或死於奔竄流離，或死於寒暑暴露；惟親身患難，始知其情狀。」

【語譯】白馬忽從東北來，二支利箭貫空鞍。馬上主人今不見，往者意氣散如煙。主將新遭戮，半夜死敵前。喪亂隨時死不測，嗚呼淚下如走丸！

【研　析】前四句突兀，似某些電影的開頭：一匹白馬衝破黎明，從風煙中奔來。直立起，嘶鳴。空鞍。上貫二支箭，血。後二句倒敘發生的事件，末尾兩句對長期以來亂象的抨擊，慨歎良深。整首小詩似切片式的微型小說。杜詩敘事的多樣性可見一斑。

逃難（五古）

【題　解】蕭滌非先生認為：「這詩有人疑為偽作，我看是沒有根據的。這是杜甫替他自己一生的逃難作了一個總結。根據末句，大概作於大曆五年（西元七七〇年），也就是他死的這一年避臧玠之亂的時候。」

五十白頭翁，南北逃世難❶。
疏布纏枯骨，奔走苦不暖❷。
已衰病方入，四海一塗炭❸。
乾坤萬里內，莫見容身畔。
妻孥復隨我，回首共悲歎。
故國莽丘墟，鄰里各分散。
歸路從此迷，涕盡湘江岸。

【注　釋】❶五十二句　五十，《讀杜心解》注：「肅宗上元二年，公年五十，時周流蜀中，注家釋世難者，以是年段子璋反東川當之。公值難其多，何獨舉此耶？蓋公自乾元二年客秦入蜀，時年四十八，是為逃難之始耳，言五十，舉成數也。」或謂逃難當從至德元載算起，當時四十五歲，不妥。在客秦州、入蜀之前，杜甫一直是在風暴中心（包括陷賊、逃出長安奔行在）與叛軍抗爭，不得稱「逃難」。南北，「東西南北」之簡稱，是總結十多年來四處避難的實況，與「東西南北更誰論？白首扁舟病獨存」（〈追酬故高蜀州人日見寄〉）意近。❷疏布二句　疏布，粗布。不暖，指坐不暖席。❸一塗炭　一，都一樣，沒有例外。塗炭，爛泥和炭火，猶「水深火熱」。

【語　譯】五十便成白頭翁，東西南北逃難中。粗布衣裏一瘦骨，奔走更無暖席功。衰年病魔趁機入，水深火熱無處無。莫道天下寬萬里，何處能容一腐儒？妻兒隨我受盡苦，回首共歎悲何如。故鄉廢圩草荒亂，鄰里早已各分散。回鄉之路在何方？湘水岸邊淚如霰！

【研　析】國家是「天地日流血」，自己呢，是「漂泊西南天地間」。「逃難」的確是老杜生命最後十幾年的關鍵詞。然而正是這些沒完沒了的逃難日子，迫使杜甫接近下層社會，也從世態炎涼中看清各色人等的真面目，使杜詩達到前人難以達到的深刻性。苦難摧殘了詩人，苦難也玉成了詩人。誠如《瀛奎律髓》卷二十九方回評〈歲暮〉詩所說：「自天寶十四年乙未（西元七五五年）始亂，流離凡十六年。唐中葉衰矣，卻只成就得老杜一部詩也。不知終始不亂，老杜得時行道如姚、宋，此一部杜詩不過如其祖審言，能雅歌詠治象耳，不過皆〈何將軍山林〉、〈李監宅〉等詩耳，寧有如今一部詩乎？」

聶耒陽以僕阻水，書致酒肉，療饑荒江，詩得代懷，興盡本韻，至縣呈聶令。陸路去方田驛四十里，舟行一日，時屬江漲，泊於方田　（五古）

【題　解】作於大曆五年夏。耒陽，今湖南耒陽，《元和郡縣志》稱其在衡陽南一百六十八里。聶耒陽，耒陽縣令聶某（其名不詳）。阻水云云，言於方田驛遇江漲不得上行，停泊半旬（五日），幸得聶縣令遣人致書相問並送來酒肉，解決了飢餓問題，遂寫下該詩紀事，並擬送至縣城呈聶令。以詩代懷，作詩表達感謝之情。興盡本韻，限用本韻部，一韻到底。興，去聲，指詩的意興。「興盡本韻」下《讀杜心解》注云：「題當止此，下疑小注原文，蓋以注明阻水之處耳。」陸路，指自耒陽至方田驛的陸程。舟行一日，因泝流而上，故需一日。中國國家圖書館藏明鈔本趙次公《新定杜工部古詩近體詩先後并解》「呈聶令」下皆作小字，正與浦起龍所斷合。此詩排列順序各版本頗不同，茲用仇注本。

耒陽馳尺素，見訪荒江渺❶。
義士烈女家，風流吾賢紹❷。
昨見狄相孫，許公人倫表❸。
前朝翰林後，屈跡縣邑小。
知我礙湍濤，半旬獲浩溔❹。
孤舟增鬱鬱，僻路殊悄悄。
側驚猿猱捷，仰羨鸛鶴矯。
禮過宰肥羊，愁當置清醥❺。
麾下殺元戎，湖邊有飛旐❻。
方行郴岸靜，未話長沙擾❼。

人非西諭蜀，興在北坑趙❽。
崔師乞已至，澧卒用矜少❾。
問罪消息真，開顏憩亭沼❿。

【注　釋】❶耒陽二句　尺素，指書信。渺，形容水勢之闊大。❷義士二句　二句讚美聶令的家風。義士，指俠客聶政。烈女，指聶政姊聶嫈（或作榮）。聶政為嚴仲子報仇，殺死韓相俠累，毀容自殺，以求不連累親屬。屍暴於市，其姊伏屍痛哭，死於聶政屍旁以揚其弟義俠之名。事見《史記．刺客列傳》。❸昨見二句　昨，往時。狄相孫，唐武則天時賢相狄仁傑之孫，當即狄博濟。杜甫在夔州時有〈寄狄明府博濟〉詩云：「梁公曾孫我姨弟」，當指此人。許，推許；讚揚。公，指聶縣令。人倫表，人倫之表率。❹半旬句　浩漾，水無際貌。張溍云：「獲，言所得者，止大水耳，別無所有。」按此句是說挨了五天餓。❺禮過二句　古人以牛羊豕三者具備為太牢，無牛只有羊豕則為少牢，聶令送的大概是牛肉，所以說「禮過宰肥羊」。清醥，清酒。❻麾下二句　指大曆五年（西元七七〇年）四月八日，湖南兵馬使臧玠殺潭州刺史兼湖南都團練觀察使崔瓘，據潭州為亂事。飛旐，指崔瓘靈柩前引導的招魂幡。❼方行二句　二句謂因阻水未能至縣與聶令說自己親歷的長沙之亂。仇注引黃鶴曰：「郴州與耒陽皆在衡州東南，衡至郴四百餘里，郴水入衡，公初欲往郴依舅氏，卒不遂。其至方田也，蓋溯郴水而上。故詩云『方行郴岸靜』。」❽人非二句　二句謂人心安定當前不在下文勸喻，而是要嚴厲鎮壓決不姑息，這才會大快人心。西諭蜀，用司馬相如出使西蜀作〈喻巴蜀檄〉事。《漢書》本傳：「相如為郎數歲，會唐蒙使略通夜郎、峽中，發巴蜀吏卒千人，郡又多為發轉漕萬餘人，用軍興法誅其渠率。巴蜀民大驚恐。上聞之，乃遣相如責唐蒙等，因諭告巴蜀民以非上意。」興，快意。北坑趙，用秦將白起破趙後坑殺降卒四十萬事，見《史記．白起王翦列傳》。「坑趙」只是用典，表明堅決的態度，不是對該事件的肯定，主張濫殺，這點是應着重說明的。❾崔師二句　仇注引原注：「聞崔侍御潩乞師於洪府，師已至袁州北，楊中丞琳〔應作子琳，時任澧州刺史〕問罪將士，自澧上達長沙。」用矜少，自恃其兵在精不在多。❿憩亭沼　在驛亭水邊泊舟休息。

【語　譯】耒陽快馬遞書信，縣令慰我洪水荒荒郴江濱。聶令遠祖聶榮與聶政，義士烈女家風傳至君。昔日聞之狄相孫，稱公表率冠士倫。堂堂前朝翰林之後代，小小縣衙未免太屈尊。知我受阻浪滔滔，五天空腹茫茫對波濤。身處孤舟增鬱悶，荒野幽僻太寂寥。側身驚看猿猴身手捷，仰羨鸛鶴青天羽翼矯。幸獲大禮饋牛肉，銷愁又為備醇醪。自從叛將殺元帥，可憐湖邊魂幡飄！郴水之岸唯靜候，未能趨前為話長沙賊人鬧。此際人心期盼非安撫，所快還在滅群盜。近知崔潩侍御所乞援軍今已到，自恃其兵精銳不怕少。興師問罪消息真，泊舟驛亭樂等捷書到！

【研　析】蕭滌非先生說：「自來就有不少人相信杜甫死於『牛肉白酒』，而其根據也正是這首詩。」據此詩以炮製「飫死說」的，是中唐人鄭處晦的《明皇雜錄》：

杜甫客耒陽，遊岳祠，大水遽至，涉旬不得食，縣令具舟迎之，令嘗饋牛炙白酒。後漂寓湘潭間，羈旅憔悴于衡州耒陽縣，頗為令長所厭。甫投詩于宰，宰遂致牛炙白酒以遺甫。甫飲過多，一夕而卒。集中猶有贈聶耒陽詩也。

此說影響甚巨，兩《唐書》咸用之，大謬。黄生《杜詩說》駁之曰：「詳史所書牛酒飫死之說，實采之《雜錄》。《錄》敘此事，而終之云：『今集中猶有贈耒陽詩。』即此勘破，作者正因此詩，飾成其事，小說家伎倆畢露。」蕭先生遂指出《明皇雜錄》與本詩有九不合，鐵證如山。讀者可參看蕭滌非《杜甫研究．論杜甫不飫死於耒陽》一文自明。

【附錄】

杜甫研究・論杜甫不飫死於耒陽（摘錄）

蕭滌非

據我們的分析，《雜錄》和詩矛盾至少有以下九點：

按杜甫在大曆五年以前，沒有到過耒陽縣，更沒有在耒陽客居，所以贈聶令詩的詩題有「至縣呈聶令」的話，詩中也有「孤舟增鬱鬱，方行郴岸靜」等語。而《雜錄》卻說「杜甫客耒陽」「羈旅憔悴於耒陽」，顯係無中生有，此與詩不合者一。

詩題明言：「時屬江漲，泊於方田。」是阻水乃在方田驛，不在岳祠，而《雜錄》乃云：「遊岳祠，大水遽至。」此與詩不合者二。

詩題明言「聶耒陽書致酒肉」，詩亦言「耒陽馳尺素，見訪荒江渺」，是聶令乃派人前來，而《雜錄》云「縣令具舟迎之」，《舊唐書》亦云「聶令自棹舟迎甫」，且杜甫此時本在舟中，更何待縣令具舟？此與詩不合者三。

據詩題及詩，聶令饋送酒肉，尚屬初次，也只是這一次，而《雜錄》於「令嘗饋牛肉白酒」之後，復有「宰遂致牛肉白酒以遺甫」之文，那就不止一次了。將一事化為二事，而又別無他據，此與詩不合者四。

詩題及詩，明言「聶耒陽書致酒肉，療饑荒江，詩得代懷」，分明是聶令先饋酒肉，杜甫才作詩道謝的，饋酒肉在前，贈詩在後。而《雜錄》作者卻說「甫投詩於宰，宰遂致酒肉」。恰恰跟他引以為證的杜甫自己所說的話相反。如果不是由於作者未曾真正的讀過杜甫這首詩，因而無知妄說，那就只能說是一種惡意的誣蔑和中傷，此與詩不合者五。

詩明言「知我礙湍濤，半旬獲浩漾」。則飢餓僅五日，而《雜錄》乃云「涉旬不得食」（《舊唐書》又徑作「旬日不得食」）。此與詩不合者六。

詩云：「禮過宰肥羊，愁當置清醥。」則贈詩乃作於既體酒、既食肉之後。杜甫此時似很高興，因不僅解決了飢餓問題，同時他所關心的問罪消息也得到了證實，所以篇末有「開顏憩亭沼」的話。觀詩題「興盡本韻」（專押《廣韻》三十「小」）一語，可知這首詩還是杜甫相當用心之作。因為韻腳愈狹，束縛愈大，寫起來也就愈麻煩，得多費點心血。但是《雜錄》卻說：「甫飲過多，一夕而卒。」既然是

「一夕而卒」，那麼這首並不是太短、太容易、太簡單可以一揮而就的詩，到底是怎樣完成的呢？所以黃鶴說：「謝聶令詩，云興盡本韻，又且宿留驛亭，若果以飫死，豈能為是長篇？又且游憩山亭？以詩證之，其誣明矣，此與詩不合者七。

詩題明言：「至縣呈聶令。」如果「一夕而卒」，這話便沒交代。所以浦注說：「題云至縣，則是受饋成詩後，仍登岸至縣呈謝。新舊書謂，啖炙醉灣，一昔（同夕）而卒者，非也。」此與詩不合者八。

詩云「昨見狄相孫，許公人倫表」。是聶令與杜甫非有親故，杜甫也不曾向他呼籲，可見他的「書致酒肉」，乃是出自一片真心愛慕的義舉，所以杜甫贈詩也極致讚美，稱為：「義士烈女家，風流吾賢紹。」而《雜錄》卻說：「頗為令長所厭！」這就不僅誣蔑了杜甫，連聶令也蒙不白之冤了。此與詩不合者九。

暮秋將歸秦，留別湖南幕府親友 （五律）

【題解】大曆五年（西元七七〇年）秋作於潭州。湖南幕府，湖南觀察使辛京杲的幕府。《舊唐書·代宗本紀》載：「大曆五年五月癸未，以羽林大將軍辛京杲為潭州刺史、湖南觀察使。」

水闊蒼梧野，天高白帝秋❶。
途窮那免哭？身老不禁愁。
大府才能會❷，諸公德業優。

北歸衝雨雪，誰憫弊貂裘❸？

【注　釋】❶水闊二句　蒼梧野，相傳舜帝死於蒼梧之野。白帝，是司秋的神。❷大府句　大府，唐時謂節度使府為「大府」。才能會，人才聚集。❸北歸二句　衝雨雪，詩人預計回到中原已是寒冬，故云。弊貂裘，《戰國策・秦策》：「（蘇秦）說秦王，書十上而說不行，黑貂之裘敝，黃金百斤盡，資用乏絕，去秦而歸。」詩意在求援，但屬辭蘊藉。

【語　譯】蒼梧之野水接天，白帝司秋氣爽鮮。身老途窮愁難禁，哪免逢秋淚暗潸。節度大府人才聚，諸公德業更領先。北歸料應衝雨雪，衣弊飢寒有誰憐？

【研　析】一年前，杜甫還說「舌存恥作窮途哭」，如今卻云「途窮那免哭？」要不是覺察到自己生命之鐘即將停擺，杜甫是不會這樣說的。詩似乎寫得蘊藉，其實他是欲哭無淚。原本說「不死會歸秦」，但現在他要做的，只是乞骸骨能葬故鄉。可是就連這一點夙願，也要等到四十多年後（唐憲宗元和八年），才由他的孫子杜嗣業實現，將他的骸骨千辛萬苦地帶回故鄉。這位為天下蒼生流盡淚的人，身後竟如此孤寂——「杜甫有很多哭人的詩，然而——儘管他在當時已是『新詩海內流傳遍』、『大名詩獨步』的作家，卻竟沒有一個哭他的人，我們竟找不出一首當時人哭他的詩」（蕭滌非《杜甫研究》）。

這是杜甫最後一首五律。

風疾舟中伏枕書懷三十六韻奉呈湖南親友

（五排）

【題　解】大曆五年（西元七七〇年）冬作於自潭州往岳陽舟中。風疾，頭風、風痹病。據〈遣悶奉呈嚴公〉詩「老妻憂坐痹，幼女問頭風」，知早在成都時杜甫便得了這種病。又據〈催宗文樹雞柵〉詩「愈風傳烏雞」，則知在夔州時，此病仍常發，且訖未根除。伏枕，即臥病。浦注說：「仇本以是詩為絕筆，玩其氣味，酷類將死之言，宜若有見。」

軒轅休製律，虞舜罷彈琴。
尚錯雄鳴管，猶傷半死心❶。
聖賢名古邈，羈旅病年侵❷。
舟泊常依震，湖平早見參❸。
如聞馬融笛，若倚仲宣襟❹。
故國悲寒望，群雲慘歲陰❺。
水鄉霾白屋，楓岸疊青岑❻。
鬱鬱冬炎瘴，濛濛雨滯淫❼。
鼓迎非祭鬼，彈落似鴞禽❽。
興盡才無悶，愁來遽不禁❾。
生涯相汨沒，時物自蕭森❿。

【章旨】第一段寫風疾及舟中所見。

【注釋】❶軒轅四句　原注：「伏羲造瑟琴，舜彈五絃琴，歌南風之篇有矣。」這四句得連看，因第三句申明第一句，第四句中明第二句。四句暗示自己的風疾。軒轅製律以調八方之風，舜彈五弦琴以歌南風，而自己則大發其頭風；他故意將頭風之「風」等同於音樂之「風」，因此怪他們律管有錯，琴心有傷，大可不必制、不必彈了。雄鳴管，《漢書・律曆志》載，「黃帝使伶倫制十二筩，以聽鳳之鳴。其雄鳴為六，雌鳴亦六。」半死心，枚乘〈七發〉：「龍門之桐，高百尺而無枝，其根半死半生。於是使琴摯斬以為琴，野繭之絲以為弦。」這裡「半死心」有自比之意。❷聖賢二句　聖賢，指軒轅、虞舜。古邈，古遠也。下句言病源乃在自己的「羈振」生活。❸舟泊二句　震，卦名，指東方。湖，指洞庭湖。參，參星，西方七宿之一，曉星。❹如聞二句　二句寫羈旅望鄉心緒。馬融笛，東漢馬融〈長笛賦〉序云：「有洛客逆旅吹笛，融去京師逾年，暫聞甚悲而樂之。」仲宣，王粲字仲宣，其〈登樓賦〉云：「憑軒檻以遙望兮，向北方而開襟。」❺歲陰　歲暮，秋冬為陰也。❻水鄉二句　霾，塵霧，此用為動詞，蒙蔽。白蜃，此指霧霾中的房屋如海市蜃樓。白蜃，一作「白屋」，指貧者之居。青岑，猶青山。❼鬱鬱二句　湖南地氣暖，故冬日猶炎瘴鬱鬱不散。滯淫，細雨連綿。❽鼓迎二句　鼓迎，擊鼓迎神，寫土俗。《岳陽風土記》：「荊湖民俗，歲時會集，或禱祠，多擊鼓，令男女踏歌，謂之歌場。」非祭鬼，祭不該祭祀之鬼，所謂淫祀。《論語》：「非其鬼而祭之，諂也。」彈落，弓彈擊落。鴞，貓頭鷹。賈誼〈鵩鳥賦〉：「鵩似鴞，不祥鳥也。」❾興盡二句　二句是說才略一高興開懷，又復愁來而不勝淒絕。興盡，此謂盡興。❿生涯二句　汩沒，沉淪。時物，歲時景物。

【語　譯】軒轅喲，您且休誇製律功；虞舜喲，您也甭再費勁調琴歌南風。我的頭風不就是律管錯？如今成了個半死翁！聖賢離我們太遙遠，我可是近年漂泊成病痛。孤舟常在東方轉，湖平曉星早當空。耳鳴如同馬融悲聞笛，北望開襟情與王粲同。烏雲密布愁歲暮，故國淒涼遠眺中。水鄉塵霧迷濛埋白屋，楓林岸上群山疊又重。炎瘴鬱鬱冬不散，細雨綿綿無始終。擊鼓踏歌多淫祀，不祥之禽落彈弓。觀此方盡興，興盡愁復充。生涯如此長沉淪，時景蕭森每相通。

疑惑樽中弩，淹留冠上簪⓫。

牽裾驚魏帝，投閣為劉歆⓬。

狂走終奚適？微才謝所欽⑬。
吾安藜不糝，汝貴玉為琛⑭。
烏几重重縛，鶉衣寸寸針⑮。
哀傷同庾信，述作異陳琳⑯。
十暑岷山葛，三霜楚戶砧⑰。
叨陪錦帳座，久放〈白頭吟〉⑱。
反樸時難遇，忘機陸易沉⑲。
應過數粒食，得近四知金⑳？

【章旨】第二段書懷，訴說十多年來的清貧與節操。

【注釋】⑪疑惑二句　樽中弩，即杯弓蛇影，言多疑畏之事。《風俗通》：「應彬請杜宣飲酒，壁上懸赤弩，照於杯中，影如蛇，宣惡之，及飲得疾。後彬知之，延宣於舊處設酒，指謂宣曰：此乃弩影耳。宣病遂瘳。」冠上簪，朝簪，指自己還掛個「工部員外郎」的銜頭。⑫牽裾二句　牽裾，《三國志・辛毗傳》：「帝（文帝）欲徙冀州士家十萬戶實河南……毗曰：『陛下欲徙士家，其計安出？』帝曰：『卿謂我徙之非邪？』毗曰：『誠以為非也！』帝曰：『吾不與卿共議也！』毗曰：『陛下不以臣不肖，廁之謀議之官，安得不與臣議邪？臣所言，非私也，乃社稷之慮也，安得怒臣？』帝不答，起入內，毗隨而引其裾。帝奮衣不還。良久乃出，曰：佐治（毗字），卿持我何太急邪！」此喻作者曾因諫房琯罷相事而觸犯唐肅宗。投閣，揚雄被收，投閣自殺。仇注：「子雲（揚雄字）被收，本為劉歆子棻獄辭連及，今雲為劉歆，借用以趁韻耳。」⑬狂走二句　狂走，指逃難。奚適，何往。謝，愧也。所欽，所欽敬的人。從下聯「汝貴玉為琛」看，當指湖南親友中的朝貴。⑭吾

安二句　藜不糝，只用藜作羹，而無米粒。《莊子・讓王》：「孔子窮於陳蔡之間，七日不火食，藜羹不糝。」汝，泛指朝官。琛，寶玉。《晉書・宋纖傳》：「（纖）少有遠操，沉靜不與世交。……酒泉太守馬岌造焉，纖不見。岌……銘詩於石壁曰，……其人如玉，維國之琛。」上下句形成強烈的對比，浦注：「吾自為吾，汝自為汝，苦樂各不相謀也。」⑮烏几二句　烏几，烏皮几，用黑羊皮蒙覆的小桌。因該小桌破舊，只好用繩子層層縛起而用之。鶉衣，《荀子》：「子夏貧，衣若縣（懸）鶉。」鶉尾短禿，故以為形容。⑯哀傷二句　同庾信，庾信嘗作〈哀江南賦〉，此謂憂國傷時與之同。異陳琳，陳琳作檄可癒魏太祖頭風。《三國志・陳琳傳》注引《典略》：「琳作諸書檄草成，呈太祖，太祖先苦頭風，是日疾發。臥讀琳所作，翕然而起曰：『此愈我病』。」此謙言無陳琳之才。⑰十暑二句　自乾元二年（西元七五九年）入蜀，至大曆三年（西元七六八年）出峽，計其成數為十個年頭，故稱「十暑」。岷山，指蜀中，葛布宜夏，以應「十暑」。三霜，自大曆三年至此時大曆五年，凡三年，故稱「三霜」。楚戶，《史記・項羽本紀》：「楚雖三戶，亡秦必楚。」砧，擣衣石，製冬衣必搗帛，以應「三霜」。⑱叨陪二句　二句是說十三年中，雖所至謬承地方官接待，得陪侍錦帳，但到底合不來，還是寫自己的詩。叨陪，忝陪，謙語。錦帳，指權貴。放，放歌。白頭吟，漢樂府民歌有〈白頭吟〉，這裡借用，含有年老意。⑲反樸二句　反樸，《老子》：「還淳返樸」。此句言世道澆薄，已難於再回到那政治清明的時代。忘機，棄除那鑽營計較之心。陸沉，指隱遯。《莊子》：「方且與世違，而心不屑與之俱，是陸沉者也。」注：「人中隱者，譬無水而沉也。」⑳應過二句　數粒食，極言其窮。張華〈鷦鷯賦〉：「巢林不過一枝，每食不過數粒。」四知，天知、地知、子知、我知。此言不受來路不正之財物。語出《後漢書・楊震傳》：「王密懷金十斤遺震，曰：暮夜無知者。震曰：天知、地知、子知、我知，何謂無知！」

【語　譯】杯弓蛇影疑畏多，工部郎官掛一個。也曾牽裾直諫如辛毗，險成揚雄受累去投閣。又避戰亂奔何地？面對親賢有愧怍！如今我但安貧食野菜，君自尊貴佩玉珂。烏皮小几層層縛，百衲短衣寸寸破。詩同庾信哀家國，檄無陳琳能療頭風作。西蜀十載歷暑衣葛布，南楚三度經霜聽砧過。放歌久唱〈白頭吟〉，廁身錦帳常陪座。反樸歸真世難遇，不會鑽營隱遯可。所求無多數粒米，愧受贈金囊中澀。

春草封歸恨，源花費獨尋㉑。

轉蓬憂悄悄，行藥病涔涔㉒。
瘞夭追潘岳，持危覓鄧林㉓。
蹉跎翻學步，感激在知音㉔。
卻假蘇張舌，高誇周宋鐔㉕。
納流迷浩汗，峻址得嶔崟㉖。
城府開清旭，松筠起碧潯㉗。
披顏爭倩倩，逸足競駸駸㉘。
朗鑒存愚直，皇天實照臨㉙！

【章旨】第三段敘入湖南以後情事，主要是對湖南親友的高誼表示感謝。

【注釋】㉑春草二句　封，封斷。源花，即「桃花源」，陶潛有〈桃花源記〉，相傳即在湖南。㉒轉蓬二句　轉蓬，自傷流落，如蓬草之隨風飄轉。行藥，本指服藥後散步，以宣導藥氣；此指服藥。涔涔，猶岑岑，痹悶貌。㉓瘞夭二句　瘞，埋葬。潘岳，西晉詩人，在往長安途中，一子夭亡，故〈西征賦〉云：「夭赤子於新安，坎路側而瘞之。」杜甫在湖南亦有一女夭折。持危，扶持欹危。《論語・季氏篇》：「危而不持，顛而不扶。」這裡是指身體孱弱，行步欹危。覓鄧林，《山海經》：「夸父與日逐走，……道渴而死，棄其杖，化為鄧林。」鄧林即桃樹林。覓鄧林即覓杖，但兼含仰仗湖南親友之意。㉔蹉跎二句　蹉跎二字總承上來，言行步艱危，一直很不順利。學步，語出《莊子・秋水》：「獨不聞夫壽陵餘子之學行於邯鄲與？未得國能，又失其故行矣，直匍匐而歸耳！」此係慨詞，言歷盡坎坷，反欲學時人之行徑，寧不可笑。意實謂不願隨俗而趨。知音，指湖南親友。㉕卻假二句　兩句謂多承湖南親友獎譽己之才能。郭受〈贈杜甫〉詩說：「新詩海內流傳遍。」韋迢贈詩也說：「大名詩獨步。」杜甫在入湖南以前，還從未得過這樣高的推崇和榮譽。假，借重。蘇、張，戰國時縱橫家蘇秦、張儀，均以舌辯著稱，以喻湖南親友。鐔，劍環，又稱劍鼻、劍口或劍首。周、宋鐔，語出《莊子・說劍》：「天子之劍，以燕谿、石城為鋒，齊、岱為鍔，晉、魏為脊，周、宋為鐔，韓、魏為夾。」周、宋鐔乃喻其重要。㉖納流二句　兩句猶《史記・李斯列傳》：「太山不讓土壤，故能成其大；河海不擇細流，故能就其深」意。這是對湖南親友的期盼語，希望家屬能得到他們的容納。浩汗，水大貌。嶔崟，山高貌。㉗城府二句　清旭，朝暉。潯，水邊，此指湘江畔。㉘披顏二句　二句承上四，謂湖南諸公海量能容，必笑迎來附眾才俊。披顏，開顏。倩倩，笑貌。逸足，良馬，此指俊才。駸駸，馬行疾貌。㉙朗鑒二句　朗鑒，明察。存，體諒和包涵。蕭先生注：「『皇天實照臨』，是向親友發誓。見得如果你們能原諒我的愚直，當我死後，照拂家小，則此恩此德，皇天在上，實照臨之。這是極沉痛，也是極憤慨的話。」

【語　譯】春草封斷北歸路，桃源渺茫難獨尋。身如轉蓬憂悄悄，服藥風痹更悶悶。哀葬夭女思潘岳，體孱須扶覓桃林。行步危艱難從俗，還仗親友是知音。借重諸公多獎譽，高誇詩才海內尊。還期海量納涓滴，猶盼崇岡容沙塵。高城大府升朝日，松竹翠起湘水濱。笑容可掬迎賢俊，天下英才競來奔。明鑒能容直如我，皇天在上自照臨！

公孫仍恃險，侯景未生擒㉚。
書信中原闊，干戈北斗深㉛。
畏人千里井，問俗九州箴㉜。
戰血流依舊，軍聲動至今㉝。
葛洪尸定解，許靖力難任㉞。

家事丹砂訣，無成涕作霖㉟！

【章　旨】第四段是呈詩意圖之所在：自己生命垂危，家屬還盼親友垂憐。

【注　釋】㉚公孫二句　杜甫借此事喻臧玠殺崔瓘後，三州刺史合兵進討，楊子琳受賂而還事。公孫，公孫述，東漢初，曾割據四川。侯景，梁的叛將。未生擒，鄧魁英、聶石樵注：「《南史．侯景傳》：慕容紹宗追侯景，『（侯景）晝夜兼行，追軍不敢逼。』使謂紹宗曰：『景若就禽，公復何用？』紹宗乃縱之。」㉛書信二句　闊，闊絕。北斗，指長安。深，言長安戰禍深重。㉜畏人二句　二句寫作客他鄉之小心謹慎。千里井，《蘇氏演義》卷下引〈金陵記〉：「江南計吏，止於傳舍間，及將就路，以馬殘草瀉於井中，而謂已無再過之期。不久，復由此，飲，遂為昔時莝刺喉死。後人戒之曰：『千里井，不瀉莝！』」此以「千里井」喻人世之險惡。問俗，《禮記．曲禮上》：「入竟（境）而問禁。入國而問俗」。箴，古代一種寓規誡的文體。㉝戰血二句　言戰亂依然。時湖南有臧玠之亂，嶺南有馮崇道等反叛，西北仍有吐蕃的侵略。㉞葛洪二句　葛洪，據《晉中興書》記載，「葛洪止羅浮山中煉丹，在山積年，忽與廣州刺史鄧岱書云：當欲遠行。岱得書狼狽而往，洪已亡，時年八十一顏色如平生，體亦柔軟，舉屍入棺，其輕如空衣，時人咸以為屍解得仙。」《後漢書．方術列傳．王和平傳》注：「尸解者，言將登仙，假託為尸以解化也。」此言己之將死。許靖，《三國志．蜀書．許靖傳》：「除尚書郎，典選舉。靈帝崩，董卓秉政，……靖懼誅，奔伷（孔伷為豫州刺史）。伷卒，依揚州刺史陳禕。禕死，……靖收恤親里，經紀振贍，出於仁厚。孫策東渡江，皆走交州，以避其難。靖身坐岸邊，先載附從，疏親悉發，乃從後去。當時見者莫不歎息。」杜甫挈家逃難，有似許靖，故以自比。但衰病不免死於道路，半途撇下家小，所以又說「力難任」。㉟家事二句　二句言求仙不成，家事無着，惟有涕淚如雨，求告湖南親友，乞其垂憐，以此當作活命之甘霖，作最後一搏。丹砂訣，煉丹之方。涕作霖，猶淚如雨下。霖，凡三日以上的大雨稱「霖」。《書．說命》：「若歲大旱，以汝作霖雨。」殷高宗任命傅說之辭也，以喻濟世澤民。《讀杜心解》注：「家事只靠丹砂，則將登仙乎？況又無成也。作霖，乃活人之本，而以涕為之，則是飲泣待斃耳。言外若曰：親友亦念之否？」

【語　譯】叛將仍割據，縱寇養患不肯擒。中原遼遠無來信，長安苦戰禍猶深。世道險惡行路難，入鄉問俗須謹慎。戰亂仍流血，鼓角至今頻。求仙不得死難免，挈家逃難力難任。本無雞犬升天煉丹術，唯以涕淚求告當甘霖！

【研　析】一代詩史，身後蕭條如此，令人扼腕！杜甫以此絕筆，結束了苦難的歷程。我曾在《杜詩選評》前言中這樣寫道：

> 這是一個古老的傳說：當追日的巨人夸父因飢渴而轟然倒地的一瞬，他盡最後的力，拋出手中的杖。那桃木杖劃空而墜，深深地植入黃土地——長出一片桃林，為子孫解飢渴。
>
> 當我們的詩人杜甫歷盡磨難，於一葉扁舟伏枕託孤之際，他油然記起了遙遠的傳說：「持危覓鄧林。」鄧林，那世世代代覓覓尋尋的桃樹林啊！可潦倒的天才卻沒意識到他手中的桃竹杖也早已劃空而過，化作文化史上另一片鄧林——那星空般熠熠閃爍的一千四百多首杜詩，哺育着一代又一代華夏子孫！

附帶再說幾句。蕭先生認為：「前人評杜詩『無一字無來歷』，對排律來說，這話並不錯。」問題還在於：此詩「字字有出處」，卻也字字切合實事，有自己的真情在，且一氣通貫，是「用古典述今事，古事今情」，絕非堆砌。排律這一形式頗遭非議，但我總以為文學作品不必覆蓋所有讀者，只要是它還有讀者群，就證明還有活力。何況讀者興趣可以移易、培養，我相信只要闡釋到位，杜詩中的排律依然可以給人美的享受，何況這一首是如此飽含情感，用典如此貼切！唐人元稹對杜詩「鋪陳終始，排比聲韻」之譽應重新認識。拙作〈論杜律鋪陳排比的敘述方式〉（原載《杜甫研究學刊》，二〇〇七年第一期）有詳論，敬請有興趣的讀者參考。今年（西元二〇一四年）恰好是我七十周歲，這本冊子也算是為我半輩子學杜詩打上一個結。

篇目索引

二劃

三劃

四劃

五劃

六　劃

七　劃

八劃

九劃

十　劃

十一劃

十二劃

十三劃

十六劃

十七劃

三十一劃

古籍今注新譯叢書

書種最齊全
注譯最精當

哲學類

新譯四書讀本　謝冰瑩等編譯
新譯學庸讀本　王澤應注譯
新譯孝經讀本　賴炎元等注譯
新譯論語新編解義　胡楚生編著
新譯易經讀本　郭建勳注譯
新譯周易六十四卦經傳通釋　黃慶萱注譯
新譯乾坤經傳通釋　黃慶萱注譯
新譯易經繫辭傳解義　吳　怡著
新譯禮記讀本　姜義華注譯
新譯儀禮讀本　顧寶田等注譯
新譯孔子家語　羊春秋注譯

新譯老子讀本　余培林注譯
新譯帛書老子　趙　鋒注譯
新譯老子解義　吳　怡著
新譯莊子讀本　黃錦鋐注譯
新譯莊子讀本　張松輝注譯
新譯莊子本義　水渭松注譯
新譯莊子內篇解義　吳　怡著
新譯列子讀本　莊萬壽注譯
新譯管子讀本　湯孝純注譯
新譯墨子讀本　李生龍注譯
新譯公孫龍子　丁成泉注譯
新譯晏子春秋　陶梅生注譯
新譯鄧析子　徐忠良注譯
新譯荀子讀本　王忠林注譯

新譯尹文子　徐忠良注譯
新譯尸子讀本　水渭松注譯
新譯鶡冠子　趙鵬團注譯
新譯鬼谷子　王德華等注譯
新譯韓非子　傅武光等注譯
新譯呂氏春秋　朱永嘉等注譯
新譯韓詩外傳　孫立堯注譯
新譯淮南子　熊禮匯注譯
新譯春秋繁露　朱永嘉等注譯
新譯新書讀本　饒東原注譯
新譯新語讀本　王　毅注譯
新譯潛夫論　彭丙成注譯
新譯論衡讀本　蔡鎮楚注譯
新譯申鑒讀本　林家驪等注譯

新譯人物志　吳家駒注譯
新譯張載文選　張金泉注譯
新譯近思錄　張京華注譯
新譯傳習錄　李生龍注譯
新譯呻吟語摘　鄧子勉注譯
新譯明夷待訪錄　李廣柏注譯

【文學類】

新譯詩經讀本　滕志賢注譯
新譯楚辭讀本　林家驪注譯
新譯楚辭讀本　傅錫壬注譯
新譯文心雕龍　羅立乾注譯
新譯六朝文絜　蔣遠橋注譯
新譯世說新語　劉正浩等注譯
新譯昭明文選　周啟成等注譯
新譯古文觀止　謝冰瑩等注譯
新譯古文辭類纂　黃鈞等注譯
新譯樂府詩選　溫洪隆注譯
新譯古詩源　馮保善注譯
新譯千家詩　邱燮友等注譯
新譯詩品讀本　成林等注譯
新譯花間集　朱恒夫注譯
新譯南唐詞　劉慶雲注譯

新譯絕妙好詞　聶安福注譯
新譯唐詩三百首　邱燮友注譯
新譯宋詩三百首　陶文鵬注譯
新譯宋詞三百首　汪中注譯
新譯宋詞三百首　劉慶雲注譯
新譯元曲三百首　賴橋本等注譯
新譯明詩三百首　趙伯陶注譯
新譯清詩三百首　王英志注譯
新譯清詞三百首　陳水雲等注譯
新譯唐人絕句選　卞孝萱等注譯
新譯唐才子傳　戴揚本注譯
新譯拾遺記　石磊注譯
新譯搜神記　黃鈞注譯
新譯唐傳奇選　束忱等注譯
新譯宋傳奇小說選　束忱注譯
新譯明傳奇小說選　陳美林等注譯
新譯容齋隨筆選　朱永嘉等注譯
新譯明散文選　周明初注譯
新譯明清小品文選　鄭婷注譯
新譯人間詞話　馬自毅注譯
新譯白香詞譜　劉慶雲注譯
新譯幽夢影　馮保善注譯
新譯菜根譚　吳家駒注譯

新譯小窗幽記　馬美信注譯
新譯圍爐夜話　馬美信注譯
新譯郁離子　吳家駒注譯
新譯歷代寓言選　黃瑞雲注譯
新譯賈長沙集　林家驪注譯
新譯揚子雲集　葉幼明注譯
新譯曹子建集　曹海東注譯
新譯建安七子詩文集　韓格平注譯
新譯阮籍詩文集　林家驪注譯
新譯嵇中散集　崔富章注譯
新譯陸機詩文集　王德華注譯
新譯陶淵明集　溫洪隆注譯
新譯江淹集　羅立乾等注譯
新譯庾信詩文選　歸青注譯
新譯初唐四傑詩集　李福標注譯
新譯駱賓王文集　黃清泉注譯
新譯王維詩文集　陳鐵民注譯
新譯孟浩然詩集　楊軍注譯
新譯李白詩全集　郁賢皓注譯
新譯李白文集　郁賢皓注譯
新譯杜甫詩選　張忠綱等注譯
新譯杜詩菁華　林繼中注譯
新譯高適岑參詩選　孫欽善等注譯

新譯昌黎先生文集　周啟成等注譯
新譯劉禹錫詩文選　閻　琦注譯
新譯柳宗元文選　卞孝萱等注譯
新譯白居易詩文選　陶　敏等注譯
新譯元稹詩文選　郭自虎注譯
新譯李賀詩集　彭國忠注譯
新譯杜牧詩文集　張松輝注譯
新譯李商隱詩選　朱恒夫等注譯
新譯范文正公選集　王興華等注譯
新譯蘇洵文選　羅立剛注譯
新譯蘇軾文選　滕志賢注譯
新譯蘇軾詞選　鄧子勉注譯
新譯蘇轍文選　朱　剛注譯
新譯曾鞏文選　高克勤注譯
新譯王安石文選　沈松勤注譯
新譯唐宋八大家文選　鄧子勉注譯
新譯柳永詞集　侯孝瓊注譯
新譯李清照集　姜漢椿等注譯
新譯陸游詩文集　韓立平注譯
新譯辛棄疾詞選　聶安福注譯
新譯歸有光文選　鄔國平注譯
新譯唐順之詩文選　馬美信注譯
新譯徐渭詩文選　周　群等注譯

新譯薑齋文集　平慧善注譯
新譯顧亭林文集　劉九洲注譯
新譯納蘭性德詞　馮　乾注譯
新譯方苞文選　鄔國平等注譯
新譯鄭板橋集　朱崇才注譯
新譯袁枚詩文選　王英志注譯
新譯李慈銘詩文選　潘靜如注譯
新譯聊齋誌異選　任篤行等注譯
新譯閱微草堂筆記　嚴文儒注譯
新譯浮生六記　馬美信注譯
新譯弘一大師詩詞全編　徐正綸編著

歷史類

新譯史記　韓兆琦注譯
新譯漢書　吳榮曾等注譯
新譯後漢書　魏連科等注譯
新譯三國志　吳樹平等注譯
新譯資治通鑑　張大可等注譯
新譯史記—名篇精選　韓兆琦注譯
新譯尚書讀本　吳　璵注譯
新譯尚書讀本　郭建勳注譯
新譯周禮讀本　賀友齡注譯
新譯逸周書　牛鴻恩注譯

新譯左傳讀本　郁賢皓等注譯
新譯公羊傳　雪　克注譯
新譯穀梁傳　顧寶田注譯
新譯春秋穀梁傳　周　何注譯
新譯戰國策　溫洪隆注譯
新譯國語讀本　易中天注譯
新譯說苑讀本　左松超注譯
新譯說苑讀本　羅少卿注譯
新譯新序讀本　葉幼明注譯
新譯吳越春秋　黃仁生注譯
新譯西京雜記　曹海東注譯
新譯列女傳　黃清泉注譯
新譯越絕書　劉建國注譯
新譯燕丹子　曹海東注譯
新譯東萊博議　李振興等注譯
新譯唐六典　朱永嘉等注譯
新譯唐摭言　姜漢椿注譯

宗教類

新譯金剛經　徐興無注譯
新譯高僧傳　朱恒夫等注譯
新譯碧巖集　吳　平注譯
新譯百喻經　顧寶田注譯

新譯楞嚴經　賴永海等注譯
新譯梵網經　王建光注譯
新譯圓覺經　商海鋒注譯
新譯法句經　劉學軍注譯
新譯六祖壇經　李中華注譯
新譯禪林寶訓　李中華注譯
新譯維摩詰經　陳引馳等注譯
新譯經律異相　顏洽茂注譯
新譯阿彌陀經　蘇樹華注譯
新譯無量壽經　邱高興注譯
新譯無量壽經　蘇樹華注譯
新譯妙法蓮華經　張松輝注譯
新譯景德傳燈錄　顧宏義注譯
新譯大乘起信論　韓廷傑注譯
新譯釋禪波羅蜜　蘇樹華注譯
新譯八識規矩頌　倪梁康注譯
新譯永嘉大師證道歌　蔣九愚注譯
新譯華嚴經入法界品　楊維中注譯
新譯地藏菩薩本願經　李承貴注譯
新譯悟真篇　劉國樑等注譯
新譯无能子　張松輝注譯
新譯坐忘論　張松輝注譯
新譯列仙傳　張金嶺注譯

新譯抱朴子　李中華注譯
新譯神仙傳　周啟成注譯
新譯性命圭旨　傅鳳英注譯
新譯老子想爾注　顧寶田等注譯
新譯周易參同契　劉國樑注譯
新譯道門觀心經　王　卡注譯
新譯養性延命錄　曾召南注譯
新譯樂育堂語錄　戈國龍注譯
新譯冲虛至德真經　張松輝注譯
新譯長春真人西遊記　顧寶田等注譯
新譯黃庭經・陰符經　劉連朋等注譯

軍事類

新譯司馬法　王雲路注譯
新譯尉繚子　張金泉注譯
新譯三略讀本　傅　傑注譯
新譯六韜讀本　鄔錫非注譯
新譯吳子讀本　王雲路注譯
新譯孫子讀本　吳仁傑注譯
新譯李衛公問對　鄔錫非注譯

教育類

新譯爾雅讀本　陳建初等注譯
新譯顏氏家訓　李振興等注譯
新譯聰訓齋語　馮保善注譯
新譯曾文正公家書　湯孝純注譯
新譯三字經　黃沛榮注譯
新譯百家姓　馬自毅等注譯
新譯幼學瓊林　馬自毅注譯
新譯增廣賢文・千字文　馬自毅注譯
新譯格言聯璧　馬自毅注譯

政事類

新譯商君書　貝遠辰注譯
新譯鹽鐵論　盧烈紅注譯
新譯貞觀政要　許道勳注譯

地志類

新譯山海經　楊錫彭注譯
新譯水經注　陳橋驛等注譯
新譯佛國記　楊維中注譯
新譯大唐西域記　陳　飛等注譯
新譯洛陽伽藍記　劉九洲注譯
新譯徐霞客遊記　黃　珅注譯
新譯東京夢華錄　嚴文儒注譯

◎新譯唐人絕句選

卞孝萱、朱崇才／注譯　齊益壽／校閱

唐代詩歌比較全面地反映了唐代的社會生活，閱讀欣賞唐詩，不但可以從中得到美的享受，而且還可以藉以了解古人的生活和心靈。而唐人絕句，以其輕薄短小而精鍊的特色，更是進入唐詩世界的捷徑。本書選譯四五三首唐人絕句，所選不拘一派一家，能反映唐人絕句的全貌和具體成就。注譯簡明通俗，賞析精到，是您涵詠唐人絕句的不二之選。

三民網路書店 會員

獨享好康 大放送

通關密碼：A7974

憑通關密碼

登入就送100元e-coupon。

（使用方式請參閱三民網路書店之公告）

生日快樂

生日當月送購書禮金200元。

（使用方式請參閱三民網路書店之公告）

好康多多

購書享3%～6%紅利積點。

消費滿350元超商取書免運費。

電子報通知優惠及新書訊息。

三民網路書店

www.sanmin.com.tw

超過百萬種繁、簡體書、原文書5折起